LUZIFER
VERLAG

MATT SERAFINI

HOYT

DER KILLER VON FOREST GROVE

This Translation is published by arrangement with Matt Serafini.

LUZIFER VERLAG

Deutsche Erstausgabe
Originaltitel: UNDER THE BLADE

Umschlag: Michael Schubert | Luzifer-Verlag
Übersetzung: Peter Mehler
Lektorat: Astrid Pfister
Printed in Germany

Dieses Buch wurde nach Dudenempfehlung (Stand 2020) lektoriert.

ISBN: 978-3-95835-513-2

Bibliografische Information der Deutschen Nationalbibliothek:
Die Deutsche Nationalbibliothek verzeichnet diese Publikation in der Deutschen Nationalbibliografie; detaillierte bibliografische Daten sind im Internet über http://dnb.d-nb.de abrufbar.

1

Der Killer kehrte zurück.

Melanie konnte seine ungeduldigen Schritte direkt vor der Hütte hören.

Auf der anderen Seite des Raumes lag Billys Leichnam auf dem Boden – mit dem Gesicht nach unten in Tausenden von Glassplittern, nachdem er fünf Minuten zuvor durch das Fenster geworfen worden war.

Melanie hatte schnell reagiert. Sie war von ihrem Platz neben dem Kamin aufgesprungen, hatte zwei Bücherregale vor das zersplitterte Fenster geschoben und diese dann mit allen Möbeln, die das Wohnzimmer der Hütte hergab, verkeilt – eine Barriere aus Couches, Sesseln und Lampen. Diese zu überwinden, würde mehr Kraft erfordern, als der Killer aufbringen konnte, hoffte sie.

Sie zog ihre Knie näher an ihren Kopf heran, zuckte aber jedes Mal aufs Neue zusammen, wenn die Fäuste des Wahnsinnigen gegen die Tür hämmerten. Bei jedem Schlag grunzte er wie ein Tier.

Die Ecke, in der sie kauerte, war ein Meer aus herumliegenden Kassetten und Teilen eines zerschmetterten Gettoblasters. Sie waren aus dem Regal gefallen, als sie ihre improvisierte Barrikade errichtet hatte.

Ihr gegenüber lag Bill und starrte sie mit leerem Blick gleichgültig aus dem einen sichtbaren, weit aufgerissenen Auge an. Ein Hammer steckte so tief in seinem Nacken, dass nur noch der halbe Griff aus dem aufgerissenen Fleisch und den zertrümmerten Knorpeln herausragte.

Doch er war nicht das einzige Opfer.

Vor einer Stunde war Melanie über die ersten Leichen gestolpert. Nachdem niemand zu ihrer abendlichen Pokerrunde erschienen war, hatte sie sich kurzerhand zu der Hütte der weiblichen Betreuer begeben und dort Jennifer vorgefunden – an der Innenseite der Tür hängend, wie ein toter Hase, von dicken Hanfseilen gehalten und mit schartigen Schnitten in der Kehle. Unter ihren Füßen hatte sich eine große Lache aus Blut gebildet, die jeden Tropfen ihres Körpers auffing.

Als Melanie zur Haupthütte zurückgerannt war, hatte sie Jennifers Mörder gesehen. Die missgebildete Silhouette eines Mannes hatte die Tür aufgerissen und den gesamten Türrahmen ausgefüllt. Melanie hatte sofort kehrtgemacht und war den Pfad zu Mr. Dugans Büro hinaufgerannt. Den ganzen Weg über hatte sie um Hilfe geschrien, und schnelle, schwere Schritte hatten sie verfolgt.

Mr. Dugans Büro war nicht verschlossen. Melanie hatte die Tür hinter sich zugeschlagen und den Riegel vorgeschoben. Der Besitzer des Camps hatte aber nicht auf ihr verzweifeltes Flehen reagiert. Blitze hatten für einen kurzen Moment die Dunkelheit erhellt und sie hatte ihre Bewegungen unwillkürlich dem Rhythmus angepasst.

An der Küchenwand hatte ein Telefon gehangen. Sie hatte den Hörer abgenommen, aber kein Freizeichen gehört.

Zu diesem Zeitpunkt des Abends hatte sie nur gewusst, dass Jennifer tot war, und sie hatte noch keine Gelegenheit gefunden, den Tod ihrer besten Freundin zu betrauern. Stattdessen hatte sie gehofft, dass Bill, Lindsey, Tyler und Becky noch irgendwo dort draußen am Leben waren.

Aber das waren sie nicht.

Auf ihrer verzweifelten Suche nach einer Waffe hatte sie schließlich die nackten Leichen von Lindsey und Tyler entdeckt, die durchbohrt und übereinander auf Mr. Dugans Bett gelegen hatten. Eine Mistgabel hatte kerzengerade aus Tylers Rücken geragt und nicht nur ihn, sondern auch Lindseys Brust durchbohrt. In den kurzen Lichtblitzen hatte sie sehen können, dass Tylers Kopf voller Blut war und die Hälfte seines Hinterkopfes fehlte.

Dieser grauenvolle Fund hatte ihr klargemacht, dass auch die anderen grausam ermordet worden waren.

Und dass der Mann, der dafür verantwortlich war, dort draußen war und versuchen würde, zu ihr zu gelangen.

Dann war auf einmal die Tür aufgeflogen und Holzsplitter waren quer durch den Raum geflogen. In einem weiteren grellen Blitz hatte sie die nur entfernt menschlich aussehende Gestalt aus dem strömenden Regen hereinschlurfen sehen. Melanie hatte sich daraufhin ans Ende der Küche zurückgezogen und sich durch die Hintertür hinausgeschlichen. So schnell sie gekonnt hatte, war sie durch den Matsch gerannt. Ihre Schritte auf dem Weg zur Haupthütte hatten sich angefühlt, als würde sie durch Sirup waten.

Nun war sie hier und fischte ein kleines Jagdmesser unter einem Stapel Kassetten hervor.

Melanie strich sich eine lockige Strähne ihres roten Haares aus dem Gesicht und grub ihre Fingernägel in die Handinnenflächen, in der Hoffnung, ihre Nerven damit beruhigen zu können. Aber es war zwecklos, denn mit jedem Blinzeln schossen ihr erneut Bilder des Todes durch den Kopf. Ihr Herz raste, halb aus Panik, halb wegen des Adrenalins, das ihr Körper ausstieß.

Die Zeit schien stehen zu bleiben, während sie darum flehte, dass Mr. Dugan zurückkehren möge. Doch sie wusste, sobald die Scheinwerfer seines Jeeps die Dunkelheit durchbrechen würden, wäre der Besitzer des Camps ebenfalls dem Tode geweiht. Denn wenn sie die Tür entriegeln oder die Barrikade beiseite räumen würde, um aus dem Fenster klettern zu können, damit sie ihn warnen konnte, bräuchte der Killer nur noch wählen, wen von beiden er als Erstes umbringen wollte.

Fürs Erste war sie in der Hütte sicher. Die verbliebenen Fenster waren entweder zu klein oder so eng, dass es äußerst schwierig werden würde, sich hindurchzuzwängen. Wenn der Killer es dennoch versuchte, würde ihr genug Zeit bleiben, ihm ein Messer in den Schädel zu rammen.

Die Vordertür war geschlossen und mit einem Gording-Knoten gesichert, der den Türknauf mit dem Türsparren verband. Melanie hatte seit Jahren nicht mehr an ihr Wissen aus dem Ferienlager gedacht, aber als sie es jetzt gebraucht hatte, war alles sofort wieder da gewesen. Damit auch niemand durch die Hintertür brechen konnte, hatte sie ihre letzten Energien dafür aufgebracht, den alten Kühlschrank aus der Küche über den Boden zu zerren, um die Tür damit zu blockieren.

Irgendwann hörte das verdammte Rütteln am Türknauf endlich auf und die Schritte verhallten in der Nacht. Sie stieß eine *Winger*-Kassette mit den Füßen zur Seite, streckte sich und versuchte etwas von der lähmenden Anspannung abzuschütteln.

Der einstweilige Rückzug des Irren verschaffte ihr eine kurze Erleichterung, aber dafür wuchs ihre Besorgnis. Wohin war er gegangen, und warum? War Mr. Dugan vielleicht zurückgekehrt? Oder war jemand hierhergefahren, um nach dem Rechten zu sehen? Doch das war recht unwahrscheinlich, wenn man bedachte, dass sie die letzten zwei Monate hier verbracht hatten, um das Camp wieder in Schuss zu bringen, und in der ganzen Zeit keine Menschenseele aufgekreuzt war. Gut möglich, dass der Killer auch einfach nur abwartete, weil er genau wusste, dass sie als Erstes aufgeben würde. Sie spitzte die Ohren, hörte aber nur den Regen.

Falls Mr. Dugan zurückgekehrt war, musste sie ihn unbedingt warnen. Sie rappelte sich auf und hoffte, das vertraute Quietschen der Radachsen seines Jeeps zu hören. Denn andernfalls würde sie unter keinen Umständen dort hinauslaufen. Diese Wälder gehörten ihm, und auf dem unbekannten Gelände und während des sintflutartigen Regens würde sie nicht gegen ihn gewinnen können, das wusste sie. Sie bezweifelte, überhaupt eine Chance gegen ihn zu haben. Wie sollte eine Siebzehnjährige denn auch einen Psychopathen von der Größe eines Mammuts abwehren können?

Melanie lief nervös in der Hütte auf und ab und zog jeden Vorhang gerade weit genug auf, um nach Anzeichen für Mr.

Dugans Rückkehr Ausschau halten zu können. Regen strömte unentwegt an den Fensterscheiben hinunter und reduzierte ihre Sicht auf beinahe null. Doch Mr. Dugan kam nicht, weshalb sie all ihre Hoffnungen nun auf Becky konzentrierte. Die war die Einzige, deren Leiche sie noch nicht gefunden hatte. Das Gelände des Camps war groß, vielleicht hatte sie es geschafft, sich irgendwo zu verstecken.

Gut möglich, dass sie sich in der Kantine befunden hatte, als der Strom ausgefallen war. Das Mädchen war nämlich eine phänomenale Köchin und experimentierte dort gern herum, wann immer sich ihr die Gelegenheit dazu bot. Erst an diesem Nachmittag hatte Bill drei Forellen aus dem See gefischt, und Becky hatte sie mit etwas Petersilie, Basilikum und Rosmarin gewürzt auf den Grill geworfen. An sich war das nichts Besonderes, aber ihre Idee, das Ganze mit einer improvisierten Limonen-Worcester-Buttersoße anzureichern, hatte die Forellen zu einer der besten Mahlzeiten gemacht, die Melanie je im Leben gegessen hatte.

Beim Essen hatte Becky der Gruppe dann verraten, dass sie am *Johnson and Wales College of Culinary Arts* angenommen worden war. Ein stolzes Lächeln hatte in ihrem Gesicht gestrahlt, als sie ihr dazu gratuliert und über die Möglichkeiten nachgedacht hatten, die am Ende dieses Weges auf sie warten würden. Wenn auch nur eine kleine Chance bestand, dass sie noch immer dort draußen war …

Ich kann da nicht rausgehen. Ich werde nicht hinausgehen.

Melanie schämte sich für ihre Feigheit, musste aber dennoch nicht lange nachdenken, um sich dafür zu rechtfertigen. Denn nach allem, was sie wusste, konnte der Killer direkt hinter der Tür lauern. War es da klug, zu versuchen, zur Kantine zu gelangen, weil Becky *vielleicht* noch am Leben war? Und selbst wenn, so war er vielleicht bereits selbst auf dem Weg dorthin.

Ich werde mich nicht vom Fleck rühren, verdammt noch mal.

»Tut mir leid, Bill«, sagte Melanie mit brüchiger Stimme. Sie packte ihn an den Fußknöcheln und zog ihn durch den Raum. Sie hinterließ eine dunkelrote Spur, als sie ihn in die Ecke zerrte. Sein *Mötley-Crüe-Girls-Girls-Girls*-Shirt war durch die zahlreichen Stichwunden in den Bauch vollkommen zerfetzt worden. Das fiel ihr erst jetzt auf und sie erinnerte sich plötzlich daran, wie sie Pläne geschmiedet hatten, Karten für den nächsten Liveauftritt der *Crüe* in der Gegend zu besorgen.

Sie versuchte diese Erinnerungen abzuschütteln und ermahnte sich, dass sie noch genug trauern konnte, wenn das alles erst einmal vorbei war. Doch jetzt musste sie Bill außer Sichtweite schaffen, damit sie nicht den Verstand verlor. Denn der einzige Weg, zu überleben, bestand darin, ruhig zu bleiben. Mit einem Wimmern drehte sie ihn um und schob seinen Körper so weit in die Ecke, wie es ihr möglich war, und zog anschließend eine schwere Decke über ihn. Ihre Augen schwammen vor Tränen und sie atmete schwer.

»Das wird schon wieder werden«, flüsterte sie, obwohl sie ihrer Aufmunterung selbst kaum Glauben schenkte.

Die Hütte war gut verriegelt, und Mr. Dugan würde ganz bestimmt irgendwann zurückkommen. Vielleicht hatte er ja beschlossen, bei Sherry Peterson zu bleiben – eine Witwe, der das örtliche Diner gehörte. In Forest Grove munkelte man schon länger, dass die beiden seit ein paar Jahren etwas miteinander hatten. Mr. Dugan schien aber auch Beckys Gesellschaft zu mögen, denn schon mehr als einmal hatte sie ihm ein persönliches Abendessen in seiner Hütte serviert. Das war irgendwann so häufig vorgekommen, dass Bill sicher gewesen war, dass die beiden miteinander schliefen.

Männer und ihr Bedürfnis nach Abwechslung, hatte Melanie damals gedacht und sich gefragt, ob Bill sich wohl gelegentlich auch nach anderen Mädchen sehnte.

Als ob das jetzt noch irgendeine Rolle spielte. Ihre Augen wanderten unweigerlich zu der rotbefleckten Decke in der Ecke.

Sie sank auf ihre Knie, ließ das Messer neben sich klappernd zu Boden fallen und weinte hemmungslos.

Sie alle waren tot. Jen war ihre beste Freundin und Vertrauensperson gewesen. Ihre Freundschaft war von der Art gewesen, dass sie mit siebzehn Jahren bereits ein ganzes Leben voller wunderbarer Erinnerungen füllen konnte. Und Bill war ihr fester Freund in diesem Sommer gewesen. Eine unschuldige Liebelei, die gerade erst aufgeblüht war. Ihr brennendes Verlangen füreinander war mit ihrer gegenseitigen Zurückhaltung kollidiert. Es hatte sie überrascht, dass Bill noch nie mit jemandem geschlafen hatte. Für ihn war es in Ordnung gewesen, weil er damit warten wollte, bis er jemand Besonderen kennenlernte. Das war kurz bevor er ihre Hand genommen und gesagt hatte: »*Du* bist etwas Besonderes.« Sein sicheres Gespür für kitschige Momente war seine Spezialität gewesen.

Der Boden unter ihren blassen Schenkeln ächzte und ein lautes Klicken hallte durch die Stille der Hütte. Hinter ihr knarzte außerdem etwas. Sie wollte sich nicht umdrehen, tat es aber dennoch. Der kleine Teppich hob sich plötzlich über den Boden und rutschte dann wieder nach unten, als eine schmutzige und blutverkrustete Hand eine verborgene Falltür nach oben drückte.

Der Killer stieg aus der Dunkelheit empor, und zum ersten Mal konnte sie ihn im flackernden Feuerschein deutlich sehen.

Er ist es, dachte sie mit weit aufgerissenen Augen. *Aber er kann doch nicht real sein!*

Es war wie eine wahr gewordene Lagerfeuergeschichte, die niemand je wirklich glauben würde. Einer der stadtbekannten Säufer hatte sie und ihre Freunde einmal vor der Tankstelle belästigt und ihr vorausgesagt, dass sie alle durch Cyrus Hoyts Hand den Tod finden würden.

»Hoyt wird euch in Stücke hacken. Ihr werdet schon sehen.«

Doch Hoyts Treiben war nur eine gruselige Geschichte, die man sich am Lagerfeuer erzählte. Eines Morgens hatte Melanie sogar ein Gedicht darüber als Graffiti an der Koje eines Jungen gefunden, aber kaum Zeit gehabt, es zu lesen, bevor Dugan ihr auch schon laut brüllend befohlen hatte, es zu überstreichen.

Cyrus Hoyt, der Schlächter, geht in den Wäldern um.
Er kommt beim Schein des Feuers, doch du weißt nicht warum.

Wenn du ihn siehst, ist es zu spät – dann hackt er dich entzwei.
Zertrümmert die Knochen, zerfetzt das Fleisch,
und hat noch Spaß dabei.

Bill hatte Mr. Dugan beim Abendessen einmal nach dieser Geschichte gefragt. »Mach dir deswegen keine Gedanken«, hatte er geantwortet. »Das ist nur eine dumme Legende, die sich die Leute im Ort vor ein paar Jahren zusammenfantasiert haben, nachdem zwei Kinder vermisst wurden. Es waren Mütter und Väter, die davon ablenken wollten, hundsmiserable Eltern zu sein und sich stattdessen diese Spukgeschichte ausgedacht haben.«

Doch diese Geschichte schien nun plötzlich ein Eigenleben entwickelt zu haben. Sein Kopf war unter einer Schweißer-Maske verborgen, eine nichtssagende Stahlhaube, die sein komplettes Gesicht bedeckte. Das dunkle, fleckige Visier verbarg seine Augen, und sein Atem drang irgendwie gedämpft, doch gleichzeitig verstärkt darunter hervor.

Seine Kleidung schien aus einer Militärkluft zu bestehen: eine dicke abgenutzte Manteljacke und eine Hose, die entweder schwarz oder so voller Schmutz war, dass man ihre eigentliche Farbe nicht mehr erkennen konnte. In seiner Faust hielt er ein gigantisches Jagdmesser voller schartiger Zähne. Er musterte sie ausgiebig und wiegte dabei seinen Kopf hin und her.

Dann nickte er ihr auf einmal zu, als wolle er sie auffordern, den ersten Schritt zu tun.

Melanie fühlte sich wie ein in die Enge getriebenes Tier. Während ihre Hände fieberhaft nach ihrem Messer tasteten, wurde sie sich plötzlich einer Sache ganz deutlich bewusst: *Ich habe mich hier drin selbst eingesperrt.*

Aber ihr blieb keine Zeit mehr, eine der Barrikaden zu entfernen, und hinter der Schulter des Killers verhöhnte sie praktisch die Vordertür.

Seine schweren Arbeitsstiefel machten jetzt einen Schritt auf sie zu, und Melanie sprang hastig mit dem Messer in ihrer zittrigen Hand auf.

Der Killer hob die Klinge hoch über seinen Kopf. Er war um einiges größer als sie – bestimmt über einen Meter achtzig – und würde daher kein Problem damit haben, sie zu treffen. Melanie wurde erst jetzt bewusst, dass sie zurückgewichen war, und spürte die Wand der Hütte an ihrem Rücken. Es gab also keinen Ausweg mehr.

Er war nun sehr nahe und auf seiner Jacke konnte sie nasse Blutflecke sehen – tropfende Überreste ihrer Freunde. Selbst die Schweißer-Maske war damit bedeckt. Ein paar angetrocknete Fleischfetzen waren ebenfalls auf dem Stahl zu sehen. Der Mann stank nach Schweiß, Abfall und Verwesung.

Der Drang, sich zu übergeben, war unglaublich stark, aber sie kämpfte dagegen an, während sie die Hitze des Feuers unter ihrem Hintern spüren konnte. Dann kam ihr plötzlich der Schürhaken in den Sinn. Er musste noch immer auf dem Holzscheit liegen, den sie kurz zuvor ins Feuer geworfen hatte.

Der Killer war jetzt nur noch ein paar Zentimeter von ihr entfernt und sein Atem klang seltsam hechelnd. Die Messerklinge tanzte funkelnd im Feuerlicht und schwebte immer noch hoch über seinem Kopf.

Melanie warf ihr Messer direkt in sein Gesicht. Es prallte zwar von seiner Maske ab, überrumpelte ihn aber so sehr, dass er stehen blieb, zumindest für einen kurzen Moment. Doch das war Zeit genug für sie, um sich auf den Boden fallen zu lassen, ihren Arm auszustrecken und den Schürhaken aus dem Feuer zu ziehen.

Der Killer kam jetzt wieder auf sie zu, um ihr das pastellfarbene *Camp-Forest-Grove*-T-Shirt und danach ihre Eingeweide aufzuschlitzen.

Ihr blieb jetzt nur noch eine Hundertstelsekunde Vorsprung, und diese nutzte sie dafür, mit dem Schürhaken in seinen Oberschenkel zu stechen. Der Metallstab vergrub sich zischend in seinem Bein. Er stieß einen gedämpften Schmerzensschrei aus, taumelte zurück und presste sich eine zitternde Hand auf die Wunde.

Sie rappelte sich auf, griff nach dem Messer und rannte dann, so schnell sie konnte, zur Tür. Mit dem kleinen Messer zerschnitt sie das Seil, das um den Türknauf gebunden war, und schob sich dann zur Tür hinaus und hinein in den Regen. Sie war zu verängstigt, um zurückzusehen.

Sie hatte keine Chance, mit einem Auto zu entkommen, denn Billys Schlüssel steckten immer noch in seiner Hosentasche. Sie hätte sich ohrfeigen können, nicht früher daran gedacht zu haben. Jens Schlüssel befanden sich in der Hütte der Mädchen, aber dorthin würde sie ganz bestimmt nicht wieder zurückkehren. Sie hatte sowieso keine Zeit, um nach ihnen zu suchen – nicht, wenn ihr ein Killer auf den Fersen war.

Das gesamte Camp-Gelände war schlammig vom Regen und machte es ihr unmöglich, ihre Spuren zu verwischen. Das Einzige, was sie tun konnte, waren erratische Bewegungen, in der Hoffnung, Cyrus Hoyt damit abschütteln zu können.

Sie stapfte durch das gefährliche Gelände, bis die Küche nicht mehr weit entfernt war, und dachte dabei keuchend über ihre nächsten Schritte nach. Es war die Sache nicht wert, in einer anderen Hütte gefangen zu sein, ganz besonders dann nicht, wenn es dort womöglich noch weitere geheime Zugänge gab, von denen sie nichts wusste.

Stattdessen schlich sie sich um das Gebäude herum und hastete dann weiter an den Waldrand, zumindest weit genug, damit ihre Spuren in diese Richtung führten. Danach umrundete sie das schlammige Gelände einmal komplett und kehrte in einem Bogen zum See zurück. Womöglich würde er ihre Spur hinunter zum Wasser finden, aber wenn er zuerst in der Küche oder am Wald nach ihr suchte, könnte ihr das genau die Zeit verschaffen, die sie brauchte.

Der Lake Forest Grove lag ruhig da und ein dünner Nebelhauch stieg wie weiße Wollfäden vom See auf. Drei Kanus lagen am Ufer. Sie ließ das Messer in das erste davon fallen, schob die anderen beiden aber ebenfalls ins Wasser. Dann kehrte sie zu dem verbliebenen Boot zurück, stieg ein und paddelte weit raus.

Melanie hörte nicht eher auf zu paddeln, bis das Camp nicht mehr zu sehen war, und auch dann ruderte sie einfach immer weiter. Das Ufer verschwand mehr und mehr im Nebel. Als der Regen schließlich aufhörte, stieß sie einen vorsichtigen Seufzer der Erleichterung aus.

Es war nicht schwer, sich vorzustellen, wie der Killer gerade von Gebäude zu Gebäude tobte und seine Raserei mit der Erkenntnis, dass sie ihn hereingelegt hatte, immer mehr zunahm. Irgendwann würde er das Ufer absuchen, aber was würde er schlussfolgern, wenn alle drei Kanus fehlten?

Ihr Mut sank. Sie hatte ihm zwar die Möglichkeit genommen, sie zu verfolgen, dafür aber praktisch einen riesigen Pfeil in den Sand gemalt.

Niedergeschlagen beobachtete sie die andere Seite des Sees. Hoyt kannte die Gegend extrem gut und war vielleicht schon auf dem Weg hinüber. Was, wenn er dorthin fuhr oder zumindest wusste, wo er auf sie warten musste? Sie wischte sich die Tränen aus ihren Augen und rechnete unwillkürlich damit, dass er plötzlich zwischen den Wasserfarnen auftauchte, mit ausgestreckten Armen, an denen das Blut ihres Freundes klebte.

Nun fühlte sich Melanie noch angreifbarer als zuvor. Jeder Schlag ihres Paddels glich für sie dem lauten Ping eines Radars. Es war nur eine Frage der Zeit, bis Hoyt sie hören würde. Ihre größte Chance bestand darin, ans Ufer zu gelangen und dann wegzulaufen. Der Killer war jetzt zwar verwundet, aber das würde ihn bestimmt nicht aufhalten, und wenn er erst mal herausgefunden hatte, dass sie in einem Kanu geflohen war, würde er bestimmt nicht lange raten müssen, wohin sie damit gefahren war.

Zumindest deswegen war der Nebel gut.

Sie beschloss, die Richtung ein wenig zu ändern und etwas nach rechts abzudrehen, damit sie den See diagonal überqueren konnte.

Plötzlich erblickte sie eines der anderen Kanus.

Das war doch unmöglich! Wie sollte es von allein soweit hinausgetrieben sein?

Dennoch schwamm es zu ihrer Rechten im Wasser, nur wenige Meter hinter ihr und kam näher.

Melanie tauchte das Paddel ins Wasser, doch das verirrte Kanu hielt weiterhin auf sie zu. Ihr Bizeps verkrampfte sich vor Anstrengung, trotzdem ruderte sie noch schneller.

Das leere Kanu stieß jetzt gegen ihres und sie fiel wegen des Aufpralls nach vorn. Das Ruder glitt ihr aus der Hand. Sie kreischte erschrocken auf. Mit beiden Händen griff sie ins Wasser und suchte danach, aber es war bereits versunken.

»Verdammt!«, schrie sie und überlegte kurz, den Rest des Weges hinüberzuschwimmen.

Doch dann explodierte plötzlich der Rumpf unter ihren Füßen.

Eine Seite des Kanus zersplitterte, als sich auf einmal eine Axt in den Boden grub. Melanie reagierte instinktiv und riss ihre Beine in die Luft, um dem Hieb zu entgehen. Das Boot füllte sich beinahe sofort mit Wasser, und Melanies Gewicht sorgte dafür, dass es kenterte und sie ins Wasser fiel … direkt in die Arme des Killers.

Beigegraue Arme schlangen sich um ihre Hüften und zogen sie unter Wasser.

Sie schrie panisch und verschluckte sich an dem Wasser, das in ihre Lungen schoss. Sie ruderte wild mit den Armen herum. Ihre Hand bekam irgendwann den unteren Rand der Schweißer-Maske zu fassen und riss sie ihm vom Kopf.

Sein bärenstarker Griff wurde daraufhin noch fester, die Maske fiel ihr aus der Hand und versank in der Finsternis. Er hielt ihr jetzt den Mund zu, was bedeutete, dass sie unweigerlich ersticken würde. Ihr Bauch und ihre Brust wurden jetzt unter erdrückenden Schmerzen ebenfalls zusammengepresst durch seine gewaltigen Unterarme. Sie spürte seine rauen und verunstalteten Gesichtszüge unter ihren Fingern, als sie sich verzweifelt aus seiner Umklammerung zu winden versuchte.

Vor lauter Verzweiflung rammte sie ihm schließlich ihren Daumen direkt ins Auge.

Er stieß ein schmatzendes, gellendes Jaulen aus und ließ sie los.

Melanie schwamm zur Wasseroberfläche hinauf und sog tief die Luft ein, kaum dass sie diese durchbrach. Dann schwamm sie hastig. Das Ufer war nicht mehr weit entfernt – nur noch drei Meter vielleicht – und sie schaffte es, sich an Land zu ziehen und wie ein Tier durch den Schlamm zu kriechen. Sie war zu schwach, um aufzustehen.

Ohne eine Waffe blieb ihr nichts weiter übrig, als zu hoffen, dass der Killer ihr nicht folgen würde … dass er verwundet genug war, um die Hetzjagd abzubrechen. Die Stadt war acht Kilometer entfernt, was bedeutete, dass sie nur eine Stunde brauchen würde, wenn sie es wieder auf die Beine schaffen würde.

Ich muss aufstehen!

In diesem Moment schossen zwei Hände aus dem Wasser, schlossen sich wie Schraubstöcke um ihre Knöchel und zogen sie zurück ins trübe Nass.

Ihren letzten Atemzug nutzte sie dafür, um zu schreien und einen Hilferuf auszustoßen. Eine seiner Hände ließ sie gerade lange genug los, um ihr einen heftigen Schlag auf den Hinterkopf versetzen zu können. Ihre Sicht verschwamm bereits, als sie ein weiterer Schlag traf, und dann noch einer – jeder davon begleitet von einem unmenschlichen Grunzen.

Sie trat verzweifelt mit ihrem freien Bein nach ihm, aber er wehrte den Tritt mühelos ab und zog sie weiter zu sich. Dann rollte Hoyt sie auf den Rücken, stieg aus dem schlammigen Wasser und fixierte sie mit einem Knie in ihrem Bauch auf ein paar losen Ästen, die am Ufer lagen. Eine weißliche Flüssigkeit tropfte aus seiner blutigen Augenhöhle und landete auf ihrer Wange, während er sie mit endlosen Schlägen traktierte und dabei wahnsinnig kicherte.

Ihre Hände krallten und kratzten nach seinem Gesicht, doch ohne Erfolg. Er stieß sie einfach beiseite. Seine Schläge wurden härter und schmerzten immer mehr.

Sie tat deshalb das Einzige, was sie noch tun konnte. Sie stieß sich vom Boden ab und schnappte mit ihren Zähnen nach seiner Nase. Eigentlich hatte sie seinen Hals treffen wollen, hatte seine Bewegungen aber falsch eingeschätzt. Ohne weiter darüber nachzudenken, biss sie mit einem wilden Knurren zu.

Ihre Zähne sanken in sein Fleisch und ihr Mund füllte sich mit dem Blut des Fremden. Unbeirrt presste sie ihre Kiefer zusammen und zermahlte den dünnen Steg aus Knorpel so leicht, als würde sie an einem Hühnerbein kauen. Die Nase zerbrach unter einem lauten Knacken und der Killer zuckte heulend zurück.

Er sackte in den Morast, kroch ein paar Schritte rückwärts und bedeckte dann mit den Händen sein Gesicht.

Melanie zog unauffällig einen der abgebrochenen Äste aus der feuchten Erde. Mit einem leisen Ploppen löste er sich aus dem Matsch und sie umklammerte ihn wie einen Baseballschläger.

Der Killer hatte gerade erst seine Hände von der Nase gelöst, als der Ast auch schon gegen seinen Kopf krachte und das Holz zersplittern ließ. Melanie holte sofort ein zweites Mal aus, und dann ein drittes Mal … solange, bis sein Gesicht wie Hackfleisch aussah. Der Ast traf sein Fleisch immer wieder mit einem feuchten Klatschen und Blut regnete auf das morastige Ufer. Schließlich sackte er mit einem letzten schwachen Seufzen aus seinem verstümmelten Mund zusammen und fiel vornüber.

Zufrieden, weil er sich nicht mehr rührte, taumelte Melanie davon.

Es war schwer zu sagen, wie viel Zeit seit ihrer Flucht vergangen war, aber irgendwann wich das Dickicht einer Straße. Ihr Kopf war schwer und das Adrenalin, das ihr das Leben gerettet hatte, war so gut wie aufgebraucht.

Die Sohlen ihrer Sneaker schlurften über den Asphalt. Ihr Verstand war beinahe genauso erschöpft wie ihr Körper, und das Einzige, was sie noch antrieb, war der Gedanke daran, dass sie noch nicht weit genug von diesem Monster entfernt war.

Sie war sich sicher, dass jede Minute jemand vorbeigefahren kommen würde.

Doch aus einer Minute wurden viele. Erst zehn, dann zwanzig. Die Nacht war weiterhin still und die Straße leer, und ihre Gedanken wanderten unwillkürlich an hoffnungslose Orte. Sie war verloren und sie würde hier draußen sterben.

Eine wahre Explosion aus roten und blauen Lichtern ließ sie zusammenzucken, aber sie beruhigte sich sofort wieder, als sie erkannte, dass die Lichter zu einem Streifenwagen gehörten, der vor ihr angehalten hatte.

»Geht es Ihnen gut, junge Dame?«

Melanie brach zusammen und verfiel in ein unkontrolliertes Schluchzen. »Sie sind alle tot!«, rief sie weinend, als der Polizeibeamte auf sie zukam.

»Ist schon okay«, sagte er. »Ich bringe Sie erst einmal rüber zu meinem Wagen, und dann erzählen Sie mir ganz in Ruhe, was passiert ist.«

Und dann war sie gerettet … einfach so.

2

Melanie Holden erwachte vom Geräusch des Hausalarms. Erschrocken hob sie ihren Kopf vom Kissen. Eine Computerstimme warnte sie gerade, dass die Verandatür geöffnet worden war. Die Stimme wiederholte diese Worte mit einer nervtötenden Gleichgültigkeit, die ihr Kopfschmerzen bereitete.

Sie stieg aus dem Bett und wünschte sich, dass sie eine von diesen Stunden auf dem Schießstand besucht hätte. Die Vorstellung, eine Pistole zu besitzen, war abstoßend für sie. Nicht, dass sie generell etwas gegen Waffen hatte – was dieses Thema anging, war sie unentschlossen – aber sie traute sich einfach nicht zu, im Zweifelsfall verantwortungsvoll genug damit umgehen zu können.

Deshalb lief sie mit einem Baseballschläger aus Aluminium in ihrer Hand in den Flur hinaus. Das Haus war dunkel und nur das Nachtlicht für die Katze leuchtete ihr den Weg. Ihre Füße waren in ein gedämpftes orangefarbenes Licht getaucht, als sie voranschritt und dabei auf der Innenseite ihrer Wangen kaute, um ruhig zu bleiben. In jedem Zimmer, an dem sie vorbeikam, schaltete sie das Licht an. Als Erstes durchsuchte sie die Küche und die Badezimmer. Dann das Gästezimmer und das Büro, doch alle waren verlassen.

Krächzend erwachte die Alarmanlage erneut zum Leben: »Ms. Holden, ist bei Ihnen alles in Ordnung?«

Sie zögerte noch, Entwarnung zu geben, denn die Verandatür der Küche stand tatsächlich einen spaltbreit offen … so als hätte jemand versucht, einzudringen, war aber von dem Alarm verscheucht worden.

Während die Zentrale es noch einmal versuchte, starrte sie die Tür an. »Ms. Holden, sollen wir die Polizei zu Ihnen schicken?«

Sie drückte die Tür ins Schloss und schob den Sicherheitsriegel vor. Ihr Herz klopfte so schnell, dass sie das Blut in den Ohren rauschen hören konnte. Die Stimme des Alarms sprach weiter mit ihr, aber sie konnte sich nicht mehr darauf konzentrieren.

War das etwa die Nacht, in der *er* sie endlich gefunden hatte? Doch es war niemand hier, und im Keller konnte sich auch niemand verstecken, da die Tür über einen eigenen Sensor verfügte. Wenn sie geöffnet worden wäre, hätte der Alarm es genauso wie bei der Verandatür mitgeteilt.

Die Sicherheitsfirma ließ nicht locker. Die Stimme verkündete nun, dass man die Polizei zu ihrer Adresse geschickt hatte. Sie hätte ihnen die Fahrt ersparen können, aber dafür fehlte ihr ehrlich gesagt die Zuversicht. Sie würde sich bestimmt besser fühlen, wenn sie hier nach dem Rechten sahen.

Sie brauchte diese Rückversicherung einfach.

Melanie fuhr sich mit der Hand durch ihre glatten blonden Haare und erinnerte sich daran, wie rot und lockig sie einmal gewesen waren. Sie hatte sie kurz nach den Ereignissen in Forest Grove gefärbt, in der Hoffnung, sich nicht mehr wie ein Opfer zu fühlen, wenn sie ihr Erscheinungsbild komplett änderte.

Sie trommelte mit ihren abgekauten Fingernägeln auf die Arbeitsplatte der Küche und zählte dabei die Minuten, bis die Polizei eintreffen würde. Das Gefühl, nirgendwo mehr wirklich sicher zu sein, war sowohl ärgerlich als auch angsteinflößend. Genau wie dieser Traum, den sie gerade geträumt hatte. Kein Wunder, dass sie jetzt dachte, Cyrus Hoyt wäre zurückgekehrt, um sein Werk zu vollenden.

Er ist tot!

Dieses Mantra hatte sie über Jahre hinweg immer wieder wiederholt. Aber in fünfundzwanzig Jahren hatte sie dennoch nie wirklich daran geglaubt. Ihr Psychiater bestand darauf, dass ihre anhaltenden Ängste aufgrund der Art und Weise, wie sie ihm entkommen war, vollkommen normal wären. Er versicherte ihr immer wieder, dass die Ermordung von Hoyt nötig gewesen war und sie sich deshalb keine Vorwürfe machen durfte. Das tat sie ja auch gar nicht. Das eigentliche Problem war, dass Melanie ihn nie wirklich hatte sterben sehen.

Als sie ihm damals einen letzten Blick zugeworfen hatte, als er zusammengeschlagen und blutig am Ufer des Lake Forest Grove gelegen hatte, hatte der Bastard noch geatmet.

Sie lief in ihr Zimmer zurück und griff nach ihrem Telefon. Es war jetzt 3:47 Uhr und an Schlaf war ohnehin nicht mehr zu denken. Lacey, die achtzehn Jahre alt und zur Hälfte Siam-, und zur anderen Hälfte Burmakatze war, stemmte sich auf ihre Vorderpfoten und versuchte die Lage einzuschätzen. Als sie sah, dass Melanie nicht mehr ins Bett zurückkam, steckte sie ihren Kopf wieder unter ihre Brust und schlief einfach weiter.

Du hast es gut, du kleiner Scheißer, dachte sie beinahe neidisch.

Sie brühte sich eine Tasse Kaffee auf, ließ sich damit in einen Sessel fallen und spielte mit ein paar neuen Apps auf ihrem Handy herum, während ihre Gedanken unweigerlich wieder ins Jahr 1988 zurückkehrten. Die Einzelheiten dieser Nacht spukten ihr noch immer durch den Kopf und ließen unzählige blutige Bilder wieder aufleben, denen sie nie wirklich entkommen war.

Zwanzig Minuten später traf die Polizei endlich ein und durchsuchte das Haus gründlich. Sie waren schnell und berichteten ihr von ein paar jugendlichen Gaunern, die in den Vorstädten immer wieder mal ihr Glück versuchten. Es war allerdings unwahrscheinlich, dass sie zurückkehren würden, da sie normalerweise direkt zum nächsten Zielobjekt weiterzogen, wenn es Schwierigkeiten gab. Doch all diese Beteuerungen erschienen ihr leer und beruhigten sie kaum.

Als das Haus durchsucht war und ihr Herzschlag sich ein bisschen beruhigt hatte, war es bereits kurz vor sieben Uhr morgens, und das bedeutete, dass in einer Stunde ihr

Unterricht begann. Die Möchtegern-Einbrecher hatten keinerlei Spuren hinterlassen, aber es war ihnen definitiv gelungen, den Schließriegel zu knacken. Selbst die Polizeibeamten mussten zugeben, dass so etwas bei den üblichen kleinen Einbrüchen eher untypisch war. Mehr brauchte sie nicht zu hören und machte sich in Gedanken eine Notiz, dass sie direkt am Nachmittag noch weitere Schlösser an der Verandatür anbringen lassen würde.

Nach einer schnellen Dusche, kürzer als ihr lieb war, leerte sie eine Dose *Fancy Feast* auf Laceys violetten Teller, kraulte die Katze hinter den Ohren und schnappte sich ihre Lehrertasche. Die Katze miaute anerkennend, und Melanie verschwand durch die Tür.

***

Der Lehrerparkplatz war wie zu jeder Uhrzeit restlos überfüllt. Da vor acht Uhr keine Unterrichtsstunden begannen, hatte Melanie keine Ahnung, wieso ihre Kollegen immer schon so früh da waren. Aber einen guten Parkplatz zu bekommen hatte wahrscheinlich viel damit zu tun.

Sie fand einen freien Platz bei den Wagen der Schüler in einer Seitenstraße und parkte ihren kirschroten LaCrosse daneben. Ihr blieben jetzt nur noch fünf Minuten, um in die vierte Etage der Bibliothek zu gelangen, denn sonst würden die enthusiastischen Schüler schnell denken, dass sie an diesem Tag blau machen könnten.

Es war der letzte Unterrichtstag vor den Abschlussprüfungen, und Melanie konnte kaum erwarten, dass das Semester endlich endete. Die Tage, in denen sie *Einführung in den Journalismus* unterrichten musste, wären damit gezählt, und sie würde sie bestimmt nicht vermissen. Es war nie ihre Stärke gewesen, und sie hatte nicht vorgehabt, jungen Leuten beizubringen, wie man ein Klatschreporter wurde. Eigentlich hatte sie sich für eine Stelle im Fachbereich Englisch beworben, als eine der anderen Professorinnen krank geworden war. Die Krankheit hatte sich letzten Endes als Krebs herausgestellt, und sie hatte mit ansehen müssen, wie der Krebs einer Frau von sechsundfünfzig Jahren schrittweise das Leben ausgesaugt hatte, und das war alles andere als schön gewesen.

Melanie war nur vierzehn Jahre jünger und hatte nicht vor, in nächster Zeit noch einmal um ihr Leben kämpfen zu müssen.

Die Bibliothek des Campus war um diese Uhrzeit so gut wie leer. Eine der Studentinnen, die freiwillig in der Bibliothek aushalf, saß an der Rezeption und scrollte gerade durch ihren Instagram-Feed. Melanie ließ den Fahrstuhl links liegen und entschied sich stattdessen für die Treppen. Alles, was ihren Puls ankurbelte, kam ihr gerade gelegen, und wenn es auch nur für ein paar Sekunden war.

»Entschuldigt bitte die Verspätung«, rief sie, als sie den Klassenraum betrat. Ihre Schüler zeigten keine sichtbare Reaktion, doch eine unterschwellige Enttäuschung lag in der Luft, als sie ihre Tasche auf dem Tisch ablud und dahinter Platz nahm. Der Rock ihres Kostüms zog sich daraufhin eng um ihre Oberschenkel und bereitete ihr Unbehagen, als sie hastig die Anwesenheitsliste überprüfte.

Sie schloss ihre letzte Stunde mit einer Lektion aus der Bibel ab, und einige der Jugendlichen waren ehrlich erstaunt darüber, dass sie nicht einfach nur andere Personen oder Unternehmen beleidigen durften.

»Aber wieso denn nicht, Professor Holden? Ich meine, das ist doch dann … meine Meinung, oder etwa nicht?«

Das ist geradezu typisch für das einundzwanzigste Jahrhundert, dachte sie.

Die Kids interessierten sich hauptsächlich für die Benotungen ihrer letzten Aufgaben und fanden zugegebenermaßen äußerst kreative Wege, sich im Laufe des Kurses nach diesen zu erkundigen. Als sie schließlich zugab, dass sie diese noch gar nicht korrigiert hatte, wurde ihre Ehrlichkeit mit einer Welle hörbaren Unmuts quittiert.

»Ich muss doch dafür sorgen, dass ihr euch am Donnerstag alle noch einmal hier einfindet, oder etwa nicht?«, sagte sie lächelnd. »Denn dann beginnen die offiziellen Prüfungen und dann bekommt ihr auch eure Arbeiten zurück.« Sie entließ die Klasse fünfzehn Minuten früher, weil sie unbedingt in ihr Büro wollte, um telefonisch einen Termin mit dem Schlüsseldienst zu verabreden.

Melanie überholte jetzt zwei Studenten, die es offenbar nicht so eilig hatten – zwei schmuddelig aussehende Teenager in langärmeligen Pullovern – warf ihnen aber dennoch ein freundliches Lächeln zu. Als sie um die Ecke bog, kommentierten diese, wie *hübsch prall* ihr Hintern in diesem Rock doch aussah, und ihre Stimmen klangen weitaus lüsterner, als ihr lieb war.

Dieses Teil werde ich bestimmt kein zweites Mal anziehen!

Als sie an der Tür von Rileys Büro vorbeikam, winkte dieser sie herein. Melanie glaubte, einen schwachen Geruch von Patschuli und Gras an ihm wahrnehmen zu können. Wenig überraschend, immerhin trug er gelegentlich auch Schlaghosen und das ohne jede Spur von Selbstironie.

»Kann das nicht warten, Riley?«, fragte sie. »Ich muss für heute Nachmittag einen Termin vereinbaren. Das Ganze ist wirklich wichtig.«

»Nada, Professor.« Er warf Melanie ein Türschild mit der Aufschrift *Mittagspause – bin in einer Stunde zurüc*k zu. »Häng das draußen dran und schließ die Tür. Glaub mir, du wirst wissen wollen, was ich dir zu erzählen habe.«

Als sie saß, fischte er ein Dokument aus dem unteren Teil eines Stapels heraus. »Erinnerst du dich noch daran, dass ich mich mal bereit erklärt habe, für diesen Fachbereich den Teilzeit-Admin zu spielen? Mit weniger Mitteln mehr erreichen und so?«

Das tat sie. Denn das gleiche Mantra hatte auch sie in die Fänge des Journalismus getrieben. Bei der trägen Konjunktur im Land musste jeder hier mehr in seine Arbeit hineinstecken, um auf diese Weise die entstandenen Löcher zu stopfen.

»Hör zu, Mel, ich komme am besten gleich zum Punkt, okay? Auch wenn es, na ja, total gegen meine Art ist. Du weißt schon … negative Stimmung und so.«

Melanie war sich sicher, dass ihr die Augen aus den Höhlen quellen würden, wenn sie diese noch etwas weiter aufriss. Riley wollte offenbar auf irgendetwas hinaus, und sie wünschte sich, er würde sich damit beeilen und endlich zum Punkt kommen.

Er schob das Dokument über den Schreibtisch und deutete darauf. »Das ist eine Liste mit allen Sommerkursen.«

Ihr Herz machte unweigerlich einen Satz, als ihr klar wurde, worauf das Ganze hier hinauslief. Morton, dieser Mistkerl, hatte doch wohl nicht wirklich die *Dissektion des Epos* vom Studienplan gestrichen, oder? Genau jenen Kurs, den sie seit mittlerweile gut zwei Jahren entwickelte und plante und für den im nächsten Monat ein Testlauf anstand. Aber ein Kurs, der seine maximale Anzahl von Teilnehmer an nur einem einzigen Nachmittag erreicht hatte, war wohl noch nicht bereit für das College-Hauptprogramm.

Melanie nahm mit zittrigen Händen den Ausdruck entgegen. Doch *Dissektion des Epos* war zusammen mit all den anderen Sommerkursen aufgelistet.

Riley musste ihren verblüfften Gesichtsausdruck bemerkt haben, denn er schüttelte den Kopf und wich ihrem Blick aus. »Der Kurs ist noch da«, sagte er leise, »aber du wirst ihn nicht halten.«

Melanie folgte daraufhin mit den Augen der Linie bis zu dem Punkt, an dem der zuständige Professor aufgeführt war. Dort stand tatsächlich nicht HOLDEN. Laut der Liste würde Jill Woreley ihren Kurs abhalten.

»Das ist doch ein Versehen, oder?«

Rileys Gesicht war ungerührt.

»Wie kannst du das wissen?«, fragte sie.

»Weil ich Morton heute Morgen mit Woreley hier getroffen habe. Er hat gesagt, dass er zuversichtlich ist, dass sie der Aufgabe gewachsen sei, einen kleinen Kurs wie diesen zu leiten, und dass dies zu größeren und besseren Aufgaben auf dem College führen würde. Das waren exakt seine Worte.«

Melanie fühlte sich, als hätte ihr jemand in den Magen geboxt. Jill Woreley war eine Hochschulassistentin, genauso wie sie. Vor sechs Jahren hatten sie beide hier angefangen, wobei Melanie drei Monate früher als Jill angestellt worden war. Der einzige Unterschied zwischen ihnen bestand darin, dass man Jill direkt vom College geholt hatte. Das Gerücht, dass ihr Vater maßgeblich an der Wiederwahlkampagne des Bürgermeisters beteiligt gewesen war, hielt sich hartnäckig, und als diese tatsächlich gewonnen war, wurde die unerfahrene Absolventin plötzlich Professorin.

Melanie hingegen hatte ihr Lehrgeld bezahlt und zuvor zwölf Jahre lang als Highschool-Lehrerin gearbeitet. Ein Job mit vielen Nachteilen und nur einer Handvoll Vorteilen. Das hatte sie mit den nötigen Fähigkeiten versorgt, die sie brauchte, um in den Collegebetrieb einsteigen und ihren Studenten eine spannende Lernerfahrung bieten zu können. Zu viele ihrer Kollegen scheiterten daran, ihre Vorlesungen interessant zu gestalten, und diese waren leicht auszumachen. Es waren die Vorlesungen, die nie ausgebucht waren und deren Reihen sich mit fortschreitendem Semester immer mehr lichteten.

Melanie war stolz darauf, es besser zu machen, und sie arbeitete hart daran, ihre Studenten bei Laune zu halten. Sie wollte nicht damit enden, den Stempel als langweilige Lehrerin aufgedrückt zu bekommen, und kämpfte deshalb gegen dieses Stigma an, wann immer sie einen Vorlesungssaal betrat.

Hin und wieder rief sie sogar ihren Eintrag auf *RateMyProfessor.com* auf, um nachzusehen, ob sie mit dieser Taktik erfolgreich war, denn was waren die ganzen Mühen wert, wenn sie in ihrem Job nicht gut genug war?

»Wo ist Morton jetzt?«

Riley runzelte die Stirn. »Der hat Woreley zum Essen ausgeführt.«

»So ein Mistkerl«, erwiderte sie wütend. »Er hat mir die Erlaubnis gegeben, den Kurs aufzubauen. Er sagte, dass ich absolut freie Hand hätte und dass es ein Sprungbrett für meinen Tenure werden könnte, und jetzt vergibt er den Kurs an das Mädchen, das *Beowulf* mithilfe eines grässlichen CGI-Films abhandeln wollte?«

»Ich habe damals dabei geholfen, einige der Arbeiten zu kontrollieren«, sagte Riley. »Nicht ein, sondern gleich zwei

Essays sprachen den Hauptcharakter von der Sünde frei, mit Angelina Jolie geschlafen zu haben.«

Melanie hielt sich eine Hand vor den Mund und kicherte, aber nur wegen der Absurdität des Ganzen. »Ich kann einfach nicht glauben, dass sie vor mir ihre Tenure bekommt.«

»Nicht einmal Dennis Morton wird dich davon abhalten können. Die Zahlen lügen nicht. Die Studenten lieben dich. Du hast eine hohe Anwesenheitsquote, das Feedback ist durchweg toll, und zwar jedes Semester. Es schadet sicher auch nichts, dass du verdammt süß aussiehst. Ich mag vielleicht vom anderen Ufer sein, aber selbst ich habe mir schon ausgemalt, wie es wäre, bei dir zu landen.«

Riley versuchte daraufhin, ein verführerisches Grinsen aufzusetzen, was Melanie schallend lachen ließ.

»Ich verstehe«, kommentierte er. »Dann bin ich ja froh, dass ich mich nicht für dich aufgespart habe, wenn du meine Annäherungsversuche so offensichtlich nicht ernst nimmst.«

»Ach hör auf, oder soll ich deinem Ehemann erzählen, dass du mich sexuell belästigt hast?«

»Okay, ich habe es ja begriffen.« Riley nahm Melanies Hand in seine. »Das ist nur bürokratischer Irrsinn. Zeig diesem College einfach weiterhin, was für ein verdammter Rockstar du bist. Mehr kannst du nicht tun, aber es wird genügen.«

»Ich weiß nicht, wie viele Arbeiten ich noch publizieren soll und an wie vielen Konferenzen ich noch teilnehmen muss. Ich dachte, sechs Jahre würden genügen, um ganz oben anzukommen, aber offenbar muss man nur jung genug sein und über die richtigen Beziehungen verfügen. Was versteht Woreley denn schon von epischer Lyrik? Ihre Dissertation hatte das Thema *Frauenforschung*.«

»Mach dir keine Sorgen«, sagte Riley. »Wir haben den längeren Atem.«

Melanie wusste Rileys aufmunternde Worte zu schätzen, auch wenn sie ihr aktuell viel zu optimistisch erschienen. Sie durchquerte jetzt den schmalen Korridor, huschte in ihr Büro und hieb dort mit der Faust auf ihren Tisch. Irgendwie war es Jill Woreley gelungen, ihr das Baby abzuluchsen. Ein achtundzwanzigjähriges Flittchen mit regelmäßigen Facebook-Updates wie *Feiern mit meinen Bitches, die ganze Nacht!*, die mehr damit beschäftigt war, ihre Leber zu ruinieren als an ihren Fertigkeiten zu feilen. Einmal hatte sie sich sogar über das Lesen als solches beklagt, und dass sie den Tag herbeisehnte, wenn dieser Prozess endlich überholt sei.

Meine Damen und Herren, darf ich vorstellen, Ihre Professorin für Dissektion des Epos.

Bis Dennis vom Mittagessen zurückkam, konnte sie nicht viel tun. Sie ging deshalb online und suchte sich die Telefonnummer eines Schlüsseldienstes heraus. Nachdem sie einen Termin vereinbart hatte, erwog sie außerdem die Installation von Außenkameras und begann sich mehr und mehr für die Vorstellung zu erwärmen, auch ihren Garten überwachen zu können.

Sie schloss die Augen und sah *ihn* sofort vor sich, mit seiner blutverkrusteten Maske und der schartigen Klinge. Sie spürte erneut, wie das Blut in ihren Mund tropfte und ihre Zunge bedeckte, so als wäre es erst gestern gewesen.

Er ist tot! Tu dir das nicht immer wieder an.

Aber Melanie brauchte Gewissheit. Doch so, wie sie den See damals verlassen hatte, konnte niemand ganz genau sagen, ob er nicht mehr lebte. Es war absurd zu glauben, dass Cyrus Hoyt letzte Nacht vor ihrer Tür gestanden hatte, aber der Gedanke allein jagte ihr trotzdem eine Heidenangst ein. Es war viel zu leicht, sich ihn in ihrem Hinterhof vorzustellen. Der Armeemantel, das schartige Messer, die schmutzige Maske … einfach alles.

Es war ein grässlicher Gedanke.

Sie schob ihn krampfhaft beiseite, obwohl sie wusste, dass er immer wieder auftauchen würde … so wie er es jeden Tag seit fünfundzwanzig Jahren tat.

***

Es war kurz nach vier, als Melanie nach Hause kam. Ihr Schlosser wartete bereits in der Einfahrt auf sie. Während er sich direkt an die Arbeit machte, setzte sie sich mit der Absicht an ihren Schreibtisch, endlich diese verdammten Abschlussarbeiten zu korrigieren, konnte sich aber einfach nicht konzentrieren. Kurz darauf fand sie sich auf einer Recherchetour im Internet wieder, wo sie nach Überwachungstechnik suchte.

Nachdem sie sich eine Stunde lang durch Kundenrezensionen und übertriebene Produktbeschreibungen geklickt hatte, entschied sie sich schließlich für einen Festplattenrekorder, der eine ganze Woche Überwachungsmaterial aufzeichnen konnte. Ein High-End-Gerät, das knapp einen Riesen kostete – aber das war nur ein kleiner Preis, wenn sie dadurch nachts ruhiger schlafen könnte.

Sie stellte dem Schlosser einen Scheck aus und legte noch fünfzig Dollar für den schnellen Service obendrauf. Dann ließ sie sich alles zeigen und verabschiedete ihn. Es war jetzt kurz vor sechs und daher an der Zeit, übers Abendessen nachzudenken. Ein Salat schien die beste Option zu sein, dachte sie gerade, als es plötzlich an der Tür klingelte.

Melanie erschrak. Durch das Erkerfenster im Wohnzimmer konnte sie ihren Nachbarn mit einem Bier in der Hand, auf einem fahrbaren Rasenmäher sitzen sehen. Er war nur einen Steinwurf entfernt, also gab es keinen Grund, Angst zu haben.

Cyrus kam schließlich stets bei Nacht.

Sie lief zur Eingangstür, fest entschlossen, den schwarzen Mann aus ihren Gedanken zu verjagen.

Es war Riley, der vor der Tür stand, mit einem Wein-Karton und einer Tüte Sandwiches in den Händen. Er kam herein und drückte seine kratzige Wange an ihre. »Ich musste über deinen Tag heute nachdenken und dachte mir, dass du vielleicht Gesellschaft brauchen könntest. Ich hab auch Wein mitgebracht.«

Das war genau das, was sie jetzt brauchte. »Wein aus dem Tetrapack«, sagte sie lachend. »Das ist ein Kater garantiert.«

»Jap, und mein Ehemännchen hat mir den Abend frei gegeben. Also los, lassen wir es krachen.«

Sie setzten sich an die Küchentheke und futterten die vegetarischen Sandwiches, während der Wein floss. Dabei unterhielten sie sich über belanglose Dinge, was die niederschmetternden

Ereignisse des Tages irgendwann zu einem unbedeutenden Hintergrundrauschen verkommen ließ.

Rileys Augen waren bereits glasig, als er eine Tüte Gras hervorzauberte und fragte, ob es okay wäre, wenn er sich einen Joint drehte und reinzog.

»Nur zu«, sagte Melanie. »Vielleicht nehme ich sogar auch einen.«

Als ihnen irgendwann der Gesprächsstoff ausging, kamen sie jedoch unweigerlich wieder auf die Probleme des Tages zu sprechen. Riley nickte anerkennend, als sie ihm von den Kids zu erzählen begann, die ihren *prallen* Arsch bewundert hatten.

»Sie haben dir hinterher gestarrt und das ist ein Problem für dich? Es sollte dich doch eher trösten, dass es an dir immer noch Dinge gibt, die Teenager gern sehen wollen.«

»Das sind Kinder und ich bin alt genug, um deren Mutter zu sein.«

»Dann eben MILF-Fantasien«, sagte Riley grinsend und zündete sich einen Joint an. Die Küche war innerhalb von Sekunden mit Rauchschwaden durchzogen. »Was könnte für eine Bande verhätschelter Heranwachsender heißer sein als eine reife Frau mit einem Hammerkörper, und genug Lebenserfahrung, um genau dort mit dem Verhätscheln anzusetzen, wo ihre Muttis aufgehört haben?«

»Das ist aber echt zynisch.«

»Wir arbeiten mit zwanzigjährigen Kindern, Mel. Wie oft wirst du in einem Semester von den Eltern dieser *Erwachsenen* angerufen, weil die sich entschuldigen wollen, weil ihr Kind irgendeine Semesterarbeit verbummelt hat?«

»Und trotzdem soll ich mich geschmeichelt fühlen, wenn mich Sechsjährige gefangen im Körper junger Männer attraktiv finden?«

»Wieso denn nicht?«

»Lassen wir das Thema lieber. Bist du nicht eigentlich hergekommen, um mich aufzuheitern?«

Riley legte seinen Arm um Melanies Schulter und zog sie eng an sich. Sein Aftershave duftete angenehm, und sich an seiner Schulter anlehnen zu können, beruhigte sie.

»Ich hab nachgedacht, Mel, und du solltest mich bitte erst mal ausreden lassen. Da Dennis sich als Volltrottel entpuppt und dich aus der *Dissektion-des-Epos*-Vorlesung geschmissen hat, habe ich mich gefragt, wie jetzt deine Pläne für den Sommer aussehen.«

Darüber hatte sie sich noch gar keine Gedanken gemacht. Die Vorlesung hätte nämlich den größten Teil des Junis und Julis verschlungen. Nun lagen also drei volle Monate vor ihr, und sie hatte keine Idee, was sie mit ihnen anstellen sollte.

»Okay, also … es ist nur eine Idee, aber … wieso fahren wir nicht nach Forest Grove?«

Melanie hatte das Gefühl, als würde ihr das Herz in die Hose und von da direkt in den Keller rutschen.

»Ich weiß, das klingt verrückt«, sagte Riley. »Es war Aarons Idee, und auch wenn er manchmal etwas unsensibel wirkt, besitzt er gute Beziehungen zu einem Literaturagenten in New York. Letztes Wochenende beim Abendessen sind wir irgendwie auf dich zu sprechen gekommen. Lange Rede kurzer Sinn, der Agent wäre an dem Material interessiert und hat uns garantiert, dass er es für eine nicht unerhebliche Summe an den Mann bringen könnte.«

»Ich habe es dir doch schon hundertmal erklärt, Riley …«

»Ich weiß«, unterbrach er sie schnell. »Das hast du. Du hast gesagt, dass du Glück hattest, dem Camp entronnen zu sein, dass du dir aber nicht sicher sein kannst, ob Cyrus Hoyt wirklich tot ist. Mal abgesehen davon, dass man ihn beerdigt hat …«

»Auf dem *Eternal Walk Cemetery*«, sagte sie nickend. Das hatte sie über die Jahre hinweg bestimmt ein Dutzend Mal überprüft und sich bestätigen lassen. Aber es half dennoch nichts.

»Du wirst von dem Geist eines Wahnsinnigen verfolgt, den du aber umgebracht hast, meine Liebe. Forest Grove hat das Geschehene längst hinter sich gelassen, du aber nicht. Gäbe es einen besseren Weg, als in sich zu gehen, etwas Schmutz aufzuwühlen und aus deinem Unglück Profit zu schlagen? Das ist Amerika. Das macht hier jeder.«

»Ich werde nicht verfolgt«, antwortete Melanie wenig überzeugend. Riley hatte recht, aber es tat verdammt weh, es hören zu müssen.

Die Aussicht, in jene Gegend zurückzukehren, war alles andere als einladend. Es war dort vielleicht sicher, aber die Erinnerungen an alles, waren immer noch äußerst lebendig ... an die helle Holzverkleidung in den Hütten ... an das Graffiti in der Außentoilette, welches *Wer an Toilettentüren schreibt, auch gern in die Hosen scheißt* zu verkünden gewusst hatte ... und das malerische Ufer des Sees mit seiner trügerischen Sicherheit.

Und dann waren da noch die Leichen. Jennifers Körper, aufgeknüpft in der Hütte der Mädchen. Ihr heißer, rosafarbener Victorias-Secret-BH war zerrissen und mit Blut bespritzt gewesen. Sie hatten das Ding ein paar Tage vor ihrem Aufbruch nach Forest Grove extra zusammen gekauft, weil Jen für *die Jungs vom Land* unbedingt hatte gut aussehen wollen. Bills Leiche, die durch das Fenster der Hütte geworfen worden war – Hoyts Versuch psychologischer Kriegsführung.

Schmerzhafte Erinnerungen, die sich extrem verstärken würden, wenn sie erst einmal zurück in Connecticut wäre.

Vielleicht hatte Riley ja recht damit, dass sie die Rolle des Opfers in Dauerschleife abspulte, aber wie sollte sie sich denn sonst benehmen? Es verging nun mal kein einziger Tag, an dem sie sich nicht fragte, was aus Jen geworden wäre. Denn dieses Mädchen hatte immer das bekommen, was sie wollte. Es war also keine Frage gewesen, ob sie es in die New Yorker Modewelt schaffen würde, sondern vielmehr nur wann.

Bill war gut aussehend und stark gewesen und hatte den dämlichsten Sinn für Humor besessen, der ihr je untergekommen war. Er war die Art von Typ gewesen, die einen zum Lachen brachte, selbst wenn man schon drauf und dran war, ihm eine reinzuhauen. Sie mochte es, sich hin und wieder ein Leben mit ihm vorzustellen, ein Vorstadtleben mit drei Kids ... die Football-Termine des Ältesten zu koordinieren, damit er kein Spiel verpasste ... kinderfreie Samstagabende ... sonntags lange Ausschlafen und ein paar Drinks mit den Nachbarn nehmen.

Dinge, die das Leben eben so für einen bereithielt.

Eine Weile schien es so, als würde sie diese Dinge mit Reggie Nolan haben können. Ihrem Ex-Mann. Ein Football-Co-Trainer mit tief sitzenden Aggressionsproblemen, die mit seinen Unzulänglichkeiten zusammenhingen. Melanie hatte seine von Unflätigkeiten bestimmte Herangehensweise an das Coaching immer schon als relativ abstoßend empfunden, sich aber lange Zeit zurückgehalten, so wie Reggie seinen Missmut aus ihrer Beziehung herausgehalten hatte ... bis zu dem Tag, an dem er genau das nicht mehr getan hatte.

Selbst jetzt fühlte sich Melanie noch verantwortlich für das Scheitern ihrer Ehe. Hätte sie einen anderen Weg gefunden, das Thema zur Sprache zu bringen, wären die Dinge vielleicht anders verlaufen. Vielleicht hatte er ja etwas Besseres verdient, als eine mitternächtliche Tirade auf der Fahrt von einer Fakultätsfeier nach Hause – genau wie sie die Reaktion nicht verdient hatte, die sie damit provoziert hatte.

Sie erinnerte sich noch lebhaft daran, wie ihr Kopf gegen die Fensterscheibe geknallt war, als er quer über die zweispurige Straße gedonnert, in eine Ausfahrt eingebogen war und ihr dann mit dem Handrücken einen Schlag versetzt hatte. Sie war noch nie zuvor eine Schlampe genannt worden, und das hatte sie irgendwie am meisten verletzt, auch wenn nach dem brutalen Schlag ihr gesamtes Gesicht geschmerzt hatte.

Melanie hatte direkt am nächsten Tag die Scheidung eingereicht, und Reggie war bereits verschwunden, als sie wieder nach Hause gekommen war. Für den Rest des Schuljahres hatte sie ihn nur noch ein paarmal gesehen, und im nächsten Jahr war er nicht mehr an die Schule zurückgekehrt. Vielleicht hatte man ihn auch darum gebeten. Für sie war nur wichtig, dass sie ihm nicht mehr hatte begegnen müssen. Sie war lieber allein, als ein Elend wie dieses erdulden zu müssen.

Riley strich ihr jetzt über die Oberseite ihrer Hand und holte sie damit sanft aus ihrem Tagtraum zurück. »Ich wollte nicht, dass du dich deswegen schlecht fühlst«, beteuerte er, »aber du bist viel zu umwerfend und brillant, um als Gefangene in deinem eigenen Haus zu leben. Du solltest ein neues

Leben beginnen und dich nicht an das klammern, was man dir genommen hat.«

»Du weißt doch gar nicht, worum du mich da bittest.«

»Das stimmt«, sagte er. »Lassen wir das Thema jetzt. Aber bitte denke darüber nach. Du hast eine Geschichte zu erzählen und die Leute wollen sie hören. Erinnerst du dich noch an den Notarzt, der dich in jener Nacht behandelt hat?«

Das tat sie tatsächlich. Er lebte jetzt als Autor wahrer Kriminalfälle in Kalifornien. Riley hatte ja recht. Dennis Mortons Fuchtel entfliehen zu können sollte eigentlich Anreiz genug sein. Die Ereignisse jener langen Nacht im Camp Forest Grove aufzuschreiben, reizte sie allerdings nur bedingt, die Vorstellung, damit etwas gegen diesen Wurm in der Hand zu haben hingegen schon. Ganz besonders, falls das Buch tatsächlich ein Erfolg werden würde. Denn dann würde sie jede Schule mit Kusshand aufnehmen, und der Stiftungsrat würde Morton die Hölle heißmachen, damit er die berühmte Autorin des Ortes zufriedenstellte. Das war allerdings ein ziemlicher Ritt, nur um ihren Kurs halten zu können, und es ärgerte sie maßlos, ihn auf sich nehmen zu müssen.

»Kann ja vielleicht nicht schaden, noch mal darüber nachzudenken«, sagte sie deshalb.

***

Melanie verbrachte den Mittwoch verbarrikadiert in ihrem Büro, wo sie mit der Raserei einer akademischen Psychopathin Abschlussarbeiten korrigierte. Zwei Englischtests und zwei Wiederholungen zum Thema *Einführung in den Journalismus* in weniger als sechs Stunden, und danach noch mal zwei Stunden, um die Gesamtnoten zu bestimmen.

Die Gewissheit, von Dennis hintergangen worden zu sein, wuchs mit jeder Stunde. Normalerweise war es zu einem Teil seiner Endsemester-Masche geworden, für alle Professoren ansprechbar zu sein. Er wollte wissen, wie die Dinge liefen, ob es Probleme mit irgendwelchen Studenten oder eventuelle Streitigkeiten über die Benotung gab, um gegen aufgebrachte

Eltern gewappnet zu sein. Doch heute war er nur ein Phantom und seine geschlossene Bürotür sprach Bände über die aktuelle Sachlage.

Riley hatte währenddessen unauffällig in Umlauf gebracht, dass man Melanie die *Dissektion eines Epos* entrissen hatte, was in einem Strom aus mitfühlenden Gesichtern in ihrem Büro resultierte. Viele Kollegen gaben ihr Zuspruch, was ihr das Gefühl vermittelte, gemocht und respektiert zu werden, auch wenn es an der Sache natürlich nichts änderte. Sie hatte das wichtigste Kapitel ihrer bisherigen Karriere verloren und ihr Boss hielt es offenbar nicht einmal für nötig, sie darüber zu informieren.

Als die letzte Note vergeben war, konnte sie keine weitere Sekunde mehr in diesem Büro verbringen. Um halb fünf galt Dennis immer noch als vermisst. Soweit es ihn betraf, musste er doch denken, dass Melanie immer noch annahm, den Kurs leiten zu dürfen. Es sei denn, er hatte damit gerechnet, dass Riley den Stundenplan gesehen und die Neuigkeiten ausposaunt hatte.

Doch, das klingt tatsächlich ganz nach ihm.

Sie huschte aus dem Gebäude und fuhr nach Hause. Lacey lag zusammengerollt auf der Couch und sah aus, als hätte sie sich seit dem Morgen, als sie das Haus verlassen hatte, nicht mehr bewegt. Sie maunzte ein paarmal, als Melanie ihre Kleidung auszog und sie in den Waschraum warf. Dann sprang die Katze von der Couch und folgte ihr den Flur entlang bis zum Badezimmer, nur um sofort wieder zurückzuflitzen, als sie hörte, wie Melanie die Dusche anstellte. Das kleine Tier war anscheinend immer noch angeschlagen von jenem Tag, als es sich im Schlamm gewälzt hatte und das Fell danach so verfilzt gewesen war, dass es ein Bad gebraucht hatte.

Als sie aus der Dusche kam, fand sie eine Textnachricht von Riley vor. *Dennis ist gerade auf dem Campus aufgetaucht. Ich habe gesehen, wie er auf dem Parkplatz eingebogen ist, als ich wegfuhr. Schnapp ihn dir! Zeig's ihm! :P*

Sie sprang sofort in ein Paar kakifarbene Shorts und streifte ein ärmelloses Shirt über. Ihr blieb nicht viel Zeit, also drehte sie ihre noch feuchten Haare kurzerhand zusammen und setzte eine dunkelblaue Red-Sox-Kappe auf.

Es war beinahe sechs Uhr, als sie den Campus erreichte, und die meisten Lehrer hatten das Gelände bereits verlassen. Der kleine Parkplatz hinter dem Gebäude für Englische Sprache war wie leer gefegt, als sie neben Dennis Wagen parkte. Ihre Wagentür fügte seinem silbernen Lexus womöglich eine kleine Delle zu, aber sie nahm sich nicht die Zeit, nachzusehen.

Er kämmte sich gerade seinen Schnurrbart vor einem kleinen Tisch-Spiegel, als Melanie in sein Büro trat. Sein erschrockener Gesichtsausdruck, gepaart mit dem deutlich sichtbaren Zucken, das durch seinen Körper fuhr, zeugte von absoluter Überraschung.

»Was kann ich für dich tun, Melanie?«, fragte er mit zittriger Stimme.

»Das weißt du ganz genau«, antwortete sie. Solche Dinge waren ihr noch nie leicht gefallen, daher fühlte sie sich unwohl in ihrem Körper und ihre Worte klangen irgendwie zäh und fremdartig. *Beiß die Zähne zusammen und mach einfach weiter!*

Er seufzte und zog seine Anzugjacke über seinem Bierbauch zurecht. »Das war beileibe keine leichte Entscheidung, Melanie.«

»Dann kläre mich doch bitte jetzt auf«, antwortete sie. »Du warst derjenige, der mich ermutigt hat, den Kurs überhaupt auf die Beine zu stellen. Ich habe zwei Jahre damit verbracht, meine Kenntnisse auf diesem Gebiet zu perfektionieren. Ich habe mich in die Arbeiten Homers, Virgils und Hesiods vertieft. Ich habe recherchiert und darüber geschrieben. Niemand an dieser Schule kennt sich damit besser aus als ich.«

»Weißt du, mit welchem Kurs du während deiner Karriere den größten Erfolg hattest?«

Mit allen, war sie versucht zu sagen … nicht aus Arroganz, sondern weil sie ihren Wert durchaus realistisch einschätzen konnte. Der Beweis dafür fand sich, wie Riley richtig bemerkt hatte, in ihren konstant überfüllten Kursen. Aber sie biss sich auf die Zunge und beantwortete die Frage nur mit einem Schulterzucken.

»*Einführung in den Journalismus*, wer hätte das gedacht?«, sagte Dennis. »Weißt du, was das Interessanteste daran ist? Du kamst eigentlich als Literaturprofessorin hierher, aber weil du eine Team-Playerin bist, hast du dich des Journalismus angenommen, als das College dich gebraucht hat. Dein Erfolg dabei spricht Bände. Volle Klassen, gigantische Erfolgsraten und Spitzen-Ergebnisse. Wie es scheint, hast du also deine Stärke und deine … Nische gefunden, und ob du es nun zugeben willst oder nicht, aber ich glaube, wir beide wissen, wo du wirklich hingehörst.«

»Dennis, das ist nicht fair. Ich bin damals gern eingesprungen, und ich bin froh, dass man meine Arbeit schätzt. Aber du hast mir persönlich versprochen, dass das Journalismus-Gebiet keine dauerhafte Sache wird. Du hast mir grünes Licht für *Dissektion eines Epos* gegeben, damit ich mich beweisen kann. Aber jetzt nimmst du es mir einfach weg. Gib mir den Kurs zurück. Bitte.«

Dennis goss ihnen zwei Scotch ein, aber Melanie lehnte ab. Sie wartete auf seine Antwort und erkannte plötzlich, dass es ein Fehler gewesen war, ihn zu bitten.

»Ich habe den Kurs an Miss Woreley gegeben, weil ich sehen will, wie sie sich außerhalb ihrer Komfortzone schlägt. So wie du damals mit dem Journalismus. Sie wird die Erste sein, die sich mit dem Thema auseinandersetzen muss.«

»Das ist Bockmist!« Ihr Blut kochte jetzt. »Wenn du willst, dass sie sich *außerhalb ihrer Komfortzone schlägt*, dann lass sie von mir aus zwei Jahre lang über Ethik im Journalismus referieren. Aber mich solltest du für meine Arbeit belohnen und mich den Kurs abhalten lassen, den ich ganz allein aufgebaut habe.«

»Ich habe meine Entscheidung bereits getroffen. Auf diese Weise kann ich Miss Woreley richtig beurteilen, ich entschuldige mich aber, wenn ich dich damit verärgert haben sollte. Doch da ich dich als Team-Playerin kennengelernt habe, bin ich mir sicher, dass du meine Entscheidung respektieren wirst.«

Sie kochte immer mehr vor Wut und ihre milchig-weiße Haut war mittlerweile rot angelaufen. Morton konnte auf ihren Wangen gerade bestimmt mehr als ein Dutzend Rottöne zählen. Noch schlimmer war es allerdings, dass ihr Tränen in die Augen stiegen, und das trug dazu bei, dass sie sich noch unwohler fühlte. »Du könntest mich zumindest endlich fest anstellen.«

Er hob das Glas an seine haarigen Lippen ... um sein Grinsen zu verbergen, hätte sie schwören können. »Ich fürchte, dass du an diesem College momentan noch nicht fest angestellt werden kannst.«

»Dennis.«

»Da das Budget so schmal ist, kann ich in diesem Jahr nur einen einzigen Professor fest anstellen, und der Ausschuss war einstimmig in seiner Entscheidung, für Jill Woreley als Langzeitinvestition.« Er leerte sein Glas, lief zur Tür und öffnete sie. »Wir können das Gespräch sehr gern während der regulären Bürozeiten fortsetzen.«

Melanie fühlte sich wie erschlagen. Ihr Herz hämmerte, aber sie stürmte ohne ein weiteres Wort hinaus. Wenigstens hatte sie jetzt Gewissheit, auch wenn das nicht dazu beitrug, dass es ihr besser ging. Auf dem Weg zurück zu ihrem Wagen fühlte sie sich hundeelend, so als müsse sie sich jeden Moment übergeben.

Nicht, weil Dennis sie bezüglich ihrer Anstellung übergangen hatte, und auch nicht, weil diese dumme Göre plötzlich wertvoller für die Schule geworden war als sie, sondern, weil sie dadurch genau wusste, was sie als Nächstes tun würde.

***

Am nächsten Tag konnte Melanie an nichts anderes mehr denken, als daran, ihre Arbeit zu Ende zu bringen und dann so schnell wie möglich von diesem Campus zu verschwinden. Sie verteilte die korrigierten Arbeiten, als würde ihr Leben davon abhängen, und entließ die Klasse augenblicklich, als es keine drängenden Fragen mehr gab.

Oh Wunder …

Sie hielt es nicht aus, noch länger an diesem Ort sein zu müssen. Es erinnerte sie auf schmerzhafte Weise an ihr berufliches Scheitern. Daran gab es nichts zu beschönigen, wenn man bedachte, dass ihre Karriere das Einzige war, das sie in ihrem Leben besaß.

Sie räumte gerade ihr Büro auf, als ausgerechnet Jill Woreley an ihre Tür klopfte und hereinkam.

»Das ist gerade kein so guter Zeitpunkt, Jill …«

»Wann ist es das denn schon? Es heißt, du würdest für den Sommer die Stadt verlassen. Ich wollte vorher nur kurz mit dir reden.« Das Mädchen vergeudete wirklich keine Zeit und ließ sich jetzt in einen Sessel fallen. Ihre weißen Shorts rutschten dabei nach oben, als sie ihre Beine übereinanderschlug und ihre bronzefarbenen Oberschenkel beinahe anstößig aneinander rieben.

Melanie spürte, wie ihr die Hitze ins Gesicht schoss, als sie ihren Laptop in ihre Tasche stopfte. »Na schön«, stieß sie verärgert hervor. »Du kannst mich von mir aus zu meinem Wagen begleiten.« Eigentlich hatte sie noch gar nicht vorgehabt, zu gehen, aber nun, da Jill offenbar darauf aus war, es sich hier gemütlich zu machen, fühlte sie sich in ihrem eigenen Büro beinahe wie in einem Bordell.

»Du solltest nicht sauer auf mich sein, Mel.«

Ihre Eröffnung war so unverblümt wie geradeaus und traf Melanie entsprechend unvorbereitet. Bevor sie ihre Überraschung verwunden hatte, war das Mädchen auch schon nicht mehr aufzuhalten.

»Dennis hat *Dissektion eines Epos* an mich vergeben, warum auch immer. Ich kann doch nichts dafür. Wieso begraben wir das Kriegsbeil also nicht einfach?«

Melanie konnte kaum glauben, was sie da hörte. Ihr fehlten komplett die Worte, allerdings nicht etwa aus Feigheit, sondern vor Schock.

Jill plapperte währenddessen unaufgefordert weiter: »Die Kommission mochte meine Dissertation über die Griechischen Götter als Externalisierung menschlichen Verhaltens.

Also tu nicht so, als hätte ich von dem Thema überhaupt keine Ahnung. Ich werde vor dir meinen Tenure bekommen, so einfach ist das, wegen meines frischen Blicks und ein paar neuen Ideen. Du wirst doch jetzt nicht für eine vergiftete Arbeitsatmosphäre sorgen wollen, oder?«

Der Drang, ihr einen Kinnhaken zu verpassen, wuchs stetig, aber Melanie schwieg eisern. Sie liefen jetzt den Rest des Weges schweigend nebeneinanderher, zumindest, bis sie das Gebäude verlassen hatten, denn dann fasste Jill sie an den Schultern.

»Jetzt hör mir mal zu, Mel«, begann sie. »Ich habe keinen Streit mit dir, und du willst ganz sicher auch keine Probleme mit mir bekommen. Es wäre also das Vernünftigste, wenn du mir das Curriculum, das du für den Kurs entwickelt hast, einfach aushändigst, damit ich nicht komplett bei null anfangen muss. Dann könnte ich Dennis auch berichten, dass du sehr kooperativ und hilfsbereit gewesen bist. Das käme den Studenten zugute, würde mir helfen und auch dir nützen, wenn das nächste Mal deine Festanstellung im Gespräch sein sollte.«

Melanie sah auf ihre Schultern hinab. Die Hände des Mädchens lagen immer noch auf ihr. Jill schien jetzt offenbar selbst davon überrascht zu sein, denn sie zog sie zurück, räusperte sich, und dann setzten die beiden ihren Weg fort.

Sie liefen bis zur Straßenecke, wo Melanie geparkt hatte. Sie warf ihre Tasche auf den Rücksitz ihres Wagens und schlug dann die Tür sehr viel energischer zu, als sie es eigentlich beabsichtigt hatte. Ohne ein weiteres Wort setzte sie sich anschließend hinter das Steuer und versuchte die Fahrertür zu schließen, doch Jill packte sie am oberen Türrahmen und zog sie wieder auf.

»Hast du mir denn gar nichts zu sagen?«

»Nein«, erwiderte Melanie. »Viel Glück mit dem Kurs, Jill. Denn du wirst ihn allein halten müssen.«

»Nun komm schon, Mel. Gib mir deine Aufzeichnungen. Das wird es für uns beide sehr viel leichter machen.«

»Ich bin äußerst neugierig, wie du die Sache meistern willst, denn ich werde dir garantiert nicht helfen. Es ist meine

Arbeit, und ich werde die Aufzeichnungen nutzen, wenn die Zeit dafür gekommen ist.«

»Deine Zeit ist bereits gekommen … und wieder verstrichen. Dafür kannst du niemand anderen verantwortlich als dich selbst. Du solltest mal besser langsam die Verantwortung für deine Fehler übernehmen, du blöde Schlampe.«

Melanie lächelte nur. Sie fand, dass ihre fragwürdige Entscheidung mittlerweile durchaus berechtigt war. »Das werde ich«, sagte sie. Sie konnte es nun kaum noch erwarten, endlich aus dieser Stadt zu verschwinden.

3

Bis nach Forest Grove waren es vier Stunden Fahrt.

Melanie nahm die I-290 über Worcester, bis diese zur I-84 wurde.

Doch je mehr ihre Rückkehr dorthin Realität wurde, desto mehr wuchs in ihr das Gefühl, einen ungeheuren Fehler zu begehen.

Sie vermisste Lacey. Die Katze blieb solange bei Riley und deren Ehemann, trotz der Allergie, unter der Aaron litt. Der alten Dame würde es wohl kaum etwas ausmachen, umzuziehen. Ihre Zuneigung war nämlich durchaus käuflich, solange es einen warmen Schoß gab, in dem sie sich einrollen konnte. Cyrus Hoyt konnte bei Melanie einbrechen und ihr ein Bowiemesser in den Schädel rammen ... solange er dabei eine Dose *Friskies* öffnete, würde es die Katze kein Stück kümmern.

Die Rastlosigkeit des Stadtlebens mit dem oft unnötigen Verkehr, den hektischen Spurwechseln und dem grundlosen Hupen wich nach und nach einem ländlichen Stillleben mit vereinzelten Häusern, sporadischen Fahrzeugen und hin und wieder auch mal einem Geschäft. Das Grauen, das es für sie mit sich brachte, war allerdings unausweichlich.

Melanie hasste den Sommer, denn seine unvermeidliche jährliche Wiederkehr ließ jedes Jahr aufs Neue die bange Frage in ihr aufsteigen: *Wird er dieses Jahr zurückkehren und es zu Ende bringen?* Aktivitäten im Freien und bei mildem Wetter übten daher keinerlei Anziehungskraft auf sie aus und sie zog überfüllte Gehsteige jederzeit Wanderwegen als Ausflugsziel vor.

Als Teenager war ihr die Stadt Forest Grove noch viel weiter entfernt vorgekommen. Es war ein abgelegener Ort, versteckt vor der restlichen Welt, dessen Bewohner unsagbaren Gräueltaten ausgeliefert gewesen waren und Rettung von außerhalb unmöglich gewesen war, und genau dieser Ort rückte nun mit jedem verstreichenden Kilometer immer näher.

Eine kurvige Abfahrt vom Highway führte sie direkt auf eine überwucherte Landstraße voller Schlaglöcher. Sie kam jetzt an einer zusammengefallenen Scheune vorüber, die nur wenige Meter neben der Straße stand. Ein Haufen zerbrochener Balken war alles, was noch von ihr noch übrig war. Ein uralter Pick-up-Truck, dessen Ladefläche voller Hühnerkäfige war, kam ihr aus der anderen Richtung entgegen getuckert und hupte ohne ersichtlichen Grund.

Vielleicht war das ja ihr persönliches Empfangskomitee.

Melanie versuchte sich den Haufen Geld vorzustellen, den ihr der Verlag sozusagen als Wiedergutmachung für ihr wachsendes Unbehagen angeboten hatte. Es erschien ihr immer noch unglaublich, dass jemand wirklich an ihrer Geschichte interessiert sein könnte. *Wer erinnerte sich schließlich nach all den Jahren schon noch an Forest Grove, außer denen, deren Leben dieses Ereignis für immer verändert hatte?*

Die Stadt selbst erinnerte sich aber offenbar noch sehr gut an alles, denn die Reaktion auf Hoyts Massaker war regelrecht bizarr gewesen. Nach den Morden hatte sich der Stadtrat zusammengefunden und beschlossen, jegliche Aktivitäten, bei denen sich größere Gruppen von Kindern oder Jugendlichen zusammenfinden würden, mit sofortiger Wirkung zu verbieten. Tanzveranstaltungen waren seitdem tabu, Partys wurden mit heftigen Strafen geahndet, und Sportveranstaltungen wurden überwacht wie seinerzeit in Berlin, hinter dem Eisernen Vorhang.

Der Gedanke daran, dass ein Ereignis, in das sie selbst involviert gewesen war, zu einer Art Gestapo-Polizeistaat in dieser Stadt geführt hatte, war einfach unvorstellbar für sie. Nach allem, was sie bislang gehört hatte, hatte sich das heutige Forest Grove nur wenig verändert. Es war immer noch die gleiche Kleinstadt und erinnerte an die aus *Footloose*, nur auf Steroiden.

Was ihr an der Übereinkunft mit dem Verlag ganz besonders nicht gefiel, war, dass diese darauf beharrten, dass sie diesen Trip dazu nutzen sollte, die Werbetrommel für das Buch zu rühren. Sie wollten sogar einen Tag mit einem professionellen Fotografen arrangieren, um ein paar *authentische* Werbefotos schießen zu können, und allein der Gedanke daran, sorgte dafür, dass sie sich ganz schmutzig fühlte.

Alles an dieser Sache klang so ungeheuer wichtigtuerisch, und Melanie hatte es schon immer gehasst, im Scheinwerferlicht zu stehen. Dass sie nach Forest Grove zurückkehren musste, war schon schlimm genug, aber diese furchtbare Sache auch noch zu vermarkten? Es war einfach nicht in Ordnung, den Tod von Jennifer und Bill – oder der restlichen Opfer – nun für Werbezwecke auszuschlachten. All diese Menschen hatten Besseres verdient. Melanie hatte immer darauf beharrt, dass ihre Memoiren das Andenken an diese Personen ehren sollte, aber dann hatte ihr Bedürfnis, es Dennis heimzuzahlen, irgendwie die Oberhand über ihre Wertvorstellungen und ihre geistige Gesundheit gewonnen.

Die Versicherung, mit diesem Buch einen absoluten Bestseller auf den Weg zu bringen, hatte es irgendwie erleichtert, sich zu dieser ganzen Sache überreden zu lassen. Besonders dann, wenn sie es später gegen Dennis verwenden könnte. Denn es trotz seiner Bemühungen, ihr Steine in den Weg zu legen, im Leben zu etwas zu bringen, war ein mächtiger Anreiz für sie geworden.

Das GPS sagte ihre Ankunft in Forest Grove in vierzig Minuten voraus, was bedeutete, dass sie noch einiges an ländlichem Idyll hinter sich bringen musste. Die Fahrt war extrem eintönig, lauter Weiden und Getreidehalme, mehr nicht.

Doch der Schein trügt.

Flackernde rote und blaue Lichter blitzen jetzt in ihrem Rückspiegel auf, gefolgt von der gleichzeitig ertönenden Sirene. Einer von Forest Groves Gesetzeshütern klebte ihr offenbar gerade an der Stoßstange, und zwar dicht genug, dass Melanie sogar den Fahrer erkennen konnte, der sie durch seine Fliegerbrille ausdruckslos anstarrte.

Sie war wohl unwillkürlich etwas zu sehr aufs Gas getreten und in ihrem verrückten Drang, dorthin zu kommen, mit sechzig Meilen pro Stunde dahingeschossen. Allerdings waren das nur dreißig über dem Tempolimit.

Melanie nahm den Fuß sofort vom Gas und fuhr an den Straßenrand. Farnwedel rutschen von ihrer Stoßstange und bogen sich unter die Motorhaube, als sie anhielt. Mit zitternder Hand griff sie nach dem Handschuhfach, um ihre Zulassung herauszukramen.

Der Cop tauchte jetzt vor ihrem Fahrerfenster auf. Seine Fingerknöchel klopften gegen die Scheibe, während sie noch nervös in dem vollgestopften Alles-andere-als-ein-Handschuhfach herumwühlte.

Mit einem Tastendruck ließ sie die Scheibe herunterfahren, vermied es aber, den Polizeibeamten anzusehen.

»Da waren wir aber ein wenig schnell unterwegs, Ma'am. Darf ich fragen, wo es brennt?«

»Es tut mir sehr leid«, sagte sie hastig. »Es brennt nicht, ich … war nur in Gedanken.«

Der Polizist nahm seine Brille ab und schob sich einen der Bügel in seine Brusttasche, um sie dort einzuhängen. Dann legte er seine großen Hände auf den Fensterrahmen des Wagens und ging in die Hocke, um auf Augenhöhe mit ihr zu gelangen. Etwas zu aufdringlich für ihren Geschmack, aber das hier war bestimmt nicht der richtige Zeitpunkt, um sich darüber zu beschweren.

»Miss … Holden, habe ich recht?«

Bestimmt sah sie absolut schrecklich aus. Aufgeschreckt und wahrscheinlich mehr als nur ein bisschen verwirrt. Ihr Gesicht fühlte sich heiß an, und sie musste nicht in den Spiegel sehen, um zu wissen, dass ihre Wangen gerade wie frisch gepflückte Kirschen leuchteten.

Der Officer sprach nun weiter, aber sein Gesichtsausdruck entspannte sich mehr und mehr. »Wir haben Sie schon erwartet. Ich bin Chief Brady. Nathan Brady. Der Verlag in New

York hat das Hotel, in dem sie wohnen werden, kontaktiert und sich bereits um die Rechnung gekümmert. Es hat daher nicht lange gedauert, bis sich herumgesprochen hat, dass Miss Holden in unseren kleinen Winkel der Welt zurückkehrt.«

»Ich verstehe.« Diese Erklärung ließ Melanie aufatmen, aber das Problem, dass sie zu schnell gefahren war, bestand leider immer noch … und dass sie dabei ausgerechnet vom Polizeichef persönlich dabei erwischt worden war. »Ich bin wegen dieser Reise ziemlich im Eimer, ehrlich gesagt. Ich schätze mal, die Angst hat mich in einen Raser verwandelt.«

»Ich verstehe, Miss. Oh, und äh … willkommen zurück. Ich hoffe, unsere Stadt wird in Ihrem Buch wohlwollend erwähnt. Obwohl, angesichts des Themas wird das wohl eher nicht der Fall sein, was?«

»Wird das denn ein Problem werden, Chief?«

»Nicht für mich.« Mit dem Kinn deutete er die Straße entlang. »Für ein paar von denen? Vielleicht. Aber ich bin mir sicher, dass Sie nachvollziehen können, dass die meisten hier von Ihrer Rückkehr nicht allzu begeistert sind. Hier leben aber auch eine Menge anständiger Leute, das kann ich Ihnen versichern. Sie wollen einfach nur vergessen, was in ihrer kleinen Stadt einmal passiert ist.«

»Gelingt ihnen das denn?«, fragte sie. »Ich könnte mir vorstellen, dass es bei den vielen Regeln und Vorschriften, die auf dieses Ereignis zurückzuführen sind, schwierig ist, das Geschehene zu verdrängen.«

»Viele von uns versuchen ihren Teil dazu beizutragen, die Einschnitte dieser Vorschriften zu mildern, und mal ganz unter uns gesprochen, ich glaube, es bewirkt nichts weiter, als die Kids dafür zu bestrafen, hier geboren zu sein.«

Der Chief schien offen und ehrlich zu ihr zu sein, und Melanie wusste das zu schätzen. Allerdings schien er ein wenig zu jung zu sein, um für die Sicherheit in Forest Grove zuständig zu sein. Er war garantiert kaum älter als dreißig. Aber vielleicht war das auch gar nichts Ungewöhnliches. Mit Kleinstadt-Polizisten hatte sie kaum Erfahrung und vermutete, dass ein jüngerer Mann für die zu bewältigenden Aufgaben bestimmt besser geeignet war, und es war ganz nebenbei auch viel angenehmer, als von einem alten, in seinem Trott festgefahrenen Kauz an den Stadtrand eskortiert zu werden.

Außerdem sah er gut aus, auch wenn die bloße Feststellung schon dafür sorgte, dass sie sich wie einer ihrer hoffnungslosen Studenten fühlte. Mit seinen durchdringenden braunen Augen und seinem Kurzhaarschnitt hätte er amerikanischer nicht sein können, und sein kantiges Kinn und seine breiten Unterarme verrieten ihr, dass er trainierte. Er war ein Mann der Tat, so viel stand fest.

»Nur damit Sie es wissen, ursprünglich wollte ich Ihnen einen Strafzettel verpassen. Ich dulde es nämlich normalerweise nicht, wenn die Leute hier zu schnell fahren, und dann auch noch dreißig zu viel. Aber wir tun alle schließlich nur unseren Job, und da ich den wenig enthusiastischen Empfang, den sie von einigen hier bekommen werden, nicht verhindern kann, kann ich wenigstens hier ein Auge zudrücken. Auf diese Art fällt ihr zweiter Eindruck unserer Stadt vielleicht nicht ganz so verheerend aus.«

Melanie war erleichtert, als er sich wieder aus ihrem persönlichen Freiraum zurückzog. »Ich weiß Ihre Nachsicht wirklich zu schätzen«, sagte sie mit einem Lächeln. »Ich werde auch bestimmt keine Schwierigkeiten machen. Ich bleibe nur lange genug hier, um meine Erinnerungen wieder auf Vordermann zu bringen, und dann bin ich auch schon wieder weg.«

»Nehmen Sie sich ruhig so viel Zeit, wie Sie wollen, Ma'am.« Er schenkte ihr ein einladendes Grinsen und wandte sich dann zum Gehen. »War nett, Sie kennengelernt zu haben«, sagte er und kehrte zu seinem Wagen zurück.

Mit einem Seufzen startete Melanie den Motor und bog wieder auf die Straße, sorgfältig darauf bedacht, die dreißig Meilen pro Stunde nicht mehr zu überschreiten. Brady machte sich zwar nicht die Mühe, ihr zu folgen, aber sie hatte bereits einen ersten Eindruck hinterlassen. Ob beabsichtigt oder nicht, er hatte es geschafft, dass sie sich wegen dieser Sache jetzt sogar noch elender fühlte als vorher. Nun musste sie sich auch noch Sorgen darüber machen, dass sie mit ihrer Anwesenheit hier womöglich die Einheimischen verärgerte.

Aber was habe ich erwartet? Dass sie den roten Teppich für mich ausrollen?

Melanie erwog kurz, Schadensbegrenzung zu betreiben und sofort umzukehren. Ihr Herz hatte den ganzen Tag nicht aufgehört, wie wild in ihrer Brust zu hämmern, und nun war sie auf dem Weg zu einem Ort, an dem man sie nicht haben wollte. Falls Forest Grove sich jemals für seine Rolle in dem Massaker schuldig gefühlt haben sollte, dann hatte es seine Reue schon vor langer Zeit gegen Feindseligkeit eingetauscht.

Aber dachten die Menschen hier jemals darüber nach, dass das Leben einer Siebzehnjährigen an diesem Tag unwiderruflich verändert worden war? Oder, dass die anderen ihre Leben nur wegen eines durchgeknallten Irren verloren hatten, von dem sie nicht wusste, ob er sich noch immer irgendwo da draußen herumtrieb?

Aber was erwartete sie von einer Stadt, die es vorgezogen hatte, ihn mit Lagerfeuergeschichten unsterblich zu machen, anstatt aktiv etwas gegen ihn zu unternehmen? Natürlich würden die Einheimischen sie einzig und allein als Nutznießerin des Ganzen ansehen.

Es machte sie so unglaublich wütend zu wissen, dass die Leute in diese Stadt so von ihr dachten. Wenn es Melanie tatsächlich nur darum gegangen wäre, Geld aus der Sache zu schlagen, hätte sie doch schon vor Jahren ein Buch darüber schreiben können. Damals, 1989, war sie sogar zu Oprah eingeladen worden, aber zu dieser Zeit war es ihr am schlechtesten gegangen. Sie hatte schlaflose Nächte verbrachten, Bilder schmutziger Schweißer-Hauben, hatten sich in ihren Verstand gegraben und unkontrollierbare hysterische Anfälle ausgelöst. Das Überlebenden-Syndrom. Es hatte unzählige Therapiesitzungen gegeben und immer wieder Aufenthalte in einer Anstalt.

Damals hatte sie einfach nur verzweifelt versucht, das alles zu vergessen, und das versuchte sie auch heute noch. Der Drang, es Dennis Morton so richtig zu zeigen, bildete allerdings nun ein dramatisches Gegengewicht zu den Jahrzehnten der Angst. Ihre Karriere war in all den Jahren ihre einzige Ablenkung gewesen. Sie hatte ihre Tage mit Gedanken und Sorgen angefüllt, anstelle der Geister ermordeter Freunde und irrer Killer. Doch jetzt würde sie verbissen darum kämpfen müssen, nicht den Verstand zu verlieren.

Laut ihrem GPS lag Forest Grove nur noch zehn Kilometer weit entfernt … zu nah, um jetzt noch umzukehren. Sie schluckte schwer und trat wieder aufs Gas – entschlossen, das Ganze zu Ende zu bringen.

***

Nate sah, wie der Buick LaCrosse davonfuhr.

Wenigstens fährt sie einen amerikanischen Wagen, dachte er.

Dabei gab es gar keinen wirklichen Grund, so gehässig zu sein. In Melanie Holdens Leben hatte sich eine Tragödie ereignet, keine Frage, aber sie selbst hatte zugelassen, von etwas definiert zu werden, das bereits unglaublich viele Sommer zurücklag. Ihre Ängstlichkeit und ihre bebende Stimme, wenn sie sprach, offenbarte, dass sie eine Frau war, die sich vor ihrem eigenen Schatten fürchtete. Manchmal musste man sein Schicksal eben einfach akzeptieren und den Ballast abwerfen.

Aber wahrscheinlich war das leichter gesagt als getan, wenn man durch so eine Hölle gehen musste, wie dieses arme Mädchen sie hatte erleiden müssen. Er hatte bei seiner Arbeit schon Menschen erlebt, die von sehr viel weniger schlimmen Ereignissen traumatisiert worden waren.

Nate griff jetzt nach dem schmalen Walkie-Talkie neben seiner kleinen Computerkonsole, schaltete es auf die Wagen-zu-Wagen-Frequenz, hielt aber überraschend inne, als er eine Unterhaltung mithören konnte.

»Ich habe erst heute Morgen mit Lloyd gesprochen. Er hat gesagt, dass wir vollen Happy-Hour-Rabatt aufs Bier bekommen. Alles, was wir dafür tun müssen, ist, diesen beschissenen Mietern auf der anderen Straßenseite seines Hauses zu sagen, dass sie nachts ihre gottverdammten Fressen zu halten haben.«

Diese Stimme gehörte eindeutig Alex Johnson, seinem jüngsten Kollegen. Nate konnte es kaum erwarten zu hören, mit wem er da gerade sprach.

»Hab ich schon zweimal versucht. Diese elende Schlampe sitzt einfach nur auf ihrer überdachten Terrasse, säuft literweise Budweiser, zieht sich eine Newport nach der anderen rein und beschimpft lautstark ihre Kinder übers Telefon. Ich schätze mal, wir werden sie ein wenig härter rannehmen müssen, damit Lloyd uns einen großzügigen Rabatt auf ein paar kühle Blonde gibt. Ach verdammt, ich würde sie sogar einsperren, wenn Lloyd noch ein paar Buffalo-Wings drauflegt.«

Das war Sergeant Steve Maylam. Was für eine Enttäuschung. Er war die Art von Kerl, die immer auf besten Freund machte, wenn man sich im selben Raum mit ihm befand, aber offenbar auch die Art von Kerl, die glaubte, dass man die Dienstmarke nur trug, um sich damit irgendwelche Sonderkonditionen erschleichen zu können. Als Nate diesen Job angenommen hatte, hatte er gewusst, dass es schwierig werden könnte. Genaugenommen wäre nämlich Maylam an der Reihe gewesen, den alten Chief abzulösen, aber das bedeutete andererseits auch, dass dieser es eigentlich besser wissen müsste, anstatt sich wie ein blutiger Anfänger im ersten Jahr aufzuführen.

Nates persönliches Handy brummte nun auf dem Armaturenbrett, doch er ignorierte es.

»Ich mag die Art, wie du denkst.« Johnson lachte. »Wir werden uns in den nächsten Monaten schon was ausdenken. Ich will meine Sonntage nämlich in Lloyds Bar verbringen, sobald die *Pats* wieder spielen und wenn ich das tun kann, ohne dass dabei die Hälfte meines Gehaltschecks draufgeht, umso besser.«

Nates Faust schloss sich noch fester um das Funkgerät, als er sagte: »Ich würde nicht damit rechnen, viel von der Saison mitzubekommen. Sie werden nicht nur keine Extra-Gefallen für Lloyd Henderson tun, sondern haben sich gerade sämtliche Sonntagnachmittagsschichten eingehandelt, und zwar wirksam ab dem 1. September. Was glauben Sie eigentlich, welchen Eindruck das macht, wenn sich zufällig ein Zivilist auf diese Frequenz verirrt hätte und Ihre kleine Unterhaltung mitgehört hätte?«

»Es tut mir leid, Chief«, antwortete Johnson schnell und entschuldigend. »Ich weiß, das muss sich nicht gut angehört haben, aber …«

»Es klang furchtbar, Officer. Wir besprechen das Ganze, wenn ich wieder in der Stadt bin.«

»Ja, Sir.«

Maylam hingegen schwieg und stahl sich einfach so aus dem Gespräch.

Nate ließ das Funkgerät auf den leeren Sitz neben sich fallen und warf jetzt einen Blick auf die eingegangene Textnachricht auf seinem Handy. Trish wollte wissen, ob er zum Abendessen zu Hause sein würde. Stöhnend warf er das Handy beiseite. Nicht, dass er seine Frau nicht liebte und anbetete, aber wieso zur Hölle war sie immer so engstirnig, wenn es darum ging, zu verstehen, wie die Dinge laufen mussten?

Er hatte sich noch immer nicht an seine Arbeit in Forest Grove gewöhnt, und die Ankunft von Miss Bestseller verkomplizierte die Dinge nur noch mehr. Es war ein Balanceakt. Auf der einen Seite musste er dem Ort beweisen, dass er ein würdiger Nachfolger ihres geliebten Ronald Sleightons war, doch auf der anderen Seite musste er auch die Frau zufriedenstellen, die möglicherweise die Reputation dieser Stadt ein zweites Mal in den Dreck ziehen konnte.

Schuldgefühle nagten an ihm, als er einen Gang einlegte und zurück in die Stadt fuhr. Trishs Frage würde so lange unbeantwortet bleiben müssen, bis er es selbst wusste.

Herrgott, dachte er. Einer dieser Jungs hätte das Empfangskomitee bilden und Miss Holden in *Desirees Bed & Breakfast* begrüßen sollen, aber nach der Nummer, die er gerade zufällig mitangehört hatte, war er sich nicht mehr sicher, wem von beiden er überhaupt noch vertrauen konnte. Trish ermahnte ihn stets, dass er autoritärer auftreten müsse, so wie ihr Vater.

Das waren durchaus wahre Worte, aber die Erfahrung hatte ihn gelehrt, dass die Dinge nun mal nur dann glattliefen, wenn er sie selbst erledigte.

Nate tat sich deshalb äußerst schwer damit, Aufgaben zu delegieren, selbst, als er noch ein Sergeant Detective gewesen war. Auch da waren bereits Männer seinem Kommando unterstellt, aber er hatte stets den Drang verspürt, sich selbst um alles zu kümmern.

Und heutzutage war das nicht anders. Am liebsten wäre er selbst zu *Desirees* gefahren, aber er sah ein, dass das nicht funktionieren würde … nicht, nachdem er Miss Holden so verunsichert hatte. Andererseits durfte er auch nicht zulassen, dass sie Forest Grove in ihrem Buch schlechtmachte, das hatte der Bürgermeister ihm sehr deutlich gemacht. Nate hatte keine Ahnung, weshalb es gerade ihm zufiel, der Frau einen möglichst positiven Eindruck der Stadt zu vermitteln, aber es stand ihm nicht zu, an der Entscheidung des Bürgermeisters zu zweifeln. Nicht, nachdem dieser so entgegenkommend gewesen war, ihm zu seiner jetzigen Position zu verhelfen.

Zieh einfach den Kopf ein, wenn sie angekommen ist. Entschuldige dich für deinen seltsamen Auftritt und sieh zu, was du sonst noch tun kannst, dachte er. *Nur so kriegst du Melanie Holden dazu, Forest Grove halbwegs gut wegkommen zu lassen.*

»Verdammt«, murmelte er und dachte unweigerlich an den Berg von Arbeit, der noch vor ihm lag. Trish würde früher oder später wahrscheinlich selbst darauf kommen, dass heute keiner der Tage war, an dem er früher nach Hause kommen würde. Im Moment war er nun mal im Revier am besten aufgehoben. Während er fuhr, knirschte er mit den Zähnen. Dort warteten immerhin zwei idiotische Officer auf ihn, denen er gehörig den Marsch blasen musste.

***

Trish Brady las die Nachricht und versuchte nicht allzu enttäuscht zu sein: *Klappt leider nicht. Komme später. Die Pflicht ruft. Und Anrufe. Jede Menge Anrufe …*

Wieder mal ein Tag allein, dachte sie resignierend und verstaute das gefrorene Hühnchen wieder im Gefrierfach.

So langsam fühlte sie sich wie in den Highschool-Sommertagen ihrer Teenagerzeit. Warten, bis ihr Freund von der Arbeit kam, und sich die Zeit mit etwas Gras und einem Film vertreiben, den die Videothek nicht als moralisch fragwürdig eingestuft hatte. Die Experten der Stadt hatten nämlich die meisten gewalttätigen oder sexuellen Filme aus den Regalen verbannt, schienen aber offenbar nicht zu verstehen, wie abgefuckt Kinderfilme in den Achtzigerjahren gewesen waren. Trish war der Meinung, dass *Garbage Pail Kids: The Movie* deutlich mehr Schaden bei ihr angerichtet hatte, als jeder Horrorstreifen es hätte tun können – und dafür war sie dankbar. Denn selbst die kleinsten Dinge, wie einen Film auszuleihen, kamen einem an einem Ort wie diesem, wo so schnell über alles geurteilt wurde, wie ein Akt der Rebellion vor.

Damals hatte man ansonsten nicht viel hier tun können, und daran hatte sich bis heute nur wenig geändert. Sie bedauerte die Kinder von Forest Grove, die das Pech hatten, in diesem erdrückenden Umfeld aufzuwachsen, aber wenigstens hatten sie es ein kleines bisschen besser als sie damals. Denn das Internet hatte die Welt zusammenrücken lassen und den Bauerntrampeln hier fehlte zum Glück das nötige *Know-how*, es zu zensieren.

Zu ihrer Zeit – bei dem Gedanken daran musste sie unweigerlich lachen, weil sie sich mit dreißig schon wie eine Seniorin anhörte – hatten die Bibliotheken die Bücher von F. Scott Fitzgerald und George Orwell zerstört und sich geweigert, Richard Matheson ins Programm aufzunehmen, weil sie fürchteten, dass *solche* Literatur ein weiteres Sommer-Camp-Massaker auslösen könnte. Trish hatte drei Jahrzehnte ohne einen Tanzabend verbringen müssen, weil die Bewohner hier der Ansicht waren, dass so etwas Ausschweifungen fördern würde. Aus ihrer Sicht bettelte man Cyrus Hoyt damit regelrecht darum an, wieder zuzuschlagen.

Alles hier war so verdammt puritanisch.

Hätte man Trish Brady vor ein paar Jahren vor die Wahl gestellt, ob sie ihr Leben lieber in Forest Grove verbringen oder vorzeitig ins Grab steigen wolle, hätte sie sich wohl als Erste für eine Fahrt über den Styx vorgedrängelt. Die Leute, die hier lebten, lebten nämlich nicht wirklich. Wenigstens nicht nach ihren Maßstäben. Deshalb war sie, so schnell sie konnte, von hier weggezogen.

Aber Liebe lässt einen offenbar die verrücktesten Dinge tun …

Als sie vorhin in den Keller gegangen war, um das Essen für heute Abend aus dem Gefrierschrank zu nehmen, hatte sie sich dabei ertappt, das Meer aus noch ungeöffneten Umzugskartons anzustarren. Sie lebten nun schon seit vier Monaten in Forest Grove, aber sie hatte es immer noch nicht über sich gebracht, hier heimisch zu werden. Der Moment, wenn sie diese letzten Kisten auspackte, wäre ihr Eingeständnis, diesen Ort als ihr Grab anzuerkennen. Sie zog es vor, Forest Grove lieber nur als Zwischenstopp anzusehen, auch wenn das nicht sonderlich realistisch war. Doch sie hatte nachgegeben und eingewilligt, hierher zurückzukehren, und nun war es Nates Entscheidung.

Das Abendessen war für heute also gestrichen, das Auspacken konnte gern noch einen Monat oder auch sechs warten. Sie lief deshalb wieder nach oben, ohne das Gefühl abschütteln zu können, nur wenig mehr als ein Zootier zu sein. Das Haus war aufgeräumt – was das Mindeste war, da Nate den ganzen Tag arbeitete (und meist auch die Nächte), aber sie sträubte sich trotzdem, als Hausfrau abgestempelt zu werden. Das Problem war nur, dass es ansonsten einfach nichts zu tun gab. Man konnte noch nicht einmal mit dem Auto und aufgedrehtem Radio eine Runde drehen, ohne damit irgendjemandem in dieser Stadt auf den Schlips zu treten.

An ihrem ersten Tag, als sie wieder hierher zurückgekehrt war, hatte sie ein wenig geputzt und dabei laut *Black Flag* gehört. Nate war noch nicht einmal eine halbe Stunde weg gewesen, als sein Streifenwagen wieder in die Einfahrt gebogen war. Die erste Amtshandlung des frischgebackenen Polizeichefs der Stadt war es gewesen, eine Beschwerde wegen

Ruhestörung in seinem eigenen Haus nachzugehen. Denn nicht einer, sondern gleich *drei* ihrer neuen Nachbarn hatten in der Wache angerufen, um sich wegen des *unheiligen Krachs* zu beschweren.

So viel zum guten ersten Eindruck.

Trish rannte jetzt die Kellertreppe hinauf, die ins Esszimmer führte. Ihr Vater saß wartend am Tisch.

»Ich schwöre, du hörst sogar noch schlechter als ich, Mädchen«, sagte er. »Ich rufe hier oben die ganze Zeit nach dir und du reagierst überhaupt nicht. Ich habe dir ja gesagt, dass dieser Lärm, den du andauernd hörst, dir irgendwann noch die Trommelfelle kaputtmachen wird.«

»Was für ein großartiger Moment für eine Moralpredigt, Daddy«, spöttelte sie. Sosehr sie ihn auch liebte … so nah bei ihm zu leben, war ein absolutes Desaster, denn er hatte die Angewohnheit, sie immer noch wie ein kleines Kind zu behandeln und sprach stets etwas herablassend mit ihr. Außerdem hatte sie sich erschrocken, ihn so unverhofft in ihrem Haus vorzufinden. Ihr Dad vertrat nämlich die Einstellung, dass es sein gutes Recht war, sich überall in Forest Grove aufzuhalten, wo es ihm gerade beliebte, und ganz besonders gern im Haus seiner Tochter.

»Ich bin nicht wegen einer Moralpredigt hier. Ich kam eigentlich nur, um mal nach dir zu sehen.«

»Ich brauche niemanden, der mich kontrolliert. Mir geht es gut.«

»Das, was gestern passiert ist, war alles andere als gut«, antwortete er. »Herrgott noch mal, du hast mich halb zu Tode erschreckt. Ich bin noch nicht bereit, die einzige andere Frau in meinem Leben zu verlieren, weißt du?«

»Beruhige dich bitte«, sagte sie und stellte sich auf die Zehenspitzen, um ihn auf die Stirn zu küssen. Er stank nach Zigarren und Bier, dabei war es erst kurz nach Mittag.

»Ich *beruhige* mich erst dann wieder, wenn ich weiß, dass es dir gut geht.«

»Was willst du denn von mir hören? Ich war im Wald spazieren, und du führst dich auf, als hätte ich eine Orgie gefeiert.«

»Du bist ohnmächtig geworden.« Er musste ihre Verwirrung bemerkt haben, denn er verstummte für eine Sekunde, um seinen Vortrag umzuformulieren, und holte dann tief Luft, nachdem er leise geseufzt hatte. »Sag mir einfach, dass ich mir keine Sorgen machen muss. Du triffst leider nicht immer unbedingt die besten Entscheidungen …«

»Ha, das muss ich wohl von dir haben! *Du* willst mir einen Vortrag über Entscheidungen halten, nach dem, was mit Mom passiert ist? Lass den Quatsch lieber und frag mich einfach, ob ich wieder was einwerfe, Dad. Darauf willst du doch hinaus, oder?«

»Mir fällt nun mal kein anderer Grund ein, wieso du beim Spazierengehen einfach so das Bewusstsein verlieren solltest.«

Trish auch nicht – und genau das war das Problem. Sie war gestern eigentlich zu den Waldwegen rund um den Lake Forest Grove hinausgefahren, um etwas Ruhe zu finden. Den Wäldern haftete zwar ein schlechter Ruf an, der so weit zurückreichte, wie sie sich erinnern konnte, aber ihre persönlichen Assoziationen zu ihm waren durchweg positiv. Während ihrer Abschlusszeit 2002 war er ein Ort gewesen, an den man flüchten konnte, um sich der Unterdrückung der Stadt zu entziehen. Unter dem Dach der Baumkronen hatten sie etwas Dope geraucht, Musik gehört und ja … auch ihre Unschuld verloren.

In jener Nacht, als sie ihre an Chase Prescott verloren hatte, hatte sie den Drang unterdrücken müssen, die Stadthalle mit einem aussagekräftigen Graffiti zu schmücken. Der Gedanke an die rebellische Kritzelei, die ihr damals vorgeschwebt hatte, brachte sie jetzt unwillkürlich immer noch zum Lachen: *Ich hab gepoppt, ohne geköpft zu werden! Fick dich, Cyrus Hoyt!* Chase hatte sie angefleht, sich das Ganze noch einmal zu überlegen, denn er wollte sein Stipendium nicht wegen eines solchen Unsinns verlieren. Er war schon so gut wie aus der Stadt verschwunden und hatte nie wieder zurückkehren wollen. Sie hatte eingewilligt, es sein zu lassen, aber eher deshalb, um ihrem Vater die mögliche Peinlichkeit und ihrem Fickfreund, den sie ohnehin nicht besonders mochte, den Ärger zu ersparen. Ihre Beziehung war rein körperlicher Natur gewesen, und es in dieser Nacht mit ihm zu treiben, hatte sich für sie wie die letzte Gelegenheit angefühlt, gegen einen Ort zu rebellieren, der alles in seiner Macht Stehende tat, ihre Hormone zu ersticken.

Das alles bedeutete der Wald für sie. Es hatte nichts mit den unglücklichen Morden zu tun oder was auch immer sich davor noch alles darin ereignet hatte. Irgendetwas *war* hier passiert, lange bevor sie überhaupt geboren worden war, aber selbst Dad sprach nur flüsternd darüber und nie in ihrer Gegenwart. Aber das alles spielte keine Rolle, denn nun war Forest Grove zu einer Stadt geworden, die Kinder davon abhalten wollte, Kinder zu sein. Neugier und künstlerischer Ausdruck waren hier verpönt und schufen so eine Gemeinschaft, aus der Highschool-Abgänger eiligst flohen, sobald sie die Gelegenheit dazu bekamen. Jene, die blieben – und Trish hatte nur sehr wenige aus ihrer alten Klasse wiedergetroffen – erinnerten sie unweigerlich an die Zombiefrauen aus Stepford.

Es war richtig von mir, abzuhauen.

Deshalb hatte sie gestern die Nostalgie übermannt. Sie war in den Wald hinausgefahren und ihren Erinnerungen gefolgt. Jedes kleine Stück, das ihr wieder in den Sinn gekommen war, hatte sich angefühlt, als hätte sie einen alten Freund wiedergetroffen. Das war der erste Tag seit ihrer Rückkehr gewesen, an dem sie wieder richtig glücklich gewesen war … und dann war ihr plötzlich schwarz vor Augen geworden und sie war auf dem Weg zusammengebrochen. Alkohol war nicht im Spiel gewesen, denn sie hatte seit Jahren nichts Hochprozentiges mehr angerührt, weshalb dieses Erlebnis sie selbst am meisten verwirrte.

Zwei Teenager hatten sie irgendwann gefunden. Sie waren anscheinend auf der Suche nach den gleichen Erfahrungen gewesen, die Trishs Highschool-Jahre definiert hatten, und waren so nervös gewesen, als sie nicht aufwachte, dass sie schließlich einen Krankenwagen gerufen hatten.

Ihr Dad und Nate hatten keine Zeit verschwendet und sie sofort mit Fragen bombardiert, als sie Trish im Krankenhaus besucht hatten. Aber sie konnte sich an nichts mehr erinnern. Ihre alte Drogenvergangenheit war natürlich das Hauptthema gewesen, aber sie bestand beharrlich darauf, dass sie nichts genommen hatte. Die beiden Männer tänzelten die ganze Zeit um das Thema herum, während Trish an ihren Blicken erkannte, dass sie sie verdächtigten. Von ihrem Dad hatte sie nichts anderes erwartet, aber Nates Zweifel zu sehen, versetzte ihr einen Stich ins Herz.

»Deine Bedenken sind zur Kenntnis genommen worden, Dad. Danke, dass du vorbeigekommen bist.« Es war dringend an der Zeit, das Verhör zu beenden und ihn irgendwie aus dem Haus zu bekommen. Lieber würde sie weiter Kisten auspacken.

»Warte eine Sekunde«, sagte er hastig. »Du weißt, dass ich froh bin, dich wieder bei mir zu haben. Es war nicht leicht für mich, zuzusehen, wie mein kleines Mädchen überhastet die Stadt verlässt. Du hast gesagt, dass du mich besuchen würdest, aber wie oft haben wir uns danach gesehen? An ein oder zwei Feiertagen im Jahr?«

»Nate und ich haben immer versucht, dich zu uns in die Stadt zu holen«, widersprach Trish. »Und als wir es einmal geschafft haben …«

Ihr Dad verdrehte die Augen. »Ich hasse diesen Ort. Weißt du, was New York City wirklich ist? Eine Stadt voller Arschlöcher, die ganz eilig nirgendwohin müssen.«

Sie lachte und hasste sich sofort dafür, denn es bedeutete, dass sie ihn vom Haken ließ. Vielleicht war das aber auch in Ordnung so. Der alte Mann hatte sein Bestes getan, einen kleinen Satansbraten aufzuziehen, und jetzt, wo er nicht mehr länger der Polizeichef war, gab es niemanden mehr, um den er sich kümmern konnte außer seiner Tochter.

Du Glückliche.

Der pensionierte Ron Sleighton bot einen verlotterten Anblick und war kaum wiederzuerkennen, wenn sie ihn mit Bildern aus ihrer Erinnerung verglich. Sein Rücken war krumm wie eine Sinuskurve und mehrere Tage alte Bartstoppeln wuchsen aus seinen rosafarbenen Hängebacken. Sein Hawaiihemd war falsch zugeknöpft und er zog ständig an seinen zu engen Shorts. Von dem beinahe militanten Staatsdiener, der über ihre prägenden Jahre gewacht hatte, war nur noch ein Schatten zurückgeblieben, der von der erst jüngst eingeführten Krankenversicherung profitierte.

»Wir müssen doch nicht schon wieder mit alledem anfangen. Im Herzen bin ich ein Großstadtmädchen, und daran wird sich niemals etwas ändern. Ich bin nur hier, weil … weil ich eine pflichtbewusste Ehefrau bin.«

Ihr Vater wischte sich ein paar Schweißperlen von der Stirn, und Trish lief in die Küche, um einen Krug Eistee aus dem Kühlschrank zu holen.

»Viel zu pflichtbewusst«, murmelte er. »Ich verstehe immer noch nicht, wieso Nate nicht für diese Privatfirma arbeiten wollte. Es wäre leicht verdientes Geld, bei wenig Papierkram. Dort hätte er etwas aus sich machen können. Aber hier …«

Trish reichte ihm ein eiskaltes Glas, setzte sich an den Tisch und schob mit dem Fuß den Stuhl ihr gegenüber hervor. Ihr Vater drehte sich jedoch zum Fenster und sah auf die stille Einbahnstraße hinaus.

»Ich dachte, du findest, dass Nate in Ordnung ist«, sagte sie. »Das hast du zumindest immer gesagt.«

»Ist alles eine Frage der Perspektive. Gestern hat dein Ehemann Robbie Carmoody angehalten, weil er 55 in der Stadt draufhatte. Wir wissen doch alle, dass Carmoody seit ein paar Jahren arbeitslos ist – seit diese Schweinepriester in der Fabrik lieber auf billige Arbeitskräfte aus dem Ausland setzen. Wer stellt denn schon eine sechzigjährige Führungskraft ein, die Achtzigtausend im Jahr verlangt? Aber das ist noch lange kein Grund, sich wie ein Arschloch zu benehmen. Dein Mann hat ihn aber mit einer mündlichen Verwarnung davonkommen lassen. Carmoody sitzt jetzt gerade im *Lloyds* und hat bestimmt schon gut einen sitzen.«

»Na und? Nate versucht eben, eine freundschaftliche Beziehung zu den Leuten hier aufzubauen.«

»Eine freundschaftliche Beziehung? Weißt du, was ihm das einbringen wird? Einen schönen Haufen Hundescheiße vor seiner Tür.«

»Das hoffe ich nicht, Dad, denn das ist auch meine Tür.«

»Lach du nur. Mach dich über mich lustig. Aber ich sag dir eines: Wenn dein Mann sich unbedingt wie ein Schwächling aufführen will, wird es nicht lange dauern, bis sich das herumgesprochen hat. Zu Anfang hat jeder Respekt vor einer Dienstmarke, aber wenn sie erst einmal spitzkriegen, dass der Mann dahinter nur ein Schlappschwanz ist …«

»Nate ist kein Schlappschwanz, und nur, weil er Carmoody mit einer Verwarnung davonkommen lassen hat, macht ihn das noch lange nicht zu einem leichten Ziel.«

»Soll ich dir mal was über ein leichtes Ziel erzählen?«, fragte ihr Vater und hob herausfordernd die Stimme. »Dann hör mal zu. Earl Bishops Sohn ist erst letzten Monat in die Stadt gezogen und übernimmt jetzt, wo Earl an der Dialyse hängt, den Laden seines Vaters. Earl hat sonntags niemals Alkohol verkauft, um den Sabbat zu ehren. Ein Brauch, den wir hier sehr zu schätzen wussten.«

»Ein Brauch, den vielleicht *ein paar* von euch zu schätzen wussten, denn Nate konnte es kaum fassen, als er vor dem Sonntagsspiel der *Sox* keinen Sixpack *Blue Moon* kaufen konnte.«

»Das erklärt das Ganze wohl.« Dad kniff die Augen zusammen … Trish erinnerte sich noch gut an den Blick. Es war der gleiche, den er aufgesetzt hatte, nachdem man sie und Jessica beim Klauen in Westbrook erwischt hatte.

Es signalisierte Enttäuschung.

»Das erklärt *was?*«

»Earls Junge Scotty, hat einfach beschlossen, drauf zu pfeifen. Er lässt an den Sonntagen die Gitter vor den Alkoholständen einfach oben, damit jeder ran kann. Es gab zahlreiche Beschwerden, und Brady hat sich auf Scottys Seite gestellt. *In Zeiten wie diesen zählt jeder Dollar*. Das waren seine genauen Worte.«

»Das ist doch Unsinn, Dad.«

»Unsinn? Du musst deinen Mann unbedingt in die Spur kriegen. Ach was sage ich, ihr beide könntet euch mal ein bisschen mehr zusammenreißen. Nach deinem kleinen

Abenteuer gestern, fragen sich die Leute nämlich schon, was mit dir und deinem Mann eigentlich los ist.«

»Sollen sie sich doch den Kopf zerbrechen. Verdammt, ich hasse Kleinstädte so sehr. Alle zerreißen sich immer über alles und jeden das Maul. Ich warte praktisch nur darauf, dass Ken Hammond von gegenüber hier aufkreuzt, um mir zu sagen, dass ich mich um das Unkraut im Vorgarten kümmern soll.«

»Die Dinge sind hier aus einem verdammt guten Grund so, wie sie sind.«

»Aber Dinge können sich auch verändern, und das ist niemals der Weltuntergang, zu dem du es immer gern machst. Von allen Problemen in dieser Stadt, und auf der ganzen Welt, ist der Verkauf von Alkohol an einem Sonntag doch wohl das Geringste. Wenn Scotty am heiligen Sonntag unbedingt Fusel verkaufen will, dann möge Gott ihn segnen. Halleluja!«

»Wann bist du denn nur so verdammt liberal geworden? Ich dachte, diese Tattoos und Piercings wären nur eine Phase gewesen?«

»Versuch es doch mal, von einer anderen Seite aus zu sehen«, sagte sie und ignorierte seine Anspielung auf ihr Äußeres. »Lloyds Absteige ist nun nicht mehr der einzige Ort, an dem man sonntags einen Drink bekommt. Jetzt gibt es hier einen Wettbewerb. Hey, das ist doch immerhin schon mal ein Anfang, und wenn unser Bundesstaat entscheidet, dass es für uns nicht koscher ist, sonntags einen Drink zu bekommen, dann werden sie darüber abstimmen lassen. Ich kann einfach nicht verstehen, wie sehr du an diesen ganzen altmodischen Lebensvorstellungen hängst. Nur weil Nate nicht an jedem blödsinnigen ungeschriebenen Gesetz hier festhält, heißt das doch noch lange nicht, dass er etwas Falsches getan hat.«

»Es gibt hier aber Leute, die das genau so sehen.«

»Es ist nahezu unmöglich, dem Vermächtnis von Chief Ronald Sleighton gerecht zu werden; dem Beschützer von Forest Grove. Nate will diesem Ort einen modernen Anstrich verpassen. Ihm bleibt auch gar nichts anderes übrig, wenn er möchte, dass ich hier ein Kind in die Welt setze.«

»Ich weiß, wie manches hier auf euch junge Leute wirken muss, aber die Menschen hier sind nun mal ein launisches Völkchen. Ich möchte aber, dass mein Schwiegersohn erfolgreich ist, und deshalb könntest du ihm gegenüber wenigstens eine Kleinigkeit erwähnen.«

Sie lachte. »Bist du deswegen hergekommen? Damit deine Tochter die Drecksarbeit für dich macht, und dir dabei hilft, Nate Brady nach deinem Bild zu formen?«

»Könnte zumindest nicht schaden«, sagte er.

»Vergiss es. Nate ist mit den Angelegenheiten dieser Stadt bereits so beschäftigt, dass er nur zum Schlafen nach Hause kommt. Ich habe meinen Mann schon seit einer Woche nicht mehr zu Gesicht bekommen, und wenn wir uns mal unterhalten, dann nie über etwas anderes als diese verdammte Stadt … dem Ort, dem ich so verzweifelt entkommen wollte.«

Sleightons Augenlider wurden daraufhin schwer. »So fühle ich mich jeden Tag.«

Dann ging er einfach.

***

Melanie hoffte, dass sie mit achtzig immer noch so rüstig sein würde wie Desiree Rosemott.

Das sind weniger als vierzig Jahre …

Die betagte Besitzerin des *Desirees Bed & Breakfast* sah keinen Tag älter aus als fünfundsechzig und ihr federnder Gang ließ sie wahrscheinlich oft noch wesentlich jünger wirken. Sie bestand darauf, Melanies Taschen in die Suite im dritten Stock zu tragen, und wollte kein Nein gelten lassen. Melanies hartnäckige Weigerung verärgerte sie anscheinend nur.

»Okay, meine Liebe«, willigte Desiree schließlich widerwillig ein. »Aber es gefällt mir ganz und gar nicht, wenn meine Gäste ihr eigenes Gepäck zwei Treppen hinauftragen müssen. Was für eine Art von Gästeservice soll das denn sein?«

»Es macht wirklich keine Umstände, Ms. Rosemott«, sagte Melanie. »Nach vier Stunden im Wagen bin ich froh, wenn ich mich etwas bewegen kann.« Sie folgte der Frau die schmalen Treppenstufen hinauf, während sie ihren Koffer hinter sich herzog und die zwei Umhängetaschen über den Schultern trug.

Das kleine Hotel war wirklich reizend und versprühte einen rustikalen Charme. An den Wänden hingen Schwarz-Weiß-Fotografien von Forest Grove, vom Tag der Gründung bis zu einer aktuelleren Aufnahme, die den zögerlichen Wandel der Stadt durch die Geschichte widerspiegelte. Die Wände des Flurs waren mit Kerzenhaltern bestückt, deren Abnutzungen darauf schließen ließen, dass Desiree sie tatsächlich jede Nacht anzündete. Der Boden bestand aus schweren Hartholzdielen, und die grässliche Tapete (babyblau mit einem weißen perlenförmigen Muster) legte die Vermutung nahe, dass sie seit Desirees Kindheit nicht erneuert worden war.

»Nur noch ein paar Stufen«, keuchte Desiree zwischen schweren, aber entschlossenen Atemzügen, »und Sie werden sich in unserem besten Gästezimmer wiederfinden.« Die Frau presste sich eine Hand ins Kreuz und verzog das Gesicht. »Geben Sie mir nur kurz eine Minute …«

»Ms. Rosemott, Sie brauchen sich keine Umstände zu machen. Ich schaffe das schon allein.«

»Unsinn«, erwiderte sie lächelnd. »Bemitleiden Sie mich bloß nicht. Ich werde mich um dieses Hotel kümmern, bis ich unter der Erde liege.«

Melanie trat an ihr vorbei und auf die nächste Stufe. »Bitte, Ms. Rosemott, gehen Sie wieder hinunter. Ich möchte Sie nicht weiter behelligen …«

»Sie sind sehr freundlich.« Die alte Dame schob sie mit ihrem Arm sanft beiseite. »Aber ich kümmere mich um die Dinge hier auf meine eigene Art. In den fünfzig Jahren, in denen ich dieses Gästehaus schon leite, habe ich noch jeden meiner Gäste persönlich auf sein Zimmer gebracht. Das bisschen Arthritis wird mich jetzt bestimmt nicht davon abhalten.«

Sie mühte sich weiter die Treppe hinauf, und dann öffnete sie die schwere Zimmertür und trat einen Schritt beiseite, um ihrem Gast einen Blick zu gewähren.

Melanie stellte ihren Koffer ab. Das Zimmer erstreckte sich scheinbar über die gesamte Etage. Vor ihnen befand sich eine Kochnische mit einem Herd, einem Kühlschrank und einem Küchenschrank. Ein runder Esstisch stand vor dem hinteren Fenster, durch das man auf den Parkplatz blicken konnte. Der mit Teppich ausgelegte Wohnbereich bestand aus einer Sitzgruppe, die um einen Röhrenfernseher angeordnet war, und am anderen Ende der Suite gab es noch zwei weitere Zimmer: ein großzügiges Schlafzimmer mit einem großen Doppelbett, einem Kleiderschrank und zwei Kommoden und ein makelloses Badezimmer.

»Wow«, kommentierte sie fassungslos. Das war das einzige Wort, was ihr gerade einfiel.

»Ich wusste, es würde Ihnen gefallen, meine Liebe. Unglücklicherweise wird die Suite nicht mehr so viel benutzt wie früher. Aber ich halte sie trotzdem sauber. Das gibt einem etwas zu tun, wissen Sie?« Sie lief ins Badezimmer und winkte Melanie mit einem ausgemergelten Zeigefinger hinein.

Melanie verschlug es den Atem, als sie eintrat. In der Ecke stand eine funkelnde Badewanne, die wie ein gebogener Pantoffel geformt war. Sie war in mattem Weiß gehalten, mit einem tiefschwarzen Rand, der in Löwentatzen mündete, mit denen sie auf dem Marmorboden stand. Altmodisch, aber bestens erhalten und mit ein paar modernen Umrüstungen versehen. Von der Badewanne aus konnte man auf die einsame Landstraße hinausblicken, aber für den Fall, dass man sich vor neugierigen Blicken schützen wollte, stand ein zusammengefalteter Paravent an der hinteren Wand.

»Ich habe letztes Jahr noch ein paar von diesen abnehmbaren Duschköpfen nachrüsten lassen«, erklärte Desiree. »Ich habe sie selbst noch nicht getestet, aber alle schwärmen immer davon.«

Das Zimmer versprach deutlich mehr Komfort, als Melanie eigentlich wollte. Das hier war schließlich kein Urlaub. Sie würde sich schuldig fühlen, wenn sie sich am Ende noch hier wohlfühlte.

»Es wird Sie außerdem freuen, zu hören, dass wir komplett mit drahtlosem Internet ausgestattet sind. Ich war zwar nicht unbedingt scharf darauf, aber offenbar lockt das rustikale Landleben die Leute nur dann, wenn die modernen Annehmlichkeiten nicht all weit weg sind.«

»Damit hatte ich wirklich nicht gerechnet, es ist großartig.«

»Nun, dann lasse ich Sie jetzt erst einmal in Ruhe ankommen. Sie sind etwas spät dran für ein Frühstück, aber ich mache Ihnen nachher gern ein Sandwich, falls Sie etwas zu Mittag essen wollen.«

»Ich denke, ich kann bis zum Abendessen warten«, sagte Melanie. »In der Zwischenzeit packe ich lieber aus.«

»Nun, dann klopfe ich gegen vier Uhr einfach einmal bei Ihnen an und sehe nach, wie es Ihnen geht. Sie sind momentan mein einziger Gast, also werde ich mal nachschauen gehen, was ich so in der Küche habe und uns etwas Besonderes kochen. Wie hört sich das an?«

»Das wäre wirklich wunderbar.«

Melanie brachte sie noch an die Tür und wartete dann einen Moment, um sicherzugehen, dass die alte Frau unbeschadet die Treppenstufen hinuntergestiegen war.

Dann packte sie ihre Taschen aus und nutzte den begehbaren Kleiderschrank vollumfänglich aus. Es war absolut großartig, ihre Garderobe auf diese Weise ausbreiten zu können und zu sehen, was sie alles mitgebracht hatte. Plötzlich schien es ihr, als würde ihre Kleidung nicht reichen, auch wenn der Plan immer noch vorsah, in ein paar Tagen schleunigst wieder von hier zu verschwinden.

Sie zog sich um und beschloss, vor dem Essen noch eine Runde Laufen zu gehen. Melanie fuhr sich mit der Hand über ihren Bauch und überzeugte sich davon, dass nicht ein paar Pfunde zugelegt hatte. Sie hatte in dieser Woche nämlich mit ihrer Lauf-Routine gebrochen, doch sie stellte fest, dass es dringend an der Zeit war, wieder damit anzufangen. Nicht, um für den Mann, der in ihrem Leben noch fehlte, gut auszusehen, sondern weil sie es genoss, mit den anderen Frauen mithalten zu können. Selbst, wenn schmierige Studenten unangebrachte Kommentare hinter ihrem Rücken abließen, war es auf gewisse Weise dennoch schmeichelhaft – wenn auch auf herabwürdigende Art und Weise.

Das weite T-Shirt hing locker von ihren Schultern und Melanie zog sich jetzt eine kurze Laufhose über ihre Oberschenkel. Dann band sie ihre *Asics* zu, verstaute ihren iPod in ihrer Armtasche und steckte sich auf dem Weg die Treppe hinunter, die Hörer in die Ohren. Auf dem Parkplatz angekommen, drehte sie Kylie Minogues *Light Years* voll auf und bog dann nach links in Richtung Forest Grove ab.

Der Ort strahlte eine Ruhe aus, von dem die Verfechter der sogenannten Kleinstadtidylle so oft schwärmten. Stus Tankstelle begrüßte einen offenbar immer noch mit einem sanften Klingeln, wenn ein Wagen an eine Zapfsäule fuhr, und ein Angestellter in Overall kam daraufhin aus der Garage gerannt, um nicht nur Benzin nachzufüllen, sondern auch den Ölstand zu prüfen und die Scheiben zu putzen. Das letzte Mal, als sie hier gewesen war, hatte Jennifer darauf bestanden, kurz anzuhalten und eine Schachtel Marlboro zu kaufen. Das war die Nacht vor ihrer Ermordung gewesen. In den vergangenen fünfundzwanzig Jahren hatte sich anscheinend nicht viel verändert.

Die Straße machte jetzt einen Bogen nach rechts und führte direkt in die Stadt hinein. Ein grasbewachsener Park mit einem gigantischen weißen Pavillon in der Mitte, teilte die Straße anschließend in zwei Richtungen. Rechts führte sie genau in die Stadt hinein, links wieder hinaus. Ein zweistöckiges Schulgebäude versprühte mit seinem perfekt gepflegten Rasen und den Reihen Fahrradständer einen Hauch von Hochschul-Feeling.

Sie kam jetzt an einer der örtlichen Banken vorbei, die von Rentnerinnen belagert wurde, einem Postgebäude mit weißen sandgestrahlten Treppenstufen und einem schimmernden Titanium-Geländer, einer Pizzeria, einem Sandwichladen namens *THE SHACK* und einem Gemischtwarenladen, der den schlichten Namen *EARL'S* trug.

Auf der linken Seite schloss ein Antiquariat die überschaubare Einkaufsmeile kleiner Geschäfte ab. Der Weg zur Stadthalle war von kreisrunden Steinplatten zwischen hüfthohen Büschen gesäumt. Die Bibliothek selbst war unscheinbar und wirkte verlassen. Daneben rühmte sich ein italienisches Restaurant damit, seit fünf Generationen im Familienbesitz zu sein. Dazwischen befanden sich immer wieder kleine Wohnhäuser, mit renovierten Fassaden, an denen sie aber Satellitenschüsseln entdeckte.

Forest Grove war seit ihrem letzten Besuch offenbar doch ein wenig gewachsen.

Dann sah sie am Rande der Stadt, in den Boden gesteckt und irgendwie isoliert, das Schild. Ein wenig ausgeblichen und etwas schief, aber immer noch gut lesbar stand darauf: *CAMP FOREST GROVE – 5 MEILEN.*

Die Illustration eines Flusses zog sich im Zickzack durch gemalte Baumkronen und führte zu einer Blockhütte, die in einem übertrieben orangefarbenen Sonnenlicht badete. Ein paarmal hatte man offenbar schon versucht, Graffitis davon zu entfernen und diese letzten Endes mit Weiß übermalt. Eine der Schmierereien *Ein schöner Platz zum Sterben* war noch immer als hässliche Narbe unter hastig hinzugemalten Tannenbäumen zu erkennen.

Melanie starrte das Schild mit weit aufgerissenen Augen an. Panik erfasste sie, als sie die Ereignisse jener Nacht mit voller Wucht wieder einholten. Die zahlreichen Schnitte, mit denen Jennifers Kehle aufgerissen worden war, und die Erkenntnis des plötzlichen Todes, die sich in Lindseys starren Blick eingebrannt hatte …

Hör auf damit!

Aber das konnte sie nicht, denn die unangenehmen Erinnerungen strömten jetzt aus allen Winkeln ihres Verstandes auf sie ein … der Schwarm Moskitos, als sie die Kanus in den Lake Forest Grove geschoben hatte … Hoyts widerwärtiger Gestank … seine raue Haut unter ihren Nägeln, als sie versucht hatte, ihn abzuwehren … sein Blut an ihren Händen und in ihrem Körper, nachdem sie es hinuntergeschluckt hatte …

Ich habe diesen Bastard niemals sterben sehen.

Er war tot. Zumindest behaupteten sie das alle, aber gesehen hatte es niemand.

Melanie war schweißgebadet und beschloss daher, dass sie für heute genug trainiert hatte. Sie drehte sich um, überquerte die Straße und joggte auf der anderen Seite wieder zurück.

Es war kurz vor drei, als sie das *Desirees* erreichte. Sie taumelte hinein, stieg mit wackeligen Beinen zu ihrem Zimmer hinauf, begab sich direkt ins Badezimmer und drehte das heiße Wasser an der Badewanne auf. Ihre Klamotten waren komplett durchgeschwitzt, als sie diese auszog und als Spur auf dem Boden hinter sich zurückließ. Desiree hatte auch eine reichhaltige Auswahl an Schaumbädern und Bade-Ölen im Wandschrank deponiert, Melanie konnte ihr Glück kaum fassen. Das war deutlich mehr Luxus, als man es von einer kleinen Pension auf dem Land erwarten konnte.

Sie gab noch ein wenig kaltes Wasser hinzu, ließ sich dann in den dampfenden Badeschaum sinken und lehnte ihren Kopf gegen die gepolsterte Nackenstütze. Anschließend bog den Rücken durch, trat etwas Schaum in die Luft und ließ ihre Fußballen auf dem Rand der Wanne ruhen. Danach fuhr sie sich mit einem feuchten Lappen über ihr Gesicht und versuchte verzweifelt, die anhaltende Panikattacke mit abzuwaschen.

Eine Stunde oder mehr verging. Ihre Fingerkuppen sahen mittlerweile aus wie Rosinen, als sie wieder aus dem Wasser stieg, aber ihre Atmung hatte sich beruhigt und ihre Muskeln gelöst. Sie trocknete sich ab, cremte anschließend ihren Körper mit einer Feuchtigkeitscreme ein und lief dann zum Schrank. Sie entschied sich kurzerhand für ein Tanktop und Jazzpants, um ihre Gänsehaut zu überdecken.

Danach kletterte sie aufs Bett und nahm im Schneidersitz vor ihrem Laptop Platz. Die Worte flogen ihr zwar nicht gerade zu, aber sie schrieb trotzdem einfach alles nieder, was ihr gerade einfiel. Ein Versuch, jeden Gedanken festzuhalten, der ihr auf ihrem nachmittäglichen Flashback-Marathon durch den Kopf geschossen war.

Desirees Klopfen riss sie schließlich aus der Verzweiflung, die sie zu dokumentieren versuchte. Sie rief irgendetwas wegen des Abendessens. Melanie bekam allerdings nur die Hälfte mit, weil sie sich unbedingt weiter ihren Aufzeichnungen widmen wollte, deshalb willigte sie hastig ein, um 17:30 Uhr nach unten zu kommen und beim Decken des Tischs zu helfen.

Als sie sich sicher war, dass die alte Dame es wieder heil die Treppe hinunter geschafft hatte, richtete sie ihre Aufmerksamkeit sofort wieder auf ihre Memoiren. Alles auf diesen Seiten fühlte sich so fremd an, als hätte sie nichts davon selbst geschrieben. Die Muse hatte sie für diesen Abend anscheinend verlassen, aber es war ein guter Start gewesen. Sie musste ja auch nicht das gesamte Buch während dieses Ausfluges schreiben. Es ging ja vielmehr darum, ihren Erinnerungen auf die Sprünge zu helfen, und davon hatte sie für heute mehr als genug gehabt.

Melanie schob ihren ausgeschalteten Laptop an die Bettkante, stand auf und sammelte ihre auf dem Boden liegenden Kleidungsstücke auf, als sie plötzlich die Augen weit aufriss und ihr das Herz sofort bis zum Hals schlug.

Denn direkt vor der Tür, auf dem Linoleum, konnte sie den deutlichen Umriss eines nassen Fußabdrucks sehen.

***

Nate hatte ehrlich gesagt nicht damit gerechnet, an diesem Abend zeitig nach Hause zu kommen.

Trish, ausgehend von ihrer Reaktion, offenbar ebenfalls nicht. Denn ihre grünen Augen mit den kleinen haselnussbraunen Sprenkeln betrachteten ihn jetzt mit einem Anflug von Geringschätzung.

»Hi.« Nate grinste, knöpfte seine Uniform auf und zerrte an dem durchschwitzten Baumwoll-T-Shirt darunter.

Sie kam gerade durch die Kellertür nach oben, mit einem alten *The-Cure*-Shirt bekleidet, das ihre Taille bei jeder Bewegung hervorblitzen ließ. Kurze Shorts hingen leicht schief von ihrer Hüfte. Mit verschränkten Armen und den Kopf zur Seite geneigt, sagte sie: »Ich hab kein Essen gemacht … nicht nach deiner Nachricht.«

»Ich hatte auch nicht damit gerechnet, früher kommen zu können.« Nate gab ihr einen Kuss, doch es fühlte sich an, als hätte er seine Lippen gegen eine Marmorplatte gedrückt. »Zurzeit kann ich einfach nicht sagen, wie lange ich weg sein werde. Ich dachte, es würde später werden, aber Donnelley hat beschlossen, sich lieber dem ganzen Papierkram zu widmen, als zum Abschluss-Musical seiner Kinder zu gehen. Aber hey, ich bin schon um acht zu Hause. Wie war denn dein Tag?«

»Reine Zeitverschwendung.«

»Das tut mir leid«, sagte Nate. »Was hast du denn da unten gemacht? Kisten ausgepackt?«

»Zum Teil. Ich habe eigentlich nach etwas gesucht. Mein ... Jahrbuch.«

»Trauerst du etwa gerade einem alten Freund hinterher?«

»Das ist nicht lustig.« Sie warf ihm einen so wütenden Blick zu, dass ihm das Blut in den Adern gefror.

»Ich weiß.« Nate wusste, dass er sie nicht aufziehen durfte, wenn sie schlechte Laune hatte, aber manchmal konnte er einfach nicht widerstehen. Mit seinen Neckereien schaffte er es nämlich oft, die Spannungen zwischen ihnen abzubauen. Ihr gestriger Zusammenbruch machte ihm immer noch Sorgen, aber Trish ließ sich ungefähr so viel sagen wie Katzen, also half es nichts, auf der Sache herumzureiten. Ihm blieb wohl nichts anderes übrig, als ihr zu glauben, wenn sie sagte, dass sie keine Drogen mehr nahm.

Doch im Inneren vermutete er irgendwie doch, dass sie es tat.

Heute Morgen hatte er im Krankenhaus angerufen, aber das verdammte toxikologische Gutachten war immer noch nicht fertig gewesen. Es war nur schwer zu glauben, dass sie nichts gefunden hatten, was den Blackout erklärte ... oder ihre Sprunghaftigkeit.

Vielleicht solltest du deiner Frau einfach mal vertrauen.

Zynismus war leider ein Nebeneffekt seines Berufes.

»Was ist denn das Besondere an diesem Jahrbuch?« Er hielt es für das Beste, sich dem Thema von einem anderen Winkel aus zu nähern. »Weißt du, ich würde es wirklich gern anschauen. Immerhin habe ich dein Abschlussfoto noch nie gesehen.«

»Das wirst du auch nie.« Ihre Mundwinkel zeigten ein verschämtes Grinsen. »Es ist nichts Großartiges, nur ein paar Erinnerungen, die ich für lange Zeit vergessen hatte.«

»Heißt das, dass du dich langsam für die Idee erwärmst, wieder hier zu leben?«

Ihr Lachen war jetzt gehässig, das Grinsen verschwunden, und ihre Augen ließen ihn auf nonverbale Weise wissen, dass er sich verpissen sollte.

Nate schob sich mit nach oben gehaltenen Armen an ihr vorbei. Sie jetzt zu berühren, würde das Ambivalent eines surrenden Alarms wie in diesem Doktor-Bibber-Spiel auslösen, und er hatte für heute schon genug Leid ertragen müssen.

Sie kehrte wortlos in den Keller zurück.

»Hey«, rief er ihr hinterher.

Sie sah ihn mit zur Seite geneigtem Kopf an.

»Ich hab dich schon ein paar Tage nicht mehr gesehen«, sagte er. »Ich hatte gehofft, wir könnten heute Abend vielleicht etwas miteinander machen.«

»Zum Beispiel?«

»Was immer du möchtest.«

»Ich will auspacken.«

»Okay«, sagte Nate und zuckte mit den Schultern. Das hörte sich furchtbar an nach einer Zwölf-Stunden-Schicht, aber er wollte unbedingt etwas Zeit mit ihr verbringen. »Dann machen wir eben das.«

»*Ich* werde auspacken«, sagte sie kalt. »Allein.«

Nate wusste nicht, was er darauf antworten sollte. Trish war seit ihrem Umzug so furchtbar distanziert und verärgert. Sie hatte nicht hierherkommen wollen, und er hatte sie auf gewisse Weise dazu gezwungen. Doch nach der gestrigen Ohnmacht begann er zu glauben, dass noch etwas anderes mit ihr nicht stimmte ... etwas, das über ihre gewaltige Kleinstadt-Allergie hinausging.

Er hatte gehofft, dass sich ihre negative Einstellung geben würde, wenn sie sich erst einmal hier eingelebt hatten.

Zugegeben, der Stadt haftete wirklich etwas Altbackenes an. Einige der Bewohner konnten die Vorstellung, dass Scott Bishop jetzt den Gemischtwarenladen führte und den Bier- und Alkoholbereich im Gegensatz zu Earls Vision ausbaute, offenbar kaum ertragen. Das war anscheinend der direkte Weg in die Unzucht.

Nate war außerdem nicht besonders begeistert von dem Umstand, dass seine Nachbarn sich direkt an seinem ersten Tag wegen einer Ruhestörung in seinem eigenen Haus beschwert hatten. Trishs Musikgeschmack war durchaus fragwürdig, das stimmte, denn die meisten ihrer Lieblingsbands waren absolut grässlich und unmusikalisch, aber sie drehte sie immer nur tagsüber auf, wenn es erlaubt war. Er hatte sie schließlich überredet, sie als Zeichen der Solidarität leiser zu drehen – auch wenn das bedeutete, dass die Leute von Gegenüber nun nicht mehr sonderlich scharf darauf waren, zum nächsten Brady-Barbecue eingeladen zu werden.

Ja, es hatte einige Rückschläge gegeben, aber nichts, was man nicht wieder geradebiegen konnte. Alles, was er wollte, war, dass Trish sich bemühte, anstatt dagegen anzukämpfen. Sie verweigerte beinahe jede Unterhaltung, ob es nun um Gartenarbeit, Essenspläne oder, Gott behüte, womöglich die Idee, eigene Kinder zu bekommen, ging.

»Ich könnte dir doch helfen«, sagte er.

Trish lächelte, ihr Blick wurde sanfter und offenbarte einen kurzen Blick auf jene Frau, in die er sich einst verliebt hatte. »Lieber nicht«, sagte sie. »Ich packe jetzt ein paar Kisten aus und dann werde ich mich hoffentlich besser fühlen. Ich brauche deine Muckis nicht, um irgendwas nach oben zu tragen.«

Er ignorierte ihren Sarkasmus, denn ihre Unabhängigkeit hatte ihre Romanze erst richtig zum Lodern gebracht, damals, als sie noch als Bedienung in einem Irish Pub in Lower Manhattan gearbeitet hatte. Nate hatte dort immer nach seiner Streife vorbeigeschaut, angelockt von seinem Durst nach billigem Bier und endlosem Nachschub an Mozzarella-Sticks.

»Das sollte helfen, Ihre Figur zu ruinieren«, waren ihre ersten Worte gewesen, als sie den fettigen Teller vor ihm abgestellt

hatte. Nur ihre Mundwinkel hatten ein Lächeln verraten, und Nate hatte sofort gewusst, dass er sie mochte. Sie war nicht sein Typ, und er ganz offensichtlich auch nicht ihrer, aber manchmal konnten Gegensätze nun mal eine immense Anziehungskraft aufeinander ausüben. Ihr rabenschwarzes Haar war kurz gewesen, aber ein paar Locken waren ihr einige Zentimeter in die Stirn gefallen. Kleine Ohren hatten aus den Haaren hervorgelugt und hatten seltsam genug gewirkt, um als liebenswert durchzugehen. Das Mädchen hätte gut und gern ein Vampir sein können, mit ihrer kreidebleichen Haut, dem schwarzen Nagellack und dem dazu passenden Lippenstift, aber all das stand ihr verdammt gut. Ihre Jeans waren zerrissen gewesen und Nate hatte dunkle Spitzenunterwäsche hindurchschimmern sehen können, wenn sie sich auf die richtige Art bewegt hatte.

In dieser Nacht hatte er sie beobachtet und das Aufblitzen von schnellem Witz und Selbstvertrauen bemerkt, was sie attraktiv machte und ihr haufenweise unerwünschte Komplimente eingebracht hatte, die sie aber wie Schiffe an den Klippen eines Leuchtturmes zerschellen ließ. An Trish Sleighton kam man nicht einfach so heran, es sei denn, sie ließ es zu.

Nate ließ sich seufzend auf einen Küchenstuhl fallen und spielte an dem gehäkelten Platzdeckchen herum, während seine Erinnerungen an einfachere Tage mit der harten Realität kollidierten. »Meine Männer führen sich immer noch wie ein paar Aushilfen im Supermarkt auf«, rief er jetzt laut. »Solange ich in der Nähe bin, reißen sie sich anscheinend zusammen, aber kaum kehre ich ihnen den Rücken zu, ist Party angesagt.«

»Dad hat gesagt, du sollst ihnen Gottesfürchtigkeit beibringen.«

»Ich habe ihnen stattdessen das Privileg genommen, das Sonntags-Footballspiel sehen zu können, ist das nicht eigentlich sogar noch viel besser? Steve Maylam muss außerdem sogar die Nachtschicht am Montag übernehmen … ab sofort und bis zum Ende der Saison. Ich denke, das ist schon einmal ein Anfang.«

»Ich mag Maylams Frau«, sagte Trish. »Missy ist die Einzige, die ich in diesem wundervollen kleinen Ort eine Freundin nennen würde. Die einzige *Desperate Housewife*, die ich hier kenne, die sich lieber über David Lynch als über Kartoffelsalat-Rezepte unterhalten möchte.«

»Wann hast du denn mit deinem Dad gesprochen?«

»Er war heute hier. Er hat mir gesagt, dass du mehr wie er sein sollst und dass sich die Leute schon über uns wundern.«

»Dieser Kerl …«

»… hat dir einen Job besorgt.«

»Und deshalb muss ich automatisch sein Klon werden?«

»Nein, natürlich nicht. Ich habe ihm auch gesagt, dass das vollkommen absurd wäre. Aber du weißt ja, wie er ist. Er hasst es, wenn sich Dinge ändern. Seit er aus dem Rennen ist, weiß er nichts mehr mit sich anzufangen. Aber es ist nett von dir, dass du ihn immer noch vorbeikommen und aushelfen lässt.«

»Es gibt hier wirklich eine Menge Abläufe und Traditionen, an die man sich erst einmal gewöhnen muss«, erwiderte er. »Dein Dad will einfach nur dafür sorgen, dass seine Stadt in guten Händen ist. Um ihn mache ich mir keine Sorgen, ich mache mir eher Sorgen um dich.«

»Du bist so ein Idiot.«

»Und du bist eingerostet. Das Mädchen, das ich einmal kennengelernt habe, hätte mir als Erstes erklärt, dass ich mir um meinen Cholesterinspiegel Sorgen machen sollte und mich dann zum Kistenauspacken verdonnert.«

»Das stimmt«, sagte sie. »Na ja, da du ja auch hier wohnst, kann ich dich ja schlecht rauswerfen.«

»Wenn du deine Phasen hast, ist es echt schwer, zu dir durchzudringen.«

Trish kam jetzt um den Tisch herum und legte ihre weichen Hände auf seine Schultern. »Ich weiß, ich bin eine furchtbare Ehefrau, okay? Ich bin selbstsüchtig, zickig und wahrscheinlich auch ein wenig arrogant. Ich weiß, dass du Probleme mit dem Job hier hast, aber du wolltest ihn unbedingt haben, erinnerst du dich daran? Ich versuche doch nur, geduldig zu sein und darauf zu warten, dass es bei mir endlich Klick macht.«

»Vielleicht ist das ja das Problem. Du sitzt hier herum und wartest darauf, dass dein Leben einen Sinn ergibt, anstatt aktiv etwas dafür zu tun.«

»Das ist nicht so leicht, Nate. Du wusstest immer, was du willst, und hast es bekommen. Aber ich? Ich bin hier so unfassbar weit entfernt von Lesbenbars, Kunstausstellungen und Independent-Filmen. Ich finde es hier einfach nur schrecklich.«

»Weißt du, was wirklich schrecklich ist? Wenn deine Karriere so weit den Bach runtergegangen ist, dass dein Schwiegervater ein paar Strippen ziehen muss, um dir einen Job zu besorgen. Wir hatten uns doch darauf geeignet, dass es für uns die beste Option als Familie ist. Hier gibt es Aufstiegsmöglichkeiten, weitaus bessere als irgendwo in privaten Sicherheitsfirmen arbeiten zu müssen.«

»Aber längst nicht so viel Geld.«

Nate spürte, wie er wütend wurde. Trish wurde sofort bissig, wann immer sich ihr die Gelegenheit dazu bot, und wenn sie erst einmal eine Wunde geöffnet hatte, dann hielt sie das Salz schon bereit. »Gottverdammt. Schon wieder diese Leier? Muss ich dir wirklich erklären, wieso ich bei der Polizei bleiben wollte, anstatt in den privaten Sicherheitsdienst zu wechseln?«

»Tut mir leid, dass ich wieder davon angefangen habe.« Trish warf auf ihrem Weg in den Keller die Arme in die Höhe. »Du musst mich an nichts erinnern, wirklich nicht. Wieso läufst du draußen nicht einfach noch ein wenig Streife und lässt mich hier meine verdammte Arbeit machen?«

»Arbeit? Ha!«, schrie er ihr hinterher, als sie die Tür hinter sich zuschlug. Ihre Schritte verharrten kurz, und ihm wurde bewusst, dass er einen Nerv getroffen hatte. Wenn er sie damit verletzt hatte, dann geschah es ihr ganz recht, denn Trish heilte da unten nicht gerade Krebs, sondern fand nur heraus, dass sie keine zwanzig mehr war und zum Leben mehr gehörte als sich irgendeiner beschissenen Szene zugehörig zu fühlen.

Nates kurzzeitiger Triumph verwandelte sich allerdings schnell in Schuldgefühle, denn das war eine Karte gewesen, die er niemals hatte spielen wollen. Der Umzug war ihr nicht leichtgefallen, das wusste er, aber sie verstand einfach nicht, wie gut sie es eigentlich getroffen hatten. Sie hatten hier ein großartiges Haus, er einen sicheren Job und, was das Wichtigste war, es war ein idealer Ort, um eine Familie zu gründen. Landleben vom feinsten, gute Schulen, eine sichere Gegend und ein starker Gemeinschaftssinn. Forest Grove besaß all das, und er diente den Bewohnern dieser Stadt mit Stolz. Ja, in manchen Dingen waren sie ein wenig altmodisch, aber die Welt veränderte sich stetig, und diese Macken würden sich irgendwann legen.

Nates Bauch knurrte laut. Dann würde er heute Abend eben eines der örtlichen Lokale beehren. Er liebte die großen Pizza-Streifen in *Walt's Pizzeria*, aber er aß mittlerweile kaum etwas anderes. Heute war ihm eher nach einem Steak-Sandwich oder nach einem von diesen mexikanischen Käsesteaks, von denen seine Kollegen die ganze Zeit über schwärmten.

Danach würde er vielleicht noch eine Tour durch die Stadt machen. Er versuchte nämlich immer noch, ein Gespür für eine Routine hier zu bekommen. Wer sich am besten wo aufhalten sollte und wann. Wenn er das erst einmal gelernt hatte, würde es bestimmt leichter werden, sofort zu merken, wenn irgendetwas nicht stimmte.

Nate stand also auf, überlegte kurz, ob er Trish Bescheid sagen sollte, wohin er ging, entschied sich dann aber dagegen. *Es interessiert sie ja sowieso nicht,* dachte er und ging, ohne ein weiteres Wort.

***

Marcy fühlte sich gut. Sogar besser als gut, um genau zu sein. Ihr Kopf schwamm wegen so viel Kentucky Bourbon, dass sich selbst falsche Entscheidungen mittlerweile wie richtige anfühlten. So wie jene, die Bar gleich mit zwei Kerlen zu verlassen, weil sie sich nicht für einen entscheiden konnte, und einzuwilligen, mit ihnen auf eine Spritztour zu kommen.

Vince fuhr. Die Seitenblicke, die er ihr zuwarf, waren lüstern, doch er schwieg und konzentrierte sich wieder auf die Straße. Er hatte die ganze Nacht einen Whiskey nach dem anderen getrunken, ihr aber versichert, dass er sich immer komplett im Griff hätte, egal wie viel er getrunken hatte.

»Jeder ist doch in irgendwas gut«, hatte er gesagt und sie angegrinst. »Ich bin eben der weltbeste betrunkene Fahrer.«

Die Absurdität dieser Bemerkung hätte sie noch nicht einmal unter normalen Umständen beeindruckt. Selbst jetzt, in ihrem Zustand, war ihr klar, wie vollkommen verantwortungslos und dämlich sie war, aber ihr alkoholgeschwängerter Schädel schien irgendwie über alles kichern zu müssen, was Vince zu ihr sagte. Dass er auf ihre Bitte hin sein Shirt ausgezogen hatte, konnte vielleicht auch etwas damit zu tun haben. Sie nahm ihren Blick nur dann kurz von seiner wie in Stein gemeißelten Schwimmer-Statur, um sicherzustellen, dass auch Caleb noch so an ihr interessiert war wie Vince. Er saß hinten und hatte die Arme auf der Rückenlehne ausgebreitet, als wäre der Audi eine Lounge. Er musterte sie schweigend aus zusammengekniffenen Augen und bedachte sie mit einem wölfischen Grinsen.

Ich werde mich so was von beiden gleichzeitig rannehmen lassen. Der Gedanke allein ließ sie schon feucht werden. All diese Aufmerksamkeit galt nur ihr allein. Zwei Männer, die um ihre Zuneigung buhlten, und beide versuchten gerade, eine größere Reaktion bei ihr hervorzurufen. Sie schienen bereit zu sein, alles zu geben, weshalb es nur fair war, dass sie das Gleiche tat.

»Jetzt muss ich aber noch mal fragen.« Ihre Worte hörten sich seltsam breiig an. »Wieso fahren wir den weiten Weg hier raus, wenn wir doch zu Calebs Bude hätten fahren könnten? So könnten wir schon längst unseren Spaß haben.«

»Wir sind zu Highschool-Zeiten immer hier rausgefahren«, erklärte Vince. »So wie alle Kids aus der Gegend. Dort gibt es ein altes Camp. Da können wir tun und lassen, was wir wollen, ohne dass wir uns Gedanken darüber machen müssen, *gestört* zu werden.«

Gestört. Von Freundinnen zum Beispiel. Diese Idioten sollten sich nur nichts darauf einbilden, denn Marcy hatte ihre eigene komplizierte Beziehungskiste an der Schule, und hätte sich Kev nicht als ein solcher Dreckskerl entpuppt, wäre sie heute Nacht auch nicht auf Rache-Sex aus. Dieser Hurenbock hatte nämlich geglaubt, sie würde niemals dahinterkommen, dass er all seine Kolleginnen in der Videothek vögelte. Ihrer Meinung nach würden sie danach quitt sein.

»Da ist die Abzweigung«, rief Vince und versuchte, mit zusammengekniffenen Augen in der absoluten Dunkelheit abseits der Autoscheinwerfer etwas zu erkennen. »Von dort aus ist es nur ein kurzer Weg.«

»Ein altes Camp?«, fragte Marcy zweifelnd und machte damit ihrem Unbehagen Luft.

»Ist doch besser als ein Hotel. Keine Sorge, da gibt es auch Betten«, sagte Caleb, als ob es das Ganze besser machen würde.

Vince lenkte den Audi jetzt auf den Feldweg und schaltete den Motor aus. Marcy stieg auf ihrer Seite aus und ließ ihre Hand sofort über die Beule in Calebs Shorts gleiten. »Wir könnten den ganzen Weg laufen …«

Caleb packte ihren Hintern, drückte fest zu und presste seine Lippen dann in die Kuhle an ihrem Hals.

Marcy zog daraufhin ihr Top aus, ließ es fallen und fuhr durch Calebs Haare, während er ihre Brüste küsste. »… ich glaube allerdings nicht, dass wir es bis dorthin schaffen.«

»Meinetwegen«, sagte Vince, öffnete seinen Gürtel und schlüpfte aus seiner Hose, während er sich den beiden näherte.

Marcy drückte seinen Kopf gegen ihre andere Brust und stöhnte leise, als beide Kerle sie gleichzeitig küssten und liebkosten.

Doch plötzlich durchschnitt ein Lichtstrahl auf dem Pfad hinter ihnen die Nacht. Marcy bemerkte ihn sofort und stieß die beiden Jungen von ihrem Busen weg. Doch diese drängten sich wie hungrige Kälber an sie … je mehr sie sich wehrte, desto stärker.

»Lasst das«, sagte sie schließlich, zog sich von ihnen zurück und suchte in der Dunkelheit hektisch nach ihrem Oberteil. »Da kommt jemand.«

Die beiden Jungs drehten sich daraufhin zu dem Lichtschein um.

»Hey Kumpel«, grunzte Caleb, »hör auf, mir mit dem verdammten Ding genau ins Gesicht zu leuchten.«

Marcy kroch immer noch auf der Suche nach ihrem Top auf dem Boden herum, als hinter der Taschenlampe plötzlich ein Knall ertönte, gefolgt von einem krachenden Platschen irgendwo über ihr. Dann schien Caleb irgendwie aus dem Himmel zu fallen und landete wie eine Tonne Ziegelsteine auf ihrem Rücken. Sie keuchte erschrocken auf, als Caleb von ihrem nackten Rücken rollte und mit einem dumpfen Schlag im Dreck liegen blieb. Sie hatte sich gerade wieder aufgerichtet, als ein zweiter Knall ertönte. Vince Schädel explodierte und klatschte gegen ihre Wange, dann brach er ebenfalls zusammen. Sein Körper zuckte und wand sich zu ihren Füßen und Blut spritzte in gleichmäßigen Abständen aus ihm heraus.

Marcy schrie, als der Killer auf sie zu taumelte und seinen Taschenlampenstrahl auf ihre Füße sinken ließ. Sie machte einen Satz rückwärts und starrte fassungslos die Leichen an. Blutige Löcher klafften in ihren Köpfen und Rauchsäulen stiegen träge aus ihren zerschmetterten Schädeln.

Bevor sie auch nur einen weiteren Ton hervorbringen konnte, blitzte der Pistolenlauf erneut im Mondlicht auf, gefolgt von einem Donnerschlag und einem grellen, blendenden Mündungsblitz.

4

In den letzten Abendstunden, während der Rest des Tages in der Nacht verglühte, fand er sich wach und auf den Beinen wieder.

Sein Auge gewöhnte sich langsam wieder an die Welt um sich herum, als er zurück in seine Unterkunft trat und die Dachbalken musterte, die unter der steinernen Decke verliefen. Seine Hand fuhr zu seinem Gesicht und rieb über das abgerissene und schartige Fleisch, wo sich einmal seine Nase befunden hatte – und wo sie kurze Zeit später wieder war.

Ich … heile.

Er hatte einen kurzen Blick in den Spiegel erhaschen können, während er der blonden Frau beim Baden zugesehen hatte. Das Verlangen, sie zu töten, war unfassbar groß gewesen, aber sein Erscheinungsbild hatte ihn zurückgehalten. Denn er hatte sich anders in Erinnerung gehabt und sein Spiegelbild daher mit einer Mischung aus Ungläubigkeit und Verwirrung angestarrt.

Wieso bin ich noch am Leben?

Der kleine Teil von ihm, der ihm noch geblieben war, grübelte über diese Frage nach.

Er stapfte mit seinen Stiefeln über die schmutzige Matratze und drehte sie hin und her. Die Matratze gab ein schmatzendes Geräusch von sich und Wasser drang aus ihr heraus – sie war definitiv zu vollgesogen, um darauf schlafen zu können.

Schwerfällig trat er unter dem Vordach hervor und genoss dabei die kalte Luft um sich herum. Sein Herz begann vor Aufregung zu rasen, als sein Blick auf einen Haufen Überreste fiel. Schmutzige Knochen und fleckige Schädel waren achtlos zu einem kniehohen Haufen aufgeschichtet worden. Dieses Werk, hatte er vor langer Zeit errichtet. Zumindest kam es ihm so vor, als wäre es vor langer Zeit geschehen. Er gelang ihm nämlich nicht mehr, die Zeit richtig einzuschätzen, denn er bekam nur flüchtig mit, wie sie verging.

Die Jagd war das Einzige geworden, was ihm Freude bereitete. Sie war ebenso aufregend wie notwendig für ihn, denn wenn er sein Reich nicht beschützte, geschahen furchtbare Dinge.

Er fragte sich, wie lange die einzelnen Morde wohl schon her waren. Es musste doch hier irgendwo Werkzeug geben, doch er konnte keines finden. Seine Knochen begannen zu schmerzen und seine Schläfen pochten, während er danach suchte. Sein Körper fühlte sich irgendwie zu eng und unangenehm an, so als hätte er sich ein Hemd übergezogen, das ihm zwei Nummern zu klein war. Er dachte krampfhaft über die Dinge nach, die er nicht verstand, und durchlief währenddessen Visionen, die er nicht wiedererkannte. Fühlte es sich so etwa an, wenn man älter wurde?

Sein Verstand stob jetzt auseinander wie Kakerlaken, wenn jemand das Licht einschaltete. Der Impuls zu töten nagte an ihm und übernahm trotz seiner Verwirrung wieder die Oberhand.

Das letzte Mal, als er getötet hatte, war es so einfach gewesen. Als er durch den Wald gewandert war und seine Wälder beschützt hatte, hatte er zwischen den Bäumen einen Blick auf sie erhaschen können. Er hatte gesehen, wie sie die Landstraße hinuntergelaufen war, schneller, als seine Opfer es für gewöhnlich taten. Seine Augen hatten sie erblickt, und in diesem Moment war sie bereits so gut wie tot gewesen. Er hatte sie verfolgt, die Umgebung als Deckung benutzt und etwas Abstand zu ihr gehalten. Alles, woran er noch hatte denken können, war, sie mit seiner Klinge in Stücke zu zerfetzen – sein Herz hatte ihm bis zum Hals geschlagen, während er sie verfolgte.

Er hatte das Jagdmesser aus einer Scheide gezogen und war damit zum mächtigsten Jäger überhaupt geworden. Er hatte sein Tempo gehalten und sich dabei alle möglichen Arten vorgestellt, sie umzubringen. Ein kraftvoller Stoß in ihre Schädeldecke. Die hungrigen Zähne der Klinge, die durch ihre Kehle sägten. Mehrere Stiche in ihren Rücken. Hände, die sich um ihre Kehle schlossen. Er zog es vor, ihnen in die Augen zu sehen, während er es tat. Diese weit aufgerissenen Augen, die ihn dabei voller Angst und Fassungslosigkeit anstarrten, erregten ihn stets aufs Neue.

Bis zu dem entscheidenden Punkt war er unentschlossen geblieben. Alle Optionen hatten noch offen vor ihm gelegen. Doch die ganze Sache wäre beinahe gescheitert, als plötzlich ein Wagen heranfuhr und eine männliche Stimme anbot, sie mitzunehmen.

Er hatte nicht verstehen können, was gesprochen wurde, aber sie war daraufhin grimmig davongestürmt und der Wagen war davongefahren.

Das hatte ihm die Gelegenheit gegeben, auf die er gewartet hatte.

Die Anhalterin war von der Straße getreten, hatte ihren Rucksack auf die Erde fallen lassen und sich seufzend darauf sinken lassen. Entschlossen war er auf sie zugegangen und hatte die Lücke zu ihr in wenigen Sekunden geschlossen. Seine Augen waren vor Aufregung weit aufgerissen und gebannt von dem schmalen Streifen dunkler Haut gewesen, der zwischen ihrem Hosenbund und dem hochgeschobenen Top herausschaute.

Haut, die aufgeschnitten werden musste.

Instinktiv hatte er beschlossen, dass das Messer gar nicht nötig sein würde. Er hatte es aus seiner Umklammerung fallen lassen, einen Satz hinter dem Baum hervor gemacht und beide Hände um ihr Genick gelegt. Sie hatte aufgeschrien und sich gewehrt, aber er hatte sie von ihrem Rucksack heruntergezerrt und sie in den Wald hinein geschleudert. Erneut hatte sie versucht, zu schreien, aber alles, was er hatte tun müssen, war, seinen Arm fester um sie zu legen, woraufhin ihre Proteste schnell zu einem undeutlichen Würgen verstummt waren. Sie hatte nach Atem gerungen, während er sich mit ihr zusammen von der Straße zurückgezogen hatte.

Als er sie losgelassen hatte, war das Mädchen kaum noch bei Bewusstsein gewesen. Sie war mit einem dumpfen, leisen Schlag auf den Boden gesunken, und er hatte sich mit seinem gesamten Gewicht auf sie geworfen, so wie er es am liebsten tat. Denn so hatte er den besten Blick auf seine Opfer, wenn sie starben. Sie hatte die Augen aufgeschlagen, aber da war es bereits zu spät gewesen. Seine Hände, schwielig und mit abgebrochenen Nägeln, hatten sich um beide Seiten ihres Gesichts gelegt. Mit einem einfachen Ruck hatte er ihren Kopf nach links gezerrt und sein Auge geschlossen.

Das Geräusch des brechenden Genicks war stets wie ein Orgasmus in seinen Ohren, und er erinnerte sich daran, wie ihm der Speichel von seinen Lippen gelaufen und auf ihr totes Fleisch getropft war.

Ihr Körper war schließlich steif geworden, und dann hatte sie, ohne zu blinzeln, zu den zwitschernden Vögeln hinaufgeblickt, deren Lied unwissentlich den barbarischen Mord begleitet hatte. Er erinnerte sich daran, dass er noch einen Moment dortgeblieben war und ihren Körper mit der Befriedigung eines Jägers begutachtet hatte. Dann war er zufrieden die Straße entlanggeschlendert, um ihren Rucksack aufzuheben und seine Waffe loszuwerden.

Das Mädchen, sein Opfer, war einmal sehr schön gewesen. Doch die Erinnerung daran war nun alt und gewisse Details waren mit der Zeit verloren gegangen, aber er würde niemals diese wunderschönen, vor Angst geweiteten Augen vergessen. Er liebte diesen Anblick, denn das ließ ihn sich stark fühlen.

Er erinnerte sich daran, wie er ihren Leichnam nach Hause geschleift hatte, überwältigt von der Enttäuschung und der Traurigkeit, dass sie nie lange so hübsch blieben.

Nun war sie ekelerregend. Nur noch ein paar Knochen, die er nicht mehr zuordnen konnte – verloren in einem Haufen aus Dutzend anderen. Wieder fragte er sich, wieso er bei Bewusstsein war, denn er war sich sicher, dass er es eigentlich nicht sein dürfte. Es musste an *ihr* liegen.

An der einen, die davongekommen war.

An der einen, die ihn verletzt hatte.

Oft träumte er von den Dingen, die er ihr antun würde, wenn er sie jemals wiedertreffen würde. Das Verlangen nach Rache war ein Instinkt, der so automatisch geschah, wie ein Reflex, und doch war er in jener Nacht geflohen wie ein verängstigtes Tier.

Die Dinge hatten sich mittlerweile geändert und er war außer Übung. Bevor er seine Rache nehmen konnte, würde er sich wohl zuerst einmal daran gewöhnen müssen, dass er nicht mehr jung war wie damals.

Doch sein Drang war ungebrochen.

Er fragte sich, wie viele bereits sorglos durch diese Wälder gezogen waren, als er fort gewesen war. Ängstlich und wütend darüber zog er sich seinen alten schwarzen Mantel über seinen zitternden Körper. Dieser war aber leider nicht so warm wie sein alter.

Die Nacht war nasskalt. Sein Körper fühlte sich schwach an und er wusste, dass er schnell handeln musste, wenn er sie umzubringen wollte.

Sie darf nicht noch einmal entkommen.

Er wollte ihr blondes Haar (das beim letzten Mal noch rot gewesen war) büschelweise aus ihrem Schädel reißen. Ihre Augen, blauer als der Lake Forest Grove, bettelten förmlich darum, von seinen Daumen eingedrückt zu werden. Sie hatte lange und schlanke Beine, die sich leicht brechen lassen würden, und blasse, helle Haut, die mit ihrem Blut verziert werden würde.

Einen Augenblick später erinnerte er sich auch wieder an ihren Namen.

Melanie Holden!

Dieses Mal würde sie Forest Grove nicht lebend verlassen. Doch bevor er sie umbringen konnte, brauchte er unbedingt eine Maske, Waffen und Übung.

***

Um Viertel vor neun hielt Tanya vor Rafes Haus und drückte auf die Hupe. Sie überlegte kurz, zur Tür zu laufen und ihren Freund zu holen, aber Mr. Hansom war ein Ekel, der seine Augen einfach nicht von ihr lassen konnte. An sommerlichen Tagen wie diesem war es sogar noch schlimmer, weil sie dann nichts weiter als eine kurze Jeanshose und ein Tanktop trug.

Nein, heute musste die Hupe genügen.

Doch Rafe musste sowieso bereits am Fenster auf sie gewartet haben, denn er kam sofort aus dem Haus gestürmt und joggte dann mit einem dämlichen Grinsen im Gesicht den Steinpfad hinunter.

Eigentlich hätte er sie fahren sollen, aber der Trottel hatte letzte Nacht seinen Wagen geschrottet, als er mit seinem Kumpel ein Wettrennen auf dem Parkplatz des *Grocery Basket* veranstaltet hatte. Sein Oldsmobile war dabei mit fünfzig Meilen pro Stunde über eine Parkinsel gebrettert, was das Fahrgestell in ein verbeultes Durcheinander aus öligen Kabeln verwandelt hatte. Der Loser sah nachts offenbar nicht besonders gut, denn er war erst auf die Bremse getreten, als es schon zu spät war.

Deshalb hatte sie ihn gezwungen, für heute einen Termin bei einem Augenarzt zu machen, und danach würden sie auf der Suche nach etwas Spaß, auf den Highway fahren. Der einzige Vorteil, in Forest Grove aufzuwachsen, bestand darin, dass jeder andere Ort auf der Welt automatisch wesentlich interessanter war. Sie konnten sich an einen Rastplatz setzen, Limonade trinken und laut *Eminem* aufdrehen, und das war immer noch besser als alles, was ihnen hier einfallen könnte.

»Nicht zu fassen, dass du keinen Hausarrest für die Aktion bekommen hast«, sagte sie jetzt, als er einstieg und ihre Wange küsste.

»Als ob mich irgendwer von dir fernhalten könnte.« Mit seinem Daumen deutete er auf das Haus. »Ganz besonders die nicht. Mom ist einfach nur froh, dass ich noch lebe, und da sie diejenige ist, die zu Hause das Sagen hat …«

»Die verrückte bewusstlose Frau von neulich hat mich heute angetextet. Sie will sich mit uns treffen und mit uns reden.«

»Ich hätte gedacht, dass man die schon längst in irgend so eine Methadon-Klinik eingeliefert hat.«

»Weißt du überhaupt, was das ist?«

»Ja, klar doch.«

»Sie ist mit dem Chief verheiratet, und auf mich wirkte sie nicht gerade wie eine Drogentante.«

»Weil du ja auch schon so viele kennengelernt hast?«

»Ich fühle mich eben einfach schlecht, weil alle jetzt so über sie reden, als wäre sie ein Junkie. Meine Eltern wollen nicht, dass ich etwas mit ihr zu tun habe. Deine etwa?«

Rafe zuckte mit den Achseln. »Meinen habe ich von der ganzen Sache überhaupt nichts erzählt.«

Es war irgendwie kein Wunder, dass Rafe seine Eltern auf Abstand hielt, denn sie reagierten fast immer komplett über. Einmal hatte Tanya bei ihnen zu Abend gegessen und vergessen, ihnen vorher von ihrer Glutenunverträglichkeit zu erzählen. Mrs. Hansom hatte ihr daraufhin einen Blick zugeworfen, der so verachtend gewesen war, als hätte sie ihr gerade gestanden, schwanger zu sein.

Sie fuhren jetzt in die Stadt, und Rafe überlegte, ob er sich noch einen Eiskaffee im *Dunkins* besorgen sollte.

»Wir fahren gleich ins Diner, da kannst du dir einen holen.«

Er schmollte tatsächlich, als sie auf den Parkplatz des Restaurants einbogen.

Die Frau des Chiefs wartete bereits an einem der Picknicktische vor dem Diner auf sie. Rafe meldete sich freiwillig, hineinzugehen und ihre Bestellung aufzugeben, während Tanya gegenüber von Mrs. Brady Platz nahm.

»Ich, äh, hatte noch gar nicht die Gelegenheit, euch beiden zu danken.« Trish trug eine dunkle Jeans und ein ausgeblichenes T-Shirt, das für irgendeine Band warb, von der Tanya noch nie im Leben etwas gehört hatte – wahrscheinlich war die schon hundert Jahre alt und längst vergessen. »Ich habe deine Telefonnummer einfach so auf deiner Facebook-Seite gefunden … du solltest wirklich mal deine Datenschutzeinstellungen überprüfen.«

Anders als andere Kids in ihrem Alter war Tanya nicht von den sozialen Medien abhängig. Irgendetwas daran wirkte auf sie unglaublich traurig, und sie war außerdem nicht egozentrisch genug, um zu glauben, dass jeder ihrer Gedanken öffentlich dokumentiert werden musste. Niemand war so tiefsinnig oder interessant – am allerwenigsten die Leute aus diesem verschlafenen Nest.

Rafe unterbrach sie, als er mit zwei Kaffees in den Händen zu ihnen kam. »Geht es Ihnen wieder besser?« Er ließ sich neben Tanya auf den Sitz fallen.

Die Antwort auf diese Frage war offensichtlich, allein deswegen, weil sie nun wieder viel lebendiger wirkte. Vor zwei Tagen hatte sie nicht so ausgesehen. Sie hatten sich an diesem Nachmittag zum See davongeschlichen, weil dies der perfekte Ort war, um high zu werden und miteinander herumzumachen. Doch stattdessen hatten sie diese Frau, vollkommen regungslos, mit dem Gesicht nach unten im Dreck gefunden.

»Viel besser, vielen Dank.« Trish streckte ihre Hand aus und Rafe schüttelte sie. »Ihr zwei wundert euch bestimmt, warum ich eure Zeit verplempere, oder?«

Tanya legte ihre Lippen um den Strohhalm und sog einen Mund voll Mokka-Mandelkaffee ein.

»Okay«, begann Trish. »Ich bin ebenfalls in dieser Stadt groß geworden, und wie ich festgestellt habe, hat sich seitdem nur sehr wenig verändert. Ihr beide macht nächstes Jahr euren Abschluss, oder?«

»Zum Glück«, sagte Tanya.

Trish lachte. Ihr strahlendes Grinsen bildete einen seltsamen Kontrast zu dem onyxfarbenen Lippenstift, der ihren Mund bedeckte. »Nun, dann dürfte euch das vielleicht interessieren.«

»Was denn?«, fragte Rafe.

»Was in dieser Stadt so passiert. Ich habe es gehasst, hier zur Schule zu gehen, wegen der Art, wie sie uns behandelt haben. Spätestens um neun zu Hause sein und um elf ins Bett. Keine laute Musik hören, bloß nicht die falschen Bücher lesen, und auf gar keinen Fall etwas trinken, sonst verwandelst du dich automatisch in eine Hure.«

Tanya und Rafe tauschten einen Blick aus, der besagte: *Hey, vielleicht ist sie ja gar nicht so übel.* Klar, sie war ein wenig seltsam, aber ihre Schuhe waren cool, und sie war der lebende Beweis, dass der alternative Look auch nach der Highschool noch funktionieren konnte. Trish schien es offenbar nicht zu kümmern, dass die meisten Leute in dieser Stadt – zumindest nach der Meinung ihrer Eltern – sich in ihrer Gegenwart unwohl fühlten. Das war echt ziemlich krass.

»Hier ist es wirklich ziemlich öde«, antwortete Tanya. »Aber hey, es ist nur noch ein Jahr bis zum College.«

»Ja, das stimmt«, sagte Trish. »Aber was wäre, wenn ihr nicht noch ein Jahr warten müsstet, bis es vorbei ist?«

Tanya schüttelte die Eiswürfel in ihrem Kaffeebecher umher, da sie bereits das Interesse zu verlieren begann.

»Ich würde vorschlagen, dass wir uns dagegen wehren. Vielleicht können die elften und zwölften Klassen ja eine Sommertanzparty organisieren. Etwas, das mit dem Aberglauben in dieser Stadt ein für alle Mal aufräumt.«

»Ich wusste bis letztes Jahr noch nicht einmal, dass es Cyrus Hoyt wirklich gegeben hat«, erklärte Rafe. »Ich dachte immer, er wäre nur so eine urbane Legende. Ich meine, ich kenne natürlich diesen blöden Reim, aber …«

»So war es auch schon, als ich noch in die Highschool ging«, entgegnete Trish. »Und da ich jetzt wieder hier lebe, denke ich, dass es an der Zeit ist, etwas dagegen zu unternehmen. Die Jugendlichen müssen endlich Jugendliche sein dürfen, doch dieser Ort versucht immer noch, sie von der Welt fernzuhalten. Das muss unbedingt aufhören.«

Das ergab auf gewisse Weise sogar tatsächlich Sinn. Tanya war nämlich letzte Woche von Officer Johnson angehalten worden, und der hatte ihr die Hölle heißgemacht. Alles, was sie verbrochen hatte, war, durch die Stadt zu fahren und dabei laut *deadmau5* zu hören, und das hatte ihr sofort eine Standpauke über Verantwortungslosigkeit eingebracht, als wäre sie betrunken viel zu schnell gefahren.

Sie war immer noch ein wenig sauer deswegen.

Trish grinste. »Wollt ihr zwei euch vielleicht etwas ausdenken?«

»Wieso wollen Sie uns denn unbedingt helfen?«, fragte Tanya.

»Falls ich einmal Kinder haben sollte, will ich unbedingt verhindern, dass sie in so einer verkackten Spießergemeinde aufwachsen müssen.«

»Das gefällt mir«, sagte Rafe und schlürfte den letzten Rest Karamellsirup vom Boden seines Kaffeebechers.

Tanya war ebenfalls ganz angetan davon. Sie ließ ihren Gedanken bereits freien Lauf und dachte über die verschiedenen Möglichkeiten nach. Wenn es in der Stadt einen Tanzball geben würde, wäre das Mädchen, welches dafür verantwortlich war, nicht die perfekte Ballkönigin?

Mein Geschenk an die Abschlussklasse von 2014.

Dann wäre sie garantiert für jedermann hier eine Heldin.

Ja, für diese Idee konnte sie sich definitiv erwärmen.

Trish musste ihren Blick bemerkt haben, denn sie grinste jetzt auch. »Heißt das, ihr seid dabei?«

»Das sind wir«, erklärte Tanya. Rafe würde schon mitziehen, so wie es sich für einen Freund gehörte. Außerdem würde er davon ja ebenfalls profitieren – und er würde das Vergnügen haben, auf diesem Ball mit einer absoluten Traumfrau aufzukreuzen.

»Wunderbar«, sagte Trish begeistert. »Dann überlegt euch doch auch, was wir für zukünftige Klassen erreichen könnten. Und dass wir dabei dem Establishment den Stinkefinger zeigen können, ist auch nicht zu verachten.«

»Ich mag diese Idee wirklich total«, sagte Tanya. »Was genau sollen wir tun?«

***

Melanie erging es heute nicht besser. Sie saß wieder vor ihrem Laptop, aber die richtigen Worte wollten einfach nicht fließen.

Sie war zu dem Schluss gekommen, dass der nasse Fußabdruck gestern Nacht zu klein gewesen war, um von Cyrus Hoyt stammen zu können. Wenn sie an das Camp zurückdachte, und daran, wie er mit seinen schweren Stiefeln auf sie zu gestapft gekommen war, sodass die Wände und der Boden gezittert hatten, als er sich auf einen Angriff vorbereitet hatte … dann war es ausgeschlossen, dass seine Füße so zierlich gewesen waren.

Nachdem sie den Abdruck entdeckt hatte, war sie sofort nach unten gerannt, um Desiree auszufragen, denn ihre einzige Erklärung hatte darin bestanden, dass die alte Frau aus irgendeinem Grund in ihr Zimmer gekommen war, als sie wohl kurz in der Badewanne eingenickt gewesen war. Da Melanie zurzeit der einzige Gast hier war, kam niemand anderes infrage.

Dummerweise hatte die alte Frau alles abgestritten. »Wenn ein Gast erst einmal eingezogen ist, gehört das Zimmer ihm. Das Letzte, was ich tun würde, wäre, einfach so Ihre Privatsphäre zu verletzen, Schätzchen.«

Der Zwischenfall warf leider einen dunklen Schatten über das zugegeben meisterlich zubereitete Abendessen, das aus gebratenem Hühnchen mit Aprikosensoße und Basmatireis als Beilage bestand. Melanie glaubte Desiree einfach nicht, so hartnäckig sie es auch abstritt. Sie hielt es eher für wahrscheinlicher, dass sich die alte Frau aus irgendeinem Grund zu ihr hineingeschlichen hatte und es ihr nun peinlich war, erwischt worden zu sein.

Melanie hatte sich noch nie so verwundbar gefühlt wie nach diesem Essen, als sie in ihr Zimmer zurückgeschlichen war und sich unfassbar isoliert und verraten gefühlt hatte. Es gab hier kein Alarmsystem, um sie vor Eindringlingen zu warnen, und nur einen einfachen Türriegel, um die Welt aus ihrem Zimmer auszusperren. Jeder Windhauch verursachte ihr eine Gänsehaut und jeder raschelnde Zweig ließ sofort ihre Vorstellungskraft mit ihr durchgehen. Sie malte sich unwillkürlich aus, wie Cyrus Hoyt mit seiner verdreckten Schweißer-Maske und seinem zerfledderten Armeemantel im Schutze der Nacht umherschlich und mit seinem verbliebenen Auge zum dritten Stock dieses Hauses hinaufspähte, während ihm irre Mordfantasien durch den Kopf gingen.

All diese Gefühle hatten sie auch an diesem Morgen nicht verlassen, also hatte sie ihre Sachen gepackt und wollte gerade wieder abreisen, als das Bild von Jill Woreley vor ihrem geistigen Auge erschien und sie abrupt innehalten ließ. Das Mädchen stand dabei vor ihrer Klasse, kaute Kaugummi und erklärte gerade die Wichtigkeit des ersten Verses in den Heldendichtungen. »Also, äh, ihr müsst wissen, dass der erste Vers eine verknappte Erklärung des gesamten Epos darstellt …«

Jill würde garantiert genau diese Einleitung verwenden, denn Melanie hatte ihr diesen Tipp einmal gegeben, nachdem sie sich darüber beklagt hatte, dass Homer so schwer zu entschlüsseln sei.

Dieser eine Gedanke genügte, damit sie ihre Taschen wieder abstellte und gedankenverloren am Türrahmen rieb. Mit leeren Händen nach Hause zurückzukehren, wäre ein Fehler. Feige und mit eingezogenem Schwanz auf den Campus zurückzuschleichen würde die endgültige Zerstörung ihrer Karriere bedeuten, und sie besaß leider auch kein tolles Privatleben, welches sie hätte auffangen können. Sie würde einfach nur eine Lehrerin sein, deren Versuch, eine interessante Anstellung zu erreichen, ebenso vergeblich gewesen war, wie dem übermächtigen Schatten Cyrus Hoyts zu entkommen, und wie viel Zeit blieb ihr denn mit zweiundvierzig noch, bevor sie zu einer frustrierten alten Schachtel wurde, die im Unterricht nur lieblos Allgemeinplätze abspulte?

Nein, das hier muss einfach funktionieren!

Also blieb sie.

Erschöpft von ihren erfolglosen Tagträumereien nahm sie eine schnelle Dusche und zog sich an. Es war jetzt kurz nach neun Uhr. Gab es einen idealeren Zeitpunkt, um dem alten Camp einen Besuch abzustatten? Draußen war es hell genug, um jeden Winkel dieses furchtbaren Ortes auszuleuchten. Sie würde einen schnellen Rundgang machen, und bevor die Sonne auch nur auf den Gedanken kommen würde, unterzugehen, wäre sie schon längst wieder von dort verschwunden.

Desiree fegte gerade den Bereich vor dem Empfangsschalter, als sie in die Lobby hinunterkam. »Wollen Sie etwas frühstücken, meine Liebe? Ich wollte gerade schon zu ihnen hinaufkommen und bei Ihnen anklopfen. Wie hören sich Blaubeerpfannkuchen und belgische Waffeln an?«

»Nach Extrakalorien, die ich mir nicht leisten kann.« Melanie tätschelte mit der Hand ihren knurrenden Bauch. Aber es gab noch einen anderen Grund: Ein wachsendes Unbehagen, das an ihren Innereien nagte. »Außerdem habe ich einen Termin heute Morgen.«

Unter normalen Umständen wäre die Fahrt in das Camp durchaus angenehm gewesen, denn endlose Baumreihen säumten die Landstraße, als sie den Innenstadt-Bereich verlassen hatte. Birken ragten hoch hinauf und streckten sich dem hellen blauen Himmel entgegen und Zweige wiegten sich sanft in der späten Frühlingsbrise.

Sie kam irgendwann an einer alten heruntergekommenen Tankstelle und einem Supermarkt vorbei und erinnerte sich daran, dass das Camp von hier aus nicht mehr weit entfernt war. Die Abzweigung war mit einem bogenförmigen CAMP-FOREST-GROVE-Schild markiert, welches zwischen zwei Totempfählen befestigt war. Melanies Finger schlossen sich automatisch fester um das Lenkrad und ihre Kehle schien wie bei einer allergischen Reaktion zuzuschwellen.

Brauner Staub stieg hinter ihr auf, als sie die Straße entlangfuhr, begleitet von einer Fülle lange vergessener Erinnerungen. Melanie griff nach ihrem Handy und benutzte die Rekorder-App, in dem verzweifelten Bemühen, die Erinnerungen einzufangen, die nun plötzlich alle zu ihr zurückkehrten und auf sie einstürmten: Jennifer, die diesen Feldweg jeden Morgen entlanggejoggt war, egal, wie viel sie am Abend zuvor auch getrunken hatte. Lindseys betrunkener Versuch, um drei Uhr morgens eine Hemlocktanne mit nichts weiter, als einer Axt zu fällen. »Wir brauchen schließlich Feuerholz!«, hatte sie geschrien (was nicht gestimmt hatte). Mr. Dugans unerklärlich unsachgemäßer Umgang mit dem Traktor, den er bei dem Versuch, entwurzeltes Gestrüpp abzuladen, in eine Grube gelenkt hatte. Bill und Tyler hatten ihn letzten Endes mit der Winde an Bills Pick-up wieder auf die Straße ziehen müssen.

Melanie spürte, wie ihr die Tränen kamen und sich in den Fältchen ihrer beginnenden Krähenfüße sammelten. Die Sonne schien, die Vögel zwitscherten, und außer den Erinnerungen schien alles an Camp Forest Grove vollkommen harmlos zu sein.

Ich. Habe. Ihn. Nie. Sterben. Sehen!

An den Tagen, an denen Melanie vernünftig dachte, wusste sie, dass Cyrus Hoyt längst tot und begraben war. Es war schließlich viel zu lange ruhig um ihn gewesen, als dass er dort draußen noch immer sein Unwesen treiben konnte. Aber selbst an solchen Tagen ging sie abends verängstigt und voller Zweifel ins Bett.

Vielleicht hätte ich das hier schon vor Jahren tun sollen.

Ihr Psychiater hatte ihr sogar dazu geraten. »Fahren Sie dorthin, und Sie werden feststellen, dass all Ihre Ängste nur diesem einen tragischen Ereignis entspringen. Das bedeutet jedoch nicht, dass das Camp Forest Grove an sich ein bösartiger Ort ist. Stellen Sie sich Ihrer Angst! Finden Sie heraus, ob diese Sie verletzen kann. Sie werden überrascht sein, wie frei Sie sich danach fühlen werden.«

Alles nur Phrasendrescherei, hatte sie damals gedacht und wütend den Psychiater gewechselt, anstatt seinem Rat zu folgen.

Jetzt wichen die Bäume zurück und der Feldweg mündete auf einer Lichtung, die an einen ruhigen See grenzte. Kanus waren keine mehr zu sehen, als sie zum Rand der Wiese fuhr, an der das Camp begann.

Sie stellte ihren Wagen ab und beruhigte ihre Nerven erst einmal mit einigen tiefen Atemzügen. Ihr würde hier nichts geschehen, diesen Gedanken wiederholte sie so oft, bis sie ihn schließlich beinahe selbst glaubte. Doch als auch das nicht ausreichte, um sie dazu zu bewegen, aus dem Wagen zu steigen, stellte sie sich kurzerhand Dennis Morton und Jill Woreley vor, die sich bei ein paar Flaschen billigem Wein über sie lustig machten.

Das half tatsächlich.

Sie setzte ihre Füße auf den Boden und schleppte sich mühsam über den Erdboden wie ein Astronaut auf dem Mond.

Ihre Beine waren so schwer, als würde sie durch Gelee waten. Die Vögel über ihr begrüßten sie mit fröhlichen Willkommensrufen.

Die Hütten standen noch immer, hatten aber nach fünfundzwanzig Jahren eingeworfene Fenster, schiefe Fensterläden und kaputte Regenrinnen. Der Boden hingegen schien gründlicher gepflegt worden zu sein. Denn das Gras war gemäht, die Hecken getrimmt und die Wege gesäubert. Nach allem, was sie in den letzten Tagen über Forest Grove gelesen hatte, hatte offenbar nie jemand den Versuch unternommen, das Camp wiederzueröffnen, nachdem Mr. Dugan umgebracht worden war.

Sie entdeckte zahlreiche zerbrochene Bierflaschen und zerdrückte Dosen *Coors Light*, als sie einen Blick durch die zerbrochenen Fensterscheiben ins Innere der Hütten warf. Wohin sie auch ging, überall lagen Zigarettenstummel.

Wie viele Kids waren wohl in den Jahren nach dem Zwischenfall schon hier draußen gewesen sein?

Die Abgeschiedenheit übte garantiert eine mächtige Anziehungskraft auf die Teenager aus, die sich betrinken und es miteinander treiben wollten. Auf eine seltsame Art und Weise war es irgendwie eine tröstliche Aussicht, denn wenn dieser Ort zu einem Hafen jugendlicher sexueller Freizügigkeit geworden war, konnte das nur bedeuten, dass Cyrus Hoyt nicht mehr lebte.

Dieser Gedanke sorgte dafür, dass sie sich ein wenig entspannen konnte.

Das, was damals einmal die Hütte der Betreuer gewesen war, ragte nun genau vor ihr auf. Diese hatte ebenfalls schon bessere Tage gesehen. Die Dachschindeln waren zerbröckelt und teilweise komplett abgefallen und das Regenrohr war an mehreren Stellen gebrochen. Das Holz war auf allen vier Seiten gesplittert, und dort, wo es nicht gesplittert war, aufgequollen. Die von der Sonne ausgeblichene Vordertür war früher einmal dunkelbraun gewesen, nun aber deutlich heller, und an mehreren Stellen verfärbt, außerdem war sie komplett verrottet und ebenfalls aufgequollen.

Sie drehte an dem Knauf, öffnete die Tür und trat auf die knarzenden Dielen. Die Hütte roch nach Moder und ihre Augen tränten bereits nach wenigen Sekunden. Mit jedem Schritt fiel ihr das Atmen schwerer. Das Erkerfenster, durch das Bill geworfen worden war, war noch immer zersplittert. Schartige Glasscherben steckten im Fensterrahmen, den man mit ein paar Brettern vernagelt hatte. Fünfundzwanzig Jahre später war die Hütte noch immer nicht repariert oder abgerissen worden.

Der Boden war mit dunklen Flecken bedeckt, die wie getrocknetes Blut aussahen.

Bill!

Sie ging in die Hocke und berührte mit zittriger Hand den dunkelsten der Flecke.

1988 war sie so klug gewesen, nicht allzu viele Hoffnungen in eine Beziehung zu setzen. Sie war noch auf der Highschool gewesen und Bill hatte kurz vor seinem Abschluss gestanden – zwei sehr unterschiedliche Lebenssituationen. Sie waren beide klug genug gewesen, diese Herausforderung zu erkennen, auch wenn es sie beide nicht zu kümmern schien. Damals waren die Dinge noch wesentlich einfacher gewesen.

Die Nacht, bevor Cyrus Hoyt aufgetaucht war, war eine der einfachsten gewesen. Nachdem Tyler abgedampft war, um Lindsey zu vögeln, hatte sie sich in das Gebäude der Jungen geschlichen. Sie hatten den Ort eine ganze Weile für sich gehabt, und Bill war der perfekte Gentleman gewesen. Er hatte sie nicht einmal begrapscht. Stattdessen hatten sie einfach nur so nahe beieinander gelegen, dass sie das Abendessen – gebratene Wiener Würstchen und gebackene Bohnen – in seinem Atem hatte riechen können. Sie hatten sich flüsternd unterhalten, und die Zukunft, die sie sich ausgemalt hatten, war geradezu lächerlich optimistisch gewesen.

Bill war nämlich offenbar nicht der College-Typ und hatte geschworen, dass er in jedem Baumarkt einen Job kriegen würde, egal, in welche Stadt sie ihr Studium auch verschlagen sollte. Der Plan war gewesen, für sie beide ein kleines

Apartment in Campus-Nähe zu finden und ihr gemeinsames Leben so früh wie nur möglich zu beginnen.

Melanie war sich nicht sicher, ob es tatsächlich funktioniert hätte, und sie fragte sich oft, ob ihr ambitionierter Lebensplan nichts weiter als ein Traum geblieben wäre.

Doch ich werde es niemals herausfinden, da irgendein Irrer einen Hammer in seinem Nacken versenkt hat.

Die Diele unter ihren Fingern fühlte sich rau an, als sie über den dunklen Fleck strich und sie hoffte, dass Bill es irgendwie spürte, wo immer er jetzt auch sein mochte. Das war ein Gedanke, den sie als seltsam tröstlich empfand.

Der Schatten eines Mannes tauchte plötzlich an dem vernagelten Fenster auf. Melanie sah, wie der massige Umriss lautlos daran vorbeischlich, und ihre Kinnlade klappte hinunter. Sie schüttelte ihre Starre hastig ab und rappelte sich sofort auf. Irgendwo in der finsteren Hütte knarzten jetzt die Dielenbretter unter etwas Schwerem, das sich bewegte. Sie kannte das Geräusch extrem gut, denn sie hatte oft davon geträumt. Jemand war in die Hütte gekommen!

Eine Minute später war ein klapperndes Geräusch zu hören, welches sie als Schublade in der Küche identifizierte.

Er zog sie auf und suchte darin nach einer Waffe.

Die Hintertür!

Durch sie musste er hineingekommen sein, um dort nach einem Messer zu suchen. Anders war es nicht zu erklären, denn die Vordertür stand weiterhin offen und ließ natürliches Licht in das verfallende Gebäude fallen. Jetzt hörte sie, wie eine Autotür zugeschlagen wurde.

Schneller als ein Schwarm aufgeschreckter Fledermäuse rannte sie hinaus.

»Was zur Hölle machen Sie denn hier?«

Sie schrie panisch auf, und ihre Zähne gruben sich, ohne nachzudenken, in Chief Bradys Schulter.

Der Polizist packte sie und schüttelte sie sanft. »Ms. Holden. Wieso sind Sie hier?«

Doch Melanie schaffte es einfach nicht, ihre Gedanken zu ordnen. Diese rasten durch ihren Kopf wie fragmentartige

Bilder in einem Musikvideo ... Bill ... Blutflecke ... knarzende Dielenbretter ... Cyrus Hoyt ... Küchenschubladen ... Morton ... Woreley ...

»Was ist passiert?«

»Jemand ist da drin«, sagte sie keuchend. »Jetzt, in diesem Augenblick!« Ihre Stimme klang schrill, als sie auf die Hütte deutete.

Nate wirkte eher verärgert als besorgt, als er seine Waffe zog und auf die Tür zulief. »Bleiben Sie hier«, befahl er ihr, ohne sich umzusehen.

Melanie war vollkommen am Ende. Sie wollte nur noch in ihr Bett kriechen und den Rest des Tages verschlafen, das schien ihr die einzige Lösung zu sein, vorausgesetzt, dass ihr Herz vorher nicht vor lauter Panik explodierte.

Nate tauchte weniger als eine Minute später wieder auf, mit der Pistole zielte er auf den Boden. Er schüttelte den Kopf und deutete auf ihre beiden Fahrzeuge. »Alles in Ordnung«, sagte er, als sie zu ihm lief.

»Dann muss er aus der Hintertür verschwunden sein, als er Sie gehört hat.«

Nate machte einen kleinen Bogen, um die andere Seite der Hütte sehen zu können. »Wenn tatsächlich jemand mit Ihnen da drin gewesen ist, werden meine Männer ihn bestimmt finden.«

»Und wie?«

»Eine Trainingsübung«, erklärte er. »Sie befinden sich gerade alle im Wald.« Er hob sein Walkie-Talkie an den Mund und gab seinen Jungs den Befehl, sich auf dem alten Camp-Gelände zu sammeln. Dann erteile er ihnen genaue Instruktionen, nach allem Ausschau zu halten, was verdächtig sein könnte. »Kann ich darauf vertrauen, dass Sie in Ihren Wagen steigen und von hier verschwinden? Ich weiß, dass Sie diesen Ort besuchen wollen, und ich werde gern persönlich noch einmal mit Ihnen hier raus fahren, wenn wir mit dem Durchsuchen der Anlage fertig sind.«

»Habe ich denn etwas Falsches gemacht?«, fragte sie verwirrt. »Ich denke nicht, dass ich irgendein Gesetz gebrochen habe.«

Der Chief wirkte irgendwie geistesabwesend. Seine Augen sahen überallhin, nur nicht zu ihr. »Natürlich nicht. Wie ich schon sagte, ich leite hier gerade eine Übung, die meine gesamte Aufmerksamkeit erfordert.«

»Und das ist wichtiger, als einen Eindringling zu verfolgen?«

Sie hatte es nicht darauf angelegt, seine Aufmerksamkeit zu erregen, doch nun hatte sie diese offenbar. Er sah sie auf die gleiche Art und Weise an, wie sie immer ihre Studenten musterte, wenn diese versuchten, sich nach der Hälfte ihres Kurses ins Klassenzimmer zu schleichen.

»Was glauben Sie, wie oft ich damit beschäftigt bin, Leute von diesem Schandfleck zu jagen?«, fragte er. »Notgeile Kids, die ein wenig allein sein wollen, und notgeile Erwachsene, die ein Abenteuer suchen. Letzten Monat habe ich sogar jemanden aus New Haven hier aufgegriffen, der in dem Gebäude da drüben gehaust hat.« Er deutete auf eine der etwas weiter entfernten Hütten. »Leute von diesem Grundstück zu verjagen, gehört für mich praktisch genauso zu meinem Job wie die morgendliche Tasse Kaffee.«

»Und damit hat es sich? Ich bin verrückt und soll mir einfach keine Sorgen machen?«

»Weil jemand mit Ihnen in dieser Hütte war? Nein.«

Sie überlegte kurz, ob sie ihm von dem nassen Fußabdruck in ihrem Zimmer erzählen sollte, aber sie glaubte nicht, dass es funktionieren würde, denn dieser Kerl hatte sein Urteil bereits gefällt und nach diesem war sie einfach nur durchgeknallt.

»Ich habe übrigens nicht behauptet, dass Sie verrückt sind, Ma'am.«

Ihr fiel daraufhin nichts anderes ein, als »Großartig« zu rufen und ihre Hände gegen ihre Oberschenkel klatschen zu lassen.

»Alles, was ich sage, ist, dass es hier nicht sicher ist. Davon sollten Sie sich mittlerweile ja wohl selbst überzeugt haben. Seit ich den Job hier angenommen habe, versuche ich, dieses Camp abreißen zu lassen, aber es gehört anscheinend nicht Forest Grove. Niemand will irgendetwas damit tun haben. Aber natürlich nur so lange nicht, bis sich eines von *deren*

Kindern hier die Hand an zerbrochenem Glas aufschneidet. Dann fragen sie plötzlich, wieso ich denn nicht schon längst etwas gegen diese demilitarisierte Zone unternommen habe.«

»Ich musste wieder hierherkommen«, sagte Melanie, »und irgendjemand ist definitiv direkt am Fenster vorbeigelaufen, als ich drin war. Ich habe außerdem gehört, wie jemand die Schubladen durchwühlt hat.«

Der Chief nickte. »Wenn es keiner von meinen Leuten war, werden wir ihn garantiert irgendwann finden.«

»Sie nehmen Ihren Job ja wirklich sehr ernst.« Das war sarkastischer als nötig, aber die Geringschätzung des Chiefs beleidigte sie nun mal.

»Danke, Ma'am. Wie ich schon sagte … ich biete mich an einem anderen Tag gern als Ihre persönliche Eskorte an. Nach der Art, wie wir uns gestern … äh, kennengelernt haben, hielt ich es für das Beste, Ihnen erst einmal ein wenig Freiraum zu gönnen … weshalb ich gestern Abend nicht bei Ihnen vorbeigekommen bin. Ich wollte nämlich nicht den Eindruck erwecken, dass ich Sie in Ihrem Urlaub belästigte.«

»Das hier ist kein Urlaub.«

»Nein, natürlich nicht. Ich versuche gerade nur, Ihnen ein gastfreundliches Friedensangebot zu machen, Miss Holden. Diese Gebäude hier können jeden Moment einstürzen, deshalb möchte ich nicht, dass Sie sich allein hier herumtreiben.«

»Herumtreiben?«

»Sorry, Macht der Gewohnheit. Natürlich sind Sie keine Herumtreiberin.« Er warf ihr einen unbeholfenen Blick zu, der sie beinahe zum Lachen gebracht hätte. Als sich ihre Blicke trafen, riss er die Augen auf wie ein Teenager, den man beim Schummeln erwischt hatte.

»Ich habe jemanden gehört«, beteuerte sie, »und ich glaube nicht, dass es ein Cop gewesen ist.«

»Ich werde das wirklich überprüfen.« Nate streckte seinen Arm in Richtung ihres Wagens aus. »Wenn ich Sie jetzt bitten dürfte … wenn Sie das nächste Mal hierherkommen wollen, fahre ich Sie einfach persönlich. Am Tag oder auch in der Nacht, so wie Sie es gern wollen.«

»Aber jetzt befehlen Sie mir, zu gehen?«

»Ja, denn genau genommen ist das hier ein Privatgrundstück und wie schon erwähnt, absolvieren wir gerade eine Trainingsübung.«

»Meinetwegen«, sagte Melanie entnervt. Sie hatte sowieso genug von diesem Ort gesehen … genug für ein ganzes Leben.

»Danke für Ihr Verständnis. Ich werde später bei *Desirees* vorbeischauen und sehen, ob ich Ihnen sonst noch irgendwie behilflich sein kann.«

Die Aussicht darauf, noch mehr Zeit mit Chief Brady zu verbringen, war zwar alles andere als verlockend, aber wenn er ihr helfen konnte, wäre es dumm von ihr, ihn abzuweisen. Denn je weniger Zeit sie hier verbringen musste, umso besser.

Der Chief sah ihr hinterher, als sie zu ihrem Wagen zurückkehrte. Er hatte gelogen, was die Trainingsübung anbelangte, das war offensichtlich gewesen. Erst Desiree und nun Nate. Versuchte eigentlich die ganze Stadt, sie zu verscheißern?

***

Zum zweiten Mal innerhalb von zwei Tagen sah Nate zu, wie die Holden-Frau davonfuhr, dann zog er seine Glock hervor und öffnete die heruntergekommene Tür der Hütte, während er gleichzeitig seine Männer anfunkte.

»Maylam, Johnson, Donnelley, Galeberg«, sprach er in sein Funkgerät. »Ich dachte, ich hätte euch gesagt, dass ihr eure Ärsche auf das Camp-Gelände bewegen sollt. Beeilung.«

Ein paar knackende Antworten erfolgten, dann hängte er das Funkgerät wieder an seinen Gürtel zurück und durchsuchte die Räume ein zweites Mal. Keine Ahnung, was die Holden-Frau genau gehört hatte, während sie hier herumgeschnüffelt hatte, aber es war ganz bestimmt keiner von seinen Männern gewesen.

Das letzte Wort war in dieser Angelegenheit aber noch nicht gesprochen.

Die Hütte war schon beim ersten Mal leer gewesen, und auch jetzt gab es keinen Hinweis darauf, dass noch jemand anderes sich hier drin aufgehalten hatte. Zufrieden lief Nate in die Morgenluft hinaus und sah auf die Uhr. Es war noch nicht einmal zehn Uhr und bereits jetzt schon ein furchtbarer Tag, und er würde garantiert auch nicht viel besser werden.

Nach seinem Streit mit Trish letzte Nacht war er eine Runde durch die Gegend gefahren. Wenn er sie schon nicht zufriedenstellen konnte, dann wollte er wenigstens den Leuten, die hier wohnten, von Nutzen sein und ihnen zeigen, dass ihr neuer Chief immer zur Stelle war, wenn man ihn brauchte.

Pünktlich wie ein Uhrwerk verfiel die Stadt gegen dreiundzwanzig Uhr in ihre nächtliche Katatonie. Die Geschäfte schlossen und die Straßen leerten sich, bis nur noch das Zirpen der Grillen und die fragenden Rufe der Eulen durch die Nacht hallten. Er fuhr an den Stadtrand, suchte dort nach parkenden Teenagern, liegen gebliebenen Wagen oder schlafenden Truckern.

Dabei fand er das Auto.

Einen Audi … vollkommen verlassen und von dem Fahrer keine Spur. Als Halter konnte er einen gewissen Vincent Robson aus New Haven, Connecticut ausfindig machen. Eine Stadt siebzig Meilen südöstlich von hier. Im Prinzip eine einfache Angelegenheit, aber zum Leidwesen für das Forest Grove Police Department waren Robsons Eltern bereits verstorben und er das einzige Kind. So ungern Nate es zugeben wollte, hatte er es hier also nun mit einem vermissten College-Jungen zu tun, der gestern zweihundert Dollar an einem Geldautomaten in der Nähe seines Hauses abgehoben hatte und jetzt verschwunden war. An dem Wagen an sich war nichts Ungewöhnliches festzustellen, aber es war seltsam genug, um als verdächtiger Vorfall durchzugehen.

Also hatte er die Dienststelle von New Haven angerufen, aber die waren sich nicht sicher gewesen, ob sich die Sache jetzt schon als Vermisstenfall einstufen ließ. Er hatte trotzdem alle Informationen zu ihnen hinübergeschickt und hoffte, dass sie in der Lage waren, ihn mit anderen Personen in Zusammenhang zu bringen, die vielleicht zur gleichen Zeit verschwunden waren.

Er wartete allerdings immer noch auf eine Antwort und hoffte, dass das bedeutete, dass die Dienststelle ihre eigene Untersuchung angestrengt hatte. Dass sie Robsons Appartement durchsuchten, die Aufnahmen der Sicherheitskameras an dem Geldautomaten überprüften und seinen Computer für mögliche spätere Untersuchungen konfiszierten.

Eben alles wie aus dem Lehrbuch.

Er würde sich aber noch einmal bei ihnen melden, um dafür zu sorgen, dass sie alle an einem Strang zogen. Höchstwahrscheinlich war der Idiot hierhergekommen, um das berüchtigte Camp Forest Grove in Augenschein zu nehmen, und hatte sich dabei im Wald verirrt. Deshalb hatten seine Leute auch die ganze Nacht über das Gelände durchkämmt, denn Nate war sich sicher gewesen, dass sie den Blödmann betrunken und zitternd auf einem Bett aus Kiefernnadeln finden würden.

Während seine Männer Oberförster spielten, hatte Nate jeden Stein auf dem Camp-Gelände umgedreht. Zweimal sogar. Aber es fand sich weder ein benutztes Kondom noch sonst eine andere frische Hinterlassenschaft, um zu bestätigen, dass Robson hier gewesen war.

Er hatte sich gerade ebenfalls in den Wald begeben wollen, als Melanie Holden plötzlich hier aufgekreuzt war. Damit hätte er rechnen müssen, und er hätte sich für sein Versäumnis am liebsten selbst in den Hintern getreten. Ein Besuch des Camps war schließlich einer der Hauptgründe ihrer Reise gewesen. Mit ihr kam er wirklich absolut klasse voran … erst hatte er zweimal dafür gesorgt, dass sie sich unwohl fühlte, und jetzt hatte er sie vorhin mit seiner Bemerkung garantiert auch noch beleidigt.

»Manchmal kann man einfach nicht gewinnen«, murmelte er grimmig zu sich selbst.

Sergeant Maylam bahnte sich jetzt einen Weg aus dem Wald und rief nach ihm.

»Was gefunden, Chief?«

»Ich bin mir nicht sicher«, sagte Nate. »Ich hatte gerade Besuch von dieser Holden-Frau. Sie glaubt, dass jemand mit ihr in der Hütte gewesen ist, kurz bevor ich ankam. Suchen wir den Platz also noch einmal ab.«

»Wissen Sie, wer es gewesen sein könnte?« Johnson brach jetzt ebenfalls durch die Büsche und strich sich das Gestrüpp von den Ärmeln. »Ich bin zufällig Henry Yurick begegnet, als ich unser kleines Paradies hier durchgekämmt habe. Der Alte hatte die Hände voll mit altem rostigem Besteck.«

Nate lachte. Henry Yuricks Hütte grenzte direkt an das Grundstück des Camps, und sie hatten den alten Knacker schon einige Male dabei erwischt, wie er die Gebäude nach Dingen durchwühlt hatte, die noch nicht vollkommen unbrauchbar geworden waren. Der Kerl hatte nämlich vor ein paar Jahren *eBay* für sich entdeckt und damit begonnen, Gegenstände aus dem Camp als *Cyrus-Hoyt-Devotionalien* zu verscherbeln.

Der alte Chief Sleighton hatte deswegen schon unzählige Male mit ihm geredet, aber so, wie es aussah, versuchte Yurick sein Glück unter dem neuen Management erneut.

»Haben Sie die Messer wieder zurückgebracht?«

Nun war es Johnson, der lachte. »Natürlich nicht, Chief. Ich habe dem alten Mann gesagt, dass er seine letzte Beute genießen soll, weil wir den ganzen Kram hier von nun an katalogisieren werden.«

»Auf gar keinen Fall. Das hier ist ein Privatgrundstück. Yurick kann also gern so viel von dem Gerümpel haben, wie er will. Sleighton hat mir erzählt, dass die Eigentümer seit zehn Jahren nicht mehr hier waren. Ich bin es leid, an diesem beschissenen Ort nach dem Rechten sehen zu müssen. Aber egal, sprechen Sie sich mit Maylam ab, denn ich will, dass Sie alle Hütten noch einmal gründlich absuchen.«

Die Polizisten machten sich sofort an die Arbeit, und Nate lief zurück zu seinem Wagen. Die Zentrale informierte ihn nun darüber, dass Bürgermeister Cobb ihn, so schnell es ihm möglich war, sprechen wollte. Politische Spielchen spielen zu müssen, war offenbar der Nachteil an diesem Job, und es war definitiv etwas, für das er nicht geschaffen war.

Trish sagte ihm ständig, dass er es einfach *schlucken* und mitspielen sollte, aber das konnte er nicht. Er hatte auch so schon genug um die Ohren, ohne sich auch noch mit diesem ganzen Quatsch beschäftigen zu müssen. Sie hatten immerhin am Rand der Stadt einen verlassenen Wagen gefunden, dessen Fahrer immer noch vermisst wurde und möglicherweise tot war, während zur gleichen Zeit die berüchtigtste Touristin der Stadt versuchte, ihr Leben wieder in den Griff zu bekommen. All diese Probleme benötigten seine Aufmerksamkeit wesentlich dringender.

Er würde unbedingt einen Weg finden müssen, die Sache mit Melanie Holden zu klären, bevor sie die Stadt in ihrem verdammten Buch komplett zu Kleinholz verarbeitete.

»Ich hasse diesen Job«, sagte er seufzend und stieg in seinen Streifenwagen.

***

Melanie hatte das Ende der Straße noch nicht einmal erreicht, als die Tankanzeige plötzlich zu blinken begann.

»Verdammt«, murmelte sie. Ihre Begegnung mit Chief Brady hatte sie offenbar so durcheinandergebracht, dass sie vollkommen vergessen hatte, zu tanken.

Ein Grund mehr, diesen Penner zu hassen.

Aber dann fiel ihr ein, dass sie auf dem Weg hierher an einer baufälligen Tankstelle vorbeigekommen war.

Auf dem Holzschild an der Vorderseite stand *LAST MILE GAS* und die Tankstelle schien sogar in einem noch schlechteren Zustand zu sein als die Hütten im Camp. Die Zapfsäulen begannen zu überwuchern und die Garage war vor fünfundzwanzig Jahren schon veraltet gewesen.

Doch die Preise waren typisch für das moderne Amerika, was bedeutete, dass sie dreist überteuert waren. Ein älterer Mann watschelte jetzt langsam aus seinem Büro, als sie heranrollte. Er rieb sich die Hände an seinem verschmierten Overall ab und offenbarte ein verhärmtes Grinsen. Sein Name war in kursiven Buchstaben auf einen Aufnäher an seiner Brust gestickt: JED.

»Verfahren oder auf der Durchreise?«, fragte Jed.

»Ich brauche Benzin.«

»Natürlich, kein Problem. Aber verraten Sie es mir ... haben Sie sich verfahren oder sind Sie nur auf der Durchreise?«

»Äh, keines von beidem?«

»Welche Möglichkeit gibt es denn sonst noch? Sie sind nämlich nicht von hier, das ist offensichtlich, denn wenn sie es wären, dann wären sie nicht zum Camp gefahren.«

»Ich bin nur zu Besuch hier«, erklärte Melanie daraufhin.

»Also auf der Durchreise.«

»Ja, das könnte man sagen. Könnten Sie meinen Wagen jetzt mit Normal volltanken?«

Der alte Mann schlurfte ans Heck des Wagens, um den Tankdeckel zu öffnen.

Melanie hatte keine Lust mehr auf das Kreuzverhör und lief deshalb in den Laden, um sich eine Flasche Wasser zu kaufen. Ihre Nerven lagen wegen des Zwischenfalls im Camp immer noch ein wenig blank, und ihre Zunge war deshalb wie ausgetrocknet. Eine rostige Glocke ertönte, als sie die Tür öffnete, und der alte Mann schrie ihr hinterher: »Unsere Regale sind fast komplett leer. Ich hoffe, Sie sind nicht extra für einen ausgedehnten Einkaufsbummel hergekommen.« Er hielt das offenbar für witzig, denn er krümmte sich vor Lachen, als die Tür hinter ihr zufiel.

Eine zerknitterte Ausgabe des Hustlers lag auf dem Tresen, ein deutlicher Hinweis darauf, dass das Geschäft nicht nur schleppend ging, sondern praktisch tot war. Der Laden stank extrem nach Schimmel und Verwahrlosung und nur die beiden Regale an der Kasse waren noch mit Lebensmitteln gefüllt, noch dazu mit einem äußerst dürftigen Angebot: Twinkies, Kartoffelchips aus der Region, ein paar Tüten Trockenfleisch und zwei oder drei Packungen Küchenrollen.

Das Kühlregal am hinteren Ende war genauso überschaubar wie der Rest des Ladens – eine Reihe Mineralwasserflaschen und zwei Reihen mit Cola. Melanie nahm ein Mineralwasser und kehrte zur Kasse zurück, als Jed den Laden wieder betrat.

»Nicht falsch verstehen«, sagte er und nahm auf einem wackeligen Stuhl hinter seinem Tresen Platz. Er schob sich eine Pfeife in den Mund und kaute dann darauf herum. »Ich bin schon froh, wenn ich mal zwei oder drei Kunden in der Woche habe, und die hatte ich schon. Also war ich ziemlich überrascht, als Sie plötzlich aufgekreuzt sind. Deshalb dachte ich, dass Sie womöglich vom Highway abgefahren sind und sich dann hier verfahren haben. Wobei auch das immer seltener vorkommt, weil ja jetzt alle diese verdammten Handys haben, die sie kaum aus der Hand legen können.«

»Keine Sorge«, sagte sie mit einem Blick auf das Pornoheft, welches er daraufhin hastig zur Seite schob.

»Ich wollte nicht unhöflich sein«, beteuerte Jed. »Manchmal vergesse ich offenbar meine Manieren, jetzt, wo ich allein bin.«

»Ist schon okay«, sagte sie und schob die Wasserflasche etwas weiter nach vorn, in der Hoffnung, er würde den Wink verstehen.

Was er aber nicht tat. »Ich kenne Sie, oder? Sind Sie nicht das Holden-Mädchen? Sind erwachsen geworden. Einer von den Cops war gestern hier und hat erwähnt, dass Sie uns besuchen kommen.«

»In Fleisch und Blut.« Melanie hatte nicht vor, weitere Erklärungen abzugeben.

»Ich bin jetzt erst darauf gekommen«, sagte Jed und sah sie an, als würde er einen Teil seiner eigenen Vergangenheit in ihren Augen sehen können. »Natürlich! Wer sollten Sie auch sonst sein?« Er plapperte einfach unermüdlich weiter, ohne zu kassieren. »Die Trucker sind diejenigen, die mich am Leben halten. Ein paar von ihnen tanken hier mehrmals die Woche auf. Falls Sie sich fragen, wieso ich die Regale nicht aufstocke, das liegt daran, weil sich heutzutage keiner mehr die Mühe macht, zu uns rauszufahren. Meine Frau und ich … wir haben die Tankstelle seit 1963 geschmissen. Hab sie 1999 an den Krebs verloren, und seither wurschtle ich mich so durch. Wenn die Leute heutzutage shoppen gehen, machen sie das immer nur in der Stadt. Die größten Arschlöcher fahren sogar bis zum Einkaufszentrum am Rand von Litchfield County. Keine Ahnung, was an der Fahrt oder an dem Zentrum so toll sein soll, aber so ist es.«

»Nur das Wasser, bitte.« Melanie rang sich ein schwaches Lächeln ab und kramte in ihrer Handtasche nach ein paar Dollarnoten, um ihn nicht ansehen zu müssen, und um ihn davon abzubringen, die Konversation noch weiter fortzusetzen.

»Oh ja, das Wasser.« Jed hielt einen Scanner an den Barcode und schob die Flasche dann zu ihr zurück. »Sie sind wegen des Camps zurückgekommen, hab ich recht?«

Melanie war sich nicht sicher, wie lange sie sich noch zusammenreißen konnte.

»Ihre Augen verraten mir, dass ich einen Nerv getroffen habe«, meinte Jed. »Dann werde ich es lieber dabei belassen. Ich habe es nur aus Höflichkeit erwähnt, denn Sie sollten im Camp Forest Grove besser nicht herumschleichen … nicht in diesen Tagen.«

Melanie warf zwei Scheine auf den Tresen. »Ich weiß. Wenn Sie wissen, wer ich bin, dann wissen Sie bestimmt auch, dass ich mir dessen mehr als bewusst bin.«

»Ich sollte mich wohl besser um meinen eigenen Kram kümmern, was? Das Letzte, was eine junge Frau gebrauchen kann, sind Lebensweisheiten von einem alten Griesgram wie mir. Ich weiß, ich bin nur ein alter Schwätzer, aber ich hasse es, dass sich die Leute immer noch dort herumtreiben. Ich traue dem Frieden nämlich nicht, selbst nach all den Jahren.«

»Damit wären wir schon zwei, Jed.«

»Mehr als zwei«, sagte er und sah sich vorsichtig um, als hätte er Angst, dass ihn jemand hören könnte.

Melanie blickte ebenfalls über ihre Schulter, aber der Laden war vollkommen leer. Verwirrt drehte sie sich zu dem Tresen zurück, wo sich der alte Mann zu ihr beugte und flüsterte: »Diese Wälder sind verflucht, und das waren sie schon lange bevor Ihre Freunde umgebracht worden sind.«

Das war das erste Mal, dass Melanie so etwas hörte. Ihre Feindseligkeit verflog augenblicklich, als sie erkannte, dass das Wissen des alten Mannes möglicherweise von großem Wert für sie sein konnte. Sie setzte deshalb ein falsches Grinsen auf und stellte die Flasche auf den Tresen zurück. »Wovor genau haben Sie denn Angst?«

»Ich habe zusehen müssen, wie der Krebs meine Frau dahingerafft hat«, sagte Jed, dessen Blick plötzlich so hart wie frisch gegossener Beton wurde. »Ich habe deshalb keine Angst mehr. Aber es gab einmal eine Zeit, da konnte man hier wirklich gut leben. Vielleicht kennen Sie ja das Klischee, dass Ihre Eltern nie die Haustür absperren mussten, weil es einfach sicher war? Wenn ich mich nur genug anstrenge, erinnere ich mich noch an die Zeit. Gute Erinnerungen haben nämlich manchmal leider die Eigenschaft, sich von schlechten verdrängen zu lassen. Ich schätze mal, wir sind halt sensible Wesen, nicht wahr?«

Melanie musterte Jed und versuchte herauszufinden, ob sie ihm trauen konnte. Seine Schultern waren mit Schuppen bedeckt und seine rissigen Lippen schienen jeden Moment aufplatzen zu wollen. Er war ein einsamer alter Kerl, der vom Schicksal damit gestraft worden war, auf sich allein gestellt zu sein, aber die Art, wie er sprach … seine Worte wirkten so, als hätten sie Gewicht, in etwa so wie ihre, wenn sie ihre Kurse hielt. Er wusste anscheinend genau, wovon er sprach.

Sie hatte schon einige Recherchen über Forest Grove angestellt und noch nie etwas über frühere Tragödien gehört. Nein, er musste etwas anderes meinen.

Die Morde von Forest Grove waren über die Jahre hinweg Thema zahlloser Bücher und Fernsehspecials gewesen, und Melanie hatte es vehement abgelehnt, auch nur in einem davon zu erscheinen. Sogar ein deutscher Filmemacher – Ulli Soundso – hatte sich Hoyts Amoklauf angenommen und ihn in einen ungeheuer geschmacklosen Heimvideo-Slasherfilm namens *Das Massaker von Forest Grove* verwandelt.

Einfach widerlich.

»Stört es Sie, wenn ich Sie mit diesem Zeug vollquatsche?«, fragte Jed. »Wahrscheinlich hätte ich gar nicht erst davon anfangen sollen, aber wenn Sie erst einmal in meinem Alter sind, ist es Ihnen scheißegal, was andere von Ihnen denken. Vertrauen Sie mir, das wird Ihnen auch so gehen. Ich bin jetzt siebenundachtzig und damit einfach zu alt, um mich noch um Anstand zu scheren. Ganz besonders gegenüber einer

Stadt, die dabei zugesehen hat, wie unser Laden einfach vor die Hunde ging.«

»Es stört mich keineswegs«, sagte Melanie. »Ich bin nur überrascht, davon zu hören.«

»Das dachte ich mir«, sagte Jed. »Normalerweise hätte ich es auch gar nicht erwähnt, aber ich kann nicht einfach dabei zusehen, dass Sie hier länger bleiben als Sie unbedingt müssen. Damals hatten Sie Glück und sind davongekommen, doch Sie sollten Ihr Glück nicht überstrapazieren. Dieser Ort trägt Blut an seinen Händen, und zwar von der Sorte, über die man nicht spricht.«

»Ich bin ganz Ohr.«

»Grove versuchte Neunundsechzig ein ziemlich schmutziges Ding unter den Teppich zu kehren. Niemand wollte danach wieder darüber reden, weil sie hofften, dass man es irgendwann vergessen würde.«

»Das reicht!« Jemand war plötzlich im hinteren Teil des Ladens aufgetaucht. Melanie bekam beinahe einen Herzinfarkt, drehte sich erschrocken um und erblickte dann einen jüngeren Mann, der offenbar aus der Garage gekommen war. Die Schwingtür, die beide Räume miteinander verband, bewegte sich immer noch leicht in ihren Angeln. Er schien ungefähr in ihrem Alter zu sein, vielleicht fünf Jahre älter, mit dunkelgrauem, kurz geschorenem Haar. Die Narbe an seinem Kinn ließ seine Gesichtszüge noch strenger wirken, doch auf dem Weg zu ihnen blitzte in seinen Augen ein Anflug von Freundlichkeit auf, wie bei einem Schauspieler, der spontan in eine Rolle verfiel. »Sie müssen meinen Vater entschuldigen«, sagte er jetzt. »Er erzählt nur mal wieder seine alten Geschichten.«

»Ich würde trotzdem sehr gern den Rest davon hören«, antwortete sie.

Jeds Sohn nahm den Blick nicht von seinem Vater. »Da gibt es nicht viel zu erzählen. Ein paar Leute starben damals an dem See, und genau wie heute haben sich alle gegenseitig die Schuld zugeschoben. Es heißt, dass unsere vier südlichsten Staaten immer noch im Bürgerkrieg kämpfen, und etwas Ähnliches gilt wohl auch für Forest Grove. Für unsere Gemeinschaft war es eine Tragödie, und wie alle Tragödien hat es in unserer kollektiven Seele Spuren hinterlassen.«

»Schwachsinn«, murmelte Jed und schwieg dann, als wäre er das Ganze schon gewohnt.

»Die Tankfüllung geht auf uns, Miss. Gestatten Sie mir doch, Sie zu Ihrem Wagen zu bringen, dann erkläre ich Ihnen alles.«

»Ich würde lieber hören, was Jed noch zu erzählen hat.« Melanie sah den alten Mann intensiv an, doch der schien plötzlich das Interesse verloren zu haben und starrte auf den leeren Tresen hinunter.

»Ich fürchte, das wird nicht möglich sein.« Der Sohn lächelte und stieß die Tür auf, sodass die Glocke darüber schellte. »Mein Vater ist ein sehr alter Mann. Hin und wieder ist er etwas verwirrt und dann muss er sich unbedingt ausruhen.«

Jed hob das Hustler-Magazin auf, als wäre Melanie nie da gewesen.

»Dann lassen Sie mich wenigstens für das Benzin bezahlen«, sagte Melanie. »Denn ich weiß, dass Jed hier nicht so viele Kunden hat, und …«

»Noch so eine maßlose Übertreibung.« Der Sohn lächelte wieder. »Wenn Sie nun bitte …«

»Ich komme ja schon«, sagte sie und schob sich mit wild klopfendem Herzen an dem Fremden vorbei. Kaum, dass sie durch die Tür getreten war, tauchte er auch schon neben ihr auf und hielt mit ihren hastigen Schritten mit.

»Ich verstehe, dass das für Sie unangenehm sein muss«, meinte er. »Dafür möchte ich mich entschuldigen.«

»Ich hätte die Informationen Ihres Vaters wirklich gern gehört.«

»Es gibt hier aber keine dunklen Geheimnisse, Miss. Nur Mitgefühl und Respekt für jene, die geliebte Menschen verloren haben.«

»Ich habe ebenfalls Freunde da draußen verloren.« Melanie hoffte, dass dieser Versuch der Offenheit ihn zum Reden bringen würde, aber sie ahnte bereits, dass er sich als harte Nuss herausstellen würde.

»Ich würde mich nie in Ihre Privatangelegenheiten einmischen. Bitte, lassen Sie uns die Dinge nicht noch unangenehmer machen für die, die bereits so sehr darunter zu leiden hatten.«

»Sie sind Jeds Sohn?«

»Ja, Sam«, sagte er und gab ihr die Hand.

»Ihr Vater hat Sie gar nicht erwähnt.«

Sie erreichten nun ihren Wagen und Sam öffnete die Fahrertür. Als Melanie eingestiegen war, schlug er die Tür zu und lächelte. »Mein Vater ist ein gebrochener Mann … Alzheimer. Er hat gute und schlechte Tage, aber wir halten den Laden trotz allem offen, um ihm damit einen Gefallen zu tun, das ist alles. Ob Sie es glauben oder nicht, aber es gibt ihm auf seine alten Tage einen Sinn und etwas Struktur im Alltag.«

»Und Sie helfen ihm?«

»Ich spiele den braven Sohn, wenn es nötig ist. Sie sollten sich jetzt aber wirklich auf den Weg machen, Miss. Ich würde Ihnen nämlich nicht empfehlen, noch länger hierzubleiben – nicht einmal eine Nacht.«

Jed war durch das Fenster kaum zu erkennen, als sie daran vorbeifuhr, doch er hielt den Kopf sowieso gesenkt – wahrscheinlich war er bereits wieder in das Tittenmagazin versunken.

Melanie konnte es kaum erwarten, in ihr Zimmer zurückzukehren. Der seltsame Fußabdruck war gruselig gewesen, aber kein Vergleich zu der ungeheuren Feindseligkeit, die ihr heute überall entgegengeschlagen war.

Im Rückspiegel sah sie Sam im Staub stehen, als er ihr mit zusammengekniffenen Lippen und kalten Augen hinterherwinkte.

Jed hat kein Alzheimer.

Dafür war er viel zu scharfsinnig und umgänglich gewesen. Die Begegnung mit Sam hinterließ ein überaus ungutes Gefühl bei ihr, aber dagegen konnte sie im Moment nichts tun.

Der zweite Ort, von dem man sie fortgejagt hatte.

Nach Hause zu fahren schien ihr momentan wirklich die beste Idee zu sein.

***

Sam kehrte hastig in den Laden zurück, doch Jed war verschwunden.

Scheiße.

Weit konnte er jedoch nicht gekommen sein. Nicht in seinem Alter.

Er sah sich kurz im Laden um und lief dann ans Fenster, um das Haus des alten Mannes im Hinterhof zu betrachten, aber er war nirgendwo zu entdecken.

»Gehen wir, Jed«, rief er, öffnete die Verbindungstür und trat in die Garage. Der Geruch von Öl und Schmierfett schlug ihm entgegen, und er sah, dass die Klotür etwas offenstand. Doch das Licht war aus, was bedeutete, dass niemand darin war.

Das Ganze wurde so langsam zu einem Problem. Sam musste unbedingt dafür sorgen, dass der verbitterte alte Bastard damit aufhörte, sich bei vorbeifahrenden Kunden lautstark über diese Dinge auszulassen. Das würden *sie* nämlich garantiert nicht gern hören, egal, wie er es auch zu drehen versuchte, denn am Ende war die Blondine womöglich mit Informationen davongefahren, die ihr bis dahin noch unbekannt gewesen waren. Jed hatte nichts Wichtiges ausgeplaudert, aber am Ende würde *sie* ihn dennoch für alles verantwortlich machen, und das machte Sam eine Heidenangst.

»Komm schon, Jed, du weißt, dass ich es *ihnen* sagen muss.«

Die beiden Buchten in der Garage waren, abgesehen von Sams Pick-up, ebenfalls leer. Die Hebebühne in der zweiten Bucht war bis unter die Decke gefahren, doch das war schon seit Jahrzehnten so. Es schien sinnlos, sie zu reparieren, denn das *Last Mile Gas* würde es nicht mehr lange geben. Sobald Jed starb, würde der Laden mit ihm sterben.

Sam wollte seine Suche gerade vor der Garage fortsetzen, als das kratzende, schabende Geräusch von Metall, das gegen Metall rieb, ihn abrupt stehen bleiben ließ.

War doch jemand mit ihm im Raum?

»Jetzt komm schon, Jed. Wir machen für heute dicht und fahren ins *Lloyd's.*« Er folgte dem Geräusch bis hinter seinen Wagen, als plötzlich eine Kette vor seinem Gesicht hinabfiel. Etwas Schweres traf Sam am Kopf und warf ihn zurück. Ein stechender Schmerz explodierte hinter seinen Augen.

Es war der alte Mann, der von einer Kette herabbaumelte, während er die Augen weit aufgerissen hatte. Jeds erhängter Körper schwang in der unbenutzten Garage hin und her und der Gestank seine Ausscheidungen vermischten sich mit dem öligen Geruch in der Luft.

Sam schrie, aber ein elektrisches Surren ließ seinen Schrei augenblicklich ersticken. Etwas, das sich wie ein Zahnarztbohrer anhörte, heulte in dem unbeleuchteten Toilettenraum auf. Die Dunkelheit darin bewegte sich zuerst leicht, dann wurde der Schatten lebendig und trat heraus.

Sam versuchte davonzulaufen, doch eine schwere Hand fiel auf seine Schulter und riss ihn zurück. Die LEDs an dem Akkuschrauber in der Hand des Umrisses leuchteten kurz auf, und als Sam die Augen zusammenkniff, konnte er den rotierenden Bohrer sehen, der sich auf ihn zudrehte und sich in seine protestierende Zunge grub.

Mit einem hohen Ton arbeitete sich der Bohrer tiefer in seinen Mund und zerschmetterte seine Vorderzähne wie Glas, bevor er ihm den fleischigen Gaumen aufriss und sich in seinen Schädel bohrte.

***

Hoyt blinzelte durch die Blutfontänen hindurch, während die Maschine in seiner Hand weiter surrte.

Dieses Ding richtete so unfassbar viel Schaden an. Es ließ die Knochen im Gesicht des Opfers bersten, sodass dessen Züge in sich zusammenfielen und Blut aus allen Öffnungen hervorschoss. Der Kopf erinnerte ihn irgendwie an einen zerplatzten Ballon … ausgeleiert und schlaff.

Er ließ den leblosen Körper neben den erhängten Mann fallen und musterte dann sein Werk mit tiefen, zufriedenen Atemzügen.

Melanie war hier gewesen, aber er war noch nicht davon überzeugt, bereit zu sein. Deshalb hatte er zugelassen, dass sie entkommen konnte, und sich stattdessen auf die beiden Männer konzentriert. Dieser Ort lag zum Glück sehr zurückgezogen, und das reichliche Angebot an Waffen spornte seine Kreativität noch zusätzlich an.

Es war leicht gewesen, die beiden zu töten, doch nun, da es vorbei war, wusste er, dass es an der Zeit war, die Jagd wiederaufzunehmen. Die Leichen durfte er jedoch nicht einfach zurücklassen, denn irgendwann würde jemand sie entdecken und so herausfinden, was passiert war.

Denn so lief es immer ab. Genauso hatten die Probleme überhaupt erst begonnen.

Er stapelte die Leichen nahe der hinteren Tür übereinander und nahm sich vor, sie bei Einbruch der Nacht in den Wald zu bringen. Anschließend versuchte er, das Chaos, so gut es ging, zu beseitigen, sah aber gerade noch rechtzeitig aus den verdreckten Fenstern der Garage, um den Streifenwagen zu erblicken, der gerade aus Richtung des Camps auf das Gelände der Tankstelle zufuhr. Er blieb genau vor den Zapfsäulen stehen. Hoyt fischte sich einen Schlüssel aus Jeds Overall und schlich geduckt zur hintersten Regalreihe des Ladens, ohne dabei den Wagen aus den Augen zu lassen.

Er musste die Ladentür unbedingt rechtzeitig erreichen.

Mit langsamen Schritten bewegte sich Hoyt den Mittelgang entlang und hoffte, dass er auf diese Weise am schwersten zu entdecken sein würde. Als er die Tür endlich erreichte und den Schlüssel vorsichtig ins Schloss schob, hörte er, wie draußen die Wagentür zugeschlagen wurde.

Jetzt war es ein Rennen gegen die Zeit, denn der Polizist würde jeden Augenblick hier sein. Wenn die Tür dann noch offen war, würde er hereinkommen, und das wäre das Ende.

Zwar nicht sofort, denn was wäre schon ein weiterer Mann, nachdem er gerade erst zwei andere getötet hatte? Aber tote Polizisten bedeuteten automatisch, dass weitere folgen würden, und das würde alles nur unnötig verkomplizieren.

Das Schloss war leider äußerst widerspenstig, und er rüttelte mit dem Schlüssel so sehr, wie er es sich traute, um trotzdem so wenig Lärm wie nur möglich zu verursachen. Ein leises Klicken ertönte, als der Riegel endlich ins Schloss fiel, aber er war sich sicher, dass es zu laut gewesen war, um überhört werden zu können. Hoyt blieb nur noch eine Sekunde, um sich an die Wand zwischen Tür und dem großen Schaufenster zu pressen, als auch schon der Schatten des Polizisten über den Boden fiel.

Der Türknauf drehte sich einige Male, gefolgt von einem energischen Klopfen. Hoyt wagte es noch nicht einmal, zu atmen, solange sich der Cop dort draußen befand und ihn nur ein paar dünne Holzbretter und eine Glasscheibe von ihm trennten. Als der Mann sich schließlich endlich umdrehte und zurück zum Wagen lief, sah Hoyt ihm hinterher und spürte, wie das erstickende Gefühl in seiner Kehle langsam nachließ. Er hoffte, dass der Polizist nicht auf die Idee kam, noch weiter hier herumzuschnüffeln.

Der Mann, von dem er aus irgendeinem Grunde wusste, dass es Chief Brady war, stieg jetzt wieder in seinen Wagen und fuhr langsam los. Seine Augen schweiften noch kurz durch das Fenster und musterten die leeren Regalreihen, bevor er schließlich beschleunigte und davonfuhr.

Hoyt betrachtete das als überaus gelungenen Erfolg. Er kehrte in die Garage zurück und fühlte sich endlich bereit. Jetzt konnte der Sonnenuntergang für ihn gar nicht früh genug beginnen.

1967

TUT BUSSE UND DIENET DEM HERRN

Zohra saß am Ufer, sie hatte die Knie an ihre Brust gezogen und sah auf den See hinaus. Ein kalter Wind zerrte an ihrem Kittel und ihren Haaren. Die kalte Frühlingsluft ließ sie unwillkürlich frösteln, aber in ihrem Inneren brannte eine Liebe, die sie nie für möglich gehalten hätte.

Alles, was sie im Leben brauchte, hatte sie hier gefunden.

Jeder in der Kommune teilte dieses Gefühl. Die Ältesten sprachen oft davon, den materiellen Besitztümern abschwören zu müssen, um sich auf diese Weise von den Fesseln der Gesellschaft befreien zu können. Das musste man verstanden haben, bevor man sich ihrer Gemeinschaft anschließen durfte. Nach ein paar Monaten musste man es dann in die Tat umsetzen und üben.

Es waren aber nicht nur die Besitztümer, die man in seinem bisherigen Leben angehäuft hatte, die man von sich warf, sondern auch der Ballast ihrer ehemaligen Identitäten. Sie war nämlich nicht immer Zohra gewesen, doch nun war es der einzige Name, auf den sie hörte, und das einzige Leben, an das sie sich erinnerte. Es gab noch einige vage Erinnerungen an frühere Tage – jugendliche Exzesse aus Drogen und Sex – die sie wie Albträume verfolgten. Der Älteste betonte immer wieder, dass ihre früheren Fehler nur Geister waren und sie deshalb nicht mehr verletzen konnten, und an den meisten Tagen schien das auch zu stimmen.

»Das hier ist nicht nur eine Chance, uns selbst zu besseren Menschen zu machen«, hatte der Älteste ihr erklärt, »sondern auch, die ganze Welt zu verbessern. Wir wurden von Gott auserwählt, und nun gehen wir hinaus, als Zeugnis der Liebe, die wir erfahren haben. Tut Buße und dienet dem Herrn!«

Das war der Köder, der sie letzten Endes aus ihrem alten Leben gerissen hatte. Damals war sie komplett am Ende gewesen und hatte in einer Lache ihrer eigenen, drogengeschwängerten Kotze gelegen. Es hatte nichts gegeben, was eine Aussicht auf ein besseres Leben versprach, und so hatte sie sich schließlich kopfüber in Gottes Arme gestützt. Zuerst schien es ihr nur ein leichter Weg zu sein, wieder auf die Beine zu kommen, denn bedingungslose Liebe und Akzeptanz konnten ein wirklich mächtiger Ansporn sein.

Doch schon bald kam sie mit sich überein, dass Jesus fortan ihre *Mission* war. Die Ältesten hatten in ihnen den Drang erweckt, seine Liebe in die Welt hinaus zu tragen, und genau das tat sie jetzt.

»Du musst es tun«, hatte er ihr gesagt, »bevor es zu spät ist.«

Jessica saß neben ihr am Ufer. Ihre blonden Haarsträhnen flatterten sanft im Wind, der über den See heranwehte. Sie war genauso dankbar dafür, hier zu sein, wie Zohra, und obwohl sie nie über ihr früheres Leben sprachen, wusste Zohra ganz genau, wie sie die gequälten Falten im Gesicht der Frau deuten musste, die sich dort wie Schnitzereien eingegraben hatten. Es waren deutliche Hinweise auf einen harten Weg auf einer steinigen Straße und Hinweise auf die Nadel.

Die Ältesten waren äußerst geduldig mit Jessica gewesen, denn sie hatte mehr Zeit als die meisten anderen gebraucht. Das Mädchen hatte mit dem Gedanken gehadert, ihr komplettes früheres Leben zurücklassen, besonders wegen ihrer an Krebs erkrankten Mutter, der nicht mehr viel Zeit beschieden war. Jessica wollte gern einen Brief nach Hause schicken, damit ihre Mutter ihre letzten Stunden nicht mit der Sorge um ihre einzige Tochter verbringen musste. Doch der Älteste hatte es verboten und ihr versucht klarzumachen, dass ihr früheres Leben nicht mehr existierte.

»Der Kampf um ihren Leib ist verloren«, hatte er ihr erklärt. »Aber der Kampf um ihre Seele hat noch nicht einmal begonnen.«

Doch Zohra hatte Mitleid mit Jessica, denn sie erinnerte sich unwillkürlich an ihre eigene Veränderung. Dieses Verständnis bildete letzten Endes eine Säule ihrer Freundschaft. Immer wieder trafen sich ihre Blicke, und dann nickte Zohra ihr unmerklich zu – das unausgesprochene Wissen um ihre schweren Vergangenheiten, und der Grund, der sie beide überhaupt erst hierhergeführt hatte.

»Ich mache mir große Sorgen«, sagte Jessica jetzt und sah auf die kräuselnde Wasseroberfläche hinaus. »Sie sehen uns an, als wären wir Monster. Wieso können sie denn nicht erkennen, dass das Ende näher rückt und wir sie nur retten wollen?«

Zohra lächelte. Natürlich würde es nicht leicht werden. Gott gab dem Menschen schließlich einen freien Willen, und dieser führte dazu, dass die Menschen oft die falschen Entscheidungen trafen. Man musste zu Gott finden, weil man es selbst wollte und nicht, weil es einem jemand sagte. Ihre Hybris nahm den Menschen leider oft die Fähigkeit, zu erkennen, dass sie die falschen Entscheidungen getroffen hatten.

Und Forest Grove schwamm praktisch in Hybris.

Der Älteste hatte Zohra und Jessica zusammen in die Stadt geschickt, denn hübsche, junge und sympathische Botinnen wurden seltener angefeindet und beschimpft. Doch in den Anfangstagen war auch Zohra genauso frustriert wie Jessica gewesen und hatte sich bei dem Ältesten oft über die Menschen in der Stadt und ihre Zurückhaltung beklagt.

»Wir sind doch nicht einfach nur irgendein alberner Kult«, hatte sie, verletzt durch die fortwährenden Anfeindungen, laut ausgerufen.

»Wir sind der einzig wahre Weg zur Erlösung«, hatte der Älteste erwidert. »Aber du musst dir klarmachen, dass das nun mal einige von ihnen verärgert. Sie hassen uns nicht annähernd so sehr wie sich selbst, dass sie unfähig sind, diesen Weg einzuschlagen. Das Wichtigste, liebe Zohra, ist es, ihnen niemals mit dem gleichen Hass zu begegnen. Du musst stattdessen versuchen, sie zu verstehen. Denn nur dann kannst du darauf hoffen, ihre Meinung zu ändern.«

Zohra verstand seine Argumente und verbrachte daraufhin ihre Tage damit, das Glaubensthema jedem nahezubringen, der ihr zuhören wollte. Der Älteste verlangte nur eines von ihnen: Hinauszugehen und die Menschen zu bekehren. Sie sollten sie dazu bringen, zu bereuen und Gott zu dienen.

Das bedeutete lange Fußmärsche in die Stadt und die immerwährende Hoffnung, dort auf offene Ohren zu stoßen. Die ersten Ausflüge waren noch die Leichtesten gewesen, denn Forest Grove war niemals besonders aufgeschlossen, und mit der Zeit begann die Feindseligkeit immer mehr zu wachsen. Aus dem *»Oh, das ist wirklich interessant, aber nein, vielen Dank«* wurde zunehmend ein *»Habe ich euch verdammten Geisteskranken nicht schon tausendmal gesagt, dass ihr mich in Ruhe lassen sollt?«*

Worte konnten sie nicht wirklich verletzen, aber manchmal schmerzten sie schon.

Hin und wieder spürte sie allerdings auch Verlangen in sich: ein Kribbeln im Lendenbereich, wenn dieser hübsche Streifenpolizist (der auch noch Single war) in ihre Richtung spähte, oder der Drang, den herablassendsten Ketzern eine zu scheuern. Sie hasste sich für diese schwachen Momente und hätte niemals offen zugegeben, so zu empfinden, denn der Älteste hätte sie bestimmt sofort als unwürdig erachtet, wenn er dahintergekommen wäre, und ihr Leben hier war einfach zu schön, um es wegen ihres Temperaments zu opfern.

Es gab nämlich keinen anderen Ort, an den sie hätte gehen können. Die Akzeptanz, die ihr hier begegnete, bedeutete, dass Freunde und Familie nichts weiter als Bruchstücke eines unglücklichen alten Lebens waren – Anker in einem Meer aus Elend.

Zuerst war es ein seltsames Gefühl gewesen, jeden zurückzulassen, den sie jemals gekannt hatte, aber der Älteste war dieser Angst mit dem Wort Gottes begegnet. Sie kannte alle Verse auswendig, denn sich an dieses Leben zu gewöhnen war eine riesige Herausforderung gewesen. Doch wann immer sie Zweifel überkamen, musste sie nur einen Blick in die Bibel werfen, um ihre Bedenken sofort zu vergessen.

Matthäus, 10, 34-37
Denkt nicht, ich sei gekommen, um Frieden auf die Erde zu bringen. Ich bin nicht gekommen, um Frieden zu bringen, sondern das Schwert. Denn ich bin gekommen, um den Sohn mit seinem Vater zu entzweien, und die Tochter mit ihrer Mutter und die Schwiegertochter mit ihrer Schwiegermutter; und die Hausgenossen eines Menschen werden seine Feinde sein. Wer Vater oder Mutter mehr liebt als mich, ist meiner nicht wert, und wer Sohn oder Tochter mehr liebt als mich, ist meiner nicht wert.

Lukas 14, 26
Wenn jemand zu mir kommt und nicht Vater und Mutter, Frau und Kinder, Brüder und Schwestern, ja sogar sein Leben gering achtet, dann kann er nicht mein Jünger sein.

Diese Worte stärkten ihre Ideale und ließen ihre Sorgen nach und nach verschwinden.

Ihr Weg *war* richtig.

»Was würde ich für nur eine weitere Stunde an diesem See geben«, sagte Jessica gähnend, »und für heute Abend die Pflichten einfach aussetzen zu können.«

Sie waren gerade aus Forest Grove zurückgekehrt, wo sie für alle, die hatten zuhören wollen, ihre Predigt abgehalten hatten. Ihr Publikum hatte allerdings nur aus ein paar Truckern auf der Durchreise bestanden – vom Kaffee aufgeputschte Männer, die sich nach einer kurzen Ablenkung von der eintönigen Fahrt auf den Straßen gesehnt hatten. Ihnen war es wohl eher um die Aufmerksamkeit von ein paar hübschen Mädchen gegangen – und es war ihnen ziemlich egal gewesen, ob sie sich dabei eine Lobpreisung der göttlichen Tugenden oder ein Rezept für *Quiche Lorraine* anhören mussten.

Danach war es bei unangenehmen Blicken geblieben, als sie die sonnigen Straßen entlanggelaufen waren, auf der Suche nach aufgeschlossenen Menschen. Sie hatten an einem Picknicktisch vor Pittmans Apotheke gesessen und den Kindern zugesehen, die für *Soda Floats* für zehn Cents in den Laden gestürmt waren, als dieser junge alleinstehende Polizist erschienen war. Er war verlegen von einem Fuß auf den anderen getreten, während er ihnen erklärt hatte, dass es im gesamten Ort leider nicht gestattet war, vor den Geschäften herumzulungern, und sie sich deshalb bitte entfernen müssten, wenn sie hier nichts zu tun hatten. Seine Augen waren gütig gewesen, selbst, als er das Recht durchgesetzt hatte.

»Die Leute haben ehrlich gesagt Angst vor euch«, hatte er leise gesagt und dabei auf ihre nackten Füße hinuntergesehen.

»Wieso?«, hatte Zohra gefragt. »Wir haben ihnen doch gar keinen Anlass dazu gegeben, uns zu fürchten.«

»Ihr Ladys seht auch nicht so aus, als ob ihr auch nur einer Fliege etwas zuleide tun könntet.« Er ließ Zohra dabei keinen Moment aus den Augen. »Außerdem seid ihr viel zu hübsch, aber Gesetz ist nun mal Gesetz, und deshalb muss ich leider darauf bestehen.«

Die Mädchen tauschten ratlose Blicke aus, willigten aber schließlich ein, zu gehen. Sich zu weigern hätte ihrer Sache und ihrem Ruf nur noch mehr geschadet, und es bestand kein Grund, noch mehr Angst und Misstrauen in der Stadt zu schüren. Der Polizist mit den gütigen Augen hatte ihnen angeboten, sie zum See zurückzufahren, doch der Älteste hätte das bestimmt nicht gern gesehen.

»Ihr wollt *so* zurücklaufen?« Er klang geschockt. »Eure Füße werden Brei sein, wenn ihr dort ankommt.«

Zohra dankte dem Mann für seine Sorge, lehnte sein Angebot jedoch ab. Der Älteste verlangte nämlich, dass sie wie die Apostel lebten, und das bedeutete zugleich, die Mühsal eines jeden Tages zu ertragen. Einige der Männer auf ihrem Anwesen trugen Sandalen, aber davon gab es leider nicht genügend, und Ritterlichkeit war ihnen anscheinend fremd. Etwas, das ihr im Stillen ein wenig Sorge bereitete, aber wer war sie schon, diese Dinge infrage zu stellen?

Ihre Füße schmerzten tatsächlich sehr auf dem langen Weg zurück, da sie einigen Häusern am Stadtrand auch noch einen Besuch abstatteten, für den unwahrscheinlichen Fall, dass dort irgendjemand ein offenes Ohr für sie haben sollte. Wieso waren alle dem unabwendbaren Ende so gleichgültig gegenüber?

Jessica sah furchtbar müde aus, als sie sich nun im Sand ausstreckte, den Rücken durchbog und die Beine in den Himmel reckte. Im Sonnenlicht konnte man ihren nackten Körper, der sich unter dem dünnen Stoff abzeichnete, deutlich sehen. In ihrem früheren Leben hätte dieser Anblick Zohra vielleicht sogar erregt, aber nun betrachtete sie Jessicas Körper nur mit der Bewunderung für die göttliche Schöpfung.

»Ich bin glücklich, dass ihr zu uns zurückgekehrt seid, meine Schwestern.« Der Älteste näherte sich ihnen mit ausgestreckten Armen und einem freudigen Lächeln, das seine bärtigen Lippen umspielte. Aufrichtige Güte und Entzücken lagen in seinem Blick. »Wie verlief eure Reise denn?«

»Niemand wollte uns anhören«, sagte Jessica voller Scham. »Sie werden uns niemals akzeptieren!«

Der Älteste nahm daraufhin zwischen ihnen im Sand Platz und streckte ihnen die Hände entgegen. Die Mädchen griffen danach, und er drückte sie sanft. »Es ist nicht an uns, zu richten, aber ich kann auch nicht ignorieren, was ihr und die anderen mir berichten. Forest Grove ist offenbar noch nicht bereit für die Wahrheit, und deshalb werden wir warten.«

»Wie lange?«, fragte Zohra. »Das Ende ist doch bereits nah. Sollen wir im Höllenfeuer verbrennen, nur weil sie nicht hören wollten?«

»Wir wurden bereits errettet«, entgegnete er. »Unsere Mission ist es nun, so vielen wie möglich zu helfen, bis das Ende über uns kommt.«

»Wieso dürfen wir dann unsere Familien nicht erretten?«, fragte Jessica. »Ich vermisse meine Mom. Wenn sie noch lebt …«

Der Älteste drückte ihre Hände erneut, dieses Mal fester. »Sie sind nicht länger eure Mütter und Väter. Wenn der Tag kommen sollte, an dem wir jemanden aus eurem früheren Leben erretten können, dann sollte diese Aufgabe einem Bruder oder einer Schwester zufallen, nicht euch, denn wie könnte ich annehmen, dass sie die Botschaft anhören werden, wenn sie durch den Mund eines Phantoms überbracht wird? Von einem Überbleibsel ihres früheren Lebens?«

»Ja, das stimmt«, antworteten die beiden Mädchen einstimmig. »Danke, Ältester.«

»Amen«, sagte er lächelnd, stand auf und entfernte sich.

Nach einer Weile sprang Zohra auf die Beine und half Jessica auf. Gemeinsam liefen sie zu der kleinen Hütte am Rand des Waldes. Schwester Mary hatte darin einen riesigen Kessel mit dampfendem Wasser aufgesetzt. Sie schickte sie ins Vorratslager, um dort ein paar Zwiebeln, Paprikas und Karotten zu holen. Dann schnitten sie das Gemüse und ließen es in das kochende Wasser fallen. Mary schmeckte die Suppe ab und nahm die Hitze etwas zurück. Als sie fertig war, lief Zohra hinaus und läutete die Essensglocke.

Die Männer schlurften zusammen mit dem Ältesten und den vier Kindern im Schlepptau aus der Gebetshütte. Sie näherten sich Mary mit ihren hölzernen Schüsseln in den Händen. Mary füllte diese bis zum Rand und drückte jedem von ihnen außerdem ein Stück frisch gebackenen Brots in die freie Hand. Nachdem die Männer bedient worden waren, war es auch den Frauen gestattet, sich eine Schale zu nehmen. Damit setzten sie sich ins Gras, neben die Picknicktische, an denen die Männer und die Kinder Platz genommen hatten.

Die Gespräche während des Abendessens waren der spontanste Teil jeden Tages, denn dann gab es keine Predigten, nur tiefe Verbundenheit. Das Abendessen war dazu da, den Tag zu reflektieren, und aus diesem Grunde schickte der Älteste einen der Brüder in die Schlafbaracke, um von dort vier Flaschen Wein zu holen.

Nachdem alle gesättigt waren, räusperte sich der Älteste und erhob sich von seinem Platz. Die Gespräche verstummten sofort, als er in die Gesichter der Brüder und Schwestern blickte, um sich ihrer Aufmerksamkeit zu vergewissern.

»Forest Grove will nicht errettet werden«, begann er. »Aber das ist in Ordnung. Die Menschen wollen sich nun mal nicht gern anpassen, wenn sie zufrieden sind, und das erklärt auch, wieso dieser kleine Ort am liebsten in Ruhe gelassen werden möchte. Doch wir werden warten. Wir waren bereits Wanderer, als ich diese Bruderschaft gegründet habe, und so, wie die Apostel Jesus Botschaft verbreitet haben, werden auch wir es tun. Wir müssen unsere Reihen füllen, das stimmt, doch wir werden es woanders tun. Morgen werde ich von unserem verbliebenen Geld ein Fahrzeug erwerben, und so wie heute werdet ihr in Paaren hinausziehen … nur, dass Joseph euch zu verschiedenen Orten in den angrenzenden Bundesstaaten bringen wird, wo ihr dann weiter euer Bestes geben werdet, um die Bereitwilligen zu suchen. Ihr werdet sie an den Colleges finden, in Krankenhäusern für Veteranen und in Obdachlosenunterkünften. Diese werden euch zuhören, das verspreche ich euch. Sie werden das alles verstehen.«

Am Tisch brach daraufhin enthusiastisches Gemurmel aus und selbst die Frauen blickten einander freudig an.

»Aber da ist noch mehr«, fuhr der Älteste jetzt fort. »Es ist wahr, dass Apostel keine Kirchen benötigt haben, und deshalb werden auch wir keine brauchen. Wir werden unsere Botschaft einfach in kleineren Gruppen verkünden, wo immer man uns zuhören will. Aber wir werden hier an diesem Ort immer einen Platz für unsere Andachten haben. Wir und all jene, die ihr zu uns bringt. Wer nicht mit auf die erste Reise aufbricht, wird dabei helfen, diesen Ort hier weiter aufzubauen. Wir werden ihn zu einem Hort des Glaubens machen, an den unsere Brüder und Schwestern jederzeit zurückkommen können, und der ihnen ein sicheres Zuhause bietet.«

Als das Essen schließlich vorüber war, halfen Zohra und Jessica den anderen Frauen beim Saubermachen, schrubbten Schüsseln und Löffel, bis der See im Sonnenuntergang orangefarben glühte. Zusammen mit einigen anderen liefen sie hinaus, um das Naturschauspiel zu bewundern.

»Hast du dich jemals gefangen gefühlt?«, raunte Jessica ihr plötzlich zu.

Darüber hatte Zohra noch nie zuvor nachgedacht. Sie schüttelte den Kopf, ohne ihr zu antworten.

»Was ist mit deinem Sohn?«, fuhr Jessica fort. »Er kann doch hier unmöglich glücklich sein. Du darfst ihn ja noch nicht einmal sehen, weil er von den anderen Brüdern geprägt wird, ohne Einfluss seiner eigenen Mutter.«

»Er hat keine Mutter mehr«, antwortete Zohra, »und wenn es den Ältesten nicht gäbe, wäre er vielleicht nicht einmal mehr am Leben. Hier ist er sicher. Das ist weit mehr, als ich verdiene.«

»Und mehr gibt es für dich nicht im Leben?« Jessica wollte nicht lockerlassen. »Nur Predigten, Kochen, Nähen und Beten?«

»Wir dienen einem höheren Ziel«, erinnerte sie Zohra.

»Ja, richtig«, erwiderte Jessica niedergeschlagen. »Tut Buße und dienet dem Herrn.«

»Tut Buße und dienet dem Herrn«, pflichtete Zohra ihr bei.

5

Melanie hatte den Nachmittag über und bis in die Abendstunden hinein gearbeitet. Ihr kreativer Höhenflug war so gewaltig, dass sie irgendwann am Empfang anrief und Desiree wissen ließ, dass diese sich nicht um ein Abendessen kümmern musste. Jetzt war nämlich nicht die Zeit, um eine Pause zu machen.

Die alte Dame hatte allerdings darauf bestanden, ihr zumindest eine kalte Platte anzurichten und diese in den Kühlschrank zu stellen, falls sie später doch noch Hunger bekommen sollte.

Es war jetzt kurz vor zehn. Das einzige Licht in ihrem Zimmer stammte vom Display ihres Laptops. Melanie saß wie gebannt davor und hieb in die Tasten, während ihre Gedanken aus ihr hervorschossen. Ihre morgendliche Unterhaltung mit Jed und seinem unheimlichen Sohn hatte sie irgendwie so sehr angespornt, dass ihr Dokument nun schon über dreißigtausend Worte umfasste, angefüllt mit Erinnerungen, Grübeleien und Ängsten. Ganz oben auf der Seite prangten außerdem zwei Fragen in Fettschrift:

1. Wer war Cyrus Hoyt?

Diese Frage war schon unzählige Male gestellt worden. Doch wieso wusste angeblich niemand eine Antwort darauf? Melanie hingegen kannte sie … nun, zumindest ein wenig. Hoyt war ein durchgeknallter Hinterwäldler gewesen, der eines Tages durchgedreht war und damit angefangen hatte, Menschen wie Tiere zu jagen und umzubringen. Die bessere Frage wäre gewesen, warum er es getan hatte, aber diese könnten wahrscheinlich noch weniger Menschen beantworten.

2. Was geschah 1969?

Zwei Stunden Recherche in den dunkelsten Winkeln des Internets hatten nichts zutage gefördert, was sie nicht schon selbst wusste. Wenn Sam damit recht gehabt hatte, dass damals einige Personen am Lake Forest Grove zu Tode gekommen waren, könnte Chief Brady ihr vielleicht dabei helfen, Namen herauszufinden. Aber wieso hatte Sam nicht gewollt, dass sie den Rest von Jeds Geschichte hörte? Was verbargen die Leute hier?

Ihr Misstrauen loderte zwar auf, wurde aber sofort wieder gelöscht, als sie sich bewusst machte, dass Sam wahrscheinlich nur versuchte, den Bewohner hier unnötiges Leid zu ersparen. Melanie war schließlich Schriftstellerin, und die ganze Stadt schien das bereits zu wissen. Sam wollte bestimmt nur verhindern, dass ein lange zurückliegendes Unglück letzten Endes als Kapitel in ihrem Buch endete. Das war zwar durchaus nachvollziehbar, hatte ihre Neugier aber letzten Endes nur noch mehr geweckt. Sie hielt nicht viel von Verschwörungstheorien, denn die wenigsten Menschen waren in der Lage, ein Geheimnis für sich zu behalten.

Doch offenbar gibt es hier etwas, das ich nicht wissen darf.

Melanies Finger hielten mitten im Satz inne und schwebten über der Tastatur, als die Dielen der Treppe plötzlich vor ihrem Zimmer knarrten. Sie erstarrte augenblicklich, und erst jetzt bemerkte sie, dass es in ihrem Zimmer mittlerweile stockdunkel war. Ein weiteres Knarzen ertönte. Ihre Hand tastete nervös über das Bett, auf der Suche nach ihrem Handy. Doch das lag auf dem Beistelltisch und lud auf.

Draußen vor dem Zimmer brachte das Gewicht von jemandem nun eine weitere Stufe zum Ächzen.

In der Dunkelheit suchte Melanie fieberhaft nach dem Lichtschalter. Als sich ihre Hand endlich um den Hals der Lampe schloss, hieb sie auf den Schalter.

Im Flur hatten die Schritte mittlerweile den Absatz der dritten Etage erreicht.

Sie zog ihren Morgenmantel über und knotete ihn um die Hüfte zusammen, um sich weniger verletzlich zu fühlen. Es musste hier doch etwas geben, mit dem sie sich verteidigen konnte.

Im Flur wurde es jetzt plötzlich still.

Sie fixierte die Tür am anderen Ende des Zimmers und ihre Augen begannen zu tränen, weil sie sich weigerte, auch nur zu blinzeln. Sie fuhr sich mit dem Handrücken über das Gesicht und betete, dass sich der Türknauf nicht bewegen würde. Jemand stand jetzt genau vor der Tür, denn Melanie war sich sicher, seine tiefen Atemzüge hören zu können. Vielleicht wollte Desiree ihr ja einfach nur ein letztes Mal hinterherspionieren, bevor sie ins Bett ging, und versuchte besonders leise zu sein. Das war durchaus möglich, aber Melanie traute sich nicht, sie zur Rede zu stellen … denn was, wenn dort draußen doch jemand anderes lauerte?

Ihr Blick blieb weiterhin starr auf die Tür gerichtet, doch ihre Hände tasteten hektisch auf dem Nachttisch herum, auf der Suche nach ihrem Handy. Wenn Chief Brady wirklich mehr nützlich als hinderlich sein wollte, sollte er sich besser mal auf der Stelle zu ihr auf den Weg machen.

Die Alarmanlage ihres Autos ging auf einmal los – ein plötzlicher Lärm, der sie panisch zusammenzucken ließ. Einen Moment lang vergaß sie die Tür, rannte zum offenen Fenster und starrte hinaus in die Nacht. Soweit sie sehen konnte, war niemand dort draußen, aber die Dunkelheit war dicht und undurchdringlich.

Auf dem Flur jenseits der Tür herrschte Stille.

Ihr zittrigen Finger tasteten über das Handy und aktivierten eine Reihe nutzloser Apps. Hätte sie nicht gerade entsetzliche Angst verspürt, hätte sie vor Wut am liebsten laut aufgeschrien.

Draußen durchbrach die Alarmanlage weiterhin die abendliche Ruhe und der Hall flirrte wie eine Flipperkugel durch den Wald.

Wenigstens hatte sie jetzt endlich die Nummer der Polizeiwache von Forest Grove gefunden und rief an. Die weibliche Stimme am anderen Ende war zwar unfreundlich, ihre reine Anwesenheit wirkte aber irgendwie seltsam tröstlich. Die Frau versicherte Melanie, dass in wenigen Minuten ein Streifenwagen bei ihr sein würde und bot ihr sogar an, solange in der Leitung zu bleiben, bis dieser eintraf.

So lange warten zu müssen, erschien ihr wie eine Ewigkeit. Melanie seufzte und fischte ihre Schlüssel aus der Guess-Handtasche neben ihrem Bett. Sie zielte jetzt damit nach draußen und mit einem simplen zweifachen Piepen, schaltete sie das Heulen ab.

Regungslos verharrte sie in ihrem Zimmer, so als könnte jede Bewegung sie verraten.

Plötzlich klopfte jemand an die Tür.

Erschrocken schlug sie sich die Hand vor den Mund. Die Tür war alles andere als stabil, und wenn *er* es war, hatte er Desiree wahrscheinlich bereits ermordet, sodass nur noch sie in diesem Haus übrig geblieben war.

Sie war gefangen!

Das Klopfen wurde nun lauter und wandelte sich von einem formalen Anliegen zu einem aggressiven Hämmern. Das war niemand, der höflich fragen wollte, ob er hereinkommen durfte. Das war jemand, der ihr Angst machen wollte … und es funktionierte!

Ihr geliebter Baseballschläger stand leider einige hundert Meilen entfernt bei ihr zu Hause, und es hatte nicht den Anschein, als hätte Desiree einen würdigen Ersatz. Wenn jemand in den nächsten Minuten bei ihr eindrang, würde sie sich wahrscheinlich mit ihren bloßen Händen verteidigen müssen.

Das Hämmern wurde nun stärker und die Tür erzitterte dabei jedes Mal im Rahmen. Dahinter war ein anschwellendes Grunzen zu hören, welches eher tierisch als menschlich klang. Dieser Jemand klopfte also nicht einfach nur an, sondern drosch in einem Wutanfall mit Armen und Beinen auf das Holz ein.

Mit leisen Schritten schlich sie ins Badezimmer. Ihre Beine gaben fast unter ihr nach und sie zitterte, als ihre Füße die kalten Fliesen berührten. Nur fünf Zentimeter Holz trennten sie von diesem Irren. Sie suchte den Raum panisch nach einer Waffe ab, während sie sich in Gedanken das bedrohliche Monster dort draußen auf dem Flur ausmalte.

Jetzt bemerkte sie, wie sich ein Panikanfall ankündigte. Ihre Brust schien sich zuzuschnüren, und sie hatte das Gefühl, keine Luft mehr zu bekommen. Sie verspürte kleine Nadelstiche in ihren Fingerspitzen, als ihr klar wurde, dass es keine Möglichkeit gab, zu fliehen. Sie fragte sich, ob Desiree tatsächlich tot war, und fühlte sich entsetzlich bei dem Gedanken, denn das würde bedeuten, dass es ihre Schuld war. Schließlich war es vorher jahrelang ruhig zugegangen hier.

Habe ich diesen Bastard irgendwie ins Leben zurückgerufen?

Das Hämmern verstummte von jetzt auf gleich. In ihrem Zimmer war nichts mehr zu hören.

Die Dame am Telefon erkundigte sich, ob Melanie noch dran sei, und sie flehte daraufhin, dass sich die Polizei doch bitte beeilen solle.

Dann heulte die Alarmanlage ihres Autos plötzlich erneut auf.

Sie stürmte durch den Raum und zielte mit ihrem Schlüsselanhänger wie ein feiger Revolverheld nach draußen. Erneut piepte der Alarm bestätigend, bevor er verstummte.

»Reiß dich zusammen«, flüsterte sie sich zwischen kurzen abgehackten Atemzügen zu.

Wieder klopfte es an der Tür, dieses Mal aber gefolgt von einer vertrauten Stimme, die fragte: »Melanie, geht es Ihnen gut da drin?«

Melanies Wangen fingen an zu brennen. Sie machte sich nicht die Mühe, ihre Tränen abzuwischen, stattdessen starrte sie verwirrt vor sich hin. Ihr erster Instinkt war es, Desiree zuzurufen, dass sie sofort verschwinden solle. Sie wollte die alte Dame vor Hoyt warnen, aber die Frau war über achtzig und hätte nicht mal einem Ziegelstein entkommen können.

Das schwache Klopfen hielt an. Melanie durchquerte das Zimmer und öffnete die Tür einen Spalt breit. Als die Luft rein zu sein schien, zog sie diese ganz auf und spähte in den Flur hinaus. Doch nur Desiree war zu sehen, obwohl diese vollkommen aufgelöst zu sein schien. Melanie entdeckte, dass das Fenster am Treppenabsatz offenstand und die Vorhänge im Wind flatterten.

»Ich dachte, hier oben wäre der dritte Weltkrieg ausgebrochen, Schätzchen. Was war denn außerdem mit Ihrem Auto los?«

»Haben Sie vor einer Minute schon einmal geklopft, Desiree?«

Die alte Frau schlug sich mit der flachen Hand auf die Brust unter ihrem formlosen Nachthemd. »Sie meinen den Krawall von eben? Das hätte ich im Leben nicht veranstalten können, selbst wenn ich gewollt hätte.«

»Jemand hat wie wahnsinnig gegen meine Tür gehämmert.« Melanie musste unweigerlich an den nassen Fußabdruck denken. »Sie waren das wirklich nicht?«

»Ich habe versucht, so schnell wie möglich aus dem Bett zu kommen, als ich den Krach gehört habe, aber das dauert in meinem Alter immer ein bisschen«, erklärte die alte Dame.

»Jemand ist die Stufen hinaufgestiegen und …«

»Und *was*?«

»Nun … nichts weiter. Aber meine Alarmanlage ging auch los. Zweimal.«

»Vielleicht war das Tiere. Wäre nicht das erste Mal, dass so etwas passiert.«

Melanie schüttelte entschieden den Kopf. In letzter Zeit geschahen einfach zu viele *Zufälle*. »Ich habe die Polizei gerufen, also sollten wir vielleicht lieber auf sie warten. Wollen Sie eine Tasse Kaffee trinken? Ich kriege heute nämlich sowieso kein Auge mehr zu.«

»Dann sollten wir tatsächlich eine trinken.« Desiree lächelte und schlurfte ins Zimmer hinein. Melanie spürte, wie allein ihre Anwesenheit ihre Nerven bereits beruhigte. Jede Art von Gesellschaft würde sich momentan gut anfühlen, und vielleicht war es langsam an der Zeit, ihr wegen des Fußabdrucks zu glauben.

Andererseits hasste es sie, über die Alternative nachdenken zu müssen.

Melanie schloss jetzt die Tür hinter ihnen und klemmte zusätzlich noch eine Stuhllehne unter den Türknauf. Das Handy in ihrer Hand erwachte jetzt brummend zum Leben. Sie drehte es um und entdeckte eine Textnachricht von einer unbekannten Nummer. Mit einem Fingerwischen entsperrte sie das Handy, um die vollständige Nachricht lesen zu können. Die Worte brachen wie ein Hurrikan über sie herein und sie musste sie wie im Zwang wieder und wieder lesen.

DU BIST MIT DEINEN FREUNDEN GESTORBEN.

***

Nate kam erst um kurz vor zehn nach Hause und knöpfte sich bereits in der Einfahrt seine Uniform auf. Er wollte nur noch schlafen. Denn das hatte er schon seit über vierundzwanzig Stunden nicht mehr getan, und er wusste, dass morgen ein weiterer anstrengender Tag werden würde ... so wie alle kommenden Tage, bis der Vermisstenfall endlich gelöst war.

Es gab nämlich leider niemanden, dem er genug vertraute, um ihn mit der Überwachung des verlassenen Audis zu betrauen, und er verstand durchaus, dass der Bürgermeister die Vorstellung hasste, dass womöglich ein Junge aus New Haven direkt vor seiner Haustür verschwunden war. Die inoffizielle Anweisung lautete deshalb, dass Nate es so aussehen lassen sollte, als wäre die ganze Sache außerhalb der Stadtgrenze passiert – sofern überhaupt irgendetwas passiert war.

Nate arbeitete aber leider schon lange genug in diesem Job, um zu wissen, dass ein vermisstes Auto niemals etwas Gutes bedeutete, und die Polizeidirektion von New Haven tat daher alles, um mit Forest Grove zusammenzuarbeiten. Bislang gab es allerdings noch nichts zu berichten. Er sollte sich aber am nächsten Morgen noch einmal bei Ihnen melden, was großartig war, denn er schuldete dem Bürgermeister als erste Amtshandlung des Tages einen Statusbericht.

Wenn ich mich hätte herumkommandieren lassen wollen, hätte ich auch in irgendeinem Konzern anfangen können.

Doch jetzt wollte er einfach nur noch schlafen.

»Ich bin zu Hause!«, rief er, zog sein Polizeihemd aus und schleuderte es achtlos über den Küchenstuhl. Dann öffnete er seinen Gürtel, warf ihn auf den Tisch und zog sich anschließend bis auf die Unterhose aus. Vorsichtig, um die Bügelfalten nicht zu ruinieren, legte er die Hose über das Hemd.

Trish antwortete ihm nicht. Da sie selten so früh ins Bett ging, war sie wahrscheinlich noch im Keller und packte weiter aus.

Das ist ein gutes Zeichen. Vielleicht gewöhnt sie sich ja so langsam ein.

Er öffnete die Kellertür und lauschte, doch das leise Summen des Heizofens war das einzige Geräusch, das ihn begrüßte.

Er lief zurück in die Küche und nahm sich das letzte Bier aus dem obersten Fach des Kühlschranks, dann drehte er die Kappe auf und wartete auf das unvermeidliche Gemecker. Denn selbst an Abenden, wenn Trish absolut nichts mit ihm zu tun haben wollte, verpasste sie nur ungern die Gelegenheit für einen kleinen Streit. Das war eines der Dinge, die er am meisten an ihr liebte, denn er empfand ihren Kampfgeist als ungeheuer sexy, auch wenn es bedeutete, dadurch zum Spielball ihres Frusts zu werden.

Nate nahm ein paar Schlucke, solange noch alles ruhig war, und lief dann nach oben.

Trish saß vor dem Badezimmer-Spiegel, nur mit einem kurzen T-Shirt, das kurz über ihrer Taille endete und einer kurzen Hose mit rosafarbenen Streifen bekleidet. Sie starrte sich selbst mit vor Schmerzen verzogenen Gesicht an und rieb sich dabei mit der Hand über den Bauch.

»Was machst du denn da?«, fragte er und ließ eine Hand über ihre Hüfte gleiten. Ihre milchige Haut war weich und glatt und fühlte sich unglaublich gut an. Er liebte die Art, wie sie sich anfühlte, und das erinnerte ihn daran, wie sehr er sie vermisste. Zu seiner Überraschung sträubte sie sich heute nicht gegen seine Berührung, deshalb gab er ihr einen langen und festen Kuss auf die Wange.

Vielleicht wird der heutige Abend ja doch nicht so schlimm, wie ich befürchtet habe, dachte er.

»Ich reinige gerade meine Zähne, du Genie«, sagte sie, zog sich ein Stück Zahnseide aus dem Mund und schüttelte dann den Kopf. Sie gab ihm einen flüchtigen Kuss, und dann fiel ihr Blick auf die Flasche in seiner Hand. »Bier? Ich dachte, wir wollten wieder sexy füreinander sein, indem wir auf Kohlenhydrate verzichten. Auf ALLE Kohlenhydrate.«

»Nach einem Tag wie diesem kann doch ein Bier bestimmt nicht schaden.«

»Meinetwegen.« Sie verdrehte die Augen. »Aber komm mir bloß nicht mit deinem *Ach, ich weiß auch nicht wie das passieren konnte,* wenn dein Bierbauch wieder da ist.«

Diese Bedenken waren absolut unbegründet, denn Nate war mindestens den halben Tag auf den Beinen, wenn nicht sogar mehr. Wenn er nicht gerade seinen Beitrag zu noch mehr Bürokratie leistete, indem er Papierkram erledigte, war er die ganze Zeit in Bewegung. Er lief durch die Stadt, um Präsenz zu zeigen, und beantwortete seine E-Mails währenddessen auf seinem iPad. Ein oder zwei Bier würden seinen Bierbauch schon nicht wieder zum Leben erwecken, der zwischen den beiden Jobs über seinem Gürtel entstanden war.

Trish war fest entschlossen, abzunehmen, obwohl sie immer noch absolut perfekt aussah. Ihre Hüften waren kurvig und ihr Bauch flach. Ihre kleinen Brüste waren straff und hatten eine sehr schöne Form. Er ließ keine Gelegenheit aus, ihr zu sagen, wie wunderschön sie war, doch irgendwie schien sie ihm nicht zu glauben. Ihre Antwort bestand für gewöhnlich aus einem Stirnrunzeln und einer *Ja-schon-klar-*Geste.

Das machte ihn vollkommen verrückt, denn Selbstvertrauen war eigentlich immer ihre Stärke gewesen.

Er tätschelte seinen Bauch. »Du wirst zugeben müssen, dass hier kein Bauch zu sehen ist. Ich habe dich vermisst«, sagte er nun. »Ich habe wirklich versucht, zu einer anständigen Zeit nach Hause zu kommen, aber dieser verdammte verlassene Wagen …«

»Immer noch keine Hinweise?«

»Wir wissen jetzt, wem er gehört, aber es fehlt weiterhin jede Spur von ihm.«

»Vielleicht solltest du mal meinen Dad besuchen und ihn um Hilfe bitten«, schlug sie vor.

Doch das wollte Nate auf keinen Fall. Er lief ins Schlafzimmer, ließ sich auf das Bett fallen und suchte nach der Fernbedienung. Trish folgte ihm und löschte das Licht. Dann drehte sie ihm den Rücken zu, zog ihr Top aus und warf es beiseite. Ihre Haut schimmerte bläulich im Licht des Fernsehers und ein Stück ihrer Brust blitzte auf.

Nate überlegte kurz, wie man den Abend am besten beenden könnte, dann stellte er sein Bier ab. Er glitt vom Bett herunter, rutschte auf den Knien zu ihrer Bettseite und zog sie an sich.

»Nate, nein.« Trish wand sich aus seiner Umarmung und schlang die Arme um ihren Oberkörper, als wäre er ein Fremder.

»Das ist doch jetzt nicht dein Ernst, Trish, oder?«

»Nein? Und wieso nicht, oh geliebter Ehemann? Weil ich heute Abend vielleicht nicht in Stimmung bin?«

»Heute Abend? Die letzten zwei Monate, meinst du wohl eher.«

»Ohhhh, führen wir jetzt eine Strichliste?«

Trish stand auf, durchquerte den Raum, setzte sich an ihren Schminktisch und bürstete sich ihr kurzes schwarzes Haar. »So lang ist es noch gar nicht her«, sagte sie schließlich.

Doch das war es. Er hatte nämlich tatsächlich mitgezählt. Ihr Sexleben, das in New York noch wild und gesund gewesen war, hatte nach ihrem Umzug einen ziemlichen Dämpfer erfahren. Früher hatte Trish ihn mitten in der Nacht aufgeweckt – noch nicht richtig wach, aber scharf wie nur irgendwas. Dann hatte sie geknurrt, dreckige Worte benutzt und hatte sofort befriedigt werden wollen. Er hatte mit dieser Art von Durchsetzungsvermögen kein Problem, vor allem da sie erst dann aufhörte, wenn auch er befriedigt war. Eine selbstbewusste Partnerin war das einzig Wahre, doch es kam ihm wie eine Ewigkeit vor, als er sie das letzte Mal so erlebt hatte.

»Frag dich doch einfach, wann wir den letzten Sex hatten, und dann sag mir Bescheid, wenn es dir einfällt.« Nate wollte keinen Streit, denn dafür war er viel zu müde. Er würde die Nacht viel lieber damit verbringen, mit der einzigen Frau zu schlafen, die er je geliebt hatte. Er kroch auf seine Seite des Bettes zurück und schlüpfte dann unter die dünne Bettdecke.

»Musst du wirklich dafür sorgen, dass ich mich noch schlechter fühle, Nate? Ich meine, wirklich … muss das sein?«

»Wieso? Weil ich versucht habe, dir nahe zu sein? Ich muss ja wirklich ein furchtbarer Ehemann sein, hm?«

»Du sagst es.«

»Herrgott noch mal, du bist wirklich ein unausstehliches Miststück geworden …«

»Da haben wir's!« Sie klatschte in die Hände. »Wie lange wartest du schon darauf, mir das zu sagen? Letzte Nacht hast du es auf die witzige Art probiert, aber heute hast du offenbar beschlossen, mir direkt ins Gesicht zu sagen, was für eine furchtbare Person ich geworden bin, und das alles nur, weil ich unglücklich darüber bin, wieder hier leben zu müssen.«

»Ich habe niemals gesagt, dass du ein schlechter Mensch bist. Du meine Güte, ich habe dich schließlich geheiratet. Ich liebe dich! Aber in letzter Zeit …«

»Weißt du was? Da du anscheinend ja bereits fest davon überzeugt bist, dass ich ein absolutes Miststück bin, werde ich dir jetzt mal erzählen, was ich mir überlegt habe. Ich habe nämlich vor, hier etwas zu verändern … und zwar sehr bald schon.«

Nate schwieg. Das klang ja zumindest vielversprechend.

»Ich werde dafür sorgen, dass Forest Grove endlich das Verbot von Highschool-Tanzveranstaltungen aufhebt. Die Kids, die mich im Wald gefunden haben, als ich ohnmächtig geworden bin, sollen mir dabei helfen, eine Party zu veranstalten.«

Er wusste nicht, was er von dieser Sache halten sollte. Wie konnte Trish nur so selbstsüchtig sein? Doch wenn er ihr diese Frage stellen würde, würde er automatisch als der Selbstsüchtige dastehen. Er konnte einfach nicht gewinnen. Besonders nicht in seiner jetzigen Verfassung – müde, geil, und nun auch noch gereizt.

»Ich sehe dir an, dass dir das nicht gefällt Nate. Wieso nicht?«

»Hast du vielleicht vergessen, welchen Part ich in diesem kleinen Drama spielen werde? Als neuer Polizeichef versuche ich gerade, die Balance zwischen dem Regiment deines Vaters und meinem zu schaffen. Was glaubst du, welchen Eindruck es machen wird, wenn meine Frau währenddessen versucht, ein fünfundzwanzig Jahre altes Gesetz zu kippen?«

»Es interessiert mich ehrlich gesagt einen Scheiß, welchen Eindruck das machen wird, Nate. Diese Stadt zieht es nämlich vor, sich hinter diesem Gesetz zu verstecken, sich über meine Musik zu beschweren und den Kindern hier das Leben zur Hölle zu machen. Die ganze Sache stinkt doch zum Himmel, und wenn ich hier leben muss, werde ich es nicht tolerieren, dass es ewig so weitergeht. Das Ganze betrifft mich jetzt auch wieder, und es wird irgendwann unsere Kinder betreffen, falls wir uns dazu entscheiden sollten, welche zu bekommen.«

Das war das erste Mal seit ihrem Umzug, dass Trish den Wunsch äußerte, eine Familie zu gründen, deshalb wollte er nicht länger auf dem Thema herumreiten. Vielleicht war es einfach nur ein kalkulierter Schachzug gewesen, um ihn auf ihre Seite zu ziehen, und es hätte funktionieren können.

Er gab ihr mit einer Geste zu verstehen, wieder ins Bett zu kommen. Ihre Schritte waren zögerlich, doch schließlich schlüpfte sie neben ihm unter die Decke.

»Zum ersten Mal in meinem Erwachsenenleben habe ich das Gefühl, etwas Gutes tun zu können.«

»Aber ist es auch gut für die Stadt?«

»Zur Hölle, nein. Das ist etwas nur für mich. Es ist meine Rache! Dass die Kids dieser Stadt letzten Endes davon profitieren werden, ist nur ein positiver Nebeneffekt.«

»Wenn dir das Ganze wirklich so wichtig ist …«

»Das ist es!«

Nate erinnerte sich nun daran, wie verständnisvoll Trish in New York gewesen war, an dem Tag, als er nach der Anhörung nach Hause gekommen war … und er nicht mehr länger beim NYPD angestellt gewesen war. Sie waren einfach schweigend nach Hause gefahren, und als sie angekommen waren, hatte sie sich auf ihn gestürzt. Sie hatte sein gesamtes Gesicht mit Küssen bedeckt und dabei geflüstert: *»Es wird alles wieder gut. Alles wird gut …«*

»Okay«, sagte er deshalb. Sie verdiente etwas Aufmunterung und eigentlich noch viel mehr. »Was musst du denn dafür tun?«

»Unterschriften sammeln. Morgen fange ich damit an. Wenn ich genug zusammenkriege, werde ich sie auf Cobbs Schreibtisch werfen und kann damit die Entscheidung des Stadtrates kippen.«

»Ich werde dich dabei unterstützen.«

Sie richtete sich auf, küsste ihn auf die Stirn, zog sich anschließend aber sofort wieder auf ihre Seite des Bettes zurück, bevor sich etwas zwischen ihnen hätte entwickeln können.

»Da ist noch eine Sache, die ich gern wissen würde, Trish.«

Ihre Augen flackerten im Licht des Fernsehers.

»Was ist wirklich passiert, an dem Tag im Wald?«

»Ich habe keine Ahnung. Ich schätze mal, ich bin einfach nur ohnmächtig geworden.«

»Ich weiß, dass dein Vater dich schon danach gefragt hat, aber ich muss es ebenfalls tun: Du … nimmst doch nicht wieder etwas, oder?«

Trish atmete einige Mal ein und aus, und jeder Atemzug klang frustrierter als der vorherige. »Ich verstehe, dass du das fragen musst, immerhin bist du mein Ehemann. Deshalb werde ich auch nicht ausrasten. Stattdessen werde ich dir dieselbe Antwort geben wie ihm: Ich habe seit 2007 nichts mehr genommen.«

»Aber du bist noch nie zuvor ohnmächtig geworden. Ich mache mir einfach nur Sorgen, dass …«

»… es noch einmal passiert? Ich weiß nicht, was ich dir darauf antworten soll, Nate. Vielleicht war ich einfach nur hungrig oder dehydriert.«

»An Dehydrierung lag es nicht, hat der Doktor gesagt. Er hat keine Ahnung, was mit dir nicht gestimmt hat.«

Sie schüttelte den Kopf. »Das MRT hat auch nichts ergeben.«

»Wenn du wieder rückfällig geworden bist …« Er streckte die Hand nach ihr aus, aber Trish wich von ihm zurück. Noch ein Stückchen weiter und sie würde aus dem Bett fallen.

»Behandele mich gefälligst nicht wie ein kleines Kind, Nate. Ich habe Fehler gemacht, als ich jünger war, und seitdem muss ich dafür bezahlen. Ich weiß, dass du nur versuchst, mich als mein Mann zu unterstützen, aber diese verdammte Stadt …«

»Ich verstehe das schon.«

»Nein, das tust du nicht. Das Leben kann extrem hart sein, wenn man damit ringt, seinen Platz zu finden.«

»Dein Platz ist hier«, sagte er. »Bei deinem Mann.«

»Ich bin aber keine verdammte Hausfrau, und ich bin mehr als nur deine Frau. Möglicherweise stecke ich gerade in einer tiefen Krise und versuche, meinen Weg zu finden, und bin deshalb angepisst darüber, dass ich noch nicht einmal in meinem eigenen Haus laut Musik hören darf. Es stresst mich nun mal unfassbar, dass ich gerade gewissermaßen meine Teenagerzeit noch einmal durchleben muss.«

»Wir alle sind gestresst. Aber mir geht es sogar noch schlechter, weil ich keine einzige Nacht zusammen mit meiner umwerfenden Frau im Bett verbringen kann, ohne dass sie sich gleich wie eine Verrückte benimmt, wenn ich auch nur versuche, sie anzufassen.«

»Wie eine Verrückte? Ich bin einfach nur nicht in der Stimmung. Tut mir leid, wenn unsere Meinungsverschiedenheiten mich nicht heiß machen.«

Er rollte sich auf die Seite und nahm einen tiefen Schluck von seinem Bier. Es hatte keinen Sinn, weiter darüber zu diskutieren. Die Spannung zwischen ihnen ließ sich gerade beinahe mit den Händen greifen, und er wusste, dass sie das ganz genauso empfand. Sie hätten es einfach wegvögeln können, aber offenbar wollte sie das nicht.

Sie lagen schweigend nebeneinander, bis sein Telefon plötzlich surrte. Es gab offenbar ein Problem mit der Holden-Frau.

Er war beinahe erleichtert darüber, keine weitere Sekunde mehr hier verbringen zu müssen.

***

»Darf ich ganz ehrlich zu Ihnen sein, Chief Brady?« Melanie hatte große Angst, und das war es, was sie am meisten ärgerte … *dass* sie Angst hatte.

Der Polizeichef hatte sie hinauf in ihr Zimmer geführt, weg von anderen, damit sie in Ruhe miteinander reden konnten.

Desiree hatte darauf bestanden, frischen Kaffee aufzubrühen, und reichte dem Chief jetzt zwei Tassen, bevor sie nach oben gingen. Er stellte sie vorsichtig auf den Tisch und schloss dann die Tür ab, sodass sie ungestört waren.

»Bitte«, antwortete er. »So ehrlich, wie Sie wollen.«

»Ich weiß, wie sich das alles anhören muss«, begann sie, »aber ich denke, es dürfte offensichtlich sein, dass mich jemand aus der Stadt erwischen will. Nennen Sie mich meinetwegen verrückt, aber ich habe Cyrus Hoyt damals nicht sterben sehen.«

»Wenn Hoyt noch am Leben wäre, dann wüsste er gar nicht, wie er Ihnen eine Textnachricht schicken sollte.« Nate tippte auf das Display ihres Handys.

»Ich hatte unglaubliche Angst, hierher zurückzukommen«, sagte Melanie. »Als Sie mich am ersten Tag angehalten haben, haben Sie bestimmt bemerkt, wie sehr ich gezittert habe. Heute Morgen im Camp war jemand bei mir in der Hütte, das weiß ich. Jetzt hämmert jemand gegen meine Tür, der Alarm spielt verrückt, und dann auch noch das.« Wütend schob sie das Telefon über den Tisch. »Jemandem will mich hier ganz offensichtlich nicht haben, und wer bin ich, das Schicksal herauszufordern?«

»Lassen Sie mich als Erstes meinen Job machen«, sagte Nate ruhig. »Fangen wir mit dem Zwischenfall heute im Wald an … die Sache hat sich mittlerweile aufgeklärt. Es war ein Typ aus der Gegend namens Henry Yurick. Er stiehlt andauernd rostiges Besteck und andere Dinge aus dem Camp und verkauft sie dann im Internet … so traurig es auch sein mag. Was die Textnachricht anbelangt, bin ich mir ziemlich sicher, dass sie von einem Wegwerfhandy aus geschickt wurde, aber ich verspreche Ihnen trotzdem, dass mein Revier herausfinden wird, wer Sie hier terrorisiert, Ma'am.«

Weil Sie darin bis jetzt ja auch so erfolgreich waren, schoss es ihr sarkastisch durch den Kopf. »Vielen Dank.«

»Ich verstehe Ihre Besorgnis natürlich«, sagte er, »aber hier sind Sie wirklich sicher.«

Melanie musste sich angesichts der Absurdität dieser Bemerkung ein Lachen verkneifen. »Bin ich das? Tatsächlich? Verstehen Sie mich nicht falsch, Chief Brady, aber nur weil Sie etwas behaupten, macht es die Sache noch lange nicht wahr.«

Nate hob den Kaffeebecher und schnupperte kurz daran, bevor er einen Schluck nahm. »Als ich jünger war, sind meine Familie und ich für eine Woche nach Disneyland gefahren. Mein Dad hatte eine Ewigkeit dafür gespart. Mein Bruder und ich … nun ja, wir waren schon etwas zu alt, um die Magie des Ortes wirklich würdigen zu können, aber wir haben es einfach nicht übers Herz gebracht, ihm zu sagen, dass wir eigentlich keine Lust auf die Reise hatten.

Paps hatte damals schwere Zeiten durchzustehen und hat uns als Kinder nicht so viel bieten können. Erst als wir in der Mittelstufe waren, konnten sich die Bradys diesen Trip endlich leisten. Also dachten mein Bruder und ich: *Was soll's? Fahren wir eben Achterbahn und hoffen auf ein paar nasse T-Shirts nach dem Slash Mountain*. Teenager eben.«

Melanie schenkte ihm ein höfliches Lächeln, war mit den Gedanken aber meilenweit entfernt. Die Textnachricht hatte ihr einen unheimlichen Schrecken eingejagt und sie konnte einfach nicht aufhören, darüber nachzugrübeln, wer ihr so etwas geschickt haben könnte … oder warum.

Der Chief erzählte einfach munter weiter. »Der Trip hat sich letzten Endes als großartig herausgestellt. Wir hatten unglaublichen Spaß und Dad schien so … stolz zu sein. Wenn ich jetzt daran zurückdenke, verstehe ich, was für ein Triumph es für ihn gewesen sein muss. Der Sieg währte allerdings nur kurz, denn als wir zurückkamen, hatte man bei uns eingebrochen. Sie hatten die Fliegengittertür aufgeschlitzt und dann das Schloss aufgehebelt. Die Einbrecher haben den Schmuck meiner Mutter, meine jahrelang gesammelten Baseballkarten und alles an Elektronik, was sie tragen konnten, mitgehen lassen. Darunter auch meinen *Sega Genesis*. Das hat mir am meisten wehgetan, denn ich hatte *Sonic the Hedgehog 3* noch nicht durchgespielt.«

Der Chief musste ihre wachsende Ungeduld bemerkt haben, denn er begann nun zu stottern und schneller zu reden: »Ich schweife ab, ich weiß. Worauf ich hinaus will, ist das furchtbare Gefühl, wenn einem so etwas passiert. Man hatte uns überfallen. Wir haben uns unwahrscheinlich schutzlos gefühlt. Jedes Mal, wenn wir in diesem Sommer das Haus verlassen haben, haben wir uns gefragt, ob die Diebe vielleicht zurückkehren würden. Das ist absolut normal. Menschen, die einen Autounfall gehabt haben, schrecken oft davor zurück, sich wieder ans Steuer zu setzen, weil sie fürchten, dass sich so etwas wiederholen könnte. Und je schlimmer der Unfall, desto größer der Widerwillen.«

»Ich weiß, worauf Sie hinauswollen, Chief Brady. Ich wünschte nur, man hätte mir auch nur meinen Schmuck gestohlen.«

Nate verstummte und vermied es nun, sie anzusehen. Hoffentlich deshalb, weil er eingesehen hatte, wie herablassend seine Geschichte gewesen war. Melanie war klar, dass sie ihre Ängste bezwingen musste, aber das war einfach eine zu grobe Vereinfachung … eine, die nicht dazu beitrug, dass sie sich besser fühlte. Den Epilog dieser Geschichte behielt er hoffentlich für sich.

»Ma'am.« Chief Brady verstummte, als müsse er seine Gedanken ordnen. »Der Vergleich hinkt, das sehe ich ja ein.

Es tut mir leid. Ich wollte Ihnen damit doch nur klarmachen, dass ich verstehe, wie Sie sich fühlen, dass Sie hier aber sicher sind.«

»Ich soll mir also keine Gedanken darüber machen, wenn jemand versucht, mich zu Tode zu ängstigen?«, fragte sie. »Nachdem Hoyt all meine Freunde abgeschlachtet hat? Mein Gott, wieso sitzen wir denn dann überhaupt hier?«

»Weil Cyrus Hoyt seit einer Ewigkeit tot und begraben ist, deshalb. Ich bin viele Male an seinem Grab gewesen, Ma'am, deshalb kann ich es bezeugen. Wenn Sie die Stadt verlassen wollen, dann verstehe ich das natürlich. Aber solange Sie hier sind, garantiere ich Ihnen eine Rund-um-die-Uhr-Bewachung von mir und meinen Leuten.«

»Das ist wirklich nicht nötig. Chief. Herrje, ich bin doch jetzt schon eine Belastung für die ganze Stadt. Ich weiß nicht, ob ich es verkraften werde, wenn ich Ihnen jetzt auch noch alle Ressourcen raube.«

»Glauben Sie mir, meine Männer können es vertragen, mal etwas mehr zu tun zu bekommen.«

»Wieso wollen Sie, dass ich bleibe, Chief?«

Nate lief zum Fenster und sah auf den erleuchteten Parkplatz hinunter. Mit einem lauten Schmatzen nippte er an seiner Tasse und Melanie musterte ihn neugierig. Er war durchaus ein attraktiver Kerl und füllte seine Uniform sehr gut aus. Seine braune Hose war eng und akzentuierte seine wohlgeformten Pobacken, und beim Anblick seiner muskulösen Arme musste sie sich unwillkürlich auf die Lippen beißen. Das Dumme war nur, dass sich über seinen Schultern offenbar nicht allzu viel abspielte.

Sein Funkgerät knackte jetzt.

»Wir sind hier soweit fertig, Chief. Sollen wir einen Mann hierlassen, so wie besprochen?«

»Nein«, antwortete Nate. »Fahrt los. Ich werde die erste Wache selbst übernehmen.« Er lief zur Tür und öffnete sie. »Ich bin hier, falls Sie etwas brauchen, Miss Holden. Allerdings hatte ich mich gefragt, ob Sie mir nicht unten vielleicht etwas Gesellschaft leisten würden.«

»Wieso nicht«, antwortete sie mit einem Achselzucken. Nach der ganzen Aufregung würde sie heute sowie nichts mehr schreiben können, und bevor sie allein hier oben lag, zog sie sogar die Gesellschaft eines Idioten vor.

Als sie nach unten liefen, sahen sie gerade noch die Rücklichter des letzten Streifenwagens auf der Landstraße verschwinden. Sie folgte Chief Brady zu seinem Wagen. Er öffnete den Kofferraum und warf ihr ein schiefes Grinsen zu. »Einen Drink?«, fragte er lächelnd, offensichtlich ganz mit sich im Reinen.

»*Was*?«

Er schob den Deckel eines Styroporkühlers zurück und offenbarte zwölf Flaschen *Blue Moon*. »Meine Frau regt sich mittlerweile jedes Mal auf, wenn ich mir ein Bier aufmache, also ist mir keine andere Wahl geblieben, als es hier zu verstecken.«

»Oh, dann sind Sie also auch noch ein Alkoholiker? Na großartig.« Melanie war sich nicht sicher, wieso sie das gesagt hatte. Denn Chief Brady sah viel zu gesund für jemanden aus, der unter den Folgen einer Alkoholsucht litt. Doch aus irgendeinem Grund gelang es ihr nicht, zu verhindern, ihn ständig anzugreifen, trotz seiner offensichtlichen Versuche, sie zu besänftigen.

»Nein, ganz und gar nicht. Ich verstecke sie nur, weil meine Frau deswegen andauernd herumzickt.«

»Zicken Sie denn nicht zurück?«

»Sie haben meine Frau offensichtlich noch nicht kennengelernt.«

»Ah«, sagte sie. »Also eine von *der* Sorte.«

»Eigentlich nicht. Aber ich schätze mal, ich bin einer von diesen Samthandschuh-Typen, wissen Sie? Jemand, der ehelichen Streitereien, wann immer es möglich ist, aus dem Weg geht. Trish ist hier aufgewachsen und war nicht besonders begeistert davon, wieder zurückzukehren. Das haben Sie beide wohl gemeinsam. Ihre Mutter ist gestorben, als sie noch sehr jung war, und ihr Vater hat den Job des Sheriffs vor mir gemacht. Beide wichtigen Männer in ihrem Leben mussten und müssen also mit ihr und der Verantwortung für diesen Ort gleichzeitig jonglieren.«

»Den Trick mit dem Alkohol im Wagen haben Sie also von ihm?«

»Okay, vergessen Sie das Bier einfach.«

»Sorry, ich meinte das nicht so«, sagte sie jetzt, als sie nähertrat. Sie bereute es, ihn beleidigt zu haben. »Ein Bier klingt nach der ersten wirklich guten Sache, die mir heute passiert ist.«

Er musterte sie argwöhnisch, aber Melanie sah ihn mit wiedergewonnenem Selbstvertrauen an, was sie selbst überraschte. Erwartungsvoll streckte sie ihm ihre Hand entgegen. »Genehmigen wir uns also ein Bier.«

Nate öffnete eine Flasche und reichte sie ihr. »Falls es Ihnen noch nicht aufgefallen ist, ich bin noch nicht sonderlich geübt darin, Chief zu sein.«

»Ist mir nicht aufgefallen,« sagte sie, und das meinte sie ehrlich. Chief Brady wirkte zwar ab und zu etwas unbeholfen, sah aber genau wie ein Chief aus und verhielt sich auch wie einer. Sein Tonfall war stets freundlich, aber bestimmt.

»Das ist wirklich nett von Ihnen, Ma'am ...«

»Okay«, sagte sie. »Das reicht jetzt wirklich. Ich heiße Melanie! Nennen Sie mich einfach Melanie.«

»Melanie. Okay. Freut mich. Ich war Polizist in New York City, in der meisten Zeit meiner Zwanziger. Nach der Highschool war ich vier Jahre bei der Army und danach bin ich direkt in den Polizeidienst gegangen – so wie auch mein Vater vor mir und dessen Vater vor ihm. Vier Jahre später habe ich meinen Detective gemacht, und wiederum zwei Jahre später bin ich irgendwie auf die Idee gekommen, in einer Kleinstadt arbeiten zu wollen. Ich wollte eine Familie gründen, ein Haus hinter einem weißen Gartenzaun und all so was ... ein schönes Leben eben.«

Melanie nahm einen Schluck von dem belgischen Bier. Es war leicht und schmeckte überraschend gut. Sie konnte sie nicht erinnern, wann sie ihr letztes Bier getrunken hatte.

»Wie auch immer, jedenfalls bekam ich dann den Job hier. Ich habe ihn erst seit ein paar Monaten, und die waren echt ...

eine Herausforderung. Wenn man immer alle zufriedenstellen muss … Mann! Ich schwöre bei Gott, das allein ist schon ein Fulltime-Job, auch ohne die ganzen Befindlichkeiten der Leute hier.«

Dieser Kommentar traf sie wie ein Schlag in die Magengrube. Melanie konnte sich natürlich vorstellen, dass jede Karriere irgendwann mal wegen irgendwelcher Intrigen ins Stocken geriet, aber das Gras auf der anderen Seite erschien einem trotzdem stets grüner. Der Umstand, dass Chief Brady mit seinem eigenen Dennis Morton zu kämpfen hatte, war irgendwie ernüchternd und erleichternd zugleich. Wenn es tatsächlich jedem so ging, hatte sie womöglich gar kein Recht, sich wegen ihrer eigenen Lage so elend zu fühlen.

»Ich weiß, Sie sind nicht wegen meiner Lebensgeschichte hierhergekommen«, sagte er jetzt. »Deshalb jetzt wieder zu Ihrer. Wir haben hier einen regelmäßigen Zustrom aus Neugierigen, die sich für wahre Kriminalfälle interessieren, und der Bürgermeister ist der Ansicht, dass wir diese Leute davon abbringen müssen, nur deswegen herzukommen. Man erkennt sie meistens schon in dem Moment, wenn sie in der Stadt landen, es sind fast immer Mittzwanziger, die an der Tankstelle anhalten und nach Zigarettenpapier und dem Weg ins Camp fragen. Bürgermeister Cobb macht sich einfach nur Sorgen, dass Ihr Buch unsere Reputation komplett zunichtemachen könnte. Wir verstehen natürlich, was Sie durchgemacht haben, und um ehrlich zu sein, Ma'a… Melanie, ich denke, dass Sie schreiben sollten, was immer Sie wollen.«

»Und Sie sollen mich in dieser Zeit bei Laune halten, ist es das?«

Nate zuckte mit den Schultern und nahm nervös einen Schluck aus seiner Flasche.

»Ich weiß das wirklich zu schätzen«, sagte sie. Wenn er ihr das gleich gesagt hätte, hätte sie sich vielleicht nicht ganz so sehr wie die Eiskönigin benommen. Chief Brady versuchte einfach nur, ein Teamplayer zu sein. Davon konnte sie schließlich ebenfalls ein Lied singen.

»Da wir uns nun besser kennengelernt haben, nennen Sie mich doch Nate.«

»Sehr gern, Nate. Wie wäre es damit: Du beantwortest mir ein paar Fragen zu Forest Grove und ich sorge dafür, dass die Cops in dieser Stadt nur lobend in meinem Buch erwähnt werden.«

»Abgemacht!«

Melanie lächelte. So mitgenommen sie auch war und so wenig sie allein sein wollte, würde sie es trotzdem nicht zulassen, dass sie scheiterte. »Danke, Nate«, sagte sie. »Wie wäre es mit einem zweiten Bier?«

***

Voller Selbstvertrauen bewegte er sich durch die tiefe Nacht.

Von dort aus, wo er stand, hatten sich die Straßen von Forest Grove seit seinem letzten Besuch kaum verändert. Die Dinge sahen höchstens sauberer und neuer aus. Es kümmerte ihn nicht, dass die Stadt mit der Zeit gegangen war. Früher einmal hatte sie ihn gefürchtet. Aber konnte sie sich jetzt überhaupt noch an ihn erinnern?

Hoyt beobachtete weiter die Straße, die vom Wald aus in die Innenstadt hineinführte, und als er sich sicher war, von niemandem beobachtet zu werden, trat er aus seinem Versteck und lief weiter. Den Weg hierher hatte er schneller zurückgelegt, als er es gewohnt war, denn er war schneller und stärker geworden. Er besaß jetzt offenbar wieder die volle Kontrolle über seinen Körper.

Die Main Street schien verlassen zu sein, aber er mied die Straße trotzdem sicherheitshalber. Er schlich über rückwärtige Parkplätze und blieb, wann immer es möglich war, im Schatten, er war fest entschlossen, nicht entdeckt zu werden.

Denn wenn er sie erst mal getötet hatte, würde sofort jedermann wissen, dass er wieder da war.

Als er den Laden fand, wurde ihm klar, dass er zur Vorderseite schleichen und riskieren musste, gesehen zu werden. Die Gasse zwischen den Gebäuden war allerdings so schmal, dass er sich drehen und seitwärts hindurchquetschen musste. Das Schaufenster des Eisenwarenladens warb mit einigen Werkzeugen, die er nicht kannte … wie dieses elektrische Gerät, das er in der Garage benutzt hatte, aber er wusste dennoch, dass er hier das Richtige finden würde.

Er erinnerte sich daran, wie er einmal in ein Haus geschlichen war, als er noch um einiges jünger gewesen war, um sich auf den kommenden Winter vorzubereiten. Der Bewohner, ein Soldat, der gerade aus dem Krieg zurückgekehrt war, hatte beachtliche Gegenwehr geleistet. Hoyt war es kaum gelungen, ihn zu überwältigen. Letzten Endes hatte er es nur deshalb geschafft, weil während ihres Handgemenges ein Korkenzieher auf den Boden gefallen war. Hoyt hatte ihn aufgehoben, ihm dem Mann von unten in den Kiefer getrieben und ihn gleichzeitig mit seinem ganzen Körpergewicht gegen die Wand gedrückt.

Nachdem er ihn getötet hatte, hatte er einen Mantel, ein paar Messer, zwei Stiefel und eine Schweißer-Maske besessen. Letztere war dafür gedacht, ihn zu schützen, wenn er auf Jagd ging, denn gelegentlich wehrten sie sich doch ganz schön.

Deshalb brauchte er jetzt wieder so eine. Denn das letzte Mal, als er versucht hatte, Melanie Holden umzubringen, hatte sie sich erbittert gewehrt. Er erinnerte sich noch gut daran, wie er anschließend im Morast am Ufer zusammengebrochen war, überzeugt davon, sterben zu müssen.

Aber aus irgendeinem Grund bin ich trotzdem noch am Leben.

Er wusste, dass er die ganze Sache schnell angehen musste, denn diese Gebäude gaben ein lautes Heulen von sich, wenn das Glas zerbrach, ein furchtbarer Lärm, der jeden in der Umgebung aufschreckte. Er zog den Anblick und die Geräusche des Waldes vor, denn dort besaß er die Kontrolle.

Hier ist kein Platz, um sich zu verstecken, dachte er, als sich seine Hand fester um die Eisenstange schloss, die er aus einem Müllcontainer gefischt hatte. Im Schutz der Gasse beobachtete er die umliegenden Gebäude, bis er sich sicher war, dass er allein war, dass die Läden für heute geschlossen hatten und jedermann für die Nacht in seine kleinstädtische Behausung zurückgekehrt war.

Das Fenster zersplitterte sofort, als er die Eisenstange gegen die Scheibe schlug. Glasscherben bedeckten nun den Gehweg. Der Alarm heulte tatsächlich auf, aber er war bereits die Hälfte des Ganges entlanggeschritten, als die letzten Glasscherben herunterfielen.

Die Schweißer-Masken baumelten am hinteren Ende des Ladens an einem Haken. Er ergriff eine von ihnen und wollte sich schon auf den Rückweg machen, als er aus dem Augenwinkel ein Schimmern bemerkte, das sich als eine Reihe von Stahlmesser herausstellte.

Er packte das nächstbeste Messer am Griff, stieß die Hintertür auf und rannte auf den Parkplatz hinaus.

Als Hoyt die Sirenen der Polizeiautos hörte, befand er sich bereits wieder im Schutz des Waldes. Es war schon das zweite Mal an diesem Tag, dass er den Polizisten entkommen war. Das war ein Gedanke, der ihn unwillkürlich lächeln ließ. So langsam war er wieder ganz der Alte.

Er versuchte sich die Maske über den Kopf ziehen, doch es war nicht so leicht, sie über sein zerzaustes Haar zu bekommen und aufzusetzen. Aber irgendwann bedeckte sie seine Gesichtszüge und gab ihm augenblicklich das Selbstvertrauen, das er brauchte. Das war alles, was zählte.

Ein sehr viel besseres Gesicht als das darunter.

Jetzt machte er sich auf den Weg, um sich bei Melanie dafür zu bedanken.

6

Es regnete, als Melanie die Stadt erreichte.

Sie zog den Reißverschluss ihrer Kapuzenjacke zu und streifte sich dann zum Schutz vor der morgendlichen Kühle auch noch die Kapuze über ihre blonden Haare. Ihre Haustür-Befragung lief leider nicht besonders gut.

Sechs Stopps hatte sie bereits eingelegt, vom örtlichen Diner bis zum Bürgerbüro der Stadt, aber niemand hatte mit ihr über Cyrus Hoyt reden wollen. Ganz besonders nicht Ennis, der grauhaarige Koch, dessen ranziger Atem nach abgestandenen Zigaretten gerochen hatte, als er verärgert hervorgestoßen hatte: »Vergessen Sie diesen Psychopathen.«

Vom Diner aus war es nur ein kurzer Fußmarsch zum Rathaus gewesen. Ihre Unterhaltung mit Cindy, der Sekretärin des Bürgerbüros, war allerdings eine Eins-zu-Eins-Kopie des Gesprächs mit Ennis gewesen. Die Frau mittleren Alters hatte mit gefalteten Händen an ihrem Schreibtisch gesessen und genau so lange ein breites Lächeln aufgesetzt, bis Cyrus Hoyt zur Sprache gekommen war. Melanie hatte sie gefragt, ob Hoyt vielleicht irgendwelche lebenden Verwandten besaß, und daraufhin war Cindys Tonfall sofort gereizter geworden. »Wieso lassen Sie die Dämonen nicht einfach ruhen? Niemand möchte diese Hölle noch einmal erleben.«

Auch die Besitzer der restlichen örtlichen Geschäfte erwiesen sich als wenig gesprächiger. Tom, der Friseur und das *Cosgrove Real Estate* waren nicht im Mindesten daran interessiert, sich mit ihr zu unterhalten. Der Mann hinter der Kasse in Earls Gemischtwarenladen hatte über ihre Frage nur gelacht und dann auf beeindruckend ignorante Weise versucht, ihr etwas von seinem Schnaps zu verkaufen.

An dem Eisenwarenladen, die Straße runter, schien es Probleme zu geben. Zwei Polizisten standen vor einer zerbrochenen Schaufensterscheibe und unterhielten sich gerade mit dem beraubten Eigentümer.

Einer der Cops blickte ihr mit einer langsamen Drehung des Kopfes hinterher, als sie die Straße überquerte. Er war einer der Männer, die an diesem Morgen vor *Desirees* postiert gewesen waren. Sie glaubte, dass sein Name Alex Johnson lautete. Er sah jung genug aus, um einer ihrer Studenten zu sein. Er hatte ihr angeboten, sie mitzunehmen, als sie zu ihrer Laufrunde aufgebrochen war, aber Melanie hatte abgelehnt, weil sie die frische Landluft einer gezwungenen Unterhaltung vorgezogen hatte. Also war er ihr kurzerhand im Schritttempo in seinem Streifenwagen hinterhergefahren, als würde er die First Lady bewachen, dann aber plötzlich an ihr vorbei geprescht, als ein Notruf eingegangen war.

Offenbar wegen des Einbruchs in dem Eisenwarenladen.

Der Regen wurde jetzt stärker und dichter und sie stopfte die Hände in ihre Jackentaschen. Ihre Kapuzenjacke war bereits vollkommen durchnässt und das dünne T-Shirt darunter spendete kaum Wärme. Um aus dem Regen zu kommen, eilte sie unter die nächstbeste Markise und stellte kurz darauf fest, dass sie zu dem antiquarischen Buchladen gehörte, dem sie ohnehin einen Besuch hatte abstatten wollen. Das war keine schlechte Wahl, um sich die Zeit zu vertreiben und darauf zu warten, dass der Wolkenbruch nachließ.

Im Inneren war es wie ausgestorben. Es war mucksmäuschenstill und die Luft roch extrem muffig. Melanie sog sie tief ein und genoss den unvergleichlichen Geruch, den nur Bücher verströmten. Der Ladeninhaber war ein stämmiger Mann, dessen Haar ihm in öligen Strähnen ins Gesicht hing. Er unterhielt sich gerade mit einer jüngeren Frau mit rabenschwarzem Lippenstift und einem Piercing, das aus ihrem Mund hing.

Aus der Ferne sah es für Melanie wie ein Fieberbläschen aus.

»Klar unterschreibe ich das«, meinte der Buchhändler lachend und kritzelte irgendetwas auf ein Stück Papier. »Ist mir nur recht, wenn die Kids einen Tanzabend ausrichten. Was sollen sie hier denn auch sonst schon tun?«

»Nichts«, sagte die alternativ aussehende Frau. »Das ist ja gerade das Problem. Ich wünschte, jeder wäre so aufgeschlossen wie Sie.«

»Was immer Sie sagen«, antwortete der Mann und steckte seine Nase wieder in ein Taschenbuch, das eine brennende Welt und einige Tintenfisch-artige mechanische Kreaturen auf dem Einband zeigte.

Melanie ging auf die Kasse zu und die Frau riss erschrocken die Augen auf. Sie wirkten plötzlich viel zu groß für ihren kleinen Kopf. »Nee, oder?«, stammelte sie und stopfte die Unterschriftensammlung in ihre Umhängetasche. »Melanie Holden?«

Melanie lächelte peinlich berührt und wich ihrem Blick aus. Für heute konnte sie keine weiteren passiv-aggressiven Sticheleien mehr ertragen, schon gar nicht in der Unantastbarkeit eines Buchladens, denn nur wenige Orte schafften es, sie so zu entspannen wie diese.

»Sind Sie hier, um Nachforschungen anzustellen? Um ein Gefühl dafür zu bekommen, wie andere Autoren das Ganze angegangen sind?«

»Ich habe eigentlich nur versucht, aus dem Regen herauszukommen«, antwortete Melanie.

»Ich verstehe. Wie ich hörte, sind Sie hier, um ein paar Dinge richtigzustellen, oder irgend so was.«

»Oder irgend so was.« Melanie nickte und schob sich an ihr vorbei. »Entschuldigen Sie mich bitte.«

Doch die Frau hatte offenbar nicht vor, locker zu lassen. Sie trat ein paar Schritte zurück und hob in gespielter Kapitulation die Arme. »Ach Scheiße, das kam wahrscheinlich blöd rüber. Hören Sie, ich bin nicht wie der Rest von denen hier. Ich glaube, die haben alle irgendwelche Komplexe.«

Der Buchverkäufer räusperte sich und hob kurz den Blick von seinem Buch.

»War nicht so gemeint«, sagte die Frau hastig und grinste Melanie dann an. »Er hier ist cool. Der hat immerhin meine Petition unterschrieben.«

»Eine Petition?«

»Ja, ich sammele Unterschriften für die Highschool. Ich hoffe, dass der Stadtrat dadurch das Verbot von Tanzveranstaltungen und Treffen aufheben wird. Das gibt es nämlich schon seit …«

»Ich verstehe«, sagte Melanie. Das Thema hätte ihr eigentlich unangenehm sein müssen, aber in den Worten der Frau lag nichts Anklagendes. Ihr Verhalten wirkte auf gewisse Weise sogar erfrischend, wie eine kalte Dusche an einem schwülen Sommertag. Sie schien genauso wenig hierherzupassen wie Melanie, was sie praktisch augenblicklich zu Freunden machte. »Wohnen Sie hier in der Stadt?«, erkundigte sich Melanie.

»Unglücklicherweise ja«, antwortete die Frau. »Ich bin hier aufgewachsen. Mit zwanzig bin ich sofort weg, aber dann hat man mich leider irgendwie wieder hierher gelockt.« Sie hob ihre rechte Hand und drehte an ihrem Ehering. »Man entkommt diesem Ort offenbar nicht so leicht, egal wie weit man sich auch von ihm entfernt.«

Die Frau musterte Melanie jetzt mit angehobener Augenbraue. Ein neugieriger Blick, der zu fragen schien: *Und was ist Ihre Ausrede?* »Ich dachte, ich könnte hier ein paar alte Erinnerungen auffrischen«, erklärte Melanie daher.

»Wie geht es Ihnen bislang so damit?«

»Einfach nur furchtbar«, erwiderte sie seufzend.

»Haben Sie vielleicht Lust auf ein kleines Frühstück? Ich laufe schließlich nicht oft jemandem über den Weg, der diese Stadt genauso sehr hasst wie ich. Kommt mir so vor, als wären wir bereits dadurch Seelenverwandte.«

Melanie war nicht sonderlich hungrig und die Aussicht auf irgendein fettiges Diner-Gericht erschien ihr eher abstoßend als verlockend, aber da war immerhin jemand, der sich freiwillig mit ihr unterhalten wollte … jemand, der hier aufgewachsen war. Diese Chance musste sie einfach nutzen.

Sie trotteten in den Regen hinaus und liefen zum Diner hinüber. Melanie grauste es bei dem Gedanken daran, Ennis wieder begegnen zu müssen und sie versuchte deshalb, das unangenehme Schweigen zwischen ihnen zu brechen. »Mir ist gerade aufgefallen, dass ich Ihren Namen noch gar nicht kenne.«

»Ich bin Trish«, sagte sie. »Ich glaube, Sie haben meinen Ehemann bereits kennengelernt. Den *Chief of Police*, großer Verfechter von Regeln und Gesetzen?«

Melanie geriet sofort ins Stottern und beließ es daher bei einem Nicken. Sie hatte Trish zwar gerade erst kennengelernt, aber es war schwer zu glauben, dass Nate mit … so einer Frau verheiratet sein sollte. Es mochte ungerecht sein, sich jetzt schon ein Urteil über sie zu erlauben, aber sie war bestimmt schon dreißig und ihr alternativer Gothic-Look schien eher auf die Highschool zu passen als ins echte Leben. Kein Wunder, dass sie so eng mit den Teenagern aus Forest Grove zusammenarbeitete, denn offensichtlich hielt sie sich selbst noch für einen.

Klappt ja prima mit dem Andere-nicht-vorschnell-verurteilen.

Okay, es war nicht fair, Trish nur nach ihrem Äußeren zu beurteilen, aber ihr schwarzer Eyeliner und die farblich abgestimmten Fingernägel passten nun einmal eher zu einer rebellischen Bedienung in einem Coffeeshop in der Großstadt als zu einer verheirateten Frau, die in einer Kleinstadt wie dieser lebte.

Sie betraten jetzt das Diner und Ennis verzog sofort das Gesicht, als sein Blick zwischen ihnen hin und her huschte. Es war schwer zu sagen, wen von ihnen beiden er weniger gern in seinem Laden hätte. Das schweißte sie irgendwie noch etwas mehr mit der Frau des Chiefs zusammen.

Sie setzten sich an den ersten Tisch neben dem Eingang. Melanie bestellte sich einen Orangensaft und Rührei, und Trish aß genauso, wie sie gekleidet war – trotzig. Denn man musste einfach ein Rebell sein, um sich Speck und einen Teller mit Würstchen, Hackfleisch und Spiegeleiern zu bestellen. Die Kombination war immerhin salzig genug, um die ganze

Stadt mit Gicht zu versorgen. Andererseits befand sich kein Gramm Fett an der kleinen Frau, also wusste sie wahrscheinlich sehr genau, was sie tat.

Die Kellnerin nahm ihre Bestellungen mit einem Lächeln auf, dann eilte sie davon und Trish hieb mit der Handfläche auf den Tisch. »Was ich an diesem Ort am meisten hasse, sind die Vorurteile«, sagte sie jetzt. »Ich kann die Blicke in meinem Rücken sogar spüren, wenn ich nur schnell in den Supermarkt gehen, um Milch zu kaufen. Als ob die Leute sich wünschen würden, dass ich einfach wieder verschwinde – als wäre das so ein wundervoller Ort, um hier zu leben.«

»Ist er das denn nicht?«

»Ich glaube nicht, Sie etwa? Hier drehen die Leute doch schon durch, wenn man das Gras etwas zu hoch wachsen lässt. Ich lasse es gern wachsen … in der Hoffnung, dass ich damit die Nachbarschaft wahnsinnig machen kann.«

Diese Einstellung gefiel Melanie. »Wie läuft denn die Unterschriftenaktion bis jetzt?«

»Oh, wir klappern alle Läden ab. Manche Leute unterschreiben gern … wahrscheinlich diejenigen, die selbst Kinder auf der Highschool haben. Können Sie sich vorstellen, was für ein Albtraum es sein muss, wenn Sie Ihren Kids erklären müssen, dass diese im Gegensatz zu jeder anderen Stadt in ganz Amerika keinen Abschlussball haben dürfen?«

Melanie war zumindest zu einem Teil dafür verantwortlich. Das war eine Sache, die sie mit Forest Grove gemeinsam hatte: Sie und die Stadt waren von Cyrus Hoyt gezeichnet worden. Nur, dass es keinerlei Solidarität zwischen ihnen gab.

»Manche sehen mich so entrüstet an, als würden die Kids eine Orgie veranstalten wollen«, fuhr Trish fort. »Sie sagen mir aufgebracht, dass ich verschwinden soll. Eine Frau – ich weiß nicht, ob Sie Mrs. Maxwell schon kennengelernt haben – hat mich beim Arm genommen und mich gefragt, wie ich meine Heimatstadt nur auf diese Art und Weise verraten könne. Hoffentlich finden sie niemals heraus, dass ich den Kids als weiteren Akt des Ungehorsams auch noch ein Fass Bier für die Feier spendieren werde.«

»Ist Ihr Ehemann denn damit einverstanden?«

»Kommt ganz darauf an, wie Sie *einverstanden* definieren«, antwortete Trish. »Er unterstützt mich zumindest. Ich hoffe nur, dass er meinen neu gefundenen Aktivismus nicht irgendwann als Verrat empfinden wird. Ich bin kein Kulturkrieger oder so ein Quatsch, aber wenn ich hier tatsächlich wieder leben soll, muss ich mich auch wohlfühlen.«

Melanie wusste genau, wie sich Verrat anfühlte. Dennis Morton war nie ein echter Freund gewesen, doch ihre Beziehung hatte sich von Anfang an sehr angenehm und professionell gestaltet. Er hatte ihr vertraut und sich geweigert, seinen Angestellten zu sehr ins Handwerk zu pfuschen. Das war heutzutage viel wert und auch der Grund dafür gewesen, weshalb sie seine aktuelle Entscheidung wie aus heiterem Himmel getroffen hatte.

»Aber genug von meinem Kram.« Trish nahm einen Bissen Speck, redete aber weiter. »Wie kommen Sie voran? Sie sehen nämlich genauso unglücklich aus wie ich.«

Melanie lachte laut auf, und ihr wurde bewusst, dass sie sich nicht erinnern konnte, wann das zum letzten Mal vorgekommen war. »Die Leute hier hassen mich alle«, erwiderte sie. »Sie glauben offenbar, ich wäre auf einen Skandal aus, dabei habe ich in meinem Leben einfach nur einen Punkt erreicht, an dem ich meine Geschichte erzählen muss.«

So lautete zumindest die offizielle Version. Dass sie zum Prügelbock bei ihrer Arbeit geworden war und diese Reise halb aus Trotz und halb als Katharsis unternommen hatte, brauchte schließlich niemand zu wissen.

»Es braucht nicht viel, um diese Hinterwäldler hier auf die Palme zu bringen«, sagte Trish.

»Ich glaube, der Ort hat sich genauso wenig weiterentwickelt wie ich.«

Trish verdrehte die Augen auf eine Weise, die garantiert *Da-sagen-Sie-was* bedeuten sollte. »Dieser Scheiß hat echt Narben hinterlassen. Und das sage ich Ihnen als jemand, der hier aufgewachsen ist. Auf der Mittelschule konnte man nicht einmal in den Garten eines Freundes verschwinden, um ein wenig herumzuknutschen, ohne sich dabei nervöses Gerede über Cyrus Hoyt anhören zu müssen. Er wurde irgendwie zu einer Art keuschem Schreckgespenst. *Macht nicht miteinander rum, Kinder, sonst wird Cyrus Hoyt euch töten.* Der Lehrer-Eltern-Ausschuss dachte wohl, sie könnten die Promiskuität unter den Jugendlichen ausmerzen, wenn sie diesen Mythos nur fleißig verbreiten. Opportunistische Scheißer.«

Eine Weile blieben sie bei diesem Thema. Melanie versuchte, ohne direkt danach zu fragen, herauszufinden, ob Trish glaubte, dass Hoyt immer noch am Leben sein könnte, aber es wurde schnell klar, dass Mrs. Brady sich nicht dazu nötigen ließ, eine Antwort zu geben. Also erkundigte sie sich stattdessen noch einmal nach den späteren Auswirkungen von Hoyts Amoklauf, um zumindest das in ihrem Buch verwenden zu können.

»Es wurde deutlich schlimmer, als ich auf die Highschool kam«, erzählte Trish. »Ich will nicht respektlos wirken, aber alle sprachen von Hoyt irgendwie wie vom Weihnachtsmann. Er war einfach nicht real für uns, sondern nur eine billige Masche der Lehrer und der Gemeindevorsteher, um ihre Vorstellung von Sittenstrenge durchsetzen zu können. Rebellisch wie wir waren, haben wir darüber natürlich nur gelacht. Wir dürfen keine Drogen nehmen? Großartig. Dann lasst den Joint noch einmal rumgehen. Sex ist das Werkzeug des Teufels und Hoyt sein Instrument der Bestrafung? Cool, dann weiß ich ja, was ich heute Abend machen werde.«

Es war hart für Melanie, sich anhören zu müssen, wie ihr Trauma so heruntergespielt wurde, aber das war wohl zu erwarten gewesen.

»Es ist ja nicht so, als hätten wir in einem Sündenpfuhl gehaust«, fuhr Trish fort. »Wir waren einfach nur Teenager, die etwas getrunken und dabei ein wenig über die Stränge geschlagen haben.« Sie nahm einen Schluck von ihrem Kaffee und zwinkerte ihr dann zu. »Und natürlich hatten wir ein gesundes Maß an Promiskuität. Was Hoyt für Sie bedeutet, unterscheidet sich sehr stark von dem, was er für uns bedeutet hat.«

Er hat mein Leben für immer ruiniert! »Das macht Sinn«, meinte Melanie.

»Die Stadt wirkt allerdings noch zugeknöpfter als früher, so kommt es mir zumindest vor.«

»Wieso glauben Sie das?«

Trish zuckte mit den Schultern. »Ich habe meine Zwanziger in New York City verbracht, vielleicht fällt es mir auch nur deswegen so schwer, mich wieder an das Kleinstadtleben zu gewöhnen. Doch es fühlt sich einfach … anders hier an.«

»Heutzutage scheint kaum noch jemand über Hoyt sprechen zu wollen.«

»Das stimmt«, sagte sie. »Die haben wahrscheinlich gemerkt, wie gut deren Einschüchterungstaktik bei meiner Klasse funktioniert hat. Ein Teil von mir glaubt aber irgendwie auch, dass sie mehr Angst denn je haben, wenn sie noch nicht einmal über seine bloße Existenz sprechen wollen.«

»Wissen Sie vielleicht irgendetwas über die Vergangenheit dieser Stadt, das ich nicht weiß?«, fragte Melanie. Das war vielleicht nicht die eleganteste Überleitung, aber Trish würde es vielleicht gar nicht bemerken.

»Ich glaube nicht«, erwiderte sie. »Denn als ich alt genug dafür war, alles zu verstehen, war das Camp Forest Grove für uns bereits zu einer urbanen Legende geworden.« Sie wiederholte daraufhin mit einem Grinsen, das spöttisch oder zumindest zweifelnd wirkte, den alten Lagerfeuerreim.

»Einer der Alteingesessenen von *Last Mile Gas* hat mir erzählt, dass es bereits vor Hoyt an diesem See Ärger und Todesfälle gegeben hat. Mehr wollte er mir aber nicht verraten.«

»Davon habe ich tatsächlich auch schon gehört«, sagte Trish. »Genaueres weiß ich aber leider auch nicht … und das trotz eines Vorzeige-Gesetzeshüters als Vater.«

Den Rest des Frühstücks bestritten sie mit Small Talk. Schließlich versuchte Trish, sie zu einer Unterschrift für ihre Aktion zu bewegen, aber Melanie erklärte ihr, dass ihre Teilnahme der ganzen Sache wahrscheinlich eher schaden als nützen würde.

»Ist mir egal«, zischte Trish durch ein Grinsen hindurch, das man nur als selbstzufrieden deuten konnte. »Mit Ihrer Unterschrift wirbelt die Aktion garantiert noch mehr Staub auf.«

Melanie lehnte dennoch ab. Sie erklärte ihr, dass sie nicht damit rechnete, noch sehr lange in dieser Stadt zu bleiben, und auch nicht vorhatte, jemals wieder zurückkehren.

Danach unterhielten sie sich nur noch über Trivialitäten. Irgendwann hörte der Regen auf, und Melanie bot an, die gesamte Rechnung mit ihrer Kreditkarte zu bezahlen. Das war das Wenigste, was sie für die Hintergrundinformationen tun konnte, die sie von Trish bekommen hatte.

Sie traten jetzt hinaus in die Sonne. Es war bereits zu warm, um die Kapuzenjacke anzubehalten.

»Es war schön, mit Ihnen zu reden«, meinte Trish. »Ich hoffe, Sie finden, wonach Sie hier suchen. Lassen Sie sich dabei von niemandem aufhalten.«

Das werde ich nicht, dachte Melanie und sah zu, wie Trish die Straße hinunterlief und dann aus ihrem Blickfeld verschwand.

»Soll ich Sie jetzt wieder mitnehmen?«

Melanie drehte sich um und sah den Polizisten vom Eisenwarenladen aus auf sie zukommen. Auf seinem Namensschild stand tatsächlich JOHNSON. Seine Augen klebten förmlich an der Frau des Chiefs, die gerade um die Ecke des Buchladens verschwand.

Sie wollte das Angebot gerade ablehnen, aber Johnson gab ihr gar nicht die Gelegenheit dazu. »Sie kennen Mrs. Brady?«

»Ich habe sie gerade erst kennengelernt.«

»Hoffentlich hat sie nicht versucht, Sie ebenfalls zu rekrutieren«, sagte er entnervt. »Unter uns … der Chief ist nicht gerade begeistert davon, dass seine Frau hier derart für … Unruhe sorgt.«

»Ich denke, ich stifte schon allein genug Unruhe«, erwiderte Melanie. »Außerdem ist das von Tür zur Tür ziehen nichts für mich. Ich bin wirklich keine gewalttätige Person, aber eine Zeit lang haben diese Zeugen Jehovas immer bei mir geklingelt und wollten einfach nicht locker lassen …«

»Das ist klug von Ihnen«, antwortete Johnson. »Denn sie ist definitiv nicht die Art von Frau, mit der man sich einlassen sollte. Sie hatte vor ein paar Jahren ein ziemliches Drogenproblem, und ein paar von uns glauben, dass sie erneut rückfällig geworden ist, und sind etwas besorgt, sich womöglich damit auseinandersetzen zu müssen. So etwas sollte an einem Ort wie diesem nicht passieren.«

»Ich bin mir sicher, dass Chief Brady es nicht dazu kommen lassen wird«, sagte Melanie und lief um den jungen Polizisten herum. Diese Unterhaltung war schon weiter gegangen, als sie es gewollt hatte.

Doch Johnson stellte sich ihr jetzt in den Weg. »Er hat sowieso schon so viel um die Ohren. Letzte Nacht ist es ein paar Jugendlichen wohl zu langweilig geworden, denn sie haben den Eisenwarenladen verwüstet.«

»Das klingt dann aber doch so, als ob Trish eine gute Idee gehabt hätte, mit dem Ball«, warf Melanie ein. »Damit gibt man ihnen doch etwas, worauf sie ihre Energien lenken können.«

»Es liegt nicht an mir, so etwas zu entscheiden«, entgegnete er. »Wollen Sie jetzt mitfahren, oder nicht?«

»Nein danke, Officer Johnson.«

»Alex«, sagte er.

»Nein danke, *Officer*. Jetzt, wo der Regen aufgehört hat, werde ich noch eine Weile bleiben, bevor ich nach Hause zurückkehre.«

»Wie Sie wollen. Sie wissen ja, wo Sie mich finden, falls Sie Ihre Meinung noch ändern sollten.«

»Ich muss nur über meine Schulter blicken, nicht wahr?«

»Mehr oder weniger«, sagte er und drehte sich zu seinem Streifenwagen um.

***

Am anderen Ende der Stadt war auch Chief Brady an einer Sackgasse angelangt.

Seine Stirn glänzte von einer Mischung aus Schweiß und Regenwasser. »Wenigstens hat der Regen endlich aufgehört«, murmelte er. »Es kommt mir so vor, als wären wir schon den ganzen Tag hier draußen.«

»Sind wir auch.« Captain Ernie Oviedo von der Connecticut State Police fischte sich eine Zigarette aus seiner Brusttasche und zündete sie an. »Hier ist nichts, Chief. Lassen Sie uns zusammenpacken.«

Heute Morgen hatte Nate eine Nachricht vom New Haven PD erhalten. Ihre vermisste Person, Vincent Robson, war in der Nacht seines Verschwindens offenbar mit zwei anderen Menschen zusammen gewesen. Allem Anschein nach galten diese ebenfalls als vermisst, und Bürgermeister Cobb machte sich vor Angst bereits in die Hose, dass sie am Rande von Forest Grove getötet worden sein könnten.

»Das sollte besser nicht publik werden, Brady«, war das Letzte, was Cobb in seinem morgendlichen Briefing zu ihm gesagt hatte. Captain Oviedo war auf Wunsch des Bürgermeisters hinzugezogen worden, um bei der Koordination der Suche behilflich sein zu können, und dieser teilte die Theorie, dass die Kids wirklich vermisst wurden, genauso wenig wie Nate.

»Sie haben recht, Captain.« Nate zog seinen Fuß aus einer Schlammpfütze und beneidete in diesem Moment seine Kollegen, die den Einbruch in dem Eisenwarenladen untersuchten.

Das Gelände um Robsons Wagen herum war absolut sauber. *Zu sauber.* Es gab keine Fingerabdrücke an den Türen, keinerlei Spuren in der Erde drumherum … so, als hätte man das gesamte Areal gründlich gesäubert. Sie hatten lediglich ein paar Haare aus dem Wageninneren bergen können und beteten nun, dass sich die Follikel noch daran befanden, damit sie irgendetwas in der Hand hatten, was sie zu einem Verdächtigen führen könnte.

Während sie auf die Ergebnisse aus dem Labor warteten, suchten sie weiter und weiter.

»Zwei von meinen Männern sind gerade in Sharon«, sagte Oviedo. »Die Stadt ist leider nicht gerade in der Nähe. Ich werde sie aber trotzdem anfordern.«

Nate ging davon aus, dass ihre vermissten Personen zum Camp Forest Grove gefahren waren, um dort aus irgendeinem Grund Party zu machen. Seine ursprüngliche Annahme, dass sich der Junge bei dem Versuch, das Camp zu finden, verletzt hatte, war den Alternativen, die ihm gerade durch den Kopf schossen, auf jeden Fall vorzuziehen.

Jemand aus deiner Stadt hat sie umgebracht.

Die Wahrscheinlichkeit war nicht gerade gering, wenn er bedachte, was mit Melanie Holden passiert war. Jemand wollte offenbar, dass sie wieder verschwand – oder Schlimmeres – und nun waren drei Collegeschüler wahrscheinlich tot.

»Ich bezweifele, dass sie bereits Tierfutter sind«, sagte Oviedo. »Ich würde es vorziehen, Ihrer Theorie zu folgen.«

»Viele Möglichkeiten gibt es leider nicht«, antwortete Nate. »Ein verlassener Wagen, dessen Motor noch lief, als wir ihn gefunden haben, und so gut wie keine Fußabdrücke.« Er berichtete dem State Trooper daraufhin, dass sie die Wälder schon einmal abgesucht hatten. Der Regen heute Morgen hatte wahrscheinlich einige Spuren weggespült, aber die Fährte war bereits gestern kalt gewesen.

Oviedo nahm einen langen Zug von seiner Zigarette. »Sie kennen die Geschichte über diesen Wald, oder?«

Nate nickte. Von Cyrus Hoyt hatte er bereits öfter hören müssen, als ihm lieb war.

»Aber Ron Sleighton hat Ihnen nichts Genaueres erzählt, oder?«, fragte der Captain.

Wir sind ja nicht gerade Angelfreunde, dachte Nate, bevor er antwortete: »Ich weiß über Hoyt Bescheid.«

»Es tut mir leid, dass das ausgerechnet in Ihrem Teil der Wälder passieren musste«, sagte Oviedo. »Die Gegend hat ihren Ruf ja schon weg, seit ich denken kann.«

»Sie meinen die Wälder?«

»Die Wälder, das Camp, alles. Diese Sache jetzt lässt den Aberglauben garantiert sofort wieder hochkochen. So war es schon immer, seit ich Trooper bin. Bei seiner Ruhestandsparty nahm mein Vorgänger, Tom Lawson, mich kurz beiseite. Seine Augen waren schon ganz glasig von den Dutzenden doppelten

Brandys, als er sich zu mir gebeugt und gesagt hat: *Das alles ist jetzt dein Problem.* Er meinte außerdem, dass ich darum beten solle, mich nie mit Forest Grove abgeben zu müssen. Damals hatte ich noch keine Ahnung, worauf er da anspielte.«

»Aber Sie haben ihn gefragt, nehme ich an?«

»Jap, aber mehr wollte er mir partout nicht verraten. Brauchte er aber auch nicht. Ich war in der Nacht von '88 nämlich als Rookie hier draußen. Sie ließen uns den Wald damals durchkämmen, genau wie heute, und wir zogen Leichen, hauptsächlich Teenager, aus fast jeder einzelnen Hütte. Ich fand ein Mädchen, das man verkehrt herum hier draußen aufgeknüpft hatte. Die Hälfte ihres Kopfes fehlte und die Tiere hatten sich an ihrem Gehirn gütlich getan, als wäre es geschmolzene Eiscreme. Diesen Anblick werde ich mein ganzes Leben lang nicht mehr vergessen.«

»Aber Cyrus Hoyt ist tot«, sagte Nate mit einem Anflug von Ungeduld.

»Ich sage ja auch nicht, dass es Hoyt war.« Der Trooper warf seine Zigarette auf den Boden und trat sie aus. »Aber wenn ich hier so stehe, kommen nun mal die gleichen Gefühle wie damals in mir hoch. Schlimme Gefühle und unfassbare Leere. Hier draußen hat sich echt übler Scheiß zugetragen, und es scheint so, als wäre die ganze Gegend deswegen irgendwie für immer verdorben.«

Nate nickte, doch seine Gedanken wanderten jetzt von untoten Mördern und bösen Geistern in eine komplett andere Richtung. Er musste nämlich unwillkürlich an die sehr reale und bedrohliche Textnachricht denken, die Melanie bekommen hatte, und fragte sich, wer wohl in den Eisenwarenladen eingebrochen war. Jemand aus dieser Stadt war dafür verantwortlich, und diese Vorstellung brachte seinen Magen in Aufruhr, wie verdorbenes Fleisch.

»Ich glaube, dass ich über den Wagen gestolpert bin, als der Killer noch dabei war, seine Spuren zu beseitigen«, sagte Nate nun.

»Cobb wird nicht gern hören, dass Sie jetzt zu einer Mordtheorie übergegangen sind.«

»Aber was ist denn sonst die Alternative?«, fragte Nate. »Wir haben immerhin drei spurlos verschwundene College-Schüler. Wir hätten doch längst irgendetwas von ihnen finden müssen. Jemand hat diesen Wagen und die Umgebung vor Kurzem gründlich gesäubert. Unser Täter war offenbar gerade dabei, die Leichen zu verstecken, als ich aufgekreuzt bin und ich habe ihn aufgescheucht.«

»Wenn Sie tatsächlich von Mord sprechen, werden die Leute sich sofort wieder an das erinnern, was damals hier geschehen ist.«

»Das tun sie doch sowieso schon die ganze Zeit«, antwortete Chief Brady. »Ich kenne schließlich all die Geschichten. Manche glauben, dass Hoyt immer noch hier draußen ist, stärker als je zuvor. In meiner ersten Nacht in diesem Job hat mir Henry Yurick erzählt, dass er Hoyt, mit einer blutigen Axt über der Schulter, wie Paul Bunyan persönlich, durch den Wald hat laufen sehen. Ich wusste ja, dass ich bei diesem Job eine Stadt mit einer gewissen Vorgeschichte bekomme, aber ich hätte niemals damit gerechnet, so viel Irrglauben begegnen zu müssen.«

Oviedo rief seine Männer jetzt von der Suche zurück und begann zu seinem Wagen zu gehen. »Lawson hat in der Nacht seiner Ruhestandsparty noch etwas zu mir gesagt.«

»Und *was*?«

»Er hat gesagt, man solle den Ort am besten, mitsamt den Bäumen und allem Drum und Dran niederbrennen und es dann gut sein lassen.«

***

Das *Last Mile Gas* schien sich wirklich auf den letzten Meilen seines Lebensweges zu befinden.

Melanie war klar, dass sie eigentlich nicht zurückkommen sollte. Nicht nach dem, was gestern hier passiert war. Doch ihre morgendliche Unterhaltung mit Trish hatte sie nach neuen Informationen gieren lassen, und Jed schien nun mal die einzige andere Person in dieser Stadt zu sein, die mit ihr hatte reden wollen.

Sie hoffte nur, dass Sam nicht wieder da war … dass er wenigstens beschäftigt sein würde … oder was auch immer es ihr ermöglichen würde, der Zunge des alten Mannes noch ein paar Geschichtsfetzen zu entlocken.

Es war kurz nach sechzehn Uhr, und die Tankstelle sah so aus, als wäre sie für heute bereits geschlossen worden. Sie rechnete fast damit, Officer Johnsons Streifenwagen im Rückspiegel zu erblicken, als sie auf das Gelände der Tankstelle einbog, aber die Straße hinter ihr war verlassen.

Ausgehend davon, was Jed ihr über seinen Laden erzählt hatte, war es nur wenig verwunderlich, dass die Tankstelle bereits so früh geschlossen hatte. Das Garagentor war zugezogen und ein GESCHLOSSEN-Schild baumelte im Fenster vor alten Jalousien. Das Ladengeschäft war ebenfalls abgeschlossen. Sie spähte kurz durch das Fenster, konnte aber in der Dunkelheit nichts erkennen.

Melanie lief daraufhin um das Gebäude herum und fragte sich, ob der alte Mann vielleicht gestürzt war oder sogar Schlimmeres. Fliegen surrten um einen Müllcontainer herum, an dem sie vorbeikam, und der Hinterhof glich einem Schrottplatz voller rostiger Autoteile. Dahinter entdeckte sie plötzlich ein Haus, das von wild wucherndem Gras beinahe verschlungen wurde. Das Unkraut strich über ihre Knie und in Gedanken stellte sie sich bereits die Armee aus Zecken vor, die gerade an ihren Oberschenkeln hinaufmarschierten. Entschlossen schritt sie weiter voran und wünschte sich, sie hätte Trish dazu überredet, sie zu begleiten. Denn das Wissen, das jemand in dieser Stadt ihre Gedanken teilte, gab ihr mehr Mut, als sie es erwartet hätte.

Seelenverwandte, in der Tat.

Ihre Schritte führten sie auf eine wacklige Veranda, auf der selbst das Geländer nachgab, wenn sie auf die weichen und instabilen Bretter trat. Sie rief laut nach Jed und klopfte dann an die Tür. Nach einer Minute klopfte sie noch einmal, dieses Mal mit dem Handrücken. Anschließend presste sie ihr Ohr gegen die Tür und hoffte, irgendwelche Anzeichen von Betriebsamkeit zu hören.

Aber nur eisiges Schweigen hieß sie willkommen.

Ihre Besorgnis wuchs mehr und mehr – zusammen mit dem Gefühl, eine großartige Gelegenheit verpasst zu haben. Melanie hasste es, die Situation auf diese Weise betrachten zu müssen, aber Jed hatte anscheinend eine Menge über diese Stadt gewusst, und vielleicht gab es jemanden, der nicht wollte, dass sie etwas über diese Dinge erfuhr.

Vielleicht war Sam aber auch einfach nur mit ihm irgendwohin gefahren – zu einem Arzttermin oder einem Angelausflug. Sie ließ ihren Blick über das vernachlässigte Anwesen schweifen. Es hatte nicht wirklich den Anschein, als würde Sam besonders viel für seinen Vater tun.

Ihr Verstand ließ nun plötzlich die Idee in ihr aufkommen, in das Haus einzubrechen, aber Zaghaftigkeit war ein Wesenszug, der sie nun schon seit über vierzig Jahren in Geiselhaft hielt. Sie beschwerte sich niemals, wenn die Nachbarn ihre Laubbläser am frühen Samstagmorgen anwarfen, und hatte auch nicht gegen ihre Fehlbesetzung als Journalismus-Professorin protestiert. Sie ließ Dinge immer über sich ergehen, denn es war leichter, sich einfach zu fügen.

In Jeds Haus einzubrechen, lag also weit außerhalb ihrer Komfortzone, doch all ihre Versuche, seine Abwesenheit zu erklären, standen im starken Widerspruch zu ihrer nüchternen Logik. Es konnte kein Zufall sein, dass die einzige gesprächsbereite Person in ganz Forest Grove urplötzlich verschwunden war.

»Wer sagt denn überhaupt, dass er verschwunden ist?«, murmelte sie dann.

Hinter ihr splitterte plötzlich Glas. Doch noch bevor sie sich umdrehen konnte, war ein lauter Knall zu hören, der wie Donner durch die Stille hallte, gefolgt von noch mehr zersplitterndem Glas.

Jetzt erschien ein Umriss hinter der Vorderseite der Garage. In der Hand hielt er etwas, das an einen Wagenheber erinnerte. Von hier aus sah der Umriss wie ein Mann aus, auch wenn sie sich nicht ganz sicher war. Er schritt wie beiläufig voran, und der Regen perlte von seiner stählernen Maske ab.

Nein! Das kann nicht wahr sein!

Entschlossenheit lag in seinen Schritten, während er das Werkzeug wie eine Waffe umklammerte.

Der Umriss hielt auf die Baumgrenze zu und Melanie konnte nichts anderes tun als ihm ungläubig und mit offenem Mund hinterher zu starren. Nach fünfundzwanzig Jahren voller Albträume sah sie Cyrus Hoyt auf einmal wieder leibhaftig vor sich.

Es war lebendig, wie sie es schon immer geahnt hatte, und keine hundertfünfzig Meter von ihr entfernt. Ihr Blick verschwamm, doch sie wagte es nicht, zu blinzeln.

Noch hatte er sie nicht bemerkt.

Hoyt war nur noch einen Schritt von den Bäumen entfernt und hatte einen Fuß bereits in den Büschen, als er plötzlich stehen blieb. Er drehte sich langsam zu ihr um und die Blende an seiner Maske blitzte dabei kurz auf.

Melanie konnte plötzlich nicht mehr atmen, geschweige denn sich bewegen. Ihre Wangen glühten vor Angst und mit ihrer Hand tastete sie vorsichtig nach dem Handy in ihrer Tasche.

Der Killer stürmte nun in den Wald hinein und war im Handumdrehen verschwunden. Melanie starrte ihm fassungslos hinterher und versuchte zu verstehen, was sie gerade gesehen hatte. Mit zittrigen Fingern wählte sie Chief Bradys Nummer, der sich kurz darauf meldete. Bevor er etwas sagen konnte, schrie sie, dass sie am *Last Mile Gas* war und dass sie *ihn* dort gesehen hatte. Bevor sie den Satz zu Ende bringen konnte, unterbrach er sie.

»Ich bin gleich da. Gib mir zwei Minuten.«

Melanie atmete hektisch ein und aus und versuchte ihre stockende Atmung wieder in Gang zu bekommen. Wenn sie sich bewegte, überlegte es sich Hoyt vielleicht doch noch anders und kehrte zurück. Er war so nah gewesen! *Wieso war er nicht auf sie losgegangen?*

Nates Streifenwagen schoss von der Straße auf das Gelände der Tankstelle und wirbelte dabei einen kleinen Sandsturm auf. Mit gezogener Waffe stürmte er aus dem Auto und rannte zu ihr.

Melanie wurde auf einmal schwindlig. Erleichtert sank sie in die Knie.

»Bist du verletzt?«, wollte er wissen, sah dabei aber überallhin, nur nicht zu ihr.

»Nein«, keuchte sie atemlos. »Ich habe mich nur so sehr erschrocken. Es war Hoyt, ich bin mir ganz sicher.«

Nate runzelte die Stirn. »Ich habe auf dem Weg hierher einen Blick auf deinen Wagen werfen können. Er ist vollkommen zertrümmert.«

»Er will mich nicht gehen lassen«, wurde ihr daraufhin mit Schrecken klar. Das ergab absolut Sinn. Ihre Fingerspitzen wurden taub, als sie die Strategie des Killers verstand. Sie erzählte Nate nun in schnellen Zügen von der ganzen Geschichte.

»Und er ist dorthin gerannt?« Nate musterte das Waldstück.

Melanie konnte nur nicken.

»Ich bewege mich nicht von hier weg, bevor meine Jungs eingetroffen sind«, erklärte er ihr. »Sie waren aber direkt hinter mir. Wir haben nämlich den ganzen Tag mit einer erfolglosen Suche im Wald zugebracht. Wie es aussieht, kehren wir allerdings gleich wieder dorthin zurück, um diesen Irren aufzuspüren.«

»Jed«, sagte sie jetzt tonlos. »Ich glaube, dass Hoyt ihn umgebracht hat und seinen Sohn vielleicht auch.«

»Jeds Sohn? Soweit ich weiß, hat er gar keinen.«

Zwei weitere Streifenwagen kamen jetzt rutschend vor ihnen zum Stehen, Nate deutete auf den Wald und dann rannte er zu ihnen, um mit ihnen zu sprechen. Sie zogen sofort ihre Waffen und verschwanden zwischen den Bäumen. Nate brüllte noch etwas in sein Funkgerät, bevor er zu ihr zurücklief.

»Verschwinden wir von hier!«

Melanie warf einen letzten Blick durch Jeds Fenster, konnte aber nichts erkennen. Sie hasste Forest Grove. Sie hatte gewusst, dass dieser Trip nicht leicht werden würde, aber nun, da sie die Gewissheit hatte, dass Hoyt noch lebte, wollte sie das Ganze augenblicklich abzublasen und von ihr verschwinden.

Sie liefen zu Nates Wagen und waren beide von dem nachmittäglichen Wolkenbruch durchnässt. Sein Arm legte sich um ihre Taille. Eine sanfte Berührung, die sofort etwas von ihrer Anspannung verfliegen ließ. Melanie war seit ihrer Ehe keiner Person mehr so nahe gewesen und hatte die Gegenwart eines Mannes schon sehr viel länger nicht mehr so sehr genossen.

Es fühlte sich gut an, auch wenn sofort Schuldgefühle an ihr nagten, schließlich war Nate verheiratet und Melanie konnte Trish gut leiden. Doch diese ritterliche Geste gab ihr dennoch ein Gefühl der Sicherheit, so als könnte ihr in dieser verdammten Stadt niemand etwas zuleide tun. Vielleicht genoss sie es ein wenig zu sehr, aber es war nun mal genau das, was sie gerade brauchte.

Es war dumm, so zu empfinden, aber Melanie weigerte sich, sich deswegen zu maßregeln. Stattdessen legte sie im Gehen ihren Kopf sanft auf seine Schulter und stapfte an seiner Seite durch den Matsch.

***

Der Impuls, zu töten, nagte wie ein Krebsgeschwür an ihm.

Er hatte sie zuvor schon auslöschen wollen, aber im Freien, mit der Polizei in unmittelbarer Nähe, wäre ihm nicht genug Zeit geblieben, es richtig zu genießen. Das war einfach zu riskant. Stattdessen hatte er beschlossen, sie hierherzulocken.

Er beobachtete das Gebäude aus der Sicherheit des Waldes heraus und wusste genau, dass ihn hier niemand aufspüren konnte. Er presste den Kiefer aufeinander, ein Verhalten, das normalerweise seine verrottenden Zähne schmerzen ließ und sein entzündetes Zahnfleisch dazu brachte, auf seine Zunge zu bluten. An den bitteren, abgestandenen Geschmack war er bereits gewöhnt, ebenso daran, ihn hinunterzuschlucken, aber seit er wieder aufgewacht war, fühlte sich alles irgendwie anders an. Sein Mund schmerzte und blutete nicht mehr.

Wieder fragte er sich, wieso er noch am Leben war und wieso sein Körper heilte.

Auf der Straße war jetzt wieder alles ruhig und seine Geduld bröckelte mit jeder Stunde, die verging. Sie würde jede Minute zurückkehren, das wusste er, und dann würde der Spaß erst so richtig beginnen.

Das einzige Problem war nur der Streifenwagen auf der anderen Seite des Hotels. Er wusste genug, um die Konfrontation damit zu vermeiden. Denn sie bedeuteten Ärger. Er schloss sein Auge, schüttelte den Kopf und versuchte nicht weiter darüber nachzudenken. Manchmal konnte er nicht anders, als an all die schlimmen Dinge zu denken, doch nun beherrschte der Drang zu töten als Einziges seinen Verstand und das genügte, ihn abzulenken.

Er kultivierte ihn mit weiteren Hirngespinsten und dachte über all die Arten nach, wie Melanie Holden zu Tode kommen könnte. Ihre hübsche weiße Haut, die durch seine Schnitte in Fetzen von ihren Knochen fiel … das Blut, das aus ihren Wunden quoll. Er liebte es aber auch, zu improvisieren, und das bedeutete, dass er noch nicht wissen konnte, auf welche Art und Weise sie letzten Endes den Tod finden würde.

Beinahe hätte er Melanie Holden nicht als die Frau wiedererkannt, die sich ihm vor all den Jahren entgegengestellt hat. So wie sie heute ausgesehen hatte, hätte sie auch die Mutter jenes Mädchens sein können, das er im Lake Forest Grove zu ertränken versucht hatte. Aber sie war es *wirklich*.

Ihr Gesicht hatte sich in seinen Verstand eingebrannt. Niemals würde er diese strahlend blauen Augen mit der Mischung aus Wut und Wahnsinn und ihren erschreckenden Drang, zu überleben, vergessen können.

Er fuhr mit dem Finger durch den schlammigen Boden, um sich die Zeit zu vertreiben, bis das Polizeifahrzeug schließlich dröhnend ansprang und davonpreschte. Das Heulen der Sirene durchschnitt die Stille und hallte in seinen Ohren wider wie der Schrei eines Fischmarders. Sie würden jetzt garantiert in dem Waldstück hinter der Tankstelle nach ihm suchen, genau wie er es geplant hatte. Keiner von ihnen würde auf die Idee kommen, dass er genau in die entgegengesetzte Richtung verschwunden war.

Er erhob sich nun vom Waldboden, doch dann hielt er inne, wie ein vorsichtiges Tier.

Was, wenn es eine Falle ist?

Durch seine Schweißer-Maske hindurch musterte er aufmerksam die Umgebung. Als er beruhigt war, schlurfte er zwischen den Bäumen hervor und überquerte dann die Straße. Seine Stiefel traten beinahe lautlos auf die Veranda, und er öffnete die Fliegengittertür, die ein kaum hörbares Quietschen von sich gab.

Zu seiner Linken befand sich eine Küche. Eine alte Frau schob gerade eine Backform in den Ofen, während Musik aus früheren Zeiten aus einem immer wieder von statischem Rauschen unterbrochenen Radio plärrte. Er ignorierte sie und schlich in den hinteren Teil des Hauses. Die letzte Tür auf der linken Seite führte offenbar in den Keller. Er öffnete sie und verschwand in der Dunkelheit. Die hölzernen Dielen knarrten leise unter seinem Gewicht.

Der Sicherungskasten befand sich ganz am hinteren Ende. Er überquerte den steinernen Boden, öffnete die Klappe und hieb dann mit seinen aufgerissenen und verfaulenden Händen gegen die Schalter.

Über ihm verstummte der Oldie-Sender. Nun konnte er sich sicher sein, dass er die Aufmerksamkeit der alten Frau erregt hatte. Seine Augen suchten in dem Durcheinander aus alten Gartenmöbeln, Farbeimern und kaputten Bettteilen nach einer Waffe. Er lächelte, als sein Blick auf eine Heckenschere fiel, die an der Treppe lehnte.

Er nahm sie gerade in die Hände, als sich die Kellertür quietschend öffnete. Sofort begab er sich unter die Stufen und sah zu, wie ihr Fuß auf der ersten Stufe landete, die sich damit genau auf einer Höhe mit seinen Augen befand.

Über ihm murmelte die alte Frau etwas davon, dass es hier viel zu viele verdammte Treppenstufen gab.

Vor lauter Aufregung schob er seinen Kiefer hin und her, klappte die Schere auf und brachte sie so in Position, dass die Scherblätter genau auf dem Rand der Treppe ruhten.

Sie machte einen weiteren Schritt hinab.

Dann noch einen.

Er wartete geduldig.

Schließlich wurde ein Pantoffel auf die untere Treppenstufe gesetzt und dann der andere.

Er legte die Klingen um ihren Knöchel und schlug dann die beiden Griffe mit einem Grunzen zusammen. Sie gruben sich tief ins Fleisch hinein und Knochen barsten. Blut spritzte gegen seine Maske und ihrer Kehle entfuhr ein Brüllen, als sie das Gleichgewicht verlor und den Rest der Treppe hinunterstürzte. Ihr abgetrennter Fuß blieb auf der Treppe zurück. Blut quoll aus ihm hervor.

Er lief um die Treppe herum, um sein Opfer zu begutachten. Sein Lächeln verschwand, als er die Leiche erblickte. Denn ihr Kopf war nach oben verdreht, obwohl sie auf dem Bauch gelandet war. Große Augen starrten an die Decke und ihre Zunge hing von einem letzten der ansonsten abgerissenen Muskelstränge von ihrer Wange herab.

Er packte sie an den Haaren und warf ihren Körper achtlos wie eine Puppe in die Ecke. Mehr konnte er nicht mehr tun, denn er musste sie unbedingt so lange verbergen, bis er sein Werk vollenden konnte. Nun war niemand mehr da, der seinen Spaß stören könnte. Er nahm den Fuß von der Treppe, warf ihn zu der Leiche hinüber, und kippte dann das lose Kopfteil eines ausrangierten Bettes über ihren Körper.

Ein kurzer Handgriff am Sicherungskasten brachte den Strom zurück. Der Oldie-Sender erwachte mit einem Lied zu neuem Leben, das er noch aus seiner Jugend kannte. Irgendetwas über eine *Cracklin Rosie*.

Der Wagen der Frau parkte genau vor dem Haus. Er hätte ihn am liebsten ebenfalls irgendwo versteckt, aber er konnte leider nicht Auto fahren, und der Versuch hätte ihm womöglich noch weiteren Ärger eingebracht. Doch Melanie würde lange tot sein, bevor der parkende Wagen irgendjemandem verdächtig vorkommen würde.

Sechs Menschen waren in den letzten Tagen bereits durch seine Hände gestorben und er fühlte sich besser, als er es seit sehr langer Zeit getan hatte. Seine Hände zitterten vor

Aufregung, als er die Farbeimer zu beiden Seiten des Kopfteils aufstellte, um die Leiche noch mehr vor neugierigen Blicken zu verbergen. Dann verteilte er etwas von der Farbe auf den Stufen, um die Blutflecken zu kaschieren, und tunkte aus dem gleichen Grund auch die blutigen Klingen kurz in die dunkelblaue Farbe. Es musste nicht perfekt sein, es genügte, wenn es einem flüchtigen Blick standhielt. Es ging nur darum, die Illusion von Normalität aufrechtzuerhalten.

Zufrieden stieg er jetzt die Stufen hinauf, achtete dabei aber darauf, nicht auf die frischen Farbflecken zu treten.

Das Gästeverzeichnis auf dem Empfangsschalter war leer mit Ausnahme einer kursiven Unterschrift, die er zwar nicht lesen konnte, trotzdem aber irgendwie erkannte. Er tastete auf der Tischplatte herum und fand schließlich den Zimmerschlüssel mit der Nummer 5.

Er stieg in die oberste Etage hinauf, der Schlüssel glitt ins Schloss und die Tür schwang auf. Er trat über die Schwelle in die Dunkelheit und schloss sie wieder sorgfältig hinter sich.

Seine Lippen waren vollkommen ausgetrocknet und sein Herz raste. Er konnte ihre Anwesenheit überall in diesem Raum spüren. Er konnte sie riechen, selbst durch seine zertrümmerte Nase hindurch.

Ich kann es kaum erwarten, sie zu töten.

Er suchte nach dem perfekten Platz, um auf sie zu warten … dort, wo sie ihn am wenigsten erwarten würde.

***

Melanie beobachtete Nate dabei, wie dieser in der Enge seines kleinen Büros nervös auf und ab lief. Die Rollläden hinter ihm waren geschlossen, aber um sie herum fiel greller Lichtschein durch die Schlitze. Unablässiger Regen prasselte gegen die Fensterscheiben wie Graupelschauer.

Der Stuhl war für ihren Rücken eine Qual und die Schmerzen zogen mittlerweile bis in ihre Hüfte. Sie verlagerte ihr Gewicht und lauschte weiter dem Telefonat des Chiefs.

»Dieser Kerl ist von besonderem polizeilichem Interesse«, sagte er nun. »Allein schon deswegen, weil er für die Zerstörung eines Fahrzeugs verantwortlich ist. Der Wagen ist komplett demoliert … zerschlitzte Reifen, eingeschlagene Fenster. Außerdem suche ich ihn in Zusammenhang mit den verschwundenen Kids aus New Haven.«

Sie konnte den Bürgermeister am anderen Ende natürlich nicht hören, aber ausgehend von Nates Gesichtsausdruck hätte dieser wohl am liebsten sofort aufgelegt.

»Bis jetzt haben wir noch keine Leichen gefunden. Sollte sich dieser Kerl allerdings tatsächlich als Cyrus Hoyt verkleidet haben, um Miss Holden zu erschrecken, kann niemand sagen, wie weit er noch gehen wird, um die Legende zu neuem Leben zu erwecken.«

Nates Weigerung, ihn für den echten Hoyt zu halten, missfiel Melanie, aber zumindest suchten sie nun nach der Person, die ihr das Leben zur Hölle zu machen versuchte, und das musste ihr fürs Erste genügen.

Nachdem er das Telefonat beendet hatte, atmete Nate mehrmals tief durch. »Dadurch, dass wir wissen, wohin dein Stalker gegangen ist, werden wir ihn finden können. Zumindest hast du jetzt noch mehr Material für dein Buch, was?«

Melanie hätte ihm am liebsten gesagt, dass er die Klappe halten soll, aber sein strahlendes Lächeln war so nett, dass sie sich irgendwie daran gewöhnen könnte. Sie ertappte sich wieder dabei, dass sie ihn anstarrte, und lief, ohne es zu wollen, rot an. »Ich, äh, wollte sowieso jetzt los«, sagte sie, beschämt, mit einem verheirateten Mann geflirtet zu haben. Sein Ehering schien plötzlich das Licht des gesamten Raumes einzufangen und schimmerte strahlend hell. *Komm bloß nicht auf irgendwelche Ideen,* schien er ihr zuzuraunen.

»Ist wahrscheinlich das Beste«, sagte Nate, »denn du bist für unseren Wahnsinnigen offenbar so etwas wie ein Blitzableiter.«

Wahnsinnigen. Dieses Wort traf es genau und brachte seltsamerweise einen gewissen Grad von Befriedigung mit sich. Denn zweieinhalb Jahrzehnte Paranoia schienen plötzlich irgendwie gerechtfertigt zu sein. Nun war nicht mehr länger sie die Irre. Denn ja, liebe Leute, da draußen lief *tatsächlich* ein Wahnsinniger rum. Egal, welch entsetzliche Angst sie auch hatte, dieser Fakt ließ sich nicht bestreiten.

»Wenn wir ihn geschnappt haben, sieht die ganze Sache natürlich anders aus«, sagte Nate jetzt.

»Das müssen Sie mir nicht noch einmal sagen, Chief. Ich gehe jetzt.«

»Nate.«

»Okay, *Nate.*« Sie waren nämlich beim Du angelangt, nachdem sie sich eine Kühltasche voller Bier geteilt hatten. Es fühlte sich irgendwie richtig an, nach ein paar belgischen Bieren aus dem Kofferraum eines verheirateten Mannes so zwanglos miteinander umzugehen. »Ich war ein Idiot, weil ich geglaubt habe, dass das Ganze funktionieren würde«, sagte sie. »Du kannst dieses Monster in den nächsten zehn Minuten fangen und es würde trotzdem keinen Unterschied mehr machen. Ich hatte bereits mehr als genug Aufregung für den Rest meines Lebens.«

»Ich würde das nicht idiotisch nennen«, antwortete Nate. »Es gehört schon einiges dazu, wieder hierher zurückzukommen, nach allem, was dir widerfahren ist.«

»*Einiges*, hm? Wie aufmunternd.«

»Eigentlich wollte ich sagen, dass dazu mächtige Eier gehören, aber dann wurde mir bewusst, dass ich keinen von meinen Männern vor mir habe. Trösten ist nicht unbedingt meine Stärke, mehr darfst du also nicht von mir erwarten.«

»Außer einer Fahrt zurück ins *Desirees*?«

»Natürlich, und ich werde mich sofort mit Details melden, wenn wir unseren Verdächtigen gefunden haben. Ich möchte dich schließlich, so gut es geht, beruhigen.«

»Was ist mit Jed? Er wird immerhin auch vermisst.«

Nate nickte. »Wir werden ihn schon finden. Johnson ist jetzt auf dem Gelände der Tankstelle und hat bestätigt, dass er nicht da ist. Aber das ist noch kein Grund, sich deswegen Sorgen zu machen. Es ist immerhin auch möglich, dass er mit dem Mann zusammen ist, den du für seinen Sohn gehalten hast.«

»Er hieß Sam«, erklärte sie. »Er hat sich mir selbst als Jeds Sohn vorgestellt, und der alte Mann hat ihm nicht widersprochen.«

»Ich habe das überprüft«, erwiderte Nate. »Er hat tatsächlich keinen Sohn. Zumindest keinen leiblichen.«

Frustriert schlug sich Melanie auf die Oberschenkel. Sie hatte eindeutig genug von alledem. Zurück ins Hotel zu fahren, schien ihr mittlerweile eine großartige Idee zu sein. Vielleicht hatte sie ja Glück und würde etwas Schlaf finden, denn morgen würde sie extrem früh aufstehen müssen. Nate hatte mit *Stus Garage* gesprochen und sie hatten ihm versprochen, dass ihr Wagen bei Tagesanbruch wieder fahrtüchtig sein würde. Wenn sie wieder zu Hause war, würde sie damit in eine andere Werkstatt fahren und die Dellen ausbeulen lassen.

Das *Desirees* schien richtig friedlich, als sie auf den Parkplatz einbogen. Der Regen hatte während der Fahrt nachgelassen und die Luft hatte sich abgekühlt. Beide stiegen aus dem Streifenwagen und starrten zum Abendhimmel hinauf.

»Kommst du klar?«, fragte Nate.

»Klar«, antworte Melanie automatisch. »Ich meine, ich denke schon. Das Wissen, dass mich jemand aus dieser Stadt vertreiben will, lässt mich allerdings nicht unbedingt leichter schlafen.« Doch sie versuchte all diese Gefühle abzuschütteln und stattdessen einfach nur Nates Gesellschaft zu genießen. Für eine Weile standen sie schweigend nebeneinander, doch als ihr klar wurde, dass Nate gerade seinen eigenen Gedanken nachhing, stieß sie ihn mit einem Lächeln an und fragte: »Gibt's noch ein Bier?«

»Ein oder zwei sind vielleicht noch da. Ich hätte die Kühlbox längst nachfüllen sollen, aber diese Stadt frisst meine gesamte Freizeit auf.«

»Ich weiß. Deine arme Frau.« Das hatte sie gar nicht sagen wollen. Allein der Gedanke an Trish sorgte dafür, dass sie sich direkt wie ein schlechter Mensch fühlte. Sie hatte schließlich mehr mit ihr gemeinsam als mit jedem anderen Menschen in der Stadt, und doch schmachtete sie ihrem Ehemann gerade hinterher wie ein unersättlicher Teenager. Andererseits flirtete sie ja nur, das schadete doch keinem von ihnen und würde auch nirgendwo hinführen – egal, wie sehr sie es vielleicht auch wollte.

Nate kommentierte das ganze Thema nur mit einem energischen Kopfschütteln. Weiter sagte er nichts, sondern starrte einfach nur zu dem onyxfarbenen Himmel hinauf.

Melanie war sich nicht sicher, wie sie jetzt reagieren sollte. Sie lehnte sich gegen die Motorhaube des Streifenwagens, wobei sie den vorangegangenen Regenschauer vollkommen vergessen hatte. Das Wasser drang sofort durch ihre Shorts. Mit einem Quieken sprang sie nach vorn und spürte, wie ihre blasse Haut vor Scham rot zu glühen begann. Zum Glück war es auf dem Parkplatz dunkel.

Nate lachte. Die Art, wie er sie jetzt ansah, war ihr irgendwie unangenehm, aber sie konnte ihren Blick dennoch nicht abwenden, und je länger sie sich ansahen, umso röter lief sie an.

Das Funkgerät des Streifenwagens knisterte plötzlich und Sergeant Maylam gab Nate ein Status-Update. Er teilte ihm mit, dass er jetzt auf dem Weg war, um ihn abzulösen. Johnson und Galeberg koordinierten währenddessen die Suche der State Police, während Donnelley das New Haven PD auf den neuesten Stand brachte.

»Ich möchte, dass Sie heute Nacht in der Lobby des Hotels Ihr Lager aufschlagen. Desiree soll Ihnen frischen Kaffee aufsetzen, denn Sie werden bis zum Morgengrauen dort ausharren müssen. Niemand betritt ohne einen triftigen Grund das Hotel.«

»Verstanden, Chief.« Maylam meldete sich ab und Melanie spürte erneut Nates Blicke auf sich. Sie rieb sich die Unterarme, um ihre Gänsehaut zu vertreiben, während sich ihre Nippel unter ihrem lockeren Top aufrichteten.

»Manchmal fühle ich mich ganz genauso wie du«, sagte er jetzt plötzlich. »Die Leute betrachten mich immer noch als Außenseiter. Ich denke mir, dass ich einfach nur lange genug hier sein muss, um einer von ihnen zu werden, aber ein Teil von mir weiß, dass das nicht stimmt.«

»Forest Grove mag niemanden, es sei denn, man ist hier geboren und aufgewachsen.«

»Ja, aber selbst dann nicht … nicht immer. Ich habe meine Frau praktisch zwingen müssen, hierher zurückzuziehen. Wir haben in New York City gelebt, also kannst du dir den Kulturschock vielleicht vorstellen. Sie passt noch weniger hierher als ich. Wahrscheinlich habe ich sie zu sehr gedrängt, umzuziehen. Nun würde ich ihr am liebsten sagen, dass sie recht hatte und dass ich doch diesen Job bei der privaten Sicherheitsfirma in der Stadt hätte annehmen sollen.«

»Wieso wolltest du denn nicht in der Großstadt Polizeichef werden?«

»Ich habe wie ein Wilder dafür gearbeitet, aber …« Er zögerte, weiterzureden.

»Es tut mir leid, das geht mich ja eigentlich gar nichts an.« Melanie suchte nach einem schnellen Weg, das Thema zu wechseln, doch er kam ihr zuvor.

»Nein, ist schon okay«, sagte er nun. »Ich war beinahe zehn Jahre lang Cop in New York. 2010 hatte ich mich zum Sergeant hochgearbeitet und eine Gruppe von Ermittlern auf dem Revier geleitet. Wir haben einen Fall von zwei Collegestudenten aus Qatar untersucht – miese kleine Bastarde, die geplant hatten, einen Sprengsatz an ihrem Campus hochgehen zu lassen.«

Sie zuckte zusammen und fragte sich unweigerlich, ob sie bei ihrer Arbeit wirklich sicherer war als hier in Forest Grove. Das Böse lauerte nun mal überall, wahrscheinlich schon seit ewigen Zeiten.

»Die Typen standen auch in Verbindung mit einem gescheiterten Anschlag auf die U-Bahn in Brooklyn ein Jahr zuvor, und ihre Namen tauchten außerdem auf einer Liste von Käufern von für den Bombenbau genutzten Materialien auf. Deshalb wussten wir, dass es dringend an der Zeit war, sie auf frischer Tat zu ertappen. Ich bin also mit ein paar von meinen Leuten losgezogen. Ich hatte schon immer gern die Kontrolle darüber, wie ein Einsatz genau abläuft. Jedenfalls musste uns wohl irgendjemand in dem Gebäude verpfiffen haben, denn sie rannten sofort wie von der Tarantel gestochen davon, bevor wir die neun Stockwerke hinaufgestiegen waren.

Die Verkäufer und unsere Verdächtigen flohen. Wir verfolgten sie, und irgendwann fand ich mich, mit einem von ihnen, im zehnten Stock wieder. Er zog seine Waffe und schoss, doch er zielte zu hoch und verfehlte mich. Ich wollte ihm natürlich keine zweite Chance geben, mich zu töten, also schoss ich zurück und feuerte dabei zwei Schüsse durch die Tür, hinter der er sich versteckt hatte. Nur, dass ich dabei nicht nur ihn traf …« Nate verzog das Gesicht und drehte sich in Richtung Wald.

Melanie suchte krampfhaft nach etwas, mit dem sie das unangenehme Schweigen überbrücken konnte, doch alles, was ihr einfiel, wirkte unpassend und selbstsüchtig.

Doch dann räusperte sich der Chief und fuhr fort: »Seine … dreizehnjährige Schwester hatte sich zwischen ihn und die Tür gedrängt. Sie versuchte ihn in das Appartement zu ziehen, weil sie Angst vor den fremden Männern hatte, die offenbar versuchten, ihrem Bruder wehzutun. Sie hatte von all dem, was die Männer taten, nicht die geringste Ahnung. Ich wusste allerdings nicht, dass sie da war, und als ich in Notwehr zurückschoss, traf eine meiner Kugeln sie mitten in den Kopf. Sie war auf der Stelle tot, und der gleiche Schuss traf außerdem den Mann in der Kehle. Er verblutete, während er in das erstarrte Gesicht seiner Schwester blicken musste.«

»Wenn er nicht davongerannt wäre oder auf dich geschossen hätte …«

»Das macht es trotzdem nicht leichter, damit zu leben. Ich sehe die in Todesangst weit aufgerissenen Augen des Mädchens wieder und wieder in meinen Träumen. Die Augen eines Kindes! Eines Kindes, dessen Zukunft ich ausgelöscht habe! Über Monate hinweg habe ich es nicht über mich gebracht, wieder eine Waffe in die Hand zu nehmen. Die Sache ging schließlich vor Gericht, und die Geschworenen waren auch überzeugt davon, dass es sich um einen tragischen Unfall handelte, doch die politischen Auswirkungen waren dennoch zu groß. Offiziell hieß es, dass ich zurücktrete, doch inoffiziell hat man mir erklärt: entweder das, oder die nächsten dreißig Jahre Drecksarbeit verrichten.«

Nates hatte jetzt Tränen in den Augen, und Melanie musste gegen den Drang ankämpfen, zu ihm zu gehen und sie abzuwischen. Denn das stand ihr einfach nicht zu, auch wenn seine Körpersprache sie dazu einlud … vielleicht forderte sie Melanie sogar zu mehr auf, und sie hätte ihn am liebsten an sich gezogen und umarmt.

Sie brauchte diesen Denkzettel, dass das Leben auch anderen übel mitspielte, wohl dringen. Es mangelte ihr zwar nie an Mitgefühl, aber sie war einfach schon zu lange allein und außer Übung. Doch ihr Schmerz spielte ausnahmsweise mal keine Rolle, sondern nur Nates.

»Ich habe das nicht erzählt, um von dir bemitleidet zu werden, Melanie. Scheiße, ich erzähle es eigentlich nie jemandem. Ich wollte dir damit nur klarmachen, dass ich dich verstehe. Es ist gefährlich leicht, sich das Leben von der eigenen Vergangenheit ruinieren zu lassen.«

Hoyts Schatten schwebte noch immer bedrohlich über ihr, aber das war wahrscheinlich trotzdem noch besser, als das Blut eines unschuldigen Kindes an den Händen kleben zu haben.

»Nate, ich …«

»Es tut mir leid«, sagte er jetzt. »Du willst gerade ganz bestimmt nichts von meinen Problemen hören.«

»Du musst dir bestimmt mehr Gejammere anhören, als manch einer ertragen kann«, sagte sie daraufhin. »Ich schulde dir noch eine ganze Menge mehr als nur ein offenes Ohr.« Das war wesentlich direkter, als Melanie es beabsichtigt hatte, aber sie nahm es dennoch nicht zurück und fragte sich, wie er wohl darauf reagieren würde.

»Das ist doch mein Job«, antwortete er und ignorierte ihre Implikationen. »Es ist allerdings nicht deine Aufgabe, die Therapeutin für den Polizeichef zu spielen.«

»Ich würde trotzdem gern mehr über dich erfahren, Nate.« Ihr Blick fiel dabei wieder auf seinen Ehering, und dadurch musste sie automatisch an Trish denken.

Verdammt!

»Ich sollte jetzt gehen.« Eigentlich wollte sie das gar nicht, aber sie wusste, dass sie sich später für das hassen würde, was vielleicht folgen würde. Deshalb lief sie zur Eingangstür, doch er rief ihr hinterher: »Wieso warten wir nicht, bis meine Ablösung hier eintrifft?«

»Ist schon okay«, antwortete sie. »Desiree ist bestimmt noch wach … ich war zum Abendessen nicht zu Hause, also hat sie das gute Recht, sauer auf mich zu sein.«

»Sie wird schon darüber hinwegkommen. Ich würde mich wirklich besser fühlen, wenn du warten würdest. Wolltest du nicht ein Bier trinken, um ein wenig runterzukommen?«

Das war mehr als verlockend. Nate war ein guter Gesellschafter und gab ihr irgendwie das Gefühl von Sicherheit. Sie hasste es, derart von ihm abhängig zu sein, aber was sollte sie in ihrer Situation sonst tun? Außerdem mochte sie ihn sehr, auch wenn diese Erkenntnis automatisch dazu führte, dass sie sich furchtbar fühlte.

Er ist zwar verheiratet … aber er ist nicht glücklich.

Das war ein weiterer Gedanke, der Schuldgefühle in ihr weckte. Woher kam dieses lächerliche Selbstvertrauen eigentlich plötzlich und wieso glaubte sie allen Ernstes, dass Nate ebenfalls an ihr interessiert war? Er tat hier doch nur seinen Job, nicht mehr. Außerdem war Cyrus Hoyt immer noch dort draußen. Wieso benahm sie sich also wie ein verknallter Teenager?

Nate eilte jetzt zum Kofferraum und klappte ihn auf. »Das ist schon echt ein Ding«, sagte er, während er zwei Flaschen aus dem schmatzenden Eis zog und ihr eine davon reichte.

»Was denn?«

»Da denkt man, dass man die Leute in dieser Stadt genau kennt … schließlich bringt man es in diesem Job nicht besonders weit, wenn man kein guter Menschenkenner ist. Natürlich gibt es überall schwarze Schafe, aber ich kann mir beim besten Willen nicht vorstellen, warum sich irgendeiner von ihnen ausgerechnet als Cyrus Hoyt verkleiden sollte.«

»Wie du schon sagtest, ein schwarzes Schaf wahrscheinlich.«

Den Teil mit der Verkleidung ignorierte sie einfach, denn Hoyt war real, und das würden sie noch früh genug erkennen.

»Aber es ist ja nicht nur diese eine Person. Seit wir hier wohnen, ist meine Frau plötzlich nicht mehr ehrlich zu mir.«

Melanie sah, dass er den Satz bereute, kaum dass er ihn ausgesprochen hatte.

»Scheiße«, knurrte er. »Vergiss, dass ich das gesagt habe.«

»Kein Problem. Aber wenn du jemanden zum Reden brauchst ...«

»Ist wahrscheinlich besser, wenn wir das Thema einfach lassen«, wehrte er ab. »Ich habe sowieso schon eine Grenze überschritten, was?«

»Es macht mir aber nichts aus.« Sie stellte ihr Bier auf der Heckklappe des Streifenwagens ab und legte ihre zitternde Hand auf seinen Arm. »Du kannst mit mir wirklich über alles reden.«

Brady trat daraufhin zu ihr, und Melanie wich nicht zurück. Sie standen sich jetzt von Angesicht zu Angesicht gegenüber. Ihr Herz raste und Schmetterlinge flatterten in ihrem Bauch. Das hier war falsch, das wusste sie, aber sie wollte es so sehr. Nate schien es auch zu wollen. In seinen braunen Augen schimmerte Verlangen, und er sah aus wie ein Mann, der kurz davor war, sich das zu nehmen, was er wollte.

Doch das durfte nicht geschehen. Sie war schließlich kein böser Mensch oder jemand, der absichtlich eine Ehe zerstörte. Das wiederholte sie in Gedanken immer wieder, wie ein Mantra. Sie konnte Trish so etwas nicht antun. Verdammt, nicht einmal Dennis Morton hätte sie so etwas antun können.

Sie wichen zurück und es war schwer zu sagen, wer von ihnen den ersten Schritt gemacht hatte. Es war beinahe so, als wären sie gleichzeitig zu der Überzeugung gelangt und hätten sich übereinstimmend entschieden, der Anziehung zu widerstehen.

Nate räusperte sich gerade nervös, als ein Streifenwagen auf den Parkplatz einbog. Sergeant Maylam stieg aus, mit einer Schrotflinte, die er wie ein Baby im Arm wiegte. Er war etwa so groß wie Chief Brady, sah aber etwas älter aus.

»Ich dachte mir, dass es eine lange Nacht werden könnte«, sagte er, »und da unser Mann noch immer dort draußen ist, hielt ich es für besser, vorbereitet zu sein.«

Melanie ging zu den Stufen der Veranda, beschämt über das, was gerade beinahe passiert wäre. Die Dinge waren auch so schon kompliziert genug. Sie besaß momentan genau zwei Freunde in dieser Stadt und soeben hätte sie beinahe einen Keil zwischen sie getrieben.

»Ich sollte mich mal mit den Jungs kurzschließen«, sagte Nate jetzt.

»Tut mir wirklich leid, was passiert ist, Miss«, sagte Maylam. »Ich bin gleich bei Ihnen. Wenn Sie irgendwas brauchen sollten, öffnen sie einfach die Tür und rufen Sie nach mir.«

»Das werde ich tun«, sagte Melanie, bevor sie die Flucht antrat. Sie eilte in die Lobby und stellte fest, dass kein Licht brannte. Sie lief zur Treppe, denn sie wollte jetzt nichts weiter, als unter ihre Bettdecke zu kriechen und in Scham zu vergehen. Aber erst nach einer eiskalten Dusche.

Sie traute sich nicht, im Dunkeln im Hotel herum zu tapsen, weil sie nicht hinfallen wollte, also tastete sie nach dem Lichtschalter. Sie überlegte, sich bei Desiree zu entschuldigen, weil sie das Abendessen versäumt hatte, aber es war schon spät und die alte Dame war bestimmt zu Bett. Es gab keinen Grund, sie wegen etwas aufzuwecken, das auch noch bis morgen warten konnte.

Melanie begann gerade, die Stufen hinaufzulaufen, als die Dielen über ihr plötzlich knarrten.

»Desiree?«, rief sie.

Dumpfe Schritte erklangen, aber sie erhielt keine Antwort.

Sie hörte, wie draußen Nates Streifenwagen davonfuhr.

Dann knarzte es wieder.

Ihr Herz drohte beinahe, aus ihrer Brust zu springen, als aus dem Geräusch sich biegender Dielenbretter auf einmal ein aggressives Trampeln wurde. Sie rannte sofort los und hoffte inständig, Maylam noch rechtzeitig erreichen zu können. Das Fliegengitter vibrierte hinter ihr, als sie auf den Parkplatz hinausstürmte.

Doch der Streifenwagen war leer.

Sie rief nach ihm, aber ihr eigenes Echo war das Einzige, was ihr antwortete.

Nichts als dunkle Schatten und erdrückende Stille lagen über dem Parkplatz. Melanie rannte zum anderen Ende des Hauses, aber auch dort fehlte jede Spur von ihrem Beschützer.

Im Haus polterten jetzt schwere Schritte die Haupttreppe hinunter.

Melanie stürmte zu dem Streifenwagen hinüber und versuchte die Fahrertür aufzureißen, als würde ihr Leben davon abhängen. Doch dabei stieß sie nur unbeholfen mit den Fingerkuppen gegen den Griff. Sie zog die Hand wieder zurück und versuchte das taube Gefühl abzuschütteln.

Hinter ihr flog die Fliegengittertür jetzt mit einem lauten Krachen auf. Sie wirbelte herum, um ihren Angreifer anzusehen.

Doch es war niemand da.

Die Tür schlug zurück gegen den Türrahmen. Die Veranda war ebenso leer wir der Parkplatz.

Sie rannte zur Straße, denn früher oder später würde hier bestimmt ein Wagen vorbeifahren.

Ein Arm schoss plötzlich hinter dem nächsten Baum hervor und packte sie. Sie riss sich los und stolperte zurück, doch es war Maylam, der jetzt aus den Büschen torkelte. Er stieß sie zu Boden und Blut tropfte wie Regen auf ihr Gesicht.

Dann landete er schwer auf ihr.

Im Mondlicht konnte sie sehen, dass seine Kehle aufgeschlitzt worden war. Sie wand sich unter ihm hervor, während er mit klebrigen Fingern versuchte, die Wunde zuzupressen, und sie dabei mit verzweifelten, flehenden Augen anstarrte. Aber sie konnte nichts mehr für tun, das wusste sie. Melanie rappelte sich auf und überließ dem Sergeant seinem Schicksal, der nun im Todeskampf zuckte und schließlich als blutendes fleischiges Bündel am Boden liegen blieb.

Bevor Melanie diesen Anblick richtig verarbeiten konnte, blitzte plötzlich eine Klinge auf und jemand stürzte sich auf sie. Das Messer fuhr mit einem *Wusch* durch die Luft und verfehlte ihre Wange nur knapp.

Doch das schreckte den Angreifer offenbar nicht ab. Sein mit einer Ski-Maske bedeckter Kopf hieb jetzt gegen ihre Nase.

Melanie schwang ihre geballte Faust und landete einen Treffer genau über seinem Ohr. Dieser sorgte dafür, dass er sich zusammenkrümmte, und schuf eine Gelegenheit, nachzulegen … eine, die sie nicht ungenutzt verstreichen lassen würde. Sie riss ihr Knie nach oben und schmetterte es gegen seinen Kiefer. Er grunzte kurz, dann brach er neben Maylam im Dreck zusammen.

Ihr Blick fiel auf die schmutzige Klinge, die neben ihm auf den Boden gefallen war. Sie schloss ihre Hand um den Griff und hob das Messer hoch über den Kopf.

Der Killer sah auf. Seine Augen zuckten im Mondlicht wild hin und her.

Mit einem wütenden Schrei rammte sie das Messer tief in seine Schulter.

Er kreischte schrill auf, wie ein Baby, als sich das Messer schmatzend in ihn bohrte. Dann rollte er sich auf den Rücken und versuchte, in einer Art Krebsgang von ihr weg zu robben, der in einer anderen Situation bestimmt urkomisch gewesen wäre. Als er genug Abstand zwischen sie gebracht hatte, rappelte er sich auf und rannte in den Wald davon. Sein Wimmern zog wie Dunstschwaden hinter ihm her.

Melanie starrte ihm fassungslos hinterher. Sie zog ihr Handy aus der Tasche und suchte panisch nach Chief Bradys Nummer.

Er antwortete schon beim ersten Klingeln.

Dann brach sie zusammen und verlor das Bewusstsein.

***

Ein Blitz tauchte das abgedunkelte Wohnzimmer in grellweißes Licht, dann noch einmal, und dieses Mal zuckten seine Augenlider. Jetzt war er endgültig wach und fragte sich, wieso.

Wie spät ist es, verdammt noch mal?

Ron Sleighton schwang die Häkeldecke von seinen Beinen. Selbst im Sommer fror er in der Nacht. Er zitterte, als er sich aus dem Lehnstuhl erhob.

Sein Rücken schmerzte, da er die halbe Nacht in der gleichen Position zugebracht hatte, und seine Sinne versuchten immer noch, sich daran zu gewöhnen, so abrupt aufgeweckt worden zu sein. Er war offenbar bei einem dieser On-Demand-Filme eingeschlafen, von dem jetzt nur noch die Werbung für weitere Filme in Dauerschleife auf dem Fernseher am anderen Ende des Zimmers flackerte.

Jetzt war er hellwach ... was nicht übel war für einen Mann von sechsundsechzig Jahren. Es war allerdings nicht das Gewitter, das ihn aufgeweckt hatte.

Es war sein Telefon, das klingelte.

»Chief Sleighton?« Die Stimme klang leise und kehlig. Nichts daran war identifizierbar. »Sorgen Sie dafür, dass Ihre Sippe es endlich versteht ... dass Trish es versteht.«

Die Worte drangen durch ihn hindurch wie ein eiskalter Hauch. In all den Jahren hier hatten *sie* nie zu ihm gesprochen, und er wusste genug, um es dabei zu belassen. Was immer *sie* taten, geschah außerhalb des Ortes. So lautete die Abmachung. Sonst hätte er es seinem kleinen Mädchen niemals gestattet, hierher zurückzukehren.

Als Trish auf die Idee gekommen war, aus New York wegzuziehen und wieder nach Hause zu kommen, hatte es sich nicht richtig angefühlt, aber ihr Mann hatte sich irgendwie in die Scheiße geritten und ihn dadurch gezwungen, den hilfsbereiten Vater zu spielen und ihnen zu helfen, wo er nur konnte. Schließlich war er ein alter Mann, und die Vorstellung, seine Tochter öfter als nur zweimal im Jahr sehen zu können, war äußerst verlockend gewesen.

Doch nun bedrohten diese Bastarde sie.

»Das wird nicht nötig sein«, antwortete Sleighton hastig. Aber es würde nicht ausreichen, Trish von ihrem dummen Kreuzzug abzubringen. Nein, sie musste diesen Ort verlassen, und zwar ein für alle Mal. Es war ein Fehler gewesen, sie überhaupt zurückkehren zu lassen.

»Reden Sie mit ihr, Chief Sleighton. Denn wenn nicht, wird man sie dazu bringen, Buße zu tun und dem Herrn zu dienen.«

Es klickte in der Leitung. Dann war er wieder allein. Das war wahrscheinlich seine gerechte Strafe dafür, weil er geglaubt hatte, dass sich die Dinge verändert hatten.

7

Da ist der Wald. Und ein Pfad. Sie kennt den Weg. Sie spürt eine gewisse Frustration in sich, aber sie weiß nicht, was der Grund dafür ist. Sie weiß nur, dass sie hierherkommen muss. Fast so, als hätte sie es schon einmal getan. Der Pfad mündet am Eingang einer Höhle, die so dunkel ist, dass sie glaubt, mit ihren Augen würde etwas nicht stimmen. Sie starrt in das dunkle Nichts, kann aber einfach nichts darin erkennen.

Aber nein, das stimmt nicht ganz. In der Höhle befindet sich ein Mann. Sie weiß nicht, wer er ist, und kann ihn eigentlich auch nicht erkennen. Doch sie weiß, dass er da ist. Sie kneift die Augen zusammen, um besser sehen zu können, und als sie immer noch nichts erkennen kann, geht sie kurzerhand weiter hinein. Finger tasten nach ihrem Hals, klebrig und stechend kalt wie Eiswürfel. Ranziger Atem haucht ihr heiße Luft ins Genick. Ihre Nackenhaare stellen sich auf.

Sie bemerkt plötzlich, dass sie nackt ist. Er ist es ebenfalls, als sie sich zu ihm umdreht. Nun, da er aus der Höhle gekrochen ist, fällt es ihr schwer, ihn überhaupt anzusehen, denn seine Haut ist schorfig und verfault. Seine Brustwarzen fehlen und sind offenbar mit unbedachter Präzision abgetrennt worden. Vertikale Schnitte ziehen sich über seinen gesamten Bauch – Wunden, die schon längst vernarbt sind. Sein Penis hängt schlaff und kaum wahrnehmbar herab, und der Enthusiasmus in seinem grässlichen Gesicht weckt eine Abscheu in ihr, während er durch sie hindurchsieht wie durch ein willenloses Spielzeug.

Seine Lippen öffnen sich und offenbaren entzündetes und blutiges Zahnfleisch, das seine verbliebenen Zähne mit geschwollenen

Blasen überwuchert. In der Mitte seines Gesichts klafft ein Hohlraum mit schartigen Hautfetzen, dort, wo sich einmal seine Nase befunden hat. Eines seiner Augen ist nur noch eine verfaulte Höhle, während sich das andere vergnügt umblickt. Er sieht sie auf eine Weise an, die beinahe … liebend wirkt.

Bevor etwas anderes passieren kann, und bevor ihr klar wird, dass sie die Geste gerade erwidert, quillt etwas aus der Höhle und füllt die Luft um sie herum. Eine fliehende Dunkelheit, die plötzlich die gesamte Natur einhüllt, bis das Nichts schließlich alles verschlungen hat. Er verschwindet ebenfalls in der Schwärze, und sie braucht einige Zeit, bis ihr klar wird, dass auch sie mit ihm verschwunden ist.

Trish schreckte von kaltem Schweiß bedeckt auf. Albträume, schon die zweite Nacht in Folge. Doch die Details veränderten sich nicht. Sie blieben immer gleich, wie bei einer Szene aus einem Film, die sich ständig wiederholt.

Sie streckte sich und tastete auf Nates Bettseite herum, doch sie war kalt. Er war kaum noch zu Hause, und so, wie es momentan um ihre Ehe bestellt war, konnte sie es ihm auch kaum übelnehmen.

Regen peitschte gegen das Schlafzimmerfenster wie Wasser aus einem Gartenschlauch. Sie schüttelte das Unbehagen ab, setzte sich auf und ließ den Kopf in ihre Handflächen sinken. Ihr Herz hämmerte so stark, dass es beinahe schmerzte.

Die letzten beiden Tage hatten sie angespornt – wieso versank sie jetzt also plötzlich in Angst? Die Unterschriftenaktion kam gut voran. Sie hatte schon beinahe zweihundertfünfzig Unterschriften gegen das Tanzverbot gesammelt. Rafe, Tanya und ihre Freunde würden morgen an weiteren Haustüren klingeln und noch mehr sammeln, und sie rechnete damit, dass es nicht mehr lange dauern würde, bis sie diese dem Stadtrat vorlegen konnte.

Und doch konnte sie das Gefühl von Verzweiflung und Hoffnungslosigkeit, das hinter diesen Träumen lauerte, einfach nicht abschütteln.

Auf ihrem Nachttisch stand eine leere Flasche *Maker's Mark*. Trish presste die Lippen zusammen und spürte, dass sich ihr Mund noch trockener als Sandpapier anfühlte. Nate hasste es, wenn sie zu viel trank. Das war ein Überbleibsel aus ihrer alten Punkrock-Zeit, und solche alten Gewohnheiten schliefen vielleicht ein, verschwanden aber niemals ganz. Ihr eigentlicher Plan war es gewesen, die Albträume mit reichlich Whiskey in Schach zu halten. Sie opferte auch gern ihre Leber, wenn es bedeutete, dass sie dadurch dieses verfaulte Gesicht und diesen elenden Wald fernhalten konnte.

Ihr Kopf pulsierte und der Schmerz drückte von innen gegen ihren Schädel. Nur mit ihrer Unterhose bekleidet, lief sie nach unten. Der Aufwand, nach einem T-Shirt zu suchen, erschien ihr momentan einfach zu groß für etwas kaltes Wasser und eine Kopfschmerztablette, auch wenn sie es nicht gerade eilig hatte, wieder einzuschlafen bei diesen Träumen.

Trish nahm an, dass es sich dabei um Manifestationen ihrer jüngsten Erlebnisse handelte … der Wald, in dem sie das Bewusstsein verloren hatte … eine Stadt, die das mörderische Unwesen einer ihrer Bewohner zu vertuschen versuchte … die Gründe waren leicht zu identifizieren. An diesem Morgen hatte sie sogar den Drang verspürt, einige der Einheimischen persönlich mit einem Messer abzustechen. Ihre herablassenden Blicke ließen sich nur eine begrenzte Zeit ertragen, und das Gruseligste an der ganzen Sache war, wie ernst sie es damit meinte.

Nun, zumindest irgendwie.

Sie spülte die Aspirintablette mit einem großen Schluck Wasser hinunter, lief dann nach oben, zog sich ihren Slip aus und trat unter die Dusche. Das Wasser wusch den glänzenden Schweiß und auch die Anspannung von ihr herunter. Sie fühlte sich sehr viel ausgeglichener, als sie aus der Dusche trat. Als sie wieder ins Schlafzimmer kam, surrte ihr Handy auf dem hölzernen Nachttisch.

Es war ihr Vater, der sie um Viertel vor drei am Morgen anrief. Sie ging sofort ran.

»Geht es dir gut?«, fragte er.

»Mir gehts gut«, sagte sie, »und ich bin sogar wach. Wieso rufst du mich mitten in der Nacht an? Ist etwas passiert?«

»Ich wollte einfach nur wissen, ob mit meinem Mädchen alles in Ordnung ist. Einer von den Jungs ist heute Nacht im Dienst ums Leben gekommen …«

»Mein Gott, wer denn?«

»Steve.«

Sie schnappte nach Luft und ließ sich aufs Bett sinken. Steve Maylam war tot? Arme Missy. Ihr Sohn Jack war gerade erst sieben Monate alt. Erst letzte Woche hatte Trish ihr eine Samstagsfahrt in die *Danbury Fair Mall* für eine Ganztags-Shopping-Extravaganza-Tour angeboten – als Erholung von ihrer Mutterrolle. Steve hätte auf diese Weise etwas Zeit mit seinem Sohn verbringen und endlich lernen können, wie man ihm die Windeln wechselte.

Diese Nachricht schmerzte sie sehr.

Steve Maylam hatte auf sie immer den Eindruck einer ehrlichen Haut gemacht, der sein Leben als Polizist wirklich genoss. Ganz genau wie es Nate tat. Steve hatte ihrem Dad niemals verziehen, dass dieser Nate auf den Posten des neuen Chiefs gehievt hatte, was zu einigen Spannungen zwischen den Männern geführt hatte. Aber trotz seiner Verbitterung darüber war Steve ein guter Cop gewesen, und jetzt war er tot und Missy allein. Eine alleinerziehende Mutter mit zweiunddreißig.

Es hätte genauso gut Nate treffen können. Trish schluckte den furchtbaren Gedanken hinunter und war entschlossen, sich niemals einzugestehen, dass sie für einen kurzen Moment dankbar gewesen war, dass es nicht ihn getroffen hatte.

»Irgendein Spinner ist auf die Holden-Frau losgegangen«, erklärte ihr Dad. »Wer auch immer es war, er hat in Desiree Rosemotts Hotel auf sie gewartet. Ich schätze mal, Maylam ist ihm in die Quere gekommen und hat deshalb sterben müssen.«

»Melanie?«, fragte Trish besorgt. »Geht es ihr gut?«

»Alles bestens. Aber du solltest …«

»Haben sie ihn denn geschnappt?«

»Nein, aber das werden wir schon noch.«

»Dad, lass Nate sich um die ganze Sache kümmern …«

»Steve war einer von *meinen* Leuten, bevor er einer von seinen wurde. Ich werde auf gar keinen Fall einfach tatenlos zusehen, Mädchen. Sorge du nur dafür, dass das Haus immer gut verschlossen ist.«

Das war es immer. Denn Nate hatte es mit den allerneuesten Bewegungssensoren ausgestattet. Sie spähte zu dem Kontrollpult an der Schlafzimmerwand hinüber. Das rote Lämpchen zeigte an, dass alles verriegelt war, genauso wie es sein sollte.

Sie legte auf und fühlte sich plötzlich noch zittriger und depressiver als zuvor. Vor lauter Verzweiflung schluckte sie ihren Stolz herunter und wählte Nates Nummer.

***

Das Wartezimmer des Krankenhauses war bis auf Chief Brady und den Bürgermeister leer.

Bürgermeister Cobb sah in diesen frühen Morgenstunden äußerst ausgezehrt aus. Sein dreiteiliger Anzug war an der Schulter ausgefranst, als wäre er dem maßgeschneiderten Anzug schon vor Jahren entwachsen. Das weiße Hemd darunter war mit Kaffeeflecken übersät, und sein Gürtel hielt die Hose zwar an Ort und Stelle, war aber nicht durch alle Schlaufen gefädelt worden. Sein lichter werdendes Haar zog sich bereits so weit zurück, dass seine Schädeldecke bis auf einige wenige überlebende fettige Strähnen vollständig kahl war.

Zu allem Überfluss roch sein Atem auch noch wie die Ausdünstungen eines Stinktiers. Mundgeruch konnte man dazu schon gar nicht mehr sagen. Irgendetwas musste darin verendet sein und noch immer irgendwo unter seiner Zunge verwesen.

Und das ist der Bürgermeister von Forest Grove, dachte Nate und biss weiter die Zähne zusammen, während er die offizielle Standpauke über sich ergehen ließ.

»Seit Sie hier das Sagen haben, fällt diese Stadt komplett auseinander«, regte sich Cobb auf. »Ein Mann ist bereits tot, eine Frau verwundet, und wir haben drei vermisste College-Kids. Die Sache mit Maylam tut mir wirklich leid, aber wenn Sie mich nicht davon überzeugen können, dass Sie die Lage in den Griff bekommen, werde ich mich anderweitig nach einer Lösung umsehen müssen.«

Nate fühlte sich plötzlich wie damals in New York, direkt nach der Schießerei: schuldig. Dieses Mal hatte er zwar keinen Abzug gedrückt, aber Steves Tod ging trotzdem auf sein Konto. Er war schließlich nicht einmal eine halbe Meile entfernt gewesen, als man dem Mann die Kehle aufgeschlitzt hatte. Das bedeutete, dass sich der Killer in dem Wald direkt vor *Desirees* befunden haben musste und wahrscheinlich sogar sein Gespräch mit Melanie verfolgt hatte. Wenn er besser aufgepasst hätte, hätte Steves Tod vielleicht verhindert werden können.

Nate war persönlich zu Maylams Haus gefahren, um Missy die Nachricht zu überbringen. Das war etwas, von dem er nie geglaubt hätte, dass er es hier würde tun müssen – einer jungen Frau in die Augen sehen zu müssen und ihr zu sagen, dass sie nun eine Witwe war. Ihr darauffolgender hysterischer Anfall war absolut niederschmetternd gewesen, und er hatte alles versucht, um sie zu trösten. Er hatte ihr versichert, dass es ihr und ihrer Familie an nichts fehlen würde, aber das alles war unerheblich angesichts ihres Verlustes. Da war etwas in ihren Augen gewesen, was er nie wieder vergessen würde. Zwischen ihrem Schluchzen hatte er es ganz genau gesehen. Es war Abscheu gewesen.

Ein Blick, der zu fragen schien: *Wieso bist du es nicht gewesen?*

Was durchaus eine berechtigte Frage war.

»Ich bin von Ihren Fähigkeiten, Probleme zu lösen, nicht sonderlich begeistert«, knurrte Cobb nun. »Es sei denn, Sie wollen mir damit zu verstehen geben, dass Sie es nicht besser können.«

»Wir werden diesen Kerl fangen, Bürgermeister. Er ist verwundet, sagt Holden. Wir haben Polizeikräfte aus sechs Städten hinzugezogen, dazu deren Sheriffs und die State Trooper. Wir haben einen Perimeter um Forest Grove gezogen und meine Jungs sind gerade dort und suchen alles ab.«

Nates privates Handy brummte jetzt. Er sah auf das Display, ignorierte Trishs Anruf aber.

»Jemand hat unsere Star-Touristin angegriffen«, sagte Cobb. »Sie können Ihren Arsch darauf verwetten, dass das in ihrem Buch erwähnt werden wird. Unsere Stadt wird sich davon nie mehr erholen können. Egal, was wir tun, wir haben uns mit Blut befleckt. Ich werde das ins Reine bringen und mich mit der verdammten Presse unterhalten müssen. Wie Sie vielleicht sehen können, bin ich nicht gerade in bester Verfassung, wenn man mich mitten in der Nacht aus meinem Schönheitsschlaf reißt. Ich habe mir meinen verdammten Anzug ruiniert, als ich versucht habe, ihn im Dunkeln anzuziehen. Sie müssen diesen Fall noch heute lösen, Brady, dann ist es vielleicht noch nicht zu spät, um unser Gesicht zu wahren.«

Nate war der Ruf der Stadt ehrlich gesagt scheißegal. Ganz besonders jetzt. »Ich sage das nur einmal. Das hier ist *meine* Stadt. Ich bin verantwortlich für das, was heute passiert ist, und werde mich darum kümmern. Wenn Sie auch nur daran denken, mich zu übergehen ...«

»Wissen Sie was, Brady? Sie sind ein Versager! Als Ihr Schwiegervater ein gutes Wort für sie einlegt hat, hätte ich es wissen müssen. Aber verdammt, wenn ein Mann wie Ron Sleighton mir erzählt, dass sein Schwiegersohn einen Job sucht und er der richtige Mann dafür ist, dann vertraue ich ihm natürlich. Also habe ich ein paar Hebel in Bewegung gesetzt und Sie hergebracht. Und dann vermasseln Sie es. Kein Wunder, dass man in New York nichts mehr mit Ihnen zu tun haben wollte.«

Nate hätte den Bürgermeister daraufhin am liebsten k.o. geschlagen, hielt es aber für besser, ihn einfach vor sich hin fluchend stehenzulassen.

Er durchquerte nun den stillen Gang und erkundigte sich bei der diensthabenden Schwester, wo Melanie Holden zu finden war. Die afroamerikanische Frau setzte ein viel zu freundliches Lächeln für drei Uhr morgens auf und tippte den Namen in ihren Computer.

Melanie befand sich in einem Raum gleich um die Ecke.

Nate machte sich auf den Weg und fragte sich währenddessen, an welchem Punkt alles so sehr aus dem Ruder gelaufen war. Forest Grove hatte ein neuer Anfang für die Bradys werden sollen. Ein ruhiges Fleckchen Erde, um eine Familie zu gründen. Mit einunddreißig Jahren war es dafür langsam an der Zeit. Ihm war es egal, ob sie einen Jungen oder ein Mädchen bekämen, solange es nur gesund und munter war. Doch insgeheim träumte er von einem Sohn. Jemandem, mit dem er seine Liebe zu Football und Videospielen teilen konnte. Auf diese Weise könnte er beides genießen.

Aber der Traum entglitt ihm immer mehr, denn die Kluft zwischen ihm und Trish wurde mit jedem Tag größer, und Forest Grove war alles andere als der Bilderbuch-Ort, für den er die Stadt ursprünglich gehalten hatte. Eine wirklich üble Scheiße war einst hier passiert, und die Stadt war immer noch davon geprägt. Beinahe bereitwillig, wie es schien.

Und dann ist da noch sie …

Als er den Kopf ins Zimmer steckte, sah er, dass Melanie noch wach war. Sie lehnte erschöpft gegen ihre Kissen, doch ihre blauen Augen leuchteten auf, als sie ihn sah.

Als er ihr Lächeln erblickte, konnte er nicht anders und betrat den Raum. »Ich weiß nicht, was ich sagen soll.« Er wusste nicht, ob er damit den Beinahe-Kuss oder den Angriff auf sie meinte. Er kam sich in beiden Fällen wie ein Arschloch vor.

»Es ist doch nicht deine Schuld«, sagte sie. Ihre Stimme klang leise und ein wenig krächzend.

»Ich habe mit dem Arzt gesprochen und man wird dich heute Morgen schon wieder entlassen. Du hast nur eine leichte Gehirnerschütterung. Er will sich aber mit dir noch einmal unterhalten und vielleicht noch etwas Blut abnehmen. Dein Puls und dein Blutdruck sind nämlich recht hoch.«

»Daran bin ich schon gewöhnt«, sagte sie. »Panikattacken gehören leider zu meinem Leben.«

»Ich wusste gar nicht, dass du darunter leidest.«

»Ich binde es auch nicht gleich jedem auf die Nase.« Sie runzelte die Stirn. »Warum sollte ich den Leuten noch einen weiteren Grund geben, zu glauben, dass ich abnormal bin?«

»Das bist du doch gar nicht.«

»Und ob«, sagte Melanie. »Wenn du auf die Vierzig zugehst und immer noch nicht verheiratet bist, fangen die Leute irgendwie an, dich wie Ausschuss zu behandeln. Man kriegt dann diese unbewussten Blicke zugeworfen, weil die Leute sich fragen, warum man immer noch Single ist. Als ob sich Normalität ausschließlich daran bemessen lässt. Ich will einfach nur weg von hier. Diese Hölle wird niemals aufhören, oder?«

Nate konnte heute Nacht keine weitere hilflose Frau mehr ertragen … nicht nach Missy. Die Verzweiflung stand Melanie ins Gesicht geschrieben. Er verspürte den Drang, sie zu trösten, und da waren außerdem noch andere Gedanken, die er hastig verdrängte. Stattdessen trommelte er unentschlossen auf den Rand des Bettgestells.

»Ich weiß, dass er Maylam erwischt hat«, sagte sie. »Es tut mir sehr leid, Nate.«

»Mir auch. Er war ein guter Mann.«

»Er war da, weißt du?«

»Wer?«

»Cyrus Hoyt«, antwortete sie mit einer Stimme, die so brüchig war wie Glas.

»Du weißt, dass er es nicht gewesen sein kann«, sagte Nate eindringlich. »Selbst, wenn er noch leben würde, käme dieses Monster garantiert nicht auf die Idee, sich eine Ski-Maske überzuziehen. Wozu auch? Nein, unser Killer ist jemand, der seine Identität verbergen wollte.«

»Jemand anderes hat vielleicht Steve umgebracht und mich angegriffen, aber Hoyt war da! Denn als ich ins Haus gegangen bin, habe ich dort jemanden gehört, und es war nicht Desiree. Die Schritte waren schwerer und agiler als ihre … sie rannten. Während Maylam draußen umgebracht wurde, war Hoyt in dem Hotel und hat nach mir gesucht!«

Nate wollte ihr nicht verraten, dass Desiree Rosemott ebenfalls tot war. Zumindest noch nicht. Er hätte ihren Anschuldigungen bezüglich Hoyt gern widersprochen, aber das hätte im Moment nichts gebracht. Sie war schließlich felsenfest davon überzeugt, und er verstand auch, wieso. Der einzige

Weg, das zu ändern, bestand darin, ihr zu beweisen, dass Hoyt seit fünfundzwanzig Jahren tot war. Vielleicht konnte sie dann damit abschließen.

Ja, in Forest Grove ging gerade ein Mörder um, aber es war jemand, der mitten unter ihnen lebte.

»Ich will dir helfen«, sagte Nate. Melanie nach Hause zu schicken war eine Möglichkeit. Doch wenn es ihm gelang, ihre quälenden Gedanken zu beseitigen, wäre er nicht gänzlich und ganz so kläglich gescheitert. Zumindest nicht in allem.

»Und wie willst du das anstellen?«, fragte Melanie zweifelnd, sodass es sich fast verächtlich anhörte.

»Ich werde dir ein für alle Mal beweisen, dass dein Schreckgespenst nichts weiter als ein Haufen Knochen ist.«

***

Sleighton nahm einen vorsichtigen Schluck von dem kochend heißen Kaffee. Der Dampf stieg aus seiner Thermoskanne und ließ die Windschutzscheibe seines Pick-ups beschlagen.

Seit beinahe einer Stunde saß er nun schon vor dem Haus seiner Tochter und ließ hin und wieder einen Blick auf die .44er Magnum fallen, die auf dem Beifahrersitz lag.

Es war unmöglich, herauszufinden, wer ihn vorhin angerufen hatte, aber so etwas Ähnliches war schon einmal passiert … vier oder fünf Jahre nach dem Zwischenfall im Camp. Eine wohlhabende Familie aus New York City war aus irgendeinem Grund über ihre kleine Stadt gestolpert und hatte es sich offenbar in den Kopf gesetzt, den Ort in ihr malerisches Zuhause zu verwandeln.

Nur dass sie nicht sonderlich erpicht darauf gewesen waren, irgendwo zu leben, wo es ihren Worten nach so anti-kulturell zuging. Ihrer Ansicht nach wurden die Künste hier nicht nur stiefmütterlich behandelt, sondern regelrecht verpönt. Sie hatten die immer noch frischen Wunden in der Gemeinschaft damals nicht erkennen können und hatten sich aufgeregt, als sie erfuhren, dass an Sonntagen kein Alkohol verkauft wurde.

Noch schlimmer war es geworden, als sie ihren Kindern hatten klarmachen müssen, wieso es hier keinen Winterball und ganz sicher keinen Abschlussball geben würde.

Denn die Stadt hatte sich eingeredet, dass dies die Art von Umständen waren, die das Unglück herbeiriefen, dem sie so verzweifelt zu entkommen versuchten.

Diese Familie – es war nun schon so lange her, dass er sich an ihren Namen nicht mehr erinnern konnte – hatten daraufhin Beschwerde wegen Schikane eingelegt. Sie hatten das nötige Kleingeld besessen und daher geglaubt, damit um sich werfen und sich in die Angelegenheiten von Forest Grove einmischen zu können.

Für sie hatte die Art, wie sie hier lebten, keinen Sinn gemacht. Sie hatten sich über diese *altbackenen Denkweisen* aufgeregt, die diesen Ort ihrer Meinung nach um Jahrzehnte zurückgeworfen hatten. Daher war es nicht allzu verwunderlich gewesen, dass sie schnell das Ziel von Drohanrufen geworden waren. Autos waren in ihre Auffahrt gefahren und hatten die ganze Nacht hindurch gehupt. Ein oder zwei Mal hatten die Frauen der Familie bei der Polizei angerufen, weil jemand bei ihnen eingedrungen war, während sie schliefen.

Aber niemand in der Stadt war gewillt gewesen, dieser Sache wirklich nachzugehen. Und dann hatte er eines Tages einen Anruf bekommen. Es war ein kehliges Wispern gewesen, nicht unähnlich der Stimme, die ihn an diesem Morgen geweckt hatte. Sie hatte nicht viel zu sagen gebraucht, aber selbst nach dieser langen Zeit hallten ihm die Worte noch in den Ohren: »Sie sind weg.«

Sleighton war daraufhin zu dem Haus gerast – es war etwa die gleiche Uhrzeit wie jetzt gewesen – und er hatte es vollkommen verwüstet vorgefunden. Eingeschlagene Fenster, eingetretene Türen, zerschlagene Möbel. Es hatte ausgesehen, als wäre das Haus belagert worden.

Er hatte insgeheim damit gerechnet, die Leichen der Ermordeten darin zu finden, aber von der Familie hatte jede Spur gefehlt. Ein paar fehlende Taschen hatten ihm schließlich gezeigt, dass die Familie offenbar in aller Hast geflohen war. Er hatte eine Woche gebraucht, um sie danach ausfindig machen zu können, und als es ihm gelungen war, hatte er festgestellt, dass sie in Kalifornien bei irgendwelchen Verwandten lebten. Sie hatten sich strikt geweigert, über die Ereignisse in dieser Nacht zu sprechen oder die Schäden an ihrem Haus einzuräumen.

Sie hatten daraufhin ein paar Firmen angeheuert, um das Haus reparieren zu lassen, und ein Umzugsunternehmen hatte später ihre Besitztümer abgeholt. Danach war das Haus verkauft worden, ohne dass sie je noch einmal einen Fuß hineingesetzt hatten.

Die Familie hatte sofort sämtliche Verbindungen nach Forest Grove gekappt, und aus rechtlicher Sicht war ihm nicht viel Handhabe geblieben. Daraufhin hatte er beweisen wollen, dass er das einzige verbliebene Recht in Forest Grove verkörperte. Es durfte keinem Lynchmob gestattet werden, aus dem Untergrund heraus derartige Entscheidungen zu fällen.

Doch niemand hatte darüber reden wollen.

Die Nachbarn hatten geschworen, nichts bemerkt zu haben. Nicht nur in dieser Nacht, sondern niemals, und ohne Zeugen waren Sleighton die Hände gebunden. Der Vorfall rumorte in seinem Inneren immer noch wie ein Haufen Würmer. Es gab keinen Zweifel daran, dass dies der Moment gewesen war, an dem er realisiert hatte, dass er in dieser Stadt niemandem mehr trauen konnte.

***

Melanie war Nate dankbar dafür, dass er ihr etwas Wechselkleidung gebracht hatte. Zu dumm, dass er ihr Make-up im Hotel gelassen hatte, denn die Stelle unter ihrem Auge sah aus wie die Leinwand eines Künstlers; ein kunterbunter Mix aus Schwarz, Grün und Blau. Dieser Anblick erregte mehr Aufsehen, als sie bei ihrer Entlassung gebrauchen konnte, denn jeder Passant warf ihr sofort das gleiche tröstliche Stirnrunzeln zu.

Sie hatte endgültig genug von diesem Ort.

Der Doktor hatte bei ihr eine leichte Gehirnerschütterung diagnostiziert und angeordnet, weiteren Stress zu vermeiden. Das bedeutete wohl, dass sie die Arbeit an ihrem Buch fürs Erste auf Eis legen musste. Sie sollte außerdem grelles Licht und laute Geräusche vermeiden. Also blieb ihr nichts anderes übrig, als wieder nach Hause zu fahren und sich ein paar Tage mit Lacey auf der Couch zusammenzurollen.

Ist mir nur recht.

In Jeansshorts und einem formlosen dunklen T-Shirt gekleidet – zwei Kleidungsstücke, die nicht unbedingt zusammenpassten – betrat sie jetzt die Lobby des Krankenhauses. Nate hatte bestimmt sein Bestes bei der Auswahl gegeben, aber wieso den meisten Männern der Sinn fürs Einkleiden fehlte, gehörte wohl einfach zu den großen Mysterien des Lebens.

Trish Brady wartete auf sie. Sie lehnte an einer Säule, die Hände in die Taschen ihrer schwarzen Nadelstreifenhose geschoben. Ein schwaches Lächeln huschte über ihren kleinen Mund. Mit ihren dunkel geschminkten Augen und dem schwarzen Lippenstift sah sie irgendwie aus wie ein Clown. Wie konnte sie da nur erwarten, von irgendjemandem ernst genommen zu werden?

Melanie schalt sich sofort innerlich für ihre Vorurteile.

»Mein Dad hat mir gesagt, dass ich Sie hier finde«, erklärte Trish. »Ich habe gehört, was passiert ist, und wollte nachsehen, ob mit Ihnen alles okay ist.«

Melanie ging es gut – zumindest körperlich – aber sie könnte sich kaum schlechter bei dem Gedanken daran fühlen, sich in die Ehe der Bradys gedrängt zu haben. Sie fühlte sich an diesem Punkt so verabscheuungswürdig wie Jill Woreley, wobei diese noch nicht einmal für jemandes Ermordung verantwortlich war.

»Wie auch immer«, sagte Trish nun. »Ich habe mich freiwillig angeboten, Ihnen eine Fahrt zu *Stu's* zu spendieren.«

Das Letzte, was Melanie jetzt wollte, war Trishs Freundlichkeit. Der Krankenhaus-Sicherheitsdienst hatte bereits ihren

Transport in die Autowerkstatt arrangieren lassen, doch Trishs Geste abzulehnen, wäre einer Beleidigung gleichgekommen. Und Melanie glaubte, dass die Gegenwart eines freundlichen Gesichts, selbst wenn es sich dabei nur um eine zehnminütige Autofahrt handelte, ihr momentan sehr helfen würde.

Sie teilte den Wachleuten mit, dass sie diese nicht brauchte, doch erst als sie Trish sahen, erklärten sie sich bereit, Melanie gehen zu lassen.

Sie liefen gerade zu einer unauffälligen Limousine auf dem Besucherparkplatz, als Trish sich zu ihr umdrehte und sagte: »Ich kenne Steve Maylams Frau. Ich wollte sie eigentlich besuchen, aber sie wird bereits von unzähligen verständnisvollen Leuten bestürmt, und von denen will garantiert niemand ausgerechnet auf die eine Person treffen, die sich dem Ziel verschrieben hat, die hier geltenden Normen abzuschaffen. Sie dürften momentan die Einzige sein, die sogar noch unbeliebter ist als ich. Also blieb mir irgendwie gar nichts anderes übrig, als nach Ihnen zu sehen.«

»Sie sind wirklich nett«, sagte Melanie. »Denke ich zumindest.«

Trish lachte. »Ich bin eigentlich eher ein Arschloch.« Sie trat aufs Gas und raste dann davon … eine *Mir-ist-alles-egal*-Reaktion, die man sich wohl nur als Frau des Chiefs leisten konnte.

Ich bin auch ein Arschloch, dachte Melanie. »Maylam ist wegen mir gestorben.«

»Er ist tot, weil sich ein Irrer in Forest Grove befindet«, entgegnete Trish. »Geben Sie sich nicht die Schuld dafür.«

»Das ist leichter gesagt als getan.«

Die Fahrt zur Werkstatt dauerte nicht lange. Als sie in *Stu's* Einfahrt einbogen, schaltete Trish auf Parken und ließ den Wagen dann im Leerlauf ausrollen. »Ich will damit nur sagen, dass Sie nicht aufgeben dürfen. Noch nicht. Sie haben so viel Scheiße überlebt und das bestimmt nicht ohne Grund. Sie sind ein Überlebenstyp. Die Stadt jetzt zu verlassen, würde bedeuten, sich diesem Schlappschwanz zu ergeben, der …«

»… nicht davor zurückschreckt, Menschen umzubringen?«

»Ich weiß«, sagte Trish. »Ich wollte bestimmt nicht gefühllos klingen. Aber mittlerweile sind hier so viele Cops unterwegs, dass man den Eindruck hat, eine kleine Armee wäre in Forest Grove eingefallen. Sie werden Steves Mörder fassen, bevor er noch weiteren Schaden anrichten kann. Vertrauen Sie mir.«

»Deswegen fühle ich mich aber noch lange nicht sicherer.«

»Natürlich nicht. Aber verdammt, ich würde es hassen, wenn Sie wieder verschwinden. Denn solange Sie hier sind und Ihr Ding machen, fühle ich mich irgendwie besser auf meinem eigenen Kreuzzug. Ihre Gegenwart hat etwas Ermutigendes … so kitschig sich das auch anhören mag.«

Es hörte sich überhaupt nicht kitschig an. Tatsächlich war es mit das Netteste, was je jemand zu ihr gesagt hatte. Sie selbst sah sich nämlich nicht als Inspiration für andere an, nur weil ihre größte Errungenschaft darin bestand, während eines Amoklaufs in einem Sommerlager nicht umgebracht worden zu sein.

Sie bedankte sich jetzt bei Trish und stieg dann aus dem Wagen. Trish antwortete mit einer wegwerfenden Handbewegung und riet Melanie noch einmal, nicht aufzugeben. »Forest Grove weiß nicht, was es mit uns anfangen soll«, sagte sie. »Das bedeutet wohl, dass wir irgendeinen Nerv getroffen haben.« Kurz darauf schoss sie davon und ließ Melanie noch ein Stückchen ratloser zurück. Trish aufmunternde Worte hatten ihr letzten Endes nur das bestätigt, was ihr Bauchgefühl ihr schon die ganze Zeit über gesagt hatte. Sie konnte die Stadt noch nicht verlassen, denn das Einzige, was zu Hause auf sie wartete, war ihr Versagen.

Die Werkstatt war ruhig und wirkte verlassen. Melanie überquerte den Parkplatz und fand die Tür tatsächlich verschlossen vor. Was seltsam war, denn es war bereits nach neun Uhr. Sie klopfte an und spähte durch das Glas. Wenigstens einer der Mechaniker musste eine Nachtschicht eingelegt haben, um ihren LaCrosse wieder auf Vordermann zu bringen, also war es gut möglich, dass dieser irgendwann eingeschlafen war und daher vergessen hatte, den Laden zu öffnen.

Durch das abgedunkelte Fenster konnte sie einen alten, verbeulten Pick-up-Truck erkennen.

Die Tür klackte jetzt und schwang auf. Stu kam heraus und blinzelte in die Sonne, als hätte er sie das erste Mal seit Jahren wieder zu Gesicht bekommen. »Dachte ich mir doch, dass Sie es sind, Miss Holden. Kommen Sie herein.«

Melanie folgte Stu ins Büro und bedankte sich für seine harte Arbeit.

Er warf ihr die Autoschlüssel zu, ohne darauf einzugehen. »Gleich dort durch.« Er hob den Daumen und deutete auf die Tür hinter sich. Sie wurde von einem Holzblock offengehalten und führte offenbar in die Werkstatt hinein. Genau konnte sie es nicht sagen, denn das Einzige, was Melanie erkennen konnte, war ein tiefschwarzes Rechteck. »Ihren Wagen finden Sie draußen«, erklärte Stu. »Er läuft wieder.«

Sie trat bis zu dem Türrahmen, blieb dann aber stehen und versuchte ihre Augen an den dunklen Raum dahinter zu gewöhnen. Sie spähte zu Stu hinüber, der sich gerade etwas Tabak in seine Maiskolbenpfeife stopfte. Es sah so aus, als wäre er ganz allein hier – wahrscheinlich, weil die Reparaturen an ihrem Wagen für ihn einer Art Zwangsarbeit gleichgekommen waren. Auch wenn die Stadt ihn für seine Arbeit bezahlte, war sie doch keine Stammkundin. Ihr Schutz interessierte ihn nicht, und daher konnte er es sich auch leisten, sich wie ein Arschloch zu benehmen.

»Könnten Sie vielleicht das Licht anschalten?«, fragte Melanie freundlich.

»Die Sicherung ist irgendwie raus«, antwortete Stu, ohne aufzublicken.

Also machte sie einen unsicheren Schritt in die Dunkelheit hinein. Nur ein paar Schritte, dann würde sie wieder aus diesem Verlies entkommen sein. Doch als sie die Hälfte des Weges hinter sich gebracht hatte, schlitterte der Holzklotz plötzlich über den Boden und die Tür zu Stus Büro knallte zu. Sie war eingesperrt!

Melanie tastete sich vorsichtig geradeaus und glaubte, von irgendwo ein körperloses Gelächter zu hören. Doch sie weigerte sich, sich darauf zu konzentrieren, sondern schlich stattdessen zur Tür und warf sich mit der Schulter dagegen.

Sie schwang auf und Melanie entdeckte ihren Wagen vor einem mit Stacheldraht gekrönten Maschendrahtzaun. Sie kletterte hastig hinter das Lenkrad, startete den Motor und raste um das Gebäude herum. Doch ein vergittertes Tor zog sich quer über den schmalen Weg und versperrte ihr den Weg.

Soll das irgendein Scherz sein?

Sie hupte zweimal und drückte dann etwas länger auf die Hupe, als es notwendig gewesen wäre. Nachdem niemand herbeieilte, stieg sie aus und versuchte das Tor selbst aufzuziehen. In diesem Moment bemerkte sie das Vorhängeschloss.

Fassungslos stürmte sie den ganzen Weg zurück und rüttelte an der Werkstatttür, doch diese rührte sich nicht. Wutentbrannt hämmerte sie daraufhin mit der flachen Hand gegen das Fenster und rief nach Stu. Im Inneren der Werkstatt glomm jetzt orangefarben etwas Pfeifenglut auf und ließ die schwachen Umrisse eines Gesichts dahinter erkennen.

»Stu, was zum Teufel soll das?«, schrie sie wütend.

Ein junger Mann in einem Overall, mit einem Werkzeugkoffer in der Hand erschien jetzt hinter ihr. Melanie konnte seine Reflexion in der Fensterscheibe sehen.

»Gibt es ein Problem, Miss?«, erkundigte er sich.

»Nur mit Ihrem Boss«, sagte sie entnervt. »Jemand muss das Tor für mich öffnen.«

Der junge Mann starrte sie nur an.

Melanie spähte wieder durch das Fenster und sah jetzt, wie der Umriss von Stus zerfurchtem Gesicht in der Dunkelheit verschwand. Beim nächsten Zug an seiner Pfeife flammten seine Nase und seine Lippen erneut auf, doch dieses Mal standen weitere Männer neben ihm. Gesichter, die nur zur Hälfte vom Schein der Glut erhellt wurden. Ausdruckslos blickten sie Melanie an.

»Lassen Sie mich einfach raus«, brüllte sie wütend und entnervt.

Der junge Mann lief zum Tor und sie folgte ihm. »Es tut mir leid, Miss.«

Sie setzte sich erneut hinter das Steuer.

Er lehnte sich zum Fenster hinein und senkte dann die Stimme: »Unter uns gesagt, das sind nicht unbedingt Fans von Ihnen.«

»Na prima«, sagte sie. »Dann werden sie mich wenigstens nicht um ein Autogramm anbetteln.«

»Stu ist der Ansicht, dass Sie nur deshalb hier sind, um sich einen Namen zu machen.«

»Ausgezeichnet.«

»Keine Sorge, Miss. *Ich* habe die ganze Arbeit an Ihrem Wagen übernommen, also brauchen Sie sich keine Sorgen deswegen zu machen.«

»Danke schön«, antwortete sie.

Er tat das mit einem Grinsen ab. »Aber, wenn ich Sie wäre, würde ich hier trotzdem nicht mehr Zeit verbringen als nötig.«

Melanie trat auf das Gaspedal und ließ Stus Werkstatt in einer Staubwolke verschwinden. Das war genau die Art von Rücksichtslosigkeit, die Trish Brady zu schätzen gewusst hätte.

Unterwegs rief sie Nate an, weil sie neugierig war, wie dieser sie von Hoyts Tod überzeugen wollte, aber er ging nicht ans Telefon. Ihr nächster Anruf galt dem Polizeirevier von Forest Grove, wo man sie dazu ermutigte, vorbeizukommen und dort auf seine Rückkehr zu warten.

Das war wahrscheinlich die beste Option, wo jede weitere Minute hier offenbar jemand anderen auf den Plan rief, der sie hasste. Aber dadurch fühlte sie sich irgendwie angestachelt. Jemandem als Inspiration zu dienen, konnte diesen Effekt haben, und Melanie schätzte, dass ihre Beziehung zu Trish wohl mehr als nur symbiotischer Natur war. Jeder von ihnen schlug hier zwar seine eigene Schlacht, aber Melanie fühlte sich plötzlich dazu ermutigt, ihre mit etwas härteren Bandagen zu kämpfen. Denn sonst wäre alles umsonst gewesen.

Zum Teufel mit ihrer Gehirnerschütterung!

Wahrscheinlich war es eine dumme Idee, aber sie fuhr jetzt geradewegs zu *Last Mile Gas*. Wenn Trish sich einer ganzen

Gemeinde entgegenstellen und Unterschriften gegen eine Verordnung sammeln konnte, die schon seit Jahrzehnten nicht infrage gestellt wurde, würde Melanie sich auch nicht verscheuchen lassen.

Aber es hat auch niemand versucht, Trish Brady umzubringen, dachte sie dann.

Sie bog auf den Parkplatz ein und kam zu dem Schluss, dass es noch hell genug war, um zu erreichen, weshalb sie hergekommen war. Hoffentlich war Jed da, um ihr noch ein paar Fragen zu beantworten. Die Tankstelle wirkte allerdings immer noch verlassen und geschlossen. Das ließ sie unwillkürlich an Desiree denken. Sie fragte sich, ob die alte Frau gestern auch getötet worden war. Versuchte Nate vielleicht, sie zu schonen, indem er ihr diese Nachricht verheimlichte?

Das wäre irgendwie galant.

Jed war nirgendwo zu finden. Sie legte schon einen Gang ein und war bereit, wieder abzufahren, als ein Sattelschlepper von der Straße bog und hinter ihr zum Halten kam. Durch den Rückspiegel konnte sie die Windschutzscheibe der Fahrerkabine zwar nicht sehen, aber sie erinnerte sich daran, dass der alte Mann einen kleinen Strom treuer Trucker-Kunden erwähnt hatte.

Das Horn des Lastwagens trompetete plötzlich und der Lärm ließ sie vor Schreck zusammenzucken. Melanie stieg aus dem Wagen und lief zögerlich auf ihn zu, während die Hupe ein zweites Mal ertönte.

Das Fahrerfenster fuhr herunter und ein Mann mit einem grau melierten Bart lehnte sich zu ihr hinaus. »Sie sind ja echt eine willkommene Abwechslung zu dem alten Sack, der meinen Truck sonst immer volltankt.« Doch dann verschwand das Grinsen aus seinem Gesicht. »Moment mal, ihm ist doch nicht etwa was passiert, oder?«

»Ich weiß es ehrlich gesagt nicht«, antwortete Melanie. »Ich arbeite aber nicht hier. Ich versuche gerade, selbst herauszufinden, wo er steckt.«

»Scheiße. Ich muss um eins in Stamford sein und liege sowieso schon nicht besonders gut in der Zeit.«

Sie deutete auf das Haus. »Ich wollte gerade nachsehen, um sicherzugehen, dass mit Jed alles in Ordnung ist.«

Der Fahrer schaltete den Motor aus, nahm seine Kappe ab und warf sie auf den freien Sitz. »Etwas Zeit habe ich noch«, sagte er. »Außerdem müsste ich sonst in die Stadt reinfahren, um mir eine andere Tankstelle zu suchen, und ich kenne dieses Nest nicht so gut. Nichts für ungut.«

»Glauben Sie mir, da rennen Sie bei mir offene Türen ein«, sagte sie. »Ich sehe gern mal schnell im Haus nach, wenn Sie hier warten wollen.«

»Soll ich nicht lieber mitkommen? Wenn etwas passiert ist und er sich vielleicht die Hüfte gebrochen hat oder so was, wer soll ihm denn dann helfen? Sie etwa?«

Sein Sexismus war einfach bezaubernd. Melanie beschloss, das Vergnügen seiner Gesellschaft abzulehnen, und schlug ihm stattdessen vor, dass er in der Zwischenzeit schon einmal in der Werkstatt nachsah.

Er zuckte mit den Achseln. »Meinetwegen.«

Melanie durchquerte daraufhin das hohe Unkraut, das zu dem Haus führte. Es war so leicht, sich vorzustellen, dass Hoyt hier irgendwo lauerte. Sie drehte sich um und rief nach dem Lastwagenfahrer.

Er kam um die Ecke gehastet und zündete sich eine Zigarette an.

»Seien Sie vorsichtig«, rief sie.

»Sind Sie sicher, dass Sie keine Begleitung brauchen?«

»Ja«, antwortete sie. »Aber behalten Sie mich trotzdem im Blick, okay?«

»Überhaupt kein Problem«, meinte er lachend und setzte ein anzügliches Grinsen auf. »Ich lasse Sie nicht aus den Augen.«

Na großartig.

Melanie eilte davon. Es war gut, ihn hier zu wissen, falls sich der gestrige Tag wiederholen sollte. Sie wusste selbst, dass es dumm war, so etwas zu tun, und hätte es auch nicht versucht, wenn dieser Trucker nicht gekommen wäre. Doch sie verspürte das drängende Verlangen, herauszufinden, was mit

Jed passiert war … und was er ihr hatte verraten wollen, bevor Sam sie unterbrochen hatte.

Niemand kam an die Tür. Sie umrundete das Haus und spähte in jedes Fenster hinein, das sie erreichen konnte. Doch das Haus wirkte wie ausgestorben. Der Hinterhof glich der Vorderseite, sodass sich Melanie durch dichtes Gestrüpp bis zu einer klapprigen Hütte am Ende des Anwesens quälen musste, die zwischen einigen Douglasfichten eingezwängt war. Sie stand offen und Melanie spähte vorsichtig hinein und hoffte, dass der alte Mann keinen Herzinfarkt erlitten hatte. Dieses Ding war wesentlich geräumiger, als es von außen den Anschein hatte. Die Wände waren mit alten und verrosteten Farmwerkzeugen behangen. Kartons stapelten sich vom Boden bis zur Decke, jeder mit einer Jahreszahl beschriftet und genug davon, um ihre Neugier zu entfachen.

Sie hob den obersten Karton von 1979 auf ihre Schultern und versuchte ihn abzusetzen, ohne dass sein Inhalt herauskippte. Bevor sie ihn öffnete, stellte sie sich auf die Zehenspitzen, um nachzusehen, ob der Trucker noch auf sie wartete. Eine Rauchwolke stieg an der Stelle auf, an der er sich befinden musste, und sie atmete erleichtert auf.

Der Karton war mit Kreditkartenauszügen und Rechnungen von 1979 vollgestopft. *Last Mile Gas* schien seine Geschäfte vor der schrecklichen Entwicklung der Stadt noch etwas ernster genommen zu haben. Sie blätterte durch die Papiere, bis sie auf einen bekannten Familiennamen auf einer der Rechnungen stieß: Peter Dugan.

Mr. Dugan hatte das Anwesen 1978 zurückgekauft und beinahe ein Jahrzehnt daran gearbeitet, das Grundstück auf Vordermann zu bringen. Er hatte über ein Jahr damit zugebracht, den Garten anzulegen, dann hatte er sich dem Innenausbau der Hütten vorgenommen, und danach den Außenbereich. Dugan hatte noch andere Geschäfte besessen, weshalb sich die Restauration so lange hingezogen hatte.

Sie schob den Karton beiseite und suchte nach einem anderen. Wenn sich damals irgendetwas an dem See ereignet hatte, hatten die Leute, denen es widerfahren war, der Tankstelle vorher womöglich einen Besuch abgestattet. Vielleicht war das nur ein Schuss ins Blaue, aber ihr Herz hüpfte vor Aufregung, als sie die Kartons so verschob, dass sie den von 1969 problemlos herausziehen konnte.

»Wo stecken Sie denn?«, brüllte der Trucker jetzt aus tiefster Kehle.

»Bin gleich bei Ihnen«, rief sie zurück.

Sie klappte den Karton auf und eine Staubwolke kam ihr entgegen. Sie rieb sich die Augen und nieste, dann durchsuchte sie die Flut an Dokumenten darin. So nahe war sie der ganzen Geschichte noch nie zuvorgekommen.

So sehr Melanie sich auch danach sehnte, ihr Bett mit ihrer Katze zu teilen und dem Rat des Arztes zu folgen, den Stress in ihrem Leben zu minimieren, so leid war sie es auch, das immerwährende Opfer zu sein. Sie hasste dieses Gefühl, und obwohl sie am liebsten davongelaufen wäre, wusste sie, dass hier irgendwo eine gute Geschichte ... eine noch nicht erzählte Geschichte schlummerte. Vielleicht hatten die vielen Jahre als Professorin für Journalismus ja doch auf sie abgefärbt. Wie ein guter Spürhund folgte sie jetzt dem Drang, das Geheimnis aufzudecken und tief danach zu graben ... ihre neue Karriere zu finden, die so plötzlich vor ihrer Nase baumelte.

Sie studierte jedes Dokument sorgfältig und legte die wertlosen Schreiben auf einen Stapel zu ihrer Linken. Die meisten der Dokumente waren bereits vergilbt, ausgeblichen und brüchig geworden. Laden- und Tankrechnungen zerbröselten bei ihrer Suche unter ihren Fingern.

Sie hatte den Stapel beinahe zur Hälfte durchgesehen, als sie endlich fand, wonach sie suchte. Eine Einzelpostenabrechnung adressiert an Camp Forest Grove. Sie starrte auf den Bogen hinab, als wäre er ein Wunder. Eine Zweitausend-Dollar-Bestellung bestehend aus Konserven, Fleisch, Käse, Wasser, Brot und medizinischer Grundausstattung. Damals hatte die Tankstelle noch den Namen *Last Mile Gas & Gemischtwaren* getragen. Die Rechnung war auf den 16. März 1969 datiert und Melanie wusste sofort, dass sie einen Volltreffer gelandet hatte.

Der Name auf dem Briefkopf der Rechnung lautete Tullus Abblon, mit dem Zusatz: *Die Kirche der Bewahrer.*

Sie riss die Augen auf. So langsam wurde die Sache wirklich interessant.

Endlich hatte sie einen Namen, nach dem sie suchen konnte.

1968

DIE HALLE DER ANKUNFT

Irgendetwas stimmte nicht.

Zohra wusste allerdings nicht, was es war, da den Frauen der Zutritt zur Halle der Ankunft nicht gestattet war.

So nannten sie diese, nun, da sie vollendet war. Sie hatten über ein Jahr dafür gebraucht und die Arbeiten waren nur äußerst schleppend vorangegangen. Mit unglaublich schmalem Budget hatten sie die erforderlichen Baumaterialien zusammengetragen, und der Älteste hatte Brüder und Schwestern zu Wochenendarbeiten entsenden müssen, im Tausch für Dinge, die sie benötigt hatten. Diejenigen, die nicht zur Arbeit eingesetzt worden waren, hatten aber nicht untätig herumgestanden, sondern mit Schaufeln und Spitzhacken in der Erde gegraben, um sie zu lockern und das Fundament neben der Haupthütte auszuheben. Drei Meter tief hatten sie die Grube ausgehoben und eine behelfsmäßige Leiter angefertigt, um leichter wieder herausklettern zu können. Danach hatten sie einen einfachen Flaschenzug gebaut, um damit eimerweise Steine und Erdreich herausholen zu können. Schließlich war ein Bauunternehmer aus Forest Grove hinzugezogen worden, der ein ordentliches Betonfundament gelegt hatte.

Die Jahreszeiten waren gekommen und gegangen, während die Männer das Grundgerüst für die Erweiterung der bereits existierenden Hütte errichtet hatten. Im Winter, als der Boden gefroren gewesen war, waren sie im Warmen geblieben und hatten für Nachwuchs gesorgt.

Zohra war während des Wintersemesters zusammen mit Bruder Peter zu einer Universitätstour aufgebrochen. Anstatt die Transportmöglichkeiten ihrer Kirche zu bemühen, waren sie bis nach New Haven getrampt, um dort neue Rekruten anzuwerben. Sie und Peter gehörten zu den jüngeren Mitgliedern und konnten den Campus deshalb als vermeintliche Studenten infiltrieren. Sie hatten zwei Teenager-Jungen und ein Mädchen um die zwanzig davon überzeugen können, Buße zu tun und dem Herrn zu folgen, und hatten sich nach etwa zwei Monaten zu Fuß auf den Rückweg gemacht.

Den Rest des Winters hatte sie damit verbracht, dickere Tunikas für die kältesten Monate zu nähen, und der Älteste hatte hart daran gearbeitet, ihre Neuzugänge zu konvertieren.

Die Männer waren dazu aufgerufen worden, die Arbeit an der Halle der Ankunft zu vollenden. Deshalb kamen ihre eigentlichen Aufgaben nun den Frauen zu. Zohra wanderte daher in die Stadt, um Vorräte einzukaufen. Eine Aufgabe, vor der sie sich immer mehr fürchtete, denn manchmal lief sie dabei dem Polizisten mit den gütigen Augen über den Weg, der sie und Jessica bereits aus der Stadt geworfen hatte. Mehr als einmal hatte sie ihn beim Tanken getroffen oder dabei, wie er gerade Kaffee und Donuts genoss.

Doch es war nicht an ihr, sich deswegen zu beklagen, zumal es eine Zeit gegeben hatte, als ihre einzige Nahrung aus Abfällen bestanden hatte, die der Älteste aus den Mülltonnen von Restaurants gefischt hatte. Irgendwann hatte er zum Glück eingewilligt, dass seine demütigen Soldaten etwas Besseres verdienten und den Kauf von grundlegenden Lebensmitteln und Gütern erlaubt.

Während die Einkäufe zu Zohras doppelter Arbeit zählten, hielt Jessica die nächtlichen Gebete in der Pfarrei und übernahm außerdem die Aufgaben einer Lehrerin. Falls das Mädchen nach ihrem unsteten ersten Jahr noch immer Zweifel plagten, behielt sie diese vollkommen für sich.

Sobald der Schnee zu schmelzen begann, nahmen die Männer ihre Bauarbeiten wieder auf und bohrten und hämmerten nun rund um die Uhr. Die Haupthütte wurde zu einem

Wohnquartier, aufgeteilt in fünf Räume mit zwei gigantischen Wohnbereichen – einer für Männer und der andere für Frauen. Ein sehr viel kleineres Refugium war den drei Kindern vorbehalten, die unter ihnen lebten. Darüber hinaus verfügte das Gebäude über einen großzügigen Bereich für Abend-Andachten und Zusammenkünfte. Außerdem wurde die Hütte mit einem Essbereich für die kalten Tage ausgestattet, der über einen kleinen angrenzenden Lagerraum verfügte.

Der Älteste weigerte sich hartnäckig, Fragen über die Halle der Ankunft zu beantworten. Einmal, beim Abendessen, hatte sich Jessica erkundigt, wann die Frauen denn die Gelegenheit bekommen würden, die Früchte ihrer Arbeit zu bestaunen. Die Augen des Ältesten, die für gewöhnlich voller Mitgefühl waren, hatten daraufhin einen gleichgültigen Blick angenommen.

»Wenn wir alle stark genug sind, um zu widerstehen.«

Die Frauen hatten verständnislose Blicke ausgetauscht, aber es war Zohra gewesen, die es gewagt hatte, genauer nachzufragen. »Um zu … widerstehen? Was ist es denn, dem du widerstehen musst, Ältester? Sehen wir uns denn nicht alle den gleichen Herausforderungen als Sterbliche ausgesetzt?«

»Wir werden unentwegt geprüft«, sagte er daraufhin. »Dein Fleisch ist eine Prüfung für uns alle.«

Der Älteste aß jeden Abend mit seiner Gefolgschaft, aber die Gespräche, die früher einmal heiter und einladend gewesen waren, verliefen nun abgehackt und unangenehm. Die Frauen versuchten, über die Strapazen des vergangenen Tages zu reflektieren, aber die Männer waren anscheinend nicht daran interessiert, etwas dazu beizutragen. Sie aßen schweigend und ihr Metallbesteck kratzte über die Keramikteller. Wenn sie fertig waren, verschwanden sie für den Rest der Nacht einfach wieder unter der Erde.

Hin und wieder erschien der Älteste für eine Abend-Andacht, aber nur noch zu unregelmäßigen Zeiten. Meistens fiel es daher Jessica zu, seinen Platz einzunehmen. Wenn er doch einmal auftauchte, bestanden seine Predigten meist nur aus müden Wiederholungen der am häufigsten bemühten

Bibelpassagen. Die Leidenschaft war komplett aus seiner Stimme verschwunden, sodass nur noch gelangweilte Monotonie den Raum der Andacht erfüllte.

Nach einer von Jessicas Predigten ergriff sie Zohras Arm, während der Rest ihrer Gruppe in stiller Verwirrung in ihre Hütten schlurfte. Verzweiflung lag in ihrem Blick. »Mir bereitet eine Sache Sorge, Schwester.«

Nur eine? Zohra schlug vor, dass sie draußen miteinander sprachen.

Als sie sich weit genug von neugierigen Ohren entfernt hatten, sagte Jessica: »Du und Peter, ihr seid mit drei Rekruten aus New Haven zurückgekehrt. Zwei Jungen und einem Mädchen. Die Männer haben wir beim Abendessen bereits mehrmals gesehen, aber wo ist das Mädchen?«

»Vielleicht verweigert sie sich der Veränderung?«, überlegte Zohra. »Es ist nicht leicht, sein kaputtes Leben hinter sich zu lassen. Du solltest das am ehesten verstehen können.«

»Das ist alles? Du glaubst, sie wird einfach nur umprogrammiert? Seit *drei Monaten*?«

»Ich gebe zu, dass es ein sehr extremes Beispiel wäre«, sagte Zohra zögernd. »Aber was könnte sonst mit ihr passiert sein?«

»Was, wenn das Mädchen sie in Versuchung geführt hat?«

Zohra wollte so etwas nicht hören. Vielleicht auch deshalb, weil sie es sich nicht eingestehen wollte. Deshalb ließ sie Jessica einfach am Ufer stehen, wo das Mädchen sowieso oft bis spät in die Nacht hinein allein mit ihren Gedanken verweilte.

Als Zohra in die Hütte zurückkehrte, hörte sie einige der Männer über die Halle der Ankunft sprechen. Eigentlich hatten sie sich unter den See graben wollen, aber das Erdreich dort war zu locker gewesen. Die Tunnel, die sie hatten errichten wollen, hätten niemals standgehalten, also hatten sie sich stattdessen in die entgegengesetzte Richtung gewandt und gruben sich nun in Richtung Wald vor. Die Arbeiten gingen anscheinend gut voran und die Männer stützten die Gänge mit Balken ab, um das Gewicht der Erde über ihnen tragen zu können, und verlegten Wellbleche an der Decke.

Als sie tief genug gegraben hatten, um die Tunnel in einen unterirdischen Gebetsraum verbreitern zu können, hatten sie *es* gefunden.

Etwas.

Sie sprachen ausschließlich mit gedämpften Stimmen miteinander. Als sich ihnen eine Frau näherte, zogen sie sich sofort außerhalb ihrer Hörweite zurück. Zohra erschien dieses Verhalten äußerst seltsam und mit jedem weiteren Tag wurde es noch seltsamer. Sie arbeiteten in Schichten, und schon bald zeigte sich ihnen der Älteste überhaupt nicht mehr. Die Mahlzeiten waren von unangenehmem Schweigen erfüllt. Die Männer sahen das andere Geschlecht beim Essen kaum noch an, und wenn sie nicht gerade aßen, schliefen sie oder arbeiteten.

Den Frauen hingegen fiel es nicht leicht, nachts Schlaf zu finden, denn der Baulärm war allgegenwärtig. Berstendes Gestein, Scharren in der Erde, Ächzen und Stöhnen und andere Geräusche der harten Arbeit hallten endlos zu ihnen hinauf. Doch sie beklagten sich nicht und wagten es noch nicht einmal, ein Wort darüber zu verlieren … solange, bis ihre gemeinsame Angst schließlich zu groß wurde, um sie noch länger zu ignorieren.

Eines Morgens erwachte Zohra und sah, wie die Männer neues Baumaterial in den Keller brachten und sich Holz und Werkzeuge in einer Menschen-Kette durch die Falltür hinunterreichten.

Ihre Gesichter waren so ausdruckslos wie das des Ältesten und so voller Dreck und Schmutz, dass sie offenbar seit Tagen nicht mehr gebadet hatten. Ihre Hände waren schwielig und blutig, als hätten sie bis in den Tod und darüber hinaus geschuftet. Während die anderen schwere Holzträger von einer Hand in die nächste wandern ließen, füllte Bruder Peter die Abstellkammer mit Schrotflinten und Gewehren. Jessica stand an der gegenüberliegenden Wand, hütete sich aber, ihn darauf anzusprechen. Die drohende Gewalt war etwas Neues, aber sie war beinahe greifbar.

Das war das letzte Mal, dass die Männer an der Oberfläche gesehen wurden.

Sie kamen nicht einmal mehr zum Schlafen herauf. Stattdessen gesellte sich nun auch noch Gesang zu dem nächtlichen Chor ihrer Arbeit. Eines Nachts schreckten die Frauen alle gleichzeitig aus dem Schlaf auf. Ihre Herzen klopften so laut, dass sie selbst die Schläge der anderen hören konnten.

Ruhe konnten sie kaum noch finden. Sie warfen sich herum, während aus dem Loch im Korridor irres Gelächter zu ihnen hinaufschallte. Alle wollten wissen, was sich dort unten abspielte, aber niemand war so dumm, danach zu fragen.

Aus diesem Grund war der nächste Versorgungsausflug in die Stadt für Zohra eine äußerst willkommene Abwechslung. Sie fuhr mit dem Transporter zu *Last Mile Gas & Gemischtwaren* und dachte zum ersten Mal ernsthaft daran, die *Kirche der Bewahrer* für immer zu verlassen.

Aber wo willst du dann hin?

Zohra sah dem jungen Kassierer dabei zu, wie er das Wasser und das Brot in eine große Kiste packte, und dann erspähte sie plötzlich *Mr. Gütige Augen* auf dem Parkplatz. Sein Streifenwagen stand an einer Zapfsäule und er schlenderte auf sie zu, als sie mit der schweren Kiste auf dem Arm die Tür öffnete.

»Lassen Sie mich Ihnen helfen«, bot er ihr an.

»Ich schaffe das schon«, sagte sie. »Ich schaffe es sonst auch immer.«

»Zumindest lassen die Sie nicht mehr den ganzen Weg barfuß laufen.«

Zohra konnte die Sticheleien wirklich nicht mehr hören. Als sie ihn das letzte Mal getroffen hatte, hatte er gesagt: *»Hey, ist das Ihr Transporter? Wir machen offenbar Fortschritte!«* Schnaubend stapfte sie an ihm vorbei, aber der Polizist eilte ihr hinterher. Es gab nichts, worüber sie sich hätten unterhalten können, aber das hielt ihn anscheinend nicht davon ab, nach dem letzten Strohhalm zu greifen.

»Tut mir leid, wenn ich zu ruppig gewesen bin«, sagte er. »Ich dachte nur, dass Sie vielleicht Hilfe dabei gebrauchen könnten, das in Ihren Transporter zu laden.«

Diese Art von Interaktion – so freundlich wie unnötig – war ihr verboten. Der Polizist versuchte nur, nett zu sein, aber das war ein Luxus, den sie nicht annehmen konnte, oder wollte. »Ich nehme Ihre Entschuldigung an, Sir.«

»Ich vermute mal nicht, dass Sie mir etwas über Ihre Religion erzählen würden, oder? Mir … äh … ist aufgefallen, dass Sie in der letzten Zeit nicht mehr so oft in der Gegend sind. Ich nehme also an, dass Sie es sich zu sehr zu Herzen genommen haben, als ich Ihnen gesagt habe, dass Sie hier nicht ständig herumlaufen und Leute belästigen dürfen. Ich habe mich deswegen ehrlich gesagt ein wenig schuldig gefühlt.«

»Das sollten Sie auch«, antwortete sie. »Denn wir haben niemanden belästigt.«

»Ich versuche doch nur, Ihnen zu helfen.«

»Lassen Sie mich raten … weil Sie der Meinung sind, dass wir alle nur eine Gruppe von Spinnern sind?«

»*Sie* nicht«, sagte *Mr. Gütige Augen*. »Das kann ich sehen. Vielleicht hat es das Leben einfach nicht besonders gut mit Ihnen gemeint, keine Ahnung. Aber Sie sind nicht wie die anderen dort.«

»Ihre Leute wollen unsere Hilfe nicht, genauso wenig, wie ich die Ihre will. Auf Wiedersehen.«

»In Ordnung«, sagte er. »Sie wollen meine Hilfe also nicht. Aber wie wäre es, wenn ich Ihnen stattdessen einfach nur zuhöre?«

Sie schob die Kiste über den Sitz des Transporters. »Wenn ich auch nur für eine Sekunde annehmen würde, dass Sie ehrlich daran interessiert sind, Officer, würde ich sehr gern mit Ihnen über Gott sprechen.«

»Aber Sie glauben mir nicht?«

»Na schön«, sagte sie und hob eine Augenbraue. »Wieso wollen Sie büßen und sich Gott hingeben?«

»Sollten Sie mich nicht eigentlich davon überzeugen?«

»Ich denke, Sie wollen mich nur auf den Arm nehmen.« Sie sah auf seine Dienstmarke, doch sein Name war darauf nicht zu finden.

Er ahnte, wonach sie gesucht hatte. »Sleighton«, sagte er deshalb. »Ron Sleighton. Denken Sie einfach darüber nach. Ich habe morgen frei, und wer weiß.« Er lächelte. »Ich bin offen für alles.«

Das war wirklich das Letzte, wonach ihr jetzt der Sinn stand. Aber wenn der Älteste herausfand, dass sie jemandem die Chance verweigerte, Buße zu tun und sich Gott hinzugeben, würde das bestimmt nicht gut enden. Außerdem wäre es auch nicht die schlimmste Tragödie, dem Camp für ein paar weitere Stunden zu entkommen. Denn der Gedanke daran, wieder dorthin zurückkehren zu müssen, erfüllte sie mit einer Furcht, aus der immer mehr Ablehnung erwuchs.

Was ist aus der Liebe und Akzeptanz geworden, die diese Art zu leben einst so großartig gemacht hatten?

Die einzige Akzeptanz, die Zohra aktuell spürte, lag in den Augen dieses unglückseligen Polizisten. Sie lächelte daher und willigte ein, ihn am darauffolgenden Mittag zum Essen zu treffen, dann machte sie sich eilig auf den Weg, während über ihr dunkle Wolken aufzogen.

Als sie zurück ins Camp kam, fand sie Bruder Joseph, der draußen im Regen auf sie wartete. Er hatte die Arme vor der Brust verschränkt und musterte sie, während sie sich ihm näherte. »Der Älteste will dich sehen«, sagte er und strich sich ein paar nasse Haarsträhnen aus der Stirn. »Er glaubt, du wärst bereit, die Halle zu betreten.«

Zohra spürte plötzlich ein kaltes und unangenehmes Gefühl in ihrem Bauch. Diese Einladung hörte sich für sie eher nach einem Todesurteil als nach etwas Positivem an. Sie folgte Joseph in die Schlafbaracke und ging bis zum Ende. Die Falltür stand offen und eine wackelige Strickleiter führte in die Schwärze hinab. Tief unten flackerte spastisch zuckend ein schwacher orangefarbener Lichtschein in der Dunkelheit. Ihr Herz schlug heftig, und am liebsten wäre sie keinen Schritt mehr weitergegangen.

Aber ich fürchte, dass sie mich umbringen werden, wenn ich mich weigere.

Also stieg sie hinab.

Auf halbem Weg folgte ihr Joseph und zog die Falltür hinter sich zu.

Als die Strickleiter endete, sprang sie den letzten Meter hinunter und zog eine flackernde Fackel aus der notdürftigen Halterung. Joseph trat jetzt neben sie und sein bärtiges Gesicht nahm im orangefarbenen Schein mehr Konturen an. Er schlurfte voran und erwartete, dass sie ihm folgte.

Die Luft in dem Tunnel war stickig, als sie den abschüssigen Weg immer tiefer hinuntergingen. Der zugige Tunnel flüsterte ihr beständig unheimliche Warnungen zu, während sie ihn zitternd durchschritt.

»Vorsicht«, wisperte Joseph jetzt. Sie waren so lange schweigend dem Gang gefolgt, dass seine Stimme sie erschreckte. Er streckte den Arm aus, um sie zurückzuhalten. Der Korridor mündete in einer höhlenartigen Kammer.

Zohra schob sich vorsichtig an den brüchigen Rand und sah hinunter. Das kurze Aufflackern einiger Fackeln erinnerte sie an Stecknadellöcher in einer ansonsten pechschwarzen Decke. Es mussten mindestens weitere fünfzehn Meter bis nach unten sein und eine neue Strickleiter führte hinab in die Tiefe.

In der Ferne pulsierte wie ein Energieball das grellste rote Licht, das sie jemals in ihrem Leben gesehen hatte. Es wurde immer wieder hell und dann dunkler. Es erinnerte beinahe an tiefe Atemzüge.

Sie schluckte schwer und begann mit dem Abstieg. Mit jedem Schritt wurden ihre Gedanken umwölkter und ihre Augenlider schwerer.

Die Männer befanden sich allesamt hier unten, in Gruppen zu jeweils fünf. Sie knieten, die Gesichter nur knapp über dem Boden. Aus ihren Kehlen drang in perfektem Gleichklang ein leiser Gesang. Joseph sprang nun von der Strickleiter, schloss sich seinen Brüdern an und stimmte in das Gebet mit ein, während er sich tief über den Boden beugte.

Sie alle beteten in Richtung des pulsierenden roten Glühens, welches durch die Ritzen einer aufgeschichteten Steinmauer drang. Zohra fühlte sich unwillkürlich davon angezogen, und plötzlich und unerklärlicherweise begannen Tränen über ihre Wangen zu rinnen.

Der Älteste stand direkt vor der Mauer und gestikulierte wild mit den Händen, als würde er gerade eine Unterhaltung führen, die nur er hören konnte. Beim Geräusch ihrer Schritte drehte er sich um. Sein Gesicht war vollkommen in das rote Glühen getaucht und seine Gesichtszüge wirkten in dem kirschroten Licht ungewöhnlich hart und wütender, als sie ihn je zuvor gesehen hatte.

»Du kannst es auch fühlen, nicht wahr?«, fragte er.

»Ich bin mir nicht sicher«, antwortete sie. Doch das war gelogen. Irgendetwas befand sich auf einmal in ihrem Kopf und spielte mit ihren Gedanken. Es schob sie herum und ordnete sie neu an. Was sie damit eigentlich meinte, war, dass sie nicht erklären konnte, was sie gerade fühlte. Zohra kippte jetzt zur Seite und plötzlich war sie wieder Barbara Hoyt. Die Tochter von George und Alexis und die Schwester von Martin. Das Mädchen, das mit sechzehn schwanger geworden und verloren in einer Welt aus exzessivem Drogenkonsum und schnellem Sex war. Sie verstärkte diese Gewohnheiten noch, indem sie in jeder Absteige, die sie haben wollte, als Bedienung arbeitete. Solange, bis ein besonders schlimmer Heroin-Kick sie während ihrer Schicht aus der Hintertür rennen ließ. Ein Mann hatte dort in einem der Müllcontainer herumgewühlt und sein Interesse an dem kranken Mädchen – das bewusstlos in einer Lache aus ihrem eigenen Erbrochenen lag – war immens gewachsen.

Er hatte nur versucht, seine Brüder und Schwestern zu ernähren und den Ältesten Tullus Abblon.

Dann war sie plötzlich wieder Zohra und ihre Gedankenwelt war so eng wie der Gang, dem sie gerade gefolgt war. Sie erinnerte sich nun an das Gesicht jedes Heiden in Forest Grove, der sich über ihren Glauben lustig gemacht hatte. Sie musste an die Jugendlichen denken, die auf ihrem Anwesen rund um den See geparkt hatten … geile Schüler, die fernab ihrer neugierigen Eltern versuchten, ihren Spaß zu haben … die gleichen Eltern, die die *Bewahrer* und ihren Glauben so sehr verachteten.

Vielleicht hätte es noch andere Wege gegeben, sie zu retten.

Sie durchforstete ihre Gedanken nach einer besseren Idee … nach etwas Positivem, doch sie fand nur Wut.

Dann handele entsprechend.

Das waren nicht *ihre* Gedanken, obwohl sie sich in ihrem Kopf befanden.

»Er spricht zu uns«, sagte der Älteste weinend. Mit seinen Fingern strich er hingebungsvoll über die rissigen Steine.

Zohras Augen wurden schwer, aber die Ehrfurcht, die sie empfand, war beträchtlich. War dies etwa die Belohnung für ihre Demut? War Gott tatsächlich in die Halle der Ankunft hinabgestiegen?

Der Älteste umfasste ihre Arme. Er streichelte sie … hinauf und hinunter … als würde er das Gefühl unter seinen Fingern genießen. »Die Zeit ist gekommen, dich zu einer Priesterin zu machen. Du wirst nun täglich Sein Wort verkünden, und zwar genau hier.«

»Und was ist mit der Versuchung?«, fragte Zohra mit einem Mut, von dem sie bislang noch nicht einmal gewusst hatte, dass er in ihr wohnte. »Ist mein Fleisch denn nicht länger eine Verlockung für dich?«

»Wir wurden unserer Prüfung unterzogen«, erklärte er, »und wir sind standhaft geblieben. Zumindest die meisten von uns. Um jene, die es nicht getan haben, haben wir uns *gekümmert.*« Sie folgte seinem Finger daraufhin zu einem Berg aus Leichen … sechs nackte, geschundene Männerkörper. Man hatte ihnen ihre Genitalien entfernt, und ihre Leichen waren kaum mehr als eine blutige, formlose Masse. Neben ihnen lag die junge Studentin aus New Haven. Ihre Beine waren gespreizt und zwischen ihnen war eine Lache aus getrocknetem Blut zu erkennen. In ihrer Kehle klaffte eine Wunde. »Sie war der Test, und diese Brüder haben ihn nicht bestanden. Sie konnten sich nicht beherrschen. Deshalb haben wir sie auf die einzig denkbare Weise gerettet.«

Der Anblick hätte sie eigentlich schockieren müssen, denn das junge Mädchen hatte ihnen vertraut. Sie war mit ihnen gekommen, auf der Suche nach einem besseren Leben. Aber dennoch gab es etwas an der Entscheidung des Ältesten, das zu ihr sprach. Sie trat näher an die Leichen heran und war unfähig, an etwas anderes zu denken, als dass sie den Weg der Erlösung weiter beschreiten musste.

Vielleicht hätte es noch andere Wege gegeben, sie zu retten.

»Eine Priesterin«, sagte sie leise und ließ sich den Gedanken durch den Kopf gehen.

»Die erste Tochter der *Bewahrer.*« Der Älteste lächelte. »Er verlangte nach einer Tochter. Nach jemandem, der auch Umwege in die Erlösung verstehen wird.«

Sie musste daraufhin wieder an die Bewohner von Forest Grove denken; an all die Gesichter, die sie kaum erwarten konnte, zu erlösen.

»Es ist mir eine Ehre.«

»So wie es scheint, ist der Tag näher als gedacht«, erklärte er. »Deshalb werden wir sie schon bald erlösen müssen.«

Das pulsierende Licht war jetzt grell und blendend, als sie sich ihm mit ausgestreckten Armen näherte.

Erlöse sie alle!

Sie fiel auf die Knie. Es sprach zu ihr und nur zu ihr allein.

»Was sagt Er?«, fragte der Älteste sie ehrfürchtig.

Doch sie sah keinen Grund, ihm zu antworten. In ihren persönlichsten Momenten hatte Zohra sich oft gefragt, ob sie verrückt war, an die Existenz eines höheren Wesens zu glauben und nun das. Nach all der Zeit endlich ein Zeichen, dass jene, die festen Glaubens waren, am Ende belohnt wurden. Sie wischte sich die Tränen von ihren Wangen und ließ zu, dass es ihre Gedanken flutete.

»Die Zeit ist gekommen, sich derer anzunehmen, die errettet werden wollen«, sagte er.

Die Brüder richteten sich auf. Ihre Gesänge steigerten sich nun zu einem schrillen Höhepunkt.

»Tut Buße und dienet dem Herrn.«

»Tut Buße und dienet dem Herrn.«

»Tut Buße und dienet dem Herrn.«

»Das ist es, was wir tun müssen«, stimmte sie zu. »Was *ich* schon immer tun wollte.« Es gab keine Worte mehr. Die

Sünder in die Hölle zu schicken, war der einzige Weg, ihre Vernichtung zu verhindern. Das war es, was Er wollte.

Und das war es, was Er bekommen würde.

8

Chief Brady biss die Zähne zusammen, als die Baggerschaufel über den Sargdeckel scharrte.

Der Leichenbestatter Eddie Rawls brüllte ein paar bildhafte Obszönitäten über fickende Eichhörnchen. Ein paar Grabreihen weiter hielt eine Mutter ihrem Sohn die Ohren zu und scheuchte ihn dann von dem Grab weg, welches sie besucht hatten.

»Es wäre nett, wenn Sie sich aus Rücksicht auf die morgendlichen Besucher etwas zusammenreißen könnten, Rawls«, sagte Nate. »Ich weiß, Sie und Ihre Salzwasser-Saufkumpane sind gewöhnlich nicht vor Mittag auf, aber es gibt hier ein paar Leute, die mit Ihrem Seemannsjargon nicht unbedingt etwas anfangen können.«

Rawls war vor seiner Pensionierung bei der Küstenwacht gewesen. Er und eine Gruppe gleichgesinnter Veteranen verbrachten ihre Nächte immer im *Tankard* drüben in Biscayne, wo sie alte Kriegsgeschichten aufwärmten, ihre Narben wie in dieser Szene in *Der weiße Hai* verglichen und sich über den erbärmlichen Zustand ihres Landes beklagten.

»Ich habe keine Ahnung, wieso jeder glaubt, dass dieser Dreckskerl noch am Leben ist, Chief. Sucht man heutzutage auf diese Weise nach einem Mörder? Indem man uralte Gräber aushebt?«

»Das reicht«, sagte Nate nur und sah zu, wie der Totengräber vom Bagger stieg und in das frisch ausgehobene Grab kletterte. Rawls machte sich kurz darauf mit einer Brechstange an dem Sarg zu schaffen, während Nate auf seiner

Unterlippe kauend die Kopie von Cyrus Hoyts Todesurkunde studierte.

Der ausgeblichene und fotokopierte Eintrag datierte Hoyts Todeszeitpunkt auf 8.45 Uhr am Samstag, dem 9. Juli 1988. Kreisarzt Samuel Valeri hatte das Dokument zusammen mit dem damaligen Gerichtsmediziner Larry Fraser unterzeichnet.

Dieser offizielle Beweis beruhigte zumindest einen kleinen Teil von ihm – jenen Teil, der sich immer noch Gedanken machte. Selbst, wenn sich Hoyt nicht unter der Erde befand *(bitte, sei in dem Grab)*, hatte er lange genug nicht mehr geatmet, um für tot erklärt zu werden. Trotzdem konnte er Melanies Befürchtungen irgendwie verstehen. Nach diesem unvorstellbaren Erlebnis hatte sie jedes Recht, Angst zu haben.

Rawls Gesicht war mittlerweile puterrot angelaufen und seine Armmuskeln traten hervor, als er die Brechstange hinunterdrückte. Knarzend öffnete sich der Sarg und offenbarte ein gigantisches Spinnennetz.

Er war leer!

Sein einziger Plan hatte darin bestanden, Melanie mit einem reinen Gewissen nach Hause schicken zu können. Er hatte sie beruhigen und gleichzeitig auch gern den naheliegendsten Verdächtigen von seiner Liste streichen wollen.

»Leck mich doch einer am Arsch«, kommentierte Rawls mit einer Spur von Erheiterung in der Stimme. »Sieht ganz so aus, als wären Sie da tatsächlich an etwas dran, Chief.«

»Als Erstes werden Sie mir jetzt versichern, dass das damals nicht unter Ihrer Aufsicht passiert ist, Rawls.«

Der Totengräber kletterte aus dem Erdloch und hob verteidigend die Hände. »Ich mache diesen Job jetzt seit zwanzig Jahren, und auf diesem Friedhof passiert nichts, ohne dass ich es erfahre.«

»Sparen Sie sich das«, antwortete Nate. Selbst, wenn Hoyt je in diesem Sarg gelegen hatte, hatte man ihn nicht erst kürzlich daraus entwendet. »Ich werde so schnell wie möglich jemanden herschicken, der Ihnen noch ein paar Fragen stellen wird. Sperren Sie das Loch in der Zwischenzeit ab.«

Der Bestatter wollte zuerst protestieren, aber Nate warf ihm nur einen *Nicht-Jetzt*-Blick zu und eilte zu seinem Wagen. In der Zentrale erkundigte er sich als Erstes, ob seine Männer in Desirees Hotel mit der Spurensicherung fertig waren.

»Beinahe, Chief. Das Sheriffbüro hat vor einer Weile einen Detective rübergeschickt.«

Nate war gerade aus dem Fahndungs-Hauptquartier des Sheriffs gekommen. Sie hatten eine mobile Kommandozentrale draußen an der CT-341 errichtet und die anhaltende Suche nach Cyrus Hoyt war immer noch in vollem Gange. Außerdem hatten sie Maylams Mörder in die Wälder hinter dem *Desirees* verfolgt. Seine eigenen Leute waren alle mittendrin, sodass nur Alex Johnson ihnen für das Tagesgeschehen den Rücken freihielt. Die Stadt musste das Gefühl haben, dass sich zumindest ein bekanntes Gesicht um ihre täglichen Angelegenheiten kümmerte.

»Sagen Sie Johnson, dass ich mit ihm reden will, sobald er die Gelegenheit dazu hat.«

»Johnson ist schon seit letzter Nacht offline. Er hat sich noch einmal gemeldet, nachdem das Sheriffbüro einen Checkpoint errichtet hat und gesagt, dass er nun die örtlichen Beschwerden abarbeiten würde, die wir solange auf Eis gelegt hatten.«

»Das ist in Ordnung«, sagte Nate. »Holen Sie ihn trotzdem an die Strippe und richten Sie ihm aus, dass er sich unbedingt bei mir melden soll. Denn ich möchte nicht, dass irgendwer von uns so lange verschwindet. Sagen Sie außerdem Sleighton, dass er mich später auf dem Revier treffen soll. Ich will nämlich herausfinden, wie der Kreisarzt und der Gerichtsmediziner den Tod eines Mannes bestätigen konnten, dessen Leiche offenbar seit fünfundzwanzig Jahren verschwunden ist.«

***

Google schien von Tullus Abblon noch nie etwas gehört zu haben. Die Suchmaschine nahm daher an, dass sie sich verschrieben hatte, und schlug ihr stattdessen einige Webseiten über die südfranzösische Stadt Toulouse vor.

Melanie stöhnte gerade bei dem Gedanken an weitere Sackgassen auf, als plötzlich ein alter Mann in die Lobby der Polizeistation stürmte. Er war ungefähr Mitte sechzig und das perfekte Abbild eines Rentners. Er trug eine kakifarbene Hose, die von einem enggeschnallten Gürtel an Ort und Stelle gehalten wurde, und ein Hawaiihemd, das er sich ordentlich in die Hose gesteckt hatte. Der Mann blieb jetzt stehen und lächelte.

»Melanie Holden?«, erkundigte er sich. »Ich hatte mich schon gefragt, wann ich die Gelegenheit bekommen würde, Sie wiederzutreffen.«

»Ja, das bin ich.«

»Chief Ronald Sleighton«, stellte er sich vor. »Ich bin jetzt im Ruhestand, aber wir haben uns vor fünfundzwanzig Jahren kennengelernt. Damals war ich allerdings noch etwas besser in Schuss.«

»Chief Sleighton.« Sie stand auf, um ihm die Hand zu geben. Jetzt kam er ihr tatsächlich bekannt vor, auch wenn er um vieles, vieles älter war als damals.

Er war es nämlich gewesen, der in jener Nacht über einen blutverkrusteten und beinahe katatonischen Teenager gestolpert war und sie gerettet hatte. Sein Mitgefühl hatte sie vor dem ganzen Affenzirkus bewahrt, der nach Hoyts Amoklauf ausgebrochen war.

Seine Umarmung war herzlich. »Ich bin froh, dass es Ihnen gut geht. Nate hat mir gesagt, dass Sie die Stadt verlassen wollen. Wir alle haben uns unglaubliche Sorgen um Sie gemacht.«

»Ich werde Forest Grove tatsächlich schon bald verlassen«, antwortete sie.

Er führte sie in die eigentliche Station hinein, und seine Fingerspitzen berührten sie dabei sanft an ihrem Schulterblatt. »Nate hat bestimmt nichts dagegen, wenn wir in seinem Büro auf ihn warten. Wenn ich ehrlich sein soll, fühlt es sich allerdings immer noch wie meines an.«

Auf dem Revier war es extrem ruhig – ohne Zweifel ein Zeichen des Respekts für ihren gefallenen Kameraden. Melanie wusste zwar, wo sich Nates Büro befand, gestattete es aber dem alten Chief, ihr den Weg zu zeigen.

Er schloss die Tür hinter ihnen und bot ihr Kaffee, Wasser oder was immer sie wollte, an.

Was sie jedoch wirklich wollte, war, dass Nate so schnell wie möglich hier eintraf.

»Wie ich gehört habe, musste unser Polizeichef einige Hürden nehmen, um Sie beruhigen zu können«, sagte er. »Ich bin froh, dass er ebenfalls meine Ritterlichkeit besitzt.« Sleighton musste die Kränkung in ihren Augen gesehen haben, denn er versuchte sich hastig und stotternd zu korrigieren. »Nicht, dass Sie hätten gerettet werden müssen, Mädchen. Ich glaube nicht, dass viele andere in Ihrem Alter es fertiggebracht hätten, zu tun, was Sie getan haben. Hoyts Gesicht sah aus wie ein Hamburger, als Sie mit ihm fertig waren.«

»Wenn ich doch nur tatsächlich mit ihm fertig geworden wäre.«

»Hoyt *ist* tot«, antwortete er überzeugt. »Er ist nicht mehr als eine furchtbare Erinnerung.«

Melanie stöhnte auf. »Das höre ich die ganze Zeit über.« Zu protestieren schien mittlerweile reine Zeitverschwendung zu sein. Sie respektierte Ron Sleighton und deshalb schmerzte es sie besonders, zu sehen, dass er sich offenbar dem gleichen Drehbuch wie der Rest der Stadt beugte. Wieso ignorierten sie alle so beharrlich die Möglichkeit, dass Hoyt noch lebte?

»Sie hören das immer wieder, weil es die Wahrheit ist. Wer immer letzte Nacht auf Sie losgegangen ist, war nicht Hoyt.«

»Ich verstehe.«

»Dann sind Sie also aus privaten Gründen hier auf dem Revier?«

»Nein«, sagte sie und verschränkte die Arme vor der Brust. »Ich bin vielleicht auf etwas Wichtiges gestoßen und wollte nur sicherstellen, dass Nate es erfährt.«

»Was immer es ist, Sie können es auch mir anvertrauen. Ich werde dafür sorgen, dass er es erfährt.«

Mit jeder Sekunde, die verstrich, verloren sich ihre nostalgischen Gefühle für Sleighton mehr und mehr.

»Machen Sie sich keine Sorgen«, meinte er jetzt lächelnd. »Nate ist mein Schwiegersohn.«

»Ich mache mir keine Sorgen, Chief, aber es handelt sich um etwas, das Na... Chief Brady und ich bereits besprochen hatten, weshalb ich die Informationen lieber direkt in seine Hände geben würde. Dann kann er damit verfahren, wie er es für richtig hält.«

»Jetzt haben Sie mich aber doch neugierig gemacht«, sagte er. »Sie sind schließlich noch keine Woche hier, also würde ich liebend gern hören, was Sie ausgegraben haben.«

»Nur einen Namen.«

Die Augen des Ex-Chiefs flackerten daraufhin verärgert auf, doch Melanie war nicht in der Stimmung und beantwortete den Blick deshalb schweigend auf die gleiche durchdringende Art und Weise.

Kurz darauf betrat Nate endlich die Station. Er wirkte besorgt, als sein Blick zuerst zu Sleighton und dann zu ihr wanderte.

»Das Mädchen hat offenbar Neuigkeiten«, sagte Sleighton, »wollte sie aber nicht mit mir teilen.«

Melanie beobachtete, wie der alte Mann hinaushumpelte, und Nate schloss hinter ihm die Tür.

»Geht es dir gut?«, erkundigte er sich.

»Bestens. Ich glaube, ich habe etwas für dich.«

Sie erzählte ihm daraufhin die ganze Geschichte bis zu ihrem heutigen Besuch bei *Last Mile Gas*, der sie zu der alten Rechnung mit einem interessanten Namen darauf geführt hatte: Tullus Abblon.

»Nie von ihm gehört«, sagte Nate nachdenklich.

»Kannst du auch nicht. Denn nach allem, was ich herausfinden konnte, hat sich irgendetwas am Lake Forest Grove zugetragen, lange bevor Cyrus Hoyt mich und meine Freunde angegriffen hat.« Sie zog nun die zusammengefaltete Rechnung aus ihrer Tasche und legte sie auf seinen Tisch. »Etwas, das mit diesem Tullus Abblon und einer *Kirche der Bewahrer* zu tun hatte.«

Nate studierte den Zettel aufmerksam. »Und du glaubst, dass das Ganze irgendwie mit Hoyt in Verbindung steht?«

»Keine Ahnung, aber Jed schien das offenbar zu glauben, und da ihn höchstwahrscheinlich jemand umgebracht hat, halte ich es mittlerweile für unsere einzige Spur.«

»Nehmen wir mal an, dass an der Sache tatsächlich etwas dran ist. Ich habe einen toten Polizisten und wir tappen immer noch im Dunkeln, wer ihn getötet hat. Tullus Abblon könnte der Schlüssel zu deinem Buch sein, aber darum kann ich mich im Moment leider nicht auch noch kümmern.«

»Ich verstehe.« Melanie stand auf, denn durch ihren Fund fühlte sie sich das erste Mal seit langer Zeit angespornt und zuversichtlich. »Heißt das, dass du mir nicht beweisen kannst, dass mein schwarzer Mann nur noch ein Haufen Knochen ist?«

»Bis jetzt noch nicht«, antwortete Nate seufzend. »Ich habe Cyrus Hoyts Grab öffnen lassen ...«

Sie brauchte den Rest nicht hören. »Glaubst du, dass er noch immer irgendwo dort draußen ist?«

»Es würde mich nicht wundern, wenn Maylams Killer seine verdammte Leiche irgendwo versteckt hält.«

»Oder Hoyt nie gestorben ist ...«

»Ich wollte ihn exhumieren lassen, weil ich mir hundertprozentig sicher war, dass er dort liegt. Ich wollte damit helfen, dich zu beruhigen, aber nun habe ich plötzlich mehr Fragen als Antworten.«

»Das ist eines der nettesten Dinge, die je jemand für mich getan hat«, sagte Melanie. »Traurigerweise.«

Er antwortete mit einem müden Seufzen. »Du hast etwas Besseres verdient.«

Du ebenfalls, hätte sie am liebsten geantwortet, sparte sich den abgedroschenen Satz jedoch. Stattdessen ließ sie ihn wissen, dass sie die Stadt vorerst noch nicht verlassen würde. Nicht, solange mehr Puzzleteile auf dem Tisch lagen als zu Beginn. Sie mussten herausfinden, wie sie alle zusammenpassten. Doch das würde noch mehr Arbeit bedeuten. Beinahe genug, um sie von ihrer Angst ablenken zu können.

»Glaubst du denn, dass es hier noch sicher für dich ist, nach allem, was passiert ist?«

Nein, nicht wirklich. Es war eine furchteinflößende Aussicht, das stand fest, aber in ihr selbst gemachtes Gefängnis aus Bewegungsmeldern und Überwachungskameras zurückzurennen, wäre auch nicht viel besser. »Ich habe mich zur Zielscheibe gemacht. Wer sagt mir denn, dass sie mir nicht auch bis nach Hause folgen werden?«

»Wenn du hierbleiben willst, dann bei mir«, erklärte Nate. »Das ist der Deal. Ich lasse dich von nun an nicht mehr aus den Augen.«

Wieso auch nicht … Wobei sie sich fragte, wie wörtlich dieser Deal zu nehmen war. Würde Trish sie in ihrem Heim mit offenen Armen empfangen, wenn Nate in diesen Tagen sowieso schon so wenig Freizeit hatte?

Nate tätschelte ihr sanft die Schulter und ließ seine Hand dabei zu lange auf ihr ruhen, um es als bedeutungslose Geste abzuhaken.

In diesem Moment klingelte das Telefon und Nate stellte das Gespräch auf Lautsprecher. »Chief, ich habe gerade einen Anruf, aus dem Büro des Sheriffs bekommen. Ein paar der Jungs, die den Wald durchkämmt haben, haben auch an Henry Yuricks Haus haltgemacht und dort Anzeichen für einen Kampf gefunden … zerstörte Möbel und erst kürzlich getrocknetes Blut.«

Nate presste die Kiefer aufeinander.

»Komm mit«, sagte er, verließ das Gebäude und lief auf den Parkplatz hinaus.

»Wo gehen wir denn hin?«

»Ich glaube, ich weiß jetzt, wer unser Killer ist!«

***

Sie war ihm entkommen.

Schon wieder.

Letzte Nacht hatte er unter Melanies Bett auf sie gewartet und sich dabei das Geräusch ihrer friedlichen Atemzüge vorgestellt. Irgendwann würde sie zurückkehren und unter ihre Bettdecke kriechen, und dann würde er sie hören. Er wollte ihr stundenlang zuhören. So lange, bis sie tief und fest schlief und ihre Angst weitestgehend aus ihren Gedanken verbannt war.

Erst dann wäre der Zeitpunkt gekommen, ihr sein Messer ins Genick zu rammen.

Doch dann war ein Tumult ausgebrochen, bevor Melanie in ihr Zimmer zurückgekehrt war. Ein junger Polizist war schließlich hereingekommen. Hatte Dinge mit ihrer Kleidung angestellt. Kranke Dinge. Als er noch jünger gewesen war, hätte der, den sie den Ältesten genannt hatten, ihn allein für solche Gedanken schon auspeitschen lassen.

Aber er hatte den Lehren nie viel Beachtung geschenkt – hauptsächlich deswegen, weil er sie nicht verstanden hatte.

Der Polizist hatte Melanies Habseligkeiten durchwühlt, an ihrer Unterwäsche geschnüffelt und immer wieder Schimpfworte durch die Zähne hindurch hervorgestoßen. So war es eine ganze Weile weitergegangen, und Hoyt hatte dabei zugesehen – fasziniert und verwirrt zugleich.

Als Melanie schließlich zurückgekehrt war, hatte sich der ungebetene Gast eine Maske über den Kopf und einen Mantel über seine Uniform gezogen, bevor er schwer atmend verschwunden war.

Das war ein großes Problem. Denn niemand außer ihm durfte diese Frau haben. Ganz besonders nicht nach all dieser Zeit. Nur seinem verbliebenen Auge sollte das Privileg zuteilwerden, dabei zuzusehen, wie das Leben aus ihr entwich.

Hoyt hatte den Mann verfolgt, während das Blut durch seine Adern pulsiert war und ihn angetrieben hatte. Er hatte sich unverwundbar gefühlt, als er die Stufen hinunterpoltert war, und war erstaunt über den Beschützerinstinkt gewesen, der ihn so plötzlich bestürmt hatte. Sie musste unbedingt lange genug leben, um durch seine Hand sterben zu können.

Doch dann hatte dieser perverse Polizist einem seiner eigenen Leute die Kehle aufgeschlitzt. Hoyt hatte es durch das Fenster vom Treppenabsatz im zweiten Stock beobachten können und hatte seine Schritte beschleunigt, um Melanie töten zu können, bevor sie das Haus verließ. Aber sie war schneller denn je und so war ihm nichts anderes übrig geblieben, als sie aus dem Dunkeln heraus zu beobachten. Er hatte sich unfassbar hilflos gefühlt. Ein Gefühl, dem er allerdings keine Beachtung schenkte.

Es war äußerst eigenartig gewesen, sich auf ihre Seite zu schlagen, um den ungewollten Kontrahenten abzuwehren.

Danach blieb ihm nichts weiter übrig, als dem Polizisten zu folgen. Denn so etwas durfte sich kein zweites Mal wiederholen, und es war an ihm, dafür zu sorgen. Er war ihm durch den Wald bis zu seinem privaten Fahrzeug gefolgt und hatte sich auf dessen Rücksitz versteckt, während der verletzte Mann seine Kleidung gewechselt und seine Wunden unter lächerlichem Gewimmer verbunden hatte.

Hoyt hatte sich auf den Boden gepresst und auf eine Gelegenheit gewartet, zuzuschlagen.

Eine Gelegenheit, die länger auf sich hatte warten lassen, als er gedacht hatte. Der Polizist hatte seine blutige Maske auf den Wagenboden geworfen und war nach Hause geprescht, dort aber nicht lang geblieben. Bevor Hoyt die Lage überhaupt richtig hatte erfassen können, hatte sich der Polizist auch schon gewaschen und war wieder aus dem Haus und zu seinem Streifenwagen gestürmt.

Die Situation war absolut nicht ideal, denn in der Vorstadt fühlte er sich nicht in seinem Element. Der Wald bot ihm deutlich mehr Schutz und die Möglichkeit, lautlos zu agieren, im Gegensatz zu diesen Häuserreihen voller neugieriger Nachbarn und spielender Kinder. Er konnte nicht sagen, ob der Polizist allein lebte, auch wenn ein kurzer Blick auf seine Wohnverhältnisse dies nahelegte. Er musste sich gedulden und darauf warten, dass der Mann wieder zurückkehrte.

Und das tat er schließlich auch.

Er fuhr seinen Streifenwagen in den Hof und öffnete den Kofferraum, dann zog er die Tür zum Kellerraum auf und zerrte eine Leiche hinunter. Der Polizist sah zerzaust und verzweifelt aus.

Danach hörte Hoyt Geräusche unter seinen Stiefeln. Er sah auf den Boden hinab und wartete darauf, dass der Lärm verstummte.

Endlich hörte er Schritte, die die Kellertreppe hinaufliefen.

Hier war ein Gegner, dessen Handlungen sich unmöglich vorhersagen ließen, doch Hoyt vermutete, dass einer seiner ersten Stopps ihn ins Badezimmer führen würden. Also hatte er sich in dem Schrank gegenüber der Toilette versteckt, sein Messer aus seinem Gürtel gezogen und den Griff gerieben, während er lauschte und wartete.

Ein murrendes *»Ich bringe die Hure um«* drang jetzt aus dem Flur. *Was hatte Melanie getan, um diesen Mann so sehr gegen sich aufzubringen?* Je mehr er darüber nachdachte, desto mehr Sorgen bereitete ihm das Ganze. Er war Konkurrenz einfach nicht gewohnt, und er mochte dieses Gefühl nicht.

Irgendwann war das Geräusch einer Dusche zu hören und Hoyt lauschte nach dem Klappern des Duschvorhangs, das ihn darauf hinweisen würde, dass sein Opfer hineingestiegen war.

Er stahl sich daraufhin lautlos aus dem Schrank und schritt durch den geisterhaften Dampf. Es gab keinen Grund, diese Sache noch länger hinauszuzögern als nötig, denn er empfand keine Freude daran. Hilflose zu töten machte viel mehr Spaß – ganz besonders Frauen. Die Art, wie sie sich anfühlten und wie sie starben …

Er schloss jetzt seine Faust um den Duschvorhang und riss ihn mit einem Ruck von der Stange. Erschrocken sprang der nackte Mann, dem Blut aus dem Haaransatz rann, rückwärts. Hoyt packte ihn am Hals. Mit einem Knurren stieß er den Polizisten gegen die weißen Fliesen, stach sein Messer tief in dessen Bauch und zog es dann mit einer wütenden Bewegung nach oben.

Der Polizist versuchte sich zu wehren, doch je mehr er sich bemühte, umso schlimmer wurde es für ihn. Die zuckenden Bewegungen ließen seine Eingeweide aus ihm herausquellen und in die Wanne fallen, wie Fleischwürste auf ein Schneidebrett.

Hoyt erkannte, dass er nichts mehr zu tun brauchte. Es war vorbei.

Er machte sich nicht einmal die Mühe, alles sauberzumachen. Stattdessen ließ er das Wasser einfach weiterlaufen und den leblosen Körper in der Wanne langsam verbluten.

***

Nate zog die Glock aus seinem Holster und begann die leichte Anhöhe von Alex Johnsons Vorgarten hinaufzulaufen.

Was bin ich doch für ein Idiot!

Er hatte Melanie angewiesen, im Wagen zu bleiben und dort auf die Verstärkung zu warten, die bereits unterwegs war. Donnelley und Galeberg waren nämlich gerade von ihrer Suche zurückgekehrt und hatten Krapfen im Kantinenzelt des Hauptquartiers gemampft, als Nate sie ihn die Stadt abkommandiert hatte.

Aber verdammt noch mal … er hätte schon viel eher darauf kommen müssen. Als Melanie draußen im Camp geschworen hatte, dass jemand bei ihr in der Hütte gewesen war, hatte es nur Johnson sein können. Johnson, der entweder zuvor oder danach die einzige Person getötet hatte, die seine Geschichte hätte widerlegen können: den alten Einsiedler und stadtbekannten Plünderer Henry Yurick.

Johnson hatte behauptet, dass er den sammelwütigen Alten ermahnt hatte, weil dieser einige Messer aus der Hütte hatte mitgehen lassen und Nate hatte sich nichts weiter dabei gedacht, denn Johnson hatte schon einige Jahre zuvor unter Sleighton gedient und daher hatte er automatisch angenommen, dass der Kerl, zusammen mit dem Rest des Reviers, absolut vertrauenswürdig war.

Nun aber wurde ihm klar, dass er sich darauf nicht hätte verlassen dürfen.

Johnson lebte in einer Nachbarschaft aus makellos gepflegtem Rasen und kultivierten Blumengärten. Nate überquerte jetzt den frisch gemähten Rasen und hoffte innerlich, dass er doch falschlag. Sein Stiefel landete mit einem lauteren Poltern auf der Türschwelle, als ihm lieb war, und er trat sicherheitshalber einen Schritt zur Seite, falls Johnson ihn hatte kommen sehen. Man konnte schließlich nie wissen, wozu ein verzweifelter Mann in der Lage war, wenn er sich in die Enge getrieben fühlte. Allein aus diesem Grund bereute Nate es bereits, Melanie im Auto zurückgelassen zu haben.

Er steckte die Pistole hinter seinem Rücken in seinen Gürtel und klopfte an, doch nichts rührte sich.

Nate lief daraufhin über den Rasen zum Vorderfenster, wo er in ein spärlich eingerichtetes Wohnzimmer spähte, das eher wie der Ausstellungsraum eines Möbelhauses wirkte, als wie ein Zuhause. Johnson hatte die Jungs, seit er ihr arbeitete, nie zu sich eingeladen, weder zu einem Sonntags-Barbecue, noch zu einem Bier nach der Arbeit und schon gar nicht zu einem Pokerabend. Er fragte sich, ob überhaupt schon mal einer der Jungs hier gewesen war.

Melanie sah ihm aus dem Auto heraus zu. Er wollte sie im Blick behalten, bis die Verstärkung eingetroffen war, machte sich aber gleichzeitig darüber Sorgen, was er in dieser Zeit womöglich im Haus verpasste. War da nicht eine gedämpfte Stimme zu hören, die um Hilfe rief?

So wird es zumindest im Bericht stehen.

Chief Brady trat mit Wucht gegen das Türschloss. Beim vierten Versuch splitterte der Rahmen endlich und die Tür flog auf.

Johnsons Hang zum Minimalismus war offenbar nicht nur auf das Wohnzimmer beschränkt. Die Küche war absolut schmucklos. Nur die wichtigsten Geräte – eine Kaffeemaschine und ein Dosenöffner – waren auf der ansonsten leeren Anrichte zu sehen. Nicht einmal eine angebrochene Tüte Toastbrot verunzierte den Küchentresen. Der Essbereich diente offenbar als Lagerraum. Es gab keinen Tisch oder Stühle, sondern nur Kartons, die sich in der Ecke stapelten. Das war typisch für eine Junggesellenbude. Das Haus musste mindestens einhundert Quadratmeter groß sein, was viel mehr Platz war, als ein allein lebender Mann benötigte.

Wasserdampf quoll unter der Badezimmertür hervor. Nate versteifte sich unwillkürlich, als er den Türknauf umfasste, ihn drehte und dann langsam daran zog. Johnson hing kopfüber aus der Badewanne und seine Eingeweide lagen wie Pasta ausgebreitet auf dem Fliesenboden um ihn herum.

»Wir haben hier einen verletzten Polizisten«, schrie Nate in sein Funkgerät und durchkämmte dabei hastig das Haus. In der Ferne durchbrachen jetzt Sirenen die letzte verbliebene Ruhe ihrer Kleinstadtidylle. Forest Grove geriet immer mehr aus den Fugen.

Nachdem er das Erdgeschoss abgesucht hatte, sah er, dass es einen Keller gab. Ein Geruch ähnlich dem von verdorbenem Fleisch schlug ihm auf dem Weg nach unten entgegen. Das Summen von Fliegen wurde mit jedem Schritt lauter. Das Band einer Glühbirne strich über seine Schulter und seine Hand tastete in der Dunkelheit herum, um sie zu finden. Schließlich zogen seine Finger an der Zugschnur und erhellten einen gemauerten Kellerraum.

Eine noch feuchte Blutspur führte von den Stufen bis in die hinterste Ecke des Kellers. Ein Körper lag dort auf dem Rücken vor einem großen Behälter aus Edelstahl. An der Wand waren Fässer mit Lauge aufgestapelt.

Nate erstarrte, als ihm klar wurde, was das zu bedeuten hatte.

»Dieser Mistkerl!«, entfuhr es ihm. Dann näherte er sich der Leiche, die er nun erkannte.

Es war einer der Männer, die dafür verantwortlich gewesen waren, Cyrus Hoyt eine Todesurkunde auszustellen: der pensionierte Gerichtsmediziner Samuel Valeri. Er war offenbar noch nicht lange tot. Man hatte ihm sechsmal in die Brust geschossen, und die Einschusslöcher ragten wie kleine Krater aus seinem Oberkörper. Sein Gesicht war zu einem ewigen Schrei eingefroren.

Valeris Leiche wartete offenbar darauf, zuerst gekocht und dann in Säure aufgelöst zu werden. Der gigantische Stahlbottich stand in der Ecke, und Nate rechnete damit, darin die verflüssigten Überreste eines weiteren Körpers zu finden. Wahrscheinlich der Fahrer des Audi und seine beiden Freunde.

Alex Johnson war der jüngste Cop in Forest Grove gewesen. Er war erst sechsundzwanzig Jahre alt gewesen, von denen er vier Jahre beim Marinekorps verbracht hatte. Darüber hinaus hatte es ihm anscheinend nie an Engagement für freiwillige Arbeit in der Gemeinde gemangelt. Unermüdlich hatte er sich bei Wohltätigkeitsveranstaltungen engagiert, bei Sommerfesten ausgeholfen, und wenn er sonntags nicht gerade hatte arbeiten müssen, hatte er ältere Menschen in die Kirche gefahren. Aber hier war er seinem dunkelsten Hobby nachgegangen. Neben der Treppe hingen eine ganze Reihe Geräte an Haken. Gewöhnliche Werkzeuge, wie man sie in jedem anderen Keller fand – Äxte, eine Mistgabel und Macheten – deren bloßer Anblick Nate hier allerdings den Magen umdrehte.

Der fabrikgroße Behälter und der Vorrat an Säure sorgte ihn aber noch mehr. Denn er ließ den Schluss zu, dass Johnson sich darauf eingerichtet hatte, ihn längerfristig einzusetzen. Ein Kessel wie dieser passte vielleicht in ein Leichenschauhaus, aber in einem privaten Kellerraum wirkte er mehr als beängstigend. Mit dem genauen Prozess war Nate zwar nicht vertraut, aber das Nötigste war ihm bekannt. Man ließ einen Leichnam in einen Kessel mit etwas Lauge und etwa dreihundert Liter Wasser sinken. Dann brachte man die Leiche in der Mixtur langsam zum Kochen. Bei ungefähr dreihundert Grad lösten die Chemikalien den Körper schließlich auf und verwandelten ihn in eine dunkle, ölige Flüssigkeit und ein paar Knochenreste.

Alles, was man dann noch tun musste, war, die ganze Brühe in den Abfluss zu kippen.

Nate begab sich nun wieder nach oben, war aber jetzt darauf bedacht, am Tatort nichts zu verändern. Donnelley und Galeberg kamen gerade mit Melanie im Schlepptau über den Rasen gelaufen, als er in das dämmrige Abendlicht hinaustrat.

»Johnson ist tot«, sagte er zu niemandem im Speziellen. »Im Keller liegt eine weitere Leiche. Vielleicht aber auch mehr als eine.«

Die Polizisten tauschten verwirrte Blicke aus und betraten danach das Haus, um selbst nachzusehen.

»Wenn ich wüsste, was man in Momenten wie diesen sagt …«, begann Melanie.

Nate schüttelte den Kopf. »Ich kannte ihn nicht lange genug, um nun schockiert zu sein, aber … die Dinge, die er da unten getan hat, lassen einen grundlegend an *allem* zweifeln. Ich frage mich, wie zur Hölle ich das nur übersehen konnte.«

»Er hat Sleighton immerhin ebenfalls hinters Licht geführt.«

»Wo wir gerade davon sprechen …« Nate schnappte sich sein Funkgerät und rief die Zentrale. »Sagen Sie Sleighton, dass er sofort zu Johnsons Haus kommen soll.«

Danach lief er wieder hinein und gestattete Melanie, ihm zu folgen. Die Beamten kamen gerade mit bleichen Gesichtern aus dem Keller.

»Wir brauchen die Spurensicherung hier.« Chief Brady tippte Donnelley auf die Schulter und deutete auf die Vordertür. »Klemmen Sie sich direkt ans Funkgerät.« Anschließend durchsuchte er den Rest des Hauses. Er streifte Handschuhe über und schaltete das Licht im Schlafzimmer an. Johnson hatte auf einer rahmenlosen Matratze geschlafen, und die Luft hier war so frisch, wie in einem Raum, der oft gesäubert und kaum genutzt wurde. In der Nähe der Wand bildeten in einem Halbkreis aufgestellte Gebetskerzen einen behelfsmäßigen Altar um eine angegriffene Ausgabe der Bibel.

»*Die Kirche der Bewahrer*«, sagte Melanie leise und spähte über seine Schulter. Es klang, als wäre sie sich ihrer Sache sehr sicher. Aber hatte sie damit wirklich recht, oder verband sie nur willkürliche Anhaltspunkte miteinander?

»Wir wissen nicht, was das Ganze bedeutet.« Nates Tonfall klang allerdings wenig überzeugend, denn auch er glaubte nicht an Zufälle. Er betrat nun den Raum und kniete sich neben die Bibel. Drei Polaroids fielen aus ihr heraus, als er sie aufhob.

Nate nahm das erste Foto zur Hand und drehte es herum. Es war ein Bild von Melanie in Jogginghosen, aufgenommen in der Stadt, irgendwann in den letzten Tagen. Er griff nach den anderen beiden Fotos und erwartete, das gleiche Motiv auf ihnen vorzufinden.

Aber dem war nicht so.

Das zweite Foto zeigte Trish während ihres Krankenhausaufenthaltes. Ihre Haut war noch blasser als sonst und mit all den Infusionsschläuchen und Überwachungskabeln, an die man sie angeschlossen hatte, sah sie unfassbar schwach aus. Er starrte die Aufnahme an und versuchte zu verstehen, wieso Johnson sie gemacht hatte. Dann blickte er das letzte Bild an und hoffte, dass dies Licht in die ganze Angelegenheit bringen würde.

Doch das letzte Foto zeigte ihn.

Das ergab überhaupt keinen Sinn. Drei Personen, deren einzige Gemeinsamkeit darin bestand, Außenseiter zu sein, entweder im wörtlichen oder im übertragenen Sinn. Nate fühlte sich verlorener als jemals zuvor, und auch Melanies Schlussfolgerung half ihm nur wenig. Ihre Idee war ziemlich weit hergeholt, aber auf eine gewisse Art und Weise wusste er, dass es eine Verbindung zwischen ihrer Geschichte und diesem Blutbad geben musste.

Er durchsuchte das restliche Haus und entdeckte in einem Schrank im Flur einen Stapel Wegwerfhandys, die ihm klarmachten, wer für die mysteriöse Textnachricht an Melanie verantwortlich gewesen war. Ansonsten war nichts Interessantes zu finden. Vor der Einfahrt hatten sich bereits einige neugierige Nachbarn versammelt, die von Galeberg zurückgedrängt wurden.

»Er hat Samuel Valeri umgebracht, um irgendetwas vor mir zu verheimlichen«, sagte Nate. »Gott allein weiß, warum er diese Kids ermordet hat, aber du und Maylam wärt bestimmt ebenfalls da unten gelandet, wenn du ihn nicht abgewehrt hättest.«

Melanies blaue Augen schimmerten feucht. »Johnson war derjenige, der mich letzte Nacht angegriffen hat. Wer immer oben im Hotel war, ist dein zweiter Killer. Es ist jemand, dessen Leiche nicht in der Erde des *Eternal Walk Cemetery* begraben liegt.«

»Lächelst du gerade etwa?«

»Nein«, sagte sie, aber das war gelogen. »Es ist nur so, dass diese Sache … nun, sie zeigt mir, dass ich nicht komplett den Verstand verloren habe.«

»Nach allem, was wir wissen, könnte Hoyts Leiche in diesem Keller schon vor langer Zeit ebenfalls zu Suppe verarbeitet worden sein. Das alles bringt uns nicht weiter.«

»Was, wenn es Tullus Abblon ist?«, fragte Melanie daraufhin. »Ich stoße auf eine Rechnung, die auf eine Art Sekte verweist, und kurz darauf findest du eine mögliche Verbindung zu ihm.«

Sie hatte recht, und das bereitete ihm aus vielerlei Gründen Sorge. Johnson hatte Valeri offenbar ohne viel Federlesens angegriffen, und das stützte die Theorie, dass mehr hinter all dem steckte.

Doch an diesem Punkt gab es keinen Ort mehr, an dem sie hätten weitersuchen können.

Bis auf einen!

Nate warf Melanie einen Blick zu. »Bist du bereit für einen kleinen Ausflug?«, fragte er.

***

Als Sleighton eintraf, nahmen die Männer des Sheriffs bereits Johnsons Haus auseinander. Die Straße sah absolut chaotisch aus. Überall standen Gruppen von Schaulustigen herum, die die wenigen Lücken zwischen Polizei- und Feuerwehrfahrzeugen füllten.

Er wusste genau, was hier los war. Es war hoffnungslos. All die Jahre über hatte er versucht, *deren* Identitäten herauszubekommen und er beneidete Nate nicht im Geringsten, denn der Junge war nun genau an dem gleichen Punkt angekommen wie er damals – in einer Sackgasse.

Als ihm klar wurde, dass er mit seinem Truck nicht weiterkommen würde, strich Sleighton über die Pistole neben sich. Niemand konnte voraussagen, wie viele von *ihnen* zwischen diesem Punkt und seinem Ziel standen. Johnsons Haus war von hier aus noch nicht einmal zu erkennen, und der Menschenauflauf auf der Straße glich einem Paul-Simon-Konzert im Central Park.

Er fuhr seinen Wagen an den Straßenrand, steckte die Pistole ins Holster und trottete dann zu Fuß die halbe Meile an den versammelten Grüppchen von Menschen vorbei. Das Holster ließ er offen, für den Fall, dass er schnell nach seiner Waffe greifen musste.

Nate wartete auf dem Gehsteig vor dem Haus auf ihn. Er warf ihm zwei Gummihandschuhe zu und fragte dann, wo er geparkt hatte.

»Da hinten«, antwortete Sleighton und deutete über seine Schulter.

»Gehen wir ein Stück.«

Sie unterhielten sich auf dem Weg und Nate erzählte ihm alles, was er wusste. Als sie im Wagen saßen, ließ Nate ihn die Handschuhe überziehen und warf ihm dann eine Asservatentüte in den Schoß.

»Was ist das?«, wollte Sleighton wissen.

»Johnsons Versuch eines Tagebuchs.«

Sleighton musste sich zwingen, seine Hände ruhig zu halten, als er das Buch aus der Plastiktüte zog. Er überblätterte die meisten Seiten, bis er ziemlich am Anfang auf ein paar Notizen stieß. Hauptsächlich zusammenhangloses Kauderwelsch, doch das reichte nicht aus, ihm das Gefühl zu nehmen, sich gleich übergeben zu müssen. Nach so langer Zeit fand er heraus, dass mindestens einer seiner eigenen Leute ein Teil davon gewesen war.

Sleighton las die Notizen und zuckte dann mit den Schultern. »Was soll das alles bedeuten?«

»Das weißt du nicht?«

Er betrachtete die Seiten noch einmal und blätterte zwischen ihnen hin und her. Das war Johnsons Handschrift, kein Zweifel. Er hatte schließlich im Laufe der Jahre genügend Berichte von ihm gelesen, um das Gekrakel wiederzuerkennen. Aber der Inhalt war so vage, dass er bezweifelte, dass irgendjemand daraus schlau werden würde. Es bewies nur, dass Johnson offenbar ein paar Schrauben locker gehabt hatte, aber das alles erübrigte sich nach dem Fund von dieser Nacht so oder so.

Egal, was ich tue, das Flüstern findet mich. Drinnen und draußen. Es kennt mich besser, als ich mich selbst kenne. Erst dachte ich, ich wäre verrückt geworden, aber nun ist es meine Bestimmung, denn andere hören es ebenfalls.

»Ron«, sagte Nate. »Bei allem nötigen Respekt, aber hast du wirklich nicht bemerkt, dass einer deiner Mitarbeiter einen Sprung in der Schüssel hatte?«

»Nichts für ungut, Nate, aber hast du es gewusst?«

»Drei Monate, Ron. So lange hat der Kerl unter meinem Befehl gearbeitet. Aber wie lange hat er für dich gearbeitet? Vier Jahre? Fünf? Und in all der Zeit hattest du nicht einmal eine Ahnung?«

»Er war nicht sonderlich auffällig, oder?«, antwortete Sleighton. »Ja, der Junge war mir unterstellt, aber ich habe abends nicht in sein Fenster gesehen, und du ebenso wenig. Er hat uns nie einen Grund gegeben, misstrauisch zu werden.«

»Scheinbar gibt es nur einen Schluss, den wir aus dieser Sache ziehen können«, sagte Nate nun. »Johnson lässt uns mit diesen Notizen wissen, dass es in Forest Grove noch andere wie ihn gibt.«

Da war eine weitere logische Schlussfolgerung, über die Nate aber nicht hinausgehen durfte. Denn *sie*, wer auch immer *sie* waren, würden es nicht zulassen. *Sie* fühlten sich nun ermutigt. Mit Ausnahme dieses einen Zwischenfalls vor einigen Jahren hatten *sie* die Stadt immer in Frieden gelassen. *Sie* folgten ihren eigenen Überzeugungen und praktizierten diese im Verborgenen und ohne Konfrontationen. Doch nun hegten *sie* offenbar einen Groll gegen Trish.

Er musste irgendwie an *sie* herankommen, aber das würde ein schwieriger Balanceakt werden. Nate durfte von dem Drohanruf nichts erfahren, denn das würde ihn absolut unkontrollierbar werden lassen. Er würde dann garantiert damit anfangen, die Leute busladungsweise einzusperren, und die Stadt würde sich davon nie wieder erholen. Es war also im Interesse von Forest Grove, die Dinge im Stillen zu lösen.

Als Sleighton bemerkte, dass er schon viel zu lange geschwiegen hatte, sagte er: »Ich würde das Geschreibsel von diesem Kerl nicht allzu ernst nehmen. Sieh dir doch nur sein Gestammel an … der war einfach nur durchgeknallt.«

»Johnson war einer von uns«, erwiderte Nate ernst. »Er wäre längst aufgeflogen, wenn er nicht schon vor langer Zeit umgedreht worden wäre. Er hatte Fotos von Trish, mir und der Holden-Frau in seinem Haus. Er muss also derjenige gewesen sein, der versucht hat, sie zu verjagen. Aber wenn er es war, wer hat ihn dann umgebracht? Ich bin langsam an einem Punkt angelangt, wo ich anfange, Holden zu glauben, wenn sie sagt, dass es Cyrus Hoyt gewesen ist.«

»Forest Grove braucht bestimmt nicht noch mehr Spukgeschichten über einen schwarzen Mann. Das alles muss aufhören, und zwar so schnell wie möglich.«

»Hast du gewusst, dass Hoyts Leiche nicht auf dem Friedhof liegt?«

Selten zuvor war Sleighton so dankbar für seine Fähigkeit gewesen, seine Mimik komplett unter Kontrolle zu halten, wie in diesem Moment. Er ignorierte die Frage einfach, als wäre sie ihm nicht gestellt worden. »Mir fällt keine einzige Person ein, die Johnson nicht leiden konnte«, sagte er. »Deshalb ergibt das alles überhaupt keinen Sinn.«

»Bist du dir sicher, dass du keine Ahnung hast, wovon er da schreibt?«

»Das ist doch nur Unsinn.«

»Und was ist damit?« Nate warf ihm ein zusammengefaltetes Papier in den Schoß.

Es war eine fotokopierte Landabtretungsurkunde eines örtlichen Anwalts. Laut dieser waren die Eigentumsrechte des *Camp Forest Grove* von der Dugan-Familie an Alex Johnson übertragen worden.

»Willst du mich verscheißern?«, entfuhr es Sleighton. Er hatte durchaus eine Vorstellung davon, wofür Johnson das Land benötigt hatte, aber wie zur Hölle hatte er es sich bei seinem Gehalt leisten können? Doch so verstörend die Nachricht auch war, stand sie trotzdem nicht ganz oben auf seiner Prioritäten-Liste. »Du hast gesagt, die Holden-Frau hätte einen Namen herausgefunden?«

»Ja, das hat sie«, bestätigte Nate. »Sie hat ihn irgendwie drüben bei Jeds *Last Mile* ausgegraben.«

»Und wie lautet er?«

»Tullus Abblon. Klingelt da irgendwas bei dir?«

»Nein«, antwortete Sleighton. »Nie von ihm gehört … es ist doch ein er, nehme ich an, oder?«

»Ich denke schon«, sagte Nate. »Ich habe Melanie auf eine kleine Fahrt geschickt. Ich dachte, es würde ihr guttun, mal aus der Stadt rauszukommen. Ernie Oviedo hat Tom Lawsons Adresse in New Hampshire ausgespuckt. Sie wird ihm den Namen mal vorlegen und rausfinden, was er darüber weiß.«

»Der wird uns bestimmt eine große Hilfe sein.« Nun war auch Sleightons Pokerface nicht mehr in der Lage, seine Verachtung vor dem ehemaligen State Trooper Tom Lawson zu verbergen.

»Deshalb habe ich ja auch ein hübsches Gesicht zu ihm geschickt«, erklärte Nate. »Oviedo würde er garantiert nichts erzählen, nachdem sie so lange miteinander gearbeitet haben. Aber wenn jemand wie Melanie Holden an seine Tür klopft, könnte das schon ganz anders aussehen.«

»Er ist einfach nur ein riesengroßes Arschloch. Er wird ihr genauso wenig helfen, wie er dieser Stadt geholfen hat.«

Nate stieß die Tür auf, um auszusteigen.

»Da das hier wohl die ganze Nacht dauern wird, habe ich mich gefragt, ob du vielleicht mal bei Trish vorbeisehen könntest.«

»Na klar, gern doch«, sagte Sleighton. Wenn Johnson tatsächlich Bilder von ihnen besessen hatte, waren sie allesamt in Gefahr, aber da eine der beiden Frauen aus der Stadt war, musste er sich vorerst nur um seine Tochter sorgen. Sie war schließlich alles, was ihm noch geblieben war.

Er startete den Pick-up wieder und wendete auf der Straße. Jemand stand direkt an der Ecke, abseits des Treibens. Ein Kerl, an dessen Namen er sich nicht mehr erinnern konnte, den er aber schon einige Male gesehen hatte. Arbeitete er nicht in der Grundschule?

Sleighton fuhr langsam an ihm vorbei und ließ dann sein Fenster herunterfahren, um ihn besser in Augenschein nehmen zu können. Der Kerl wippte auf den Füßen vor und zurück und winkte ihm zu. »Wir sehen uns, Chief.«

Dann verschwand er in der Menge.

***

»Jetzt entspann dich aber mal, Dad!« Trish sah ihrem Vater schon eine Weile dabei zu, wie dieser im Haus herumrannte und willkürlich Dinge in eine Einkaufstasche stopfte: frisch zusammengelegte, aber nicht zusammenpassende Kleidung aus dem Wäschekorb, Herrendeodorant und drei verschiedene Lippenstifte aus dem Badezimmer.

»Wir haben keine Zeit mehr«, sagte er nervös. »Schnapp dir alles, was du brauchst, und dann verschwinden wir von hier.«

»Ich werde nirgendwohin gehen. Ich rufe jetzt Nate an.«

Ihr Dad warf die Tasche auf den Eichenholztisch, wo sie über die glatte Tischplatte rutschte. »Dein *Ehemann* hat diese Stadt vor die Hunde gehen lassen ... genauso, wie ich es prophezeit habe, und jetzt versucht er, die Scherben aufzulesen, doch dafür ist es zu spät.«

»Ich rufe ihn trotzdem an«, sagte sie.

»Was glaubst du denn, wieso ich hier bin?« Nun hörte er sich beinahe schon verzweifelt an. »Nate hat mich persönlich darum gebeten, nach dir zu sehen.«

Trish war keine eifersüchtige Person, aber jetzt war sie doch erleichtert zu hören, dass die Ereignisse dieses Abends nichts mit Melanie zu tun hatten. Ein paar der freundlichen Kleinstadt-Klatschtanten hatten sich nämlich bereits das Maul darüber zerrissen, dass Nate ungewöhnlich viel Zeit als ihr persönlicher Stadtführer verbrachte. Sie mochte Melanie zwar, konnte aber trotzdem nicht verbergen, dass sie die Nachrichten beunruhigten.

Trish fühlte sich mittlerweile schuldig, weil sie sich vor ein paar Tagen über die Bemühungen ihres Ehemannes, sie zu trösten, lustig gemacht hatte, und sie befürchtete, dass sie ihn damit vielleicht auf den *Das-Gras-ist-immer-grüner*-Trichter gebracht hatte, was Melanie anbelangte. Aber stand es ihr denn nicht zu, ein wenig verärgert zu sein? Immerhin war *er* der beschissene Grund dafür, dass sie nun in diesem Albtraum lebte.

Ihr Vater durchwühlte währenddessen die Küche und warf Konserven und Wasserflaschen in eine zweite Tasche. Sie hatte ihn noch nie so aufgekratzt wie jetzt erlebt.

Wenn sie doch nur Nate und Melanie lange genug aus dem Kopf kriegen könnte, um einen klaren Gedanken fassen zu können.

Mag mein Ehemann sie vielleicht mehr als mich? Das Problem an der ganzen Sache war, dass sie Melanie ebenfalls mochte. Sie kannte sie zwar kaum, von ein paar Unterhaltungen abgesehen, aber was Forest Grove anbelangte, waren sie gewissermaßen Leidensgenossinnen.

Sie wollte daher nicht glauben, dass Melanie womöglich versuchte, ihr den Ehemann auszuspannen. Trish war durchaus bewusst, dass sie in letzter Zeit nicht gerade die angenehmste Person gewesen war – und vielleicht hatte Melanie diese Lücke in Nates Leben füllen können.

Verdammt!

Trish war klar, dass sie in Schwierigkeiten steckte, denn Melanie war sexy. Die Frau war beinahe Mitte vierzig, besaß hübsche lange Beine, kurvige Hüften und hatte einen flacheren Bauch als viele Zwanzigjährige. Ihre milchig-weiße Haut schien beinahe makellos zu sein, und diese wunderschönen blauen Augen und sündhaften Augenbrauen ließen sie verführerischer aussehen, als es einem zurückgezogen lebenden Trauma-Opfer zustand.

Wenn es überhaupt einen Makel an ihr gab, dann ihre gigantische Stirn. Sie versuchte zwar, sie unter ihren langen blonden Locken zu verbergen, aber sie war definitiv da. Trish schätzte, dass ihre Brüste etwa dieselbe Größe besaßen – Nate hatte ein Faible für zierliche Frauen. Doch das Schlimmste war, dass sie sich nur zu gut vorstellen konnte, wie ihr Mann und seine neue Freundin in der Aufarbeitung persönlicher Tragödien Gemeinsamkeiten fanden.

Nein, Trish war keine eifersüchtige Person, aber langsam begann sie, sich wie eine zu fühlen.

Ihr Dad tauchte nun mit einer weiteren Tasche in der Hand auf. »Gehen wir«, sagte er.

»Nicht, bevor ich mit Nate gesprochen habe!«

»Dann ruf ihn meinetwegen von unterwegs aus an«, fuhr er sie aufgebracht an. »Aber beweg deinen Arsch endlich nach draußen, Mädchen.«

Die Nacht senkte sich über Forest Grove hinab. Die Straßenlampen schalteten sich flackernd ein und warfen in regelmäßigen Abständen konische Lichtkegel auf die Straße. Ein kalter Wind wehte die Vorhänge zur Seite, und in der Nachbarschaft war es so still, dass nicht einmal das nervige Gekläffe eines Hundes zu hören war.

»Du hast gesagt, dass heute Abend etwas passiert ist«, erwiderte sie. »Ich will Details wissen, sonst fahre ich nirgendwo mit dir hin.«

Ihr Dad wirkte jetzt beinahe außer sich. »Wieso kannst du mir nicht einfach vertrauen?«

»Weil du mir gerade eine Scheißangst machst!«, schrie sie ihn an. »Was soll ich denn bitte schön denken, wenn du hier einfach mitten in der Nacht wie ein Irrer aufkreuzt und mich wie dein Eigentum behandelst? Wieso erzählst du mir nicht einfach, was dich so aufgeregt hat?«

»Einer von unseren eigenen Jungs ist offenbar Amok gelaufen, bevor es ihn selbst erwischt hat«, sagte er leise. »Ja, du hast richtig gehört. Wie sich herausgestellt hat, hat Alex Johnson Steve Maylam getötet. Wir wissen allerdings noch nicht, wer Alex Johnson auf dem Gewissen hat, aber … es gibt Grund zu der Annahme, dass der Killer es als Nächstes auf dich abgesehen haben könnte.«

Trish musste ein hysterisches Lachen unterdrücken. Wollte Nate ihr denn gar keine Neuigkeiten mehr mitteilen? Es war ihr Dad gewesen, der sie wegen Maylam angerufen hatte, und nun konnte Nate noch nicht einmal zum Telefon greifen und sie warnen, dass sie womöglich in Lebensgefahr schwebte?

»Was habe ich denn verbrochen?«, fragte sie, obwohl sie die Antwort nur allzu gut kannte. Einer Menge Leute hier war ihr Kampf gegen das Mittelalter offensichtlich ein Dorn im Auge. Allerdings hätte sie nie gedacht, dass diese so weit gehen würden.

Scheiß auf diesen Ort!

Letztes Jahr hatten die Bradys noch ein New Yorker Großstadtleben geführt. Als Nate dann aus dem Dienst geworfen worden war, hatte sie sich wie ein Hund an der Leine gefühlt, den man von einem saftigen Knochen wegzerrte. Ihr Gehalt als Bedienung hatte einfach nicht ausgereicht, um alle Rechnungen zu bezahlen, also hatten sie realistisch sein müssen, was ihre Zukunft anging. In Forest Grove hatte sich ihnen eine Chance geboten – ein Job, der wie geschaffen für Nate war und bei dem sie ihm behilflich sein konnte, ihn zu bekommen. Er hatte ihnen eine Perspektive und finanzielle Sicherheit geboten. Sie war nicht glücklich darüber gewesen, aber was hätten sie sonst tun sollen? Außerdem hatte Nate diesen Job wirklich gewollt.

Trish liebte ihren Mann. Der Zauber einer Ehe lag darin, wie gut man sich gemeinsam durch Albträume manövrierte. Sie hatte ein Leben in der Vorstadt akzeptiert, weil es das Beste für ihren Partner gewesen war. Die Stadt zu verlassen war allerdings wie ein kalter Entzug gewesen, und sie hatte genau gewusst, dass es fortan keine kleinen Whiskeys zwischendurch an der Bar geben würde, während man sich darüber unterhielt, welcher Indie-Film gerade im IFC in Greenwich lief.

»Du kannst deinen Whiskey zu Hause trinken und wir haben Netflix«, hatte Nate ihr daraufhin gesagt. Aber diese Dinge in den eigenen vier Wänden zu tun, fühlte sich nun mal langweilig an.

Trish kam sich langsam wie eine dieser Hausfrauen vor, die plötzlich kopfüber in ihre *Ist-das-alles-im-Leben?*-Midlife-Krise gestürzt waren. Sie sah diese Frauen überall in der Stadt, wie sie halbherzig und eher aus Verzweiflung als aus einem tiefen Drang heraus irgendwelchen Hobbys nachgingen – irgendetwas, um sich die vielen Stunden ihrer leeren Tage zu vertreiben. Es waren mehr schlurfende Zombies als menschliche Wesen, und Trishs größte Angst bestand darin, irgendwann zu einer von ihnen zu werden.

Ihr Dad musterte sie jetzt vom anderen Ende des Zimmers aus. »Komm mit mir«, sagte er. »Nur für heute Nacht. Morgen sehen wir dann weiter. Einverstanden?«

»In Ordnung«, willigte sie ein. »Lass mich schnell noch ein paar Sachen holen.«

Sie nahm die Einkaufstasche vom Tisch, kippte sie aus und ging dann nach oben, um sich Wechselkleidung einzupacken. Eine bequeme Jogginghose hing an ihrer offenen Schranktür und sie stopfte sie in der Hoffnung in die Tasche, heute Nacht wenigstens noch etwas Schlaf abzubekommen. Dann nahm sie aus dem Badezimmer noch ein paar Pflegeprodukte mit. Ihr war alles recht, wenn es ihr half, sich etwas zu beruhigen.

Ihr Dad wartete bereits ungeduldig auf sie, als sie zurückkam, und wollte ihr die Tasche abnehmen.

Doch sie schüttelte den Kopf und stürmte hinaus.

Die Zentralverriegelung des Pick-ups schnappte zu, kaum dass sie in der Sicherheit der Fahrerkabine saßen. Die Scheinwerfer flammten auf und erhellten plötzlich einen Umriss, der zwischen den Bäumen verschwand, die ihr Grundstück, von dem der Nachbarn trennten.

»Bist du dir sicher, dass du nicht lieber für eine Weile die Stadt ganz verlassen willst?«, fragte ihr Dad, als er den Motor aufheulen ließ.

»Wenn zwei Polizeichefs mich nicht beschützen können, welche Chancen habe ich denn dann?«, fragte sie und untermalte ihren Versuch, witzig zu sein, mit einem schweren Schlucken.

Ihr Dad fuhr jetzt rückwärts auf die Straße und trat gerade aufs Gas, als auf einmal drei Schatten auf den Wagen zusprangen.

Trish konnte das Funkeln ihrer Klingen im Scheinwerferlicht erkennen, als die Umrisse auf die Straße rannten und ihnen hinterherblickten.

***

Major Thomas Lawson hatte schon bessere Tage gesehen.

Der pensionierte State Trooper war mittlerweile an einen Rollstuhl gefesselt, mit einem Sauerstoffschlauch, der in seiner Nase mündete. Ein zähes, rasselndes Keuchen drang aus seiner Brust, aber sein Gesicht war hart geblieben, trotz der eingefallenen Züge. Es fiel nicht schwer, sich den militanten Gesetzeshüter vorzustellen, der er einmal gewesen war.

Nate hatte Melanie darum gebeten, die halbe Nacht durchzufahren, um ihn aufzusuchen. Sie war nicht dumm, sie wusste, dass er sie damit nur aus der Gefahrenzone bringen wollte, während er nach Johnsons Mörder suchte. Aber wenn das alles war, was sie selbst tun konnte, um Cyrus Hoyt zu finden, nahm sie die Fahrt liebend gern auf sich, denn sie wollte mindestens ebenso dringend wie Nate wissen, was der alte State Trooper zu erzählen hatte.

Eine altersfleckige Hand reckte sich ihr entgegen, um sie an der Tür zu begrüßen. »Sie sehen es mir sicher nach, wenn ich nicht aufstehe.«

»Ich hoffe, die Störung ist in Ordnung«, sagte Melanie. »Ich bin die ganze Nacht durchgefahren. Chief Brady hat sich Ihre Adresse von der State Police geben lassen, damit wir uns unterhalten können. Ich weiß, es ist etwas überfallartig …«

»Schwachsinnig trifft es eher«, antwortete er. »Aber wenigstens war Ihr Gesetzeshüter schlau genug, einen echten Hingucker zu schicken. Ein Gesicht wie Ihres ziehe ich dem Dreitagebart irgendeines Draufgänger-Arschlochs jederzeit vor.«

Der alte Mann fuhr in einen lichtdurchfluteten Raum, der so hell war, dass Melanie die Augen zusammenkneifen musste. Starker Zigarrengeruch hing in der Luft und ließ sie unweigerlich würgen.

»Verdammte Ärzte.« Lawson räusperte sich und rollte vor das größte Fenster. »Seit Jahren verteufeln sie die Sonne. *Halte dich von ihr fern, sonst bekommst du Krebs*. Wissen Sie, was ich mir alles anhören durfte, weil ich immer eine Tube Sonnencreme in meinem Streifenwagen hatte? Jetzt bin ich im Ruhestand, und mein Arzt sagt mir, dass die Sonne plötzlich *gut* für mich ist, und dass ich so viel Vitamin D brauche, wie ich nur kriegen kann. Das ist einer der Gründe, wieso wir dieses Zimmer gebaut haben. Es saugt die Sonne auf wie ein Schwamm. Ich sitze hier immer mit meiner Zigarre und lasse sie auf mich wirken.«

Er verstummte, bekam einen kratzigen Hustenanfall und würgte dann unter Mühen einen Mund voll Schleim nach oben. Anschließend griff er nach einem Aschenbecher und spie einen gelblichen Klumpen hinein, bevor er eine Zigarre aus einer Schreibtischschublade zog.

Melanies Blick fiel auf den Sauerstofftank, der an der Rückseite des Rollstuhls hing.

»Ich weiß, ich weiß«, ächzte er. »Sie klingen schon wie meine Frau, obwohl Sie Ihre Klappe noch gar nicht aufgemacht haben.« Mit einer Handbewegung bedeutete Lawson ihr, dass er das Thema wechseln wollte. »Also, schießen Sie los. Diesen Brady kenne ich nicht, aber Oviedo sagte, dass er gerade in ziemlichen Schwierigkeiten steckt.«

»Das könnte man so sagen. Ich bin zurzeit in Forest Grove und …«

»Dann weiß ich schon Bescheid.«

»Sie verstehen es wirklich, mich neugierig zu machen.«

Lawson blies eine Rauchwolke in die Luft und musterte sie. »Sind Sie eine Reporterin?«

»Ich war im Camp Forest Grove, als Cyrus Hoyt all diese Menschen umgebracht hat. Er hat auch versucht, mich zu töten, aber … ich bin ihm als Erste erwischt. Vor einiger Zeit habe ich damit begonnen, in der Vergangenheit herumzukramen und ein paar Gedanken auf Papier zu bringen … für meine Memoiren, und dann führte irgendwie eines zum anderen.«

Lawson hustete einen weiteren Schleimklumpen nach oben und spie ihn aus. »Du meine Güte«, begann er. »Dann war es wirklich dumm von Ihnen, zurückzukehren. Wieso weiß Ihr Chief denn nicht, was genau vor seiner Tür vor sich geht?«

»Genau deswegen bin ich hier.«

»Ich sage Ihnen, ich hasse diese Stadt. Das ist nur einer der Gründe, weshalb ich so weit wie möglich von dort weggezogen bin. Doch dass Sie mich mit Ihrer Anwesenheit beehren, sagt mir, dass es nicht weit genug war.«

»Major Lawson, ich brauche dringend einige Informationen, und der einzige Weg, die Dinge besser machen zu können, liegt darin, dass ich endlich verstehe, was damals dort passiert ist.«

»Das werden Sie niemals herausfinden«, sagte er mit leiser, fast gequälter Stimme.

Es war offensichtlich, dass Lawson nicht beabsichtigte, mit etwas Nützlichem herauszurücken. Das Einzige, was ihr noch blieb, war zu versuchen, es mit einem Trick aus ihm herauszulocken … ihn glauben zu lassen, dass sie mehr wusste, als es der Fall war, um ihn zum Reden zu bewegen. »Erzählen Sie mir ein bisschen von Tullus Abblon, Sir.«

»Von wem?«

»Von der *Kirche der Bewahrer*«, sagte sie. Lawson mochte alt und krank sein, seine Augen aber waren scharf und nachdenklich. Er würde nicht wegen eines Namens mit dem herausrücken, was er wusste. »Sie erscheinen mir als ein Mann, der sehr genau gewusst hat, was sich vor seiner Haustür abgespielt hat.«

»Ich weiß nicht, woher Sie diesen Namen haben.« Sein trockenes Gelächter trug eine gewisse Neugier mit sich. »Wir haben diesen Mistkerl damals vom Angesicht der Erde gefegt. Aber es ist meine Schuld, dass wir nicht eher herausgefunden haben, was er da getrieben hat, bis es zu spät war.«

»Wieso?«

»Weil Abblon wie Jim Jones war«, erklärte er. »Er hatte einen lächerlichen Kult um sich versammelt, der komplett nach seiner Pfeife tanzte. Sie alle haben seine Befehle bis aufs Wort befolgt.«

»Ich weiß«, sagte Melanie. Es war an der Zeit, ihre letzte Information auszuspielen, in der Hoffnung, dass Lawson dadurch mit seiner Geschichte fortfuhr. »Sie hatten sich draußen am Lake Forest Grove versteckt.«

»Und niemand hatte sie dort haben wollen«, sagte Lawson. »Doch Abblon gehörte das Grundstück nun mal. Immer mehr von diesen Hippies kamen schließlich in die Stadt, doch die Bewohner wollten diese religiösen Spinner nicht in ihrer kleinen römisch-katholischen Gemeinde haben.«

»Ein Zusammenprall der Kulturen?«

»Anfangs war es gar nicht so wild«, erzählte Lawson. »Sie blieben eigentlich unter sich. Nur hin und wieder sind sie in der Stadt aufgetaucht, um zu predigen, doch die meiste Zeit waren sie aus den Augen und aus dem Sinn. Bis …«

»Bis …«, ermutigte ihn Melanie.

Der alte Mann sog scharf die Luft ein. Erinnerungen huschten über sein Gesicht und verfinsterten es nach und nach, während er versuchte, den Geistern der Vergangenheit Herr zu werden. »Abblon und seine Jünger wurden irgendwann komplett verrückt. Sie fingen an, jeden umzubringen, der ihnen zu nahe kam … Teenager, die im nahe gelegenen Wald spielten, den stadtbekannten Trinker, einen Landstreicher … genug Blut, um Verdacht zu erregen. Innerhalb eines Jahres hatte ich es plötzlich mit zwölf Vermisstenfällen zu tun. Die Behörden wollten Abblon unbedingt loswerden. Einer der Cops aus der Stadt hatte mitansehen müssen, was für eine verkommene Scheiße, die im Camp abzogen … und er kam damit zu mir. Wir hatten unsere Befehle unter der Hand bekommen …«

Melanie hing bei jedem seiner Worte an seinen Lippen wie ein Kind bei einer Gute-Nacht-Geschichte. »Sie meinen …«

»Nicht, dass Sie denken, dass wir diese Entscheidung leichtfertig getroffen haben … ich wurde eines Tages in ein Meeting mit dem Superintendenten und dem Gouverneur gerufen … inoffiziell natürlich. Ich muss wissen, dass Sie das respektieren. Sehen Sie, ich erzähle Ihnen all das nur deshalb, weil ich mich daran erinnere, durch welche Hölle Sie damals gegangen sind. Es tut mir ehrlich leid für Sie, meine Liebe, aber das ist nicht die Art von Geschichte, die man unbedingt wieder aufwärmen sollte. Es geht mir dabei gar nicht um mich … meine besten Jahre sind eh längst vorbei. Aber die Jungs, die unter mir gedient haben, haben nur ihre Arbeit gemacht und Befehle befolgt. Sie haben geglaubt, das Richtige zu tun. Verstehen Sie?«

Melanie nickte. Sie könnte andeuten, dass irgendetwas dort draußen vorgefallen war oder es als Spekulation verkaufen. Vielleicht hatte ja jemand das Recht in die eigenen Hände genommen oder der Kult hatte sich durch interne Kämpfe selbst zerstört. Das ließ sich heute nicht mehr genau sagen. Aber sie jagte dieser Geschichte nicht hinterher, um irgendwelche Leben zu zerstören – ganz besonders dann nicht, wenn es um eine Gemeinde ging, die versucht hatte, sich vor dem ultimativen Bösen zu schützen. An diesem Punkt wollte sie einfach nur noch die Wahrheit erfahren.

Lawson räusperte sich, um weitersprechen zu können. »Es wurde schließlich beschlossen, dass wir besser dran wären, wenn wir diese ganze Sache beenden würden – die Morde, den Kult, einfach alles. Also begaben wir uns ohne Wissen der örtlichen Polizei dorthin. Wir wussten ja nicht, wer aus der Stadt womöglich darin verwickelt war, also wollten wir auf Nummer sichergehen. Wir sind bei Anbruch der Dämmerung dort aufgetaucht und haben ihnen keine Chance gelassen. Wir haben ihre Kirche gestürmt und niemanden am Leben gelassen. Wir haben sie niedergeschossen wie die Hunde.«

»Oh mein Gott …«

»Anschließend fanden wir einige der Vermissten«, fuhr Lawson fort und nahm einen tiefen Zug von seiner Zigarre. »Überall auf dem Gelände waren Leichenberge aufgeschichtet. Abblon hatte seine Leute offenbar nur deshalb quer durch das Land geschickt, um Menschen für die Sekte anzuwerben, um diese später in Stücke hacken zu können. Und das alles nur, um den angeblich gleichen Gott zu besänftigen, zu dem wahrscheinlich auch Sie und ich beten. Ich war derjenige, der Abblon gefunden hat und ich hatte nur noch zwei Schüsse in meiner Magnum. Ich habe ihn umgelegt und dabei zugesehen, wie der Mistkerl langsam verblutet ist.«

Das war es also, was Jed ihr zu erzählen versucht hatte. Bedeutete das etwa, dass es immer noch Leute in der Stadt gab, die der Sekte angehörten? »War das das Ende von alledem?«

»Natürlich nicht. Wir haben die Leichen in den Höhlen unter dem Camp aufeinandergestapelt und sie anschließend verbrannt. In der Stadt hatte man so einen Verdacht, was passiert sein könnte, aber niemand hat Fragen gestellt. Sie wussten genau, dass es nur zu ihrem Besten geschehen war. Aber wir haben dabei leider nicht alle erwischt.«

»Weil nicht alle zu dieser Zeit im Lager waren?«

»Zur Hölle, wenn ich das nur wüsste«, sagte Lawson. »Wir hatten in den nächsten Monaten unsere Patrouillen aufgestockt und genau aus diesem Grund alle Straßen, die in die Stadt führten, ganz genau im Auge behalten. Falls irgendwer das Camp verlassen hatte, bevor wir dort eintrafen, sind sie auf jeden Fall niemals dorthin zurückgekehrt. Doch der alte Ron Sleighton, der Vorgänger Ihres Chiefs, ist der Grund für das schlechte *Juju* der Stadt.«

Lawson bekam plötzlich einen solchen Hustenanfall, dass es so aussah, als wollte dieser niemals enden. Sein Brustkorb hob und senkte sich hektisch, seine Rippen knackten und blutrote Äderchen durchzogen auf einmal seine Augen. »Sie können den Status quo nicht mehr ändern. Die Stadt ist infiziert.«

»Was hat Sleighton denn getan?«, fragte Melanie beklommen.

»Er hat sich verliebt … wurde indoktriniert … wer weiß das schon. Auf jeden Fall hat er ein Mädchen aus dem Camp herausgeschmuggelt … und sie geheiratet.«

Melanie stöhnte auf und presste sich beschämt die Hand vor den Mund.

»Niemand von uns hat es bemerkt, bis es verdammt noch mal zu spät war«, sagte Lawson verärgert. »Wir sollten den Kult komplett ausradieren. Doch aus irgendeinem Grund war Sleighton der Meinung, eins der Mädchen aus diesem Irrenhaus retten zu müssen. Ein Mädchen, das einen Sohn hatte … ein Sohn, von dem wir damals annahmen, dass er bei unserem Feldzug umgekommen war.«

Melanie wurde schlecht, denn genau dieser Sohn hatte zwanzig Jahre später ihre Freunde getötet. Wenn Lawson und seine Männer umsichtiger gewesen wären, hätte sich ihr

Albtraum also nie ereignet. »Cyrus Hoyt«, murmelte sie. »Er war also ein Kind der *Bewahrer.*«

»Bingo«, antwortete Lawson trocken. »In den Jahren nach unserer Tat hatten die Leute immer wieder von einem wilden Kind erzählt, das angeblich durch die Wälder rannte. Es wurden auch immer wieder Personen vermisst, aber wir haben niemals irgendwelche Leichen finden können. Wir wussten nicht, wer dahintersteckte.« Lawson sah Melanie jetzt beinahe entschuldigend an. »Solange, bis Sie ihn umgebracht haben.«

»Sleighton ist Bradys Schwiegervater«, erklärte sie nun. »Ich habe gedacht, dass Trish Mutter gestorben ist, als diese noch ein Mädchen war.«

»Das stimmt nicht«, erwiderte Lawson. »Zohra, ich glaube, das war ihr Name, hatte hinter geschlossenen Türen weiter Abblons Lehren verbreitet. Ich glaube, nicht einmal Ron hat davon gewusst, bis es bereits zu spät war. Nach den Ereignissen im Camp hat man uns den Befehl gegeben, nach Forest Grove zurückzukehren. Mein letzter Befehl als State Trooper hat gelautet, dieses durchgeknallte Miststück festzunehmen. Sie hat den Verstand vollständig verloren, nachdem ihr klar geworden war, dass es ihr eigener Sohn war, der getötet worden war. Seitdem sitzt sie in einer Irrenanstalt hinter Schloss und Riegel.«

1969

DIE PRIESTERIN

Zohra blickte zu dem beeindruckenden handgeschnitzten Holzkreuz auf, das über dem pulsierenden Licht hing. Sie bekreuzigte sich kurz, dann kniete sie sich darunter und blickte mit reinem Herzen in das rote Glühen. Sein Farbton hatte sich mittlerweile von einem hellen Rot in ein brodelndes Karmesin verwandelt, und je länger sie hineinstarrte, desto mehr kamen ihr die Tränen.

Lass mich raus, zischte ihr das Flüstern zu. *Durchbreche die Barriere und befreie mich. Wenn du das tust, werde ich dir Dinge zeigen …*

Zohra war versucht, der Stimme zu gehorchen … wie so oft.

»Das ist nur ein Test«, erklärte der Älteste jedes Mal, wenn das Thema zur Sprache kam. »Er will sehen, wer von uns die Macht für sich beanspruchen will. Vergiss nicht, dass Gott die Verlorenen nicht in Versuchung führt.«

Zohra stimmte ihm zu, doch sie fand, dass es auch noch eine andere Erklärung dafür gab, und diese bereitete ihr Sorgen. Der Herr führte generell niemanden, der an ihn glaubte, in Versuchung. Sie fragte sich deshalb manchmal, ob dieses pulsierende Licht vielleicht gar nicht ihre Version der verbotenen Frucht darstellte. Und wann immer ihr dieser Gedanke kam, konnte sie ein gedämpftes Lachen zwischen ihren Ohren hören.

Sie hatten ein Kirchenschiff um das Licht herum errichtet. Der Älteste wollte seinen Gemeindemitgliedern nämlich keinen ungehinderten Zugang zu der himmlischen Stimme erlauben und gestattete nur sporadische Messen in der eigens dafür errichteten Kirche.

Das Flüstern war unfassbar mächtig, und je länger man sich in seiner Nähe aufhielt, desto schwerer fiel es einem, es zu ignorieren. Oft schien ihr Verstand umwölkt zu sein, und Zohra fragte sich, ob ihr Erscheinungsbild nun dem des Ältesten glich. Seine grünen Pupillen waren mittlerweile komplett farblos und milchig weiß, bis auf kleine schwarze Tupfer in der Mitte. Sie selbst konnte ihre Reflexionen nur in den Regenpfützen der Grotte sehen, doch dann nie aus der Nähe.

Sie gestatteten dem Flüstern nicht, ihre Brüder und Schwestern zu durchdringen. Der Älteste und die Priesterin belogen sie diesbezüglich täglich, weil sie der Meinung waren, dass es für die Interessen ihrer Kirche das Beste wäre. Doch in Wirklichkeit fürchtete sich Zohra davor, dass sie auf diese Weise ihren Einfluss verlieren könnte, und der Älteste hatte zugegeben, dass es ihm genauso ging. Die *Bewahrer* sahen den Ältesten und die Priesterin schließlich als Überbringer von Gottes Wort an, und so sollte es auch bleiben.

Zohra zweifelte zwar hin und wieder die Göttlichkeit des Flüsterns an, konnte es jedoch nicht ertragen, nicht in dessen Nähe zu sein.

Befreie mich, und du wirst nie wieder ohne mich sein müssen. Wir können einander aufs Engste kennenlernen … für immer.

Wenn du befreit werden musst, dachte Zohra mit einem Schaudern, *was hat dich dann hier eingesperrt? Was ist so gemeingefährlich, dass man es in die Tiefen der Erde verbannen muss, damit es dort vergessen wird?*

Etwas Böses!

Ein kehliges Lachen hallte daraufhin durch ihren Verstand und hinterließ Spuren wie eine feuchte Zunge.

Die schweren Türen des Kirchenschiffs ächzten, dann erschien plötzlich die Silhouette des Ältesten in dem abgedunkelten Durchgang. Er winkte sie zu sich.

Zohra lief barfuß über den steinigen Boden und fand Jessica auf den Knien in der Höhle dahinter. Tränen rannen an ihren Wangen hinab. Einer der Brüder spuckte vor die Füße des Mädchens und nannte sie eine Verräterin.

Der Sadismus in seiner Stimme kümmerte Zohra weniger, doch die Gewalt, die man ihr offenbar angetan hatte, war äußerst besorgniserregend. Denn Gewalt war nur den Verlorenen vorbehalten – jenen, die boshafte Taten begangen hatten und bestraft werden mussten.

Denn das war der einzige Weg, um Gott davon abhalten zu können, die Welt in Feuer und Schwefel dahinzuraffen.

»Sie ist eine Hure!«, schrie der Bruder jetzt noch einmal, als hätte er seinen Standpunkt noch nicht deutlich genug gemacht.

»Sprich nicht so mit ihr.« Zohra kniete sich neben ihre Freundin und Schwester und verspürte dabei den Drang, den Mann für seine Arroganz zu bestrafen. »Meine teuerste Jessica, wieso hat unser Bruder solche Anschuldigungen gegen dich vorgebracht?«

Das Mädchen stieß daraufhin einen Schwall hysterischer, unzusammenhängender Vokale hervor.

»Schhhhhhh«, wisperte sie. »Ich bin es doch, Zohra. Was immer auch geschehen ist, wir werden es herausfinden.«

»Ich habe es dir doch schon gesagt«, geiferte der Bruder wieder. »Die Hure hat sich einfach mitten in der Nacht davongestohlen.«

»Stimmt das?«, erkundigte sich der Älteste und trat neben den Ankläger.

Jessica nickte unter Tränen. »Meine Mutter ist noch immer am Leben. Trotz dieser langen Zeit hat der Krebs sie noch nicht bezwingen können.«

»Du hast keine Mutter mehr«, knurrte jetzt auch Zohra. »Du hast nun *uns!*« Das Mädchen hatte in endlosen Predigten das Gesicht der *Bewahrer* aufgesetzt. Wie oft hatte sie die Worte gebetet und ihren Weg in die Erlösung gepredigt, während sie im Stillen immer noch die Sorge und das Bedauern um ihre Mutter in sich getragen hatte? Demnach stand sie immer noch mit einem Fuß in dieser Welt, was eine Beleidigung für ihren Glauben war.

Das ist ein unglaublicher Affront! Sie muss sterben! Das Wispern wirkte nun beinahe schwindelerregend auf sie.

Jessica musste bestraft werden, so viel war sicher. Aber ihr das Leben zu nehmen für einen einzigen schwachen Moment – für eine Fehleinschätzung – war etwas ganz anderes. Eine Rekonditionierung war dem deutlich vorzuziehen.

»Bringt sie hinein«, donnerte nun die Stimme des Ältesten, und er klang so kalt, dass sie beinahe erwartete, seinen Atem sehen zu können.

Sie hoben die Schwester nun hoch und marschierten voran. Sie wimmerte und bettelte um Vergebung, doch Zohra blendete all das aus und gab ihrer alten Freundin einen harten Stoß in Richtung des Kirchenschiffs, dann schlug sie die Türen zu, während der Älteste dem Mädchen mit einem wilden Grunzen die Tunika vom Körper riss.

»Du bist es nicht wert, sie zu tragen.« Seine Stimme dröhnte durch die Kammer und erschreckte selbst Zohra.

Die Verräterin, das Mädchen, das einmal ihre Freundin gewesen war, bedeckte ihren Oberkörper mit zitternden Armen, was ein schmerzvoller Anblick für sie war. Zohra ließ niedergeschlagen die Schultern sinken und sah dabei zu, wie Jessica von dem Ältesten zurückwich und schließlich gegen eine Reihe grob zusammengebauter Sitzbänke stieß.

Manchmal quälten sie die Verlorenen auf diese Weise, und es bereitete ihnen jedes Mal großes Vergnügen. Reihen voller enthusiastischer *Bewahrer* feuerten dabei den Ältesten und die Priesterin mit Chorälen an, während diese mit Dolchen auf ihre Opfer einstachen und damit, deren Reise auf dem Weg zur Bußfertigkeit beendeten. Sie wählten ihre Opfer aus, wann immer das Werk des Teufels in ihnen sichtbar wurde, gleich welchen Alters.

Es herrschte ein Krieg, und in diesem war nun einmal jegliches Leben verloren.

Danach war es ihnen dann gestattet, sich den Freuden des Fleisches hinzugeben, um ihre aufgestauten Triebe zu befriedigen. Aggressionen und Blutdurst entluden sich dabei mit den schmutzigsten Körperflüssigkeiten. Diese Dinge wären ihnen niemals in den Sinn gekommen, wenn sie das Flüstern nicht dazu ermutigt hätte.

»Hilf mir doch, Zohra!« Jessicas Schreie wurden immer verzweifelter.

»Halt den Mund«, blaffte diese sie an. Ein Teil von ihr, tief in ihrem Innersten, wollte tun, worum Jessica sie bat, aber ihr waren leider die Hände gebunden. »*Wir* waren deine Familie. Nicht dieses verkrebste Etwas, das dich in diese Welt gebracht hat. Dieses niederträchtige Weib hat immerhin zugelassen, dass du diesen leidvollen Weg eingeschlagen hast. Die *Bewahrer* haben sich um dich gekümmert, als niemand anderes für dich da war, und dennoch hast du uns ins Gesicht gespuckt. In *Sein* Gesicht. *Er* empfindet deine Taten als beleidigend und als undankbar.«

Nehmt sie zuerst. Ihr beide. Rekelt euch in ihrem Blut.

Der Älteste schlang daraufhin seine Arme um ihren nackten Oberkörper und warf sie mit aller Kraft gegen das schimmernde Licht. Es schien sich irgendwie auszubreiten, als ihr Körper darauf zu taumelte. Sie landete auf dem Rücken und versuchte panisch rückwärts davonzukriechen, doch dafür war zu wenig Platz in der Höhle.

»Lasst mich einfach gehen«, flehte sie mit zittriger Stimme. »Ich will meine Mutter sehen. Ich will doch nur zu meiner Mutter!«

Der Älteste ließ sich nun auf sie fallen, presste seine Hand auf ihren Mund und zwang ihre Schenkel auseinander.

Zohra sah zu dem Kreuz hinauf und dachte: *Ist es das, was du wirklich willst?*

Oh ja, schnurrte es zurück.

Jessica krümmte sich, als der Älteste ihr einen Schwall Verwünschungen ins Gesicht schrie.

Zohra schloss ihre Finger um den Griff ihres Messers und näherte sich ihr langsam. Für einen Sekundenbruchteil – denn länger wagte sie es nicht – warf sie ihrer alten Freundin einen mitfühlenden Blick zu. Ihr Augen trafen sich nicht länger als ein Wimpernschlag. Dann fiel Jessicas Blick auf das Messer und der letzte Rest an Kampfeswillen verließ sie.

Zohra ließ sich neben ihr auf die Knie fallen und bohrte ihr die Klinge direkt ins Auge.

Der Älteste sprang daraufhin von dem nackten Mädchen herunter und wischte sich die Blutspritzer vom Gesicht, während sich ihr Körper immer noch zuckend am Boden wand.

»Unsere Schwester hätte Besseres verdient als das«, sagte sie traurig und warf das Messer in einem Akt der Rebellion zu Boden. »Wirst du mir das Gleiche antun, wenn ich einmal schwach werden sollte?«

Der Älteste antwortete ihr nicht, doch an diesem Abend wurde keine Zeremonie abgehalten. Stattdessen stieg die Priesterin aus der Halle der Ankunft empor und lief zum ersten Mal seit Monaten wieder die langen, gewundenen Korridore entlang.

Sie stieß die Kellertür auf und fand die Gebetshalle um eine entsetzliche neue Attraktion reicher vor. Ein verwesender Körper hing in der Pose eines Gekreuzigten direkt über dem Altar und ein Heiligenschein aus Fliegen umschwirrte seinen Kopf.

»Führe uns in einem frühen Morgengebet, Priesterin«, flehte sie eine der Schwestern an, sank auf die Knie und reckte Zohra die Arme entgegen, als könnten ihre Worte allein helfen, sich mit diesen makabren Handlungen zu versöhnen.

Der Speisesaal war noch grauenvoller anzusehen. Leichen allen Alters waren um den Tisch herum drapiert und mit Draht an den Armlehnen und Stuhlbeinen fixiert. Einige der Brüder standen entlang der Wand und lasen laut und fieberhaft Bibelpassagen vor, so als versuchten sie, damit zu verhindern, dass andere Gedanken sich ihrer bemächtigten.

Alle Versuche des Ältesten, das Flüstern im Zaum zu halten, schienen offenbar vollkommen nutzlos gewesen zu sein. Die Stimme war bereits zu allen anderen durchgedrungen.

Diese Erkenntnis ließ sie laut auflachen. Nichts an diesem Ort oder in diesem Leben war es wert, verteidigt zu werden.

Das Lager lag dunkel und ruhig vor ihr, als sie hinaustrat und zum ersten Mal seit Ewigkeiten frische Luft in ihre Lungen sog. Jessica das Leben zu nehmen hatte das Flüstern in ihrem Kopf kurzzeitig zurückgedrängt, ähnlich den Nachwirkungen eines Herointrips. Nur ein leises Echo war geblieben.

Sie lief hinunter zum See. Dieser Ort war einmal so voller Leben gewesen. Feuer hatten am Ufer gebrannt, wunderschöne Gesänge waren durch die Nacht gehallt und lange Gespräche über die Erleuchtung hatten oft bis in die Morgenstunden hinein gedauert.

Ein wundervoller Gemeinschaftssinn hatte hier geherrscht, der es wert gewesen war, daran zu glauben.

Doch jetzt glich der Ort einer Geisterstadt, die für die Freuden des Fleisches im Stich gelassen worden war.

Was ist nur aus uns geworden? Was ist aus mir *geworden?*

Das war eine Frage, deren Antwort sie bereits kannte. Alles war zerstört worden, als sie das Licht entdeckt hatten. Das Flüstern hatte sich bis tief in ihre innersten Gedanken gebohrt und dort Worte hinterlassen, die selbst ihre am stärksten unterdrückten Triebe entfacht und so lange befeuert hatten, bis sie die einzige mögliche Option dargestellt hatten. Was sie dabei allerdings am meisten erschreckte, war das Wissen, dass man sie nie direkt zu etwas gezwungen hatte, denn dafür war das Licht nicht mächtig genug.

Ich habe all diese Dinge getan, weil ich es gewollt habe. Wir alle haben es gewollt.

Wenn sie diesen Impulsen gefolgt war, hatte es auf sie immer so gewirkt, als würde sie sich selbst durch ein beschlagenes Fenster dabei beobachten. Dieses Pulsieren war nicht Gott, das wurde ihr jetzt klar, aber es war zu spät, um die anderen zu warnen. Sie hatten ohne Widerwillen die Gewalt und Perversitäten des Ältesten übernommen, denn auch sie hatten das Flüstern gehört und wollten mehr davon.

»Sie da.« Jemand stand am Ufer, genau dort, wo der Sand die Baumgrenze traf. »Was tun Sie da?«

Zohra wäre nicht auf den Gedanken gekommen, dass es sich dabei um einen Fremden handeln könnte, denn dieses Gelände gehörte ihnen, und wer ihnen dennoch zu nahe kam, bezahlte für seine Neugier unweigerlich mit dem Leben.

Verwundert näherte sie sich der vertrauten Stimme und erkannte schließlich den Polizisten mit den gütigen Augen.

Officer Sleighton stand zwischen den Zweigen und trug eine Schrotflinte bei sich.

»Was ich hier tue?«, fragte sie und lachte ungläubig. »Das meinen Sie doch wohl nicht ernst. Sie sollten besser von hier verschwinden, bevor …«

»Sparen Sie sich das«, sagte er. »Ihr Spinner kommt nachts niemals raus, denn zu diesem Zeitpunkt seid ihr immer viel zu beschäftigt damit, euch gegenseitig das Gehirn rauszuvögeln. So hört es sich zumindest an.«

Zohra vernahm jetzt tatsächlich Schreie der Ekstase aus einer der Hütten. Würde es irgendjemanden von denen kümmern, dass Jessica getötet worden war? Vielleicht, aber wenn nur deshalb, weil sie nicht dabei gewesen waren und es nicht mitansehen konnten. Man hatte ihnen praktisch eine öffentliche Hinrichtung verwehrt.

Opferungen, Priesterin, spottete das Flüstern. *Ehrbare Opferungen.*

Hinrichtungen, widersprach sie der Stimme.

»Ich habe Sie schon eine ganze Weile nicht mehr gesehen«, sagte Sleighton nun.

Es war das erste Mal, dass sie ihn ohne seine Uniform sah. Er trug heute eine offenstehende Regenjacke, deren Kapuze er sich über den Kopf gezogen hatte.

»Sie haben uns beobachtet?«

»Ich dachte, Sie wären vielleicht zur Vernunft gekommen und von hier verschwunden. Zumindest hatte ich das gehofft. Doch nun tauchen Sie aus heiterem Himmel wieder auf.«

»Ich … war …« Sie konnte sich nicht mehr daran erinnern, wie lange sie dort unten zugebracht hatte. Man hatte ihr immer wieder Essen bringen lassen, aber sie konnte auch nicht genau sagen, wann sie das letzte Mal etwas zu sich genommen hatte. So wie all die anderen hatte sie sich einfach in einer der hintersten Höhlen erleichtert und täglich in einer natürlichen Quelle gebadet.

Mein Gott, wie viel Zeit ist eigentlich vergangen?

Sie fühlte sich plötzlich unglaublich schwach und müde. Ihre Augen verdrehten sich nach hinten und sie geriet ins Wanken.

Sleighton fing sie auf. »Oh mein Gott, Sie wiegen ja bestimmt keine vierzig Kilo mehr! Hat man Sie da unten etwa gefangen gehalten?«

Für die Dinge, die sie getan hatte, gab es keine logische Erklärung, daher war es das Beste, *Officer Gütige Augen* denken zu lassen, was er wollte.

»Ich habe mitangesehen, wie sie vor ein paar Nächten einige Leute gegen ihren Willen nach unten verschleppt haben«, erzählte er. »Ihr wärt damit niemals durchgekommen.«

»Sie können sie nicht aufhalten.« Ihr Blick fiel nun auf seine Schrotflinte. »Zumindest nicht damit.«

»*Ich* werde sie auch nicht aufhalten«, antwortete er.

In diesem Moment erklang ein lautes Brummen aus dem Wald, und bevor sie ihre Gedanken sortieren konnte, brach plötzlich ein S.W.A.T.-Transporter durch den Zaun des Anwesens, gefolgt von einer Reihe von Polizeiwagen. Ohne Blaulicht oder Sirenen rollten sie auf den Platz, und noch bevor sie richtig anhielten, stürmten bereits bewaffnete Personen daraus hervor.

»Aber *sie* werden es tun.«

»Was haben Sie getan?«, fragte Zohra entsetzt.

»Ihre Leute haben es verdient.«

»Sie sind aber doch alles, was ich noch habe«, erwiderte Zohra und ihr wurde bewusst, dass ihre Stimme einen flehenden Tonfall angenommen hatte. Ihre Gedanken kehrten unweigerlich zu den apokalyptischen Visionen zurück, vor denen der Älteste sie immer gewarnt hatte. »Ohne uns ist die Welt verdammt! Alle Menschen werden bei der Läuterung sterben!«

»Das Risiko werden wir wohl eingehen müssen«, sagte er und zog sie näher an sich heran. »Das hier ist deine Chance für einen Neuanfang. Lass mich dir helfen … bitte.«

Dieses Angebot erinnerte sie an das, welches Tullus Abblon ihr einst unterbreitet hatte. »Plagt dich etwa gerade das schlechte Gewissen?«, fragte sie ihn. »Du verdammst meine gesamte Familie zum Tode, siehst mich herumlaufen und denkst dir … *was*? Dass es deine Taten irgendwie rechtfertigt, wenn du mich dafür rettest?«

»So tiefgründig bin ich nicht«, antwortete er. »Doch wenn sie dich finden, werden sie dich ebenfalls töten. Niemand wird heute davonkommen.«

War dieses Angebot eine Art von Sklaverei, nur unter einem anderen Deckmantel?

Schüsse ertönten jetzt hinter ihnen, als die ersten Brüder aus ihren Hütten stürmten und auf das Überfallkommando feuerten. Binnen einer Sekunde war die Schlafbaracke mit Rauch gefüllt und furchtbare Schreie durchbrachen die Nacht.

Sleighton zog sie tiefer in die Büsche und damit außer Sicht. »Du bist nie wie die gewesen«, sagte er jetzt mit einer Spur Verzweiflung in der Stimme. »Lass nicht zu, dass Abblon dich wie die anderen ins Verderben zieht.«

Sie drehte sich zu ihm um und sagte: »Aber mein Sohn ist noch da drin …«, doch ihre Worte waren nur ein Flüstern. Sie erinnerte sich wieder daran, was geschehen war, als Jessica sich geweigert hatte, ihrem alten Leben abzuschwören. Cyrus gehörte ihr nicht mehr, schon seit einer geraumen Weile. Er war jetzt einer der Lieblingssöhne des Ältesten und verbrachte seine Tage damit, gedankenverloren durch die Höhlen oder den angrenzenden Wald zu wandern.

»Er wird sterben«, sagte sie schluchzend und warf sich in seine Arme, während sie sich zwischen die Bäume zurückzogen. Die Tür der Schlafbaracke flog erneut auf und erhellte die Nacht mit nicht enden wollenden Mündungsfeuer. »Ich dachte, ich würde ihm auf diese Art ein besseres Leben bieten können.« Sie sagte diese Worte nicht, um ihre Taten vor Sleighton zu rechtfertigen. Vielleicht wäre es ihr und ihrem Sohn besser ergangen, wenn die *Bewahrer* nicht in ihr Leben getreten wären. Zumindest wäre sie dann selbst für die Dinge verantwortlich, die ihnen widerfahren wären.

Doch wer wird jetzt das Ende verhindern?

Sie konnte nicht sagen, ob das ihre eigenen Gedanken oder das immerwährende Flüstern war, doch die Frage selbst war berechtigt. Der Älteste hatte zugelassen, dass die Dinge außer Kontrolle geraten waren, aber seine Botschaft blieb dennoch bestehen. Zohra erkannte nun, dass sie immer noch daran glaubte.

Ich werde sie stattdessen verkünden, dachte sie. *Ich werde sie auf meine Weise lehren. Die Menschen in dieser Stadt werden mir irgendwann zuhören und gemeinsam können wir das Ende verhindern.*

Die Schreie ihrer Brüder und Schwestern, die zu fliehen versuchten, gingen im Rattern der automatischen Waffen unter.

Doch sie sah nicht mehr zurück.

9

Melanie verbrachte die meiste Zeit des Tages in ihrem Wagen. Zuerst die vierstündige Fahrt von Connecticut nach New Hampshire, und nun zur Mittagszeit stand die Fahrt zurück an.

Sie war jetzt im Besitz von jeder Menge Informationen, die sie mit Nate teilen musste, und ihr Optimismus war deutlich gestiegen. Cyrus Hoyt war noch immer irgendwo dort draußen, egal, was alle anderen ihr einzureden versuchten, aber nun verstand sie endlich, wieso. Er war noch ein Kind gewesen, als er dabei hatte zusehen müssen, wie man seine gesamte Familie umgebracht hatte, und er hatte die nächsten Jahre ganz auf sich allein gestellt verbringen müssen – bis er eines Tages alt und stark genug gewesen war, sein Zuhause gegen Eindringlinge zu verteidigen.

Hoyts verdrehte Wahrnehmungen ergaben plötzlich einen gewissen Sinn, auch wenn dieses Verständnis ihn nicht weniger furchteinflößend machte.

Mit etwas Glück hatte die Polizei bei der Untersuchung von Johnsons Ermordung ja ebenfalls Fortschritte gemacht, und sie hätte auf diese Weise die Gelegenheit, den Chief für kurze Zeit zu entführen. Die Informationen, die sie jetzt besaß, trieben sie förmlich an. Sie konnte beinahe spüren, wie die fünfundzwanzig Jahre der Unsicherheit mehr und mehr von ihr abfielen. Bald schon würde jedermann wissen, dass Hoyt noch lebte und dass sie die ganze Zeit über mit Recht in Angst gelebt hatte.

Bürgermeister Cobb würde die explosive Enthüllung allerdings bestimmt weniger gefallen. Ein weiteres lange vergessenes Massaker zu enthüllen, würde auch noch die letzte Chance der Stadt auf ein positives Image zunichtemachen, aber darauf konnte sie momentan leider keine Rücksicht nehmen.

Sie würde herausfinden müssen, wo Zohra Sleighton untergebracht war, und wenn auch nur die kleinste Chance bestand, dass sie mit ihr sprechen konnte, würde sie diese nutzen.

Etwas am Schicksal dieser Frau war beunruhigend. Sleighton hatte ihr einen sauberen Schnitt angeboten, aber sie hatte offenbar nicht anders gekonnt, als ihre Lehren weiterzuverbreiten. Diese religiöse Hingabe hatte sie schließlich in eine Irrenanstalt gebracht. Vielleicht verdiente sie ja sogar noch Schlimmeres dafür, dass sie Forest Grove ihre verdrehten Ideale hatte aufzwingen wollen, aber Melanie sah ihre Geschichte zugleich auch als eine Art Warnung an. Zohras Gefängnis war zwar echt, aber sie beide waren es, die vollständig von dem Bösen definiert wurden, welches am Lake Forest Grove lebte.

Die letzten Tage hatten Melanie deutlich gemacht, wie müde sie war, und außerdem auch, dass sie noch nie so sehr um ihr Leben gefürchtet hatte wie jetzt. Doch Leben bedeutete mehr, als nur zu existieren. Sie war immer so dickköpfig gewesen, was gewisse Dinge anbelangte. Dass Nate lange verloren geglaubte Gefühle in ihr geweckt hatte, hatte bestimmt auch damit zu tun, aber nur zum Teil. Er hatte ihr deutlich gemacht, dass es eine gigantische Leere in ihrem Leben gab, die sie unbedingt füllen wollte, aber darüber hinaus hatte sie auch etwas geschafft, was noch niemandem vor ihr gelungen war: die abscheuliche Geschichte dieser Stadt offenzulegen. Und dieses Gefühl war ungeheuer befreiend und beinahe ermutigend, wie Trish sagen würde.

Irgendwo in Massachusetts nahm Melanie schließlich die Ausfahrt und checkte in einem Hotel nahe dem Highway ein. Es war nichts Extravagantes, nur ein Zimmer, in dem sie sich ein paar Stunden ausruhen konnte. Ein anonymer Ort, an dem man keine Angst haben musste, erstochen zu werden. Die Autofahrt war extrem ermüdend gewesen und sie fühlte sich irgendwie elend, nachdem sie die meiste Zeit des Tages in der Enge ihres Wagens zugebracht hatte. Die Vorstellung einer heißen Dusche wurde irgendwann zu einer Obsession. Hotelduschen, denen es für gewöhnlich an Wasserdruck mangelte, waren zwar fürchterlich, aber in diesem Fall würde es genügen müssen.

Ich wünschte, ich könnte einfach wieder ins Desirees *zurückkehren.*

Sie nahm aber an, dass Desiree mit einiger Sicherheit nicht mehr lebte und trauerte innerlich um die liebenswürdige Frau. Wenn sie nicht nach Connecticut zurückgekehrt wäre … nein, das war Unsinn. Nichts von dem, was sich in Forest Grove ereignet hatte, war ihre Schuld gewesen. Es war dringend an der Zeit, damit aufzuhören, sich die Schuld für Dinge zu geben, die sich ihrer Kontrolle entzogen.

Melanie zog ihre Kleidung aus, warf sie achtlos aufs Bett und drehte die Dusche auf. Es war die längste und heißeste Dusche, die die je genommen hatte. Tage der Anspannung lösten sich förmlich unter dem prasselnden Wasser auf. Tropfend trat sie nach Ewigkeiten aus der Dusche, rief den Hotelservice an und bat um eine Zahnbürste und eine kleine Tube Zahncreme. Es machte schließlich wenig Sinn, so sauber zu sein, wenn ihr Atem immer noch nach abgestandenem Kaffee stank.

Sie wickelte sich ein Handtuch um ihren zitternden Körper und vertrieb sich die Wartezeit damit, ihre Kleidungsstücke mit dem Hotelbügeleisen zu bearbeiten, bis die Falten des Tages daraus verschwunden waren.

Der Hotelpage war kaum älter als achtzehn. Melanie tauschte die Zahnpasta gegen drei Dollar Trinkgeld ein. Die Augen des Jungen starrten nervös auf die großzügige Zurschaustellung nackter Haut über und unter ihrem Handtuch. Als Melanie einen kurzen Seitenblick in den Ganzkörperspiegel neben der Tür warf, wurde ihr plötzlich bewusst, dass das Handtuch viel zu kurz war und daher nur einen kleinen Teil ihres Körpers bedeckte. Als sie sich umgedreht hatte, um das Geld aus ihrer Handtasche zu holen, hatte sie dem Jungen also unbeabsichtigt einen freien Blick auf ihren Hintern gewährt.

Sie wäre vor Scham am liebsten im Boden versunken, wenn es nicht andererseits so lustig gewesen wäre. Wie es aussah, hatte Riley doch recht gehabt. Sie hatte es noch drauf … warum sollte sie also ihre gottgegebenen Reize nicht nutzen? Sie war zweiundvierzig und würde bestimmt nicht mehr lange so aussehen.

Melanie fühlte sich seltsam erfrischt, als sie in ihre getragenen Kleidungsstücke schlüpfte. Nicht perfekt, aber schon mal ein guter Anfang. Sie checkte aus und blieb noch eine Weile auf dem Parkplatz sitzen und dachte über ihre Möglichkeiten nach. Ihr Zuhause war nicht mehr weit entfernt, doch dieses Leben erschien ihr im Licht der aktuellen Erlebnisse plötzlich antiquiert. Sie musste das Ganze einfach durchziehen.

Es war kurz nach achtzehn Uhr, als sie wieder in Forest Grove ankam. Sie rief Nate an, landete allerdings direkt auf der Mailbox. Sie wusste, dass sie eigentlich sofort ins Revier kommen sollte, damit er sich keine Sorgen machen musste, aber es war noch ein oder zwei Stunden hell. Genug Zeit, um sich noch etwas in der Stadt umzusehen, ohne die Schatten zu verärgern.

Vor der City Hall hielt Melanie an und fragte sich kurz, ob der Bürgermeister wohl jemals Überstunden machte. Besaß er Informationen, die etwas zu ihrem Buch beitragen konnten? Sie würde einen Weg finden müssen, den Kult ihm gegenüber zu erwähnen, ohne dabei allzu schadenfroh zu wirken, damit sie ihn nicht auf dem falschen Fuß erwischte. Aber es war andererseits schwer vorstellbar, dass er nicht wusste, was sich dort draußen abgespielt hatte – zumindest bis zu einem gewissen Grad.

Was solls, dachte sie. *Früher oder später hätte ich mir sowieso eine Stellungnahme von ihm geholt.* Doch was sie eigentlich wollte, war, Cobb ins Gesicht zu sehen, wenn sie ihn auf Abblon ansprach. Denn sie wollte sehen, ob er irgendeine Reaktion zeigte.

Sie parkte deshalb auf einem der Stellplätze vor dem Rathaus und stopfte mehrere Vierteldollarmünzen in den Parkautomaten.

Das Gebäude war offenbar gut gepflegt worden. Glänzende Holzverkleidungen säumten die Innenwände, und in den frisch polierten Fliesen konnte sie sich praktisch spiegeln. Die meisten der öffentlichen Büros waren bereits geschlossen. Der Akku ihres iPhones war so gut wie leer, als sie es aus ihrer Tasche fischte und nach der Uhrzeit sah. Es war jetzt beinahe 18:30 Uhr. Ausgeschlossen, dass um diese Zeit noch jemand hier arbeitete.

Am Ende des Korridors eilte sie die Stufen in den zweiten Stock hinauf und begab sich dann direkt an dessen Ende. Eine Frau kam aus einem Büro und nickte ihr flüchtig zu, ohne sie dabei anzusehen. Melanie wollte sie fragen, wo sie Bürgermeister Cobb finden konnte, aber da war die Frau bereits die halbe Treppe hinuntergeeilt und telefonierte dabei.

Das Refugium des Bürgermeisters war allerdings nicht schwer zu finden, denn zwei überdimensionale Eichentüren am Ende des Ganges markierten den Eingang des Büros. Gleich dahinter lag das Vorzimmer und der Arbeitsplatz der Sekretärin, dekoriert mit Vitrinen, die indianisches Kunsthandwerk ausstellten.

Melanie wurde auf einmal bewusst, dass sie hier widerrechtlich eingedrungen war, und wollte schon gehen, als ihr Blick auf einmal auf ein paar Blutspritzer auf dem beigen Teppich fiel.

Sie blieb sofort wie angewurzelt stehen und betrachtete beklommen die beiden Türen, die ins Büro des Bürgermeisters führten. Sie schluckte schwer und hatte das Gefühl, als würde ihr ein steinerner Kloß im Hals stecken. Langsam öffnete sie die Türen.

Der Körper des Bürgermeisters lehnte an seinem Tisch, so als würde er auf einem unsichtbaren Stuhl sitzen. Sein Kopf fehlte von der Kinnpartie aufwärts, sodass seine untere Zahnreihe in Richtung Decke zeigte. Der Rest seines Schädels lag in seinem Schoß, die Hände hatte er lose um die Ohren gelegt.

Mit Blut, das mittlerweile bräunlich angetrocknet war, hatte jemand etwas auf die Tischplatte gekritzelt.

Er wollte nicht zuhören!

Mit den verbliebenen zwei Prozent ihres Akkus rief Melanie hastig die Polizei an und rannte währenddessen zum Ausgang. Die Zentrale erklärte ihr, dass Nate gerade weggefahren war, dass sie aber sofort ins Revier kommen und dort auf ihn warten sollte.

Melanie konnte den Mord an dem Bürgermeister gerade noch melden, dann schaltete sich ihr Handy aus. Sie stürmte durch das Treppenhaus und dann durch die Eingangstüren in das in Abendsonne getauchte Forest Grove hinaus und rannte dann über die Straße, bis ein gellender Pfiff ihre Aufmerksamkeit erregte.

Sie drehte sich um und erblickte einen Mann in einem abgetragenen Regenmantel, der auf dem Gehsteig saß. Seine Kleidung war nicht einfach nur zerknittert, sondern auch mit Blut besudelt. Der Gehsteig um ihn herum war ebenfalls rot befleckt. Doch falls er beabsichtigte, auch sie zu töten, machte er keinerlei Anstalten, aufzustehen.

Er starrte sie einfach nur an.

Melanie konnte gar nicht schnell genug zu ihrem LaCrosse kommen. Als sie den Motor startete, hörte sie den ersten Schrei. Mehrere Menschen überquerten die Straße und hielten auf den Tumult zu.

Doch der Killer blieb einfach nur stumm auf dem Bürgersteig sitzen. Er regte sich kaum; er saß einfach nur da, wie eine Statue. Nur seine Augen bewegten sich, während die Stadtbewohner ihn umringten. Es kümmerte ihn aber offenbar nicht. Er wollte nur Melanie im Blick behalten.

Er sah ihr auch dann noch hinterher, als sie auf das Gaspedal trat und davonraste.

***

Nate saß im Dämmerlicht seines Büros und hatte den Telefonhörer zwischen Ohr und Schulter eingeklemmt. Seit fast einer Stunde versuchte er, Sally Dugan zu erreichen, aber sie war anscheinend wie vom Erdboden verschluckt.

Die Nummer von Alex Johnsons Anwalt hatte er von der Übertretungsurkunde aus dem Haus des toten Cops. Eine kurze Erklärung der Sachlage hatte genügt, damit Johnsons Anwalt ihn an Dugans Anwalt vermittelt hatte – und der hatte nun den Kontakt zu ihr hergestellt.

Sally Dugan war Petes Tochter und damit die ehemalige Eigentümerin von Camp Forest Grove, und sie war, soweit Nate das sagen konnte, niemals selbst hier gewesen. Sie lebte in den Florida Keys und sein Anruf hatte dort die gesamte Familie in Aufruhr versetzt.

Ein bellender Hund und ein weinendes Kind bildeten einen Hintergrund aus nervigen Geräuschen, während die Großgrundbesitzerin sich Zeit ließ, ans Telefon zu kommen. Es war erst kurz nach sieben Uhr abends, aber vielleicht störte er sie ja gerade bei ihrem Taco-Abend oder etwas Ähnlichem.

Als sie sich endlich meldete, tat sie es mit einem deutlich genervten Unterton in der Stimme, den Nate heute einfach nicht mehr ertragen konnte. Er stellte sich deshalb direkt vor und kam sofort zur Sache. »Ich rufe Sie wegen der Grundstücksübertragung an einen Alex Johnson in Höhe von …«

»Sie brauchen mir keine Fakten zu nennen«, sagte sie. »Für gewöhnlich verkaufe ich nämlich kein Land. Aber wenn Sie tatsächlich von der Polizei von Forest Grove sind, wieso fragen Sie mich dann danach? Ich habe das Land immerhin an einen Ihrer Jungs verkauft.«

»Officer Johnson wurde letzte Nacht in seinem Haus umgebracht und wir versuchen nun …«

»Ich habe mehr als genug Alibis, guter Mann. Versuchen Sie also bloß nicht, mir das anzuhängen. Haben Sie eigentlich eine Ahnung, wie oft ich versucht habe, diesen Irren abzuwimmeln?«

»Was soll das heißen?«

»Das soll heißen, dass ich das Camp eigentlich gar nicht verkaufen wollte«, antwortete sie. »Mein Vater hatte all sein Herzblut in diesen Ort gesteckt, deshalb bin ich irgendwie immer davon ausgegangen, dass ich eines Tages dort rausfahren und es ihm gleichtun würde. Aber bei diesen Wintern in Neuengland …«

»Was genau meinten Sie mit *abzuwimmeln?*«

»Unzählige Anrufe, über fünf oder sechs Jahre hinweg. Es war nicht immer er persönlich … manchmal war es auch eine Frau oder ein alter Mann. Hatten Sie Probleme, an meine Nummer zu kommen?«

»Oh ja.«

»Sehen Sie«, antwortete sie. »Dafür gibt es einen guten Grund.«

»Wurden Sie belästigt?«

»Mehr als das. Eines Abends bin ich nach Hause gekommen und habe eine Gruppe fremder Leute auf meinem Rasen vorgefunden. Sie haben mir gesagt, dass ich das Land verkaufen soll, weil es mehr Respekt verdiene, als ich ihm zu geben in der Lage wäre. Sie sagten außerdem, dass sie wiederkommen würden, wenn ich meine Meinung nicht ändern würde. Ich solle das nicht als Drohung verstehen, aber selbstverständlich war es als solche gemeint.«

»Könnten Sie die Leute identifizieren?« Nate musste wissen, wen in dieser Stadt er im Auge behalten musste.

»Zur Hölle, nein«, sagte sie. »Das war auf jeden Fall der Grund, warum ich schließlich aufgegeben habe. Das und der an sich recht faire Preis, den er mir für diese Ruinen angeboten hat.«

Dennoch hatte Johnson sich den siebenstelligen Betrag unmöglich leisten können. Was bedeutete, dass die geheimnisvolle Gruppe zusammengelegt haben musste. Im besten aller Fälle würde sich eine Papierspur um Johnsons Konto herum finden lassen, aber wann hatte er das letzte Mal so viel Glück gehabt?

»Halten Sie mich also bitte aus der ganzen Sache raus, Chief. Ich habe mit Forest Grove endgültig abgeschlossen, als ich das Land überschrieben habe.«

»Die Person, die ihr Land gekauft hat, dieser Alex Johnson, könnte in eine Mordserie verwickelt sein. Hat er oder irgendjemand anderes ihnen denn verraten, was an diesem Ort angeblich so besonders sein soll?«

»Nein, und es ist mir auch vollkommen egal. Es tut mir leid, aber so ist es nun mal.«

Sie hatte Angst, das spürte er, und das aus gutem Grund. Das alles ging mittlerweile so weit über Cyrus Hoyt und Melanie Holden hinaus, dass er sich fragte, wie um alles in der Welt das Ganze so lange ein Geheimnis hatte bleiben können. Gab es vielleicht wirklich eine Verschwörung in Forest Grove? Es musste mindestens eine weitere Person in die ganze Sache verwickelt sein, doch wenn er jetzt Sally Dugans Geschichte mit einbezog, waren es womöglich noch viel mehr.

Und dieser Gedanke erschreckte ihn maßlos.

Er beendete das Telefonat hastig, als sein Funkgerät plötzlich zum Leben erwachte. Das Knacken ließ ihn vor Schreck zusammenfahren. »Chief«, rief Galeberg panisch. »Sie müssen sofort zu Sleightons Haus kommen!«

»Was ist passiert?«

»Ich bin mir nicht sicher.«

Nate war bereits auf dem Weg zu seinem Wagen. »Ich bin in fünf Minuten da. Was ist los?«

»Es wurden mehrere Schüsse gemeldet. Donnelley war nur ein paar Straßen entfernt. Er ist schon unterwegs, um nachzusehen.«

Trish war den ganzen Tag nicht ans Telefon gegangen, und nun das. Schüsse im Haus ihres Vaters! Zuerst wollte er bei sich zu Hause vorbeischauen, aber sein Bauchgefühl sagte ihm irgendwie, dass sie bei ihrem Vater war – genau das, worum er sie gebeten hatte.

Nate schlug das Herz während der Fahrt bis zum Hals. Er durfte sie nicht verlieren. Ihre Ehe war vielleicht nicht unbedingt aus dem Bilderbuch, aber er würde niemals wieder jemanden so lieben können wie sie. Alles, woran er momentan denken konnte, war, so schnell wie möglich zu ihr zu gelangen, damit er sie in Sicherheit bringen konnte.

Er hatte bereits geahnt, dass Ron letzte Nacht nicht ganz aufrichtig zu ihm gewesen war, und offensichtlich wusste er wesentlich mehr, als er hatte zugeben wollen. Es war unmöglich, einer Stadt so lange wie er zu dienen, ohne dabei das eine oder andere aufzuschnappen.

Bitte, lass Trish noch am Leben sein, dachte er, als er in seinem Streifenwagen eine Straße nach der anderen entlangraste. Nie zuvor war ihm diese Stadt so groß und er sich so hilflos vorgekommen. Nicht einmal in New York City hatte er sich so gefühlt.

Die Tatsache, dass Galeberg ihm nicht einmal hatte sagen können, ob seine Frau dort war, ließ ihm Tränen der Sorge in die Augen steigen.

Es ist allein mein Fehler, wenn ihr etwas zugestoßen sein sollte.

Nate presste die Kiefer aufeinander und trat das Gaspedal bis auf den Wagenboden hinunter, in der Hoffnung, den Wagen damit noch etwas schneller fahren zu lassen.

***

Trish beobachtete ihren Vater vom anderen Ende des Zimmers aus. Er hatte eine Schrotflinte im Schoß, während er in seinem alten Schaukelstuhl vor- und zurückwippte. Er hatte ihn so ausgerichtet, dass er durch die Zwischenräume der heruntergezogenen Jalousie nach draußen blicken konnte.

Dieses Licht war das einzige, das in das Haus hineinfiel.

Sie war eine Gefangene! Sie saß auf dem Boden und hatte die Knie bis an ihr Gesicht herangezogen. Über einen Anflug von Lagerkoller war sie schon längst hinweg. Wenn sie ins Badezimmer wollte, waren dafür jedes Mal eine Erklärung und eine Eskorte nötig – zumindest bis zur Tür. Sie aßen in vollkommener Dunkelheit Konserven, und ihr Vorschlag, doch wenigstens den Gaskocher zu benutzen, um deren Inhalt zu erwärmen, wurde komplett ignoriert.

»Dad«, versuchte sie es nun zum unzähligsten Male. »Ich werde nicht länger hierbleiben, wenn du mir nicht endlich erzählst, was hier vor sich geht.«

Doch er blinzelte nicht einmal.

Trish stand daraufhin auf, um im Wohnzimmer auf und ab zu laufen. Das rote Hartholz fühlte sich unter ihren blanken

Fußsohlen äußerst kalt an. Doch sie mussten barfuß laufen, damit sie weniger Lärm verursachten. Wann immer sie ihn fragte, vor wem sie sich denn versteckten, verfiel er in Schweigen. Die Leute, die mit Messern vor ihrem Haus gestanden hatten, hatten aber garantiert etwas mit der ganzen Sache zu tun.

Ihre Muskeln fühlten sich verspannt an, als sie sich ein wenig dehnte und dabei an Nate dachte. Es war das erste Mal seit ihrem Umzug, dass sie ihn tatsächlich vermisste. Natürlich auch deshalb, weil sie Angst hatte, aber sie hätte trotzdem alles dafür gegeben, um jetzt bei ihm sein zu können.

Sie hätte ihn ja angerufen und es ihm selbst gesagt, wenn ihr Dad nicht ihr Handy zertrümmert und dabei laut geschrien hätte, dass sie niemandem mehr trauen dürften.

»Ich hätte es beinahe von hier weggeschafft«, sagte sie nun traurig.

»Hast du etwas gesagt?« Er rutschte nervös auf seinem Stuhl herum.

»Ich habe gesagt, dass du endlich mit mir reden sollst«, antwortete sie. »Die ganze Sache macht mir eine Heidenangst. *Du* machst mir eine Heidenangst!«

Ihr Dad musterte die Jalousien vor dem Fenster, als würde es sich dabei um ein fremdartiges Objekt handeln. Dann erhob er sich mühsam und kam mit ausgestreckten Armen auf sie zu.

Trish trat zögerlich näher und legte ihm die Arme um die Schultern. Zum ersten Mal seit langer Zeit schien er wieder ihr alter Herr zu sein.

»Ich beschütze uns nur, Liebling. Das ist alles.«

»Ich weiß … aber ich … na ja, ich muss unbedingt Nate anrufen.«

»Vertrau mir, Nate ist im Moment allein besser dran. Wir können ihm doch sowieso nicht helfen.«

Frustriert und bestürzt über seine unheilvollen Worte hieb sie mit ihrer Faust gegen seine Brust. Wut über all die Dinge, die er getan hatte, kochte jetzt in ihr hoch … wie er sie als Kind bestraft hatte oder ihre Mutter wie ein schmutziges

Geheimnis fortgeschickt hatte. Sie konnte das alles nicht mehr ertragen, aus einer Milliarde Gründen. Seine Umarmung war keine liebe Geste gewesen, es war nur eine kalkulierte Strategie … ein letzter Versuch, ihre Sorge zu lindern.

»Hör auf damit«, sagte er jetzt. »Du verursachst nur unnötigen Lärm.«

»Wieso?«, rief sie immer lauter werdend. Wenn er sie wie einen Teenager mit Hausarrest einsperrte, dann würde sie eben dagegen auf die einzige Art und Weise rebellieren, die ihr noch blieb. »Ich will sofort mit meinem Ehemann sprechen!« Nun schrie sie die Worte, so laut sie konnte.

»Liebling, ich versuche doch nur, dich zu beschützen.«

»Vor wem dem?«

»Vor *denen.*«

»Aber wer zum Teufel sind *die?*«

Wie aufs Stichwort schwang jetzt die Kellertür auf und plötzlich stand jemand bei ihnen im Raum … eine Frau, deren Gesicht in der Dunkelheit verborgen war. Sie stürmte mit einem Schlachtermesser bewaffnet direkt auf ihren Vater zu. Im selben Moment explodierten alle Fenster um sie herum. Hände zerbrachen die Fensterscheiben, schlängelten sich hindurch und versuchten, sie zu öffnen.

Trish schrie, doch ihr Vater schaffte es, den Überblick zu behalten. Er wehrte den Angriff der Frau ab und rief Trish dann zu, dass sie die Kellertür schließen sollte. Sie rannte hin, schlug sie zu, und erkannte, dass bereits eine zweite, dieses Mal männliche Silhouette, die Stufen nach oben stieg. Sie klemmte zusätzlich eine Stuhllehne unter den Türknauf und hoffte, dass diese Barrikade halten würde.

Die Einbrecherin brach gerade aufgrund eines Faustschlags ihres Vaters zusammen und fiel krachend auf den Boden. Er verschwendete keine Sekunde, ergriff die Schrotflinte, zielte mit dem Lauf auf die Angreiferin und drückte dann den Abzug.

Der Knall war ohrenbetäubend. Trish zuckte zusammen, als wäre ein elektrischer Schlag durch sie hindurch gefahren. Der Boden war nass und klebrig geworden, aber sie konnte einfach nicht hinsehen.

»Zurück«, schrie Dad den Angreifern entgegen. Zudringliche Hände tasteten weiterhin nach den Fensterrahmen.

»Sie haben es zu verantworten, Chief. Alles was geschehen ist«, rief eine Stimme hinter dem Glas. »Sie sind deshalb genauso verloren wie Ihre Tochter.«

Sein Blick traf auf ihren und er sah aus wie ein Mann, der in den letzten vierundzwanzig Stunden um zehn Jahre gealtert war. Aber nicht nur wegen seiner zerzausten Haare oder seiner faltigen Haut … es waren seine Augen, die müde und gequält wirkten.

Einer Hand gelang es jetzt, eines der Fenster zu entriegeln und es aufzudrücken. Ihr Vater zielte mit der Waffe auf das Glas. »Zwingt mich nicht dazu«, schrie er. Die Hand ließ den Rahmen los und verschwand wieder in der Nacht.

»Was wollen die?«, fragte Trish panisch.

»Unseren Tod!«

Das Telefon ihres Dads klingelte jetzt und sie raste in der Gewissheit dorthin, dass es sich bei dem Anrufer um Nate handelte. Wirklich keinen Moment zu früh.

»Tut Buße und dienet dem Herrn«, zischte eine trockene, monotone Stimme.

Dad hörte sie auch. Er nahm ihr den Hörer aus der Hand und riss das mit ihm verbundene Telefon kurzerhand aus der Wand. Es zerschellte auf dem Holzboden.

Jemand rüttelte jetzt an der Hintertür und ein großer Umriss erschien im Türrahmen. Der Türknauf drehte sich langsam. »Tut Buße«, schrie jetzt eine weibliche Stimme.

Ihr Dad konnte das offenbar nicht mehr mit anhören. Er feuerte aus kurzer Distanz einen weiteren Schuss ab.

Die darauffolgende Blutfontäne erschütterte Trish. Sie stürmte nach oben und presste sich die Hände auf ihre klingelnden Ohren. Der alte Flur war nicht mehr benutzt worden, seit sie das College verlassen hatte, doch ihr Zimmer fühlte sich noch genauso vertraut an wie früher, als sie die Tür zuschlug und sich mit ihrem ganzen Gewicht dagegen lehnte.

Tut Buße und dienet dem Herrn.

Wieso kam ihr dieser Satz nur so bekannt vor? Er klang wie etwas, das ihre Mutter vielleicht einmal gesagt hatte. Trish war erst fünf Jahre alt gewesen, als Mom sie verlassen hatte, doch nun kamen plötzlich die Erinnerungen an jene Nacht wieder zu ihr zurück. Plötzlich erinnerte sie sich an alles, so als wäre es gestern erst geschehen.

Wie habe ich das nur vergessen können?

Sie hatte geschlafen und war von einem durchdringenden Gestank geweckt worden, der von jemandem ausgegangen war, der plötzlich in ihrem Zimmer gestanden hatte. Dieser Jemand war aus der Dunkelheit taumelnd auf sie zugekommen, und sie hatte geschrien, als sie sein deformiertes Gesicht erblickt hatte. Doch er hatte sie nur verwirrt mit seinem verbliebenen Auge gemustert.

Die blutige Augenhöhle war alles gewesen, was sie hatte anstarren können, als er auf sie zugesprungen war und mit seiner rauen Hand über ihre Wange gestrichen hatte. Sie musste geschrien haben, denn ihr Dad war mit ihrer Mutter im Schlepptau in ihr Zimmer gestürmt und hatte keine Zeit verschwendet, seine Pistole in dem furchterregenden Mann zu entleeren.

Die kleine Trish war bei jedem der donnernden Schüsse zusammengezuckt, und das Blut des Mannes war über sie gespritzt, als er zurückgetaumelt und in der Ecke zusammengesunken war.

Ein Klopfen an der Tür riss Trish jetzt aus ihrer Erinnerung. »Bleib da drin, Mädchen«, rief ihr Vater, während das Heulen von Sirenen immer näherkam. »Verstärkung ist schon unterwegs zu uns. Wir werden deinen Mann finden, und dann verlässt du sofort die Stadt, und zwar noch heute Nacht. Verstanden?«

»Lass doch die Polizei das Ganze regeln, Dad.«

»Ich dachte, *sie* würden uns in Ruhe lassen«, sagte er daraufhin. »Aber ich bin der Einzige, der *sie* noch aufhalten kann.«

Trish lauschte seinen leiser werdenden Schritten und wünschte sich, mit ihm gehen zu können. Denn ihr Dad sollte nicht das tun müssen, was auch immer es war, aber sie konnte auch nicht einfach ihr Leben wegwerfen, das würde er nicht zulassen.

Außerdem kann ich mich vor Angst ja nicht einmal bewegen.

Sie sah zu ihrem Bett hinüber, berührte die muffige Bettdecke und erinnerte sich dabei wieder an das hysterische Kreischen ihrer Mutter, als diese sich der Leiche genähert und *»Tu Buße und diene dem Herrn«* geschrien hatte, als würde sie ihm auf diese Weise die letzte Ölung geben können.

Er war in dieser Nacht hierhergekommen, weil er Angst gehabt hatte. Es hatte nirgendwo mehr hingekonnt. Auf gewisse Weise hatte sie das nachvollziehen können.

Nun verstand sie plötzlich alles und sie war überrascht, wie sie es überhaupt hatte vergessen können.

Dies war das einzige Mal gewesen, dass sie ihren Bruder getroffen hatte.

1988

EIN NEUER ANFANG

Ron Sleighton hörte die Schreie seiner Tochter und wusste sofort, was der Grund dafür war.

Wie hat er uns gefunden?

Der Revolver lag schwer in seiner Hand, als er immer zwei Stufen auf einmal nahm. Der Flur war ihm noch nie so eng vorgekommen wie jetzt. Die Tür zu Trishs Zimmer stand offen und durch den Spalt dazwischen erkannte er den gelblichen Schein ihres Nachtlichts. Er trat die Tür mit seinem Stiefel auf und zielte mit der Pistole hinein.

Zohra stand direkt hinter ihm. Ihre Finger krallten sich in sein Oberteil wie die Klauen eines Adlers.

Cyrus Hoyt war hier! Mit roten blutigen Händen beugte er sich über Trish Bett. Irgendwie war es ihm gelungen, ins Haus kommen.

Sleighton drohte beinahe das Herz aus der Brust zu springen. Er handelte mehr aus Instinkt und mit einem Tunnelblick. Er musste Hoyt unbedingt von Trish fernhalten, egal wie. Nach allem, was dieser Irre der Stadt angetan hatte, würde es jetzt und hier enden.

Er gab sechs Schüsse in rascher Folge ab. Der Raum wurde wiederholt von Explosionen grellweißen Lichts erhellt. Jede Kugel ließ das Ungeheuer etwas zurücktaumeln, und aus seiner Brust schossen Blutfontänen, die über das neonpinke Dekor seiner Tochter spritzten. Als die Pistole nur noch ein leeres Klicken von sich gab, sackte Hoyt zu Boden.

Das Holden-Mädchen hatte Stein und Bein geschworen, das Hoyt nicht tot gewesen war. Als sie seinen Körper von dem schlammigen Ufer aufgelesen hatten, mit einer abgebissenen Nase und einem ausgestochenen Auge, hatte der arme Hund so ausgesehen, als hätte sein letztes Stündchen geschlagen, und darüber war Sleighton froh gewesen.

Hoyt hatte drei Tage auf Eis gelegen, während man darauf wartete, dass er unter die Erde kam. Larry Fraser hatte an diesem Tag Schicht im Leichenschauhaus geschoben und hatte anrufen sollen, sobald man Hoyt zum *Eternal Walk Cemetery* abtransportiert hatte. Doch der Anruf sollte nie bei ihm eingehen, denn irgendwie war dieser Irre von seiner Bahre aufgestanden, hatte eine Knochensäge in Frasers Hals getrieben und ihm damit den Kopf abgetrennt, bevor er entkommen war.

Mit dem Wissen, dass Hoyt wieder umging, war Sleighton nach Hause zurückgekehrt, um für die Sicherheit seiner Familie garantieren zu können. Er nahm an, dass Hoyt auf direktem Weg nach Camp Forest Grove war, denn wo sollte sich dieses Monster sonst verkriechen? Es bestand aber natürlich auch eine winzige Chance, dass er nach seiner Mutter suchen würde.

Und genau das hatte er getan.

Er sah tot aus. Rauch stieg aus den frisch aufgeplatzten Einschusslöchern und seine pfeifende Lunge verstummte kurze Zeit später.

Seine Mutter warf die Arme in die Luft, wie in einer überzeichneten Karikatur, und rannte zu ihm. Ihre kreidebleiche Tochter hätte vielleicht mehr Aufmerksamkeit bedurft als dieser missgebildete Freak, aber Zohra schien das offenbar anders zu sehen.

Sleighton lief zu Trish hinüber, zog sie an sich und streichelte ihren kleinen Kopf, den sie fest an seine Brust presste. Er drückte sie, flüsterte ihr zu, dass das Monster besiegt sei und ihr nichts mehr tun könne. Ihr Weinen war beinahe laut genug, um Zohras Geplapper zu übertönen.

Aber nicht ganz.

Sleighton funkelte sie wütend an. Sie wiegte den blutigen Kopf dieser Missgeburt in ihren Händen und streichelte sanft seine kraftlose Hand, als würde er trotz der sechs Schüsse in sein Herz plötzlich wieder aufstehen. Blutiger Speichel rann ihm aus dem Mundwinkel.

»Bereue!«, schrie sie. »Du musst um Vergebung bitten für die furchtbaren Dinge, die du getan hast, mein Sohn. Ergib dich dem Herrn und akzeptiere seine Liebe, bevor es zu spät ist. Tu Buße und diene dem Herrn! Tu Buße und diene dem Herrn! Bitte, um deiner Seele willen!«

Sleighton versuchte zu ihr durchzudringen, aber es gelang ihm einfach nicht, gegen ihr hysterisches Kreischen anzukommen. Er hob Trish schließlich aus dem Bett und stürmte aus dem Zimmer, während er sie fest an seine Brust presste. Sie ließen Zohra, die wie eine von Drogen benebelte Irre vor sich hin plapperte, zurück und begaben sich in einen ruhigeren Teil des Hauses.

Auf der Couch im Erdgeschoss legte er seine kleine Tochter ab. Ihre ängstlichen Augen verfolgten ihn, wohin er auch ging. Er brachte ihr ein Glas Wasser, kniete sich neben sie und hielt sie fest. Es gab nicht viel, was er ihr sagen konnte, aber er tröstete sie mit ein paar weiteren Beteuerungen, dass das Schlimmste nun vorbei war, obwohl er selbst nicht wusste, ob er wirklich daran glaubte.

Nach einer kleinen Ewigkeit ebbte Trishs Schluchzen endlich zu einem unregelmäßigen Schniefen ab. Sie hielt sich sehr viel besser als ihre Mutter, deren Gebrabbel sich mittlerweile zu einen wahren Fieberanfall gesteigert hatte, der schließlich in einem gepeinigten hysterischen Schrei gipfelte.

Ein kleiner Teil von ihm hoffte, dass sie sich das Leben genommen hatte, aber er versuchte diesen giftigen Gedanken sofort wieder abzuschütteln. Er liebte Zohra Sleighton, sie war die Mutter seines Kindes.

Die Dielen über ihnen knarzten jetzt. Zohra kam herunter und starrte schweigend den Hinterkopf ihrer Tochter an. Sleighton ergriff ihren Arm und zog sie in das angrenzende Zimmer. Sie folgte ihm ohne Gegenwehr.

Jetzt konnte er sich nicht mehr länger beherrschen. Als sie ihren Mund öffnete, um etwas zu sagen, verpasste er ihr eine schallende Ohrfeige und schlug damit, was immer sie sagen wollte, in ihre Kehle zurück. Sie zuckte zusammen, ließ ihn jedoch nicht aus den Augen, aus denen unablässig Tränen strömten.

»Du hast es gewusst, nicht wahr?«, fragte er jetzt.

Sie ließ ein blutiges Grinsen aufblitzen.

»Wir haben die ganze Zeit gedacht, es wäre nur eine Lagerfeuergeschichte …«

»*Du* dachtest das.«

»Aber du hast geschwiegen.«

»Es waren meine eigenen Worte, die die Legende begründet haben … *Cyrus Hoyt, der Schlächter, geht in den Wäldern um. Er kommt beim Schein des Feuers, doch du weißt nicht warum. Wenn du ihn siehst, ist es zu spät – dann hackt er dich entzwei. Zertrümmert die Knochen, zerfetzt das Fleisch, und hat noch Spaß dabei.*«

Ihr Blick schwebte jetzt irgendwo zwischen Kummer und Entzücken, als sie diesen Vers rezitierte.

»Ich hätte dich an diesem See sterben lassen sollen«, sagte er daraufhin leise.

»Ich musste Abblons Vision weiterleben lassen, in den Jahren, die dieser Nacht gefolgt sind. Du hast es niemals verstanden, und es hat dich auch nicht gekümmert. Aber was ich für die Kirche getan habe, ändert nichts an meiner Vergangenheit … ich habe mein Kind im Stich gelassen … daran musste ich jeden Tag denken …« Weitere Tränen rannen ihr über das Gesicht.

Ron bedeutete ihr, leiser zu sprechen, Trish zuliebe.

»Dein *Kind* hat sieben Menschen getötet … vielleicht sogar noch mehr. Er hat das Leben eines Teenagermädchens für immer ruiniert, und du wusstest die ganze Zeit über, dass er sich dort draußen herumtreibt.«

»Ich habe die Hoffnungen einer Mutter gehegt, Ron, mehr nicht. Ich habe den Lagerfeuer-Vers erfunden, weil ich mir gewünscht habe, dass er sich bewahrheitet.«

»Er ist ein Andenken an all die kranken Dinge, die deine Leute unschuldigen Menschen angetan haben.«

»Ich bin jetzt die Letzte der *Bewahrer*«, sagte sie, »und wir sind keine Mörder. Das weißt du ganz genau.«

»Ich weiß nur, dass du dieses Monster von einem Sohn gerade deiner zu Tode erschrockenen Tochter vorgezogen hast. Damit hast du deutlich gezeigt, dass deine Loyalität einzig und allein deiner Religion gilt.«

»Ich habe meinen Sohn zum ersten Mal seit zwanzig Jahren wiedergesehen, bevor du sechs Kugeln in ihn gepumpt hast. Was ich da oben getan habe, war der Versuch, seiner Seele im Tod den Frieden zu schenken, die sie in seinem Leben niemals hat erfahren dürfen. Es war meine letzte Chance, eine Mutter für ihn zu sein. Wenn mich das zu einem Monster macht, dann soll es mir recht sein.«

Nie zuvor hatte Sleighton sich gefragt, wie sich das alles für Zohra angefühlt haben musste. Ihr Sohn war geboren worden, als sie gerade sechzehn Jahre alt gewesen war – sechs oder sieben Jahre, bevor sie in die Fänge von Abblons Sekte geraten war. Sie war nie eine gute Mutter gewesen, das hatte sie selbst zugegeben, und obwohl sie nicht oft von Cyrus gesprochen hatte, ließen ihre gelegentlichen gequälten Blicke ins Leere doch vermuten, dass sie das ungewisse Schicksal ihres Jungen mehr zerrissen hatte, als sie hatte zugeben wollen.

Sleighton nahm sich daher einen Moment Zeit, um sich zu sammeln, und gestattete Zohra, das Gleiche zu tun. Aus dem Wohnzimmer war immer noch Trishs leises Schniefen zu hören.

»Hör zu«, flüsterte er. »Du musst jetzt tapfer sein. Nimm Trish und bring sie die Straße hinunter bis zum Haus der Hautanens. Wartet dort, bis ich zu euch komme. Ich muss hier jetzt einiges *aufräumen*.«

Zohra wirkte zögerlich, folgte seiner Aufforderung aber schließlich. Nach ein paar Minuten begaben sich die beiden zur Tür.

Sleighton folgte ihnen in den Flur und sah dabei zu, wie sie in den braunen Streifenwagen stiegen. Die Scheinwerfer durchbrachen kurz darauf die Finsternis und er winkte ihnen halbherzig hinterher.

Als sie verschwunden waren, zog er seinen Revolver aus dem Holster. Die leeren Patronenhülsen fielen kurz danach wie Kleingeld auf den Boden, dann schob er sechs neue Patronen in den aufgeklappten Zylinder.

Es wird Zeit, dich ein für alle Mal loszuwerden, du mieser Bastard!

Sleighton stieg die Treppe hinauf, fand aber nur ein leeres Zimmer vor.

Er studierte den blutgetränkten Teppich. Nur ein nasser Abdruck von Hoyt war zurückgeblieben. Blutige Fußabdrücke führten in den Flur hinaus, doch sie waren zu klein, um von ihm stammen zu können. Er erinnerte sich wieder daran, dass seine Frau in dessen Blut gekniet hatte, folgte der Spur aber trotzdem. Ein einzelner Fleck schien frischer als die anderen zu sein, dieser lief an der Treppe zu einer Lache zusammen.

Sleighton überprüfte die gesamte obere Etage, bevor er wieder nach unten stieg. Doch das Haus war leer. Er folgte den Spuren wie Brotkrumen, aber das Blut führte in Kreisen zu ihm selbst zurück, als er die Zimmer durchkämmte. Es ließ sich unmöglich sagen, in welche Richtung der Killer geflohen war, nachdem er die Stufen hinuntergestiegen war.

Wenn die Legende wirklich der Wahrheit entsprach, war Hoyt ein geübter Waldmensch, der jahrelang allein überlebt hatte. Er hatte gejagt, weil er es musste, und dieser Drang war irgendwann zu etwas sehr viel Schlimmeren geworden. Es war also durchaus möglich, dass er seine Fährte absichtlich verwischt hatte.

Sleighton spielte kurz mit dem Gedanken, Verstärkung zu rufen, denn wenn Hoyt tatsächlich entkommen war – *wieder* entkommen – dann würde er all seine Männer da draußen brauchen.

Die Haustür flog plötzlich krachend zu. Er fuhr erschrocken zusammen, nahm dann aber allen Mut zusammen, um sich dem Monster entgegenzustellen. Wenn er Hoyt mitten auf seinem Rasen erschießen musste, dann sollte es eben so sein. Er hatte den Jungen heute Abend schließlich schon einmal umgebracht.

Doch der Eingang war verlassen. Die leeren Patronenhülsen lagen noch dort auf dem Boden, wo er sie hatte fallen lassen, und nicht einmal die Axt war angerührt worden. Sie stand noch immer in der Ecke, wo er sie zuletzt abgestellt hatte.

Eine andere Tür flog zu, dieses Mal irgendwo im Haus.

Er drehte sich um und blickte am Lauf seiner Pistole entlang.

Welche war es?

Er kam zu dem Schluss, dass es eine der Türen im Keller gewesen sein musste. Hoyt versuchte wahrscheinlich, von dort aus zu entkommen – was eine sehr viel weniger auffällige Strategie war, als sich über den Vorgarten zu schleichen, nachdem die Schüsse wahrscheinlich bereits die halbe Nachbarschaft aufgeweckt hatten.

Sleighton öffnete die Tür und starrte in den Keller hinab. Erst auf der zweiten Stufe wurde ihm bewusst, dass er einen Fehler begangen hatte.

Hoyt war gar nicht nach unten gelaufen.

Das Messer bohrte sich in seinen Rücken, als Sleighton gerade herumwirbeln wollte. Er verlor auf der schmalen Treppenstufe das Gleichgewicht, und die einzige Richtung, in die er fallen konnte, war nach unten.

Er entkam zwar aus Hoyts Reichweite, stürzte aber polternd die Treppe hinunter.

Hoyt stürmte hinter ihm die Stufen hinab … die dröhnende Verkündung seines unausweichlichen Todes. Sleightons Revolver war in der Dunkelheit irgendwie verloren gegangen. Doch ihm blieb keine Zeit mehr, nach ihm zu suchen. Er war kaum auf den Beinen, als Hoyts verschwommene Silhouette auch schon sein Sichtfeld ausfüllte. Mit der Hand tastete er über das Regal mit den Gartenwerkzeugen hinter sich und schloss seine Hand um etwas … irgendetwas. Was immer es auch war, es würde reichen müssen.

Hoyt war jetzt dicht vor ihm. In seinen Augen loderte der Wahnsinn. Seine Statur war so furchteinflößend, dass

Sleighton am liebsten davongelaufen wäre, weil er sich genauso zu Tode geängstigt und hilflos fühlte, wie sich sein kleines Mädchen gerade gefühlt haben musste.

Das Messer stach erneut in seine Richtung, und er tat das Einzige, was er noch tun konnte. Er warf sich dem Messer entgegen, packte mit seiner freien Hand Hoyts Unterarm und schubste ihn, soweit er konnte, von sich weg.

Protestierend riss der Killer seinen verfaulten Mund auf und ließ einen Stoß stinkender Luft entweichen.

Sleighton schob sich durch den Gestank hindurch, holte mit seinem Arm aus und trieb eine Gartenharke mit drei Zinken mitten in Hoyts Gesicht. Der Schrei des Killers klang beinahe unmenschlich, als die Zinken seine Wange durchbohrten, die Haut abtrennten und sein geschwollenes Zahnfleisch darunter freilegten. Sleighton setzte sofort zu einem weiteren Hieb an, doch Hoyts freie Hand legte sich um seinen Hals, drückte zu und raubte ihm den Atem.

Jetzt holte der Killer zum tödlichen Stich aus, doch Sleighton weigerte sich, darauf zu warten. Mit letzter Kraft rammte er das Gartenwerkzeug in die Stirn der Kreatur. Es spaltete den Schädel und sorgte dafür, dass sich der Griff um seinen Hals beinahe sofort lockerte. Dann entdeckte er seinen Revolver am Boden, hob ihn auf, spannte den Hahn und presste dem fallenden Giganten den Lauf an dessen deformierte Stirn.

Eine Sekunde später zog Sleighton den Abzug zurück.

Es dauerte eine weitere Stunde, um alle Spuren des Kampfes zu beseitigen. Zu guter Letzt wickelte er Hoyt in einen Plastikduschvorhang ein und legte ihm zur Sicherheit noch Ketten um Arme und Beine.

Das Monster die Treppe hinaufzuschleppen, ließ ihn schwitzen und er wurde unfassbar müde und erschöpft. Sein Kopf bettelte um etwas Schlaf. Das Anzeichen einer Gehirnerschütterung, wie ihm nun klar wurde, aber das spielte nun auch keine Rolle mehr. Denn an Schlaf war vorerst nicht zu denken.

Er zerrte die in Plastik eingewickelte Leiche die Kellertreppe hinauf in den Flur und ließ sie dann dort liegen, während er sich kaltes Wasser ins Gesicht spritzte und dann die letzte Dose Budweiser aus dem Kühlschrank öffnete. Das Plastikbündel ließ er dabei allerdings keine Sekunde aus den Augen. Er musste sich hundertprozentig sicher sein, dass es wirklich vorbei war. Auch wenn er Hoyts Gehirn im ganzen Keller verteilt hatte, war er sich immer noch nicht sicher, ob er es wirklich glauben konnte.

Sleighton hatte bereits die halbe Dose intus, als er sich fragte, ob er nicht vielleicht doch etwas Stärkeres brauchte … nur, um die drohenden Nebenwirkungen eines Schädeltraumas im Zaum zu halten. Das war vielleicht nicht der richtige Weg, aber so behandelte er Verletzungen schon immer: indem er die Schmerzen einfach wegtrank.

Er durchsuchte den Schrank gerade nach einer Flasche Whiskey, als das Geräusch von raschelndem Plastik dafür sorgte, dass es ihm kalt den Rücken hinunterlief. Er ließ sein Bier achtlos fallen und sprudelnd über den Boden laufen. Er eilte in den Flur und nahm die Axt, die dort stand, zur Hand. Ohne zu zögern, hieb er damit auf den Duschvorhang ein und zertrümmerte mit einem Kriegsschrei den Kopf des Wahnsinnigen. Wieder und wieder ließ er das Beil hinabsausen, bis sich das Plastik von innen rot färbte.

Dann warf er sich das Bündel über die Schulter und schleppte es zu seinem Wagen. Beinahe wäre er ohnmächtig geworden, als er es auf dem Rücksitz des Streifenwagens ablegte. Er schlug sich ein paarmal ins Gesicht und rutschte dann hinter das Lenkrad. Es würde noch mehr als genug Zeit sein, zu schlafen, wenn diese Kreatur endgültig zur Ruhe gebettet war.

Wieso starb er nie?

Während er fuhr, dachte er darüber nach, und hinter seinen schweren Augenlidern grübelte er auch über seine eigene Schuld nach. Seine Nachforschungen hatten die Welt zwar vor Abblons Wahnsinn geschützt, sein Bericht hatte die *Bewahrer* aber zum Tode verurteilt. Es war allerdings nie seine Absicht gewesen, diese Verrückten zu retten, deshalb hatte er auch keine einzige Nacht deswegen unruhig geschlafen.

Das heruntergekurbelte Fenster ließ zum Glück genügend kalte Luft in den Wagen, um zu verhindern, dass er das Bewusstsein verlor. Er erreichte die Abfahrt zum Camp Forest Grove schneller, als er gedacht hatte. Seine Augen wanderten unablässig zwischen der Straße und dem Rückspiegel hin und her, während er aufmerksam das Plastikbündel beobachtete.

Der Feldweg war lang und Sleighton konnte nicht genau sagen, wieso er die Leiche ausgerechnet hierher gebracht hatte. Vielleicht, weil Hoyts geistliche Familie an diesem Ort begraben lag? Eine Art poetisches Begräbnis? Oder eher deshalb, weil dies der einzige Ort in der Stadt war, wo böse Erinnerungen endgültig tot und begraben blieben?

Aber taten sie das wirklich?

Das Gelände des Camps lag still vor ihm. Er rollte über das Gras, stieg aus und erinnerte sich dabei unwillkürlich an die Beteuerungen des Holden-Mädchens, dass Hoyt ihr Versteck unter der Falltür nicht entdeckt hatte. Dieses Monster so tief unter der Erde zu begraben, dass es niemals wieder herausfinden würde, schien auch ihm der beste Weg zu sein.

Sleighton zog den blutigen Vorhang über die Wiese und duckte sich unter dem immer noch gespannten gelben Polizeiabsperrband hindurch. Er hielt genau auf die Hütte der Betreuer zu, da darunter die Tunnel lagen. Er hatte erst vor ein paar Tagen die Geschichte des Mädchens überprüft und mit einigem Schrecken festgestellt, dass sie tatsächlich der Wahrheit entsprach. Es führten mehr als nur ein paar einfache Gänge unter dem Camp entlang.

Er ließ Hoyt hinunter in das Loch fallen und stieg dann vorsichtig die Leiter hinab. Als seine Stiefel den Boden berührten, schaltete er seine Taschenlampe ein. Ein gelblicher Lichtstrahl erhellte jetzt den Weg durch den Kellerraum, der abschüssig war und in einen irdenen Korridor mündete. Dort fand er schließlich eine weitere Senke, die noch tiefer in die Höhlen hinunterführte. Weiter hatte er sich selbst am Tag noch nicht hineingewagt, aber den Luxus konnte er sich jetzt nicht mehr leisten.

Er stieß Hoyt über den Rand. Die Gelegenheit, ihn genauso zu werfen wie Trish ihre *Cabbage Patch Kids* behandelte, ließ ihn plötzlich eine unerwartete Läuterung verspüren. Doch als er das befriedigende Klatschen der aufprallenden Leiche vernahm, begann er sofort mit dem Abstieg.

Er war erst zur Hälfte hinuntergestiegen, als er erneut das beunruhigende Geräusch knirschenden Plastiks aus der Tiefe hörte. Er blieb augenblicklich wie angewurzelt auf der Sprosse der Strickleiter stehen und lauschte nach weiterem Rascheln oder Knacken. Hastig zog er die Taschenlampe aus seinem Gürtel und vertrieb die Dunkelheit mit einem tanzenden Kegel aus Halogenlicht.

Als er sah, was das Geräusch verursachte, holte er einige Male tief Luft, um sein Herz zu beruhigen. Denn das Plastikbündel hatte sich einfach nur zwischen zwei Felsformationen verfangen und glitt nun langsam dazwischen zu Boden.

Am anderen Ende der Höhle befand sich ein notdürftig errichtetes Gebäude … eine hölzerne Kirche, komplett mit einem kleinen Glockenturm, der so weit hinauf reichte, wie es die Decke der Höhle erlaubte. Zohra hatte ihm nichts von all dem erzählt, obwohl sie hin und wieder mal von ihrer Zeit mit Abblon gesprochen hatte.

Sie hatte offenbar beschlossen, seine Fehler zu berichtigen, indem sie die ureigene Botschaft der *Bewahrer* weiterpredigte.

Sleighton machte sich nur wenig aus ihrem Glauben, doch es gab andere in der Stadt, die fanden, dass sie recht hatte, mit dem, was sie sagte. Ihre Predigten erinnerten ihn an die Stimmung in modernen Kneipen und waren nicht weniger gut besucht. Die Geschichten über das Ende der Welt waren für viele offenbar verlockend, denn die Idee, dieses irgendwie verhindern zu können, gab machtlosen Menschen das Gefühl, von Bedeutung zu sein.

Das war auch der Kern von Zohras Botschaft: Die *Bewahrer* zeigten dem Herrn, wie sehr sie ihn liebten, indem sie für das Überleben der Menschheit kämpften. Oder irgendein ähnlicher Unsinn.

Die Tür knarrte jetzt plötzlich und sandte ein dröhnendes Echo durch die Höhle, das eine Kolonie Fledermäuse aufschreckte. Sie flatterten wild herum, während Sleighton Hoyt in den Unterschlupf hineinzerrte.

»Hier wirst du bleiben«, sagte er und trottete anschließend auf den Altar zu. »Hier endet alles.«

Sleighton zog den Vorhang unter den Ketten hervor und schlug ihn zurück. Denn bevor er diesen Ort verließ, musste er Hoyts Gesicht ein letztes Mal nach Lebenszeichen untersuchen, um sicherzugehen, dass er auch wirklich tot war. Er setzte sich auf die langen und unebenen Holzbretter einer der nächstgelegenen Bänke und suchte das unkenntliche Gesicht nach irgendeiner Regung ab.

Er entdeckte, dass ein Kreuz an einer Kette von der Brust seines Stiefsohnes herabhing. Der Verrückte, der diesen Ort sein Zuhause genannt hatte, hatte wohl tatsächlich daran geglaubt, dass er Gottes Werk verrichtete. Dies war der Ort, an dem sich der mit Abstand krankeste Scheiß zugetragen hatte, von dem er jemals gehört hatte. Er hatte versucht, den Wahnsinn und die Verkommenheit zu verdrängen, die diese Stadt überschwemmt hätten, wenn man ihn nicht ausgelöscht hätte.

Berge aus Knochen lagen um Hoyt herum und verbargen ihn beinahe. Einige gehörten Mitgliedern der *Bewahrer*, andere ihren Opfern. Es waren mittlerweile beinahe zwanzig Jahre vergangen, aber ihr Schlachthaus war noch immer ein grausiges Denkmal an das damalige Massaker.

Forest Grove war seitdem die Heimstadt eines Serienkillers, und die Ironie war, dass er genau dem entstammte, was sie so verzweifelt zu vertuschen versucht hatten. Sleighton hatte die Ermordung von vierzig Menschen – oder vielleicht sogar mehr – überhaupt erst möglich gemacht, indem er versucht hatte, seine Stadt zu schützen. Aber alles, was er damit erreicht hatte, war nur, dass Unvermeidbare hinauszuzögern.

Das Blutvergießen würde weitergehen, auf die eine oder andere Art.

Die Zahl der Neugierigen, die in ihre Stadt strömten, nahm immer mehr zu, und er hasste die Vorstellung, für den Rest seines Lebens Touristen unterhalten zu müssen. Bald schon würde das Camp auf einer Liste neben dem Spukhaus von Long Island stehen. Die Kids heutzutage waren nicht daran interessiert, Familien zu gründen oder positive Werte an künftige Generationen weiterzugeben, sie verhielten sich lieber selbst wie Kinder, und das bis weit in ihr Erwachsenenleben hinein. Spaß zu haben, bedeutete für sie offenbar, an Orte zu reisen, an denen möglichst viele Menschen gestorben waren.

Hoyts Gesicht war so mit Kerben und Einschnitten übersät, dass er aussah, als wäre er überfahren worden. Der deformierte Bastard bewegte sich keinen Millimeter und atmete auch nicht mehr.

Wahrscheinlich war es sicher genug, ihn so liegenzulassen, aber Sleighton war immer noch nicht zufrieden.

Entweder das, oder er hatte es insgeheim nicht besonders eilig, zurückzukehren und Zohra über den Verlust ihres psychopathischen Sohnes hinwegzutrösten. Er war neugierig, wie dieses Ereignis wohl ihre Predigten beeinflussen würde. Wäre diese Tragödie für sie einschneidend genug, um in Abblons alte Gewohnheiten zurückzufallen?

Er hatte sie aufmerksam beobachtet in den Jahren nach dem Massaker an der Sekte – als wäre sie eine Heroinabhängige, die unter einem schweren Absturz litt. Niemand konnte sagen, ob sie ebenfalls Schuld an einigen der damaligen Vorgänge trug, aber er hatte die unbesonnene Entscheidung, ihr eine zweite Chance zu geben, bereits getroffen. In den ersten Jahren hatte er sich sogar geweigert, auch nur darüber zu reden.

Doch Forest Grove ließ sich nichts vormachen. Sie wussten ganz genau, woher Zohra stammte. Zuerst gab es eine Menge schiefer Blicke und viele Bewohner hatten es vorgezogen, zu glauben, dass das Lager der Sekte einfach so in Flammen aufgegangen war und die meisten Mitglieder deshalb dazu gezwungen gewesen waren, die Stadt zu verlassen. Eine äußerst eigenwillige Schlussfolgerung, da die Hütten noch intakt waren, aber die Leute glaubten eben, was sie glauben wollten, und sie zogen es nun mal vor, sich den wahren

Ereignissen dort draußen zu verweigern. Es gab zwar Gerüchte über die Morde, aber niemand wusste etwas Genaueres. So war es wahrscheinlich leichter für sie, die ganze Sache einfach zu vergessen und Gras darüber wachsen zu lassen.

Ironischerweise fanden jedoch viele von ihnen über Umwege zu Zohras Botschaft.

Natürlich geschah das nicht über Nacht. Ihr Vorgehen war weitaus geschickter als das von Abblon. Sie nahm aktuelle Nachrichten zu Hilfe, um über ihre Sache zu predigen: den Terrorakt bei den Olympischen Spielen in München, den Ebola-Ausbruch im Sudan oder das Maß der Zerstörung des Erdbebens in Tangshan – alles, was sie dem Werk eines zürnenden Gottes zuschreiben konnte. Damit erwarb sie sich nach und nach die Gunst ängstlicher Gleichgesinnter. Langsam, aber sicher trugen diese ihre Worte dann in ihre eigenen Familien, um dort Paranoia zu verbreiten.

Zohra hatte ihm immer wieder versichert, dass es dieses Mal anders sein würde … dass es dieses Mal kein Blutvergießen geben würde, und wie die meisten Frauen konnte sie äußerst überzeugend sein, wenn sie es darauf anlegte.

Vielleicht würde sie diesen Ort gern noch einmal besuchen …

Bei diesem Gedanken erstarrte er unweigerlich, denn er wusste ganz genau, dass ihm so ein verantwortungsloser Einfall nie selbst gekommen wäre. Sein Kopf pulsierte plötzlich und es fiel ihm immer schwerer, sich zu konzentrieren. Auf einmal kamen ihm bisher sorgsam unterdrückte Leidenschaften in den Sinn und ersetzten den Drang, so schnell wie möglich von hier zu verschwinden.

Wieso die Eile?

Er sprang von der Bank auf und umklammerte den kalten Stahl seines Revolvers. »Lass mich in Ruhe«, brüllte er und feuerte fünf weitere Schüsse in Hoyts Kopf. Der Kopf des Killers zerplatzte daraufhin zu einer breiigen Masse. Aber auch das half nicht, die auf ihn einstürmenden Gedanken abzuschütteln. Immer tiefer drangen sie in ihn vor und überschwemmten seinen Geist mit fremdartigen Bildern und grauenhaften Ideen.

Er floh schließlich aus den Katakomben, in dem verzweifelten Versuch, abzuschütteln, was sich seiner bemächtigt hatte.

Die Fahrt nach Hause war die längste seines Lebens, doch wenigstens wich der Druck langsam aus seinem Kopf. Was auch immer da unten lauerte, wollte Zohra offenbar zurückhaben. Während er von dem Camp-Gelände raste, hörte er eine Stimme in seinem Kopf … wie die Worte eines unsichtbaren Beifahrers. »Priesterin«, flüsterte die Stimme, dann war sie plötzlich verschwunden.

Die Stadt von Hoyts Tod zu überzeugen würde nicht leicht werden. Denn einigen würde Sleightons Wort allein garantiert nicht genügen, aber er würde sie schon mit der nötigen Hartnäckigkeit überzeugen. Fraser und Valeri hatten bereits den Totenschein unterschrieben. Valeri würde er die Wahrheit erzählen müssen, aber ansonsten durfte niemand je davon erfahren. Hoyts letzte Ruhestätte musste für immer ein Geheimnis bleiben. Er würde das offizielle Grab des Killers zuschütten lassen, bevor die Bewohner von Forest Grove ihren ersten Morgenkaffee getrunken hatten. Dennoch würde es ein langer Weg werden, auch die Erinnerung an diesen Albtraum begraben zu können.

Als er in seine Straße einbog, blockierten mehrere Streifenwagen die Zufahrt zum Haus der Hautanens. Er ließ sein Fahrzeug in der Mitte der Straße stehen und rannte aufgeregt auf die Gruppe von Uniformierten zu.

Major Tom Lawson stand auf dem Gehweg und hatte die Arme um Trish geschlungen. »Ganz langsam, Chief«, sagte er mit mehr als nur einer kleinen Warnung in der Stimme.

Doch Sleighton beachtete ihn kaum, ergriff die Hand seiner Tochter und zog sie an sich. Ihre Augen flatterten und öffneten sich lange genug, um ihren Vater erkennen zu können, dann ließ sie sich gegen seine Schulter sinken.

»Wo ist meine Frau, Tom?«

»Deshalb sind wir hier. Sie haben wahrscheinlich gedacht, uns Sand in die Augen streuen zu können, Chief. Doch ich habe nur darauf gewartet, dass die Sache irgendwann in die Hose geht. Herrgott noch mal, ich hätte Ihnen niemals eine

Chance dafür geben dürfen, doch das tat ich … und nun sehen Sie, was Sie angerichtet haben.«

»Tom, Zohra hatte nichts damit zu …«

»Es reicht!« Lawson führte sie vom Gehsteig und um das Haus herum. »Wir nehmen sie jetzt in Gewahrsam, Ron und bringen sie hinter Schloss und Riegel.«

Sleighton versuchte zu protestieren, aber Lawson ließ ihn nicht aussprechen.

»Darüber diskutiere ich nicht mehr. Sie haben sie von diesem See mitgebracht, deshalb sind Sie für all das verantwortlich. Was passiert denn, wenn sie eines Tages ausplaudert, was wir getan haben? Ich habe darauf vertraut, dass Sie diese Sauerei unter Verschluss halten können, aber nun ist klar geworden, dass Sie das nicht können. Wissen Sie, wieso wir hier sind, Ron? Die Leute in diesem Haus haben uns angerufen, weil Zohra ihr Mädchen wie von Sinnen angeschrien hat. *Tu Buße und diene dem Herrn* war das Einzige, was sie die ganze Zeit über gesagt hat, als wir sie aufgegriffen haben.«

Das konnte doch alles nicht wahr sein. Sleighton fühlte sich mit jedem Wort benommener. Er zog Trish noch fester an sich – aus Angst, dass Lawson sie ebenfalls mitnehmen wollte. »Wo ist sie jetzt?«, fragte er leise.

»Das ist keine gute Idee, Ron.«

»Ich will meine Frau sehen. Bitte.«

Der Trooper gab Sleighton ein Zeichen, ihm zu folgen. Zohra saß mit Handschellen gefesselt auf der Rückbank eines Streifenwagens. Ihre heiseren Schreie waren wirr und unzusammenhängend.

So endet es also, nach so langer Zeit.

Sie kniff die Augen zusammen, als er sich ihr näherte. »Du weißt ja gar nicht, was du getan hast … was ihr alle getan habt!«

Sleighton hätte am liebsten geschrien, dass es nicht sein Fehler war. Sie musste doch einsehen, dass ihm die Hände gebunden waren. Er wollte ihr versichern, dass die Trooper niemals damit durchkommen würden … damit durchkommen *durften*. Man konnte in Amerika doch nicht einfach so mitten in der Nacht irgendwo vorfahren, jemanden mitnehmen und für immer wegsperren. Er kannte das Gesetz genauso gut wie jeder andere und er würde davon Gebrauch machen.

»Sie sehen doch, wie aufgebracht sie ist«, meinte Lawson, der sich jetzt zu ihm beugte. »Kommen Sie bloß nicht auf die Idee, dagegen vorzugehen. Eine Menge Leute sind damals zu dem See hinausgefahren, um diese Stadt zu retten. Denken Sie doch einmal daran. Und wenn ihnen das immer noch nicht genügt, dann denken Sie an Ihr kleines Mädchen. Irgendjemand muss sie schließlich großziehen.«

Diese Gestapo-Taktik, ihn unter Druck zu setzen und ihm ein schlechtes Gewissen zu machen, funktionierte, denn Sleighton war ein Mann ohne Ausweg. Seine Tochter zu bedrohen war die einzige Sache, die bei ihm Wirkung zeigte. Diese Trooper würden alles tun, um die Geschichte endgültig begraben zu können. Sie hatten immerhin im Namen der Gerechtigkeit eine ganze Kommune abgeschlachtet und würden es deshalb bestimmt nicht zulassen, dass man ihre Namen durch den Dreck zog. Also ließen sie lieber seine Frau verschwinden, bevor das Scheinwerferlicht aus genau diesem Grund auf diese Stadt fiel.

Denn sie könnte der Grund dafür sein, dass eines Tages womöglich jemand des Weges kommen und ihr eine fatale Frage stellen würde, die dafür sorgte, dass die Geschichte wieder hochkochte und ihnen in den Rücken fiel.

Sosehr er den Gedanken auch hasste, sah er die Notwendigkeit dieser Maßnahme ein.

Der Streifenwagen fuhr jetzt die Straße hinunter und Sleighton spürte, wie dieser einen Teil seiner Seele mitnahm. Lawson stand neben ihm und musterte ihn aufmerksam.

»Bringen Sie Ihre Angelegenheiten in Ordnung, Ron, und zwar alle.«

Doch irgendwie hatte er das Gefühl, dass die Trooper ihm gerade die einzige Chance genommen hatten, genau das zu tun.

10

»Wo fahren wir hin?«

»Wir feiern, du Blödmann.«

»Was denn?«

Tanya konnte es nicht glauben, dass sie mit jemandem ausging, der so schwer von Begriff war. Sie verdrehte die Augen und stöhnte leise, bis es Rafe endlich dämmerte.

»Du meinst wegen der Unterschriften?«, fragte er.

»Sehr gut.« Sie tätschelte seinen Oberschenkel.

»Aber nicht hier, denn meine Eltern beobachten uns wahrscheinlich schon längst durch das Fenster.«

»Bitte«, sagte sie. »Sie wissen, dass ihr Sohn versucht hat, den schärfsten Feger der *Blue Herons* flachzulegen. Insgeheim ist dein Dad bestimmt mächtig stolz auf dich, weil du bei einem Cheerleader hast landen können.«

»Ja, deshalb hat mir meine Mom auch zwei Wochen Hausarrest aufgebrummt, als sie vor ein paar Monaten das Kondom in meiner Hosentasche gefunden hat.«

»Ich bin es wert, glaub mir.« Sie nahm seine Hand, legte sie auf die Innenseite ihrer Schenkel und drückte seine Finger dann nach unten. Er zog sie hastig wieder weg und blickte nervös über die Schulter, als rechnete er damit, seine Mutter auf dem Rücksitz zu entdecken.

Tanya seufzte und fuhr in Richtung Stadtrand. Rafe sah aus dem Fenster, während sie auf achtzig Meilen pro Stunde beschleunigte, sobald die Innenstadt hinter ihnen lag.

»Sei vorsichtig, Baby«, sagte er. »Es sind gerade eine Menge Cops unterwegs.«

»Was bedeutet, dass wir uns keine Sorgen machen müssen.« Tanya griff in die Mittelkonsole und warf ein Päckchen in seinen Schoß. »Die sind momentan viel zu beschäftigt, um uns wegen *so etwas* hochzunehmen.«

Vor ihnen flackerten zwischen den Bäumen grelle rote und blaue Lichter auf, die auf eine mögliche Straßensperre hindeuteten. Die Cops meinten es also ernst, was auch immer gerade in der Stadt vor sich ging.

»Ich schätze mal, wir kommen nicht auf direktem Weg dorthin«, sagte Tanya.

»Wir kommen gar nicht hin«, erwiderte Rafe. »Ich habe dir doch gleich gesagt, dass es keine gute Nacht für so etwas ist.«

»Ach halt doch den Mund.« Sie war froh, dass es bereits dunkel war, sodass er nicht sehen konnte, wie sie die Augen verdrehte. »Wenn ich mir erst einmal etwas in den Kopf gesetzt habe, dann ziehe ich es auch durch.« Sie bremste den Wagen auf Schritttempo ab und schaltete dann die Scheinwerfer aus. Irgendwo in der Nähe gab es eine alte Feuerschneise, die sie direkt bis zum See bringen würde, und bei dem ganzen Tohuwabohu, das die Stadt rot und blau erstrahlen ließ, würde sich da draußen garantiert niemand herumtreiben. Sie würden den Ort also ganz für sich allein haben.

Es würde einfach perfekt werden.

Die Feuerschneise war nicht mehr als ein Trampelpfad und der Wagen warf sie wie bei der Mondlandung unsanft hin und her. Ihr Kopf schoss plötzlich nach oben und schlug gegen die Decke. Sofort machte sie sich Sorgen um ihre Haare. Sie hatte immerhin verdammt lange damit zugebracht, den lästigen Spliss loszuwerden, und ihr Idiot von einem Freund hatte es noch nicht einmal bemerkt.

Sie glaubte nicht, dass ihre Beziehung bis ins Abschlussjahr hielt, auch wenn sie als das heißeste Paar der Schule galten.

Aber das war jetzt egal, sie würden heute trotzdem schwimmen gehen.

Wegen des schmalen Pfades dauerte die Fahrt doppelt so lange, wie sie eigentlich geplant hatte. Als am Rand ihrer Scheinwerfer endlich die Lichtung auftauchte, atmete sie erleichtert auf, rollte direkt bis zum Ufer hinunter und schaltete dann Scheinwerfer und Motor ab.

In dieser Nacht war es heiß und stickig und die Stadt raubte ihr so langsam den letzten Nerv. All diese Unterschriften zu sammeln war nicht leicht gewesen. Sie hatten wesentlich mehr böse Blicke als lächelnde Gesichter geerntet. Offenbar hatte die Frau des Chiefs aber ebenfalls viele Unterschriften gesammelt, also konnten sie davon ausgehen, dass es in dieser Stadt genügend Menschen gab, die ihrem Anliegen positiv gegenüberstanden.

Aber es war dennoch seltsam, dass jemand, der so viel älter war als sie, sich so sehr um die Abschlussklasse von 2014 sorgte. Zuerst war ihr Trish Brady ziemlich schwermütig vorgekommen – so wie eine von diesen Verliererinnen, die ihre verlorene Jugend einfach nicht kampflos aufgeben wollten. Aber in Wirklichkeit war sie ziemlich cool. Sie war eine Erwachsene, die den Autoritäten einfach den Mittelfinger zeigte. Wieso gab es nicht mehr von ihrer Sorte?

Als sie aus dem Wagen stiegen, blickte sich Rafe nervös um. Er war besorgt, dass die Polizei sie erwischen würde – paranoid geradezu, und das, ohne überhaupt einen einzigen Zug genommen zu haben.

Tanya schlüpfte jetzt aus ihren Shorts und zog ihren Slip gleich mit aus. Ihr T-Shirt war als Nächstes dran und segelte auf die Motorhaube ihres Wagens. Es landete auf ihrem iPhone und dämpfte *Krewellas* Hymne über das Leben in der Nacht. Sie trug keinen BH, weshalb sie ihre Arme vor ihrer Brust verschränkte, damit Rafe nicht sofort die ganze Show präsentiert bekam. Ihre Füße tauchten bereits in das ruhige Gewässer ein … zumindest hatte sie jetzt endlich das Gefühl, seine ganze Aufmerksamkeit zu haben.

»Denk bloß nicht daran, mir zu folgen, solange du noch nicht so nackt bist wie ich.«

Sie watete tiefer hinein und ihre Körpertemperatur passte sich auf der Stelle an. Als sie bis zu den Schultern im Wasser stand, konnte sie bereits entspannt in dem kühlen Nass schwimmen. Sie drehte sich gerade noch rechtzeitig um, um ihrem nackten Freund dabei zuzusehen, wie er durch das Mondlicht hüpfte. Allem Anschein nach war ihm äußerst kalt.

Das ließ sie unweigerlich kichern.

Sie schwammen zusammen in die Mitte des Sees. Von einem der Häuser aus führte ein Anlegesteg ins Wasser, und sie machte sich kurz ein wenig Sorgen, dass die Hütte schon von anderen Besuchern belegt war. Tanya erreichte sie als Erstes und zog sich aus der wogenden Oberfläche. Das Wasser tropfte von ihrem Körper hinab, als sie sich nach Rafe umsah und in der kühlen Abendluft ein wenig zitterte.

Doch er war nirgendwo zu sehen.

Tanya schlang die Arme um ihren Körper und rief mit zittriger Stimme seinen Namen. Das würde ihm zwar auch nicht mehr helfen, falls er ertrunken war, aber sie fühlte sich ansonsten so machtlos.

Die Ruhe des Sees wirkte plötzlich beängstigend. So als ob die gesamte Natur sie auf einmal wahrgenommen hätte und nun darauf wartete, was als Nächstes passieren würde. Ihre Nerven spielten vollkommen verrückt und sie zitterte immer mehr, halb aus Angst und halb vor Kälte. Das Ufer sah von hier aus so viel kleiner und viel weiter entfernt aus, und die Nacht war so dunkel, dass sie nicht einmal mehr das Haus in der Nähe erkennen konnte. So fühlte sich wahrscheinlich vollkommene Isolation an.

Das Wasser erschien ihr auf einmal eher wie Öl – ein Ozean aus unberührtem Onyx. Die einzigen Geräusche, die sie hörte, waren ihr klopfendes Herz und ihre klappernden Zähne.

Irgendwann würde sie zurückschwimmen müssen, auch wenn sie das nicht wollte. Was, wenn sich irgendetwas Rafe geschnappt hatte und nun auf sie wartete?

Etwas wie Cyrus Hoyt?

Sie beschloss, so lange wie möglich zu tauchen und dann so schnell zu schwimmen, wie sie nur konnte. Ihr Zeh berührte vorsichtig das Wasser als Beweis für ihr Zögern, als etwas durch die Wasseroberfläche brach und nach ihr griff. Sie schrie panisch auf, verlor das Gleichgewicht und fiel mit dem Hintern voran auf die Anlegestelle.

Ein dunkler Umriss schoss aus der Tiefe und warf sich mit seinem gesamten Gewicht auf sie. Dann folgten vertraute Küsse und sie spürte eine Zunge an ihren Lippen.

»Ich kann nicht glauben, dass ich es endlich geschafft habe«, rief Rafe lachend, während er an ihrem Ohrläppchen knabberte.

Tanya hätte eigentlich sauer sein müssen. Sie hätte dem Idioten für seinen blöden Scherz am liebsten eine verpasst, aber genau deswegen waren sie doch eigentlich hierhergekommen. Sie war schon seit einigen Tagen bereit dazu gewesen, aber die überraschende Entdeckung der bewusstlosen Trish hatte ihr einen Strich durch die Rechnung gemacht. Doch seitdem konnte sie an nichts anderes mehr denken. Heute Nacht würde es endlich soweit sein. Es *musste* passieren, und wenn sie sich erst einmal etwas in den Kopf gesetzt hatte …

Während Rafe ihren Hals küsste und ihre Brüste knetete, schloss sich ihre Hand um den Hammer, den sie an diesem Morgen hier am Anlegesteg versteckt hatte.

Natürlich waren ihre Hormone in Aufruhr und ein Teil von ihr wollte nichts mehr, als ihn in sich zu spüren. Immerhin war er der heißeste Junge an der ganzen Schule und der Einzige, mit dem sie sich Sex überhaupt hätte vorstellen können. Es war falsch, sich den fleischlichen Gelüsten hinzugeben, das wusste sie, aber sie war auch nur ein Teenager, und dieser Druck stand daher in ständigem Widerstreit mit ihren Moralvorstellungen.

Die Versuchung war so groß wie nie, jetzt, wo er ihren Körper liebkoste, und vielleicht wäre es ja auch nicht so schlimm, wenn sie diese Sache erst geschehen ließe.

Aber das würde *ihnen* nicht gefallen, das wusste sie. Gott mochte verhüten, dass *sie* es jemals herausbekamen, denn wenn sie der Versuchung erlag, würde man sie unweigerlich als Verlorene brandmarken, und dann wäre sie plötzlich an Rafes Stelle.

Nein, es musste auf diese Weise geschehen.

Tanya schwang den Hammer nach unten und Rafes Schädel wurde mit einem Geräusch zerschmettert, als würde eine Melone zerplatzen. Er kreischte schmerzerfüllt auf und rollte sich gerade zur Seite, als Tanya ihn ein zweites Mal traf, jetzt genau im Gesicht. Sein Kiefer brach und baumelte anschließend lose, nur noch von seiner Haut gehalten, herunter. Sein Protestieren bestand jetzt nur noch aus einem unverständlichen Nuscheln.

Sie konnte es nicht ertragen, ihn so zu sehen. Ihre Augen füllten sich mit Tränen ihres inneren Konflikts, aber ihr blieb keine Zeit, sie abzuwischen, denn nun setzte sie sich rittlings auf ihn und wehrte mit einer Hand seine Arme ab, während sie mit der anderen den Hammer immer wieder auf seinem Kopf niedergehen ließ. Jeder Schlag erzeugte ein lauteres Knirschen und klang nasser als der vorherige, aber er hörte dennoch nicht auf, sich zu wehren.

Schon bald wich ihr Kummer Verärgerung. *Wieso konnte er nicht einfach aufgeben und sterben?* Sie musste das Ganze unbedingt schnell hinter sich bringen, wenn sie nicht den Verstand verlieren wollte. *Sie* hatten ihr versichert, dass das erste Mal am schwierigsten sein würde, und es, wenn sie Glück hatte, auch gar kein zweites Mal geben würde. Sie musste einfach nur beweisen, dass sie ihrer Sache verpflichtet war.

Und das war sie wirklich.

Sein Stöhnen klang nun immer unmenschlicher und war nur noch ein blubberndes Gurgeln. Nach einem weiteren Schlag gegen seine Schläfe zwang sie sich, ihn anzusehen. Sein Gesicht war angeschwollen und seine Stirn ein fürchterlich verformtes Etwas. Eines seiner Augen war aus der Augenhöhle gedrückt worden und baumelte nun wie ein Ohrring vor seiner Wange. Er atmete zwar noch, das Bewusstsein hatte er aber offenbar schon länger verloren.

Dieser widerliche Anblick genügte, um sie würgen zu lassen.

Sie rollte sich von ihm herunter und sog für ein paar Minuten hektisch Luft in ihre Lungen, bis der Gedanke, neben ihrem Opfer zu liegen, schließlich unerträglich für sie wurde. Sie verspürte einen kurzen Anflug von Trauer, als sie ihn mit einem Stoß in seine letzte Ruhestätte fallen ließ. Doch dann war er verschwunden, und sie war bereit, diesem Ort den Rücken zu kehren.

Während sie zurückschwamm, fühlte sich Tanya seltsam aufgedreht, doch damit hatte sie gerechnet. Anstatt über ihre Tat nachzudenken, überlegte sie, als wie wertvoll sie sich damit heute für *sie* erwiesen hatte.

Dank ihr besaßen die *Bewahrer* nun eine Liste von allen in der Stadt, die ihren Ansichten kritisch gegenüberstanden … so viele Verlorene, die es zu bestrafen galt. Sie bedauerte insgeheim, dass es keinen Abschlussball geben würde, aber das war sowieso nur Kinderkram. Es gab schließlich wichtigere Dinge, um die man sich Sorgen machen musste – so wie das Ende der Welt.

Nachdem sie das Ufer erreicht hatte, trocknete sie sich ab und zog sich hastig wieder an. Sie musste schließlich rechtzeitig zu Hause sein, damit sich niemand Sorgen machte. Doch sie befand sich jetzt so nahe an den Höhlen, in denen ihre Brüder und Schwestern das Flüstern gehört hatten. Niemandem war es gestattet, die Höhlen ohne einen Ältesten zu betreten, aber ein kurzer Blick konnte doch bestimmt nicht schaden.

Ich habe es mir verdient!

Sie wollte unbedingt das Gefühl haben, dass diese Nacht von Bedeutung war.

Als sie ihre Shorts hochzog, fiel ihr Blick auf die Hütte.

Wieso denn nicht, dachte sie und lief hinüber.

***

Officer Donnelley sah, dass die Vordertür offenstand. Mit gezogener Waffe betrat er das Haus seines ehemaligen Chefs.

Die Nachbarn versammelten sich bereits in der Mitte der Straße und redeten wirr durcheinander.

»Zurückbleiben!«, rief er mit aller Autorität, die er momentan aufbringen konnte.

Die Leiche einer Frau lag ausgestreckt auf dem Boden im Wohnzimmer. Die Hälfte ihres Kopfes fehlte. Teile eines schnurlosen Telefons lagen überall auf dem Boden verstreut. Er schwenkte den Strahl seiner Taschenlampe langsam umher und bemerkte dabei auch die zerbrochenen Fensterscheiben, deren Glas den gesamten Boden bedeckte.

Mit vorsichtigen Schritten, um nichts durcheinanderzubringen, lief er in die Küche. Die Hintertür hing nur noch in einer Angel und schwang in der leichten Brise quietschend vor und zurück. Sie war komplett mit Schrotmunition durchsiebt worden.

Eine zweite Leiche lag etwa hundert Meter entfernt, mit dem Gesicht nach unten im Gras. Er griff nach seinem Funkgerät und rief einen Krankenwagen.

Die Waffe schussbereit ausgestreckt, lief er weiter.

In der Ferne hörte er jetzt Sirenen.

Endlich, die Kavallerie naht, dachte er erleichtert.

Dann traf ihn eine Axt in die Brust.

***

Hoyt trieb die Axt in den Polizisten und spürte, wie das Blut gegen sein Visier spritzte. Jedes Platschen war ein wunderschönes Geräusch in seinen Ohren. Aber er nahm sich nur einen Moment Zeit, diesen Augenblick zu genießen. Die meiste Befriedigung empfand er immer beim Anblick ihrer Gesichter – die grenzenlose Überraschung, die sich dann langsam in Panik verwandelte. Er orchestrierte ihre letzten Momente, und das war ein Gefühl der Macht, welches sich mit nichts auf der Welt vergleichen ließ.

Im Gegensatz zu der Ermordung des Polizisten gestern verspürte er nun keinen Druck mehr, sondern nur Vergnügen.

Er zog die Axt aus ihm heraus und schwang sie dann in einer kunstvollen Bewegung über seinen Kopf, während das Blut aus der klaffenden Brustwunde gegen seinen Mantel spritzte.

Der junge Officer verzog gequält das Gesicht und versuchte nach seiner Pistole zu greifen. Offenbar war ihm noch ein letztes Quäntchen Kraft geblieben.

Doch in diesem Moment segelte die Axt wieder auf ihn herab, brach seine Nase und zertrümmerte mit einem Knacken sein Gesicht. Seine Augäpfel zerplatzten zu einer gallertartigen Masse, als die Axt den Schädel komplett spaltete. Der Polizist brach tot im Gras zusammen, seine Beine waren wie eine Brezel verknotet. Der Geruch von Ausscheidungen füllte den Bereich zwischen seinem Gesicht und dem Visier.

Heulende Sirenen durchbrachen die abendliche Stille und ließen den Moment leider vorzeitig enden. Stattdessen erinnerte es ihn daran, dass es an der Zeit war, zu fliehen.

Cyrus Hoyt drehte sich um und schritt sorglos auf die Bäume zu.

Die eine, die er wollte, würde schon bald zurückkommen.

Er musste nur auf sie warten.

***

Ron Sleighton wünschte sich, sie würden es endlich zu Ende bringen.

Sein Gesicht schmerzte von den wiederholten Schlägen und der Strick um seinen Hals erschwerte ihm das Atmen. Er lag auf dem Bauch, die Hände und Füße gefesselt und hinter seinem Rücken zusammengezogen. Seine Knöchel und Handgelenke waren ebenfalls gefesselt, um zu verhindern, dass er sich bewegen konnte. Als Resultat davon brannten seine Arme und Beine wie verrückt.

Doch es war der einzige Weg, um sie von Trish fernzuhalten.

»Wir werden Sie töten, Chief.« Die Stimme drang von irgendwo außerhalb seines Sichtfeldes zu ihm und gehörte offenbar einem älteren Mann. Sie kam Sleighton irgendwie bekannt vor, aber er konnte sie nicht genau zuordnen. »Sie haben dieses Blutvergießen begonnen!«

Sleighton nahm an, dass der Mann dabei auf die beiden Psychopathen anspielte, die er in Selbstverteidigung erschossen hatte. Diese miesen Schweine waren nicht auf Trish losgegangen, ohne die Konsequenzen dafür zu spüren zu bekommen. Trish war hier aufgewachsen, genauso wie sie. Forest

Grove war mehr als nur die Heimat der *Bewahrer*, und bisher hatte immer ein Waffenstillstand zwischen ihnen geherrscht.

Zumindest bis heute Nacht.

»Ihr wollt mich also umbringen?«, keuchte er. »Na dann los. Aber lasst Trish gefälligst in Ruhe. Das alles war mein Fehler. Ich hätte ihr sagen sollen, dass sie sich fernhalten soll … also gebt mir die Schuld dafür.« Das war auch der einzige Grund gewesen, weshalb er überhaupt eingewilligt hatte, ihnen zu folgen, ohne großes Aufsehen zu erregen, als sie bereit gewesen waren, sein Haus zu stürmen.

»Dein Opfer ist äußerst großzügig und wird genügen«, sagte die Stimme nun. »Wir werden dem Mädchen nichts tun. Sie wird die Stadt aber aus freien Stücken verlassen müssen. Doch erst, nachdem sie konvertiert ist. Wenn sie in die große Stadt zurückkehrt, dann nur, um dort eine bestimmte Aufgabe zu erfüllen.«

Mit ihnen konnte man einfach nicht verhandeln. Sie ignorierten auch sein fieberhaftes Flehen, als sie eine Stange zwischen seine Hände und Beine schoben, ihn vom Boden hochhoben und hinaustrugen, um ihn anschließend auf die Rückbank eines Wagens zu verfrachten.

»Ihr müsst vorsichtig sein«, sagte die Stimme jetzt. »Die Polizei ist überall unterwegs und sie haben Verdacht geschöpft. Bruder Maki wurde bereits wegen seiner Tat in der City Hall verhaftet.«

»Ein notwendiges Opfer«, antwortete eine andere Stimme. »Cobb hat versucht, den See für Hunderte von Wohnungsprojekten zu öffnen, und wir können nun mal nicht zulassen, von Fremden gestört zu werden, die unserer Lebensart ignorant gegenüberstehen.«

»Er soll büßen und Gott dienen«, erwiderte die befehlende Stimme. Sleighton vermutete, dass es dabei wieder um ihn ging. »Er wird allerdings auch für die Sünden seiner Tochter bezahlen müssen.«

In diesem Augenblick wurde ihm klar, wo sie ihn hinbringen würden.

***

Die Motorhaube des Streifenwagens fühlte sich kalt an Melanies Beinen an. Sie saß seit ihrer Entdeckung in der City Hall zitternd darauf und fragte sich, wie die Ereignisse in Forest Grove nur so plötzlich über sie und Nate hatten hinauswachsen können.

Die Sheriffs wollten sie nicht an den Streifenwagen vorbeilassen. Die Abendluft war kühl, und sie ärgerte sich plötzlich, dass sie nach der Dusche im Hotel nicht auch ihre Kleidung gewechselt hatte.

Sie hatte im Polizeirevier auf Nate gewartet, als dieser sie anrief. Er hatte ihr nur gesagt, dass sie zu Sleightons Haus fahren und ihm dort alle Informationen geben sollte, die sie besaß. Und das hatte sie getan.

Melanie hatte daraufhin zugesehen, wie er zweimal hintereinander das Haus betrat und wieder herauskam. Das erste Mal war er kreidebleich gewesen. Ihn so zu sehen ließ ihr Herz unwillkürlich rasen. Er sah so unfassbar verletzlich aus, aber es war noch schlimmer als das, denn er wirkte außerdem verängstigt.

Was, wenn sich Trish in dem Haus befand?

Zwanzig Minuten vergingen, dann trafen die State Trooper ein. Ein Mann, bei dem es sich nur um Captain Oviedo handeln konnte, hatte offenbar das Sagen. Nate kam wieder aus dem Haus heraus und sah zu ihr hinüber. Er zeigte ihr eine *Nur-eine-Minute*-Geste, bevor er Oviedo auf die Schulter tippte und ein paar Worte mit ihm wechselte. Dann verschwanden sie für eine weitere halbe Stunde gemeinsam im Haus.

Weitere Trooper trafen ein und machten sich sofort daran, die Schaulustigen zurückzudrängen.

Irgendwann kam Nate wieder aus dem Haus und gab einem der Cops in der Nähe ein Zeichen, sie hindurchzulassen.

»Geht es Trish gut?«

»Ich weiß es nicht, denn sie ist verschwunden.« Es klang so, als würde er nur noch mit Mühe Haltung bewahren können. »Aber ich habe einen Fahndungsaufruf herausgegeben. Sie und ihr Vater gelten jetzt offiziell als vermisst.«

»Es tut mir so leid …«

»Ich hätte die Zeichen sehen müssen«, sagte er tonlos. »Ron steckt mit in der Sache drin. Es kann gar nicht anders sein. Der Kerl hat mir die ganze Zeit über die Schulter gesehen. Ich konnte keinen Strafzettel ausstellen, ohne mich vor ihm rechtfertigen zu müssen, und er hat mir immer gesagt, dass die Stadt ganz langsam und schrittweise meiner Kontrolle unterstellt werden müsse …«

»Du konntest es nicht wissen!«

Unbeeindruckt von ihren tröstenden Worten sprach er weiter: »Ich habe gedacht, dass es für den alten Burschen einfach nur hart sei, in die nächste Lebensphase überzuwechseln, verstehst du? Aber er hat mich vollkommen darüber im Dunkeln gelassen, was … auch immer zur Hölle hier passiert ist. Und nun wird meine Frau deswegen vermisst.«

»Er weiß tatsächlich eine ganze Menge«, erklärte Melanie daraufhin und erzählte ihm jedes Detail ihres Gesprächs mit Tom Lawson.

Nate hörte schweigend zu. Sein Gesichtsausdruck wechselte währenddessen zwischen Entsetzen und Erleichterung hin und her, als die Dinge endlich einen Sinn ergaben. »Sie haben das Camp gekauft, damit sie dort in aller Seelenruhe mit dem Ganzen weitermachen konnten. Geweihte Erde für diese durchgeknallten Bastarde«, sagte er.

Nun war es Melanie, die ihn verwirrt ansah.

»Vergiss es«, meinte er und rannte zu seinem Wagen. »Ich weiß jetzt, wo sie stecken.«

***

Sleighton hob seinen Kopf, soweit er konnte, schrak aber zurück, als die roten und blauen Lichtblitze plötzlich das abgedunkelte Wageninnere bombardierten.

Vor ihm tuschelten der Fahrer und sein Beifahrer nervös miteinander. Er konnte zwar nicht jedes Wort verstehen, schnappte aber ein *um jeden Preis auf*, und dann sah er, wie eine Schrotflinte aus der Ablage zwischen ihnen hochgerissen wurde.

Vor dem Wagen eröffneten die Polizisten jetzt das Feuer.

Die Körper auf den Vordersitzen zuckten unter den Schrotkugeln zusammen, die die Frontscheibe und die Seitenfenster zerschlugen und sie in Fetzen rissen. Blut regnete über den Rücksitz und Gehirnmasse prasselte auf ihn hinab.

»Holt mich hier raus!«, schrie er panisch.

Zwei Trooper tauchten daraufhin auf und öffneten schließlich eine der hinteren Türen. Vorsichtig hoben sie ihn aus dem Wagen und durchtrennten seine Fesseln, als er auf der Straße lag.

Sleighton nahm sich einen Moment Zeit, um sich erleichtert die Arme zu reiben.

»Können Sie aufstehen, Sir?«, fragte ihn einer der Trooper.

Sleighton wusste es ehrlich gesagt nicht, denn die Fesseln hatten ihn auf bisher unvorstellbare Weise verbogen. Es gelang ihm zwar, aufrecht zu stehen, aber seine Muskeln fühlten sich an, als hätte man sie in Benzin getränkt und angezündet.

»Wir halten momentan jeden an, der in die Stadt will oder von dort kommt«, erklärte der Trooper. »Dieser Ort ist komplett abgeriegelt worden, bis wir wissen, was hier genau vor sich geht.«

Na, dann viel Glück damit.

Die Trooper führten ihn zu der Straßensperre. Zwei Streifenwagen standen einander diagonal gegenüber und bildeten so zwei Seiten eines Dreiecks. Einer der Männer lief ans Funkgerät und meldete den Vorfall, während der andere Sleighton einen heißen Kaffee aus seiner Thermoskanne anbot.

»Später vielleicht«, antwortete Sleighton und lief in kleinen Kreisen über die Straße, in der Hoffnung, damit seine brennenden Muskeln ein wenig besänftigen zu können. Aber das war der erste Kampf. Danach würde er sich darauf konzentrieren müssen, sein pochendes Herz zu beruhigen.

Selbst wenn jeder Cop des Bundesstaates hier auflaufen würde, würden sich die *Bewahrer* nicht aufhalten lassen. Sie wollten schließlich seinen Tod. Er wusste nicht, wie viele es von ihnen gab, aber er war bereits jetzt schon auf ein breiteres Netzwerk gestoßen, als er es je für möglich gehalten hatte.

In Forest Grove war es eigentlich ganz friedlich zugegangen ... solange, bis Johnson diese beiden College-Kids ermordet hatte. Die *Bewahrer* konnten die Schuld zuschieben, wem sie wollten, aber dieses ganze Schlamassel ging dennoch auf ihr Konto. Mit diesem Massaker hatten sie die Aufmerksamkeit erneut auf sich gelenkt und nun trachteten sie danach, auch jene zu bestrafen, die ihren Zorn gar nicht verdienten.

Wenn er das hier wie durch ein Wunder überleben würde, würde er einen Weg finden und Zohra zum Reden bringen. Denn sie wusste garantiert, wer diese ganze Show hier leitete, doch sie hatte sich stets geweigert, ihm diese Frage zu beantworten. Die Loyalität gegenüber ihrer Kirche ging ihr über alles, und sie gab ihm immer noch die Schuld für ihre Inhaftierung. Das wusste er deshalb, weil jeder seiner Besuche bei ihr auf die gleiche Weise endete: mit Vorwürfen, sie verraten zu haben, die sie ihm beim Gehen jedes einzelne Mal hinterherwarf.

Aber der Lieblingspriesterin der *Bewahrer* würde es ganz bestimmt nicht gefallen, zu hören, dass ihre ehemalige Sekte beabsichtigte, ihre eigene Tochter zu konvertieren.

Undankbares Gesindel.

Er hoffte, dass Trish klug genug gewesen war, oben in ihrem Zimmer zu bleiben. Jetzt musste er sie nur noch irgendwie aus der Stadt rausbekommen. Zum ersten Mal seit Abblons Tod, war es hier nicht mehr sicher.

»Ich muss unbedingt sofort meine Tochter anrufen«, sagte er, doch die Trooper wimmelten ihn ab.

»Entspannen Sie sich, Chief, wir müssen erst einmal diese Sache hier klären, okay?«

»Das kann ich ganz schnell zusammenfassen«, antwortete er und hoffe, dass sie ihm vielleicht etwas professionelle Kameraderie entgegenbringen würden. »Diese Leute haben mich entführt, und ich will jetzt einfach nur meine Tochter anrufen, um zu überprüfen, ob es ihr gut geht.«

Jenseits der Streifenwagen war jetzt ein Geräusch zu hören und die Trooper brachten sofort ihre Schrotflinten in Anschlag.

»Officers.« Ein Teenagermädchen kam zwischen den Bäumen hervorgerannt. Als sie im Licht stand, stemmte sie die Hände in die Hüften, beugte sich vornüber und rang nach Luft, während sie gleichzeitig zu sprechen versuchte. »Es ist absolut furchtbar.«

Sleighton erkannte sie. Das war Brook Walker. Ihr Vater war der Immobilienmakler der Stadt und ihre Mutter Grundschullehrerin drüben in Warren. Sie schien ein nettes Kind zu sein, aber er wusste es mittlerweile besser, um jetzt noch darauf hereinzufallen.

Einer der Trooper lief auf sie zu, während der andere ihm vorsichtig mit seiner Waffe Deckung gab.

»Miss …«

Das Mädchen hob den Kopf, und Sleighton stöhnte auf, als er ihren irren Blick in dem roten und blauen Flackern der Streifenwagen sah. Sie stürzte sich mit einer Art Messer auf den Trooper und rammte es ihm direkt in den Bauch.

Sein Partner eilte ihm sofort zu Hilfe, riss sie am Arm zurück und zerrte sie zu Boden.

Sie rollte über den Asphalt und kicherte dabei wie ein schadenfrohes Schulmädchen. »Ihr seid alle verloren!«, schrie sie. »Tut Buße und dienet dem Herrn!«

Dann sah Sleighton sie plötzlich … zwei weitere Personen, am Rande des Waldes.

»Gehen Sie sofort da weg«, rief Sleighton, aber der Trooper hörte nicht auf ihn. Er war viel zu sehr damit beschäftigt, Druck auf die Bauchwunde seines Partners auszuüben, um zu verhindern, dass diesem die Gedärme herausquollen. »Sehen Sie doch nur dort drüben, gottverdammt!«

Jetzt waren es noch mehr. Sleighton zählte fünf, doch dann bemerkte er einen weiteren Umriss, der hinter einem der Bäume erschien. Er drehte sich um und beobachtete die zwei Personen, die jetzt ins Licht traten.

Plötzlich fiel ihm die Schrotflinte im Wagen hinter ihm wieder ein. Doch es war ausgeschlossen, zu ihr zu gelangen.

Seine Aufmerksamkeit sprang zu dem Trooper zurück, der mittlerweile den Rückzug angetreten hatte.

Sleighton musste unbedingt an eine der Schrotflinten gelangen, oder alles war vorbei. Diese Wahnsinnigen würden nämlich nicht auf irgendwelche Argumente hören. Aus ihrer Sicht gehörte er bereits zu den Verlorenen, und das bedeutete, dass er geopfert werden musste.

Ein Kreis aus Schatten schloss sich jetzt immer weiter um sie, während Brook lachend und auf allen vieren über die Straße robbte.

Die Schrotflinte war blutig und klebrig, als er sie aufhob. Das Mädchen war nähergekommen, wandte sich aber dem Trooper zu, vergrub ihr Teppichmesser in seinem Oberschenkel und brachte ihn damit auf ihre Höhe hinab.

Sleighton schoss aus nächster Nähe auf sie. Schädelsplitter prasselten wie Hagelkörner gegen den Wagen. Ihr Körper brach über dem verletzten Trooper zusammen, doch darum konnte er sich jetzt nicht kümmern, denn die anderen hielten unaufhaltsam auf ihn zu. Er rannte auf die Baumgrenze zu und hoffte, dass sie ihm folgen würden.

***

Melanie konnte nicht anders, als in Bezug auf Trish das Schlimmste anzunehmen. Nate gegenüber würde sie darüber natürlich kein Wort verlieren, denn seine ganze Sorge galt im Moment seiner Frau. Das verstärkte das Bild von ihm als einen aufrichtigen und verlässlichen Mann nur noch mehr und Schuldgefühle plagten sie. Hatte sie wirklich erwartet, dass er für sie alles hinwerfen würde?

Sie rasten jetzt an dem Camp-Forest-Grove-Schild vorbei, das sie vor einer Woche so sehr erschreckt hatte. Was für eine lächerliche Überreaktion, wenn sie bedachte, was ihr seither alles widerfahren war.

Nate atmete mittlerweile so schwer, dass sie es selbst über das Heulen der Sirene hinweg hören konnte.

»Trishs Mutter ist noch am Leben«, sagte er bereits zum zweiten oder dritten Mal, um sich an den Gedanken gewöhnen zu können.

»Wenn dem tatsächlich so ist, gehört Ron vielleicht auch zu den *Bewahrern*. Was ist mit Trish?«

»Trish weiß nichts von alledem«, blaffte er sie an.

Melanie ließ es ihm durchgehen, aber sie war der Meinung, dass es unmöglich war, es genau zu wissen. »Die ganze Zeit über habe ich gedacht, dass Cyrus Hoyt der Kern der Geschichte sei«, sagte sie jetzt. »Dabei ist er nur ein Nebenprodukt des Ganzen.«

Sie fuhren um eine Kurve und wurden von dem vertrauten Anblick roter und blauer Lichter begrüßt.

»Gott sei Dank«, murmelte Nate. Doch dann, eine Sekunde später: »Was zur Hölle …?«

Die Lichter wurden immer größer und kamen immer näher.

»Nate!«, schrie sie panisch, doch er hatte es ebenfalls bemerkt. Der herankommende Streifenwagen fuhr auf ihrer Seite der Straße und er schoss in einem wahnsinnigen Tempo auf sie zu.

Das ist zu schnell.

Nate nahm sofort den Fuß vom Gas und riss das Lenkrad herum. Der Fahrer des anderen Autos schien offenbar damit gerechnet zu haben, denn er überquerte jetzt die gelbe Linie, ohne abzubremsen.

Der Airbag schlug Melanie ins Gesicht, als überall um sie herum Glas zersplitterte.

***

Nates Augen waren mit Blut verklebt. Er wischte es ab, aber es rann sofort weiter über sein Gesicht wie aus einem tropfenden Wasserhahn.

Der Wagen hatte sich überschlagen und das Armaturenbrett war bis zur Unkenntlichkeit demoliert. Er hing verkehrt herum in seinem Sitzgurt. Das Dach war bei dem Aufprall eingedellt worden und drückte seinen Kopf nach oben, was ihm einen Blick auf seine blutige Brust gewährte.

Zu seiner Linken lag Melanie ausgebreitet auf dem Inneren des Wagendachs, hielt sich den Bauch und stöhnte.

Nate fühlte sich schwach und seine Bewegungen wirkten irgendwie schwerelos, als er nach seinem Gurt tastete. »Hey«, sagte er, verblüfft darüber, wie kraftlos er sich anhörte. »Alles okay bei dir?«

Melanie sah ihn an, sagte aber nichts. Selbst durch seine verklebten Augen hindurch konnte er erkennen, dass sie sich in einem schlechten Zustand befand. Eine vertikale Wunde zog sich über ihr gesamtes Gesicht. Der Schnitt führte von ihrer Stirn über ihre Wange bis hinunter zu ihrem Kinn. Ihr Blick war abwesend und unstet.

Endlich fand er das Gurtschloss, drückte darauf und prallte kurz darauf auf die Wagendecke. Die Schrotflinte musste auch irgendwo hier drin sein, aber er hatte keine Zeit, um nach ihr zu suchen, denn sie mussten so schnell wie möglich hier raus.

Das Fenster an der Fahrerseite war verschwunden. Der Wagen hatte sich offenbar selbst zusammengedrückt und ihnen somit die Chance genommen, durch das Fenster entkommen zu können.

»Kommst du auf deiner Seite raus?«

Sie blickte sich in dem Wagen um, als würde sie zum ersten Mal in ihrem Leben so etwas sehen.

»Melanie, bitte. Wir müssen hier raus.« Er versuchte gar nicht erst, es als einen Unfall herunterzuspielen, denn wer immer in diesem anderen Wagen gesessen hatte, hatte direkt auf sie zugehalten. Es war genau das geschehen, was diese Leute beabsichtigt hatten, und sie würden garantiert zu ihnen kommen, um es zu Ende zu bringen.

Ohne Zeit zu vergeuden, packte er Melanie und zog sie zu sich heran, bis sich ihre Blicke trafen. »Hör mir zu«, sagte er eindringlich. »Sie werden kommen, um uns umzubringen. Wir können nicht hierbleiben.«

»I…ich weiß«, antwortete sie schleppend. Sie sprach undeutlich, aber zumindest schien ihr Blick klarer zu sein als noch vor einem Moment. »Ich bin kurz ohnmächtig geworden, aber …«

»Schieb dich durch das Fenster«, schrie er. »Nun mach schon!«

Nate folgte Melanies zerschrammten und blutigen Beinen, als sie an dem verbogenen Metall vorbeikrabbelte. Nachdem sie sich aus dem Wrack befreit hatte, hielt sie sich die Hand vor den Bauch und rollte sich dann unter Stöhnen auf den Rücken.

Sich zu befreien fiel ihm nicht leicht, denn er war um einiger größer als sie und der Fensterrahmen verbogen. Schartige Glasscherben zerschnitten ihm die Unterarme, als er sich hindurchzwängte.

Doch als er draußen war, stand er sofort auf und griff nach seiner Glock. Glücklicherweise steckte diese immer noch in seinem Holster. Also waren sie nicht vollkommen hilflos.

Melanie verzog das Gesicht, als er ihr aufhalf.

»Lass mich mal sehen«, sagte er und schob ihr Shirt vorsichtig nach oben, um ihren Bauch zu untersuchen. »Es ist keine Wunde zu sehen, also muss es eine innere Verletzung sein. Wahrscheinlich ein paar geprellte oder gebrochene Rippen. Kannst du dich bewegen?«

»Ich ... *au, verdammt* ... ich denke schon.«

»In Ordnung«, sagte er. »Bleib die ganze Zeit dicht hinter mir.« Er machte sich auf den Weg zurück zur Straße.

Einige Meter entfernt fanden sie den anderen Streifenwagen. Seine Motorhaube war in der Mitte eingedellt von dem gigantischen Stumpf einer Hemlocktanne. Der Fahrer war durch die Windschutzscheibe gesegelt und hatte dabei seinen Kopf eingebüßt. Aus dem abgerissenen Schlund sprudelt immer noch das Blut wie Milch aus einem Krug.

Nate war erleichtert, dass der Mann tot war und keine Uniform trug. Die Erleichterung währte allerdings nur kurz, als er sich anschließend fragte, wie ein Zivilist in den Besitz eines Streifenwagens hatte kommen können. »Ich werde mal nachsehen, ob das Funkgerät in dem Wagen noch funktioniert«, sagte er.

Die Straße war vollkommen dunkel, als sie die Böschung hinauf hasteten. Keinem von beiden gelang es, das Unbehagen zu verbergen. Als sie den Asphalt erreicht hatten, schlurften sie schweigend auf das außer Gefecht gesetzte Fahrzeug zu.

Nate griff durch das offene Beifahrerfenster und nahm das Funkgerät zur Hand, doch es war tot, da es vollkommen zertrümmert und bei dem Aufprall nach außen gebogen worden war.

Hinter ihm schrie plötzlich Melanie auf.

Sechs Personen kamen langsam im Gänsemarsch auf sie zu. Ihre Sohlen schlurften über den Asphalt.

Nate richtete seine Waffe auf sie, in der Hoffnung, dass er sie dadurch entmutigen würde, näherzukommen.

Doch sie zögerten nicht. Es war also an der Zeit, davonzulaufen.

»Dreh dich um«, flüsterte er ihr zu. »Ich weiß, es wird wehtun, aber du musst in die Stadt rennen.«

»Nate, nicht …«

Er zielte mit seiner Pistole auf die sechs Gestalten. »Ich werde es kein zweites Mal sagen«, rief er laut. »Bleibt sofort stehen, oder ich eröffne das Feuer!«

»Tu Buße und diene dem Herrn«, erklangen ihre Stimmen in absolutem Gleichklang.

»Jeds Laden ist weniger als eine halbe Meile entfernt«, erklärte er jetzt leise. »Versteck dich dort und ruf Verstärkung.«

»Komm mit mir, Nate. Sei doch nicht verrückt.«

»Wenn wir beide gehen, werden sie uns folgen.«

Zu ihrer Rechten bewegte sich plötzlich etwas. Weitere Umrisse taumelten hinter den Bäumen hervor. Sie alle trugen Äxte und Mistgabeln bei sich, die sie hinter sich herzogen.

Melanie drehte sich um und warf einen letzten zögerlichen Blick zurück.

Nate nickte ihr zu. Melanies Schritte verhallten kurze Zeit später und er richtete seine Glock auf das nächste Ziel.

Sie schwärmten jetzt muschelförmig auseinander und näherten sich ihm von allen Seiten. Er konnte fünfzehn von ihnen zählen, was bedeutete, dass jeder Schuss in seinem Magazin ein tödlicher Treffer sein musste.

»Tu Buße und diene dem Herrn«, wiederholten sie wieder und wieder. »Wir holen die Verlorenen, um das Flüstern zu besänftigen.« Das war wohl weniger eine Rechtfertigung als ein Gebet.

Nate flehte sie nun ein letztes Mal an, stehenzubleiben, doch sie weigerten sich.

Er hob die Waffe, um sich zu verteidigen … dann wurde er von hinten gepackt.

***

Melanie fühlte sich, als würde sie gleich sterben müssen, aber sie wagte es dennoch nicht, stehenzubleiben. Ihr Körper kribbelte mittlerweile vom Kopf bis zu den Zehen und ihr Atem war nur noch ein klägliches Röcheln. Die Strecke, die sie gelaufen war, gehörte normalerweise zu ihrer Aufwärmphase, doch in dieser Nacht fühlte es sich wie ein Marathon an.

Der Akku ihres Telefons war komplett leer und sie ärgerte sich über sich selbst, dass sie es nicht während ihrer Rückfahrtfahrt von New Hampshire aufgeladen hatte.

Vor ihr lag das *Last Mile Gas*. Alles, woran sie denken konnte, war, weiterzulaufen und zu hoffen, dass sie dort Hilfe und einen Schluck Wasser fand.

Je langsamer sie sich bewegte, desto besser fühlte sie sich und umso weniger musste sie sich quälen, und je weniger sie sich quälte, umso leiser konnte sie sich fortbewegen. Es gab schließlich keinen Grund, jedem ihre Anwesenheit auf die Nase zu binden. In einem wirklich selbstsüchtigen Gedanken hoffte sie, dass es Nate gelungen war, die Meute lange genug zu beschäftigen. Die Psychopathen hatten sich endlich zu erkennen gegeben und in der Stadt wimmelte es Gott sei Dank vor Polizisten.

Dieser Wahnsinn musste endlich aufhören.

Die Tankstelle wirkte wie ein dunkler Steinquader unter einem zinnfarbenen Himmel. In dem Gestrüpp auf Jeds Anwesen fand Melanie einen handlichen Stein und griff danach. Unter Schmerzen beugte sie sich zurück und warf ihn durch die Luft. Er durchschlug kurz darauf das vordere Schaufenster von Jeds Laden.

Natürlich war kein Alarm zu hören.

Sie stieg vorsichtig durch das zerbrochene Fenster und begab sich zur Kasse, wo der Alte hoffentlich ein Telefon aufbewahrte … und da war es tatsächlich, direkt hinter einer alten Thermoskanne und einem Stapel Magazinen. Sie schob die Zeitschriften beiseite und hob den Hörer von dem altmodischen Telefon mit der Wählscheibe.

Ein Freizeichen ertönte, als sie den Finger in das Loch mit der Neun steckte, gefolgt von der Eins. Sie wollte die Eins gerade noch einmal wählen, als die Leitung plötzlich verstummte.

Ihr Herz schaltete automatisch in den Turbogang, als ihr bewusst wurde, dass noch jemand hier im Laden sein musste. Nichts, was sich hinter dem Tresen befand, ließ sich auch nur annähernd als Waffe verwenden, also durchstöberte sie hastig den Rest des Ladens. Doch die fast leeren Regale schienen sie mit ihren nutzlosen Produkten praktisch zu verspotten.

Aus dem Augenwinkel heraus bemerkte sie jetzt, wie sich etwas vom Boden erhob. Es bewegte sich hinter dem zerbrochenen Fenster in der Dunkelheit. Es wuchs und dann stand es auf einmal aufrecht. Eine stählerne Gesichtsblende schimmerte im düsteren Abendlicht, und dann betrat Cyrus Hoyt beinahe beiläufig den Laden.

Melanies Magen zog sich schmerzhaft zusammen. Ihre eingeschränkte Bewegungsfreiheit ließ ihr nur wenige Möglichkeiten offen. Sie dachte fieberhaft nach und warf sich schließlich mit der Schulter gegen das neben ihr stehende Regal. Es kippte um, fiel gegen das Nächste und dieses stieß wiederum ein Weiteres an.

Es dauerte allerdings zu lang, um den Killer zu überraschen. Er wich den Domino-Regalen mühelos aus und lief um den Hauptgang herum. Eine Axt befand sich in seiner Hand, und er ließ sie beim Laufen wie ein Pendel vor- und zurückschwingen.

Ihr fiel ein, dass sich in der Scheune hinter dem Haus alte Farmgeräte befunden hatten, aber diese zu erreichen war so, als würde sie ihren geschundenen Körper versuchen, zu überreden, noch einmal sechzig Meilen zu rennen.

Trotzdem biss Melanie die Zähne zusammen und stürmte los, doch Hoyt folgte ihr augenblicklich. Sie sprang durch die offene Ladenfront und die pulsierenden Schmerzen ließen plötzlich nach. Sie waren zwar noch da, das wusste sie, aber das Adrenalin unterdrückte sie.

Sie sprintete durch das hohe Gras und verbrauchte jeden letzten Tropfen Energie, der noch in ihr steckte, um zu der Scheune gelangen zu können. Hinter ihr schwang Hoyt seine Axt durch die Luft. Als sie das hüfthohe Gras erreichte, wusste sie, dass sie ihn irgendwie langsamer machen musste, weil ihr sonst nicht genug Zeit bleiben würde, um irgendetwas in dem Schuppen zu erreichen.

Sie ließ sich mit den Handflächen auf den Boden fallen und trat, so fest sie konnte, nach hinten aus. Ihr Fuß traf den Killer und brachte ihn aus dem Gleichgewicht. Er taumelte rückwärts ins Gras und war nicht mehr zu sehen.

Melanie atmete schwer, kämpfte sich aber weiter voran. Die verrostete Machete hing noch genau dort, wo sie diese zuletzt gesehen hatte, doch sie hatte sie kaum in die Hand genommen, als Hoyt auch schon wie ein außer Kontrolle geratener Zug über die Lichtung stürmte. Sie schwang die Klinge in seine Richtung und bereitete sich auf den Aufprall vor.

Doch der Killer kam rutschend und mit ausgestreckten Armen davor zum Stehen. Als er getaumelt war, musste er seine Axt verloren haben, und aus Angst, sie aus den Augen zu verlieren, hatte er nicht nach ihr gesucht.

Die Pattsituation dauerte jedoch nur eine Sekunde, denn er duckte sich jetzt nach links und verschwand zwischen den Bäumen.

Melanie sah ihm verwundert hinterher und nutzte die Gelegenheit, um kurz zu Atem zu kommen. Verzweifelt umklammerte sie die Machete und machte sich auf den Rückweg. Ein halbherziges Joggen war jedoch alles, was ihr Körper ihr noch gestattete.

Hoyt würde nicht aufgeben, das wusste sie. Er spielte nur mit ihr. Nach dieser langen Zeit war es letzten Endes nur ein großer Spaß für ihn. Jetzt, wo nur noch sie beide übrig waren, genoss er dieses Katz-und-Maus-Spiel. Er hatte sich aus dem gleichen Grund wieder zurückgezogen, aus dem er auch vor fünfundzwanzig Jahren alle seine Opfer so arrangiert hatte, dass sie diese unweigerlich finden musste. Er war noch nicht fertig damit, sie zu quälen.

Sie dachte kurz darüber nach, in Jeds Haus einzubrechen, um dort nach einem weiteren Telefon zu suchen, aber das war garantiert genau das, womit Hoyt rechnete. Deshalb lief sie stattdessen durch das hohe Gras und blickte immer wieder über ihre Schulter, aus Angst, von ihm verfolgt zu werden.

Was sie daraufhin sah, nahm ihr sofort jegliche Hoffnung.

Hoyt stand mit einer Mistgabel in der Hand auf den Stufen von Jeds Haus. Es war wie eine Karikatur des American-Gothic-Bildes.

Melanie zwang ihren Körper zu einem schnelleren Schritt als das gemächliche Joggen, als sie zur Straße rannte und hoffte, dem Bastard doch noch entkommen zu können.

Irgendwo hinter ihr begann auch er wieder zu rennen.

***

»Langsam, Chief.« Sleighton stieß Nate den Lauf seiner Schrotflinte in den Rücken. »Ich will das wirklich nicht tun, Nate, aber es gibt keine andere Möglichkeit.«

Die Mitglieder des Kults blieben jetzt vor ihnen stehen. Nate konnte ihre Augen im Dunkeln zwar nicht sehen, doch er spürte sie. Jeder Blick war auf ihn gerichtet, während ihre Körper leicht im Wind hin und schwankten.

»Ihr werdet stattdessen *ihn* nehmen«, rief Sleighton. Er wiederholte die Worte noch einmal, dieses Mal lauter. »Ich weiß, dass ihr mit seiner Arbeit alles andere als zufrieden wart. Er sollte unsere Art zu leben beschützen … *eure* Art zu leben. Aber das hat er nicht getan, nicht wahr? Stattdessen ließ er betrunkene Fahrer davonkommen, ließ Ehebruch zu … eine Schande, nach euren Lehren. Er ist verloren! Nehmt deshalb ihn als Opfer an!«

»Ron.« Nate hatte keine Ahnung, wohin dieser Handel führen sollte. Ron versuchte gerade offenbar, an den Verstand von Menschen zu appellieren, die gar keinen mehr besaßen. Er wusste, dass diese Worte nur auf taube Ohren stießen. »Du würdest Trish so etwas wirklich antun?«

»Ich erkaufe ihr damit ihr eigenes Leben«, antwortete er. »Hast du etwa geglaubt, ich würde dir die Aufgabe anvertrauen, sie zu beschützen?«

»Wir haben Waffen«, sagte Nate leise. »Sie nicht.« Er musterte die Sektenmitglieder vor sich und kam zu dem Schluss, dass sie besonders verwundbar aussehen, jetzt, wo sie nur noch zu zweit waren. Sie beide könnten gewinnen. Das Letzte, wonach ihm momentan der Sinn stand, war, hier *Tombstone* zu spielen, aber ihnen blieb nun mal keine andere Wahl.

»Das sind nicht alle von ihnen«, antwortete Sleighton. »Bei Weitem nicht. Glaub mir, ich wünschte wirklich, es gäbe einen anderen Weg.«

»Dann sag mir, wo sie ist, Ron. Ich muss wissen, dass sie in Sicherheit ist.«

»Du bist nicht mehr für sie verantwortlich, Nate. Ich werde sie finden und sie in Sicherheit bringen, sobald das alles vorbei ist.«

»Du willst sie finden? Das heißt, du weißt noch nicht einmal, wo sie ist, und tust so etwas? Gottverdammt …« Der Lauf der Flinte wurde in sein Rückgrat gebohrt und sandte Blitze aus Schmerzen in seinen Rücken. Die Zeit für Verhandlungen war anscheinend vorüber.

»Er wird büßen und sich Gott ergeben«, schrie Sleighton. »Nehmt ihn, während ein paar von euch weiter nach der Holden-Frau suchen. Die beiden sollen zusammen sterben. Nehmt sie und gebt mir dafür meine Tochter zurück. Sie will euer Leben nicht leben, doch sie wird von hier verschwinden. Leise und für immer. In der ganzen Stadt wimmelt es nur so vor Polizisten. Lasst das Ganze hier enden!«

Sie schritten nun in perfekter Harmonie vorwärts, als hätten sie diese Bewegungen einstudiert. »Tut Buße und dienet dem Herrn«, drang es von einem Schatten zum anderen über ihre Lippen. Der Klang war einfach unerträglich.

»Das sind also die Früchte der Arbeit deiner Frau, Ron?«, fragte Nate jetzt.

Doch der alte Chief schenkte dieser Beleidigung keine Beachtung, da er sich mittlerweile jenseits aller Vernunft befand. »Ja«, schrie er. »Kommt her. Holt ihn euch. Erlaubt ihm, für seine Sünden zu büßen!«

»Tut Buße und dienet dem Herrn«, riefen die Mitglieder des Kults daraufhin. Der Erste von ihnen trat heran, und als sein Gesicht erhellt wurde, erkannte Nate den unauffälligen Teenager, der ihn immer in *Walt's Pizzeria* bedient hatte.

»Geh!«, war alles, was der Junge sagte.

Nate spürte, wie ihn die Mündung der Schrotflinte erneut anstieß. »Gehen wir.« Sleighton deutete in Richtung Wald. »Mach es nicht noch schwerer, als es sowieso schon ist.«

Nate lief mit langsamen Schritten auf die Bäume zu. Sein Verstand raste, weil er versuchte, einen Weg aus dieser Lage zu finden, doch er konnte sich kein Szenario vorstellen, das nicht mit einer Schrotladung in seinem Rücken endete.

Als sie den Rand des Waldes erreichten, bildeten die *Bewahrer* hinter ihm eine Reihe und begannen leise eine Art Psalm zu summen.

***

Melanies Vorsprung war mittlerweile beträchtlich, aber Hoyt war immer noch dort draußen.

Er war jetzt um die andere Seite des *Last Mile Gas* herumgelaufen, um die Straße in Richtung Stadt zu blockieren. Sie überlegte kurz zu Nate zurückzukehren, aber sie konnte es nicht riskieren, der Sekten-Armee in die Hände zu laufen.

Also rannte sie geradewegs in den Wald und wich dabei Baumstämmen und Ästen aus. Zumindest gab es hier einen kleinen Pfad. Er zweigte immer wieder in alle Richtungen ab, doch sie kannte sein endgültiges Ziel.

Hoyts aggressive Verfolgung dauerte immer noch an. In der Ferne konnte sie das verwelkte Laub rascheln hören, als er nach ihr suchte.

Es war unmöglich, zu sagen, wie viel Zeit vergangen war, denn nach einer Weile hörte sie nur noch ihre eigenen Geräusche. Hin und wieder flammte ein explodierender Schmerz in ihrem Bauch auf und ein Stöhnen entrang sich ihr. Es war unmöglich geworden, die Schmerzen zu ignorieren.

Sie blieb stehen und lauschte in die Stille hinein. Wenn sie das hier überlebte, würde sie nie wieder einen Wald betreten. Die Vorstellung, von einer überwältigen Menge von Menschen umgeben zu sein, war zwar auch nicht gerade berauschend, aber das Stadtleben war dieser *Erfahrung* hier definitiv vorzuziehen. Tolle Cafés, ein Schuss Kultur und emsiges Gewühl – all das erschien ihr momentan geradezu verführerisch.

Hoyt konnte jetzt überall sein. Dieser Wald gehörte schließlich ihm, und das schon seit langer Zeit. Es mochte ein nutzloser Versuch sein, aber sie beschloss trotzdem, den Pfad zu verlassen und sich stattdessen zwischen zwei dicken Baumstämmen hindurchzuzwängen. Auf diese Weise verursachte sie zwar mehr Lärm, dafür war sie aber nicht ganz so leicht zu entdecken. Wenn sie es schaffte, Hoyt hier draußen abzuschütteln, bestand eine winzige Chance, ihm zu entkommen.

Ihr Körper war mittlerweile längst über das Stadium der Erschöpfung hinaus und bettelte darum, dass sie endlich aufgab. Sein Flehen war äußerst überzeugend und lenkte ihre Aufmerksamkeit schließlich auf das Bett aus Tannennadeln unter ihr, das sie praktisch zu einem kleinen Nickerchen einlud. Doch das würde das Ende von allem bedeuten.

So leicht werde ich es ihm nicht machen.

Sie marschierte weiter und weiter, bis sie schließlich eine vertraute Lichtung erreichte. Bei ihrem Anblick musste sie unweigerlich lachen und wollte schon wieder umkehren, als sie plötzlich den Wagen am Ufer entdeckte.

Melanie starrte ihn an, als wäre er eine Fata Morgana. Nach allem, was sie erlebt hatte, konnte sie jetzt unmöglich so viel Glück haben. Und sie hatte recht damit. Denn alle vier Türen waren verriegelt und der Fahrer nirgendwo zu sehen. Die Schlüssel steckten auch nicht im Zündschloss, sonst hätte sie versucht, das Fenster mit ihrer Machete einzuschlagen.

»Komm schon«, rief sie weinend, doch dann beschloss sie, ihre Frustration nicht an der Limousine auszulassen.

Das Schicksal würde sie nicht so leicht entkommen lassen, das wusste sie, tief in ihrem Inneren. All ihre Wege führten unweigerlich nach Camp Forest Grove und als sie sich umsah, erinnerte sie sich wieder daran, wie bedrohlich die Hütten im Mondlicht aussehen konnten.

Die Machete wog schwer in ihrer Hand. Sie nur zu tragen ermüdete sie, aber sie würde sie bald benutzen müssen, denn der einzige Weg hinaus führte nicht an Cyrus Hoyt vorbei, sondern direkt durch ihn hindurch.

Bringen wir es endlich hinter uns, du elender Mistkerl! Selbst ihre Gedanken waren erschöpft, als sie sich zu der alten Betreuerhütte schleppte. Sie hätte über diese grausame Fügung des Schicksals gelacht, würde sie nicht gerade unglaubliche Angst verspüren. Nach fünfundzwanzig Jahren war sie also wieder genau an dem Punkt angelangt, an dem alles begonnen hatte.

Wenn sie in dieser Nacht tatsächlich sterben sollte, dann nicht, ohne ihm einen verdammt harten Kampf zu liefern.

***

Wenn ich hier lebend rauskommen sollte, werde ich den ganzen verdammten Ort niederbrennen!

Nate führte die menschliche Karawane jetzt durch die Bäume. Er kannte das Gelände gut, nachdem er und seine Truppe es in den letzten Tagen immer und immer wieder durchkämmt hatten. Er hätte sie direkt bis zum Camp führen können.

Und tatsächlich liefen sie genau dorthin.

Er fragte sich, ob es ihm gelingen würde, im Schutze der Dunkelheit seine Glock aus dem Holster zu ziehen, ohne dass Ron oder die *Bewahrer* es bemerkten. Er testete seine Theorie, indem er seine Hand unauffällig ein paar Zentimeter in Richtung Holster sinken ließ.

»Nimm die Hand sofort wieder hoch, Nate. Das beleidigt mich.« Die Antwort kam rasch, selbstsicher und verriet ihm alles, was er über seine Lage wissen musste. Es gab keinen Ausweg mehr für ihn.

Nacheinander traten sie aus dem Wald und liefen die vertraute Landstraße hinunter. Der Gesang hinter ihm war nun lauter geworden, aber deswegen noch lange nicht verständlicher.

Sein sicherer Tod lag jetzt keine zwei Kilometer mehr entfernt.

Nate erblickte das Ufer als Erstes. Das Wasser unter dem klaren Himmel strahlte eine trügerische Ruhe aus. Ein Wagen parkte davor, der wahrscheinlich einem von diesen Spinnern gehörte. Die Überreste des Camp Forest Groves waren wie ein Mahnmal an das Grauen, das sich einst hier zugetragen hatte. Ein verrottendes Herz, welches unablässig vergiftetes Blut in die Organe der kleinen Stadt pumpte.

Sie erreichten jetzt die Hütte, in der Melanie noch vor ein paar Tagen herumgeschnüffelt hatte, und ein weiteres Mal stieß ihm Sleighton die Waffe in den Rücken. »Rein mit dir da, und versuch keine Dummheiten.«

Nate öffnete die Tür, betrat die Hütte und suchte unauffällig nach einer Möglichkeit, sich zu befreien. Ihm gingen langsam die Ideen aus, doch lieber starb er unter seinen eigenen Bedingungen, anstatt als groteskes Blutopfer zu enden.

Alles, was er wollte, war Trish zu finden und von hier zu verschwinden. Sein Groll gegenüber Sleighton wuchs mit jeder Minute. Nicht, weil dieser eine Waffe auf ihn richtete, sondern weil er zugelassen hatte, dass seine eigene Tochter in dieses Irrenhaus gebracht worden war.

Dafür wollte er den Bastard am liebsten umbringen.

Bitte, lass mich Trish wiedersehen.

Er konnte sich nicht vorstellen, dass ihm das vielleicht nicht gelingen würde. Das letzte Mal, als er sich auch nur annähernd so gefühlt hatte, war der Moment gewesen, als er den Anhörungssaal in New York betreten hatte, um zu erklären, wieso ein unschuldiges Mädchen durch seine Waffe gestorben war. Damals hatte er gewusst, dass er dafür geradestehen musste, und noch wichtiger, dass er es auch verdient hatte, doch zu diesem Zeitpunkt hatte lediglich sein Job auf dem Spiel gestanden.

Nun aber war sein eigenes Leben und das seiner Frau bedroht.

Sleighton folgte ihm in die Hütte, zusammen mit einem der Anhänger des Kults. Die anderen warteten draußen und sangen weiterhin.

»Wir werden es genau hier tun«, erklärte der Mann. »Wenn unsere Brüder und Schwestern mit der Frau zurückkehren, werden wir sie zuerst beide häuten, denn sie können nicht in das nächste Leben überwechseln, wenn ihr Fleisch derart schwach ist, also müssen wir es entfernen.«

»Und danach lasst ihr mich zu meiner Tochter?«, fragte Sleighton. »Ich verspreche euch, ich werde ihre Taschen persönlich packen und sie aus der Stadt bringen.«

Der *Bewahrer* schwieg.

Sleighton deutete mit der Waffe auf den Wohnbereich der Hütte. »Geh hinein, Nate«, sagte er.

Nate folgte der Anweisung und machte sich bewusst, dass sein Leben zumindest noch so lange andauern würde, bis sie Melanie gefunden hatten. Es bestand immer noch die Möglichkeit, dass sie es in die Stadt zurückgeschafft hatte und dort Oviedos Aufmerksamkeit hatte erregen können. Seine Wunschträume zerplatzten allerdings, als er den Wohnbereich betrat und eine Person erblickte, die in der hinteren Ecke stand.

Sleighton war direkt hinter ihm und hatte den Umriss daher ebenfalls bemerkt. Nate sah, wie dem alten Chief vor Überraschung die Kinnlade nach unten fiel, als etwas durch die Luft pfiff und ihn zu Boden schlug.

Melanie ließ sich mit einem Stöhnen gegen Nates Schulter fallen.

Das Sektenmitglied stürmte jetzt mit einer Axt auf sie zu, aber Nate hatte ihn bereits mit seiner Glock im Visier. Er schoss ihm zweimal in den Kopf, woraufhin dieser an Ort und Stelle zusammenbrach und nur eine Wolke aus Blut zurückließ, die in der Luft auseinanderstob.

»Ich habe dich kommen gehört«, sagte sie.

Nates Blick wechselte nun zwischen ihr und Sleighton hin und her. Er war erleichtert, dass sie noch lebte, aber zugleich bestürzt, dass sie es nicht zu Oviedo geschafft hatte.

Der alte Chief wand sich am Boden, eine Machete steckte tief in seinem Arm.

»Wie bist du hierhergekommen?«, fragte Nate.

»Hoyt«, antwortete sie, als wäre das offensichtlich. »Er ist ebenfalls da draußen.«

»Und er ist nicht allein«, sagte Nate. Sie besaßen jetzt allerdings Waffen, was bedeutete, dass sie den Kult in Schach halten konnten, wenn sie zur Straße hinunterrennen würden. Er deutete auf den verwundeten Ex-Chief. »Wir fesseln ihn, damit ihn Oviedo findet, wenn er hier aufkreuzt.«

Er reichte Melanie die Schrotflinte und griff gerade nach seinen Handschellen, als Sleighton aufsprang und ihn umrannte. Der pensionierte Cop hastete anschließend auf die Kellertür zu, doch Melanie war schneller. Sie packte ihn in dem Moment, als er die horizontale Luke aufriss.

»Du Miststück!«, knurrte er, legte eine Hand um den Kolben der Schrotflinte und entriss sie ihr. Es war keine besonders anmutige Bewegung, und obwohl er ihr die Waffe aus der Hand reißen konnte, verlor er dabei das Gleichgewicht und taumelte rückwärts in die offene Luke.

Er stürzte in die Dunkelheit hinab, aus der kurz darauf ein dumpfer Aufprall zu hören war, gefolgt von einem Wimmern.

»Hol sie dir«, nuschelte Sleighton jetzt. Seine Worte verloren sich, als er in die Dunkelheit unter ihnen davonschlurfte und seine Aufforderung wie eine kaputte Schallplatte immer und immer wiederholte.

»Er ist ziemlich schwer gestürzt«, meinte Melanie. »Er wird es bestimmt nicht mehr lange machen.«

Doch Nate verschwendete keine Gedanken mehr daran, seinen Schwiegervater am Leben zu halten. Der alte Mann hatte sich sein eigenes Grab geschaufelt. Trish wurde vermisst und war wahrscheinlich schon tot, und genauso würde es auch ihnen ergehen, wenn sie noch länger hierblieben.

»Wir verschwinden jetzt«, sagte er. Beide eilten daraufhin zum Ausgang.

Sie hatten die Tür beinahe erreicht, als Nate jemanden im Rahmen stehen sah. Er richtete seine Waffe auf das Hindernis, doch Melanie packte seinen Arm und zog seine Aufmerksamkeit auf das nächstgelegene Fenster. Ein weiterer Umriss füllte das Fenster aus und heißer Atem ließ das Glas beschlagen.

Eine Frau beobachtete sie von draußen. Sie waren mittlerweile überall.

Und sie werden uns nicht gehen lassen.

»Tut Buße und dienet dem Herrn«, krächzten sie, als würden sie sich über seine Gedanken lustig machen.

Nate fiel in diesem Moment seine Waffe wieder ein und er zielte damit auf die Tür. Dieses Mal würde er niemanden mehr vorwarnen. »Halt dich bereit«, flüsterte er. »Kannst du rennen?«

Nach einem kurzen Zögern nickte Melanie.

Er gab einen Schuss ab und der Umriss im Türrahmen sackte zuerst gegen die Zarge, bevor er langsam daran hinunterglitt. Vorsichtig setzten sie einen Schritt vor den anderen, während die Freiheit immer näher rückte. Melanie sah unglaublich geschwächt aus. Wie lange würde sie noch durchhalten können?

Aber das würden sie wohl herausfinden müssen.

Zwei Silhouetten standen direkt hinter dem Ausgang, und dahinter zwei weitere. Jedes Sektenmitglied betrachtete sie geduldig und ohne irgendeine Regung. Ein kurzer Blick bestätigte ihnen, dass vor jedem Fenster jemand stand.

»Die Hintertür«, sagte Melanie leise.

Er folgte ihr in die Küche. Aber auch dort warteten vor der Tür mindestens sechs Sektenanhänger auf sie. Niedergeschlagen hämmerte Melanie dagegen.

»Sie versuchen, uns hier einzusperren«, erklärte Nate. Dann fiel sein Blick plötzlich auf die Luke im Boden. »Es muss dort unten noch einen anderen Weg hinausgeben.«

»Das Einzige, was es dort unten gibt, ist der Tod.«

»Genau wie hier oben.« Um sie herum pressten die Anhänger des Kults jetzt ihre Gesichter gegen die Fenster, und die Scheiben knackten leise unter ihren Fingerspitzen.

Grundgüter, wie viele von denen gab es dort draußen?

Er beugte sich über das Loch und schluckte den Kloß, der sich in seinem Hals gebildet hatte, mühsam hinunter. »Komm schon, Melanie.«

Doch sie schüttelte den Kopf und wich zurück.

»Entweder da runter oder zurück in den Wald. Ich kann sie nicht alle abwehren. Wir müssen hier raus und nach Trish suchen.«

Mehrere Hände brachen gleichzeitig um sie herum durch die Fensterscheiben und Glassplitter regneten in die Hütte hinein. Zwei Flaschen zerschellten auf dem Holzboden und füllten die Hütte sofort mit dem Geruch von Alkohol. Nate blieb keine Zeit mehr, Melanie in Deckung zu ziehen, als das Innere in Flammen aufging.

»Uns bleibt keine andere Wahl mehr«, sagte er und sank auf die Knie.

Melanie blickte ihn an, und in ihren Augen spiegelte sich ihre gemeinsame Angst.

Von draußen erscholl jetzt wieder Gesang. »Ihr müsst sterben, um das Ende zu verhindern. So war es, und so wird es immer sein.«

»Geh«, schrie Nate über die wirren Stimmen hinweg. »Ich lasse dich hinunter, bleibe aber direkt hinter dir.«

Seine Gedanken rasten. Es gab keinen anderen Ausweg. Die Sekte bewachte in überwältigender Zahl jedes Fenster, und von allen Seiten leckten bereits die Flammen nach ihnen. Sie würden so oder so, als Opfer enden, ob nun gehäutet oder nicht.

Melanie saß am Rand des Lochs. Ihre Beine baumelten ins ungewisse Dunkel hinab. Nate legte sich auf den Bauch, reichte ihr seinen Arm und ließ sie langsam in die Höhle unter ihnen hinab.

Ihre Augen blitzten wie die einer Katze im Licht auf, als sie unten angelangt war.

»Alles okay?«, rief er.

»Ja«, antwortete sie. »Beeil dich.«

Nate rollte sich gerade auf die Seite, um sich ebenfalls in das Loch hinunterzulassen, als sich plötzlich eine Klinge durch seine Hand bohrte und ihn am Boden festnagelte. Er schrie schmerzerfüllt auf und versuchte das Messer herauszuziehen.

Eine der *Bewahrer* kniete neben ihm und presste ihr Knie auf seine Kehle. Er erkannte in ihr die Bibliothekarin der Stadt wieder, auch wenn ihr für gewöhnlich sanftes Gesicht nun zu einer grässlichen Fratze des Todes verzogen war, die ihre Absichten deutlich widerspiegelte.

»Du bist tot«, zischte sie. Ihr Körper begann Feuer zu fangen. »Wenn sie dort unten tatsächlich überlebt, musst du dafür ins Jenseits gehen. Ich werde mein Leben geben, um die anderen zu beschützen ...«, drang es gurgelnd aus ihrer Kehle, als die Feuersbrunst sie endgültig verschlang.

Die gesamte Hütte brannte jetzt lichterloh und Nate konnte spüren, wie die Hitze seine Haare versengte. Er schrie gequält auf, als sich ein Feuerball in sein Fleisch brannte und seine Kleidung mit seiner Haut zu einem Durcheinander aus Blasen verschmolz. Er schrie immer noch, als die Hitze schließlich so unerträglich wurde, dass seine Augäpfel zerplatzten.

***

Allein. Fassungslos starrte Melanie nach oben, wo die Hütte gerade im lodernden Feuer komplett zusammenstürzte.

Nates Körper brannte keine fünf Meter über ihr und seine regungslosen Finger baumelten durch die Falltür hinunter.

Ihr Wille war mittlerweile genauso gebrochen wie ihr Körper. Benommen schlich sie durch die nasskalten unterirdischen Tiefen. Blind tastete sie durch die Luft, um mit dem Kopf voran nicht gegen ein Hindernis zu prallen.

Ihr Körper würde nämlich keine weiteren Verletzungen mehr ertragen.

Wenn Sleighton den Sturz überlebt hatte, fehlte jede Spur von ihm ... zumindest, soweit sie sehen konnte ... was allerdings nur wenige Zentimeter waren. Die Wände schlossen sich immer enger um ihre Schultern, als der Boden abschüssiger wurde, und sie fuhr mit den Fingerspitzen daran entlang, um sich zumindest ein wenig orientieren zu können.

Irgendwo tropfte Wasser in Pfützen und unsichtbare Ratten verkündeten quiekend Missfallen wegen ihrer Anwesenheit. Trotz der vielen Dinge, die ihr gerade durch den Kopf gingen, lief es ihr bei dem Gedanken daran, dass diese Biester womöglich zwischen ihren Beinen hindurchliefen, eiskalt den Rücken hinunter.

Das Loch wurde sehr viel dunkler und kälter. Irgendetwas Nasses und Fleischiges schlug auf einmal gegen ihren Unterarm und sie zuckte panisch zurück. Was immer es auch war, es versperrte den schmalen Gang, den sie passieren musste.

Eine Flamme loderte jetzt vor ihr auf und auf unerklärliche Weise begannen alle Kerzen auf dem Höhlenboden plötzlich zu brennen. Doch es blieb ihr keine Zeit, über diesen gruseligen Zauber nachzudenken, denn das neugewonnene Licht offenbarte, was ihr den Weg versperrte. Es war Sleightons Leiche, mit einer Spitzhacke in seiner Brust, die von der Höhlendecke hinabhing. Die Schneide hatte sich tief in seinen Körper gebohrt und die zertrümmerten Rippen in seinen Brustkorb gebogen. Irgendetwas hatte ihn so hart getroffen, dass die Spitzhacke ihn mehrere Meter über den Boden festgenagelt hatte. Unter seinen Füßen hatte sich eine Lache aus Blut und Urin gebildet.

Melanie packte den Stiel des Werkzeugs und zog mit aller Kraft daran. Es bewegte sich zwar, wollte sich jedoch einfach nicht herausziehen lassen. Sie verlagerte daraufhin ihr Gewicht und stemmte sich mit einem Grunzen dagegen. Sleightons Innereien schwappten in seinem Brustkorb herum, bis das Werkzeug irgendwann endlich nachgab.

Der Chief fiel in seine eigenen Exkremente. Sie ließ seinen zusammengesunkenen Leichnam zurück und hob die nächstgelegene Kerze auf, während sie mit der anderen Hand nach der blutigen Spitzhacke griff.

Der Weg durch die Höhle war äußerst verwinkelt, aber es war der einzige Gang, weshalb keine Gefahr bestand, dass sie sich verlief. Abblon und seine Sekte mussten immer in die Richtung weitergegraben haben, die am wenigsten Widerstand leistete. Ihre Füße schmerzten furchtbar, ihre Rippen allerdings noch mehr.

Nates grässlicher Schrei ging ihr einfach nicht aus dem Kopf … wie er immer mehr angeschwollen und dann plötzlich abgerissen war … seine verbrannten Finger, die besiegt herabgehangen hatten. Das hatte er einfach nicht verdient. Er hatte doch nur versucht, Forest Grove von seinen langjährigen Sünden zu befreien – Sünden, die über fünfzig Jahre zurückreichten. Diese undankbaren Narren konnten das Ausmaß seines Opfers gar nicht ermessen.

Doch nun war er tot.

Und ich bin auf mich allein gestellt.

Es war unmöglich, Nate aus dem Kopf zu bekommen. Nach allem, was sie durchgemacht hatten, durfte es nicht auf diese Weise enden. Doch sie wusste es besser, als darauf zu hoffen, mit dem Ganzen abschließen zu können, denn das hatte sie schon seit fünfundzwanzig Jahren versucht. Sie würde um ihn trauern, aber dafür war jetzt keine Zeit. Es gab keinen Grund, sich noch mehr emotionales Leid aufzubürden, wenn die körperlichen Schmerzen allein schon schlimm genug waren.

Wenn ich hier rauskomme, werde ich seine Geschichte ebenfalls erzählen.

Als ob das sein Opfer in irgendeiner Weise erträglicher machen würde. Das Gleiche hatte sie auch schon mit Bill, Jen, Lindsey, Tyler, Becky und Mr. Dugan vorgehabt. Nates Namen mit auf diese Liste zu setzen, schien nur wie eine weitere Ausrede zu sein, ihren Tod auszunutzen. Sie hätte mit dieser Sache niemals begonnen, wenn Dennis sie nicht dazu gezwungen hätte.

Er und diese Studienführer-abhängige Gummipuppe.

Melanies Hand schloss sich unwillkürlich fester um die Spitzhacke, während sie sich vorstellte, wie Jill Woreleys

Gesicht wohl aussehen würde, nachdem sie ihr damit den Schädel eingeschlagen hätte.

Hatte sie bei diesem Gedanken etwa gerade gelächelt?

Eine Spitzhacke konnte einen Schädel komplett verunstalten, und ohne ihr Aussehen würde Jill Woreley nichts mehr bleiben, aber das war sicherlich zu viel des Guten.

Morton hingegen hatte sich noch viel mehr verdient. Sein Tod würde all ihre verbliebenen Ängste endgültig auslöschen. Wäre es nicht ein Leichtes, eines Nachts bei ihm einzudringen? Der Trottel brüstete sich ja sogar öffentlich damit, dass sein Alarmcode noch immer auf Werkseinstellung stand, weil er bislang keine Zeit gefunden hatte, ihn zu ändern.

Sie brauchte also nur die Werkseinstellungen zu googeln und dann darauf zu warten, dass Morton und seine Frau nach Hause kamen, um sie zu überraschen. Oder sie könnte sie nacheinander ausschalten. Sie zuerst umbringen und ihre Leiche dann irgendwo deponieren, wo er sie finden würde.

Wie würde Dennis Mortons Gesicht in seinen letzten Momenten wohl aussehen? Sie würde ihn langsam genug töten, um es herauszufinden. So langsam, dass es die ganze Nacht dauern würde.

Melanie war von ihren eigenen gewalttätigen Gedanken so verstört, dass sie den Kopf schüttelte und hoffte, sie damit loszuwerden. Selbst in ihren zornigsten Momenten hätte sie niemals in Erwägung gezogen, solche Dinge tatsächlich zu tun. Weder ihr Körper noch ihr Verstand schienen hier unten noch ihr zu gehören.

Vielleicht hat Nates Tod ja diese Gefühle ausgelöst? Sie musste an Trish denken und wie sehr sie die junge Witwe bemitleidete.

Tue ich das wirklich?

Eine Gothic-Schlampe mit gezupften Augenbrauen, schwarzem Lippenstift und gepiercten Nippeln? Melanie hatte keine Ahnung, woher sie wusste, dass die Brüste dieser Frau gepierct waren – das war nur eine gewagte Vermutung. Alles, woran sie jetzt plötzlich denken konnte, war, ihr einen

Besuch abzustatten und ihr die Eingeweide herauszureißen, dafür, dass sie ihren Ehemann nie zu schätzen gewusst hatte.

Die gewalttätigen Gedanken bestürmten jetzt ohne Unterbrechung ihren Verstand.

Der Pfad endete an einem steilen Felshang, der in einen breiteren Abgrund hinabführte. Es gab keinen anderen Weg, als an der klapprigen Strickleiter bis ganz nach unten zu klettern.

Auf der linken Seite sammelte sich in der Tiefe Grundwasser zu einem kleinen See. Die Luft roch klar. Direkt vor ihr war eine Kirche auf einer natürlichen Felsformation errichtet worden. Zwei Reihen brennender Kerzen beleuchteten den Weg, der bis zu den hölzernen Toren und den eingeschnitzten Kreuzen führte.

Jemand erwartete sie hier, das spürte sie.

Geschwärzte Schädel und zerbrochene Knochen lagen überall auf dem Boden, und sie musste ihnen auf ihrem Weg um das Gebäude herum ausweichen. Dort gab es einen weiteren Gang, der hoffentlich von diesem Ort wegführte.

Sie lief einige Schritte, blieb dann aber abrupt stehen, als die Schatten in dem Hohlweg auf einmal zum Leben erwachten.

Er *ist es!*

Er trat ins Kerzenlicht, das seinen vor Blut triefenden Armeemantel erhellte. Der graue Schweißer-Helm war fleckig und eingedellt. Anerkennend hob er seinen Kopf, so als wollte er sie nach all der Zeit willkommen heißen.

Ich habe dich schon einmal getötet!, dachte sie grimmig.

Melanie schritt auf Hoyt zu, und er folgte ihrem Beispiel. Sie bewegte sich einige Zentimeter an ihn heran, und er tat das Gleiche – er war wie ein perverses Spiegelbild. Dieser Moment war ihr so sehr vertraut, nicht nur von den Ereignissen vor fünfundzwanzig Jahren, sondern auch aus ihren unzähligen Albträumen. Ganze Leben lagen zwischen diesen beiden Begegnungen, und doch stand hier der Mann, der für den Verlauf ihres verantwortlich war.

Dieser Gedanke war alles, was Melanie gebraucht hatte. Sie warf die Kerze beiseite und hob die Spitzhacke mit beiden Händen über den Kopf, bereit für den ultimativen Kampf.

Hoyt rührte sich nicht, und sie konnte ihre blutige, halb-wahnsinnige Reflexion in seinem Helmvisier aufblitzen sehen.

Bring ihn um … es steht dir frei, sie alle umzubringen.

Ein weiterer Gedanke, der ganz offensichtlich nicht ihr gehörte. Der immer stärker werdende Druck hinter ihren Augen ließ sie zusammenzucken. Es dauerte nur eine Hundertstelsekunde, doch das war Zeit genug für Hoyt, um zu einem tödlichen Schlag auszuholen. Sie wappnete sich für den unvermeidlichen Todesstoß … der aber niemals kam.

Denn er war verschwunden … schon wieder.

Melanie wirbelte panisch im Kreis herum, erblickte jedoch nur flackernde Schatten. Ihr Kopf schien jetzt beinahe zu platzen. Grellweiße Blitze nahmen ihr die Sicht. Sie massierte ihre Schläfen, das verstärkte den Schmerz aber nur. Sie taumelte und versuchte, sich an der hölzernen Wand abzustützen.

Ich muss mich hinlegen …

Doch sie konnte diesen Gedanken nicht zu Ende bringen. Sie war sich gar nicht mehr sicher, was sie brauchte, sie wusste nur, dass sie so nicht weitermachen konnte. Oder etwa doch? War sie wirklich so weit gekommen, um jetzt zu sterben? Nein! Es war an der Zeit, zu fliehen, nach Hause zurückzukehren und es allen heimzuzahlen.

Melanie konnte kaum noch etwas erkennen. Nur Neugier und Verzweiflung führten sie an der Kirchenwand entlang. Ihre Handflächen fuhren über das Holz, um den richtigen Weg finden zu können, während ihre Sehkraft mehr und mehr schwand. Sie erreichte jetzt die Ecke des Gebäudes und schob sich vorsichtig zur Vorderseite herum. Die Türen schwangen dabei nach innen und schoben einige verstreut daliegende Knochen zur Seite.

Ein Teenagermädchen saß zusammengesunken auf der hinteren Kirchenbank. Ihr Kopf lag schlaff auf der Rückenlehne und sie starrte mit großen, regungslosen Augen zur Decke hinauf. Ihr blondes Haar war nass und verfilzt und ihre Haut hatte eine dunkelblaue Färbung angenommen – eine Folge der Kette, die zweifach um ihren Hals geschlungen worden war.

Aber da war noch mehr. Vor dem Mädchen, an dem Altar am anderen Ende, konnte sie *ihn* unter einem herabhängenden Kreuz sehen. Er war an den Beinen, der Hüfte und den Schultern angekettet. Der zerrissene, grüne Mantel war nur noch ein Fetzen Stoff, der um seine knochigen Überreste gewickelt war. Seine Maske war verschwunden und sein Schädel in Stücke zersplittert wie zerbrochenes Porzellan.

Das war Cyrus Hoyt!

Sie konnte nichts weiter tun, als ihn fassungslos anzustarren. Die ganze Zeit über war er hier unten gewesen und langsam verrottet. Fünfundzwanzig Jahre lang hatte sie sich gefragt, wann – und nicht ob – Hoyt auf ihrer Türschwelle auftauchen würden. Doch Melanie traute ihrem Bauchgefühl. Jemand hatte versucht, sie zu töten, Cyrus Hoyt konnte es jedoch nicht gewesen sein.

Denn er ist hier.

Eine Explosion aus Holzsplittern stob jetzt in ihr Gesicht, als eine Axt die äußere Wand durchschlug. Melanie wich erschrocken zurück, doch die Klinge wurde zurückgezogen und hob sich bereits wieder.

Eine Sekunde später erschien Cyrus Hoyt im Türrahmen, mit einer Axt in der Hand und einer Schweißer-Maske über dem Gesicht. Er durchquerte das Kirchenschiff und wurde mit jedem Schritt schneller. Als sie nur noch wenige Meter trennten, setzte er zu einem Sprint an.

Melanie holte mit ihrer Spitzhacke aus und überrumpelte ihn damit. Das Eisen bohrte sich tief in seine Schulter und er grunzte schmerzerfüllt.

Nur, dass er tatsächlich nicht Cyrus Hoyt war, denn die Stimme war weiblich.

Das war jedoch nicht der richtige Zeitpunkt, um nachzugrübeln und ihre Aggression abzulegen. Melanie schwang das stumpfe Ende der Spitzhacke gegen die Schweißer-Maske, doch die andere Frau war schneller. Sie wich der Attacke mühelos aus und konterte mit einem Aufwärtshieb ihrer eigenen Waffe. Die Axt traf Melanies Unterarm und riss ein Stück Fleisch aus ihr heraus, als wäre sie ein Hühnerbein.

Beide Frauen kreischten jetzt und stürzten sich aufeinander. Im Kerzenlicht konnte Melanie erkennen, dass sie wesentlich größer als ihre Angreiferin war. Sie grub ihre Finger unter das Visier und zog die Maske mit einem Ruck von Trish Kopf. Dann warf sie diese achtlos beiseite und legte ihre Hände um die Kehle der Frau.

Nates Frau war allerdings stärker, als sie aussah. Sie wehrte den Angriff ab und holte dann zu einem Faustschlag aus, der Melanie direkt auf die Nase traf, sie zu Boden schickte und sie in einem Meer aus Knochenresten herumrudern ließ. Trishs zarte Hand legte sich anschließend wie ein Schraubstock um Melanies Hals und zog sie mühelos nach oben. Der jungen Frau traten daraufhin die Augen aus den Höhlen und ein Speichelfaden baumelte von ihren Lippen.

Jetzt schlossen sich beide Hände um ihre Kehle. Jedes weitere Zudrücken schwächte ihr sauerstoffarmes Gehirn. Sie besaß ohnehin nur noch wenig Kampfgeist, doch nun war ihr Lebensfunke kaum mehr als das Flackern einer Geburtstagskerze.

Melanie hing schlaff in Trishs Händen. Ihre Zehenspitzen scharrten hilflos über einen herumliegenden Schädel. Das Leben wich unaufhaltsam aus ihr heraus. Ihre Augenlider wurden schwer. Sie zu schließen versprach Erlösung. Vielleicht war es leichter, einfach aufzugeben und zu sehen, was das nächste Leben für sie bereithielt.

Ihr Kopf sank nach vorn, gefolgt von ihrem restlichen Körper. Trish ließ sie fallen, und Melanie versank erneut in den Knochenbergen. Die Mörderin ließ sich nun auf ihre Knie sinken, um das Ganze zu Ende zu bringen, doch Melanie zog mit letzter Kraft einen der Knochen, einen Oberschenkelknochen, hervor und schlug ihn Trish gegen den Mund. Die Angreiferin fiel auf den Rücken.

Melanie konnte sich kaum noch aufrecht halten, Trish hingegen stand bereits wieder und stürmte auf sie zu. Da ihr nichts anderes übrig blieb, warf sich Melanie wie ein halb benommener Boxer auf die Killerin und warf sie in die Knochenberge.

Dieses Mal war Melanie schneller und trat ihr, so fest sie konnte, ins Gesicht. Trishs Nase wurde unter ihren Turnschuhen förmlich zermalmt, und sie rutschte auf den beweglichen menschlichen Überresten hin und her. Melanie war inzwischen auf den Knien und tastete unter den zerbrochenen Skeletten nach der Axt.

Trish rappelte sich erneut auf und kam genau in dem Moment auf sie zu, als sich Melanies Hand um die Waffe schloss. Sie riss sie nach oben und schwang sie in Trishs Gesicht. Die Frau stürzte in den notdürftig konstruierten Altar und ließ dabei Holzsplitter in alle Richtungen regnen.

Aber sie hatte Glück, denn Melanie hatte sie verfehlt – zumindest irgendwie. Denn nur die stumpfe Seite der Spitzhacke hatte sie getroffen. Es war die Wucht des Schlages gewesen, die sie herumwirbeln ließ. Melanie holte sofort zu einem weiteren Schlag mit der Hacke aus, als das über ihnen hängende Kreuz plötzlich von der Kette riss und in den Kirchengang krachte.

Danach geschah auf einmal alles gleichzeitig.

Trish rollte sich auf den Rücken und sah Melanie auf sich zukommen. Sie schrie vor Entsetzen auf und riss die Arme in die Höhe, um sich vor dem unausweichlichen Schlag zu schützen …

Ein Grauschleier legte sich plötzlich über Melanies Sicht und ihr Kopf fing furchtbar an zu schmerzen. Der Ansturm ließ sie taumeln und zu Boden sinken und die Axt fiel polternd aus ihrer Reichweite.

Wenn das der Tod war, hieß ein Teil von ihr ihn durchaus willkommen.

»Nicht der Tod«, murmelte daraufhin etwas in ihrem Kopf.

Ihre Augenlider flatterten, doch sie konnte nichts sehen.

»Zumindest noch nicht«, sagte die Stimme, als könnte sie ihre Gedanken lesen. »Nicht, bevor ich entscheide, dass du bereit dazu bist.«

Lass mich sterben, dachte sie unsagbar erschöpft.

»Dich sterben lassen? Nach allem, was du durchlitten hast? Hier, sieh hin …«

Melanie blickte in grelles Sonnenlicht. Sie kniff die Augen zusammen, drehte den Kopf und fand sich plötzlich an einem Ufer wieder. Die Ausläufer des Lake Forest Groves schwappten über ihre nackten Fußsohlen, während sie ausgestreckt auf einem sandigen Handtuch lag.

Nate saß neben ihr, bekleidet mit einer nassen eng anliegenden Badehose. Er trug kein T-Shirt und sie bewunderte seinen athletischen Körperbau. Er sah sie ebenfalls lächelnd an. »Du siehst auch nicht so übel aus.«

Das alles fühlte sich nicht richtig an, obwohl sich nur schwer sagen ließ, wieso. Sie waren nie auf diese Weise zusammen gewesen, trotz ihrer tiefen Sehnsüchte. Deshalb erschien ihr diese plötzliche Nähe fremdartig und künstlich.

Aber irgendwie war sie auch natürlich, oder nicht? Sie waren hier, so wie sie jeden Sonntag während des Sommers miteinander verbracht hatten. Sie hatten am See herumgelegen und gefaulenzt, mit einem Picknickkorb voller Truthahnsandwiches und Bier. Sie hatten stets zu viel getrunken, und dann waren sie nach Hause gefahren und hatten es wie die Karnickel getrieben. Die perfekte Art, das Wochenende zu verbringen und immer etwas, auf dass man sich in der Woche freuen konnte.

»Ich weiß, dass du dir das wünschst«, sagte die Stimme einschmeichelnd. »Es gibt keinen Grund, wieso es nicht wahr werden sollte. Lass mich ganz hinein und es wird geschehen.«

Das hörte sich einfach großartig an. Die kühle Sommerbrise in ihrem Haar, Nates nasse Haut, die im Sonnenlicht schimmerte, und die Sandkörner, die unter ihren Handflächen rieben – das alles schien ihr real genug.

»Aber das ist nicht …«

Nate beugte sich für einen energischen Kuss über sie, erforschte ihre Lippen mit einer Intensität, die weit über das hinausging, was sie sich in jener Nacht vor Desirees *erhofft hatte. Sie berührte seine kräftigen Arme und ließ ihre langen Beine an seinem Oberkörper hinabgleiten. Das hatte sie seit Jahren schon nicht mehr getan, aber nun ist sie endlich wieder bereit dafür.*

Nate war es ebenfalls. Er zog an ihrem Bikiniträger, streifte ihn von ihrer Schulter. Seine Hände umfassten ihre kleinen Brüste, dann küsste er sie überall.

»Ich will dich schmecken«, sagte er mit einer Stimme, die sich nicht ganz genau wie er selbst anhörte. Sie klang irgendwie leer und ohne jede Emotion. »Ich will in dir sein.«

War dieser Mann nicht eigentlich verheiratet? Binnen einer Sekunde entschied sie, dass es sie nicht kümmerte. Nates Zunge machte es ihr beinahe unmöglich, sich zu konzentrieren. Ihr Blut geriet in Wallung, bis hinauf zu ihrem Gehirn. Wenn ihr nur noch etwas heißer wurde, würde ihre Haut anfangen zu kochen und von ihr abfallen.

Dann erinnerte sie sich plötzlich daran, dass Nate gestorben war. Erinnerte sich an das knackende Geräusch seiner Haut, als das Feuer ihn aus dieser Welt gerissen hatte.

Das war real. Der Schmerz *dieser* Erinnerung stammte aus einer frischen Wunde, machte sie verletzlich und über alle Maßen zornig. Der Rest – war etwas anderes.

Sie stieß Nate von sich und sammelte hastig ihre Kleidungsstücke ein.

Die Fassade des Camp Forest Grove fiel daraufhin wie ein Handtuch und hinterließ nur Dunkelheit.

Kerzenlicht flackerte auf allen Seiten und tauchte die Höhle in ein schwaches Licht, das jedes seelenlose Objekt mit zuckenden Schatten zum Leben erweckte.

Melanie stemmte sich auf die Knie hoch und atmete tief ein und aus, während sie versuchte, ihre Gedanken zu ordnen. Ihr Kopf hämmerte noch immer, und darin befanden sich nun Erinnerungen, die ganz offensichtlich nicht ihre eigenen waren. Sie konnte im Moment einfach nicht klar denken.

Trish war bewusstlos. Ihr rabenschwarzes Haar war blutverklebt an der Stelle, wo die Axt sie getroffen hatte. Sie würde so schnell bestimmt nicht wieder aufstehen.

Etwas packte Melanie plötzlich an den Haaren und riss sie zurück. Lippen pressten sich gegen ihr Ohr und eine feuchte Zunge fuhr daran entlang. Eine Nase schnüffelte an ihrem

Hals und eine grobe Hand fuhr unter ihre Shorts und streichelte ihren Hintern. »Ich will in dir sein … um durch deine Eingeweide zu kriechen und meinen Samen in dein Gehirn zu pflanzen.«

Melanie sah jetzt etwas, als sie sich umdrehte. Das gelegentliche Flackern einer sich bewegenden Kontur ohne wirklichen Inhalt. Ein gelbes Licht erschien wie aus dem Nichts und flimmerte in Augenhöhe. Sie blinzelte, während es zu einer Kugel anwuchs, und konnte den Blick einfach nicht davon abwenden. Hin und wieder konnte sie seine eigentliche Form darin erkennen. Sie war unbeschreiblich und weit davon entfernt, menschlich zu sein.

»Du verstehst gar nichts!« Hoyts Atem strich über ihre Lippen. »Ich weiß, dass du furchtbare Gedanken hegst, Melanie Holden, und ich weiß, wie gern du sie in die Tat umsetzen würdest.«

Sie wollte sich aus seiner Umklammerung befreien, doch Krämpfe aus weiß glühenden Schmerzen schossen jetzt durch jede Nervenzelle ihres Körpers. Die Präsenz zog mit so viel Kraft an ihren Haaren, dass sie damit rechnete, dass diese ihr die Kopfhaut abreißen würde.

»Die Dunkelheit in dir ist gewaltig«, raunte ihr die Stimme anerkennend zu. »Jahrzehnte der Verzweiflung und der Feindseligkeit haben dich praktisch innerlich aufgefressen. Sag mir … wie oft liegst du nachts wach, wenn du nicht gerade von deinen Erinnerungen geplagt wirst, und denkst an jene, die ein Leben führen dürfen, wie du es selbst gern hättest? Glückliche Familien, liebevolle Ehemänner, wunderschöne und gesunde Kinder. Du tust, als würdest du diese Dinge gar nicht wollen, aber das tust du nur deshalb, weil sie absolut unerreichbar für dich sind. Willst du jene umbringen, die ein besseres Leben als du führen?«

Es war unmöglich, zu sagen, ob das Wesen diese Worte laut aussprach oder ob sie nur in ihrem Kopf existierten. Aber das spielte eigentlich gar keine Rolle, denn die Worte entsprachen nicht der Wahrheit. Zumindest glaubte sie das. Jeder Mensch empfand doch ein wenig Neid. Eine gute Freundin, die einen besseren Job als man selbst bekam … oder einen besseraussehenden Ehemann … die sich das bessere Haus kaufte … was auch immer. Ihre Kollegen sprachen oft über Dates, Heiratsanträge, Verlobungen und Hochzeiten. Als Riley geheiratet hatte – hatte sie sich für ihn gefreut, war aber auch eifersüchtig auf ihn gewesen. Als er noch nicht verheiratet gewesen war, hatte sie ihn nämlich für sich allein gehabt und hatte mit ihm gemeinsam in ihrem Elend baden können. Was ein dummer Gedanke war, da Riley auch da schon einen Liebhaber gehabt hatte und sie nur eine Katze. Aber vor der Hochzeit war ihre Beziehung noch nicht offiziell gewesen, und aus irgendeinem Grund hatte das eine Rolle für sie gespielt.

»Dein Leben muss nicht so jämmerlich bleiben«, sagte die Stimme nun. »Wir können Dennis Morton und seine Schlampe töten. Was ist mit diesem sich selbst hassenden Frauenschläger, der einmal dein Ehemann gewesen ist? Stell dir doch nur mal vor, auf wie viele Arten wir ihn leiden lassen könnten. Lass mich in dich hinein, und wir könnten noch so viel mehr tun.«

Das Angebot klang wie eine Einladung in die Freiheit – ein Leben ohne jegliche Beschränkungen. Was könnte es Besseres geben? Sollten die anderen doch zur Abwechslung einmal sie beneiden. Dieses Ding suchte nach einer Gemeinschaft, und es versprach ihr dafür etwas, das in ihrem Leben bisher gefehlt hatte: Befriedigung.

»Das stimmt, meine Liebe«, krächzte die Stimme eilig. »Du wirst nie mehr das Opfer sein. Kannst du dir das vorstellen?«

Oh ja, das kann ich …

Nate öffnete eine Dose Bier und streckte sie ihr entgegen.

Sie nahm sie und spähte zu Desirees Bed & Breakfast *hinüber. »Ich soll also einen mit dem Polizeichef trinken?«*

»Das ist das Gute daran, Chief zu sein«, meinte Nate mit einem Grinsen. »Es ist absolut okay, die eigenen Befugnisse ein wenig auszunutzen, wenn man dadurch eine schöne Frau herumkriegen kann.«

»Ohhhhh«, erwiderte sie lachend. »Sie gehen heute aber ran!«

»Ich habe mir extra Mut angetrunken.«

»Das ist alles?«, fragte sie selbstbewusster als je zuvor. »Nur ein kleiner Seitensprung? Ein billiger One-Night-Stand?«

Er warf sein Bier auf den Boden und hob sie leidenschaftlich auf die Motorhaube. »Nicht einmal annähernd, Miss Holden.«

»Nicht hier, Nate. Jemand könnte uns sehen.«

»Macht das die ganze Sache denn nicht noch aufregender?«, antwortete er lachend, glitt an ihren Shorts hinab und küsste ihre Beine.

Das tat es definitiv!

Es war alles nur eine Lüge, das wusste sie. Aber war es nicht so viel besser, als in einer Höhle neben der Frau des Polizeichefs zu sterben?

Das war es, definitiv.

DER EINDRINGLING

Ich habe keinen Namen.

Warum quält dich das? Würde dir das plötzliche Wissen, wie ich früher einmal genannt wurde, ermöglichen, mich zu verstehen?

Das wirst du nie.

Du und ich gehen einen Schritt voran, aber es frustriert mich, dass ich dich nicht so lenken kann, wie ich es gern tun würde. Ich versuche, dich in die eine Richtung zu lenken, und du bekämpfst mich, um in die andere zu rennen. Dieser Prozess *würde sehr viel angenehmer verlaufen, wenn du mir einfach die Kontrolle überlassen würdest.*

Aber natürlich habe ich keine Entschuldigung dafür. Ich war einmal sehr viel besser darin.

Mich in den tiefsten Winkeln deines Verstandes umzusehen, ist eine faszinierende Übung. Da ist so viel Schmerz in dir, und dein Wissen ist beträchtlich – es ist weitaus umfangreicher als bei dem Menschen, in dem ich zuletzt wohnte, da dies schon vor langer Zeit gewesen ist, als noch primitivere Vorstellungen herrschten und die Welt voller Kolloseen und Tuniken war. Als es unverstellten Glauben und grotesken Aberglauben gab.

Das letzte Mal, als ich hier war, war vieles anders. Die Welt verwettete ihre hart erarbeiteten Edelmetalle auf den Ausgang gladiatorischen Gemetzels. In jenen Tagen der blutigen Arenen, als die Städte noch nach offenen Eingeweiden und Exkrementen stanken, labte ich mich an den Blutbädern, die sich unter dem enthusiastischen Geschrei einer ganzen Stadt abspielten. Das sollte doch eigentlich genügen, um mich zu befriedigen, nicht wahr? Der Blutdurst Tausender Menschen, der hysterische Höhen erreichte, und je brutaler das Schauspiel war, desto begeisterter war auch der Jubel. Aber ein Massaker, auf das sich beide Seiten geeinigt haben, wird überraschend schnell langweilig und reizlos.

Für dich wäre es wahrscheinlich so gewesen, als müsstest du jeden Sonntag ein Footballspiel erdulden. Das ist der passendste Vergleich, den ich in deinem Kopf finden kann.

Wie dem auch sei, ich musste dafür sorgen, dass die Dinge schlimmer wurden.

Doch selbst dann gab es noch Menschen, die sich weigerten, mich zu fürchten. Menschen, denen es nicht genügte, das Wort ihrer Götter einfach nur zu interpretieren, sondern, die es auch durchsetzen wollten. Sie fegten über die Welt und bekämpften häretische Vorstellungen, wo immer sie auftauchten. Zu dieser Zeit waren die Häretiker ein barbarischer Stamm und primitiver als primitiv. Ich war entzückt, das Blutvergießen auf beiden Seiten und in gleichem Maße betrachten zu können. Während diese Leben hinweggefegt wurden wie Bauern von einem Schachbrett, warf ich meinen wachsamen Blick auf die trauernden Familien. Köstlicher Schmerz war ein willkommener Nebeneffekt der Auseinandersetzungen.

Der süßeste Tod ist nämlich immer der von Unschuldigen. Ich genoss es, in den Verstand dieser Frauen und Kinder einzudringen und mich an ihren letzten, schrecklichsten Sekunden zu laben. In schwierigen Zeiten ist es beinahe zu einfach, mit den Verlorenen zu verschmelzen, auch wenn mein Versteckspiel irgendwann nicht mehr genügte.

Trotz des andauernden Krieges der Ideologien, ahnten diese Gläubigen, dass ich einen Anteil an dem Chaos hatte und jagten mich fort. An einem besonders achtlosen Abend sind sie meiner schließlich habhaft geworden.

Und das führte mich an diesen Ort.

Ich genoss gerade meine Zeit im Inneren eines von der Pest geplagten Bettlers. Sein Körper war bereits so geschwächt und von so vielen Krankheiten verdorben, dass er schon unzählige Male hätte sterben müssen. Er wäre auch schon längst und unbemerkt von dieser Welt geschieden, wenn ich nicht eines Abends hinter seine Augen geschlüpft wäre. Ich hatte bis dahin schon einiges gesehen, aber das Leid dieser Kreatur war einfach nur …

ergötzlich. Kannst du dir ein Leben vorstellen, in dem du kein Quäntchen Güte erfährst? Du hast gelitten, Mädchen, aber das war nichts im Vergleich zu diesem armen Kerl.

Ich liebkoste seinen Verstand und kam irgendwann zu dem Schluss, dass dieser Mann das eigentliche Konzept von Glück gar nicht erfassen konnte. Er hatte niemals Möglichkeiten, niemals Freundschaften geschlossen und erst recht keine Liebe erfahren.

Seine Gedanken waren bereits vor meiner Ankunft zerstörerisch gewesen. Er träumte davon, vorbeigehende Frauen zu vergewaltigen. Er bekam schon einen Steifen, wenn er nur daran dachte, ihre Männer zu töten und sich danach zu nehmen, was er wollte. Er hatte niemals die liebevolle Umarmung einer Frau erfahren, und diese Ablehnung wuchs schließlich zu einer unterdrückten Aggression. Sie bemächtigte sich seiner Gedanken mehr und mehr. Seine Einsamkeit war schließlich so gravierend geworden, dass er sich nicht einmal mehr an seinen eigenen Namen erinnern konnte. Mir war bewusst, dass er nur noch einen kleinen Stoß brauchte.

Also folgten wir eines Tages einer Ladenbesitzerin … einem plebejischen Mädchen. Ich war als Eindringling in den Gedanken meines Wirts mit dabei. Aber anders als bei dir war er fest entschlossen, die ganze Arbeit allein zu verrichten. Er brauchte nur ein wenig Zuspruch, den ich ihm natürlich gern gab.

Aber wir sollten nicht damit davonkommen.

Mein Wirt fickte und ermordete die Ladenbesitzerin gerade, als plötzlich die Gläubigen auftauchten. Sie lag zuckend im Todeskampf auf dem Boden. Man hätte meinen sollen, dass das genügen müsste, damit der Aussätzige von ihr ablässt, aber seine Gedanken … all diese Perversionen. Er fand das Ganze so umso aufregender. Es ließ ihn sein kränkliches Geschlecht nur noch tiefer in sie hineinrammen, während er ihr mit einer schartigen Steinklinge den Kopf vom Hals hackte.

Jede Grausamkeit, die dieser Mann in seinem Leben hatte, ertragen müssen, kanalisierte sich in diesem Akt blutiger Verderbtheit, und dabei hatte er gerade erst damit begonnen, wäre er nicht unterbrochen worden.

Sie stießen ihm letzten Endes einen Speer in den Rücken. Die Spitze war mit den Worten und Wassern ihrer Heiligen geweiht. Sein Fleisch verwelkte darunter in der schmerzhaftesten allergischen Reaktion, die man sich nur vorstellen kann.

Bevor ich auch nur den Ernst der Lage erkennen konnte, senkten sich die Männer in den Roben auf ihn hinab und hieben mit Dolchen, Breitschwertern und Speeren auf ihn ein. Jede der Klingen war mit noch mehr von diesem geweihten Wasser geschmiedet worden. Der Zauber reichte daher bis tief in jedes Teil des hungrigen Metalls hinein.

Sie wussten offenbar genau, wonach sie suchten.

Die Gewalt konnte mir zwar nichts anhaben, aber mein Wirt war aufgrund der Verletzungen so gut wie tot. In seinem letzten Moment fragte er sich, wieso er meinem Flüstern Glauben geschenkt hatte, aber das sollte ich dir vielleicht gar nicht verraten.

Die geheiligten Waffen hatten allerdings einen anderen Effekt auf mich. Ich finde kein geeignetes Wort in deiner modernen Sprache, aber ich denke, dass Betäubungsmittel *es ausreichend beschreibt. Diese Klingen hatten einen betäubenden Effekt und zwangen mich dazu, mich zu ergeben. Alles, was ich noch tun konnte, war, in den Gedanken des Sterbenden zu verweilen – einem Mann, der seine Taten bis zuletzt nicht bedauerte. Als sein Körper schließlich seinen Dienst versagte, gestand er mir, dass er noch mehr wollte. Er bettelte darum.*

Wenn meine eigene Situation nicht so unsicher gewesen wäre, wäre ich vielleicht gerührt gewesen.

Die Waffen verschmolzen mich mit dem Körper und das Weihwasser lähmte meine Fähigkeiten.

Du überlegst bestimmt gerade, dass seit jenem Tag zweitausend Jahre vergangen sein müssen, und fragst dich, ob das wahr sein kann. Es erklärt zumindest, weshalb ich dich kaum einen Fuß vor den anderen setzen lassen kann. Lass uns das gleich noch einmal versuchen. Ein Schritt, und dann noch einer. Sehr gut. Ich will dich doch nur hier rausbringen.

Ich will dir helfen, Rache zu nehmen.

Die Hilflosigkeit, die du jetzt verspürst, habe ich damals auch gespürt, als die Gläubigen den Aussätzigen von Kopf bis Fuß in ein mit heiligen Worten geschwängertes Leinentuch eingewickelt haben. Es brannte so unvorstellbar, selbst für ein nicht-körperliches Wesen wie mich. Aber am besiegtesten fühlte ich mich, als sich der Heilige neben mich kniete und seine Handfläche auf die Stirn des Aussätzigen legte.

Als ich seine harten und abgehackten Worte vernahm, wusste ich, dass ich endgültig verloren hatte.

Denn es war ein Dialekt, der weder aus dieser Zeit noch von diesem Ort stammte, und er wusste ihn überaus geübt einzusetzen. Als er damit fertig war, war dieser verwesende Haufen Fleisch zu meinem Gefängnis geworden.

Danach nahmen sie mich auf eine äußerst beschwerliche Seereise mit. Alles, was ich tun konnte, war, mich in den Knochen meines Wirts einzurichten und seine tristen Erinnerungen zu durchstöbern.

Es genügte, mich am Leben zu erhalten, wenn auch nur gerade so eben.

Monate vergingen, bis sein Körper komplett verrottet war. Ratten und Käfer versuchten, sich an dem grauen und violetten Fleisch gütlich zu tun, doch die Gläubigen scheuchten sie jedes Mal davon. Wenn sie gewusst hätten, dass sie mich damit vor einer sehr unangenehmen Erfahrung bewahrt hätten, hätten sie die Kreaturen bestimmt gewähren lassen.

Pferde zogen mich anschließend wochenlang durch zerklüftetes Terrain, und meine Kräfte schwanden mit jeder Meile. Die Gläubigen wussten ganz genau, was sie taten, und als die Karawane schließlich anhielt, füllte das Geräusch unablässigen Grabens meine Ohren. Wenn sie nicht in der Erde wühlten, beteten sie über mir. Ich nehme mal an, sie versuchten, mich mit ihrer Liebe zu erschlagen.

Sie nannten mich einen Dämon in der Sprache ihrer Zeit, aber nur deshalb, weil sie sich genötigt sahen, mich irgendwie zu definieren. Mir ist dieses Wort vollkommen egal, denn es beschreibt mich nicht einmal annähernd.

Ich sagte ja schon, dass mich nichts beschreiben kann.

Sie wickelten ein Seil um die Überreste des Aussätzigen und ließen uns in einen irdenen Tunnel hinab. Ich nahm an, dass das mein Ende wäre, doch mehrere Männer kerkerten sich mit uns zusammen ein, damit die Welt nie etwas von mir erfahren würde.

Mit der Zeit gelang es mir, Spuren meiner Fähigkeiten und meiner Einflussnahme zurückzuerobern, auch wenn die Knochen des Aussätzigen weiterhin als meine Gitterstäbe fungierten. Das Problem war, dass ich in dieser tiefsten und dunkelsten Grube auf Erden absolut machtlos war und nur vor mich hinvegetieren konnte.

Es war Tullus Abblon, der schließlich über mein Grab stolperte. Dieser Narr war so fehlgeleitet, dass er tatsächlich glaubte, er könne das Ende der Welt durch Akte der Güte und Freundlichkeit aufhalten. Er war äußerst willensschwach, und so gelang es mir schließlich, seine Gedanken umzuformen.

Er vernahm mein Flüstern und für ihn bestand nie ein Zweifel daran, dass es sein rachsüchtiger Gott war, der zu ihm sprach, und er überzeugte schließlich all seine Jünger, in meinem Namen die schlimmsten Gräueltaten zu begehen. Genau wie bei dem Aussätzigen schürte jeder Mord ihren Hass und ihren Wahnsinn nur noch weiter, und je öfter sie es taten, desto mehr liebten sie es.

Kannst du dir vorstellen, dass ich diese Macht trotzdem nicht dafür nutzen konnte, mich zu befreien? Nach all der Zeit war ich dem Ziel so nahegekommen, nur um schließlich von falsch verstandener Loyalität aufgehalten zu werden.

Ich versprach ihnen sogar Belohnungen, doch sie weigerten sich. Abblons Priesterin war klüger gewesen, denn immerhin erkannte sie mich als das, was ich wirklich war. Zumindest wusste sie genug, um mich für einen Dämon zu halten, auch wenn sie es genoss, mich in ihren Gedanken zu haben.

Was als Nächstes geschah, ließ mich mein furchtbares Schicksal für eine gewisse Zeit vergessen. Denn meine Sinne wurden von einem gewalttätigen Ausbruch erregt. Die heutigen Waffen sind zu so einer verheerenden Zerstörung fähig, und schaffen es so viel Chaos zu verursachen, dass ich jedes bisschen davon gierig verschlang.

Als es vorüber war, stapelten die Sieger die Leichen von Abblon und seinen Jüngern hier unten. Sprengstoff begrub mich ein weiteres Mal, obwohl die Vibrationen jene Steine erschüttert hatten, die mich eigentlich gefangen halten sollten, und die zerbrechlichen Knochen meines Gefängnisses zerfielen schließlich unter dem Gewicht der herabfallenden Steine zu Staub.

Ich war endlich frei. Oder zumindest hätte ich es sein müssen … wenn da nicht das Kreuz über mir gehangen hätte.

Denn das christliche Symbol verstärkte auf irgendeine Weise meinen Bannspruch – ein unglückseliger Zufall, der mir keine andere Wahl ließ, als das Ganze mit Humor zu nehmen. Die Freiheit war beinahe greifbar, und doch wurde ich immer noch ununterbrochen von einem Hindernis gequält.

Ich setzte meine Hoffnung daraufhin in einen jungen Überlebenden. In einen Jungen, der nicht in den Kampf verwickelt gewesen war, weil er währenddessen durch die Höhlen gewandert war und in Erinnerungen an den Mord eines streunenden Hundes geschwelgt hatte. Ein Kind, dessen Verstand so verworren und entrückt war, dass ich es einfach nicht schaffte, ihn zu beeinflussen – egal, wie sehr ich es auch versuchte.

Wäre ich paranoid gewesen, hätte ich mich wahrscheinlich gefragt, ob auch er zu den Beschwörungen der Heiligen gehörte. Vielleicht sogar der grausamste Akt von allen war.

Doch dieser Junge … oh, du bist aber wirklich äußerst interessiert an ihm … war unfassbar niederträchtig. Es war fixiert auf das Abschlachten Unschuldiger. Nichts hatte diesen Drang provoziert oder geschaffen. Seine Brüder in der Kirche der Bewahrer *hatten ihm gezeigt, wie befreiend es sein konnte, Nichtsahnende zu ermorden, aber das Verlangen danach war schon davor in ihm gewesen.*

Er nutzte jeden Funken seiner Energie, um einen Weg aus seinem Gefängnis zu finden, und ging auf jeden los, den er zu fassen bekam … angetrieben von der Angst, dass das gleiche brutale Schicksal seiner Familie irgendwann auch ihn ereilen könnte, falls jemand jemals wieder einen Fuß auf sein Anwesen setzte. Das Kind verfeinerte seine Fähigkeiten über ein Jahrzehnt lang und suchte hier unten immer wieder Unterschlupf. Schließlich legte er mehrere Gänge an und machte diesen Ort zu seinem Zuhause. Während dieser Zeit habe ich versucht, seinen Verstand mit meinem Flüstern zu noch mehr Gewalttätigkeit zu verleiten.

Ich glaube nicht, dass es eine große Wirkung erzielt hat, aber ich musste es doch zumindest versuchen!

Cyrus Hoyt war unfassbar blutrünstig, und die Schreie seiner Opfer waren Musik in meinen Ohren … bis er sich umbringen ließ … zweimal.

Als Nächstes fand dann ein Gesetzeshüter seinen Weg zu mir hinab. Er hatte den armen, dummen Jungen gefesselt und zu einem richtigen Bündel zusammengeschnürt. Das erinnerte mich an das, was sie meinem Wirt vor all den Jahren angetan hatten. Als ich in die Gedanken des Gesetzeshüters eindrang, erfuhr ich, dass der Junge noch eine Halbschwester besaß. Wenn diese irgendwie in meinen Einflussbereich geraten würde, könnte ich womöglich einen Weg finden, die Dinge wieder etwas interessanter zu gestalten.

Sie kam tatsächlich viele Male hierher, doch erst kürzlich, bei einem nostalgischen Nachmittagsspaziergang durch den Wald, kam sie mir endlich nahe genug, damit ich etwas tun konnte. Es war nicht viel, aber ich schaffte es, das Bewusstsein des Jungen aus der Leere zu pflücken und es in sie hineinzustopfen – ein Geschwistertrick aus der Alten Welt, der vor langer Zeit von selbstsüchtigen Seelen angewandt worden war, die so verzweifelt an ihrem Leben hingen, dass sie nicht davor zurückschreckten, das Leben ihrer eigenen Kinder zu beenden.

Es war zwar nicht perfekt, aber es war der einzige Weg, um ihn am Leben erhalten zu können. Ich konnte es nämlich nicht ertragen, mitansehen zu müssen, wie diese Gemeinde ihre dunkle Vergangenheit mehr und mehr begrub. Wieso sollte man sie mit dem Ende dieser Tragödie belohnen? Das war der einzige Weg, der mich bei Laune hielt. Es hätte zwar besser funktioniert, wenn er mehr als nur ihr Halbbruder gewesen wäre, aber sie ist nun ein derartiges Durcheinander aus Verwirrung und Selbstzweifeln, dass ich beginne zu glauben, dass es eigentlich doch ganz wunderbar funktioniert hat.

Natürlich hätte ich mich auch persönlich in ihr Gehirn begeben, wenn sie nähergekommen wäre. Aber ich bekomme hier unten leider nur sehr selten Besuch. Aber sieht Trish nicht süß aus, wenn sie sich als ihr großer böser Bruder verkleidet?

Hör endlich auf, gegen mich anzukämpfen. Dein Fleisch passt mir perfekt, und doch besitzt du die Frechheit, dich immer noch zu wehren. Du sträubst dich, obwohl ich diesen Ort unbedingt verlassen will. Diese Umgebung ist einfach unerträglich geworden. Nur noch ein paar kleine Schritte, dann sind wir auf dem Weg. Lauf einfach weiter.

Du weißt, dass Nate Brady nicht mehr zurückkommen wird. Das liegt leider jenseits meiner Fähigkeiten, vielleicht war es falsch, dich dahingehend zu belügen, aber wenn wir eine richtige und tiefe Beziehung eingehen wollen, musst du mir vertrauen können. Wären da nicht diese Gedanken an perfekte Tage und lustvolle Nächte gewesen, hättest du mich doch garantiert niemals in deinen Kopf gelassen. Aber du musstest mein Eindringen nun einmal freiwillig zulassen. Und im Gegenzug kann ich dir mit all deinem Zorn und deiner Feindseligkeit helfen. Bitte lass mich dir dabei helfen.

Versuche nicht, deine geheimsten Gedanken vor mir zu verstecken. Ich erlaube es dir nicht. Du musst verstehen, dass es mir, während wir einander immer vertrauter werden, nicht genügt, dich nur wie eine Viehherde zu führen. Es wird viel interessanter sein, wenn du die Dunkelheit in dir selbst erforschen möchtest. Ich weiß, dein Körper leidet gerade große Schmerzen, aber du wirst nicht sterben, solange ich tief in dir bin.

Siehst du? Wir haben die Höhlen verlassen, und nun, wo ich durch deine Nase atmen kann, rieche ich zum ersten Mal seit zweitausend Jahren frische Luft. Verrate mir: Was sollen wir als Erstes tun?

Ich sehe deine Antwort in Bildern, und das, was du mir zeigst, ist äußerst interessant.

Du willst also Rache.

Wir gehen gemeinsam durch diesen Wald, und so langsam gewöhne ich mich wieder daran, einen Wirt zu kontrollieren. Dein Geist ist so viel interessanter als der letzte. Ich kann mir sämtliche Informationen wie Bücher aus einem Regal herauspicken.

Es gibt anscheinend noch so viel zu lernen.

Das ist eine schöne neue Welt hier draußen, und sie ist reif, erobert zu werden.

11

Trishs Augen und Nase liefen, als sie wieder zu sich kam. Sie zog sich angewidert den verschmierten Mantel von ihrem Körper. Ihre Haare waren zerzaust und ihr Kopf schmerzte fürchterlich, doch zum ersten Mal seit Tagen war ihr Verstand wieder vollkommen klar.

Ihre Wangen waren mit etwas beschmiert, das sich wie klebrige Schminke anfühlte. Sie rieb mit der Handfläche über ihre Stirn und versuchte zu verstehen, was genau passiert war und wo sie sich befand.

Das Letzte, woran sie sich erinnern konnte, war, wie sie in ihrem alten Kinderzimmer durchgedreht war. Ein weiterer Anfall von Kopfschmerzen hatte eingesetzt, als ihr Dad verschwunden war – die Vorboten eines unausweichlichen Blackouts.

Eine blutige Axt lag in ihrer Nähe auf einem Haufen Knochen, von denen sie hoffte, dass sie von Tieren stammten. Als sich ihre Augen langsam an das schwache Licht gewöhnten, konnte sie wenigstens ein halbes Dutzend menschlicher Schädel zählen und musste sich augenblicklich darüber übergeben.

Das war schlimmer als jeder Heroinabsturz, den sie je gehabt hatte, aber die Symptome waren erstaunlich ähnlich.

Ich befinde mich unter dem Camp.

An der Highschool hatte es immer wieder Gerüchte über eine Höhle unter dem Wald gegeben, aber niemandem war es je gelungen, dieses Gerücht zu bestätigen, und das lag nicht daran, dass niemand danach gesucht hätte, denn wenn ein geheimer Ort existierte, an dem man ungestört kiffen und ficken konnte, hätten ihre Klassenkameraden ihn nur allzu gern ausfindig gemacht.

Es war dunkel hier unten, deshalb schlich sie schrittweise vorwärts, während sie mit den Armen vor dem Gesicht herumfuchtelte, um zu verhindern, mit dem Kopf irgendwo gegen zu stoßen. Die menschlichen Überreste reichten ihr bis an die Knöchel, und sie bahnte sich mühsam einen Weg zu dem Umriss, den sie auf einer der Bänke nahe der Türen sitzen sah. Sie beschleunigte ihre Schritte, um dorthin zu gelangen.

»Oh mein Gott!«

Tanya war tot. Sie war offenbar erdrosselt worden. Ihr Gesicht war mit dunklen Flecken übersät, die von ihrer Todesursache herrührten, und ihre Zunge hing zwischen ihren Lippen wie eine aufgeblähte Himbeere. In einem kurzen Aufblitzen erinnerte sich Trish, wie sie die Kette in ihren eigenen Händen gehalten hatte, sie um den Hals des Mädchens legte und mit einem grässlichen Knurren zusammenzog.

Das konnte nicht sein!

Sie hastete weiter durch die kalte und abweisende Höhle, gelenkt von einer unterbewussten Intuition. Ein weiteres Déjà-vu traf sie unvorbereitet, als sie sich daran erinnerte, dass sie schon hier gewesen war – viele Male sogar. Die Erinnerungen wuchsen, als sie den schmalen Pfad entlanglief, der in den Wald mündete.

Sie hatte in der letzten Nacht jemanden verfolgt, oder? Nein, nicht sie. Es war ihr Bruder gewesen, der jemanden verfolgt hatte. Er war einer übel zugerichteten Frau hinterhergejagt und er hatte nur daran denken können, sie zu töten.

Trish verstand allerdings nicht, woher sie wusste, dass Cyrus Hoyt hinter Melanie her gewesen war. Eine besonders verschwommene Erinnerung kam ihr jetzt in den Sinn und diese verstärkte ihre Verwirrung nur noch mehr. Melanie war nackt gewesen und beinahe vollständig in einem riesigen Berg aus Schaum versunken, wo sie sich nach einer Runde Jogging entspannte hatte. Trish hatte sich bereits in ihrem Zimmer befunden, versteckt gehalten und auf ihre Rückkehr gewartet. Nur, dass sie nicht sie selbst gewesen war. Es gab für sie nämlich gar keinen Grund, so etwas zu tun. Für *ihn* allerdings schon.

Aber mein Bruder ist schon lange tot.

Das war er nicht, und nun wusste sie es. Cyrus konnte nur noch daran denken, Melanie zu töten, die mit ihren langen und glatten Beinen, die über den Rand baumelten und ihn zu verspotten schienen, ausgestreckt in der Badewanne lag. Er glaubte, dass er nun bereit dafür war. Solange, bis er, mit seinem Messer in der Hand, an dem Spiegel vorbeilief und Trish Brady ihn daraus anstarrte.

Letzte Nacht war Cyrus außer sich gewesen, als *sie* die Hütte in Brand gesetzt hatten. Bereits zum zweiten Mal hatte er Melanie an seine Konkurrenz verloren. Sie hatten das Gebäude umstellt und sich darauf vorbereitet, sie zu opfern, während er an der Rückseite hinausschlich – durch die gleiche Öffnung, durch die sich nun auch Trish zwängte. Es war ein letzter verzweifelter Versuch, ihnen zuvorzukommen. Nach alldem würde er nicht zulassen, sie so kurz vor dem Ende erneut zu verlieren.

Ihr Dad war hier unten gewesen, verletzt und dem Tode nahe, als Cyrus ihn gefunden hatte. Ihr Bruder hatte ihn natürlich nicht einfach so gehen lassen – nicht, wenn es noch so viel zwischen ihnen zu klären gab. Der unbändige Hass hatte dafür gesorgt, dass Cyrus ihm die Axt so tief in seine Brust trieb, dass er ihn mit ihrer Hilfe in die Luft heben konnte.

Ihr Dad war tot! Diese Erkenntnis sorgte dafür, dass ihr wieder übel wurde. Sie blieb stehen, um sich erneut zu übergeben, und dann kroch sie über den Waldboden. Sie wollte nur noch zu Nate und ihn anflehen, diesen Ort augenblicklich zu verlassen. Ihre Mom hatte die ganze Zeit über recht gehabt, sie würden hier niemals glücklich werden können.

Sie erinnerte sich plötzlich noch an etwas anderes aus der letzten Nacht, was ihr Herz unwillkürlich schneller schlagen ließ.

Melanie war nicht allein in der Hütte gewesen.

Nate war ebenfalls dort gewesen.

»Oh mein Gott«, schrie sie unter Tränen. Obwohl sie spürte, dass es bereits zu spät war, rannte sie zum Camp.

***

Ich kann nicht dagegen ankämpfen.

Es fühlte sich so an, als würde man in seinem eigenen Kopf nur auf dem Beifahrersitz sitzen. Man sah zwar die Straße, hatte aber keinerlei Kontrolle darüber, in welche Richtung man fuhr. Melanie versuchte einen Schritt in die eine Richtung zu machen, doch ihre Füße wandten sich in eine andere. Sie wollte sich umsehen, starrte aber weiterhin geradeaus. Sie konnte noch nicht einmal mehr ihre Stimme kontrollieren.

»Hab keine Angst«, flüsterte das Ding in ihrem Inneren. »Ich sagte dir doch, dass ich dir nicht wehtun werde.«

Kämpfe dagegen an.

»Wieso denn? Liegt es an meiner Zudringlichkeit? Du wirst deinen wundervollen Körper zurückbekommen, glaube mir. Du bist so viel interessanter, wenn du dir selbst überlassen bist.«

Dann verschwinde aus mir!, schrie sie, ohne einen Ton von sich zu geben.

»Ich weiß, wieso du in die Stadt gekommen bist.« Sie versuchte die Worte nicht auszusprechen, aber es war vergeblich. Selbst ihre Sprache hatte sich gegen sie gewandt. »Ich würde dir nur allzu gern dabei helfen, dass du diesen Ort zufrieden verlässt.«

Du willst mir so sehr helfen, dass du zugesehen hast, wie diese irre Schlampe versucht hat, mich umzubringen.

»Gib nicht Trish die Schuld dafür. Sie ist genauso ein Opfer, wie du. Als ihr Bruder sie übernommen hat, hat er die alleinige Kontrolle über sie besessen. Ja, einige ihrer Gedanken vermengten sich, aber das kann nun mal nicht verhindert werden. Ich bin jetzt viel mehr an dir interessiert, denn du hast dich dafür entschieden, hierzubleiben, trotz der Angriffe auf dein Leben. Du hast das Risiko akzeptiert, anstatt mit eingezogenem Schwanz als Versagerin nach Hause zurückzukehren. Denn diese Vorstellung war für dich sogar noch schrecklicher als der Tod.«

Der Tod ängstigt einen nur dann, wenn man etwas zu verlieren hat.

»Versuche nicht, mir etwas vorzumachen. Du hast bislang nichts anderes getan, als dich zu wehren, und jetzt willst du mir plötzlich weismachen, dass du nichts mehr hättest, wofür es sich zu leben lohnt?«

Ich habe keine Angst mehr vor dem Tod. Das bedeutet aber nicht, dass ich ihn herbeisehne. Auf mich wartet zu Hause nur nichts.

Der Eindringling grübelte über ihre Gedanken nach, während sie weiterliefen. Sein Verstand stand ihr vollkommen offen, und einen Blick hineinzuwerfen war, als würde man durch einen Einwegspiegel blicken. Plötzlich beherrschte sie die alte Sprache, als hätte sie diese schon immer gesprochen. Da war eine Welt voller geflügelter Kreaturen, größer als Jumbojets, und Monster, die so riesig wie Wolkenkratzer waren. Andere bekämpften sie mit Worten wie mit Taten. Es war ein ihr unbekannter Ort und eine unbekannte Zeit, jenseits ihrer eigenen.

Doch das alles interessierte sie nicht. Nicht jetzt. Das Einzige, was momentan zählte, war, diesen Eindringling irgendwie aus ihrem Kopf zu bekommen. Er war allerdings überaus versiert darin, seine eigenen Schwächen zu verbergen, und jedes Mal, wenn sie versuchte ihn zu erforschen, lenkte er ihre Aufmerksamkeit auf etwas anderes und der Gedanke war verloren, wie Asche im Wind.

»Du bist eine Kämpferin«, donnerte ihre Stimme plötzlich. »Das ist gut. Offenbar habe ich die richtige Wahl getroffen. Jetzt muss ich dich nur noch davon überzeugen, dass du es wirklich in dir hast.«

»*WAS?*« Dieses Mal waren es ihre eigenen Worte, die über ihre Lippen drangen. Das überraschte den Eindringling.

»Fordere mich nicht heraus! Du solltest dankbar dafür sein, dass ich dich nicht nackt in den Wäldern zurückgelassen habe, als Einladung an jedes Tier, sich an dem gütlich zu tun, was sich zwischen deinen Beinen befindet.«

Melanie antwortete nicht. Wenn sie das hier überleben wollte, musste sie schlau vorgehen.

»Korrekt.« Ihre Stimme hörte sich wieder seltsam an, da sie von Grausamkeit durchzogen war. »Wage es ja nicht. Fang besser an, darüber nachzudenken, wie du dich mir würdig erweisen kannst. Ich muss zugeben, dass ich bestürzt darüber war, dass die *Bewahrer* deinen Polizisten aus der Gleichung entfernt haben. Wie sehr hätte ich den Blick in seinem Gesicht genossen, wenn er gesehen hätte, dass du es bist, die sein Leben nimmt.«

Melanie blieb abrupt stehen. Der Eindringling zwang ihren Blick den Weg zurück, auf dem sie hierhergekommen waren. Sein Geist flackerte vor Begeisterung auf. »Nate mag tot sein, doch seine Frau ist es nicht.«

Aber Hoyt ist noch in ihr.

»*War*. Seine Wiedererweckung war nur eine Demonstration meiner Macht. Nun, da ich frei bin, brauche ich all meine Kraft. Wir sind besser als er, und ich bin diesen Ort unsagbar leid.«

Melanie fragte sich, ob die *Bewahrer* das Flüstern jetzt noch hören konnten, nun, da das Wesen befreit war. Würden sie sich weiterhin einem Gott opfern, der sich plötzlich weigerte, zu ihnen zu sprechen?

»Das herauszufinden wird garantiert ein Spaß werden, was?«

Alles, woran sie auf einmal denken konnte, war, Trish Brady zu töten. Eine Frau, die sie verachtete, aber auch bemitleidete. Nates Frau war immerhin gegen ihren Willen in ein stumpfes Werkzeug verwandelt worden – ein Schicksal, das niemand verdiente.

Wäre es denn wirklich so schlimm, diese undankbare Schlampe zu töten?

Der Eindringling lachte und klatschte in die Hände, als sie diesen Gedanken äußerte.

Je länger sie darüber nachdachte, desto mehr gefiel Melanie dieser Gedanke. Trish Brady war nicht mehr als ein dreißigjähriges Teenagermädchen. Sie hatte freiwillig ihre Ehe geopfert, weil sie ihre Nächte nicht mehr mit Martini-Partys und angeberischem Kunstgelaber verbringen konnte. Sie hatte Nate niemals verdient. Es war eine Zumutung, anderen Menschen dabei zusehen zu müssen, wie diese Dinge nicht zu schätzen wussten, für die andere sogar gemordet hätten.

Aber ich werde dafür morden.

Es war nicht schwer, die Überreste von Camp Forest Grove zu finden. Die Waldluft war angefüllt mit dem Geruch der schwelenden Überreste der Hütte. Alles, was von ihr übrig geblieben war, waren der steinerne Schornstein und ein paar knöchelhohe Stücke der Wand, die das Feuer noch nicht gänzlich verzehrt hatte.

Melanie schritt vorsichtig durch die rauchenden Trümmer. Trish hockte in der Ecke der Ruine und streichelte sanft Nates geschwärztes Skelett, während ihr Tränen über das blutige Gesicht rannen. Sofern sie Melanie bemerkt hatte, ließ sie es sich nicht anmerken.

Melanie fragte sich, woran die Frau die Leiche ihres Ehemannes erkannt hatte, doch dann fiel ihr Blick auf die Dienstmarke, die von der Morgensonne beschienen wurde.

So sehr Melanie diese Frau auch töten wollte, sie war einfach zu schwach für eine direkte Attacke. Alle Waffen befanden sich allerdings in der Höhle, was bedeutete, dass sie etwas anderes finden musste. Sie schlich zu Pete Dugans alter Hütte hinüber und überließ die trauernde Witwe ihrem Schicksal. Die Schmerzen in ihrem Bauch erschwerten ihr das Atmen, doch dank des Eindringlings in ihr spürte sie davon kaum etwas.

Die Hütte war nur noch ein einziges Durcheinander. Melanie fischte ein rostiges Schlachtermesser aus einer Pfütze, die sich in einer zerbrochenen Küchenschublade angesammelt hatte. Mit rasendem Herzen kehrte sie humpelnd durch das hohe Gras zu ihrem Opfer zurück, während sie das Messer fest umklammerte.

Trish hatte sich in der Zwischenzeit nicht gerührt. Ihre Schultern bebten vor Kummer, während sie weiterhin Nates Überreste in ihren Armen wiegte.

Melanie schlich mit erhobener Klinge auf sie zu.

In ihrem Hinterkopf hörte sie jetzt die Stimme ihres Eindringlings: *Sehr gut. Ich will nur ein besseres Leben für dich, Melanie. Das musst du mir glauben.*

Das tue ich, dachte sie. *Sieh dabei zu, wie ich sie wie einen Fisch ausnehme.*

Melanie stürmte los, während der Eindringling ihr letzte ermutigende Worte zuflüsterte, die sie jedoch gar nicht mehr wahrnahm. Jetzt besaß sie wieder die Kontrolle und sie stellte sich bereits vor, wie sie sich auf die Frau werfen und in ihre Haut schneiden würden. Sie sehnte sich danach, mit diesem Mann zusammen zu sein, aber noch mehr sehnte sie sich nach dem Tod dieser Schlampe.

Trish befand sich nun endlich in Reichweite des Messers.

Mit knirschenden Zähnen riss Melanie die Waffe nach oben und rammte sie dann kreischend nach unten. Das Messer bohrte sich in ihren eigenen Bauch, und sie drehte es mit so viel Kraft herum, dass ihr trotz ihrer Gefangenschaft durch den Eindringling ein gellender Schrei über die Lippen drang.

Er war außer sich vor Wut und wollte wissen, wieso sie alles aufgegeben hatte. *Deine Feinde hätten endlich erfahren, was es bedeutet, durch deine Hand zu sterben, und deine Studenten … all diese leicht zu beeinflussenden Geister. Du hast all das einfach weggeworfen. Warum?*

Der Eindringling lamentierte immer weiter über all die verlorenen Möglichkeiten, während Melanie über sein Flüstern hinweg schrie: »Trish, heb das Messer auf und töte mich! Bitte. Das Wesen ist jetzt in mir!«

Trishs verwirrter Blick senkte sich auf das Messer hinab.

»Schnell, bevor es dich auch übernimmt!«

Blut floss durch Melanies Finger wie durch einen zerstörten Damm. Es war sinnlos, Druck auf die Wunde auszuüben. Es war an der Zeit, zu gehen und dieses Monster mit sich zu nehmen.

Ich kann dich, solange ich will, am Leben erhalten, du Närrin. Damit erreichst du gar nichts. Als sie es das letzte Mal geschafft haben, mich aufzuhalten, waren ihre Waffen geweiht. GEWEIHT!

Trish hob das Messer auf, hielt jedoch verängstigt Abstand. Melanies Flehen drang offenbar nicht zu ihr durch. Das, oder sie wollte ihr nicht helfen.

Ihre Ängste mögen nicht ganz so interessant sein wie deine, aber sie werden genügen. Ich kann sie dennoch zu etwas ganz Wundervollem formen. Wir sollten damit beginnen, das Leben jener Frau zu nehmen, die versucht hat, ihr den Ehemann auszuspannen, und während sie dich tötet, solltest du an all die Dinge denken, die du hättest haben können, dass du es aber vorgezogen hast, sie freiwillig aufzugeben.

Er fuhr fort, sie in der alten Sprache zu verspotten.

Die alte Sprache!

Da dämmerte es ihr plötzlich. So wie der Eindringling ihre Gedanken aufschnappen konnte, hatte auch sie in seinen uralten Erinnerungen gefunden, wonach sie gesucht hatte.

Das Gebet!

Jenes, mit dem der Heilige ihn gebannt hatte. Von einem Moment auf den anderen befand sich die Beschwörung in ihrem Kopf, und eine Hundertstelsekunde später lagen ihr die Worte auf der Zunge … in einer längst vergessenen Sprache, die sie nun aber fließend beherrschte.

Sie wiederholte die rauen Klänge und die klackernden Silben, während ihr Blut den Boden unter ihr aufweichte. Das war ihr Ende, das wusste sie, doch das Wenigste, was sie tun konnte, war, den Eindringling währenddessen in ihr zu halten – ein temporäres Ende dieses Albtraums, das genügen musste. Sie war bereit, für diese Sache zu sterben.

Gerade, als Melanie ihren Frieden mit ihrem Tod gemacht hatte, sank Trish plötzlich weinend auf die Knie und schrie »*JA, JA, JA*«, als Antwort auf ein für sie unhörbares Angebot.

Dann war der Eindringling plötzlich aus ihr verschwunden.

Melanie spie die Worte hastig noch einmal aus, bevor die Erinnerungen daran verblassten.

Das Böse musste irgendwo eingesperrt werden, und das würde nun wohl Trish sein.

Ein kurzes, boshaftes Grinsen huschte über Trishs Mund, als diese sich auf Melanie warf.

Das Messer raste auf sie hinunter, und Melanie hob in ihrer Verzweiflung schützend ihre Hand über ihr Gesicht. Die Klinge fuhr hindurch und kam nur wenige Zentimeter vor ihrem Auge zum Stehen. Sie riss ihre durchbohrte Hand mitsamt Messer kurzerhand zur Seite und Blutfontänen schossen umher.

Trishs Augen flackerten eine Sekunde lang gelb auf, als sie ihr Gewicht auf Melanies selbst zugefügte Bauchwunde verlagerte, dann wechselte ihre Farbe zu einem Braungrün zurück und die jüngere Frau fuhr mit ihrer Attacke unbeirrt fort. Der Einfluss des Eindringlings schwand offenbar unter der Beschwörung, aber leider nicht schnell genug.

Melanie würde nicht viel mehr ertragen und überleben können. »Ich wollte dich doch retten.«

Trish beugte sich so nah über sie, dass sich ihre Nasen berührten. »Aber *ich* werde dich töten«, knurrte sie.

Melanie schlug mit ihrer Handfläche, in der immer noch das Messer steckte, gegen Trishs Halsansatz, und die Spitze bohrte sich mit einem langsamen Schmatzen in das Fleisch der jungen Frau. Melanie stöhnte laut auf, schloss ihre freie Hand um den herausragenden Griff und trieb ihn noch tiefer durch ihre Hand, damit sich die Spitze noch weiter in Trish bohrte.

Trishs Hand fuhr an ihre Kehle, doch Melanie zwang das Messer unbeirrt tiefer hinein, auch dann noch, als die Angriffe stärker wurden und sich Hände um Melanies Hals legten und zudrückten.

Die junge Frau, die auf Melanie lag, war nicht mehr als ihre kurzzeitige Freundin zu erkennen. Sie knurrte wie ein Tier.

Melanie versuchte verzweifelt, dieses *Ding* von sich herunterzubekommen, denn es musste sofort geschehen, weil sie sonst nicht atmen konnte. Sie hob ihren Kopf, soweit es möglich war, und benutzte die einzige Waffe, die ihr noch geblieben war: ihre Zähne! Sie biss in das verzerrte Gesicht und bekam Trishs Nase zu fassen. Jetzt war sie es, die knurrte, als sie ihre Kiefer fest aufeinanderpresste. Als ihre Zähne malten, löste sich die Nase ab und fiel auf Melanies Zunge. Sie spie die abgebissene Spitze in den Schmutz, und die Frau auf ihr begann nun zu zucken und sackte seitlich von ihr herunter.

Eine Sekunde später war sie tot.

Melanie starrte ungläubig auf die Leiche hinab. In ihrer Hand steckte noch immer das Messer, das Trish getötet hatte. Es war vorbei.

Es war tatsächlich endlich vorbei!

Aus der Ferne vernahm sie das Heulen von Sirenen.

Wieder einmal gerettet, dachte sie.

Dann schlief sie ein.

***

Sie verbrachte viele Tage im Krankenhaus.

Ihr Leben hatte zeitweise am seidenen Faden gehangen, hatte ihr der Arzt erzählt, denn sie hatte enorm viel Blut verloren. Als die Trooper Melanie schließlich ins Krankenhaus brachten, war ihre ohnehin schon blasse Haut so weiß wie Papier gewesen.

Die Polizei brannte natürlich darauf, sie mit Fragen zu bestürmen, weshalb das Sheriffbüro rund um die Uhr Männer vor ihrem Zimmer postiert hatte. Niemand kam ohne ihre Erlaubnis hinein oder hinaus. Sie überprüften jeden Arzt und jede Schwester mit extremer Gründlichkeit.

Melanie war ihnen wirklich dankbar dafür, denn seit Jahren hatte sie sich nicht mehr so sicher gefühlt. Nur wenn sie das Badezimmer besuchen musste, war ihr die unaufhörliche Überwachung unangenehm.

Gelegentlich hörte sie, wie sich die Schwestern und Ärzte auf dem Flur unterhielten, immer wieder übertönt von dem anhaltenden *Biep-Biep-Biep* ihres Herzmonitors. Sie zog die Nase kraus aufgrund des unangenehmen Geruchs der Antiseptika und verlor immer wieder das Bewusstsein.

Irgendwann, als sie erwachte, stand Officer Jamie Galeberg mit hinter dem Rücken verschränkten Händen am Fenster in ihrem Zimmer. Als sie nieste, drehte er sich um.

»Miss Holden«, sagte er.

Melanie begrüßte ihn, wusste aber nicht, was sie zu ihm sagen sollte. Er zog trotzdem einen Stuhl an ihr Bett und setzte sich.

In gewisser Weise hatten sie sogar etwas gemeinsam, denn sie waren die letzten Überlebenden. Melanie war die einzige Zeugin der Ereignisse am See und er war das letzte lebende Mitglied des Forest Grove Police Departments.

»Ich, äh, glaube nicht, dass wir je richtig verstehen werden, wieso die Dinge sich so ereignet haben, wie sie es getan haben«, sagte er jetzt. »Die forensischen Beweise für Officer Donnelleys Mörder haben uns zu Trish geführt. So wie es aussieht, hat sie ihren eigenen Vater an eine Wand unter dem Camp aufgespießt und ein Teenagermädchen dort unten getötet. Nur Gott allein weiß, was sie hat durchdrehen lassen, aber so ist es eben. Wenn man den Wahnsinn bedenkt, der in ihrer Familie herrschte, ist es vielleicht kein Wunder.«

Melanie erinnerte sich wieder an die gelben Augen der Frau in ihren letzten Momenten. Was hatte der Eindringling ihr angeboten, dass sie seine Übernahme so bereitwillig akzeptiert hatte? Sie erinnerte sich noch gut daran, wie überzeugend die Illusion ihres Picknicks am See mit Nate gewesen war, und nahm an, dass es bei ihr etwas Ähnliches gewesen sein musste. Sehr wahrscheinlich war es die Aussicht gewesen, ein Leben mit ihrem Ehemann führen zu können. Niemand konnte es genau sagen, aber Trishs wahnsinniger Gesichtsausdruck würde sie ganz bestimmt ihr restliches Leben über verfolgen.

»Ich wollte Sie nur darüber informieren, dass Captain Oviedo und seine Leute in der Nacht, als das alles geschah, in der Stadt einige Verhaftungen vorgenommen haben«, erklärte Galeberg. »Menschen, die hier lebten. Ich weiß immer noch nicht so recht, was ich davon halten soll.«

»Sie sind gefährlich«, sagte sie und fragte sich, wie sie es ihm genauer erklären könnte, ohne sich dabei wie eine Irre anzuhören. »Wenn Sie ihre Blicke gesehen hätten, als sie die Hütte in Brand gesetzt haben … eine von ihnen ist sogar freiwillig verbrannt, um sicherzugehen …«

»Ich weiß«, antwortete er. »Machen Sie sich keine Sorgen. Wir wissen, was passiert ist. Ich kannte Chief Brady zwar nicht so gut, wie ich es gern getan hätte, aber ich weiß genug, um sagen zu können, dass er ein guter Mann war.«

Er war mehr als das.

»Wenn Sie dafür bereit sind, würde Ihnen das Sheriffbüro gern ein paar Fragen stellen, Miss. Danach können Sie Forest Grove für immer auf Wiedersehen sagen.«

Melanie stimmte zu, mit dem Sheriff zu reden, und dieser traf ein paar Stunden später im Krankenhaus ein. Er war ein dicklicher Mann mit hoher Stirn, der sie sofort mit einem ganzen Katalog voller Fragen bombardierte. Sie beantwortete sie alle, so ehrlich sie konnte, und ließ nur den Eindringling aus ihrer Geschichte heraus. Selbst jetzt konnte sie sich nicht genau daran erinnern, was sich zugetragen hatte, daher hielt sie es für klüger, nicht den Anschein zu erwecken, dass ihre geistige Gesundheit als Folge der Gehirnerschütterung Schaden davon getragen haben könnte.

Als alles erledigt war, traf sie sich mit Galeberg auf dem Parkplatz des Krankenhauses. Er hatte ihre Habseligkeiten aus dem *Desirees* geholt und in den vollgetankten LaCrosse geladen. Sie war bereit, sofort aufzubrechen, als er ihr einen Arm um die Schulter legte und sie überraschend drückte.

»Kommen Sie nicht wieder«, sagte er leise. »Schreiben Sie in Ihrem Buch, was Sie für richtig halten, aber kommen Sie niemals wieder her.«

Melanie wusste nicht, was sie davon halten sollte, doch es spielte eigentlich auch keine Rolle, denn sie beabsichtigte, den Ratschlag wörtlich zu nehmen.

Die Fahrt nach Hause dauerte drei Stunden, fühlte sich aber wie sechs an. So war es immer, wenn man nach Hause fuhr. Sie vermisste Lacey mehr als alles andere und konnte es kaum erwarten, das kleine graue Kätzchen zu kraulen. Das Einzige, woran sie momentan denken konnte, war, ihre Arme um sie zu legen und die ganze Nacht über ihrem Schnurren zu lauschen.

Der Anblick von Riley und Aaron würde ebenfalls Balsam für ihre Seele sein.

Aaron öffnete die Tür und umarmte sie sofort.

»Es ist wirklich kaum zu glauben, Schätzchen«, sagte er geschockt. »Und wir haben dich auch noch dazu überredet. Es tut mir so unendlich leid.«

»Sei doch nicht albern«, antwortete sie mit einem wenig überzeugenden Lachen. »Ich bin in jener Nacht so schnell davongelaufen, wie ich nur konnte. Irgendwann musste ich nun mal dorthin zurückkehren.«

»Und was nun?«

»Ich habe keine Ahnung.« Wenn der Eindringling sich jemals wieder aus seinem Gefängnis befreien könnte, bestand Anlass zu größter Sorge. Dies war eine Sache, die sie von nun an für den Rest ihres Lebens in Angst versetzen würde, doch sie würde sich nicht mehr länger von ihrer Angst kontrollieren lassen. Dafür war das Leben einfach zu kurz.

Sie aßen ein gegrilltes, in Limonen-Pfeffer eingelegtes Hähnchen mit Spargel und tranken dazu belgisches Ale, was sie unwillkürlich an Nate erinnerte. Wie sehr wünschte sie sich, dass die Dinge anders verlaufen wären.

Zu guter Letzt sprachen sie über Forest Grove. Melanie behielt jedoch das Meiste für sich. Die Versuchung war zwar groß, ihnen von dem Eindringling zu berichten, aber so toll ihre Freunde auch waren, sie hätten ihr ganz bestimmt genauso wenig geglaubt wie das Sheriffbüro.

Das war nun mal eine Last, die sie ganz allein tragen musste.

Ausgehend von den Nachrichten musste sich nun eine kleine Gruppe verärgerter Bewohner der Stadt für so gut wie jeden ungelösten Vermisstenfall in ganz Connecticut verantworten. Für die Presse war das natürlich ein gefundenes Fressen, und von *Connecticult* bis hin zu *ConnectiCUT* gab es nichts, was die Presse nicht schrieb. Nahezu alle überschlugen sich in ihren Berichterstattungen. Das Land versuchte offenbar, die Negativ-Publicity in etwas Gutes umzuwandeln, da sich dadurch ihre Statistik der gelösten Vermisstenfälle aufpolieren ließ. Aber wieso auch nicht? Viele dieser Fälle hatten mit einiger Wahrscheinlichkeit tatsächlich mit den *Bewahrern* zu tun.

Nach dem Essen packte Riley Lacey in ihren Transportkorb und die Männer fragten Melanie, was diese im Herbst bezüglich der Schule zu tun plante.

Melanie hatte aufgrund der Ereignisse darüber noch nicht eine Sekunde nachgedacht und zuckte deshalb nur mit den Schultern. »Keine Ahnung. Hinschmeißen, wahrscheinlich.«

»Wirklich?«, japste Riley fassungslos.

»Wieso denn nicht? Es gibt auch noch andere Mittel und Wege, es Dennis Morton heimzuzahlen.«

»Klingt ehrlich gesagt, nach der besten Entscheidung, die du je getroffen hast«, sagte er. »Aber höre nicht auf mich, ich bin schließlich auch der Typ, der dir gesagt hat, dass du nach Forest Grove zurückgehen und dich deinen Ängsten stellen sollst.«

»Oh, ich werde nie wieder auf dich hören«, antwortete sie grinsend. »Aber du hattest trotzdem recht damit, und dieses Buch werde ich tatsächlich schreiben. Das schulde ich Bill und Jen … und ein paar weiteren Leute, die jetzt noch dazu gekommen sind.« *Nate, Desiree und sogar Trish.* Schließlich musste diese Nate doch mehr als alles andere auf der Welt geliebt haben, dass sie so bereitwillig diesen Dämon in sich akzeptiert hatte. Und letzten Endes war es ihre Furchtlosigkeit gewesen, die Melanie überhaupt erst dazu in die Lage versetzt hatte, den Mut für ihr Handeln zu finden.

Sie hasste es dennoch, der Frau nicht die Schuld für alles geben zu können. In diesen letzten, furchtbaren Stunden war es mehr als offensichtlich gewesen, dass die Bradys einander aufrichtig geliebt hatten. Bis der Tod sie schied.

Riley übergab Melanie ihre Katze. Durch die Plastikstreben hindurch schnurrte Lacey ihr ein kleines Willkommensständchen. Sie umarmte die Babysitter ihrer Katze noch einmal und wischte einige allergische Tränen aus Aarons Augen. Dann trug sie das Kätzchen zu ihrem Wagen und fuhr nach Hause. Sie war überrascht, wie erleichtert sie sich fühlte.

Es gab tatsächlich schlimmere Dinge in dieser Welt als Cyrus Hoyt. Der Eindringling war jetzt in Trishs Leiche gefangen und würde es vermutlich noch einige Jahre bleiben.

Doch die *Bewahrer* waren noch dort draußen, sie nahm allerdings an, dass diese sich versteckt hielten und irgendwann in Vergessenheit geraten würden, nun, da das Flüstern endgültig verklungen war.

Sie bog in ihre Auffahrt ein und blieb dort für einen stillen Moment im Auto sitzen. In dem Katzenkorb neben ihr heulte Lacey ungeduldig – wahrscheinlich, weil sie spürte, dass sie endlich wieder zu Hause waren.

Zuhause, dachte Melanie, als wäre sie das erste Mal tatsächlich aus Forest Grove zurückgekehrt. Morgen würde sie ihren Job kündigen und dann sofort mit dem Buch beginnen. Außerdem würde sie schauen, ob eine andere Schule in ihrer Nähe ihre Talente nicht mehr zu schätzen wusste.

Oder ich verkaufe mein Haus und ziehe stattdessen in die Stadt.

In irgendeine Stadt.

Denn auf einmal standen ihr alle Türen offen, wie ihr mit einem Lächeln klar wurde.

Zum ersten Mal in ihrem ganzen Erwachsenenleben fühlte sie sich wirklich frei.

DIE FLÜSTERNDEN STIMMEN

Das Flüstern war niemals ganz verstummt.

Selbst nach all dieser Zeit konnte Zohra es noch immer hören. An den meisten Tagen war sein Zischeln kaum mehr als ein Echo … ein harmloser Nachhall des Lebens, das sie einst geführt hatte. Doch hin und wieder kam sein Einfluss als leises Raunen über sie, genauso, wie es in den Jahren nach Abblons Tod über die Baumwipfel der kleinen Stadt geschwebt war.

Doch heute war es besonders laut.

Der Blick in den Innenhof, ein Gelände mit frisch gestutzten Hecken und einem teuren, gurgelnden Springbrunnen, hatte etwas Beruhigendes an sich. Zohra rutschte in ihrem Rollstuhl hin und her, während sie an eine Zeit zurückdachte, als sie mehr als eine Invalidin gewesen war.

Die Priesterin war längst verschwunden, aber heute forderte das Flüstern plötzlich ihre Rückkehr.

»Zohra, es ist an der Zeit.« Doktor Van Dyce stand im Türrahmen und sah auf die Uhr. »Darf ich Sie jetzt nach unten bringen?«

Sie fürchtete diesen Moment, seit sie die Nachricht erreicht hatte, dass ihr Ehemann und ihre Tochter bei den Ereignissen in jener grauenhaften Nacht ihr Leben verloren hatten.

Das wäre niemals geschehen, wenn man mich nicht an diesen Ort gebracht hätte.

Ja, sie war älter geworden – gebrechlich und arthritisch – aber die *Bewahrer* brauchten ihre Priesterin mehr als jemals zuvor. Sie waren nun eine Schlange mit abgetrenntem Kopf, die sich ziellos umherschlängelte, so wie sie es seit zwei

Jahrzehnten getan hatte. Sie wusste zwar nicht im Detail, was sich in Forest Grove zugetragen hatte, aber es war ihre eigene Nachlässigkeit gewesen, die beinahe alles ruiniert hätte.

Schwer zu glauben, dass es überhaupt so lange gedauert hatte.

»Zohra, ich weiß, dass es schwer für Sie sein muss. Wenn Sie sich der Aufgabe nicht gewachsen fühlen …«

»Wir können jetzt gehen, Doktor«, presste sie mit grimmiger Entschlossenheit hervor. Heute war der Tag, von dem sie gehofft hatte, dass er niemals kommen würde.

Ron, du Narr. Wieso hast du sie nur zurückkehren lassen?

Stolz war immer die größte Sünde ihres Mannes gewesen. Er hatte immer geglaubt, alles kontrollieren zu können … Dinge, die jenseits seiner Macht lagen. Er hatte geglaubt, sein kleines Mädchen vor allem beschützen zu können. Doch wieso? Wo er doch noch nicht einmal seine Frau hatte beschützen können?

Doktor Van Dyce nahm die Griffe ihres Rollstuhls und fuhr sie durch einen Gang voller blasser, hoffnungsloser Gesichter und um die weniger empfindsamen Patienten herum. Am Ende des Korridors schob er einen überdimensionalen Schlüssel in das Bedienfeld eines Fahrstuhls und dicke Schiebetüren glitten auf. Im Inneren schlossen sich die Metalltüren zeitgleich mit einem markerschütternden Schrei, der aus einem der Behandlungsräume am Ende des Korridors schallte.

»Ich bin jetzt vollkommen allein«, sagte Zohra leise, der dieser Gedanke zum ersten Mal in den Sinn kam.

»Ich bedauere Ihren Verlust sehr«, sagte der Doktor. »Aber Sie sollten wissen, dass das nicht stimmt. Es wird einige Zeit brauchen, die Trauer zu verarbeiten, aber Sie werden damit nicht allein sein. Sie haben hier Freunde, denen Sie sehr am Herzen liegen. Diese werden Ihnen dabei helfen, wenn Sie es zulassen.«

Ihr erster Impuls war es, laut aufzulachen, aber Doktor Van Dyce durfte nicht sehen, wie sie die Beherrschung verlor. Denn das würde unweigerlich zu mehr Sitzungen führen, als sie ertragen konnte. Wie oft würde sie noch die

Verantwortung für ihre Misserfolge übernehmen müssen, wenn doch in Wirklichkeit das Flüstern für ihre Vergangenheit verantwortlich war?

Es war nun wieder viel näher und wand sich durch ihren Kopf, so wie es das früher getan hatte.

Die Türen öffneten sich zu einem Teil der Einrichtung, den sie in ihren fünfundzwanzig Jahren hier noch nie zuvor gesehen hatte. Vor ihr lag ein klinisch weißer Gang mit schmutzig braunen Fliesen. Ihr Rollstuhl ratterte über die ausgetretenen Fugen, bis sie durch eine Doppeltür geschoben wurde, die in ein geräumiges Leichenschauhaus führte.

Ihre Augen wanderten zu dem weißen Tuch, das auf dem mittleren Tisch lag.

»Könnten Sie die Leiche identifizieren, Ma'am?«, fragte der Assistent des Leichenbeschauers. Er zog das Laken zurück, ohne ihre Antwort abzuwarten.

Es war Trish, und sie wirkte beinahe friedlich, zumindest auf den ersten Blick. Man hatte auf schlampige Art und Weise versucht, die Eintrittswunde an ihrem Hals zu überdecken, und anstelle ihrer Nasenspitze befand sich eine gummiartige Masse. Das Make-up war nur wenig überzeugend, so als hätte man es auf der Fahrt von Connecticut nach New York hastig aufgetragen.

Zohra neigte den Kopf ein wenig und war so in der Lage, den Körper im richtigen Licht betrachten zu können. Auf diese Weise wirkte Trish wie eine schlafende Schönheit. Plötzlich erinnerte sich Zohra daran, wie sie oft mitten in der Nacht in ihr Zimmer gespäht hatte, nur um nachzusehen, ob alles in Ordnung war.

Was ist nur mit dir geschehen, mein kleines Täubchen?

Sie wollte weinen, verspürte aber nur Wut.

Zohra hatte sich erkundigt, was in Forest Grove geschehen war, aber die Ärzte hatten ihr kaum etwas verraten – nur so viel, wie sie glaubten, dass sie verkraften würde, und das war so gut wie gar nichts gewesen. Selbst jetzt stand Doktor Van Dyce in der Ecke des Raumes und strich sich nervös über seinen grau melierten Bart, während er ihre Reaktionen studierte. Es war egal, was sie tat, sie würde sich dafür in der nächsten Sitzung so oder so verantworten müssen … weil sie nicht genug weinte … oder zu viel. Alles ließ sich als Zeichen für mangelnde geistige Gesundheit auslegen, und er würde es dafür verwenden, um sie bis zu ihrem Tod hier einsperren zu können.

Also schüttelte sie den Kopf und sagte: »Sie hat mich schon eine ganze Weile nicht mehr besucht. Aber ja, das ist sie. Das ist meine Trish.«

Das letzte Mal hatte sie Trish kurz vor ihrem Umzug nach Forest Grove gesehen.

Die Nachricht hatte Zohra entsetzt, ganz besonders, nachdem sie herausgefunden hatte, dass der Umzug auf Nate Wunsch hin stattfand. Sie wusste nicht, ob Nate noch lebte, aber es konnte nicht gut um ihn stehen, wenn man Trish Leiche zur Identifikation extra bis nach New York hatte bringen lassen.

Unschöne Worte waren gefallen, als sie sich das letzte Mal unterhalten hatten – Worte von der Art, die normalerweise nur erbitterden Feinden vorbehalten waren. Bevor Trish hinausgestürmt war, hatte Zohra geschrien, dass Trish bekommen würde, was sie verdiente, wenn sie tatsächlich in dieses Höllenloch zurückkehren würde.

Ich hätte ehrlich zu ihr sein müssen. Ich hätte ihr von meiner Rolle als Priesterin erzählen müssen. Dann wäre sie bestimmt niemals zurückgekehrt.

Dieses Bedauern hallte durch ihren Kopf, als sie den weißen Körper auf der Liege betrachtete. Sie hatte nie gewollt, dass Trish sie für eine Art Freak hielt, aber die Blicke, die ihre Tochter ihr, während ihrer Besuche zugeworfen hatte, waren mehr als schmerzhaft gewesen. So, als würde sie ihre Mutter mehr bedauern als lieben. Oft hatte sie darum gebeten, dass Trish bei einem ihrer nächsten Besuche doch Nate mitbrachte, doch ihre Tochter hatte fast nie auf ihre Bitte reagiert und war ihr selbstverständlich niemals nachgekommen.

Der Angestellte des Leichenschauhauses zog das Laken wieder zurück. »Man wird sie in Forest Grove zusammen mit ihrem Vater bestatten, es sei denn, Sie haben Einwände dagegen.«

»New York war jetzt ihr Zuhause«, sagte Zohra. »Ich weiß, wir sind weit von der Stadt entfernt, aber ich bin mir sicher, dass sie lieber hier ihre letzte Ruhe finden würde.«

Der Angestellte schlurfte zu dem Arzt hinüber, und die beiden unterhielten sich kurz, ohne dass sie es hören konnte.

Während die beiden beschäftigt waren, rollte sie nach vorn und zog das Laken noch einmal weit genug zurück, um einen letzten Blick auf Trish werfen zu können, bevor sie die Hände vors Gesicht schlug und weinte.

Doktor Van Dyce kam sofort zu ihr und legte ihr sanft eine Hand auf ihre Schulter. »Lassen Sie es ruhig heraus«, sagte er und schien beinahe froh über ihren Gefühlsausbruch zu sein. »Das ist gut. Sie müssen es zuerst akzeptieren, um damit umgehen zu können.«

»Nein«, schrie Zohra. Der Gedanke, dass dies der letzte Abschied sein sollte, war unerträglich für sie. »Bitte«, wimmerte sie. »Nur noch einen Moment. Es ist schließlich das letzte Mal, dass ich meine Tochter sehen werde.«

Das muss es nicht sein, flüsterte die Stimme plötzlich. Sie klang so klar, dass Zohra sich in der Halle der Ankunft zurück wähnte.

Dann verspürte sie eine unvergleichliche Wonne. Das Gefühl breitete sich mehr und mehr in ihr aus und pulsierte wie ein wohlvertrautes rotes Licht in ihr. Endlich war sie nicht mehr allein und würde es auch nie wieder sein.

Willkommen, Priesterin.

»Sie wollte immer schon hier zur Ruhe kommen«, erklärte Zohra. »Aber sie wollte nie begraben werden … nur eingeäschert.«

»Das lässt sich arrangieren«, sagte der Angestellte verständnisvoll.

Das Flüstern kam irgendwie aus dem Inneren ihrer Tochter.

Zohras Freunde würden wieder zuhören, wenn sie bereit war, über das Ende der Welt zu predigen, und über das, was getan werden musste, um es zu verhindern.

Sie würden ihr folgen und alles tun, was man ihnen befahl.

Auf ihrer Fahrt zurück zum Fahrstuhl grinste sie bis über beide Ohren und kümmerte sich nicht darum, ob der Doktor es bemerkte, denn er würde sowieso nichts tun können, um sie aufzuhalten.

Zohra bat ihn darum, in ihr Zimmer zurückgebracht zu werden.

»Natürlich«, antwortete der Doktor. »Sie brauchen jetzt Ruhe.«

»Ruhe«, stimmte sie ihm zu, ohne wirklich zuzuhören. Ihre Gedanken weilten bei dem Flüstern. Es gab so viel zu tun. Bald würde sie wieder mit ihrem alten Freund vereint sein, und für diesen Anlass musste sie gut aussehen.

– ENDE –

NACHWORT

Vielleicht habe ich mich dieses Mal übernommen.

Ich erinnere mich noch gut daran, wie oft mir dieser Gedanke gekommen ist, während ich das Geheimnis um HOYT konstruiert habe. Für eine Weile schien jeder Plot-Twist, der mir eingefallen ist, mit der Logik vorangegangener Elemente der Geschichte zu brechen. Jedes Mal, wenn das passiert ist, bin ich zu meinen Notizen zurückgekehrt und habe die Geschichte von Forest Grove erforscht, bis ich einen Weg gefunden habe, für den ich nicht alle bisher existierenden Story-Elemente opfern musste.

Von den sieben Novellen, die ich bislang geschrieben habe (und von denen sich drei in unterschiedlichen Stadien der Fertigstellung befinden), war dies die am härtesten zu knackende Nuss. Doch als ich es endlich geschafft und die Puzzleteile zusammengepasst haben, war die Erfahrung unglaublich befriedigend.

Die Vorbereitungen der Veröffentlichung von HOYT haben mich daran erinnert, wie sehr sich mein Leben in den fünf Jahren zwischen der ersten Fertigstellung und dieser Version verändert hat, persönlich wie auch professionell. Schreiben ist ein anhaltender Lernprozess, aber ich denke, dass es immer ein Projekt gibt, welches einem jungen Autor das nötige Vertrauen schenkt, weiterzumachen. Die Reaktionen auf dieses Buch haben das nächtliche Ringen um diese Geschichte noch erfüllender gemacht, weil ich glaube, dass es sich wirklich gelohnt hat.

Ich hoffe, dass mit dieser Veröffentlichung noch mehr Leser HOYT für sich entdecken, und ich möchte Sie darum bitten, mir dabei zu helfen. Jede Rezension, egal wie kurz, ist von unschätzbarem Wert für einen Autor. Wenn Ihnen dieses Buch gefallen hat, wäre ich selbst für eine Kritik auf Amazon, die aus zwei Sätzen besteht, dankbar. Und wenn Sie, zusammengekauert um ein Lagerfeuer, die Geschichte von Cyrus Hoyt weitererzählen wollen, werde ich Sie nicht aufhalten.

Aber wenn Sie seinen Namen lauter als sein Flüstern aussprechen sollten, kann ich für nichts mehr garantieren.

Ich danke Ihnen, dass Sie sich unter den Millionen von Büchern auf der Welt ausgerechnet dieses herausgepickt haben.

Wir sehen uns im Camp,

Matt
Juni 2018

DANKSAGUNG

Ich habe einen Großteil meiner Jugend damit verbracht, die Regale der Videotheken nach Horrorfilmen zu durchstöbern, und danke meinem Vater für seine lockere Einstellung, mich stets ausleihen zu lassen, was ich wollte. Mindestens ebenso verantwortlich für meine Liebe für alles Makabre – und das wird sie sicherlich überraschen zu hören – ist meine Mutter. Denn sie fütterte meine literarischen Vorlieben mit einem unendlichen Strom von Taschenbüchern von Flohmärkten und Second-Hand-Läden der Stadt. Es gibt kaum einen besseren Weg, sein Kind an das Lesen heranzuführen, als ihm Zugang zu den Stoffen zu ermöglichen, die es begeistern. Meine Eltern haben dafür gesorgt, dass ich das nötige Rüstzeug eines Schriftstellers in mein Erwachsenenleben tragen konnte, und diese Geschichte wurde mit dessen Hilfe geschrieben.

Ein mindestens ebenso großer Dank gebührt aber meinen Erstlesern, denn ohne ihren ehrlichen Input wäre dieses Buch gar nicht möglich gewesen. Von meinem guten Freund Shaun Boutwell, der sich niemals scheut, mir zu sagen, wenn etwas, das ich geschrieben habe, nicht funktioniert, bis hin zu meinem Kollegen Adam Cesare, dessen Feedback mich zu einem besseren Autor gemacht hat. Ihr beide seid Rockstars. Zu guter Letzt danke ich meiner großartigen Frau Michelle, die einen Großteil ihres Lebens damit verbringen muss, sich von mir Handlungsstränge und Charaktereigenschaften anzuhören. Ohne meine Frau hätte sich Melanie wie ein Mann in der Haut einer Frau gelesen, und das wäre auf einem gänzlich anderen Level gruselig gewesen.

John Coal war der typische Sonderling im Ort –
ein alter, schrulliger Eigenbrötler,
aber ansonsten harmlos.
Zumindest glaubten das seine Nachbarn.
Bis eines Nachts ein Junge sein dreißig Jahre lang
sorgfältig gehütetes Geheimnis enthüllte …

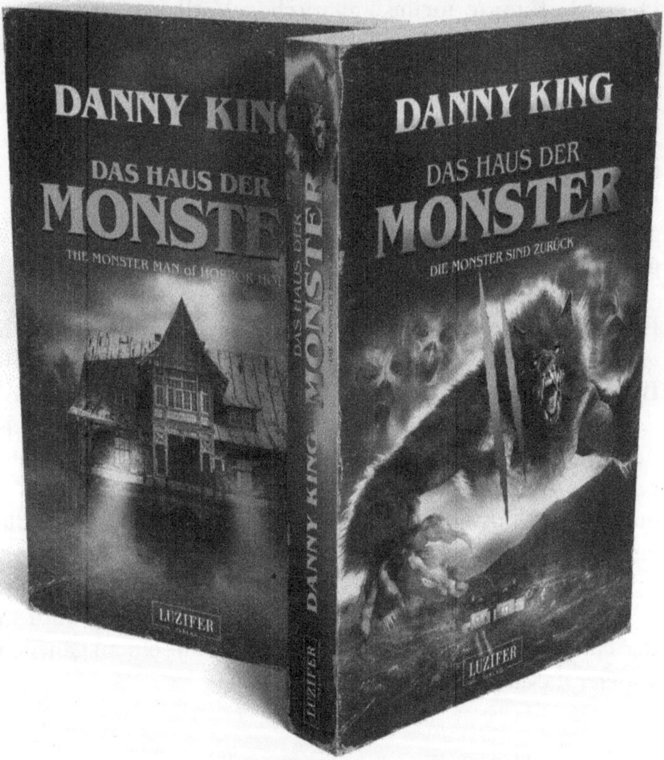

»Einer der wenigen Autoren,
die mich zum Lachen bringen.«
DAVID BADDIEL

LUZIFER
VERLAG